Marika Cobbold
Das Leben, wie es sein sollte

SERIE PIPER

Zu diesem Buch

Aus Erzählungen kennen Esther und Linus sich seit ihrer Kindheit, weil ihre Mütter miteinander befreundet waren, doch als sie sich dann zum erstenmal begegnen, sind die Umstände alles andere als romantisch. Die Londoner Journalistin Esther Fisher, die schon als kleines Mädchen gern widersprochen hat, tritt entschieden gegen ein monumentales Bauprojekt ein, das zwei alte Menschen von ihrem malerischen Grundstück vertreiben soll. Der Architekt ist Linus Stendal aus Schweden, der seit jeher ganz in seiner eigenen Welt lebt und sich mit diesem Bau, der Oper in Kent, einen Traum verwirklichen will. So widrig die Voraussetzungen für die große Liebe auch sind, so unvermeidlich entdecken die beiden nach und nach ihre Nähe und ihre überwältigenden Gefühle füreinander. Die Geschichte dieser außergewöhnlichen Beziehung, die Marika Cobbold mit Leichtigkeit und Humor erzählt, ist zugleich eine charmante Liebeserklärung an ihre schwedische Heimat.

Marika Cobbold, aufgewachsen in Göteborg und in der Schweiz, arbeitete nach dem Literaturstudium als Journalistin und Autorin. Sie lebt mit ihrem Mann und zwei Kindern teils in London, teils in Schweden. Zuletzt erschienen von ihr auf deutsch »Tee mit Selma« und »Eine andere Art von Leben«.

Marika Cobbold

Das Leben, wie es sein sollte

Roman

Aus dem Englischen von
Sonja Hauser

Piper München Zürich

Von Marika Cobbold liegen in der Serie Piper vor:
Das Leben, wie es sein sollte (3573, 3925)
Tee mit Selma (3756)
Eine andere Art von Leben (3881)

Taschenbuchsonderausgabe
Juni 2003

Titel der englischen Originalausgabe:
»Frozen Music«, Orion Books Ltd.,
London 1999

erschienen im Verlagsprogramm Kabel
Umschlag / Bildredaktion: Büro Hamburg
Isabel Bünermann, Julia Martinez /
Charlotte Wippermann, Kathrin Hilse
Foto Umschlagvorderseite: Joel Meyerowitz Photography
Foto Umschlagrückseite: Trevor Leighton
Satz: KCS Buchholz / Hamburg
Druck und Bindung: Clausen & Bosse, Leck
Printed in Germany ISBN 3-492-23925-0

www.piper.de

Für Patrick, P. o. E.

Prolog

ICH HEISSE ESTHER Fisher und bin gerade dabei, den einzigen Mann zu verlassen, den ich je geliebt habe. Ich bin vierunddreißig Jahre alt und habe die Liebe ziemlich spät entdeckt, was die Sache noch schwieriger macht.

Ich bleibe in der Tür stehen, bevor ich hinaus in den düsteren Novembermorgen trete. Die kalte Luft bringt mich zum Husten, als ich mich durch den Garten taste, den Koffer in der Hand. Der Ärmel meines Mantels bleibt an einem von Astrids Rosensträuchern hängen. Die Blüten sind längst abgefallen – schließlich ist es Winter –, nur die Dornen sind noch an den Zweigen, jederzeit bereit, dich zu fangen.

Ich verlasse die Insel mit der Sieben-Uhr-Fähre, die ich verschwommen im Nebel herannahen sehe. Ich muß mich beeilen, um sie noch zu erreichen. Ich drehe mich um und werfe einen letzten Blick auf das blau-weiße Holzhaus. Es steht niemand am Fenster. Den Koffer in der Hand, gehe ich den Hügel hinunter in Richtung Hafen. Die gefrorene Erde knirscht unter meinen Sohlen.

Endlich hatte ich die Liebe gefunden *und* die Wahrheit, und genau das war das Problem, denn in meinem Leben erwiesen sich die beiden als Feinde. Wie der Regen und die Ernte, das Licht der Sterne und der Sonnenaufgang, meine Mutter und die Realität.

Ich muß mich bemühen, es nicht so schwerzunehmen. Wie sonst soll man in einer Welt überleben, die mir wie ein von launenhaften Sechsjährigen tyrannisierter Kindergarten vorkommt?

Und wo steckt die Kindergärtnerin? Oder Gott? Ich weiß es nicht.

TEIL EINS

1

MEINE MUTTER WOLLTE ein Wunderkind aus mir machen. Ich wollte Psychiaterin werden. Nicht, daß ich allzuviel über diesen Beruf gewußt hätte – schließlich war ich erst neun –, aber ich hatte gehört, daß Psychiater in die Seelen der Menschen schauen, und dieser Gedanke gefiel mir: Ich sah mir das Äußere der Menschen bereits sehr genau an – »Wie oft soll ich dir noch sagen, daß man andere Leute nicht so anstarrt, Esther?« –, also klang es ausgesprochen interessant, das zu ergründen, was sie dachten und fühlten. Außerdem genoß ich die Reaktion der Erwachsenen auf meine Antwort, wenn sie mich mangels besserer Einfälle fragten, was ich denn später einmal werden wolle. Oft beantworteten sie ihre eigene Frage mit: »Wahrscheinlich Stewardeß oder Krankenschwester, oder?«

»Nein, Psychiaterin«, erklärte ich. Dann sagten sie gewöhnlich nichts mehr.

Im Moment sprach meine Mutter Audrey mit mir, während sie in meinem Zimmer hin und her ging und es durcheinanderbrachte. »Hast du Flöte geübt, Schatz?«

Ich gab ihr nicht sofort eine Antwort, weil ich damit beschäftigt war, ihren Kopf anzustarren und hinter ihrer hohen Stirn ihren Geist und ihre Seele zu entdecken. Ich konzentrierte mich voll und ganz auf sie, und einen Augenblick lang glaubte ich, Erfolg zu haben, als ich etwas Grünes erspähte – vielleicht eine Einkaufstasche von Harrods – und etwas Wirbelndes, Tanzendes. Dann hüllte sich plötzlich alles in pinkfarbenen Dunst.

»Esther, was machst du denn da? Du siehst aus, als hättest du sie nicht alle.«

Ich schaute sie mit einem Stirnrunzeln an; schließlich war es nicht *mein* Geist, der sich in pinkfarbenen Dunst hüllte.

»Ich habe dich gefragt, ob du heute schon Flöte geübt hast.« Dabei nahm sie meinen Teddybären in die Hand und setzte ihn natürlich auf dem falschen Platz wieder ab. Ich entfernte ihn von dem kleinen Korbstuhl und setzte ihn auf mein Kissen, genau in die Mitte, wo er hingehörte.

»Leben ist Kunst, Esther, und Kunst ist Leben. Ich erwarte nicht von dir, daß du das verstehst, noch nicht, aber glaube mir, das ist die einzige Wahrheit, die ich kenne.«

»Ich kenne jede Menge Dinge, die wahr sind«, sagte ich stolz. Audrey konnte mir ziemlich auf die Nerven gehen, aber sie war meine Mutter, und ich sehnte mich nach ihrer Anerkennung.

»Ach, Kindheit, Kindheit, genieße ihre rosige Unschuld, solange sie währt«, sagte Audrey seufzend, nahm geistesabwesend die Teekanne meiner Puppe vom obersten Fach der kleinen blauen Kommode und ging hinüber zum Fenster, die Teekanne immer noch in der Hand. »Wie hübsch«, murmelte sie. Ich konnte nicht beurteilen, ob sie die Teekanne oder die Kensington Street unten vor dem Haus meinte – die Kirschbäume blühten gerade –, aber ich wußte ganz genau, daß sie die Teekanne am falschen Platz abstellen würde.

Meine Mutter wandte sich vom Fenster ab und fixierte mich mit ihren sanften blauen Augen. »Nun fang mal lieber mit dem Üben an, mindestens eine Stunde. Dieses kleine japanische Mädchen, sie heißt Miko … Misho … du weißt doch, wen ich meine, oder? – Divine – Sie übt jeden Tag fünf Stunden, und deswegen wird sie auch bald eine Flötenspielerin ersten Ranges sein.«

»Ich kann Flöte nicht leiden; ich mag Trompete.« Ich stellte mir das glänzende Messing und die schmetternden Töne vor.

»Sei nicht albern, Esther, die Trompete ist als Soloinstrument einfach gräßlich. Außerdem hat deine Musiklehrerin mir gesagt, daß du das Zeug zu einer sehr guten Flötistin hast.«

»Ich habe das Zeug zu einer sehr guten Psychiaterin, die Trompete spielt«, erklärte ich ihr.

Meine Mutter schenkte mir, ähnlich wie den meisten Problemen, keine Beachtung. »Und wenn du fertig bist mit Üben, kriegst du deinen Tee von Janet. Danach mußt du Olivia hallo sagen.« Audrey war bereits an der Tür, als ihr die Teekanne in ihrer Hand wieder einfiel. Nach einem kurzen Blick in mein Zimmer stellte sie sie auf mein Nachtkästchen, nicht zurück auf ihren Platz auf der Frisierkommode. Das freute mich; mir war es am liebsten, wenn die Dinge so passierten, wie ich sie erwartete.

»Und mach doch eine Zeichnung für Olivia, ja? Das würde sie sicher freuen.« Dann warf meine Mutter mir eine Kußhand zu und ging aus dem Zimmer. Sie hinterließ nur ihre Instruktionen und den schwachen Duft nach Gardenien.

Ich stellte die Teekanne in das oberste Fach der Frisierkommode zurück (dazu mußte ich auf meinen Stuhl steigen) und warf dabei einen bösen Blick auf meine Flöte in ihrem mit Samt ausgeschlagenen Kasten. Dann wandte ich mich wieder meinem Spiel zu, das sich mit der Französischen Revolution beschäftigte. Ich hatte aus einer alten Rice-Krispies-Packung und ein paar Gummibändern eine Guillotine gebastelt, aber der Kopf von Barbie und Ken wollte sich einfach nicht von ihrem Gumminacken lösen. »Nichts als Probleme, Probleme«, murmelte ich, als die Schaulustigen – zwei anatomisch korrekt gebaute Puppen (ein Junge, ein Mädchen), ein aufblasbares Krokodil, eine Beatles-Puppe (Ringo) sowie ein Plüschhase, der normalerweise Rupert hieß, aber für dieses Spiel den Namen Jean erhalten hatte – allmählich unruhig wurden.

Janet räumte gerade das Teegeschirr weg. Ich wollte nicht vom Tisch aufstehen, weil ich die große Küche im Untergeschoß von allen Räumen des Hauses am liebsten mochte und auch unsere Haushälterin Janet gut leiden konnte. Janet war praktisch veranlagt. Sie trug bequeme Schuhe, und es schien ihr nichts auszumachen, wenn ihre Haare vom Regen naß wurden. Sie sprach in kurzen, klaren Sätzen und ließ sich kaum jemals aus der Ruhe bringen. Im allgemeinen war sie forsch-freundlich. Bei Janet wußte man, woran man war.

»Mach schon, Esther. Deine Mutter und ihre Freundin warten auf dich.«

»Olivia ist ganz schön groß«, sagte ich, ohne mich von der Stelle zu rühren.

»Das sagst du von allen.« Janet rückte meinen Stuhl ein Stück vom Tisch weg, während sie zum Kühlschrank hinüberging. »Du bist einfach ziemlich klein, ist dir das vielleicht schon mal in den Sinn gekommen?«

»Ich bin ja auch erst neun«, erklärte ich entrüstet, rutschte aber von meinem Stuhl und machte mich auf den Weg nach oben. Dabei ließ ich die Füße über den Parkettboden im Flur und den cremefarbenen Teppich auf den Stufen schleifen und blieb kurz auf dem ersten Treppenabsatz stehen, um einen Apfel aus der Kupferschüssel zu mopsen, in der Audrey die Früchte pyramidenförmig arrangiert hatte. Ich hörte ihre verhaltene und die lautere, kräftigere Stimme ihrer alten Schulfreundin Olivia Davies. Während ich in meinen Apfel biß, versuchte ich, mir Olivia vorzustellen, aber ich sah nur ihre dunkelbraune, wellige Mähne, nicht unähnlich der meinen. Dabei fuhr ich mir mit der Hand durch die Haare und wickelte eine Strähne um meinen Zeigefinger.

»Esther, bist du das da draußen?« rief meine Mutter. Ich biß noch ein Stück von meinem Apfel ab und drückte mich dann, plötzlich schüchtern geworden, ins Wohnzimmer. »Schätzchen, was hast du denn mit deinen Haaren gemacht? Du siehst aus wie ein Hottentotten-Kind. Ach, egal. Komm und sag schön guten Tag.«

Ich sah Audrey mit trotzigem Blick an. Warum behandelte sie mich immer wie ein Kind? Dann fiel es mir wieder ein: Ich war ein Kind. Meine Laune wurde noch schlechter.

»Du brauchst mir keinen Kuß zu geben«, sagte Olivia lächelnd und streckte ihre Hand aus, um meine zu ergreifen, als ich mit pflichtschuldig gespitztem Mund auf sie zukam. Ich lächelte ebenfalls, als sie hinzufügte: »Schließlich kennen wir uns ja kaum, was, Esther?«

Ich hatte ganz vergessen, wie nett und vernünftig Olivia war.

Nachdem ich den Apfel in die Tasche meiner roten Latzhose gesteckt hatte, legte ich meine Hand in die ihre, und sie schüttelte sie mit festem Griff. Ich konzentrierte mich währenddessen auf ihr Gesicht und versuchte, die Sommersprossen auf ihrer linken Wange zu zählen, bevor sie meine Hand wieder losließ: Eins, zwei, drei, vier, fünf … Beim Zählen wurde ich nervös. Plötzlich war es unheimlich wichtig, daß mir keine einzige entging … sechs, sieben, acht, neun, zehn, elf, zwölf, dreizehn, vierzehn … die Zahlen rasten durch mein Gehirn, als würden sie von einem Ungeheuer oder einem Wolf gejagt. Ich hatte immer noch eine ganze Reihe Sommersprossen vor mir. Fünfzehn, sechzehn, siebzehn, achtzehn …

»Esther, wie oft habe ich dir schon gesagt, daß du die Leute nicht so anstarren sollst?« unterbrach meine Mutter mich.

»Kann ich meine Hand jetzt wiederhaben?« fragte Olivia freundlich.

Ich schüttelte den Kopf und zählte fieberhaft weiter: Dreißig, einunddreißig, zweiunddreißig, dreiunddreißig …

»Laß Olivias Hand *sofort* los«, herrschte Audrey mich an, und ich ließ die Hand los wie ein gestohlenes Bonbon. Ein Fleck auf Olivias Wange – ungefähr so groß wie eine halbe Krone –, blieb ungezählt, aber jetzt war es zu spät. Ich grinste dümmlich. »Und zieh keine solchen Grimassen, Kind.« Audrey seufzte.

»Ich habe keine Ahnung, was in sie gefahren ist.« Die Stimme meiner Mutter folgte mir wie ein peinlicher Geruch, als ich quer durchs Zimmer zu meinem Lieblingssessel tappte. Er war grün und durchgesessen und ganz anders als das restliche Mobiliar in unserem Haus, aber mein Vater Madox hatte bestimmt, daß er nicht weggeworfen wurde, und meine Mutter hatte es daraufhin nicht gewagt, ihn zu entfernen. Ich mochte den Sessel, weil er groß genug war, um mich darauf zusammenzurollen und fast darin zu verschwinden, und weil es nichts ausmachte, wenn ich etwas darauf verschüttete oder Schokoladenkrümel zwischen die Kissen fielen. Im Gegenteil: Meine Mutter schien es fast zu freuen, wenn ich etwas darauf aß oder wenn ich vergaß, die Schuhe auszuziehen, bevor ich meine Füße darauf legte – und dabei war sie sonst der pingeligste Mensch der Welt. Jetzt zog ich die Füße an, holte das, was von dem Apfel noch übrig war, aus meiner Tasche und biß hinein. Dabei lehnte ich den Kopf an das Rückenpolster des Sessels. Er roch beruhigend nach schmutziger Wolle und kaltem Pfeifenrauch.

»Tja«, sagte Olivia gerade, »so komme ich also urplötzlich zu einer Familie mit einem zwölfjährigen Jungen. Er heißt Linus. Ein merkwürdiger kleiner Kerl, ein bißchen pummelig und die meiste Zeit ziemlich ruhig.«

»Das ist ein Segen. Ich meine, daß er ruhig ist. Jungs können so ... so schrecklich anstrengend sein.« Audrey zündete sich eine Zigarette an, und ich kaute auf meinem Apfel herum und roch die erste Süße des Tabaks, bevor er beißend wurde.

»Tja, aber dann kriegt er plötzlich wieder diese Anfälle.«

»Anfälle?« fragte Audrey. Ich hörte auf zu kauen und beugte mich auf meinem Sessel vor.

»Nun, plötzlich ist er ganz außer sich vor Freude. So läßt sich das, glaube ich, am besten beschreiben. Ziemlich beunruhigend, und seinen Vater treibt das die Wände hoch. Aber ich darf dem kleinen Kerl nicht unrecht tun: Jedes Kind würde Bertil auf die Palme bringen. Er ist ein solcher Perfektionist und hat das Leben fest im Griff. Alles gelingt ihm, er kann anpacken, was er will. Ich habe dir doch schon erzählt, daß er Architekt ist, oder?«

»Schätzchen, das klingt ziemlich anstrengend.« Darüber mußten sie beide lachen. Ich verstand nicht, was so lustig war. Statt dessen überlegte ich, ob Olivia wohl beeindruckt wäre, wenn ich ihr sagte, daß ich wußte, was ein Perfektionist ist. Aber wenn ich den Mund aufmachte, würden sie merken, daß ich noch da war, und mir sagen, ich solle spielen gehen. Doch ich wollte viel lieber auf dem großen grünen Sessel sitzen bleiben, den Erwachsenen zuhören und mir vorstellen, wie es wäre, wenn ich selbst zu ihnen gehörte. An jenem Nachmittag hätte ich mir sehr gewünscht, im ganzen Gesicht Sommersprossen zu haben wie Olivia und Hände mit großen, edelsteinbesetzten Ringen.

»Natürlich ist es für ein Kind schwer, ohne Mutter aufzuwachsen«, sagte Olivia. Am liebsten hätte ich ihr erklärt, daß es für ein

Kind auch schwer sein konnte, *mit* Mutter aufzuwachsen. »Und wie es passiert ist, macht die Sache auch nicht leichter«, fuhr sie fort. »Aber der Junge weiß nichts davon. Bertil möchte ihn so lange wie möglich vor der Wahrheit schützen. Offen gestanden, habe ich nicht den Eindruck, daß er jemals mit ihm darüber reden will. Ich habe ihm jedenfalls bis jetzt nicht allzuviel entlocken können.«

Ich war verwirrt. Wovor mußten sie diesen Linus schützen? Wo war seine Mutter?

»Wie ist sie gestorben? Ich meine die erste Frau?«

Also war die Mutter des Jungen tot. Ich wollte jetzt auch wissen, wie das passiert war. Wir hatten in der Schule gerade etwas über Lepra gelernt. Früher waren viele Leute an Lepra gestorben, und in Afrika war das noch heute so. Wenn die Mutter von Linus schon vor einer ganzen Weile gestorben war, wie die beiden gesagt hatten, war das vielleicht der Grund. Ich konnte verstehen, daß sie Linus nichts darüber erzählen wollten, denn die Krankheit ist furchtbar. Dabei fallen einem die Finger und die Zehen und dann auch noch die Nase ab …

»Linus war damals fünf oder sechs«, sagte Olivia. Auch ihre Schuhe gefielen mir. Sie waren schöner als die von Janet, aber sie sahen trotzdem so aus, als könnte Olivia in ihnen ganz schön schnell rennen. Wenn Audrey, Madox und ich zusammen spazierengingen, mußten wir immer auf Audrey warten, und manchmal mußten wir uns sogar in ein langweiliges Café setzen, damit sie die Füße ein bißchen hochlegen konnte. Sie sagte immer, daß das nichts mit ihren spitzen, hochhackigen Schuhen zu tun habe, aber das glaubte ich ihr nicht. Einmal schlug ich ihr vor, sich doch welche wie Janet zu kaufen, und ich erbot mich sogar, Janet zu fragen, wo sie ihre herhatte, aber da lachte Audrey bloß und sagte: »Also wirklich, Schätzchen, glaubst du denn, ich würde mit solchen Schuhen auf die Straße gehen?« Offensichtlich war irgend etwas mit Janets Schuhen nicht in Ordnung, aber was, begriff ich nicht, denn mit ihren eigenen konnte Audrey schließlich auch nicht richtig auf der Straße gehen.

»Hast du denn ein Foto von deinem Bertil dabei?«

»Nein, leider nicht.«

»Tja, du bist einfach keine romantische Seele.« Audrey schüttelte lachend den Kopf. »In meiner Verlobungszeit mit Madox habe ich sein Bild immer in diesem winzigen Seidenbeutel um den Hals getragen, gleich über dem Herzen.«

»Mußte Linus schwarze Sachen tragen, als seine Mutter gestorben ist?« Meine Stimme, die aus den Tiefen des grünen Sessels drang, schien sie zu erschrecken. Sie drehten sich beide zu mir um und starrten mich an, als wären sie ziemlich überrascht, mich noch immer in dem Raum zu sehen.

»Ich weiß es nicht«, sagte Olivia schließlich. »Aber ich glaube nicht. Schließlich war er damals noch sehr klein.«

»Vielleicht mußte er eine schwarze Armbinde tragen?« meinte ich.

»Esther, Olivia war nicht dabei. Warum gehst du nicht spielen? Du könntest doch ein hübsches Bild für Olivia malen.«

Hatte ich's doch gewußt! Immer sagten sie einem, man solle ein Bild malen, wenn sie einen loshaben wollten. »Geh in dein Zimmer und mal mir ein hübsches Bild«, sagte Audrey dann. Aber wenn ich fertig war und es ihr zeigte, hatte ich immer das Gefühl, daß sie sich gar nicht mehr erinnerte, mich um eins gebeten zu haben. Ehrlich gesagt, glaube ich, daß sie überhaupt keins wollte.

»Komm schon, Esther, tu, was ich dir gesagt habe, und mal Olivia ein hübsches Bild, das sie nach Schweden mitnehmen kann.«

Jedesmal wieder nahm ich mir vor, nicht mehr darauf hereinzufallen, aber was blieb mir schon anderes übrig? Also hievte ich mich widerwillig aus dem Sessel hoch und machte mich auf den Weg nach draußen. An der Tür blieb ich kurz stehen. »Als Amy Tilleslys Großmutter gestorben ist, mußte Amy einen ganzen Monat lang eine schwarze Armbinde tragen.« Das wußte ich noch ganz genau, weil ich damals unbedingt selber eine haben wollte. Meine Mutter und Olivia sagten nichts darauf, also trollte ich mich beleidigt hinauf in mein Zimmer im Dachgeschoß des Hauses. Dort holte ich meine Farbstifte und meinen Malblock heraus, legte mich auf den grünen Teppich und machte mich an die

Arbeit. Als ich fertig war, kniete ich mich hin und betrachtete das Bild. Ich fand es ziemlich gut. Darauf waren ein großer, alter Mann zu sehen – ich hatte *Bertle* darunter geschrieben für den Fall, daß Olivia ihn nicht erkannte – und neben ihm ein kleiner, runder Junge – das war natürlich Linus – mit kurzer Hose und Mütze. Nach einem weiteren Blick auf das Bild kratzte ich mich mit der Wachsmalkreide an der Nase, holte einen schwarzen Stift heraus und zeichnete ein schwarzes Band um den Arm des Jungen.

»Wenn du groß bist, gehörst du wahrscheinlich zu den Männern, die sich auf ihren Hut setzen.« Diese Worte seines Lehrers noch in den Ohren, stapfte Linus Stendal durch die winterlichen Straßen von Göteborg. Er spürte, wie er bei dem Gedanken an das Kichern seiner Mitschüler rot wurde, blinzelte und schüttelte sich. Egal, für diesen Tag war es vorüber. Er war jetzt auf dem Weg nach Hause, und es wurde bereits dunkel. Am Vorabend war der erste Schnee gefallen, aber in der Stadtmitte war es nicht so kalt gewesen, daß er liegengeblieben wäre. Auf den Straßen war nun überall grauer Matsch, der durch den Reißverschluß seiner kurzen Stiefel drang und häßliche Flecken auf seinen Schuhspitzen hinterließ. Die Leute hasteten an ihm vorbei, den Kopf gesenkt wegen des eisigen Windes, der ihnen wie Nadeln ins Gesicht stach. Linus zog seine rote Wollmütze tiefer ins Gesicht, ging jedoch langsam und stetig weiter. »Bummeln« nannte sein Vater das, den es zur Verzweiflung trieb.

»Als ich so alt war wie du, bin ich die ganze Zeit gerannt. Ich wußte nicht mal, was das Wort ›gehen‹ bedeutet«, pflegte Bertil zu sagen. Nun, Linus dagegen war einfach nicht fürs Laufen geschaffen. Nicht nur wegen seiner Pummeligkeit, sondern vor allen Dingen wegen seiner Gedanken: Sie hatten einfach keine Chance, mit ihm Schritt zu halten, wenn er zu schnell ging.

Autos fuhren mit eingeschalteten Scheinwerfern vorbei; ihre Reifen quälten sich durch den Matsch. Ihr quatschendes Geräusch bedeutete, daß der Winter tatsächlich Einzug gehalten hatte, und Linus war froh, denn ihm gefiel es im Haus am besten.

Im Winter wollten nicht immer alle Leute, daß er zum Spielen nach draußen ging. Nun wartete sein Modellflugzeug, eine Spitfire, in seinem Zimmer in der großen Wohnung im zweiten Stock, die er sich mit seinem Vater teilte. Bei dem Gedanken an das Modellflugzeug beschleunigten sich Linus' Schritte ein wenig, so daß er jetzt genauso schnell ging wie alle anderen. Er hatte fast zwei Monate gebraucht, um das Geld für den Baukasten zusammenzusparen, und sogar noch den Notgroschen in der schwarzgelben Dose opfern müssen, die er in einem Schuhkarton ganz hinten in seinem Kleiderschrank versteckte. Am Vorabend hatte er alle Einzelteile des Modellflugzeugs aus der Verpackung genommen und vorsichtig auf seinem blauen Resopaltisch arrangiert, damit er sich sofort, wenn er nach Hause kam, an die Arbeit machen konnte. Linus überquerte die Straße, die Wangen rosig vor Vorfreude. Trotzdem blieb er wie immer einen Augenblick vor Paleys Café stehen, um durch das große Schaufenster die runden Marmortische mit den kleinen, goldfarbenen Stühlen und die Theke an der Vorderseite des Ladens anzusehen, auf der sich alle möglichen Kuchen und Gebäckstücke türmten. Linus und seine Mutter hatten dieses Café vor dem Unfall häufig besucht. Damals war er noch klein gewesen, aber er erinnerte sich genau an das letzte Mal. Es war Winter gewesen, so wie jetzt, und er hatte das Gesicht im Ärmel ihres Mantels vergraben. Wenn er die Augen zumachte, konnte er den weichen Pelz an seiner Wange spüren und den leichten Kampfergeruch darin wahrnehmen. Seufzend machte er sich wieder auf den Weg.

Er wollte gerade den Schlüssel herausholen, den er an einer Metallkette um den Hals trug, um die Haustür aufzuschließen, als sie von innen geöffnet wurde.

»Papa!« Linus hastete in die Wohnung und zog dabei seine Wollmütze vom Kopf. Darunter kamen dunkelblonde, wellige, vom Schweiß verklebte Haare zum Vorschein. »Wieso bist du denn schon so früh zu Hause?«

»Guten Tag, Linus. Und bitte zieh die Stiefel aus. Du bringst ja die ganze Straße in die Wohnung.« Linus' Wangen wurden noch röter, als er niederkniete und unbeholfen den Reißverschluß seiner Stiefel öffnete. »Wasch dir die Hände und kämm dir die Haare, und dann komm bitte in die Bibliothek. Ich muß dir etwas sagen.«

Linus platzte heraus: »Was denn? Was ist denn passiert?«

Bertil seufzte. Es war ein ganz besonderes Seufzen, eine Mischung aus Verärgerung und Resignation, ein Seufzen, das er ausschließlich Linus vorbehielt. »Ich habe dir doch gerade erklärt, daß ich dir das gleich in der Bibliothek sagen werde.« Bertil machte auf dem Absatz kehrt und überließ Linus, der immer noch mit dem Reißverschluß seiner Stiefel kämpfte, seinem Schicksal.

Linus wusch sich Gesicht und Hände. Dann kämmte er sich die Haare, zog sorgfältig auf der einen Seite einen Scheitel und mühte sich vergeblich ab, die Locken zu bändigen, die ihm wirr vom Kopf standen. Auf dem Weg in die Bibliothek schlüpfte er schnell in sein Zimmer, um einen kurzen Blick auf den Modellbaukasten zu werfen. Dort blieb er wie angewurzelt stehen, denn auf dem blauen Kunststoffschreibtisch befanden sich lediglich das Foto des kleinen Linus auf dem Schoß seiner Mutter, sein braunes Kunstlederfedermäppchen sowie der große Bleistiftspitzer, der an der Schreibtischplatte befestigt war. Die sorgfältig ausgebreiteten Einzelteile von Linus' Modellflugzeug waren nirgends zu sehen. Mit einem gequälten Aufschrei huschte Linus zum Tisch und zog die Schublade heraus. Dort waren die Teile, achtlos mitten unter seine Zinnsoldaten, sein Plastilin, seine Murmeln und Bleistiftstummel geworfen.

»Es ist furchtbar, Papa, wirklich. Dazu hatte sie kein Recht«, sagte Linus ganz aufgeregt, als er in die Bibliothek trat. Seine Wangen waren mittlerweile noch röter als vorher, und die Haare ringelten sich wieder in jenen Locken, die er so sehr haßte.

Bertil Stendal hob den Blick vom Wirtschaftsteil seiner Zeitung und nahm die Pfeife aus dem Mund. »Da bist du ja, Linus.« Er warf einen Blick auf seine Uhr.

»Sie hat's kaputtgemacht. Dazu hatte sie kein Recht. Es ist mein ...«

»Linus, würdest du bitte einen Augenblick den Mund halten und dich setzen? Ich muß dir etwas Wichtiges sagen.«

Linus setzte sich schweigend auf das Sofa unter das Bildnis seines Großvaters. Doch innerlich schäumte er vor Wut. Schließlich platzte es aus ihm heraus: »Sie hat sicher ein paar Teile verloren, und dann ist der ganze ...«

»Linus.« Bertils Stimme nahm einen warnenden Ton an. Er schwieg einen Augenblick, um sich zu sammeln. Vor seinem geistigen Auge sah Linus, wie sich sein Vater in zwei Hälften teilte: Der eine Bertil marschierte zornig von dannen, während der andere ihm nachging, ihm besänftigend die Hand auf die Schulter legte und ihn wieder in ihren gemeinsamen Körper zurückholte. Linus mußte ein Kichern unterdrücken, als Bertil den Mund aufmachte.

»Nun, du wirst wahrscheinlich gemerkt haben, daß ich sehr gern mit Tante Olivia zusammen bin. Ich bin seit dem Tod deiner Mutter sehr einsam.« Linus sah seinen Vater an, überrascht darüber, daß dieser ganz ähnliche Gefühle hegte wie er selbst. »Tja, und was ich dir sagen wollte: Olivia hat meinen Heiratsantrag angenommen und wird so deine neue Mutter.«

»Tante Olivia und du – ihr wollt heiraten?«

Bertil stieß wieder jenen besonderen Linus-Seufzer aus. »Ja, Linus, genau das wollte ich dir sagen. Ich hoffe, unser Vorhaben findet deine Zustimmung.«

Linus versuchte, sich zu konzentrieren, denn seine Gedanken waren immer noch bei seinem Flugzeugmodell. Ja, er konnte Tante Olivia leiden. Sie redete nicht von oben herab mit ihm und zerzauste ihm auch nicht die Haare. Wenn er's recht bedachte, redete sie überhaupt nicht viel und ließ ihn in seinem Zimmer machen, was er wollte. Sein Vater war besserer Laune, wenn sie sie besuchte, und einmal hatte sie ihm ein wirklich gutes Essen gekocht, etwas Englisches mit Fisch – dabei mochte er Fisch sonst nicht sonderlich. Sie war Engländerin, lebte aber schon so lange in Schweden, daß man sich nicht für sie schämen mußte wie Johan Falk, dessen Mutter aus Argentinien kam. Frau Falk redete die ganze Zeit und obendrein noch ziemlich laut. Außerdem nahm sie jeden in den Arm, sogar Linus, den sie kaum kannte. Linus wußte, daß Tante Olivia ihn nie so in Verlegenheit bringen würde.

Er nickte. »Das ist sehr schön. Seid ihr jetzt verlobt?«

Sein Vater verzog seine ziemlich schmalen Lippen zu einem seltenen Lächeln. »Ja, Linus, mein Junge, jetzt sind wir verlobt.«

Linus mochte es, wenn Bertil ihn »mein Junge« nannte, dachte aber auch, wenn sein Vater ein bißchen öfter lächeln würde, gelänge ihm das sicher besser. »Du mußt üben, Linus«, sagte sein Turnlehrer immer, wenn Linus' Beine sich wieder einmal weigerten, die Holzstange zu erreichen. »Du mußt üben, Linus, dann wirst du auch gelenkiger.« Wenn Bertil sein Lächeln übte, fiele es ihm vielleicht auch leichter.

»Wo ist Tante Olivia?« fragte er, weil er sie schon eine ganze Weile nicht mehr gesehen hatte.

»Sie ist zu Besuch in England gewesen und heute morgen zurückgekommen. Hast du sonst noch Fragen?« Bertil wandte den Blick von seinem Sohn ab und den Papieren auf seinem Schreibtisch zu.

»Wenn Tante Olivia bei uns einzieht, brauchen wir dann Frau Sparre noch? Sie hatte kein Recht, in mein Zimmer zu gehen und alles durcheinanderzubringen ...«

»Linus, hör auf, dich aufzuregen. Ich gehe bald zum Abendessen aus. Eine kleine Feier. Frau Sparre hat dir ein paar Fleischbällchen aufgehoben. Die kannst du dir in der Pfanne warm machen oder kalt essen. Außerdem sind Preiselbeeren im Kühlschrank. Ich habe Frau Sparre eigens dran erinnert, welche zu kaufen.« Linus' Laune wurde ein wenig besser; Fleischbällchen mit Preiselbeeren waren seine Lieblingsspeise. »Nun, mein Junge ...« Bertil erhob sich von seinem Ledersessel, ging zu Linus hinüber und legte die Hände auf seine Schultern. »Bist zu zufrieden?«

»Ja, danke.« Linus sah seinen Vater an. »Neulich hab ich die Fleischbällchen ohne Preiselbeeren essen müssen.«

Bertil zog die Hände von den Schultern seines Sohnes zurück. »Ich meine die Sache mit Tante Olivia und mir, Linus.«

Linus runzelte konzentriert die Stirn. »Ich habe noch nicht genug Zeit zum Nachdenken gehabt, aber ich glaube schon. Und wenn du glücklich bist ...«

Später am Abend saß Linus im Licht seiner blauen Schreibtischlampe und setzte sorgfältig die Einzelteile seines Modellflugzeugs zusammen, während auf dem Plattenspieler Bob Dylans »Mr. Tambourine Man« lief. Draußen war es dunkel und still. Linus hob den Blick von seiner Arbeit und betrachtete das Foto von seiner Mutter mit ihm auf dem Schoß. Da traten ihm die Tränen in die Augen, liefen ihm die Backen hinunter und in den Mund. Er schniefte und wischte sie mit seinem schmutzigen Handrücken weg, bevor er sich wieder seiner Arbeit zuwandte.

2

»DIE ERÖFFNUNG DER Galerie von Olivias Freundin ist offenbar gut gelaufen.« Audrey las gerade Olivias Brief, die Brille mit dem Goldgestell war fast bis auf ihre Nasenspitze gerutscht. Hin und wieder murmelte sie einen Satz, allerdings nicht so laut, daß ich oder mein Vater ihn verstanden hätten. Doch plötzlich hob sie den Blick und rief aus: »Mein Gott, wie schrecklich!«

»Was?« Mein Vater riß sich von seinem *Guardian* los.

»Dieser Junge – Linus. Anscheinend hat er sich mit Limonade und Chips vollgestopft und sich dann mitten bei der Eröffnung vor Bauchweh auf dem Boden gekrümmt. Er hat öfter Probleme mit dem Magen, sagt Olivia. Jedenfalls«, meinte meine Mutter und überflog den Rest des Briefes, bevor sie fortfuhr, »hat sein Vater ihn ins Krankenhaus gebracht, allerdings erst, nachdem er das Hauptexponat – ›Madonna mit Kind auf der Flucht vor angreifenden amerikanischen Bombern‹ – vollgespuckt hatte.« Audrey griff kopfschüttelnd nach einer Zigarette in der schwarzen Onyxdose auf dem Beistelltischchen. Mein Vater beugte sich über den Tisch, gab meiner Mutter Feuer und zündete sich dann selbst eine Zigarette an. Hätte ich doch bloß auch geraucht! Daß ich es nicht tat, verstärkte mein Gefühl, nicht dazuzugehören. Außerdem war ich nicht sonderlich groß – natürlich war das ganz normal für eine Zehnjährige –, und ich mußte immer ziemlich früh ins Bett, obwohl ich nie müde war, während Audrey, die die ganze Zeit vor dem Fernseher einschlief, die halbe Nacht aufblieb. Jetzt beobachtete ich meine Eltern dabei, wie sie gleichzeitig an ihren Zigaretten zogen, beide mit einem zufriedenen Lächeln auf ihren Lippen. Da es Samstag war, hatte ich eine Tüte mit Süßigkeiten.

»Was hatte die Skulptur einer Madonna mit Kind denn in einer Kunstgewerbegalerie verloren?« fragte Madox meine Mutter. Audrey zuckte mit den Achseln und wandte sich wieder dem Brief zu. »Vielleicht war sie aus Holz.« Dann legte sie den Brief weg. »Der Junge ist dreizehn. Man möchte meinen, daß Kinder in dem Alter sich nicht mehr so aufführen.«

Ich war mittlerweile mit meinen Süßigkeiten fertig. »Vielleicht«, sagte ich, was meine Mutter dazu veranlaßte, sich mir mit leicht erstauntem Gesichtsausdruck zuzuwenden, als hätte sie kurzzeitig vergessen, wer ich war. »Vielleicht sollten sie ihm dankbar sein. Vielleicht hat das Erbrochene ja genau wie Napalm ausgesehen.«

»Hab ich dir nicht gesagt, daß das Kind die Abendnachrichten nicht anschauen soll?« sagte Audrey zu Madox, und ich wandte den Blick, um festzustellen, wen sie mit »das Kind« meinte. Dann stand ich von dem gepolsterten Stuhl auf, auf dem ich bis dahin gesessen hatte, und sah so auffällig wie möglich auf meine Uhr. Sie war noch ziemlich neu, ein Geschenk zu meinem zehnten Geburtstag, hatte ein kleines, rundes Zifferblatt und ein Armband aus echtem rotem Leder. Sie ging auf die Minute genau. Meine Eltern schienen es bereits zu bereuen, daß sie sie mir geschenkt hatten. »Es ist jetzt elf«, verkündete ich von der Tür aus.

»Danke, Esther«, sagte mein Vater, ohne den Blick von seiner Zeitung zu heben. Er las inzwischen nicht mehr den *Guardian*, der zusammengefaltet auf seinem Schoß lag, sondern die *Times*. Madox mußte alle Zeitungen lesen, weil er selbst politische Kommentare für ein Blatt schrieb. Außerdem machte er Radiosendungen und war auch schon zweimal im Fernsehen aufgetreten. Audrey hatte mittlerweile Olivias Brief beiseite gelegt und musterte mit kritischem Blick die Blumen, die sie in einer Alvar-Alto-Vase arrangiert hatte. Ich wußte, wie sie sich fühlten: unordentlich, am falschen Platz. Dann streckte sie die Hand aus und brach einen Mimosenstengel ab. Das machte sie auch mit mir: Sie entfernte Teile von mir, zum Beispiel meine Haare oder die Kragen meiner Blusen, wenn sie ihr nicht gefielen.

»Wir wollten doch um Viertel vor gehen«, beklagte ich mich.

»Und jetzt« – ich warf wieder einen Blick auf meine Uhr – »ist es dreieinhalb Minuten nach.«

»Ich habe gesagt, du sollst um Viertel vor fertig sein, nicht, daß wir dann gleich gehen«, sagte Madox.

Ich sah ihn entsetzt an. Eltern waren von Geburt an ungerecht, das wußte jedes Kind, aber das ging nun eindeutig zu weit. Also mußte ich etwas sagen. »Wenn du sagst, ›Esther, sei um Viertel vor fertig‹, heißt das, daß wir dann gehen wollen, und wenn ich nicht fertig bin, kriege ich Probleme.«

»Mein Gott, hör endlich auf rumzunörgeln, Kind«, herrschte Audrey mich an. Madox las weiter.

»Es ist einfach nicht gerecht«, sagte ich. »Wenn es andersrum gewesen wäre ...« Madox knallte die Zeitung auf den Tisch. »Noch ein Wort von dir, Esther, und du gehst sofort in dein Zimmer.« Dann streckte er die Hand nach einer weiteren Zigarette aus. Ich war hin und her gerissen: Einerseits wollte ich, daß er die Zigarette ausmachte, damit wir gehen konnten, andererseits wußte ich aber, daß Rauchen die Gesundheit gefährdet und irgendwann zum Tod führt, und im Augenblick haßte ich meinen Vater so sehr, daß ich ihm den wünschte.

»Mein Gott, Esther.« Meine Mutter wandte sich mir zu, eine blaue Iris in der Hand. »Warum ist es dir eigentlich so wichtig, *wann* ihr geht? Hauptsache, ihr geht überhaupt.«

Beleidigt stürmte ich hinaus auf den Treppenabsatz und warf mich auf die grüngepolsterte Sitztruhe am Fenster. Warum ist dir das wichtig? fragt meine Mutter. Es ist genau so, wie ich es mir schon lange gedacht habe: Sie begreift nichts. Madox hatte gesagt, ich solle um Viertel vor elf fertig sein, und wir wußten beide, daß er um diese Zeit aufbrechen wollte. Aber dann überlegte er es sich plötzlich anders und änderte die Regeln, weil es ihm gerade in den Sinn kam, und gab das noch nicht einmal zu. Ich haßte es, wenn Menschen so etwas taten, denn dann hatte ich das Gefühl, daß man sich auf niemanden verlassen konnte. Janet hatte einmal gesagt, daß ich mit dem Gefühl gar nicht so falsch lag. »In dieser Welt wirst du lernen müssen, dich auf dich selbst zu verlassen«, hatte sie gemeint. Das war ja alles schön und gut, dachte ich, während ich mir eine Zornesträne aus dem rechten und eine zweite aus dem linken Auge wischte, aber schließlich war ich ein Kind; ich hatte kein Auto, geschweige denn ein Scheckheft – wie konnte ich da leben? Aus dem Salon hörte ich Audreys Stimme. »Man könnte meinen, wir leben mit einem Oberfeldwebel zusammen«, sagte sie.

»Du mußt auch die positive Seite sehen«, erwiderte Madox. »Wenigstens kotzt sie nicht unsere Kunstgegenstände voll.«

»Lieber Gott, mach, daß er eine ganze Packung Zigaretten raucht«, murmelte ich. Aber dann hatte ich sofort ein schlechtes Gewissen. »Nein, lieber doch bloß eine, lieber Gott«, flüsterte ich hastig.

Um halb zwölf trat Madox schließlich auf den Treppenabsatz. »Ach, da bist du ja, Esther«, sagte er. »Bist du fertig? Hast du dein Geld?«

Ich hielt schweigend meine Geldbörse hoch, die genauso rot war wie das Uhrenarmband, aber aus Kunstleder, nicht aus echtem. In der Börse befanden sich fünf Pfundnoten. Das Geld hatte ich für meinen Auftritt in einer Zahnpastareklame im Fernsehen bekommen. Das war eine Katastrophe gewesen. Eine Freundin von Audrey hatte mich bei Peter Jones entdeckt. Die mir völlig fremde Frau war hinter einer Auslage mit Nähmaschinen hervorgestürzt, hatte sich über mich gebeugt und mein Gesicht in beide Hände genommen. »Was für ein Schatz!« hatte sie ausgerufen. Dann war sie auf dem Teppichboden des Kaufhauses niedergekniet und hatte mich angestarrt. Spätestens da hätte ich erwartet, daß meine Mutter eingreifen würde; schließlich sollte ich nicht mit Fremden sprechen, und diese Frau war nicht nur fremd, sondern ganz schön merkwürdig.

Aber weit gefehlt: »Schätzchen«, hatte Audrey gerufen, als die fremde Frau sich wieder erhob. Dann hatten sie sich mit einem Küßchen begrüßt.

»Sie ist genau die Richtige«, hatte die Frau gesagt. »Ist das deine Tochter?« Manchmal schien meine Mutter auf diese Frage nur ungern Auskunft zu geben, aber diesmal hatte sie ziemlich rasch ja gesagt.

»Tja, dann hätte ich sie gern«, hatte die Fremde erklärt.

Da hatte ich angefangen, mir Sorgen zu machen. Ich weiß, ich jammere ständig über meine Mutter, aber sie ist meine Mutter, und ich bin an sie gewöhnt. Ich denke sogar, daß ich sie liebe. Nun, es hatte da schon das eine Mal gegeben, als ich Gott in meinem Abendgebet bat, sie mit einem Blitzschlag zu treffen, aber das hatte ich natürlich nicht so gemeint.

Also hatte ich an ihrem Ärmel gezupft. »Ich glaube, wir sollten jetzt lieber gehen«, hatte ich ihr zugeflüstert. »Sag ihr, daß sie mich nicht haben kann, und dann laß uns verschwinden.«

Doch Audrey hatte mich abgeschüttelt. »Esther, was hast du denn? Das hier ist Mrs. Debray. Sag schön guten Tag zu ihr.« Ich hatte sie wütend angestarrt und »Hallo« gemurmelt.

»Mrs. Debray und ich sind schon lange befreundet«, hatte Audrey gesagt. »Mrs. Debray arbeitet beim Film.« Daraufhin hatten sie beschlossen, ins Obergeschoß zu gehen und dort einen Kaffee zu trinken. Mrs. Debray hatte eine Cola für mich bestellt.

»Ich möchte, daß du in einem kurzen Werbefilm mitspielst, den ich gerade mache, Esther. Ist das nicht was?« Dabei hatte sie sich wieder zu mir heruntergebeugt, so daß ihre Augen auf gleicher Höhe waren wie meine. Ich hatte ihren Blick erwidert und mir dabei gewünscht, daß ich ganz schnell ganz groß werden könnte wie Alice im Wunderland. Statt dessen hatte ich erklärt: »Immer wenn jemand sagt: ›Ist das nicht was?‹, sagt mein Vater: ›Tja, schon, aber nicht alles.‹«

»Nun werd mal nicht frech, Esther.« Audrey hatte mich mit einem Stirnrunzeln angesehen.

»Ich wollte gar nicht frech sein«, hatte ich begonnen. »Daddy sagt das immer, wenn Leute …«

»Jetzt reicht's, Esther«, hatte Audrey mit einem warnenden Unterton gesagt. Doch Mrs. Debray hatte nur gelächelt und noch einmal wiederholt, daß ich genau die richtige für die Rolle sei. Meine Mutter und ich waren nicht sonderlich überzeugt gewesen. Schließlich hatte ich die Rolle der bösen Zahnfee bekommen. Der Gedanke hatte mir sehr gefallen, und ich hatte Stunden vor dem Spiegel zugebracht, um so zu zischeln und Grimassen zu ziehen, wie man das von einer bösen Fee erwartet. Ich hatte mir sogar mit Lakritze die Schneidezähne geschwärzt. Am Tag, an dem die Dreharbeiten begannen, war dann die Katastrophe über uns hereingebrochen. Wenige Minuten vor meinem Auftritt, als ich, nur mit Unterhemd und Unterhose bekleidet, ganz allein in einer Garderobe stand, hatte der Regisseur beschlossen, daß ich genau die richtige sei für die Rolle der guten Zahnfee. »Sie hat so schöne dunkle Locken und dazu diese strahlendblauen Augen. Und obendrein eine tolle Haut und schöne Zähne« (meine Mutter hatte mich gezwungen, die Lakritze abzuwaschen).

Niemand hatte auf meinen Protest gehört. Ich hatte versucht, ihnen zu erklären, daß gute Feen normalerweise blonde Haare haben und böse dunkle, genau wie ich, aber es war sinnlos, denn keiner hörte auf mich. Statt dessen waren sie alle um mich herumgeschwirrt, hatten an meinen Haaren gezogen, mir Bänder hineingebunden, mir einen Unterrock übergestreift und mich schließlich noch in ein weißes Tüllkleid mit rosafarbenen Rosenblüten gesteckt. Ich hatte gespürt, wie mein Gesicht vor Scham dieselbe Farbe annahm, aber das hatte ihnen offenbar noch besser gefallen. »Was für hübsche rote Bäckchen! Wie Schneewittchen.«

Schneewittchen! Und am schlimmsten war es gewesen, daß meine Mutter die ganze Zeit bloß dabeistand und zufrieden lächelte. Auf wen, fragte ich mich da, konnte man sich auf der Welt noch verlassen?

Aber wenigstens hatte ich ein bißchen Geld verdient, fünf Pfund, die ich persönlich ausgehändigt bekam und ausgeben konnte, wofür ich wollte. Und nun hatte ich vor, sie bei Hamleys zu lassen, sobald mein Vater uns dort hinbrachte.

Es war Samstag und das Geschäft auf allen fünf Stockwerken voller Leute. Madox war gereizt, noch ehe wir das zweite erreichten. Ich hatte einem Mann zugesehen, der ein Schloß aus Legosteinen baute, und mich dann den Plüschtieren zugewandt. Es kam nicht allzuoft vor, daß ich so viel Geld zum Ausgeben hatte, und ich wollte es optimal nutzen. Eine kuschelige Giraffe gefiel mir sehr gut, aber sie war zu teuer. Das machte mir nichts, denn es war besser, nicht sofort das Richtige zu finden, weil dann nicht alles so schnell vorbei war. Als nächstes blieb ich bei den Barbie-Puppen stehen. Ich haßte Ken, weil ich ihn schrecklich häßlich fand mit seinen kurzen, stoppeligen Haaren. Sein Freund Alan war mir da schon lieber. Vielleicht sollte ich mir einen Alan kaufen? Hinter mir räusperte sich Madox ungeduldig. Wenn *er* gezwungen worden wäre, eine gute Fee im Fernsehen zu spielen, hätte *ich* gesagt, er habe sich ordentlich Zeit verdient, um sich etwas Schönes für sein Geld auszusuchen. Aber mir war früher schon aufgefallen, daß Erwachsene selten so gerecht waren wie Kinder. Was passierte nur in der Zeit, in der man erwachsen wurde? Alle gingen davon aus, daß aus Kindern irgendwann Erwachsene wurden, doch je mehr ich erlebte, desto mehr zweifelte ich daran. Vielleicht holte man die Kinder am Vorabend ihres sechzehnten Geburtstags einfach aus dem Bett und tauschte sie gegen Erwachsene aus? Was hieß, daß es irgendwo einen sehr schönen Ort geben mußte, an dem all diese Kinder sich aufhielten.

Ich schenkte Madox keine Beachtung und ging zu einem Stand mit winzigen Babypuppen. Sie waren alle in einer eigenen kleinen Verpackung, und man konnte das unterschiedlichste Zubehör für sie kaufen: Bettchen und Wägelchen und Kleider. Ich suchte mir eine aus, die dunkle Haare hatte wie ich. Sie konnte meine kleine Schwester sein. Sie kostete ein Pfund neunundneunzig Pence. Für das restliche Geld konnte ich Kleider oder ein Bettchen kaufen. Ich zögerte, denn das war eine wichtige Entscheidung, und ich war mir alles andere als sicher. Da plötzlich entdeckte ich sie, ein Paar Schellen, rund und pastellfarben: pink, apricot, gelb und blau, lavendel und türkis. *Erzeugt einen vollen, professionellen Klang*, stand auf der Verpackung. *Bedienungsanleitung und Broschüre mit leicht zu erlernenden Melodien beiliegend.* Ich schloß die Augen und stellte mir vor, stolze Besitzerin dieser Glöckchen zu sein. Ich konnte üben, wenn ich ganz allein im Haus war oder alle anderen schliefen. Falls meine Eltern dann aufwachten, dachten sie sicher, sie wären im Himmel.

»Nun mach schon, Esther.« Madox klang gelangweilt. »Was willst du nun?«

Ich atmete tief durch und öffnete die Augen wieder. »Die da gefallen mir«, sagte ich und deutete auf die Glocken.

Madox holte die Packung stirnrunzelnd vom Regal. Was war denn los? Waren sie etwa zu teuer? Ich hatte den Preis nicht gesehen. Ich sah meinen Vater an und wartete darauf, daß das Stirnrunzeln aus seinem Gesicht verschwand.

»Bist du dafür nicht ein bißchen zu alt? Du hast doch ein richtiges Instrument zu Hause. Aber ...« Dabei reichte er mir die Packung. »Es ist dein Geld. Ich will mich da nicht einmischen.«

Ich würdigte die Schellen keines weiteren Blickes, als ich sie aufs Regal zurückstellte. »Ich hab ja nur gedacht«, sagte ich hastig und spürte, wie ich rot wurde. »Eigentlich will ich das da.« Ich packte eine Schachtel mit Plastikformen. »Damit macht man Muster«, erklärte ich.

»Ich hab dir schon gesagt«, meinte Madox auf dem Weg zur Kasse, »es ist *dein* Geld.«

Zu Hause sah Audrey die Schachtel mit der Abbildung des Jungen und des Mädchens auf dem Deckel an, die beide bunte, ärmellose Pullover trugen und darin vertieft waren, mit Hilfe der Plastikformen geometrische Muster zu zeichnen. »Schablonen, sehr hübsch, Schätzchen.« Dann wandte sie sich Madox zu. »Und wie machen wir's mit dem Abendessen? Wollen wir hierbleiben oder ausgehen? Ich würde lieber ausgehen. Ich habe keine Lust zu kochen. Warum Janet darauf besteht, jedes Wochenende ihre Mutter zu besuchen, werde ich nie begreifen. Die alte Dame erinnert sich doch sowieso an nichts. ›Janet‹, habe ich zu ihr gesagt, ›fahren Sie einmal im Monat hin und sagen Sie ihr, Sie besuchen sie nächste Woche wieder. Das merkt sie doch ohnehin nicht.‹«

Ich ging nach oben und schob die Schachtel mit den Schablonen ungeöffnet in meinen Schrank. Dann legte ich mich auf mein Bett und drückte Pigotty an mich, das riesige rote Stoffschwein, das meine Oma Billings mir zu Weihnachten geschenkt hatte. »Er ist ein Prinz unter den Schweinen«, hatte meine Oma gesagt, und sie hatte recht gehabt. Zum Beispiel hatte Pigotty Zitzen, kleine Messingknöpfe, an seinem grau-weiß gestreiften Bauch – und Audrey hatte gemeint, das hätte mir doch sagen müssen, daß dieser Er eigentlich eine Sie war. Aber ich hatte erwidert, daß ihn das nur zu einem außergewöhnlicheren Er mache. Und er war wirklich ein vernünftiges Schwein: Er machte sich nie Gedanken über sein Gewicht und hatte das ausgeglichenste Wesen von allen Leuten, die mir je begegnet waren. Jetzt stimmte er mir gerade zu, daß die pastellfarbenen Schellen wunderbar gewesen wären. »Aber das ist keine Katastrophe«, fuhr er ruhig fort. »Wenn du erst groß und Psychiaterin bist, kannst du dir so viele Schellen kaufen, wie du möchtest, und mit ihnen die ganze Nacht scheppern, wenn du das willst.« Und weil er ein so vernünftiges und intelligentes Schwein war, fügte er hinzu: »Allerdings könnte ich mir vorstellen, daß du dir dann eher eine E-Gitarre wünschst. Möchtest du jetzt was zu trinken? Cola oder Limonade?«

»Kein schlechtes Zeugnis.« Bertil Stendal schenkte seinem Sohn ein seltenes Lächeln und reichte das Zeugnis seiner Frau. »Vieren in den meisten Fächern, und in Musik eine Drei. Aber in Kunst und Mathe Fünfen.«* Bertil wandte sich wieder Linus zu. »Du gehst ganz nach deiner Stiefmutter, stimmt's? Gut gemacht.« Dabei legte er kurz die wohlgeformte Hand auf die Schulter seines Sohnes.

»Ja, gut gemacht«, sagte auch Olivia. Doch während sie ihren Stiefsohn musterte, fragte sie sich, nach wem er tatsächlich ging. Angeblich sah er seiner verstorbenen Mutter ähnlich, jener Frau, deren Gegenwart sie in dem Haus auf der Insel und sogar hier, in der Wohnung mit den hohen Decken, so deutlich spürte. »Typisch zweite Frau«, hatte sie Audrey Fisher in ihrem letzten Brief geschrieben. Auf den Fotos, die sie von Astrid kannte, wirkte die junge, schlanke Frau mit den blonden Haaren und den großen, verloren dreinschauenden Augen zerbrechlich. Gerade diesen verlorenen Blick hatte Olivia schon mehr als einmal auch in Linus' Augen gesehen. Diejenigen, die Astrid persönlich erlebt hatten, erzählten von ihrer Sanftmut und ihrer großen Begabung.

* Das schwedische System der schulischen Bewertung umfaßt fünf Noten, von fünf bis eins, wobei fünf die beste Note ist. (Anm. d. Ü.)

Sie hätte etwas aus ihrem Leben machen können, sagten sie, wenn nur ... Vielleicht, dachte Olivia, war sie ungerecht, aber irgendwie hatte sie das Gefühl, daß Astrid, selbst wenn sie hundert Jahre alt geworden wäre, sich nur weiter hätte durchs Leben treiben lassen. In dieser Hinsicht ähnelte Linus ihr überhaupt nicht, denn er war ständig beschäftigt, vor allem mit den Karikaturen, die er die ganze Zeit zeichnete. Für seine dreizehn Jahre war Linus ziemlich groß, größer als Olivia selbst, schlank und wirkte ätherisch wie seine Mutter, aber im Innern, vermutete Olivia, fühlte er sich wohl immer noch wie der kleine runde Junge, den sie fünf Jahre zuvor kennengelernt hatte. Und was hatte er von seinem Vater geerbt? Das Talent fürs Zeichnen. Sein unermüdliches Interesse an seiner Umgebung. Doch während der erfolgreiche Bertil, dessen Gelassenheit offenbar nur Linus erschüttern konnte, mit strengem Blick von seinem Olymp auf den Rest der Welt herunterblickte, schien sein Sohn die meiste Zeit auf einem eigenen kleinen Planeten zu leben, weit von ihnen allen entfernt. Dort konstruierte er seine immer komplizierter werdenden Modelle, zeichnete oder hörte Musik. Nach Aussage seiner Lehrer war er ein Musterschüler, vorausgesetzt – wie einer von ihnen es beim letzten Elternsprechtag ausdrückte – »er gibt uns die Ehre seiner Anwesenheit«.

»Wollen Sie damit sagen, daß mein Sohn die Schule schwänzt?« hatte Bertil gefragt.

Der Lehrer hatte gelächelt. »Nein, aber es gibt Zeiten, in denen er geistig völlig abwesend ist. Er schafft seine Noten nur, weil er sich immer gerade noch rechtzeitig konzentriert.« Was sollte man mit einem solchen Jungen tun? Olivia sah Linus an, der im Augenblick eine grell pinkfarbene Cordhose, ein weinrotes Hemd und dazu eine schwarze Strickkrawatte trug – Kleidung, die er sich selbst ausgesucht hatte. Er war nicht mehr klein und rundlich wie vor ein paar Jahren, aber seine Haare ringelten sich noch immer, wenn sie naß wurden, und er wurde beim geringsten Anlaß tiefrot. Wie zum Beispiel in diesem Augenblick aus Freude über das Lob seines Vaters. Bertil erwähnte etwas von den geistigen Kapazitäten der Familie, und während Linus' Wangen noch röter wurden, wartete Olivia auf das unvermeidliche schrille Lachen, das er gleich ausstoßen würde. Da war es auch schon, dieses Lachen, das ihren Mann so irritierte und ihn dazu brachte, die Stirn zu runzeln und zu seufzen.

»Hier«, sagte er und holte die Brieftasche aus der Innentasche seines Sakkos. »Kauf dir was Hübsches. Vielleicht wieder einen Modellbaukasten?« Dabei reichte er Linus fünf neue Einkronenscheine. Bertils Banknoten waren stets neu, und manchmal stellte Olivia sich vor, wie ihr Mann sie spät in der Nacht in seinem Arbeitszimmer bügelte.

Als Linus wieder in seinem Zimmer war, steckte er das Geld in seine braune Lederbrieftasche. Er hatte schon vor Ewigkeiten aufgehört, Flugzeuge aus Modellbaukästen zu bauen, aber offenbar war Bertil das entgangen. Doch er wußte genau, wofür er das Geld ausgeben würde. Er packte seine rote Wollmütze und setzte sie auf. (Er redete sich ein, daß seine Locken irgendwann glatt werden würden, wenn er die Mütze nur lange genug trug und nicht einmal zum Schlafen abnahm.) Draußen auf der Straße hob er das Gesicht zur Sonne und blinzelte zu den erbsengrünen Blättern der Linden hoch. Am Kiosk beim Park Avenue Hotel blieb er stehen, um zu überlegen, ob er sich ein Eis kaufen sollte. Schließlich entschied er sich dagegen und ging weiter bis zum Schreibwarengeschäft. Drinnen stellte er sich vor die Vitrine in der Mitte des großen Ladens, in der die Notizbücher lagen: gebundene, weiche, gemusterte und unifarbene. Er betrachtete sie gute zehn Minuten und drehte jedes davon sorgfältig zwischen seinen langfingrigen Händen, die so sehr denen seines Vaters glichen, musterte das Papier und roch daran. Dann traf er seine Entscheidung.

Das Notizbuch, das er wählte, war gold-braun marmoriert, hatte einen braunen Kunstlederrücken und einen Goldrand. Die Seiten waren schlicht und ziemlich dünn. Schon während Linus an der Kasse wartete, freute er sich darauf, sie mit seinen Zeichnungen zu füllen. Draußen schritt er so schnell aus, daß er nicht einmal seine Schulfreunde Ulf und Stig bemerkte, die die Straße in entgegengesetzter Richtung zum Sportplatz hinunterschlenderten.

Ulf, der seinen Fußball unter den linken Arm geklemmt hatte, streckte die Hand aus und hielt Linus am Ärmel seines blauen Pullovers fest. »Kommst du mit zum Fußballspielen?« fragte er.

Aus seinen Gedanken gerissen, kniff Linus die Augen zusammen. »Hallo, Leute.« Er trat von einem Fuß auf den anderen und stieß ein hohes Kichern aus, wie er es so oft tat. »Ich hab euch gar nicht gesehen. Nein, ich komm nicht mit. Ich muß heim.«

Ulf zuckte mit den Achseln. »Na schön.« Dann ließ er den Ball auf den Boden springen, bevor er ihn Stig zuspielte. Eine ältere Frau, die trotz der Frühlingssonne einen langen Wollmantel trug, fiel fast darüber und blieb einen Augenblick stehen, um die Jungen zu tadeln. »Entschuldigung«, murmelte Ulf und zog dann eine Grimasse. Die drei Jungen mußten lachen, als die Frau beleidigt ihren Weg fortsetzte.

Als Linus zu Hause ankam, waren Bertil und Olivia nicht da. Jetzt fiel ihm wieder ein, daß sie ihm gesagt hatten, sie würden den Tag außer Haus verbringen, aber wo, hatte er vergessen. Er freute sich, die Wohnung für sich zu haben, denn dann konnte er zum Beispiel seine Wollmütze auflassen, ohne sich herumstreiten zu müssen. (Als es das letzte Mal deswegen Streit gegeben hatte, hatte er erklärt, er würde zum Judentum übertreten, wenn das die einzige Möglichkeit wäre, im Haus eine Mütze zu tragen, doch Bertil hatte daraufhin gedroht, den mit ihm befreundeten Rabbi zu holen und diesem zu sagen, daß Linus' Gründe für den beabsichtigten Glaubenswechsel alles andere als untadelig waren.)

Linus ging in die Küche und machte sich einen Schokoladenmilchshake und drei große Sandwiches, zwei davon mit Käse und eins mit Räucherwurst. Dann setzte er sich an den Tisch und dachte über das neue Notizbuch nach. Sobald er mit dem Essen fertig war, spülte er Teller und Tasse ab und wischte die grüne Plastiktischdecke ab. Endlich konnte er sich an die Arbeit machen.

Als er an seinem Schreibtisch saß, schlug er das Notizbuch auf und schrieb: *Mein Leben, wie es sein sollte: Die wunderbaren Abenteuer eines Jungen (in Bildern).*

Im Sommer bekam ich einen Hundewelpen, einen kleinen West Highland Terrier, den wir Laurence nannten, nach Laurence Olivier. Ich hätte ihm lieber den Namen »Jumble« gegeben, nach William Browns Hund in den *Just-William*-Geschichten, aber leider hat sich Audrey durchgesetzt. Ich höre immer wieder Leute sagen, daß die Kinder heutzutage zu oft ihren Willen bekommen; nun, da kann ich nur erwidern, daß sie offenbar Audrey nicht kennen. Aber egal, denn Audrey und Madox hatten mir beide versichert, daß Laurence hauptsächlich mein Hund sein würde, genauer gesagt, fast ganz. Davon mußte ich nur noch Laurence selbst überzeugen. Ich liebte Laurence. Ich hatte mir einen Hund gewünscht, so lange ich denken konnte, einen großen Hund, der mein bester Freund sein und zusammen mit mir Abenteuer erleben würde. Was für Abenteuer hatte ich noch nicht entschieden, aber auf jeden Fall waren immer ein gutgefüllter Picknickkorb und ein Hund dabei, auf dessen mächtigen Kopf ich meine Hand legen konnte. Tja, Laurence war klein, und wenn ich versuchte, meine Hand auf seinen Nacken zu legen, würden wir wahrscheinlich beide auf dem Boden landen, aber er war *mein* Hund, fast. Im Augenblick sprang er gerade hier draußen auf dem Rasen schwanzwedelnd um Oma Billings herum, die Hunde überhaupt nicht leiden konnte. Tief in meinem Innern regte sich so etwas wie Eifersucht. Warum mochte Laurence fast alle anderen Leute lieber als mich, die ich ihn so sehr liebte?

»Komm, mein Junge«, rief ich, ging in die Knie und klatschte mir dabei auf die Schenkel, um meinen Welpen herzulocken. Laurence, der damit beschäftigt war, mit Oma Billings' linkem Bein zu flirten, wandte den Kopf etwa eine Sekunde lang, bevor er sich auf den Rücken rollte und dabei heftig mit dem Schwanz wedelnd vor Verzücken die Augen verdrehte.

»Hierher, mein Junge!« versuchte ich es noch einmal, die Wangen vor Frustration ganz rot.

»Ach, gib's auf, Esther«, meinte Audrey, die ihren Eiskaffee im Schatten der großen Buche schlürfte. »Lauf und wasch dir die Hände. Es gibt bald Mittagessen.«

Ich wusch mir die Hände in dem Porzellanbecken des kleinen

Zimmers, das ich während unserer Aufenthalte auf dem Land bewohnte. Durch das offene Fenster hörte ich, wie meine Mutter zu Laurence sagte, er solle sich nicht so aufführen. Ich nahm Pigotty in den Arm, setzte mich auf den kleinen Korbsessel, schlug mein Buch auf und legte es auf Pigottys breiten Rücken. Warum nur war Laurence nicht wie Joey, der Hund in dem Buch? Joey liebte sein Frauchen, ein Mädchen namens Georgie, und wich ihr nie von der Seite. Er war schon mehrmals von Georgies Tante, bei der sie lebten, bestraft worden, weil er sich weigerte, in der Nacht seinen Platz vor Georgies Tür zu verlassen und unten in der Spülküche zu schlafen. Am Morgen weckte er Georgie mit seiner rauhen Zunge, und dann spielten sie den ganzen Tag draußen auf den Feldern. Ich reckte den Hals, um durch das offene Fenster in den Garten hinunterzuschauen. Dort machte Laurence gerade Männchen und versuchte vergebens, Audrey zu beeindrucken. Sie kraulte nur kurz geistesabwesend seinen Kopf, doch Laurence ließ sich, völlig außer sich vor Begeisterung, wieder auf alle viere fallen und begann, seinen eigenen Schwanz zu jagen. Ich wandte mich wieder meinem Buch zu, Laurences aufgeregtes Jaulen in den Ohren.

Georgie erwiderte Joeys bedingungslose Liebe. *Georgie brauchte keine anderen Freunde und verachtete Spielsachen. Was sollte sie denn mit Spielzeug, wenn sie Joey hatte? Nein, Georgie brauchte nur Joey.*

Ich las diese letzte Zeile wieder und wieder, Pigotty gegen meinen Körper gepreßt. Das war's also! Wie konnte ich von dem armen Laurence erwarten, mein bester Freund zu sein, wenn ich so treulos war? Schließlich hatte ich eine ganze Menge Freunde und verachtete Spielsachen ganz und gar nicht. Ich senkte den Blick und betrachtete Pigotty, drückte ihn noch enger an mich und rieb meine Wange an dem rauhen roten Baumwollstoff seines Rückens. Pigotty war ungewöhnlich schweigsam.

»Esther! Essen!« rief Audrey.

In jener Nacht schlief ich kaum. Eng zusammengerollt lag ich im Bett, Pigotty an den Bauch gepreßt, so daß er aussah wie die dicke rote Kirsche auf einem Gebäckstück. In seinem Korb in der

Ecke des Zimmers jaulte Laurence im Traum. Ich stand gegen sechs auf, als alle anderen noch schliefen, und zog mich an. Unten in der Küche gab ich Laurence sein Frühstück aus warmer Milch und Weetabix. Bevor ich die Schüssel auf den Boden stellte, steckte ich schnell selbst ein paar Weizenplätzchen in den Mund. Ich schaffte es kaum, Laurence anzusehen, geschweige denn, ihn zu streicheln, und mein Magen zog sich zusammen bei dem Gedanken an das, was ich zu tun hatte.

Drei Stunden später wollten wir wieder zurück nach London fahren. Audrey hatte unser Gepäck bereits in den Kofferraum des Rover gestellt und rief nun nach mir. Ihre verärgerte Stimme drang bis zu Oma Billings' Speicher, wo ich, Pigotty an mich gedrückt, in einem alten Sessel saß. »Keine Angst«, flüsterte ich ihm in sein gestreiftes Stoffohr, »es wird schön, wie Ferien.« Dann legte ich ihn sanft in den alten Einkaufskorb, den ich auf einer Truhe gefunden hatte. »Richtige Ferien, nur für dich allein.« Ich öffnete den weißen Schrank, der in einer Ecke des Raumes stand, den Korb mit Pigotty in der Hand. Auf dem obersten Fach des Schrankes lag ein alter Panamahut. Ich stellte den Korb ab, ging auf die Zehenspitzen, holte den Hut, einen echten Ferienhut, herunter und setzte ihn Pigotty auf. Dann stellte ich den Korb mit Pigotty auf den Boden des Schrankes. »Wiedersehen«, sagte ich lächelnd. »Wiedersehen, Pigotty.« Ich legte eine smaragdgrüne Seidendecke, die ich über einem alten Stuhl gefunden hatte, über den Korb.

»Esther, wo steckst du denn?« Audreys Stimme kam näher. Sie klang noch verärgerter.

»Ich muß los«, flüsterte ich, doch statt die Tür zu schließen, riß ich die Decke wieder weg und nahm Pigotty in die Arme. Die Tränen liefen mir übers Gesicht, als ich mich mit ihm auf den Boden setzte. »Ach, Pigotty, ich werde dich so vermissen.«

»Esther, wenn du nicht sofort kommst, sage ich es deinem Vater.«

Ich rappelte mich hoch und setzte Pigotty wieder in den Korb. Dann rückte ich seinen Hut gerade, aber ich brachte es nicht übers Herz, die Decke wieder ganz über ihn zu breiten, also legte ich sie nur sanft um ihn, so daß es aussah, als säße er in einem weichen grünen Feld. Danach schloß ich die Tür.

Ich dachte, ich würde sein rundes rotes Gesicht, sein lächelndes, vertrauensseliges Gesicht mit dem dummen Hut nie mehr vergessen. Laurence beeindruckte mein Opfer überhaupt nicht, und er warb weiterhin um die Gunst eines jeden, der ihm über den Weg lief.

»Was ist denn mit dem großen Schwein passiert, das du ständig mit dir rumgeschleift hast?« fragte Madox mich Monate später. Es war kurz vor Weihnachten, und wahrscheinlich hatte der große Schinken, der soeben geliefert worden war, ihn an Pigotty erinnert. Ich betrachtete stirnrunzelnd meine Schuhe und gab vor, absolut gleichgültig zu sein: »Keine Ahnung.«

»›Das weiß ich nicht‹, heißt das, mein Schatz, nicht ›keine Ahnung‹.« Audrey betrat das Wohnzimmer mit einem Armvoll vergoldeter Tannenzapfen. Jetzt war es an Madox, die Stirn zu runzeln.

»Den habe ich in der Schule gemacht.« Ich schob ihr einen rotgrünen Weihnachtsmann hin, während sie die Tannenzapfen in einer großen blauen Porzellanschale arrangierte. »Wenn man an der Schnur zwischen seinen Beinen zieht, bewegen sich seine Arme und Beine auf und ab, schau.«

»Hübsch, mein Schatz«, meinte Audrey mit einem geistesabwesenden Blick auf die Tannenzapfen.

»Du hast ihn dir gar nicht angeschaut.«

»Esther, nun sei nicht so lästig.«

»Der ist wirklich sehr hübsch, Esther.« Madox war von seinem Stuhl aufgestanden und hatte den Weihnachtsmann in die Hand genommen. »Wo sollen wir ihn hinhängen? Ins Fenster?«

Jetzt hob Audrey den Blick. »Lieber nicht hier drin. Er ist wirklich hübsch, aber ich habe das Wohnzimmer dieses Weihnachten ganz in Gold und Blau dekoriert. Wie wär's mit der Küche? Oder mit deinem Zimmer, Esther, dann bringt er dir Glück.«

Hielten eigentlich alle Eltern ihre Kinder für dumm, oder

waren nur meine so? »Eigentlich wollte ich ihn dir schenken«, murmelte ich und stapfte hinaus, zutiefst gedemütigt, den ungeliebten Weihnachtsmann in der Hand.

Am Weihnachtstag mußten dann sogar Madox und ich die richtigen Farben tragen. Ich hatte ein nagelneues saphirblaues Kleid an, das, so sagte Audrey, genau zu meinen Augen paßte, aber ich wußte, daß ihr die farbliche Abstimmung mit der Wohnzimmerdekoration viel wichtiger war. Ich machte mir ziemlich Sorgen, als ich einen Blick ins Eßzimmer warf und die dortigen Grün- und Goldtöne sah: Würde ich das ganze Weihnachtsfest im Wohnzimmer verbringen müssen? Um sicherzugehen, schlang ich mir ein grünes Band ins Haar. Madox trug ein goldfarbenes Seidenhalstuch. »Dir hat sie wahrscheinlich nicht erzählt, daß das zu deinen Augen paßt, oder?« fragte ich ein wenig säuerlich. Wir wußten beide, daß es keinen Zweck hatte, Audrey aufhalten zu wollen, wenn sie gerade wieder ein neues Projekt ins Auge gefaßt hatte, diesmal die Inneneinrichtung. Ich betete, daß sie irgendwann das Backen entdecken würde wie die Mutter von Arabella Felix. Mrs. Felix backte jeden Tag einen Kuchen für Arabella: Schokoladen-, Rühr-, Zitronen- oder Nußkuchen. Mir schmeckte der mit Schokolade am besten.

»Das arme Mädchen wird es seiner Mutter nicht danken, wenn es eines Tages völlig verstopfte Arterien und Übergewicht hat«, sagte Audrey immer, wenn ich ihr von Mrs. Felix erzählte, und dirigierte mich in Richtung Obstschale. Ich versuchte ihr zu erklären, daß wir uns in einem Jahr oder so immer noch Gedanken über meine Arterien und mein Gewicht machen konnten, aber sie wollte davon nichts hören.

Wenigstens hatten wir dieses Jahr einen richtigen Baum. Allerdings hätte es fast wieder nicht geklappt. Audrey haßte Tannennadeln, zumindest dann, wenn sie auf ihren Parkettboden fielen. Und außerdem hatte ihre Freundin Trish in ihrem Wohndesignladen künstliche Bäume aus Amerika. »... nicht diese schrecklichen Dinger von Woolworth, Schatz«, hatte Audrey zu Madox gesagt, aber er hatte gedroht, Weihnachten in seinem Klub zu verbringen, und so waren wir doch noch zu einem echten Baum gekommen. Audrey hatte den Baum mit warnendem Blick angesehen. »Sobald er anfängt, hier eine Sauerei zu machen, ist er draußen.« Sie hatte geklungen, als redete sie über einen unordentlichen Gast. Damit der Baum bleiben konnte, ging ich jeden Morgen ins Wohnzimmer, um ihn zu gießen und dafür zu sorgen, daß es in dem Raum nicht zu warm wurde. Und jetzt war Weihnachten. Ich entdeckte eine Tannennadel auf dem Boden und bückte mich schnell, um sie aufzuheben und in der Brusttasche meines Samtkleides verschwinden zu lassen. Dann erhob ich mich wieder und betrachtete den Baum. Es war ein trüber Morgen, so daß man in dem Zimmer fast nichts sah, aber die winzigen goldenen Lichter am Baum glänzten wie kleine Sterne und warfen ihren warmen Schein über den blauen und goldenen Flitter. Ganz hinten hing an einem der unteren Äste mein Weihnachtsmann, den Madox und ich am Vorabend dorthin gehängt hatten.

»Na, Linus, hat dir Weihnachten gefallen?« fragte Olivia am zweiten Feiertag beim Frühstück.

Linus dachte über die Frage nach und kam zu dem Schluß, daß es ihm nicht gefallen hatte. »Aber dafür konnte niemand was«, versicherte er Olivia. Er hatte bereits am ersten Advent gewußt, daß dieses Weihnachtsfest nichts werden würde, denn da hatte Bertil zu ihm gesagt: »Ich hab mir gedacht, dieses Jahr brauchst du wahrscheinlich keinen Adventskalender mehr; schließlich bist du ja schon fast fünfzehn.« Das Alter, dachte Linus, schien keine absolute, sondern eher eine relative Größe zu sein, etwas, das sich ohne weiteres an die Launen der Erwachsenen anpassen ließ. Nur eins wußte er sicher: Er hatte nie das *richtige* Alter. Erst neulich hatte es wieder geheißen: *Wie stellst du dir das eigentlich vor? Natürlich kannst du nicht allein mit Freunden zum Skifahren gehen – du bist doch erst vierzehn.* Und jetzt war er plötzlich fast fünfzehn und zu alt für einen Adventskalender. Das hatte er sich wieder ins Gedächtnis rufen müssen, als er am ersten Adventssonntag aufgewacht war. Er durfte nicht mehr im Bett liegen und allein beim Gedanken an Weihnachten ganz aufgeregt werden. Dafür war er zu alt. Er war aufgestanden und in die Küche gegangen, um für alle Kaffee zu machen, wie immer am ersten Advent. Später würden sie sich um den Küchentisch setzen, und Bertil würde die Geschichte von Christi Geburt vorlesen, während Linus die erste Kerze anzündete. Doch als er barfuß in der Küche gestanden hatte, um den Kaffee in die Maschine zu füllen, war ihm plötzlich der Gedanke gekommen, daß er dafür wahrscheinlich auch zu alt war. Also hatte er den Meßlöffel zurück in die Kaffeedose gelegt und war wieder ins Bett gegangen. So hatte Weihnachten seinen Glanz und seinen Zauber verloren. Und es war noch schlimmer gekommen: Sie waren am Heiligen Abend zu Hause geblieben, statt wie sonst zu Tante Lisa zu gehen. Dafür konnte niemand etwas, dachte er wieder. Schließlich war Tante Lisa nicht absichtlich eine Woche vor Weihnachten gestorben. Deshalb waren Onkel Gerald, der Bruder von Tante Lisa und eigentlich der Onkel von Linus' Vater, Tante Marie, seine Frau, und ihre Tochter Kerstin zur Abwechslung ins Ausland gefahren. Das bedeutete, daß Linus, sein Vater und Olivia den Heiligen Abend nur zusammen mit Tante Ulla verbringen konnten. Eigentlich war sie überhaupt keine Tante, sondern die Cousine von Linus' Mutter. Linus war überrascht gewesen, wie sehr er die anderen vermißte. Kerstin konnte ziemlich anstrengend sein und war ihm in den Sommerferien ganz schön auf die Nerven gegangen, weil sie ihm auf Schritt und Tritt folgte, aber an Weihnachten hatte er sie gern um sich, denn sie war Teil der Tradition, genau wie der goldene Stern, den sie an der Spitze des Baumes befestigten. Und Onkel Gerald erzählte immer lustige Geschichten über Bertils Kindheit, was Bertil peinlich war, Linus aber darüber staunen ließ, wie normal sein Vater einmal gewesen war. Außerdem spielten sie immer eine Menge Spiele. Das taten sie den Rest des Jahres über kaum, doch an Weihnachten nahmen sie alle einen besonderen Glanz an, zeigten sich von ihrer besten Seite. Onkel Geralds Geschichten wurden witziger, und auch Ulla war komisch, wenn sie sich abmühte, die Quizfragen zu beantworten. Sie war immer noch nicht dahintergekommen, daß Gerald und Bertil sie jedes Jahr manipulierten. Tante Marie sang immer Lieder, wenn sie ein bißchen Schnaps getrunken hatte, obwohl sie sonst eher ruhig war. Aber dieses Jahr war alles anders gewesen. Sie feierten nur mit Ulla, die er gut leiden konnte, deren Gesellschaft ihm aber nicht genügte. Es war wie ein Weihnachtsessen mit gekochtem Schinken, aber ohne Räucheraal oder Hering oder Rotkohl oder Würstchen oder all die anderen Dinge, die bewiesen, daß Heiliger Abend war. Doch auch Ulla wußte eine ganze Menge interessante Sachen, und dieses Jahr hatte sie ihm erklärt, großes Wissen mache einen Mann besonders attraktiv. Daraufhin hatte Linus sich ausgesprochen unattraktiv gefühlt und seine Weihnachtsbücher mit noch größerem Eifer gelesen als sonst, besonders das mit Shakespeares Sonetten. Wenn Ulla recht hatte, konnte Lotten, die in der Klasse unter ihm war, bis Ostern ihm gehören. Linus goß seufzend etwas Milch über seine Frühstücksflocken.

»Audrey hat angerufen, während du im Bad warst«, sagte Olivia zu ihrem Mann. »Sie wollte uns allen ein frohes Weihnachtsfest wünschen.«

»Ist sie immer noch wütend?« fragte Linus.

»Audrey? Warum sollte sie wütend sein?«

»Ich meine Esther«, erklärte Linus, den Mund voller Cornflakes. Er spürte den mißbilligenden Blick seines Vaters und zog schützend die Schultern hoch.

»Was meinst du mit der Frage?« wollte Olivia wissen.

Linus schluckte den Bissen hinunter, den er gerade kaute, und wischte sich das Kinn ab, bevor er antwortete: »Auf allen Fotos, die ich von ihr kenne, sieht sie wütend aus. Auf dem Bild in dem Feenkostüm und auch auf dem von ihrem letzten Geburtstag, wo sie den kleinen Hund auf dem Arm hält.«

»Darüber habe ich mir noch keine Gedanken gemacht«, sagte Olivia. »Aber jetzt, wo du's sagst: Sie ist tatsächlich ein ziemlich unzufriedenes Kind.«

3

DIE GANZEN OBEREN Klassen schnitten mich. Das war ziemlich ungerecht. Ich konnte Jenny Wilde aus der Upper Fifth wirklich gut leiden und hatte ihr nur helfen wollen. Wir sollten alle unsere Schürzen für den Kochkurs selbst nähen. Die Schülerinnen, die ihre Schürze nicht bis Freitag fertig hatten, sollten sie mit nach Hause nehmen und sie dort übers Wochenende fertig nähen. Jenny, die überhaupt kein Geschick im Nähen hatte und noch längst nicht fertig war, hat das ziemlich auf die Palme gebracht, weil sie mit ihrem Freund zu einem Rockkonzert wollte. Da habe ich ihr gesagt, daß ich ihre Schürze fertig nähe. Ich konnte Jenny seit der Zeit gut leiden, als sie den anderen gesagt hatte, sie sollten mich in Ruhe lassen und aufhören, mich »komisch« zu nennen. Ich weiß nicht mehr, warum sie das gemacht haben, aber Jenny war wirklich sehr nett zu mir gewesen, hatte mich in den Arm genommen und mir erzählt, daß man das auch über ihren Vater gesagt hatte. Dabei war er ein hohes Tier bei der Post, und das sagte doch alles, oder? Jenny war außerdem sehr hübsch, so hübsch, wie ich es gern wäre: Sie hatte sanfte braune Augen und weiches braunes Haar und weiche braune Haut.

Ich gab mir große Mühe, ihre Schürze übers Wochenende fertigzubekommen, und dachte, wie sehr sie sich freuen würde. Ich schaute mir nicht einmal *Dr. Who* im Fernsehen an wie sonst. Trotzdem ging alles schief. Als ich am Montag morgen den Flur in der Schule entlangmarschierte, hörte ich jemanden schreien. Es war Miss Jessop, die Handarbeitslehrerin, die gerade Jenny anbrüllte, wie sie nur eine solche Schürze nähen könne; nur ein verzogenes reiches kleines Mädchen wie sie würde einen so guten

Stoff vergeuden, während die Menschen in Afrika bloß Fetzen hätten, um ihre armen, ausgemergelten Körper zu bedecken. Sie hörte gar nicht mehr auf. Da mußte ich etwas unternehmen. Ich meine, schließlich war es nicht Jennys Schuld, daß die Schürze danebengegangen war, sondern meine, weil ich so unordentlich genäht hatte.

Also ging ich zu Miss Jessop und sagte ihr, sie dürfe nicht mit Jenny schimpfen, weil ich die Schürze verdorben hätte. Ich war ziemlich stolz auf mich, daß ich den Mut dazu aufgebracht hatte, aber das dauerte nur ein paar Sekunden, weil Miss Jessop Jenny schon wieder anbrüllte und ihr erklärte, sie sei ein Nichtsnutz und ein Faulpelz, der die jüngeren Mädchen zwinge, ihre Arbeit für sie zu erledigen!

Mein Gott, fühlte ich mich schlecht! Ich versuchte, die Sache zu erklären, aber niemand wollte mir zuhören.

Am Nachmittag teilten mir ein paar Mädchen aus der Upper Fifth mit, daß alle mich schnitten, weil ich eine alte Petze sei. Ich konnte sagen, was ich wollte, sie drehten mir einfach den Rücken zu. Nicht einmal Arabella redete mit mir, und Posy McKenzie schaute ganz traurig und niedergeschlagen drein und gab mir einen Radiergummi zurück, den ich ihr am Tag zuvor geliehen hatte. Und als ich Jenny im Hof begegnete, schüttelte sie nur traurig den Kopf und wandte sich ab.

Da rannte ich den ganzen Weg nach Hause. Als Janet mich fragte, was los sei, fing ich an zu weinen. Ich haßte es zu weinen, aber ich konnte nicht anders.

»Du hast mir immer gesagt, daß alles in Ordnung kommt, wenn man nur das Richtige tut«, schluchzte ich. »›Sag die Wahrheit‹, hast du mir eingebleut. Aber manchmal ist es genau das Falsche, die Wahrheit zu sagen. Was soll man dann machen? Kann man denn niemandem trauen?« Ich sah Janet an und wischte mir mit dem Handrücken die Nase ab.

Janet reichte mir stirnrunzelnd ein Papiertaschentuch. »Schau mich nicht so an«, sagte sie. »Die Frage kannst du dir nur selbst beantworten. Das mußt du hier spüren.« Dabei schlug sie sich mit der Hand, die in einem pinkfarbenen Gummihandschuh steckte, gegen die Brust. »Da drinnen mußt du wissen, was richtig ist und was falsch. Und wenn du das erst einmal entschieden hast, darfst du dich von niemandem mehr abbringen lassen.«

»Aber das ist ja genau das Schwierige«, heulte ich. »Sich sicher zu sein.«

»Tja, das Leben ist nun mal schwierig«, sagte Janet.

Ich versuchte zu tun, was Janet mir gesagt hatte, mir selbst zu vertrauen, aber es wurde nur immer schwieriger. Hauptsächlich deshalb, weil mein Körper jetzt oft etwas sagte und mein Kopf genau das Gegenteil wollte. Wie neulich in der Schule: Eigentlich sollte ich zusammen mit Arabella an einem Geographie-Projekt arbeiten, aber ich war mit einem Jungen zusammen, den ich bei einem gemeinsamen Ausflug mit seiner Schule kennengelernt hatte. Er hieß Mike Hopkins, und wir waren allein bei ihm zu Hause. Seine Eltern arbeiteten beide; sie würden erst spät zurückkommen. Ich sah Mike an. Er war wirklich süß mit seinen dunklen Haaren, die ihm in die Stirn fielen, seinen großen braunen Augen und seinen endlos langen Wimpern.

»Gehen wir doch in mein Zimmer«, sagte Mike. »Ich hab 'ne tolle Stereoanlage und ein paar Superkassetten. Da ist es doch viel gemütlicher.«

Und mein Körper sagte: *Nun mach schon, geh mit ihm rauf. Du weißt doch, daß du ihn gern als Freund hättest. Wahrscheinlich küßt er toll, sabbert nicht so wie Shaun.* Aber mein Kopf brüllte: *Halt! Du kannst nicht mit Mike Hopkins auf sein Zimmer gehen, wenn niemand außer euch im Haus ist. Da könnte ja sonst was passieren.*

Mein Körper sagte: *Genau!*

Janet hatte leicht reden mit ihrem »Du mußt auf deine innere Stimme hören«. So einfach war das nicht, wenn man mehr als eine innere Stimme hatte.

Solche und ähnliche Auseinandersetzungen führte ich in den folgenden Monaten immer wieder mit mir selbst. Normalerweise gewann mein Körper, und deshalb saß ich auch an jenem Abend mit meinem Tagebuch auf dem Wäschekorb im Bad und betrachtete mit finsterem Gesicht mein Spiegelbild: dunkle Haare, blaue Augen, blasse Haut, lausiger Charakter. Man hätte fast sagen können: überhaupt kein Charakter. Ich las den letzten Eintrag in meinem Tagebuch noch einmal, den ich erst ein paar Minuten zuvor gemacht hatte: *Party bei Arabella. Unschuld verloren.* Dann brach ich in Tränen aus. Wie war das nur passiert? Nach einer Weile hörte ich zu weinen auf, hob den Kopf und lauschte auf die Stille, als erwartete ich irgendeine tröstliche Antwort. Wie albern. Audrey und Madox schliefen schon. Wenn sie mein Weinen gehört und die Wahrheit herausgefunden hätten, wäre Audrey sicher sofort ans Telefon gelaufen und hätte den Arzt geholt. Sie hätte ein heißes Bad eingelassen, gefragt, wie das alles so schiefgehen konnte, meinem Vater Vorwürfe gemacht und gesagt, jetzt, da sie fast Großmutter sei, würde sie albern aussehen in Klamotten von Valentino – und was sollte sie dann noch tragen? Mit Sicherheit hätte sie mir keine tröstenden Worte ins Ohr geflüstert. Madox hätte Mitleid mit mir gehabt, aber nicht genug, um den friedlichen Status quo mit meiner Mutter aufs Spiel zu setzen. Ich wischte mir die Tränen mit dem Handrücken ab, holte eine Zigarette aus einer Packung in meiner Tasche und zündete sie mit einem alten Dunhill-Feuerzeug von Madox an. Das war's also: Mit fünfzehn war ich kein unschuldiges Kind mehr. Was nicht heißen soll, daß ich mich als Kind jemals sonderlich wohl gefühlt hätte. Ich war das Gefühl nie losgeworden, daß ich in Wirklichkeit eine ziemlich klein geratene Erwachsene war, die in einem nicht enden wollenden Stück die Rolle eines Kindes spielte und nur auf den Augenblick wartete, in dem sie den Schlußapplaus entgegennehmen, ihr Kostüm ausziehen und sich dem wirklichen Leben zuwenden konnte.

Daß ich einen Freund hatte (einen richtigen Freund, nicht jemanden wie Mike, der an einem Tag sagte, daß er mich mochte, und am nächsten mit meiner Freundin ging), war ein Schritt in die richtige Richtung gewesen. Billy und ich waren nun schon sechs Monate zusammen, und soweit ich das beurteilen konnte, liebten wir uns. Die Sache mit der Liebe zu begreifen, war gar nicht so einfach. Ein bißchen erinnerte es mich an das Filetieren von Fisch –

eine Tätigkeit, die, so meinte Audrey, jede Dame beherrschen sollte. Ich beherrschte dieses Abtrennen all der kleinen Gräten vom Fleisch überhaupt nicht, und bei den kleinen Gefühlsgräten ging es mir genauso: Freundschaft, Lust, Erwartung, Einbildung, Einsamkeit. Sie vom reinen weißen Fleisch der Liebe zu trennen, das schaffte ich einfach nicht. Wenn ich damit fertig war, lag oft nur noch ein undefinierbares Durcheinander auf meinem Teller.

Billy war groß und dunkel, wenn auch nicht wirklich gutaussehend, hatte aber ein gutes Profil. Und außerdem sagte meine Freundin Arabella immer: »Das ist egal, denn wenn du jemanden wirklich liebst, gefällt er dir auch.« Das klang natürlich ermutigend, aber es war auch ganz schön verwirrend. Warum, so fragte ich mich, fand ich Billy fast schon häßlich, wenn ich ihn doch liebte? Lag das daran, daß ich ihn a) eigentlich nicht liebte, oder daran, daß ich ihn b) liebte, aber unter einem ungewöhnlich klaren Blick litt? Über solche Dinge grübelte ich nach, wenn ich mich mit dem Gedanken an die Liebe beschäftigte. Tja, und dann war es passiert. Wie? Selbstverständlich wußte ich, wie. Zuerst küßt man sich und drückt sich aneinander, und dann fängt man an, schwerer zu atmen, und irgendwann kriegt man so ein kribbeliges Gefühl im Unterleib, aber *wie ist es nun wirklich passiert?* In diesem Moment beschloß ich, mich wie ein Kind zu fühlen, jetzt, wo es zu spät war, weil die Tür zur Kindheit hinter mir ins Schloß gefallen war und sich nie wieder öffnen ließ.

Mir war übel. Nein, nein, das war noch nicht die morgendliche Übelkeit. Ich warf einen wütenden Blick auf die Zigarette in meiner Hand – jenes Symbol meines Abstiegs – und stand auf, um sie unter den Wasserstrahl zu halten. Dann ließ ich den Stummel in den geblümten Wäschebeutel an der Tür fallen, der normalerweise den Hemden meines Vaters vorbehalten war, bevor ich mich ins Bett trollte. Mir war so übel, daß ich nicht einmal mehr weinen konnte.

In der Dunkelheit wälzte ich mich auf meinem Bett hin und her. Ich hatte alle Regeln des Anstands verletzt und war doch kaum fünfzehn. Ich hatte sogar gegen das Gesetz verstoßen! Und was, wenn ich schwanger war? Ich starrte mit weitgeöffneten

Augen das Fenster an und stellte mir vor, mich auf den Sims zu setzen und mich einfach hinunterfallen zu lassen. Ich reckte den Hals. War das mein zerschmetterter Körper, den ich da unten auf der Straße sah? Ich hielt mich am Bett fest, zwang mich, mich nicht zu bewegen. Jetzt zu sterben, wäre eine Erlösung; doch zu sterben, ohne je erwachsen gewesen zu sein, war noch schlimmer.

Ich begann, Schwarz zu tragen, nur noch Schwarz, weil ich das Gefühl hatte, daß das meinem Charakter entsprach. Zwar hinderte das manche Leute nicht daran, alberne Bemerkungen zu machen wie zum Beispiel: »Ach, wie schön ist es doch, noch so jung und unschuldig zu sein« (Edith Brookenberry, eine Freundin von Oma Billings) oder: »Mach das Beste aus der schönen Schulzeit, sie ist so schnell vorbei« (irgendein sentimentaler alter Narr, der sich irgendwann die Schule anschaute, an dessen Namen ich mich aber nicht mehr erinnere), doch zumindest war ich nicht schwanger, und meine Eltern fanden nie heraus, was passiert war.

»Das Leben geht weiter wie immer«, flüsterte ich meinem Spiegelbild allmorgendlich zu, aber leider war es klüger als ich und ließ sich nicht täuschen. »Na, sehe ich da nicht eine hübsche Lüge vor mir«, flüsterte es zurück, aus unerfindlichem Grund mit irischem Akzent. Es wußte genau, daß nichts mehr so sein würde wie früher. Ich hatte meinem Körper vertraut, und daraufhin war mein Geist ins völlige Chaos verfallen.

Je mehr ich an mir zweifelte, desto lauter lärmte das Durcheinander in meinem Kopf, desto mehr sehnte ich mich nach Ordnung um mich herum. Ich versuchte, mein Leben bis ins letzte Detail in Listen zu bannen: Stundenpläne, Leselisten, Leistungspläne, Wäsche- und Packlisten. Listen mit Vorlieben und Abneigungen. Und je mehr Listen ich machte, desto mehr schien ich noch machen zu müssen, bis jeder Teilbereich meines Lebens auf einem Stück Papier vermerkt war. Ich suchte nach Regeln und Gründen wie andere Teenager nach Drogen und Zigaretten. Und ich entwickelte ein wachsendes Interesse dafür, was die Menschen zum Straucheln brachte.

»Wie sind Sie so geworden, wie Sie heute sind?« fragte ich den alten Säufer, der immer zusammengekauert vor dem U-Bahn-

Eingang Kensington saß. Eine schmutzige Hand schob sich unter der grauen Decke hervor und tastete den Gehsteig nach Münzen ab. »Danke, junge Dame, Gott segne Sie.«

Ungeduldig ging ich vor ihm in die Hocke. »Tut mir leid, ich hab Ihnen nichts gegeben. Ich habe Ihnen nur eine Frage gestellt.«

»Nun, wenn's Ihnen nichts ausmacht«, meinte er ein wenig verärgert, »wären mir ein paar Pennies lieber, damit ich mir was zu essen kaufen kann.«

»Sie wissen ganz genau, daß Sie das Geld bloß für Alkohol ausgeben würden.«

Der Penner sah mich aus blutunterlaufenen Augen an, die früher einmal vielleicht gar nicht so häßlich gewesen waren. »Und woher wollen Sie das wissen, Fräulein?«

Darüber mußte ich nachdenken, und außerdem taten mir allmählich die Beine weh vom Hocken. Ein paar Passanten musterten mich neugierig. Wahrscheinlich fragten sie sich, was ich da unten machte. »Das sagt mir die Erfahrung«, antwortete ich schließlich.

»Sagt Ihnen die Erfahrung auch, daß man einen alten Mann verhungern lassen soll?«

Ich mußte aufstehen, weil ich allmählich einen Krampf bekam. Dabei mußte ich an all die Male denken, wenn Madox und Audrey über herzlose Tories und selbstsüchtige Bekannte gesprochen hatten, die es sich in ihrem gemütlichen Mittelschichtleben so behaglich eingerichtet hatten, und ich kam zu einem Entschluß. »Ich habe nicht viel Geld dabei, aber wenn Sie mich begleiten, kann ich Ihnen zu Hause was zu essen geben.«

Dann ging ich, den alten Penner im Schlepptau, die Kensington High Street hinunter. Hätten doch die Leute bloß nicht so gestarrt! Einmal blieb ein Mann mittleren Alters im Nadelstreifenanzug stehen und fragte mich, ob der Mann mich belästige. »Er belastet nur mein Gewissen«, erklärte ich ihm, »aber danke der Nachfrage.«

Es dauerte Ewigkeiten, bis wir, der alte Penner vor sich hin brabbelnd an meiner Seite, zu Hause waren, aber schließlich schloß ich die Tür auf und trat beiseite, um meinen Gast hineinzulassen. Genau in diesem Augenblick kam Janet mit dem Staubsauger in der Hand die Treppe hinunter.

»Du gütiger Himmel!« Sie stellte den Staubsauger vorsichtig auf dem Parkettboden ab, selbst in dieser Krisensituation darauf bedacht, keinen Kratzer zu hinterlassen. »Raus, Sie schmutziger Kerl. Schämen Sie sich nicht, ein junges Mädchen so zu belästigen?« Janet machte einen Schritt auf uns zu und scheuchte den alten Mann hinaus, als sei er ein Straßenköter und ich ihr Schoßhündchen.

»Janet, der Mann ist mein Gast, und Gäste behandeln wir hier in diesem Haus doch nicht so, oder?«

Janet sah mich einen Augenblick schweigend an. »O doch, junge Frau, wenn diese Gäste betrunkene alte Penner sind. Verschwinden Sie!«

»Meine Eltern wird das nicht freuen ...«

»Allerdings nicht«, herrschte Janet mich an. Der alte Mann brummelte mittlerweile an der Tür vor sich hin.

»Sie werden nicht erfreut sein, wenn sie hören, wie du den Mann behandelt hast.« Ich senkte die Stimme zu einem drängenden Flüstern. »Janet, das ist demütigend. Ich habe ihn gebeten, mit mir nach Hause zu kommen, und ihm gesagt, er bekommt etwas Warmes zu essen. Du weißt doch, daß Mum und Dad ständig über den Egoismus der Gesellschaft reden und wir uns um die Schwachen und Armen kümmern sollen.«

»Und du, mein Fräulein, weißt genau, daß das alles nur Gerede ist und nichts mit der Realität zu tun hat. Das wirkliche Leben sieht so aus, daß deine Mutter einen Anfall bekäme, wenn so ein Armer und Schwacher seine großen, schmutzigen Fußabdrücke auf ihrem hellen Teppich hinterlassen oder sich auf einen ihrer hübschen Stühle setzen würde. Und jetzt zu Ihnen.« Dabei sah sie den Penner mit wütendem Blick an. »Raus, bevor ich die Polizei hole.«

»Ich kann's nicht fassen, daß du das gemacht hast«, sagte ich, nachdem sie die Tür hinter ihm zugeknallt hatte. Ich folgte ihr in die Küche. »Der arme alte Kerl hätte einer von uns beiden sein können.«

»Das glaubst aber auch nur du«, sagte Janet und setzte Teewasser auf.

»Da scheine ich ja eine richtige Emanze aufgezogen zu haben«, sagte Audrey. »Sie nörgelt an allem herum. Wenn ich mich umdrehe, starrt sie mich mit ihren großen blauen Augen vorwurfsvoll an. Das ist ganz schön anstrengend.« Meine Mutter saß im Wohnzimmer und beklagte sich bei ihrer Freundin Olivia, die uns gerade wie jedes Jahr im Frühjahr besuchte, über mich. »Es war eindeutig ein Fehler, ihr Deutsch beizubringen, denn jetzt herrscht sie mich in den Geschäften immer auf deutsch an. Und in dieser Sprache klingt alles noch aggressiver. Außerdem will sie nicht mehr Psychiaterin werden. Neulich habe ich der armen Caroline, deren Sohn völlig den Verstand verloren hat – vermutlich, weil er LSD nimmt –, erklärt, daß sie sich zumindest keine Sorgen über die Zukunft machen muß, weil Esther ihn sicher kostenlos behandeln wird. Wahrscheinlich wird er sein Leben lang jemanden brauchen, der sich um ihn kümmert, und Julian und Caroline geht's finanziell nicht so gut. Was soll ich ihnen denn jetzt sagen? Plötzlich will Esther Jura studieren. Warum? frage ich sie. Und sie sagt, weil sie Vorschriften liebt.« Audrey lachte auf. »Nun, vermutlich kann sie dem jungen Mann immer noch irgendeine Haftstrafe aufbrummen. Ich sage dir, manchmal frage ich mich, ob sie überhaupt meine Tochter ist.«

Ich lehnte mich gegen die Tür und dachte über die unheimliche Begabung meiner Mutter nach, immer im Mittelpunkt zu stehen. Kein Wunder, daß sie ständig erschöpft war. Sie betrachtete ja sogar meine Berufswahl als bewußten Versuch meinerseits, sie zu blamieren.

»Früher wäre sie sicher ein religiöser Eiferer geworden, mit Büßerhemd und Scheiterhaufen.«

»Linus ist ganz versessen auf die Architektur, aber er will unbedingt alles ganz anders machen als sein Vater«, sagte Olivia. »Bertil war in Chalmers, Linus will die Schule in Kopenhagen besuchen. Er weigert sich kategorisch, sich dem Familienunternehmen anzuschließen. Ich liebe den Jungen wirklich, aber manchmal treibt er mich zum Wahnsinn. Wenn ihm etwas nicht paßt, zieht er sich einfach zurück und beschäftigt sich stundenlang mit seinen Zeichnungen. ›Das Leben, wie es sein sollte‹, nennt er sie. Manchmal verschwindet er auch tagelang. ›Ich schau mich bloß um‹, sagt er dann. ›Was siehst du dir denn an?‹ frage ich. ›Sachen‹, sagt er.«

Ich betrat das Zimmer. Meine Mutter wirkte ein wenig überrascht, mich zu sehen, aber das kam öfter vor, als brauche sie ein paar Sekunden, um sich darüber klarzuwerden, wer ich war. »Hast du ein Foto von ihm? Ich meine, von Linus?« fragte ich Olivia.

»Nicht dabei. Ich trage nie Fotos bei mir. Erinnerst du dich nicht mehr – vor ein paar Jahren hast du mal eine Zeichnung von Bertil und Linus für mich gemacht, weil es dir leid getan hat, daß ich kein Foto hatte.« Olivia schenkte mir ein freundliches Lächeln. Nicht zum erstenmal hatte ich das Gefühl, daß da etwas schiefgelaufen war: Bestimmt hätte Olivia meine Mutter werden sollen. Und ihren Worten nach hätte Audrey gut und gern die Mutter von Linus sein können, dem merkwürdigen Jungen, der immer an seinem Schreibtisch vor sich hin träumte oder ziellos durch die Straßen seiner Heimatstadt wanderte.

»Sobald er seinen Militärdienst hinter sich hat, will er nach Amerika«, sagte Olivia gerade. »Dort will er ein paar Monate lang für ein Architekturbüro arbeiten. Wahrscheinlich ist es gar nicht schlecht für ihn, wenn er ein bißchen rauskommt. Und dann will er nach Kopenhagen.«

»Audrey will unbedingt, daß ich diesen Sommer nach Frankreich fahre«, sagte ich. »Sie meint, daß *mir* das guttut. Manchmal habe ich den Eindruck, das ist bloß ein elterlicher Euphemismus für das, was *ihnen* guttut.«

»Sei nicht so altklug, mein Schatz«, sagte meine Mutter seufzend. »Das steht dir nicht.«

Jetzt war es an mir zu seufzen. »Ich glaube eher, man nennt das erwachsen werden.« Damit verließ ich den Raum und zog mich in mein Zimmer zurück, das mir jetzt nicht mehr sonderlich gefiel. Audrey hatte es völlig neu gestalten lassen, während ich die Osterferien mit Arabella Felix und ihrer Familie in Cornwall verbrachte. Es war schon schlimm genug gewesen, feststellen zu müssen, daß die Felixes auch Posy McKenzie eingeladen hatten, aber als ich dann zu Hause auch noch ein Zimmer vorfand, das sich in einen farblich genauestens abgestimmten Alptraum aus *House & Garden* verwandelt hatte ... Audrey arbeitete jeden Tag ein paar Stunden für ihre Freundin Trish, die Innenarchitektin, und alles, was sich länger als fünf Minuten nicht bewegte, lief Gefahr, mit irgendeinem geschmackvollen Schleifchen versehen zu werden.

»Es ist so ... grün«, hatte ich gemurmelt. »Und so neu.«

»Es ist nicht neu, mein Schatz. Dein Nachtkästchen ist viktorianisch, genauer gesagt frühviktorianisch, und die Frisierkommode ist Jugendstil. Ich dachte, ich hätte dir das beigebracht.«

»Das habe ich auch nicht gemeint mit ›neu‹. Und es ist hübsch«, hatte ich gelogen. »Wirklich. Mir gefällt's. Es ist nur neu für mich, das ist alles. Für mich hat es keine Geschichte mehr.« Ich deutete auf die Ecke beim Fenster. »Da drüben war zum Beispiel ein Marmeladenfleck aus meiner Paddington-Bear-Phase. Und auf dem alten Teppich habe ich immer gesessen und so getan, als könnte er fliegen.« Dann hatte ich gesehen, wie enttäuscht Audrey dreinschaute. »Aber jetzt ist es viel hübscher«, hatte ich gesagt. »Vielen Dank.« Audrey, deren Wohlbefinden ausschließlich von ihrer absonderlichen Fähigkeit abhing, das zu glauben, was sie glauben wollte, hatte mein Zimmer in der Überzeugung verlassen, daß ich von der Neugestaltung begeistert war. Und der Überzeugung ist sie immer noch.

Ich warf mich auf das Bett mit der grün-blauen Quiltdecke und nahm das Buch, das ich mir aus der Bibliothek geliehen hatte, vom Nachtkästchen. Ich arbeitete mich auf meiner alphabetisch geordneten Liste vor. Im Augenblick war ich bei »G« – »G« für Goethe.

Linus konnte es spüren. Lotten erwartete von ihm, daß er etwas tat. Das war deutlich zu sehen an der Art, wie sie sich in die Sofakissen zurücklehnte, die Hände hinter dem Kopf verschränkt, den Busen hervorgereckt, und ihn dabei aus halbgeschlossenen Augen ansah. Er versuchte, Zeit zu gewinnen, indem er aufstand, die Scheibe von den Stones vom Plattenteller nahm und die von

Bob Dylan auflegte. Lotten zappelte laut seufzend auf dem Sofa herum, die hohe Stirn gerunzelt. Tief Luft holend, setzte Linus sich wieder und legte den Arm um ihre Schultern.

»Was ist los?« fragte Lotten.

»Nichts. Alles ist wunderbar.«

»Irgendwas nicht in Ordnung?«

»Doch, doch. Wirklich.«

»Du hast keinen Grund, sauer zu sein.«

»Ich bin nicht sauer.«

»Du klingst aber so.« Lotten schüttelte seinen Arm ab und setzte sich gerade hin.

Linus schloß die Augen und drückte Lotten sanft gegen die Kissen, dann legte er sich auf sie. In seiner Vorstellung war er noch immer der dicke Junge von früher, und er hatte Angst, ihr weh zu tun, sie mit seinem Gewicht zu erdrücken. Auf ein Knie und einen Ellbogen gestützt, mühte er sich mit den kleinen Knöpfen an ihrer Bluse ab, bis sie ihn beiseite schob und sie, weniger aus Leidenschaft als aus Ungeduld über seine Unbeholfenheit, hastig selbst öffnete. Sobald sie alle Knöpfe aufgemacht hatte, zog sie ihn wieder zu sich herunter – sie hatte mehr Kraft als vermutet – und ließ die Hand über seinen Bauch zu seinem Gürtel gleiten. Linus spürte, wie sie erst die Gürtelschnalle und dann auch seine Hose öffnete, und küßte sie mit wachsender Verzweiflung. Sein Penis, dieses eigensinnige Ding, blieb schlaff und nutzlos, obwohl er immer dann hart wurde, wenn er es am allerwenigsten brauchen konnte – neulich zum Beispiel, als er mit Beatrice Nilsson getanzt hatte.

»Nun mach schon, du Bastard«, murmelte er mit zusammengebissenen Zähnen. »Werd endlich hart!«

»Was?« fragte Lotten mit rauher Stimme.

»Nichts, nichts.«

»Kriegst du ihn nicht hoch?«

Linus rollte von ihr herunter und warf sich ächzend wieder aufs Sofa. Lotten meinte voller Mitgefühl: »Ist schon in Ordnung. Das passiert den meisten Männern irgendwann mal. Da brauchst du dir keine Sorgen zu machen.«

Sie kochte ihm einen Tee und brachte ihm die Tasse sogar zum Sofa. Seine Demütigung war vollkommen, als sie vor ihm niederkniete, den Reißverschluß seiner Hose hochzog und seinen Gürtel wieder schloß. »So«, sagte sie und tätschelte dabei sein Knie.

In jener Nacht blieb er lange auf und zeichnete. Das alte Kino am Ende der Straße sollte saniert werden, und Linus hatte da ein paar Ideen. Es gehörte zu seinen Lieblingsgebäuden in der Stadt, ein fast perfektes Beispiel für ein Jugendstilbauwerk. Auf seinen Spaziergängen war Linus an einer kleinen Werkstatt vorbeigekommen, die sich auf Kamine und Stuck spezialisiert hatte. Der Mann, dem sie gehörte, wäre genau der richtige für die komplizierten Fassadenarbeiten.

Am folgenden Morgen zeigte Linus Bertil seine Pläne. »Gut«, sagte sein Vater. »Aber ich fürchte, du bist zu spät dran. Selbst wenn du zu deinen Zeichnungen eine Aufstellung der Kosten und die statischen Berechnungen hättest liefern können.« Er lächelte bei diesem absurden Gedanken.

»Was soll das heißen: zu spät?«

»Ich wollte dir das ohnehin schon sagen, weil ich wußte, daß das Kino dich interessiert, aber Stendal & Berglund haben den Auftrag für das neue Gebäude bekommen.«

Linus starrte ihn an. »Für das neue Gebäude? Wollen sie denn das alte Kino abreißen?«

Bertil setzte sich seufzend auf den Küchenstuhl. »Ich weiß, es ist schade, und ich habe getan, was ich konnte, um es zu verhindern, aber die Entscheidung ist endgültig; wir können nichts mehr machen. Als wir gebeten wurden, die Ausgestaltung des neuen Gebäudes zu übernehmen, habe ich natürlich sofort zugesagt. So können wir wenigstens einen positiven Einfluß darauf nehmen. Man nennt das Pragmatismus, mein Junge, und gesunden Menschenverstand.«

»Man könnte es auch Verrat an seinen Idealen nennen«, sagte Linus leise, ohne dem Blick seines Vaters auszuweichen. »Ich kann's nicht fassen, daß du das machst. Ich schäme mich für dich.« Dann drehte er sich um und verließ den Raum, bevor sein Vater sich von der Überraschung über die unverhohlene Verachtung in der Stimme seines Sohnes erholt hatte. Linus schloß die Tür besonders leise hinter sich. Dann rannte er die Treppe hinunter und hinaus in den fahlen Schein der Märzsonne. Es lag noch immer ein bißchen Schnee, und über Nacht war der braune Matsch auf der Straße gefroren. Er wanderte durch die Straßen, den Blick ausnahmsweise nicht auf die Gebäude gerichtet, sondern auf seine Füße und den Boden. Er ging schneller als sonst, rannte fast, als könnte er so seinem Zorn und seiner Enttäuschung entfliehen. Er hatte Bertil vertraut, zu ihm aufgesehen, ihn seinen Freunden als leuchtendes Vorbild beschrieben, davon geträumt, so zu werden wie er. Doch nun verachtete er sich aufgrund seines schlechten Urteilsvermögens genausosehr wie seinen Vater.

Als er den Blick zum erstenmal hob, stand er vor dem großen Busbahnhof. Es waren zwei Busse da, der eine mit laufendem Motor, bereit zur Abfahrt in Richtung Insel. Ohne weiter nachzudenken, stieg Linus ein und setzte sich auf einen Fensterplatz. Er konnte sich nicht erinnern, wann er das letzte Mal im Winter draußen auf der Insel gewesen war. Für ihn und die anderen Besucher existierte sie nur im Sommer, obwohl sie mit dem Bus nur zwei Stunden von der Stadt entfernt lag.

Von der Fähre aus, deren einziger Fahrgast er war, blickte er über den schmalen Streifen Wasser, der die Insel vom Festland trennte. Es war alles wie immer und doch ganz anders – wie ein guter Freund, den man nach Jahren wiedersieht. Jetzt lagen die schroffen Felsen nackt da; die bunten Farben der sommerlichen Vegetation, das leuchtende Blau und Grün, waren Grau- und ausgewaschenen Gelbtönen gewichen. Beim Anblick der vertrauten Insel bekam Linus sofort bessere Laune.

Oben am Haus holte er die Schlüssel aus dem großen Blumentopf an der hinteren Tür. Doch bevor er hineinging, schlenderte er noch ein wenig im Garten herum, der unter der winterlichen Schnee- und Eisschicht schlummerte. Er betrachtete die kahlen Rosensträucher, die seine Mutter vor all den Jahren gepflanzt hatte. Es war albern, aber irgendwie hatte er erwartet, daß sie immer noch in voller Blüte standen.

Er blieb nicht lange im Haus. Die Möbel im Wohnzimmer waren mit weißen Laken abgedeckt, die Korbstühle draußen auf der Veranda aufgereiht. Er spielte ein Spiel mit sich selbst, schloß die Augen und stellte sich die Geräusche und Gerüche des Sommers vor. Dann schlug er sie unvermittelt wieder auf und sah die winterliche Szenerie vor sich. Er wußte, daß seine Mutter an einem Wintertag vor vielen Jahren hier draußen gestorben war. »Sie war krank«, hatte Bertil gesagt.

»Krank?« hatte Linus wiederholt.

»Ja. Wir haben ihr nicht helfen können, also ist sie gestorben.«

»Und die Ärzte konnten nichts tun?«

»Niemand konnte etwas tun. Zu guter Letzt hatte sie einen Unfall. Mach dir nicht allzu viele Gedanken darüber, Linus. Das Leben gehört den Lebenden. Laß die Toten in Frieden ruhen.«

Er wußte nicht mehr, ob seine Mutter krank gewirkt hatte, als er sie das letzte Mal gesehen hatte. Er konnte sich überhaupt nicht mehr erinnern, wie sie ausgesehen hatte. Die Vorstellung, die er von ihrem Gesicht hatte, basierte ausschließlich auf Fotos und einer verschwommenen Erinnerung an blonde Haare und einen Pelzmantel. Einmal hatte Tante Ulla ihn hier draußen auf der Insel bei den Schultern genommen und ihn vor den Spiegel im Flur gestellt, als er wieder einmal weinend versuchte, das Bild seiner Mutter in seinem Gedächtnis heraufzubeschwören. »Schau dich an«, hatte sie mit rauher Stimme gesagt. »Schau dich im Spiegel an, dann siehst du deine Mutter.« Völlig verängstigt hatte er zu schreien begonnen, die Augen fest zusammengepreßt und mit den Fäusten auf Ulla eingehämmert, damit sie ihn losließ. Als er sich später so weit beruhigt hatte, daß er wieder sprechen konnte, hatte er seinem Vater gestanden, er habe geglaubt, er werde den Geist seiner Mutter im Spiegel sehen. Erst später hatte er begriffen, daß seine Tante gemeint hatte, er werde seiner Mutter immer ähnlicher, je älter er wurde.

Er wanderte auf der Insel herum und rutschte einmal auf den vereisten Felsen aus, die nun kein Sonnenstrahl mehr erreichte.

Erst weit nach Mitternacht kehrte er erschöpft und völlig durchgefroren in die Stadt zurück.

4

ICH ENTDECKTE SIMON and Garfunkel erst ziemlich spät. Ich war siebzehn und immer noch nicht größer als einsdreiundsechzig. Auch die dunklen Haare und die blauen Augen hatte ich noch, obwohl ich in der Zwischenzeit einmal mit Wasserstoff experimentiert und daran gedacht hatte, mir grüne Kontaktlinsen zu kaufen, damit meine Augen interessanter aussahen.

»Magst du Simon and Garfunkel?« fragte mich der Typ. Es war Samstag abend, und ein paar von uns waren zu Hause bei Arabella Felix. Mr. und Mrs. Felix waren nicht da.

Ob ich Simon and Garfunkel mochte? »Darüber habe ich noch nicht nachgedacht«, sagte ich.

Daraufhin streckte der Typ mir die Hand hin und sagte: »Ich bin Donald, ein Freund von Arabellas Bruder. Wir studieren beide Jura an der UCL.«

»Jura hat mich schon immer interessiert.« Ich trank meinen Rosé aus und hielt ihm das Glas zum Nachfüllen hin.

»Und was besonders?« Donald griff nach einer offenen Flasche auf dem Beistelltischchen.

»Alles. Aber am meisten interessiert mich der menschliche Aspekt daran.«

»Der menschliche Aspekt? Den würden die meisten Menschen nicht mit Jura in Verbindung bringen.«

»Tja, ist aber so.« Ich sah, daß er auf eine Erklärung wartete, also versuchte ich, ihm eine zu geben. »Meiner Ansicht nach zeigt das Gesetz in einer freien Gesellschaft den Menschen von seiner besten Seite. Dabei handelt es sich nicht um das Gesetz der Natur oder des Dschungels, sondern um ein Gesetz, das oft im Widerspruch zu diesen steht, um ein Gesetz, das den einzelnen und die Gesellschaft schützen soll. Vor Gericht hat jeder das Recht, etwas zu sagen. So verlieren Egoismus und Rachegelüste ihre Macht.«

Donald lächelte mich mit riesigen braunen Augen und großen weißen Zähnen an. »Aus deinem Mund klingt das ganz schön sexy. Obwohl ich mir nicht so sicher bin, ob das tatsächlich so funktioniert. Ich habe eher den Eindruck, daß das Gesetz ziemlich oft mißbraucht wird.«

»Aber das darf nicht sein«, beharrte ich. »Denn wenn das so ist, kann alles passieren, und normalerweise passiert dieses alles den Schwächsten.« Allmählich redete ich mich in Rage, und das war meiner Stimme anzuhören. Donald, der neben der Stereoanlage stand, sah mich fragend an. »Dann sind wir alle nur Tiere, und welchen Sinn hätte das?«

Donald legte eine Kassette mit Songs von Simon and Garfunkel ein, ohne die Proteste der anderen zu beachten, und zog mich neben sich aufs Sofa. »Und was willst du nach dem Abitur machen?« fragte er und klang, als wolle er wissen, ob ich vorhatte, an jenem Abend noch heimzugehen.

»Würde es dich überraschen, wenn ich dir sage, daß ich daran denke, Jura zu studieren?« sagte ich. »Ich habe nur ein Problem: Daß ich an das Gesetz glaube, bedeutet nicht unbedingt, daß ich mein Leben als Anwältin verbringen will. Ich denke, ich könnte es wollen, aber ich empfinde es nicht – hier.« Dabei legte ich die Hand auf die Stelle, wo meiner Ansicht nach mein Herz war.

Nach diesem Abend traf ich mich ziemlich oft mit Donald. Ich wartete die ganze Zeit darauf, daß ich mich in ihn verlieben würde, ähnlich, wie ich darauf wartete, daß ich mich in den Gedanken verlieben würde, Anwältin zu werden. Beides wäre genau richtig. Vielleicht war mit mir etwas nicht in Ordnung? Es hatte keinen Sinn, mit Audrey darüber zu sprechen, denn das hatte ich schon einmal versucht.

»Aber natürlich kannst du dich nicht in Donald verlieben«, hatte sie mit einem kleinen Lächeln gesagt, das mir zeigen sollte, wie absurd dieser Gedanke war. »Schließlich wählt er konservativ.«

»Du hast doch das letzte Mal auch die Konservativen gewählt«, hatte ich gesagt.

Audrey hatte mich mit unendlicher Geduld angesehen. »Das weiß ich, Esther, aber ich bin ja auch kein junger Mann. Ich finde es immer merkwürdig, wenn ein junger Mann die Konservativen wählt.«

Meine Freunde waren alle der Meinung, daß ich mich glücklich schätzen konnte, mit Donald zu gehen. Aber wahrscheinlich wären sie das auch gewesen, wenn ich mit Lisa Hicks' pickeligem Bruder Seth gegangen wäre.

»Du könntest so hübsch sein, wenn du nicht die ganze Zeit ein so finsteres Gesicht machen würdest«, hatte Arabella neulich zu mir gesagt. Die Leute hinter ihr hatten alle genickt. »Aber du scheinst nicht die mindeste Vorstellung zu haben, wie die Jungs ihre Freundinnen gern hätten. Du bist so … streitsüchtig, manchmal sogar richtig aggressiv. Wenn du dich mal in eine Sache verbissen hast, läßt du nicht mehr locker.« Sie hatte mich mit einem vorwurfsvoll-besorgten Blick angesehen. »Die Jungs mögen das nicht.«

»Es ist mir egal, ob sie das mögen oder nicht«, hatte ich erwidert. »Wenn ich über etwas diskutieren will, dann will ich diskutieren, basta.« Posy, Fee, Lisa und Beth, die alle hinter Arabella standen, hatten einander seufzend angesehen.

»Siehst du«, hatte Arabella gesagt und ebenfalls geseufzt. »Was Dümmeres kannst du in Gesellschaft von Jungs nicht machen. Natürlich kannst du so etwas denken, aber du darfst es niemals sagen. Hast du denn überhaupt keine Ahnung, wie man mit Männern umgehen muß?«

Daraufhin hatte ich ihnen gesagt, ich hätte beobachtet, wie meine Mutter mit meinem Vater umging.

Doch jetzt, wo ich Donald hatte, waren alle meine Freundinnen zufrieden, aber auch ein wenig überrascht.

Im April wurde ich achtzehn, und an meinem Geburtstag machte Donald mir einen Heiratsantrag. Kurz darauf, ich hatte noch Ferien, stattete Olivia Stendal uns wieder einmal ihren obligatorischen Frühjahrsbesuch ab.

»Was für ein Zufall, daß Linus und Esther sich zur gleichen Zeit verloben, beide viel zu jung und beide mit Partnern, mit denen wir nicht einverstanden sind«, sagte meine Mutter und lächelte, um anzudeuten, daß das ein Scherz war, aber dieses Lächeln wirkte ziemlich spröde, als sie Olivia ein weiteres Glas Chablis einschenkte. In letzter Zeit, dachte ich und hielt ihr mein Glas ebenfalls zum Nachfüllen hin – allerdings ohne beachtet zu werden –, war eigentlich alles an Audrey spröde: ihre Haare, die nach Jahren voller Dauerwellen, Farbe und Haarspray endlich zu rebellieren schienen; ihre Stimme, die nach den jahrelangen Versuchen, gehört zu werden, matt klang; ihr Lachen, das immer vor den Tränen zu fliehen schien. Audrey selbst behauptete, all das sei auf eine Hormonumstellung zurückzuführen, doch ich vermutete, daß das eher etwas mit ihrem ständigen Kampf zu tun hatte, die Realität in Schach zu halten und die Wahrheit ein wenig zu beschönigen. Früher einmal war sie Malerin und Dichterin und Innenarchitektin gewesen, sie hatte Gärten entworfen und sich mit postmoderner Malerei beschäftigt, aber jedesmal war der bunte Schmetterling namens Erfolg ihr wieder davongeflattert. Also hatte sie sich selbst und dem Rest der Welt eingeredet, daß sie immerhin die bewunderte und geliebte Frau eines großen Intellektuellen war. In letzter Zeit hatte sie jedoch immer häufiger in Sätzen wie »Männer brauchen eben Zeit für sich« Zuflucht nehmen müssen, wenn Madox wieder einmal zu einem nicht näher erklärten Wochenende oder zu einer angeblichen Forschungsreise aufbrach. »Wenn man ihnen genug Freiraum läßt, kommen sie irgendwann wieder zurück.« Für mich klang das, als habe sie schon fast aufgegeben.

»Glaubst du, er hat eine Freundin?« hatte ich neulich gefragt. Damit wollte ich weder meinem Vater Schwierigkeiten machen noch meiner Mutter Schmerzen bereiten. Ganz bestimmt nicht. Aber schließlich lebten wir in den Achtzigern, dem Jahrzehnt der starken Frauen. Ich wollte meiner Mutter sagen, daß sie sich das nicht mehr gefallen lassen mußte. Ich konnte es einfach nicht ertragen, daß sie weiterhin in ihrer Traumwelt lebte.

Meine Verlobung mit Donald half da nicht, denn Donald hatte

kurze Haare und trug Anzüge. Außerdem war er ein junger Konservativer. Und wenn Audrey um ihn herumflatterte und ihn in ein Gespräch über das neueste Theaterstück, ein Konzert oder eine Ausstellung verwickeln wollte, lächelte er sie nur freundlich an und erklärte ihr, er liebe die Kunst, wenn er Zeit dafür habe, aber bedauerlicherweise sei das nicht allzu oft. Er wiederum versuchte, mit ihr über das wirkliche Leben zu sprechen – in der irrigen Annahme, Audrey wisse, worüber er redete. Tja, und zu allem Überdruß – so meine Mutter – hatte er auch noch vor ... äh, nun ja ... in die Stadt zu gehen. »Ein Geldmensch, mein Schatz!« hatte sie mit leichtem Schaudern gesagt, Audrey, die nichts mehr liebte als Geld und im Monat mehr ausgab als die meisten anderen Menschen im Jahr. Aber sie war es nun mal gewöhnt, sich selbst etwas vorzumachen. Zum Beispiel war ich ganz sicher, daß es ihrer Ansicht nach zwei völlig verschiedene, unter der Bezeichnung »Lamm« bekannte Dinge gab: die weißen, wolligen Tierchen, die man vom Wagen aus auf den Wiesen herumtollen sah, und die rosig roten, nach Knoblauch duftenden Scheiben, die absolut reglos auf dem Teller lagen.

Olivia hatte mittlerweile ihren Hühnchensalat aufgegessen und die Gabel weggelegt. »Wie man sich bettet, so liegt man.«

»Aber warum haben sie sich so gebettet?« beklagte Audrey sich. »Da ist sie nun, meine einzige Tochter mit ihrem tollen Abitur. Die Universitäten reißen sich um sie; die Welt liegt ihr zu Füßen, und sie sagt einfach, daß sie verlobt ist mit diesem ... ziemlich gewöhnlichen jungen Mann und einen Kurs machen will in ...« Hier mußte Audrey eine kurze Pause einlegen und sich mit einem Schluck Wein stärken. »... in Maschineschreiben.« Offenbar war das der Tropfen, der das Faß zum Überlaufen brachte. Audrey sank in ihren Stuhl zurück und zündete sich eine Zigarette an. »Es ist fast, als wolltest du auf Teufel komm raus normal und durchschnittlich sein«, sagte sie dann zu mir.

»Was ist denn daran so falsch?« fragte ich.

»Nichts, Esther, wenn man ein gewöhnlicher Mensch ist.«

»Warum willst du denn so schnell heiraten?« fragte Olivia mich. »Kannst du nicht zuerst studieren?«

Da erklärte ich, daß ich nicht mehr Jura studieren wolle und die Universität genauso eine Zeitverschwendung sei wie die Kindheit. Es drängten sich zu viele Studenten in sinnlosen Kursen, weil jemand ihnen gesagt hatte, sie sollten unbedingt studieren. »Ich will das Leben kennenlernen und herausfinden, was ich wirklich möchte. Donald und ich sind wie füreinander geschaffen. Warum sollten wir dann noch warten? Wenn ich nicht mehr nach der Liebe suchen muß, kann ich mich ausschließlich auf das konzentrieren, was ich mit meinem Leben anfangen will. Und in der Zwischenzeit werde ich Maschineschreiben lernen.«

»Das alles könntest du auch machen, während du studierst«, beharrte Olivia. »Und warum willst du unbedingt heiraten? Dazu hast du doch lange genug Zeit. Du bist noch so jung; es könnte gut sein, daß es auf lange Sicht nicht klappt.«

»Das sage ich ihr auch die ganze Zeit«, meinte Audrey. »Warum ziehen sie nicht einfach bloß zusammen? Außerdem glaube ich nicht, daß du den Jungen wirklich liebst. Das kann ich dir übrigens nicht verdenken.«

Ich sah sie mit einem strengen Blick an. »Soweit ich weiß, bist du meine Mutter. Also solltest du nicht so mit mir reden. Meiner Ansicht nach gibt es sowieso in allen langjährigen Beziehungen irgendwann Krisen. Dabei ist es völlig egal, wer man ist, wie alt man war, als man sich kennengelernt hat, und bis zu einem gewissen Maß sogar mit wem man zusammen ist, solange man sich gut versteht und viele gemeinsame Interessen hat, denn am Ende läuft's doch immer wieder auf dasselbe hinaus: Irgendwann hört man auf, den anderen zu lieben. Warum also muß man den anderen überhaupt lieben? Es hat alles mit dem Willen zu tun. Ich sehe das Ganze als aufregende Herausforderung.«

»Du nennst das aufregend?« Audrey sah mich an, als versuche sie sich zu erinnern, wo sie mich aufgegabelt hatte und warum.

Olivia schüttelte seufzend den Kopf. »Für dein Alter weißt du eine ganze Menge.« Es war mir nicht klar, ob sie das als Beleidigung oder als Kompliment meinte. »Jedenfalls«, sagte sie dann, »scheinst du alles ganz genau geplant zu haben. Bei Linus habe ich keine Ahnung, was er vorhat. Seine Verlobte Lotten ist seine erste

Freundin. Sie ist eine ausgesprochen zielstrebige junge Frau, aber er … nun, er hat fast so etwas wie eine gespaltene Persönlichkeit. Auf der einen Seite kann er wahnsinnig langsam sein, als könnte er nicht bis drei zählen, aber wenn's um seine Arbeit geht, ist er plötzlich ein ganz anderer Mensch. Dann ist er entschlossen und vollkommen auf die Sache konzentriert.«

»Maschineschreiben«, hörte ich Audrey murmeln, während sie eine weitere Flasche Wein öffnete. »Meine Tochter Esther, sie will Maschineschreiben lernen.«

Olivia hob das Glas. »Tja, dann viel Glück, Esther.«

Bertil bat Linus, unter dem Porträt seines Großvaters auf dem Sofa Platz zu nehmen. »Die Sache mit der Heirat …« Weiter kam er nicht, weil Linus wieder dieses schrille Lachen ausstieß, das er noch nie hatte leiden können. Bertil runzelte die Stirn. Wie immer, dachte Linus und hörte auf zu lachen.

»Linus, ich möchte nur sagen, daß einundzwanzig ziemlich jung ist für eine Heirat. Kannst du denn nicht wenigstens warten, bis du deine Ausbildung abgeschlossen hast? Und was soll Lotten denn in Kopenhagen machen? Bis jetzt hast du dein Leben bemerkenswert gut gemeistert. Du hast alle Chancen dieser Welt, warum willst du dich da unbedingt schon so früh binden?« Als sein Sohn nicht darauf antwortete, fuhr Bertil fort: »Ich muß dir sagen, daß deine Stiefmutter und ich alles andere als glücklich über deine Entscheidung sind. Aber es ist dein Leben, und wenn du auf dieser Entscheidung bestehst, werden wir dich unterstützen, so gut es geht.«

Linus erhob sich, streckte die Hand aus und schüttelte die seines Vaters mit festem Griff. »Danke. Ich kann dir gar nicht sagen, wie froh ich bin, das zu hören. Danke.«

Bertil musterte seinen Sohn, der groß und schlaksig vor ihm stand, ein breites Grinsen auf dem hübschen Gesicht. In seinen grauen Augen lag nicht der geringste Ausdruck von Spott, und sein unschuldiger Blick und die widerspenstigen blonden Locken ließen ihn noch jünger aussehen als einundzwanzig. Wenn Bertil es nicht besser gewußt hätte – auf der Schule in Kopenhagen war

Linus zwei Jahre lang Klassenbester gewesen –, hätte er seinen Sohn für ein bißchen zurückgeblieben gehalten. »Es wundert mich, daß Lottens Eltern sich so wenig Gedanken machen«, sagte er.

»Sie mögen mich«, erwiderte Linus ruhig und setzte sich wieder. »Und sie wissen, daß Lotten anders ist als die anderen Mädchen in ihrem Alter. Sie will die Sache richtig machen. Ihrer Ansicht nach ist es das beste, die alten Werte mit unserem modernen Leben zu verbinden. Ich finde das sehr interessant. Sie ist der Meinung, daß ein großer Teil des sogenannten Feminismus in den sechziger und siebziger Jahren nur darauf abzielte, die Frauen zu kontrollieren und letztlich zu unterdrücken. Folglich spielt man genau jenen reaktionären Kräften, die man bekämpfen will, in die Hände, wenn man traditionellen weiblichen Rollen wie Ehefrau und Mutter den angemessenen Status verwehrt.« Linus hatte ein ausgezeichnetes Gedächtnis, wenn er sich darauf besann, und er wußte, daß er Lottens Ansichten wortgetreu wiedergegeben hatte. »Außerdem versteht sie mich und das, was ich will.«

Bertil schüttelte lächelnd den Kopf. »Frauen verstehen immer, was man will, solange das nicht im Widerspruch zu dem steht, was sie von einem wollen, und das passiert nach etwa zwei Jahren Ehe zum erstenmal. Deine Stiefmutter ist in dieser Hinsicht eine rühmliche Ausnahme, weil sie mich nicht nur immer noch versteht, sondern mich obendrein achtet und ermutigt. Aber sie ist eine außergewöhnliche Frau. Frauen wollen nicht bewußt täuschen, nein, dieser Wunsch, dem Mann zu gefallen, ihm alles zu sein, ist ihnen einfach angeboren. Wenn du Toulouse-Lautrec magst, mögen sie Toulouse-Lautrec auch. Wenn dir pickelige Mädchen ohne Schminke gefallen, verwandeln sie sich in pickelige Mädchen ohne Schminke. Wenn du sagst, du kannst Frauen nicht ausstehen, die sich ständig Sorgen machen, geben sie sich so sorglos wie möglich. Aber das kann nicht ewig so gehen, also besinnen sie sich irgendwann wieder auf ihr eigentliches Wesen – normalerweise, wenn Kinder kommen, manchmal auch schon vorher.«

»Lotten ist ganz anders«, sagte Linus. »Sie ist ein eigenständiger Mensch, der viele meiner Interessen teilt. Sie versteht mich.«

Bertil schüttelte nur weiter den Kopf. Dabei spielte ein Lächeln um seine Lippen, das Linus ärgerte.

Lotten ging auf Westerbergs Café zu, in dem Linus an einem kleinen viereckigen Fenstertisch auf sie wartete. Bevor er Gelegenheit hatte aufzustehen, warf sie ihren Rucksack auf einen leeren Stuhl und setzte sich neben ihn. »Was hat dein Vater gesagt? Hat es ihn gefreut?«

Linus sah in ihre eisblauen Augen und wunderte sich, wie sicher sie sich zu sein schien, daß die Dinge ziemlich genau so passierten, wie sie sich das vorstellte. »Es war ganz in Ordnung.«

Lotten schenkte ihm ein forsches Lächeln. »Dann ist es ja gut.« Sie machte sich nicht die Mühe, noch weiterzufragen, sondern stand wieder auf und nickte in Richtung der Selbstbedienungstheke. »Sollen wir uns ein Sandwich holen?«

Während sie in der Schlange anstanden, sagte Linus: »Möglicherweise werde ich nicht soviel verdienen, jedenfalls nicht am Anfang, nicht mit der Art von Arbeit, wie ich sie mir vorstelle. Das macht dir doch nichts aus, oder?«

Lotten nahm sich ein Garnelen-Mayonnaise-Sandwich und schob eine Garnele, die auf das Tablett gefallen war, wieder zu den anderen zurück. »Die Ehe hat nichts mit Sklaverei zu tun«, sagte sie schließlich. »Man tut, was man tun muß. Eine gute Partnerschaft«, fuhr sie fort, während sie zu ihren Plätzen zurückkehrten, »sollte darauf basieren, daß man dem anderen zu größerer Stärke und Freiheit verhilft. Du solltest mich nicht als Klotz am Bein betrachten, sondern als Pfahl, an dem du hochklettern kannst, dem Licht entgegen.« Dann schnitt sie ein Stück von ihrem Sandwich ab und steckte es in den Mund. Dabei kamen ihre kleinen weißen Schneidezähne zum Vorschein. Linus sah sie voller Bewunderung an, und alle Zweifel schwanden.

Lotten hob ihr Glas mit alkoholfreiem Bier. »Auf uns. Die Zukunft gehört uns.«

»Das klingt wie ein Lied von der Hitlerjugend«, murmelte Linus.

»Ach was, sei nicht albern«, sagte Lotten.

5

ZUERST SAGTE ICH Audrey nichts von meinen Plänen. Ich schickte nur dem University College of London, kurz UCL, meine Bewerbungsunterlagen und hielt den Mund, bis ich das Geld fürs erste Semester brauchte. Als ich dann mit der Sprache herausrückte, waren meine Eltern natürlich erfreut. Madox tätschelte mir den Kopf und meinte, ich hätte die richtige Entscheidung getroffen – noch dazu Englisch, das Fach, das er auch studiert hatte. Audrey strahlte und schwadronierte über verrauchte Studentenbuden und den Existentialismus, holte Gedichtbände heraus und begann, aus Milton zu zitieren. Ich fragte mich, warum es mir so schwerfiel, meinen Eltern eine Freude zu machen. Vielleicht, weil sie sich immer über die falschen Dinge freuten?

Ich hatte Donald gesagt, daß ich die Hochzeit verschieben wolle, bis ich das Studium fertig hätte. Ihm schien das nichts auszumachen. »Ich kann warten«, hatte er gesagt. Ein Teil von mir hätte sich gewünscht, daß er das nicht konnte.

Bei meinen wöchentlichen Besuchen zu Hause bekam Audrey gewöhnlich feuchte Augen, wenn ich mich anschickte zu gehen, und sagte Dinge wie: »Du lebst auch für mich«, oder »Genieß die sorglosen Tage des Studiums«. Am liebsten hätte ich sie dann angeschrien, daß es keine solchen sorglosen Tage des Studiums gab, und welcher Idiot hatte überhaupt behauptet, daß es sie gäbe? Irgendwann wurde mir klar, daß ich zur sorglosen Studentin genausowenig taugte wie zum Kind. Mit der Arbeit hatte ich keinerlei Probleme, ganz im Gegenteil: Mein erstes Studienjahr schloß ich als Beste ab. Nein, Schwierigkeiten hatte ich eher mit den anderen Dingen: damit, die Nächte durchzumachen, Drogen zu nehmen, mich durch alle Betten zu schlafen. Ich gab mir alle Mühe, aber letztlich war ich nicht bei der Sache. Ich blieb Donald fast treu. (Ich wäre ihm sogar ganz treu geblieben, wenn da nicht dieser Nachmittag mit James Connor gewesen wäre.) Auf Drogen bekam ich Kopfweh. In den Nachtklubs schlief ich, egal, wie laut die Musik war, unweigerlich ein, sobald ich zu tanzen aufhörte und mich hinsetzte.

Ich mußte mir immer wieder den Vorwurf anhören, daß ich alles zu ernst nahm. Ich sah Sophie (meine Zimmergenossin zu Beginn des zweiten Studienjahres und im Moment die Hauptverantwortliche für solche Vorwürfe) traurig an. »Nun zieh kein solches Gesicht«, sagte sie gerade. »Du bist nur einmal jung.«

»Zum Glück«, murmelte ich. Was sollte ich denn eigentlich nicht so ernst nehmen? Das Leben? Na schön. Das konnte ich hinkriegen, denn das Leben war wirklich nur ein großer Scherz. Nein, es waren eher die kleinen Dinge, die den Weg von der Wiege zur Bahre so beschwerlich machten, Dinge wie zum Beispiel der Krieg, der Frieden, Krankheiten, Hungersnöte, das Böse, solche Sachen eben. Dagegen konnte ich nichts machen. Außerdem machte ich immer wieder alles falsch. Als ein Minister mit den Vertretern der Studentenschaft über die mögliche Einführung von Studiengebühren sprach, hörte ich ihm zu. Ich war zwar nicht seiner Meinung, aber ich hörte ihm zu. Oder versuchte es zumindest, denn die anderen pfiffen und buhten alle. Hinterher ging ich dann zu ihm und erklärte ihm, daß ich ihn für einen selbstgefälligen Idioten hielt, der keine Ahnung von der Realität hatte. Wieder falsch. Ich hätte ihn ausbuhen sollen, *während* er sprach, wie alle anderen auch, und mich hinterher aus dem Vorlesungssaal drängen und in die Kneipe gehen. Und da hätte ich dann den anderen, die auch nicht zugehört hatten, erklären sollen, was für ein selbstgefälliges Schwein der Typ war. Tja, es war gar nicht so leicht, alles richtig zu machen.

Im dritten Studienjahr teilte ich mir im Stadtteil Bloomsbury eine Wohnung mit Sophie, deren Vater sie gehörte, und mit Arabella und Gillian Norris, die irgendwie mit reingeschlüpft war, keiner wußte so genau, wie. Arabella machte einen Sekretärinnenkurs in der Nähe, und Gillian studierte zusammen mit Sophie und mir Englisch.

Ein paar Wochen vor den Weihnachtsferien klopften Sophie und Arabella an meine Tür. Ich hob den Blick von meinem Buch und klappte es zu, als ich ihre Gesichter sah.

Sie setzten sich zu mir aufs Bett. »Es geht um Gillian«, sagte Arabella. »Sie muß verschwinden.«

»Wohin muß sie verschwinden?«

»Irgendwohin«, sagte Sophie. »Hier kann sie nicht mehr bleiben.«

»Warum? Was hat sie denn getan?«

»Nichts Besonderes«, sagte Arabella. »Sie ist einfach nur sie selbst.«

»Ich weiß ja nicht, wie's dir geht, aber ich ertrage sie keine Sekunde länger«, sagte Sophie, den Tränen nahe. »Sie ist immer da. Ist dir das schon aufgefallen? Hängt die ganze Zeit hier rum. Nicht in ihrem eigenen Zimmer, sondern im Wohnzimmer. Das geht dir doch sicher auch auf die Nerven, Esther. Jedesmal wenn du Donald herbringst, sitzt sie hier auf dem Sofa. Und immer hat sie diesen stinkenden alten Bademantel an. Weil sie kein eigenes Leben hat, saugt sie sich an unserem fest wie ein Parasit. David wird bald nicht mehr herkommen, so sehr geht sie ihm auf die Nerven. Erst letzte Woche hab ich ihn gefragt, ob er noch auf einen Kaffee mitkommt, und er hat gesagt, ja, gern, aber als er dann Gillian hier gesehen hat, praktisch im Dunkeln, bloß die Glotze an, hat er sich's anders überlegt. Wer kann ihm das schon verdenken? Er will mit seiner Freundin in ihre Wohnung, aber da sitzt die Mutter von Norman Bates aus *Psycho*.«

»War die Mutter nicht eigentlich Norman Bates selber?« fragte ich.

Arabella und Sophie ignorierten die Frage. »Wenn sie sich wenigstens hin und wieder die Haare waschen würde«, sagte Arabella. »Sie sieht so abstoßend aus. Sophie hat schon recht: Sie schreckt Leute ab, die hierherkommen wollen. Und ihre Mutter ...«

Ihre Mutter war tatsächlich ein Problem, da pflichtete ich den beiden bei. Mrs. Norris war von Anfang an ein häufiger Gast bei uns gewesen, doch in letzter Zeit kam sie zu den unmöglichsten Zeiten und blieb ziemlich häufig über Nacht. Vorige Woche hatte ich sie sogar in meinem Bett gefunden. Ich war nach einem Abend mit Donald spät nach Hause gekommen und hatte mein Zimmer betreten. Als ich das Licht einschaltete, hatte ich sie in meinem Bett liegen sehen, den Kopf voll kleiner fleischfarbener Lockenwickler, die aussahen wie Maden. »Ach, bist du das, Esther?« hatte sie gefragt, als sei es eine ziemliche Überraschung, daß ich in der Nacht in mein eigenes Zimmer wollte. »Gillian und ich haben uns gedacht, du schläfst sicher bei deinem jungen Mann.« Dann hatte sie sich aufgesetzt und die fleischigen Arme vor ihrem riesigen Hängebusen verschränkt. »Da hat Gillian gesagt: ›Mum, nimm einfach Esthers Bett, dann brauchst du nicht auf dem Sofa schlafen.‹« Nach kurzem Schweigen hatte sie hinzugefügt: »Aber wahrscheinlich brauchst du dein Bett jetzt selber, oder?« Bevor ich irgend etwas darauf erwidern konnte, hatte sie gesagt: »Na ja, ich hab's dir schon mal schön angewärmt.«

Ich brauche wohl nicht zu erwähnen, daß ich in der Nacht auf dem Sofa geschlafen hatte.

»Und wenn sie ihre Unterwäsche schon überall in der Wohnung zum Trocknen aufhängt, könnte sie sich wenigstens mal was anderes leisten als diese riesigen Liebestöter ...« Jetzt war auch Arabella den Tränen nahe.

»Und erst die Büstenhalter. Ist ja kein Problem, wenn sie 80 D hat, aber wenn sämtliche Gummizüge ausgeleiert sind und einem die Körbchen von der Heizung entgegenbaumeln ...«, sagte Sophie.

»Weißt du, Beth ist wieder aus Frankreich zurück und würde lieber heute als morgen bei uns einziehen.« Arabella sah mich flehend an. »Stell dir doch mal vor, wie das wäre. Ehrlich, ich glaube nicht, daß ich es noch eine Woche mit dieser verdammten Gillian aushalte.« Sie schwieg einen Augenblick und meinte dann mit gerunzelter Stirn, als hätte sie noch etwas vergessen: »Wer hat ihr damals überhaupt gesagt, daß sie bei uns wohnen kann?« Wir sahen einander an und schüttelten den Kopf. »Wie ist sie dann bei uns gelandet?« fragte Arabella.

»Tja, wahrscheinlich hat sie sich selber hier eingenistet.« Eine bessere Erklärung fiel Sophie auch nicht ein.

»Ich bin jedenfalls dafür, daß sie Ende des Semesters auszieht.«

»Das wird sie ziemlich aus der Fassung bringen«, sagte ich.

»Aber nicht so sehr, wie wir aus der Fassung sein werden, wenn sie bleibt. Wirklich«, dabei sah Arabella mich mit entschlossenem Blick an, »es ist zu unser aller Bestem.«

»... und es entspricht dem Willen der Mehrheit«, erklärte Sophie.

»Tja, ich denke, das wär's dann. Wer soll's Gillian sagen?« fragte Arabella.

Wir sagten es ihr gemeinsam. Gillian widersprach nicht, so daß wir noch schlimmere Schuldgefühle bekamen, sondern stand nur mit hängenden Schultern da, die strähnigen Haare im Gesicht. Als sie den Blick hob, um »okay« zu sagen, wirkten ihre großen Kuhaugen so resigniert, daß ich unwillkürlich zusammenzuckte. Warum brüllte sie nicht oder beschimpfte uns, statt einfach nur vom Sofa aufzustehen und ihren schmuddeligen Bademantel enger um den schwabbeligen Körper zu ziehen? »Tja, dann packe ich wohl besser meine Sachen«, sagte sie.

Warum sagte sie uns nicht, daß wir kein Recht hatten, sie so zu behandeln, statt sich klaglos in ihr Schicksal zu fügen?

»Das hat keine Eile«, rief Sophie ihr nach.

Allerdings muß ich sagen, daß das Leben in der Wohnung sehr viel angenehmer wurde, sobald sie weg war, auch wenn ich trotzdem weiter Schuldgefühle hatte. Vielleicht war es eine Mehrheitsentscheidung gewesen, aber was sollte aus der armen Gillian werden?

Donald erklärte mir, daß ich mir keine Gedanken machen solle. »Schließlich ist es Sophies Wohnung, oder? Oder besser gesagt, die von ihrem Vater. Und ihr wolltet doch alle, daß Gillian auszieht.« Ich nickte seufzend. »Tja, wo liegt dann das Problem? Da gibt es nichts mehr zu sagen.« Er streckte sich auf dem Sofa aus und streifte die Schuhe ab. »Du könntest ja zu mir ziehen.« Er lächelte mich an, und ich lächelte zurück. »Wir sind doch ein gutes Team, oder, Esther, mein Mädchen?«

Seine Füße rochen. Am liebsten hätte ich nachsichtig gelächelt und gedacht: *Er ist wirklich ein lieber Junge, und so schlimm stinken seine Füße gar nicht.* Oder so etwas Ähnliches. Ich wollte den Kopf wirklich nicht angewidert abwenden, aber ich tat es. »Ja, wir sind ein gutes Team«, sagte ich und zwang mich zurückzulächeln.

Ich bekam eine Einladung zu Linus Stendals Hochzeit, die am siebzehnten Juli in Göteborg gefeiert werden sollte. Audrey war ganz aus dem Häuschen. »Dein Vater kann nicht weg. Schatz, du weißt, wie ich es hasse, allein zu reisen. Es wäre so schön, wenn du mitkommen könntest. Dann würdest du sie endlich auch alle kennenlernen.«

Ich wäre gern mitgefahren, aber wie sollte das gehen, wenn ich mitten in den Abschlußprüfungen steckte?

Hinterher erzählte man mir, es sei eine wunderschöne Hochzeit gewesen.

Lotten hatte sich kategorisch geweigert, auf der Insel zu heiraten. »Das ist *dein* Ort«, hatte sie zu Linus gesagt, als wäre das der ultimative Hinderungsgrund. Also heirateten sie in der kleinen Kirche aus Stein, die an der Straße nach Saro lag, dem Ort, in dem ihre Eltern lebten. Es war eine traditionelle Hochzeit: Die Zeremonie fand am späten Nachmittag statt, und danach gab es etwas zu essen und Tanz, weiße Krawatten und Frack, insgesamt drei Stunden Reden und Lieder, sowohl in der Kirche als auch während des Essens.

Dies ist der glücklichste Tag meines Lebens, dachte Linus die ganze Zeit über. *Dies ist der Beginn eines neuen Lebens voller Liebe und Zufriedenheit.* Und da stand er nun, in dem Hotel, in dem die Hochzeitsfeierlichkeiten in wenigen Minuten beginnen würden, und wartete auf seine Braut, die gerade auf der Toilette war.

Onkel Gerald gab ihm auf dem Weg in den Tanzsaal einen Klaps auf den Rücken. »Kopf hoch, alter Junge«, flüsterte er. »So schlimm wird's schon nicht werden.«

Lotten ließ sich ziemlich viel Zeit. Linus wußte, daß das albern war, aber irgendwie hatte er das Gefühl, daß etwas nicht stimmte, daß sie jetzt eigentlich keinerlei Anlaß hatte, zur Toilette zu gehen. Das war wie am Heiligabend, als er noch klein war. Damals hatte er es überhaupt nicht leiden können, wenn sein Vater einen Blick in die Zeitung warf, telefonierte oder sogar hinausging, um Zigaretten zu holen. Diese Dinge waren zu alltäglich und hatten nichts zu suchen bei solchen magischen Momenten. Und heute war ihr Hochzeitstag. Plötzlich wurde ihm klar, daß er fast erwartet hatte, das normale Leben würde an jenem Tag einfach aufhören. Doch er konnte ja schließlich seiner frisch Angetrauten kaum verbieten, auf die Toilette zu gehen, oder?

Ein kleines Mädchen, das nicht zur Hochzeitsgesellschaft gehörte, stürmte, gefolgt von seinen Eltern, durch die Doppeltür aus dem Hotelfoyer herein. Sie taten so, als wären sie wütend darüber, daß die Kleine ihnen weggelaufen war, konnten sich aber ein stolzes Lächeln nicht verkneifen, als diese stehenblieb, um Linus anzustarren. Sie nahm den Finger aus dem Mund und sagte: »Du schaust komisch aus.« Daraufhin wirkten die Eltern noch stolzer und lächelten Linus an. Linus versuchte zurückzulächeln, schaffte es aber nicht. »Warum schaust du so komisch aus?« wollte die Kleine wissen.

»Geh dem jungen Mann nicht auf die Nerven«, rügte die Mutter sie, aber ihr Gesichtsausdruck sagte eher: Nun mach schon, gib zu, daß sie süß ist.

Dann kam ein Kellner aus dem Ballsaal und erklärte dem Paar mit dem Kind, daß dies eine private Feier sei. Sie gingen, ein wenig verstimmt. Schließlich kam Lotten, seine Braut, seine Frau, von der Toilette zurück. Linus trat einen Schritt auf sie zu, streckte die Hände aus und ergriff die ihren, die kühl und ein bißchen feucht waren vom Waschen. Zusammen gingen sie in den Ballsaal, wo ein Meer lächelnder Gesichter und erhobener Champagnergläser sie erwartete.

TEIL ZWEI

6

DIE AUSSENSEITE MEINES kleinen Hauses in Fulham erinnerte mich mit seinem leuchtenden Gelb, den leichten weißen Friesen um die Tür und die Fenster und dem sandfarbenen Rauhputz im Untergeschoß an Zitronenbaiser. Es stand in einer von Bäumen gesäumten Straße mit Häusern, die einen an pinkfarbenen Pudding, Blaubeerkuchen und schneeweiße Inseln denken ließen. Im Innern waren viele mit Hilfe von Frisierkommoden aus Kiefernholz und Stoffen mit Blumenmustern ausstaffiert wie ländliche Cottages, und im Sommer wuchsen in den kleinen Gärten Tomatenstauden in Terrakottatöpfen. Meine Wohnung im Kellergeschoß gab sich Schwedisch, inspiriert durch die Carl-Larsson-Poster, die Olivia mir geschenkt hatte, als ich noch ein Teenager war. Ich hatte die Wohnung liebevoll selbst gestaltet. Die Wände waren in einem zarten Rosa-Apricot gestrichen. Weiße Musselinvorhänge schmückten die Fenster wie Brautschleier. Das Sofa war mit weiß-blau gestreiftem Baumwollstoff bezogen, und dazu hatte ich eine alte Frisierkommode gekauft, graublau angemalt und mit drachenblutroten und grünen Blumen versehen. Meine Stühle waren in demselben Graublau-Ton gehalten.

»Faux Suedoise«, nannte Audrey das, bis dieser Stil modern wurde. Dann sagte sie: »Das Mädchen hat das gute Auge von mir.« Und das andere Auge? hätte ich am liebsten gefragt.

»Trotzdem finde ich, die Wohnung könnte ein bißchen Farbe vertragen«, sagte sie heute zu mir, während sie sich setzte, und fügte dann hinzu: »Aber zum Glück hast du wenigstens den Rat befolgt, den ich dir wegen Donald gegeben habe«, als wäre das ein

Ausgleich für meinen unzureichenden Geschmack in puncto Raumgestaltung.

Und wieso überhaupt *ihr* Rat? Wen hatte man, nachdem ich die Hochzeit abgeblasen hatte, zur vollkommenen Ruhestellung eine Woche nach Grayshott Hill bringen müssen? Und warum redete sie überhaupt noch davon? Ich warf meiner Mutter einen wütenden Blick zu, die auf dem blau-weißen Sofa saß, einen schmalen, inzwischen ein wenig schlaffen Arm anmutig über die Rückenlehne gelegt. Ihr fahl rotbraunes Haar fiel in großen Wellen auf ihre Schultern wie eh und je, aber an den Wurzeln sah man das Grau, und ihre Gesichtshaut wirkte wie zerknülltes Seidenpapier, das jemand wieder zu glätten versucht hatte. Ich bekam Mitleid mit ihr; es war zu leicht, sie zu kritisieren, also hörte ich auf, sie finster anzusehen, und lächelte sie statt dessen an.

An einem Dienstag fast fünf Jahre zuvor war ich aufgewacht und hatte mich gefragt: »Was ist Liebe?« Natürlich war das keine sonderlich originelle Frage, aber doch eine ziemlich beunruhigende, wenn man bedenkt, daß ich sie keine zwei Wochen vor meinem Hochzeitstag stellte. Ich war wie ein kleines Tier aus einer Fabel von La Fontaine herumgehuscht und hatte immer wieder die Frage gestellt: »Was ist Liebe?« Meinen Vater hatte das nicht überrascht, aber er wirkte auch nicht besonders interessiert. Madox erschien mir immer mehr wie ein Mann, dessen Geist sich einen langen Urlaub von seinem Körper genehmigte. Er ging wie gewohnt seinen Geschäften nach, aber der Funke war erloschen, und alles an ihm sah dünner aus: sein Körper, seine Lippen, ja, sogar die Haare auf seinem Kopf. An jenem Morgen war er in seinem Arbeitszimmer gewesen und hatte auf seiner alten Schreibmaschine einen Artikel für eine amerikanische Wirtschaftszeitschrift heruntergehackt. Er hatte kaum den Blick von der Seite gehoben, mit der er gerade beschäftigt war, als er mir antwortete: »Liebe ist wahrscheinlich, wenn ich weiter die überzogenen Konten deiner Mutter ausgleiche.«

Ich hätte ihn auch gern gefragt, wen er mehr liebte, meine Mutter oder seine Geliebte. Aber da war ich nervös geworden. Schlafende Hunde oder in diesem Fall Ehebrecher sollte man nicht wecken, lautete das Prinzip, nach dem meine Mutter lebte. Es stand mir nicht zu, an diesem Prinzip zu rütteln.

Schuf Gott den Menschen polygam, bevor Er das Ehegelübde ersann? fragte ich mich. Und wenn, fand Er das witzig, oder war Er bloß geistesabwesend? Aber im Augenblick ging es nicht um Madox' Liebe oder Donalds, sondern um die meine.

»Was ist Liebe?« hatte Audrey meine Frage wiederholt und sich von ihrem Frisierkommodenspiegel, vor dem sie gerade ihr Haar hochsteckte, ab- und mir zugewandt. »Liebe ist ... nun, sie ist der Topf voller Gold am Ende des Regenbogens. Sie ist ein Schmerz tief drin in deinem Magen. Sie ist Hoffnung wider alle Hoffnung. Sie ist die Bereitschaft, ein Auge zuzudrücken.« Und plötzlich hatte ich Mitleid bekommen mit ihr und meinem Vater, denn egal, was Liebe sonst noch bedeutete: Auf jeden Fall war sie auch eine Enttäuschung.

Janet hatte den Staubwedel noch ein letztes Mal über den Kerzenleuchter aus Messing und Ebenholz gleiten lassen, bevor sie sagte: »Meiner Ansicht nach geht's letzten Endes immer um Socken.«

»Um Socken?«

»Wenn du seine schmutzigen Socken, ganz zu schweigen von den Füßen, die in diesen Socken stecken, aushältst und ihn immer noch voller Zärtlichkeit ansehen kannst, dann liebst du ihn.«

Arabella hatte mich verträumt angeschaut, während sie das Radio in ihrem pink-blauen Zimmer leiser drehte. »Als meine Großmutter sich mit meinem Großvater verlobt hat, ist ein anderer junger Mann, den sie kaum kannte, ein ruhiger, unauffälliger Junge, mit seinem Motorrad vor ihr Haus gefahren und hat sich unter ihrem Schlafzimmerfenster erschossen. Wahrscheinlich ist das Liebe.«

»Liebe ist selbstlos«, hatte Oma Billings mir am Telefon gesagt. »Und wenn du fragen mußt, was sie ist, dann empfindest du sie nicht.« Natürlich hatte sie recht. Am Ende jenes Tages hatte ich mit absoluter Sicherheit gewußt, daß das, was ich für Donald empfand, nur ein blasser Abklatsch der Liebe war.

Als ich das Donald mitteilte, nahm er es so gelassen hin, daß ich das Gefühl hatte, ich hätte ihm einen Gefallen getan. Aber bei Audrey war die Sache sehr viel schwieriger. Sie litt ziemlich unter meiner Eröffnung, daß ich die Hochzeit abblasen würde. Natürlich hätte ich von meiner Mutter nie eine logische oder in sich schlüssige Reaktion erwartet, aber diesmal mußte ich sie schon fragen, warum sie so aus der Fassung geriet, wenn sie sich doch seit meiner offiziellen Verlobung nur über die irgendwann zu erwartende Hochzeit beklagt hatte. In dem Wortschwall, den sie daraufhin, immer wieder unterbrochen von Schniefen, über mich ausschüttete, verstand ich eigentlich nur folgendes: Partyservice, Blumen, die hübsche kleine Kirche, Brücke, Spott der Leute und dieses Miststück Shirley. Mit Sicherheit waren auch noch die Worte »unreif«, »undankbar« und »verantwortungslos« dabei, also entschuldigte ich mich und sagte, es tue mir wirklich leid. Als sie darauf erwiderte, mit einem »leid tun« sei es nun wirklich nicht getan, erklärte ich ihr, wenn ich gewußt hätte, wie ungelegen es ihr kam, daß ich die Hochzeit mit Donald abblies, hätte ich ihn trotzdem geheiratet, auch wenn ich ihn nicht liebte. Sie verstand die Ironie nicht ganz, bedankte sich aber für den aufmerksamen Gedanken.

»Jetzt kannst du dich immerhin auf Ausbildung und Beruf konzentrieren«, sagte Madox mit einem boshaften Blick auf meine Mutter, als freute er sich insgeheim über ihr Mißbehagen.

Ich hatte schon eine ganze Weile zuvor beschlossen, Journalistin zu werden. Donald hatte das nicht gut gefunden, die Nase gerümpft und mich mit gequältem Blick angesehen, als strebe ich eine Karriere als Billignutte an. Als ich dann Mädchen für alles bei *Chic and Cheek*, der »Zeitschrift für die Frau von heute«, geworden war, hatte er sich herablassend gegeben und immer nur von »Esthers kleinem Job« gesprochen. Aber mir gefielen die Arbeit und die Atmosphäre im Büro, obwohl ich insgeheim dachte, wenn ich selbst eine Zeitschrift herausbrächte, würde ich sie für die Frau von gestern machen, da diese a) keinerlei Sprachrohr und b) höchstwahrscheinlich viel mehr Zeit hatte, die Zeitschrift zu lesen.

Nachdem ich die Hochzeit abgesagt und die Verlobung gelöst hatte, mußte ich ziemlich überstürzt aus Donalds Wohnung ausziehen, in der ich seit meinem Studienabschluß gelebt hatte. Es blieb mir nichts anderes übrig, als in mein Elternhaus zurückzukehren, während ich mich nach einer neuen Bleibe umsah. Aus ein paar Wochen wurden schließlich sechs Monate. Dann starb Oma Billings und hinterließ mir fünfzigtausend Pfund, so daß ich eine Hypothek aufnehmen und diese Wohnung hier kaufen konnte. Jetzt, wo ich eine eigene Wohnung hatte, hätte ich Laurence, meinen West Highland Terrier, zu mir nehmen können, aber er weigerte sich, zu mir zu ziehen – ich hatte seine Spielsachen schon in einen Karton gepackt, aber er holte sie immer wieder heraus und legte sie zurück neben seinen Korb –, doch wer konnte ihm das schon verdenken? Zwölf Jahre lang hatte er sich geweigert, die Rolle des treuen Hundes zu spielen; wie kam ich nur auf die Idee, daß er ausgerechnet jetzt, am Ende seines Lebens, damit anfangen würde?

Ich war glücklich in meiner Wohnung. Ich hatte meine eigene Haustür und eine kleine, gepflasterte Fläche unterhalb des Bürgersteigs, wo ich einen Stuhl und ein paar Topfpflanzen hinstellen konnte. Das Ehepaar Bodkin, das den Rest des Hauses bewohnte, war schon älter, ruhig und beschwerte sich selten. Wir waren freundlich zueinander, ließen einander aber ansonsten in Ruhe. Ich lebte gern allein. Wenn ich etwas irgendwo abstellte, blieb es dort, bis ich beschloß, es zu verschieben. Außerdem versuchte niemand, meine Systeme zu sabotieren. Zum Beispiel lagerte ich meinen Tee gern geordnet nach der Stärke und der Tageszeit, zu der ich ihn am wahrscheinlichsten trank: Auf der linken Seite des Regals war der English Breakfast, dann folgten Darjeeling, Earl Grey, Lapsang und schließlich der grüne Tee. Meine blau-weißen Spode-Tassen benutzte ich gern im Wohnzimmer, und meine grün-rosafarbenen in der Küche und im Schlafzimmer. Ich hatte eine Scheuerbürste für die Spüle und eine fürs Geschirr und konnte sicher sein, daß niemand sie durcheinanderbrachte. Und was am allerbesten war: Ich hatte den ganzen Schrank für mich allein.

»Du bist ganz schön eingefahren in deinen Gewohnheiten«, beklagte sich Audrey, und zu ihren Freundinnen sagte sie: »Meine Tochter ist knapp über Zwanzig, aber sie wirkt wie fünfundfünfzig.« Ich erklärte lieber nicht, daß ich zwar knapp über Zwanzig war, aber das Gefühl hatte, im absoluten Chaos zu versinken, sobald ich den Finger aus dem Damm der Ordnung zog, den ich rund um mich herum aufgebaut hatte. Mit Arabella sprach ich darüber allerdings schon.

»Ich lasse mich treiben«, sagte Arabella und schaltete den Videorecorder aus. Es war Freitag abend, und wir hatten uns gerade *Casablanca* angesehen.

»Du kannst dir das leisten, denn dein Strom treibt dich nur in eine Richtung. Du bist gelassen und ausgeglichen. Du bist mit dir und der Welt im reinen. Aber ich bin weder ausgeglichen noch mit mir und der Welt im reinen. Es ist, als hätte ich einen ganzen Gerichtssaal im Kopf und als beurteilten Richter und Geschworene alle meine Gedanken, schlechte und unanständige und feige. Ich kann dir sagen, manchmal habe ich davon ganz schön die Schnauze voll.«

»Tja, da wundert's mich nicht, daß du ständig Kopfweh hast«, sagte Arabella und nahm eins meiner kleinen Holztiere, einen Collie, vom Beistelltischchen. »Hübsch.« Sie drehte ihn in ihren kleinen, kräftigen Händen. »Fühlt sich gut an.«

Ich nickte. »Den hab ich auch stundenlang abgeschmirgelt.« Mit dem Schnitzen hatte ich in dem Sommer nach meinem Universitätsabschluß begonnen. Ich hatte in den Staaten unterprivilegierten spanischen Einwandererkindern Englischunterricht gegeben, und in meinem Kurs war ein Junge gewesen, der schnitzte. Offenbar war es gar nicht so leicht gewesen, ihn davon abzubringen, Muster in die Körper anderer Leute zu schnitzen und sich lieber dem Material Holz zuzuwenden, aber sobald er den Wechsel geschafft hatte, wurde er nie wieder rückfällig. (Nun, einmal, bei einer Bewährungshelferin, aber das war wirklich nur ein einziges Mal, das sagten alle.) Jedenfalls hatte er großes pädagogisches Geschick, und am Ende meines Aufenthalts in den Staaten war ich ziemlich gut im Schnitzen. Ich arbeitete gern mit den

Händen; das beruhigte mich. Im Augenblick war ich gerade mit einer Arche beschäftigt. »Ich schnitze die Tiere in alphabetischer Reihenfolge. Bis jetzt habe ich den Ameisenbären, die Biene und den Collie. Als nächstes kommen Delphin und Elefant ...« Ich holte sie aus einer kleinen Holzschachtel und stellte sie in Reih und Glied auf den Tisch. »Im Augenblick arbeite ich an der Giraffe.«

»Ich bin auch gerade beim G«, sagte Arabella. »George. Er ist ja so süß. Und er hat einen ausgesprochen netten Freund, der heißt Holden. Das wollte ich dir schon seit Ewigkeiten sagen. Ein Elternteil ist Amerikaner, und er ist Anwalt, also müßtet ihr jede Menge Gesprächsstoff haben. Schließlich warst du ja schon in den Staaten und hättest fast einen Juristen geheiratet.«

Zwei Tage später war ich zum Essen in Arabellas Wohnung in Notting Hill eingeladen. Sie war erst vor kurzem dort eingezogen, und beim Fenster und am hinteren Ende des Wohnzimmers standen noch Kartons.

»Du hast wirklich keine Ahnung, Esther.« Arabella hakte sich bei mir unter. »Das ist kein Umzugskarton, sondern mein neuer Eßtisch. Ein Freund von mir – er heißt Boris und ist zum Anbeißen süß –, ist Schreiner. Den Tisch hier hat er gemacht.«

»Bist du dir ganz sicher, daß das nicht der Karton ist, in dem der Tisch drin war?« fragte ich. Arabella verdrehte seufzend die Augen. »War nur ein Scherz«, sagte ich.

Holden entpuppte sich als kräftig gebauter, markiger, gar nicht so schlecht aussehender Amerikaner um die Dreißig. Er hatte diesen Blick, den so viele amerikanische Männer haben und der einen glauben macht, daß er seiner Mutter ein guter Sohn ist. »Was machst du denn so im Leben?« fragte er mich, während wir auf die tiefen Stühle rund um den Tisch sanken, den ich immer noch für einen Umzugskarton hielt. »Ich hoffe, die Frage langweilt dich nicht.«

»Wie könnte mich eine Frage langweilen, die mir Gelegenheit gibt, über mich selbst zu reden?« sagte ich höflich und erzählte ihm dann von meiner Arbeit bei *Chic and Cheek*.

»Klingt nach einer Pornozeitschrift«, meinte George, Arabellas Alphabet-Freund.

»Tja, ist es aber nicht«, sagte ich und warf ihm einen verärgerten Blick zu. »Es ist eine Zeitschrift für ›Die Frau von heute‹.«

»Das läuft aufs selbe raus«, erklärte George, und ich verspürte plötzlich den Wunsch, daß Arabella sich so schnell wie möglich dem »H« zuwandte, vielleicht sogar Holden. Holden schaute interessiert drein, wie Menschen es tun, wenn sie nicht die geringste Ahnung haben, was los ist. »Im Augenblick bin ich Assistentin der Features-Redakteurin. Ich halte die Augen offen nach Geschichten, die sich für die Beilage eignen würden, und erledige die ersten Recherchen und ähnliche Dinge. Aber irgendwann will ich selber Artikel machen. Ich liebe es, herauszufinden, was in den Menschen vorgeht, und beschäftige mich gern mit ihrer Psyche.« Allmählich begann ich, mich für mein Thema zu erwärmen. »Wenn ich eine besonders interessante menschliche Seele finde, bin ich glücklicher als eine Braut in den Flitterwochen.«

»Esther teilt außerdem in ihrem Weihnachtsurlaub immer Essen an die Obdachlosen aus«, mischte Arabella sich ein, als wolle sie mich unbedingt im besten Licht präsentieren. Ich starrte sie verlegen an. »Letztlich«, fuhr Arabella völlig ungerührt fort, »wäre Esther eine echte Heilige, wenn sie nicht so jähzornig wäre und sich schon mal der Sünde hingeben würde.«

Holden sah mich mit aufmerksamem Blick an. Es war schwer zu beurteilen, ob das Wort »Heilige« oder das Wort »Sünde« ihn zu dieser Reaktion veranlaßt hatte. Allerdings hatte ich genug Lebenserfahrung, um mir vorzustellen, was es gewesen war. Ich hätte ihm gern gesagt, daß ich überdies zölibatär sei, aber das wäre eine Lüge gewesen, und ich versuchte, nicht zu lügen.

»Dir könnte niemand vorwerfen, daß du eine Heilige bist, was, mein Schatz?« gurrte George in Richtung Arabella und nahm ihre Hand. Er sah aus, als wolle er sie auf der Stelle auffressen, und wer hätte ihm das verdenken können? Schließlich hatten wir alle einen Bärenhunger, denn Arabella war selbst in ihren Sternstunden eine miserable Köchin, und an jenem Abend hatte sie eine Bouillabaisse fabriziert, die mit allerletzter Sicherheit bewies, daß Fisch sich nicht gut hielt.

Holden brachte mich nach Hause. »Ich bitte dich nicht rein«, sagte ich, als wir vor meiner Wohnung ankamen, »weil ...«

»... weil du müde bist«, sagte Holden lächelnd, während er die Hand hob und mein Kinn mit der Spitze seines Mittelfingers berührte.

»Weil ich für einen Abend genug geredet habe und dich noch nicht gut genug kenne, um mit dir zu schlafen«, berichtigte ich ihn. Danach verschwand er ziemlich schnell.

»Na, wie ist Arabellas Wohnung?« Es war Samstag, und Audrey war, nachdem sie Seidenblumen in einem kleinen Laden am Parsons Green gekauft hatte, noch auf einen Sprung zu mir gekommen. (»Das Geheimnis besteht darin, sie unter die echten zu mischen, mein Schatz.«)

»Arabellas neue Wohnung«, sagte ich vage. »Ach, nett. Ihr Eßtisch hat mir nicht gefallen, aber ansonsten ist es ganz hübsch.«

»Schlechter Geschmack ist eben erblich.« Audrey rümpfte die Nase. »Arabellas Mutter hat das hübsche Kutscherhäuschen, das sie nach der Scheidung gekriegt hat, auch völlig ruiniert.«

»Große Fenster«, versuchte ich sie abzulenken. Doch so sehr ich mich auch bemühte, ich sah immer nur Arabellas Seele vor mir, rund und wohlig und rosig, voll angenehmer Gedanken, vor babyblauem Hintergrund. »Wirklich hübsch.«

»Hübsch – was für ein nichtssagendes Wort.«

Das sagten die Leute immer, aber ich widersprach ihr nicht. Hübsch bedeutete das, was es sagte: angenehm, schön, nett, gutmütig. Was war daran so falsch?

Eines Abends saß ich noch spät an meinen Recherchen zu einer neuen amerikanischen Romanschriftstellerin, als das Heulen einer Sirene mich aus meinen Gedanken riß. Als ich aus dem Fenster schaute, raste gerade ein Notarztwagen in die schmale Straße und blieb mit quietschenden Reifen vor dem Haus stehen. Ich hastete zur Tür und sah, daß die Sanitäter in die Wohnung der

Bodkins eilten. Kurze Zeit darauf waren sie wieder draußen auf der Straße, auf ihrer Tragbahre Mr. Bodkin. Mrs. Bodkin stand wie erstarrt an ihrer Haustür, während ihr Mann in den Krankenwagen geladen wurde. Als er darin verschwunden war, schien sie wieder zum Leben zu erwachen. Sie ging auf den Notarztwagen zu und ließ sich hineinhelfen. Ich wandte mich vom Fenster ab, Tränen in den Augen. Mein Gott, mein Gott, mein Gott, jammerte ich. Ich betete, daß er wieder gesund werden würde. Sie waren so ein nettes altes Paar. Jim und Elsa Bodkin, seit dreiundvierzig Jahren zusammen im selben Haus. Jim und Elsa Bodkin, die Unzertrennlichen, wie sie Hand in Hand zu Safeways gingen, die Gartenarbeit erledigten, die Vögel fütterten, einen Spaziergang in der Frühlingssonne machten.

Am nächsten Tag hörte ich von einer anderen Nachbarin, daß Jim Bodkin gestorben war. Ich wußte, daß die Bodkins keine näheren Verwandten hatten und die meisten ihrer Freunde entweder gestorben oder ans Meer gezogen waren, also klingelte ich später am Tag bei Elsa, um zu fragen, ob sie Gesellschaft wolle. Als sie die Tür öffnete, war sie mit einem leuchtendblauen Jogginganzug, pinkfarbenen Socken und strahlendweißen Turnschuhen bekleidet – ganz anders als ihre üblichen Tweedröcke und Strickjacken. »Nein, nein«, sagte sie. »Machen Sie sich um mich mal keine Sorgen. Ich komme ganz gut allein zurecht.« Und das war's auch schon. Sie schob mich fast aus der Tür und schloß sie hastig, als habe sie Angst, daß ich ihr mein Mitleid aufdrängen und eine Tasse Tee bei ihr trinken könnte. Trotzdem hielt ich weiter Ausschau nach Elsa – die Trauer kann seltsame Dinge anstellen mit dem Kopf –, aber abgesehen von ihrer Kleidung – ein bunter Trainingsanzug nach dem anderen – schien alles ganz normal, wenn sie die Straße zu Safeways hinuntertrippelte oder im Garten arbeitete. Allerdings blieb sie meistens drinnen. Dann begann irgendwann die Sache mit der Musik: immer Oper, und immer laut. Es fing an, mir auf die Nerven zu gehen, wenn ich von der Arbeit nach Hause kam oder am Samstagnachmittag lesen wollte. Als sie dann auch noch mitten in der Nacht Opernarien spielte, hatte ich genug. Am nächsten Morgen klingelte ich bei ihr. »Es ist alles in Ordnung, meine Liebe«, sagte Elsa ungeduldig und war kaum zu sehen durch den schmalen Spalt in der Tür. »Aber danke der Nachfrage.«

»Ich bin wegen der Musik da«, sagte ich und drückte mit der Schulter die Tür auf. »Meinen Sie, Sie könnten sie ein bißchen leiser drehen?« Elsa machte die Tür ganz auf. An jenem Tag trug sie einen erbsengrünen Jogginganzug. Ich hatte noch nie einen erbsengrünen Jogginganzug gesehen. »Du liebe Güte, habe ich Sie gestört?« fragte sie. Ich sagte ja. »Jim hat sich auch nichts aus Opern gemacht«, sagte Elsa und bat mich in den schmalen Flur.

Ich erklärte ihr, daß ich die Oper sehr liebe, aber zu ihrer Zeit. Dann entdeckte ich es, das Objekt an der Wand über der Treppe. Elsa folgte meinem Blick.

»Wie finden Sie ihn?« fragte sie mich.

Wie fand ich einen riesigen pinkfarbenen Plüschpenis? »Er ist sehr interessant.«

»Ich will ihn nicht im Flur lassen«, sagte Elsa. »Die Leute könnten ihn merkwürdig finden.« Dann führte sie mich in das kleine vordere Zimmer. Auf dem Schränkchen, auf dem vorher ein Aquarium gewesen war, befanden sich große kirschrote Lippen. Zwei weiche Plüschhände hingen wie ein Geweih an der Wand über dem Kamin, und an der gegenüberliegenden Wand war ein riesiges, anatomisch korrektes Ohr befestigt. Vor dem Kamin diente ein hohler Fuß auf einem hohlen Bein als Behälter für das Kaminbesteck. »Habe ich alles selber gemacht«, erklärte Elsa. »Ich wollte immer etwas Künstlerisches machen, aber solange Jim am Leben war, bin ich nie dazu gekommen. Er war weiß Gott kein schwieriger Mann, aber er hatte immer gern alles, wie er es wollte. So ist das eben mit den Männern. Als er dann das Zeitliche gesegnet hat, habe ich mir gedacht, nun, jetzt kann ich wenigstens schalten und walten, wie ich möchte.«

»Interessantes Thema, dem Sie sich da zugewandt haben«, sagte ich, während wir uns setzten. Elsa hatte mittlerweile Tee gemacht.

»Tja, Landschaften haben mich noch nie so begeistert.« Elsa nahm anmutig einen Schluck Tee. »Vielleicht liegt's an meinen

Augen, aber ich sehe die Menschen immer in Einzelteilen: ein Mund oder ein Auge, manchmal auch nur ein Nasenloch. Wenn Sie mich bitten würden, einen Menschen für Sie zu beschreiben, würde ich Ihnen nur diesen einen Teil beschreiben.«

Meine Gedanken wanderten zu dem großen Plüschpenis.

»Jim und ich waren sehr glücklich zusammen«, sagte Elsa, als hätte sie meine Gedanken gelesen.

Bevor ich ging, fragte ich sie, ob ich für die Zeitschrift einen Artikel über sie schreiben dürfe. Elsa und ihre »Plüschteile« kamen in die Weihnachtsausgabe. Der Artikel machte sie zu einer lokalen Berühmtheit. Schon wenige Tage nach seinem Erscheinen war Elsa im Frühstücksfernsehen zu bewundern und erhielt das Angebot, eine Einzelausstellung in einer bekannten Galerie zu machen. Im neuen Jahr rief mich dann Chloe Sidcup, die Feature-Redakteurin des *Chronicle*, an und bat mich zu einem Gespräch in ihr Büro.

»Laß dich nicht von ihrer Jovialität täuschen«, hatte eine Kollegin von *Chic and Cheek* mich vor dem Gespräch gewarnt. »Sie ist knallhart.«

Chloe Sidcup erhob sich von ihrem Schreibtisch und streckte mir ihre kleine Hand entgegen. Sie war ungefähr fünfunddreißig, blond gefärbt, rotlippig und trug einen stahlblauen Hosenanzug mit so dicken Schulterpolstern, daß ich mich fragte, ob sie wohl immer seitlich durch Türen ging. Sie musterte mich von oben bis unten. »Die Jacke gefällt mir«, sagte sie schließlich. »Von wem ist sie?«

»Sie gehört mir«, sagte ich, ein bißchen gekränkt. Um der Wahrheit die Ehre zu geben, hatte sie gar nicht so unrecht zu fragen, denn die Jacke hatte früher einmal Madox gehört. Als er sie nicht mehr wollte, hatte ich sie mir unter den Nagel gerissen, weil ich mir einbildete, daß sie mir so etwas wie Woody-Allen-Chic verlieh. Chloe erklärte mir, daß sie wissen wollte, welcher Modeschöpfer die Jacke entworfen hatte. Ich wollte sie gerade ausziehen, um nachzusehen, was auf dem Etikett stand, als Chloe meinte: »Lassen Sie mal.«

Dann setzten wir uns, und ich zeigte ihr einige meiner Arbeiten. Wir unterhielten uns über ein paar Ideen, die ich für zukünftige Artikel hatte, und eine Woche später bekam ich telefonisch das Angebot, Features für den *Chronicle* zu schreiben.

Ich stieß zusammen mit Arabella und Sophie auf meinen Erfolg an. Als ich meine Freundinnen so ansah, war ich ausnahmsweise einmal mit der Welt zufrieden. Ich hatte gute Arbeit geleistet und meine Prinzipien nicht verraten müssen. Ich hatte nicht im Schmutz wühlen müssen, sondern sogar jemandem, den ich achtete, Anerkennung und Bewunderer gebracht. Während ich uns ein weiteres Glas Sekt eingoß, hatte ich das Gefühl, daß es tatsächlich so etwas wie Ordnung und Gerechtigkeit auf der Welt gab. Ich hob das Glas, mein drittes, und sagte, nur halb im Scherz, zu Arabella und Sophie: »Auf die Tugend und ihren Lohn.«

»Auf die Tugend«, sagte Sophie.

»Auf den Lohn«, sagte Arabella.

Linus arbeitete noch spät im Büro. Das tat er an den meisten Tagen, und an den meisten Tagen brüllte Lotten ihn an, wenn er nach Hause kam. Lotten hatte das Essen immer um halb sieben fertig; sie war eine sehr organisierte Frau. Halb sieben war ohnehin später, als sie selbst gern gegessen hätte, später auch, als alle anderen wochentags zu Abend aßen, erklärte sie ihm häufig mit einem Stirnrunzeln, aber in dieser Hinsicht hatte Linus sich nicht erweichen lassen. Er konnte das Büro nicht vor sechs verlassen. Lotten sagte, daß die Geschäftszeiten um fünf endeten. »Alle anderen gehen um fünf oder noch früher heim.« Linus versuchte, ihr, ohne überheblich zu klingen, zu erklären – und für ihn entsprach das absolut der Wahrheit –, daß er anders war als die anderen. Aber wie sollte Lotten das verstehen? »Na schön, du bist also anders«, sagte sie mit bitterer Stimme. »Du bist nie zu Hause. Du bist immer völlig geistesabwesend und scheinst die Hälfte der Zeit nicht zu hören, was ich sage, und wenn du's hörst, ist es dir egal. Du willst nie mit den anderen Tennis spielen oder abends weggehen.« »Die anderen« waren die in etwa gleichaltrigen Leute, mit denen sie seit der Schulzeit freundschaftlichen Kontakt pflegten.

An seinem Schreibtisch begann Linus seufzend die Entwürfe wegzuräumen, die er für eine neue Verbindungsbrücke zwischen einer der Inseln des Archipels und dem Festland einreichen wollte. Auf dem Weg zu dem großen Computerbildschirm kam er an den Plänen für einen kleinen Wohnblock vorbei, die sein Kollege Jonas Berg hatte liegenlassen, und als er sie genauer ansah, formte sich in seinem Gehirn eine Idee zur Lösung des Wohnraumproblems, über das Jonas sich beklagt hatte. Er setzte sich auf den Stuhl und nahm einen Stift in die Hand.

Eine Weile später warf Linus einen Blick auf die Uhr über der Bürotür. Es war Viertel vor sieben. Er würde eine gute Viertelstunde nach Hause brauchen, also konnte er sich darauf gefaßt machen, daß Lotten ihn ohnehin anbrüllte, wenn er heimkam, egal, was er jetzt tat. Folglich konnte er genausogut bleiben und seine Arbeit zu Ende führen. Hier ging es sozusagen darum, Kosten und Nutzen gegeneinander abzuwägen. Außerdem wollte er noch ein paar Gedanken über die Brückenentwürfe weiterentwickeln, bevor er die Ideen wieder vergaß. Er wollte diesen Auftrag unbedingt, denn die Westküste und ihre Bebauung lagen ihm besonders am Herzen. Er liebte die bunten, extravaganten Formen der Gebäude dort, die Türmchen und Holzschnitzereien, mit denen Veranden und Balkone verziert waren, und den krassen Gegensatz, in dem all das zu der schlichten Schönheit der dortigen Landschaft mit ihren Granitfelsen und dem graublauen Meer stand. Er war schon so oft dort gewesen, daß er jetzt nur die Augen zu schließen brauchte, um sich die Gegend vorstellen zu können, und mittendrin seine Brücke. Eine Brücke, die einen vollkommenen weißen Bogen über das Wasser schlug, ein Wolkenweg über den Sund. Im Winter würde sie fast verlassen wirken, vor dem Hintergrund der grauen See und dem Himmel und den Felsen. Doch im Sommer, wenn ganz Schweden sich aus seinem dicken Wintermantel schälte, würden auf ihr täglich Hunderte von Autos fahren.

Widerwillig machte Linus sich um sieben auf den Nachhauseweg. Mit der einen Hand schaltete er den Computer aus, und mit der anderen malte er eine Seiltänzerin mit rosafarbenem Tutu und grünem Schirmchen auf sein Zeichenpapier, die über das Brückengeländer balancierte.

»Was denkst du dir eigentlich dabei?« Lotten stand mit funkelndem Blick, die Arme vor der Brust verschränkt, im Flur. »Das Essen ist völlig verkocht, und ich wollte mich gerade in den Krankenhäusern nach dir erkundigen. Warum hast du denn nicht angerufen, daß es später wird?«

Linus zog den Mantel aus und wollte sie schon fragen, warum sie nicht daran gedacht hatte, im Büro anzurufen, bevor sie sich bei den Krankenhäusern erkundigte, als ihm einfiel, daß er den Anrufbeantworter eingeschaltet und die Nachrichten darauf nicht abgehört hatte. Und wie sollte er erklären, warum er sie nicht selbst angerufen hatte? Sollte er ihr die Wahrheit sagen? *Ich hab dich nicht angerufen, weil ich wußte, daß du ein Theater machen würdest und weil ich so auf die Arbeit konzentriert war, daß ich mich nicht damit auseinandersetzen wollte.* »Tut mir leid«, sagte er statt dessen. »Die Straßenbahngleise waren wieder mal vereist.«

»Sehr witzig. Wir haben Mai, und außerdem fährst du sowieso nie mit der Straßenbahn.«

Linus beugte sich zu ihr herab, um sie zu küssen, doch sie duckte sich weg und marschierte in die Küche, wo sie eine Auflaufform aus dem Ofen holte und ihren Inhalt ziemlich geräuschvoll in den Abfall kratzte. »Das hätte ich noch essen können«, protestierte Linus.

»Tja, dann iß es.« Lotten fischte einen Löffel von dem Auflauf aus dem Abfall und klatschte ihn auf einen Teller. »Guten Appetit.« Plötzlich verzog sie das Gesicht, und zu seinem Entsetzen brach sie in Tränen aus. »Ich bin zwei Wochen über der Zeit«, schluchzte sie, während sie sich mit der Hand die kleine, spitze Nase abwischte. »Sonst kommt sie immer pünktlich.«

Linus starrte sie an. »Ich glaube, ich bin schwanger, du Trottel. Ich habe dein Kind im Bauch, und du ...!« Jetzt hörte sie auf zu weinen und begann statt dessen hysterisch zu lachen. »Schau dich doch nur an, du großer, trotteliger Trampel ...« Dann schwieg sie und sank schluchzend in einen Sessel. Linus kniete neben ihr nieder, nahm ihre Hand und tätschelte sie unbeholfen. Sie zog sie nicht weg, und nach einer Weile schluchzte sie nicht mehr. »Wir kriegen ein Kind«, flüsterte sie. Linus tätschelte weiter ihre Hand, bis sie sich wieder aufrichtete und mit normaler Stimme sagte: »Freut dich das denn nicht?«

Linus erhob sich und setzte sich auf den Stuhl neben ihr. »Ich bin völlig überwältigt«, meinte er schließlich. »Ich weiß nicht, was ich sagen soll.«

»Aber freust du dich auch?« Lottens Stimme hatte einen scharfen Unterton angenommen.

Linus hätte sich nichts sehnlicher gewünscht, als nicht so langsam zu reagieren. Seine Gedanken waren alles andere als langsam: Sie flitzten hin und her und überschlugen sich fast, aber genau deswegen brauchte er Zeit. Zeit, um seine wirklichen Gefühle von der Aufregung zu trennen. Linus suchte nach dem richtigen Wort, einer aufrichtigen Reaktion, dem wahren Gefühl. Aber Zeit gestand Lotten ihm nie zu. Sie und alle anderen schienen immer sofort ein Gefühl und eine Reaktion zu erwarten. Er tat sein Bestes, um ihr diesen Wunsch zu erfüllen. »Natürlich freue ich mich. Das ist eine wunderbare Neuigkeit. Ich bin ganz aus dem Häuschen.«

Diesmal ritt Lotten nicht weiter auf dem Thema herum. Plötzlich schien sie völlig das Interesse an ihm verloren zu haben und begann in dem allmählich hart werdenden Essen herumzustochern. Mit abwesendem Blick kaute sie die kalten Pilze, Karotten und Erbsen. Linus versuchte unterdessen herauszufinden, welche Gefühle er tatsächlich angesichts dieser Möglichkeit eines neuen Lebens und dieses Kindes hegte, das da in Lottens Bauch heranwuchs. Der Gedanke an einen fremden Körper, der sich in dem seiner Frau einnistete, machte ihm eher angst. Wie fühlte sich das an, wenn man plötzlich zwei Menschen war statt einer? Und wenn einer davon ein Fremder war? Was sollte er sagen, wenn seine schwangere Frau auf ihn zukam? Da kommen meine Frau und mein Kind, hallo, ihr zwei? Aber alle anderen schienen das anders zu sehen. Normalerweise ignorierte man die Person da drinnen einfach, bis sie draußen war. Lotten schob ihm ihren Teller hin. »Iß auch was.« Gehorsam nahm er die Gabel in die Hand. Saß er, überlegte er, im Augenblick gerade mit einem oder mit zwei Menschen beim Abendessen?

»Liebst du mich?« fragte Lotten unvermittelt.

»Natürlich liebe ich dich«, sagte er.

»Aber das sagst du mir überhaupt nicht mehr.«

»Darüber denke ich nicht soviel nach, das ist alles.« Er wußte sofort, daß er wieder das Falsche gesagt hatte. Wütend über sich selbst sah er, wie Lottens Gesichtszüge sich wie so oft zuvor verhärteten, wie sie den kleinen Mund verzog und die Augen zusammenkniff.

»Ich wollte nur sagen, daß die Liebe zu dir so sehr zu meinem Leben gehört, daß ich gar nicht mehr darüber nachdenken muß. Ich halte sie einfach für selbstverständlich und erwarte wahrscheinlich von dir das gleiche.« Er schwieg, als er den eisigen Blick seiner Frau sah.

»Ja, du hältst alles für selbstverständlich. Ich bin für dich selbstverständlich und unsere Ehe auch, und ich habe die Nase voll davon, verstehst du das?« Ihre Stimme schwoll bedenklich an. Linus rutschte ein Stück näher zu ihr und legte seinen langen Arm um ihre Schultern. Er war verzweifelt. Es war immer dasselbe: Sie wollte, daß er seine Gefühle in Worte faßte, aber wenn er es tat, ging immer irgend etwas schief. Er wußte, was er sagen wollte, doch wenn Lotten ihn mit ihren klaren Augen ansah, entglitten ihm die Worte in alle möglichen Richtungen wie einem Kalb die Beine auf einem vereisten Weg. Dann stellte sie ihn zur Rede, und er wußte sich nicht mehr zu helfen angesichts der Wortgewalt seiner Frau.

»Du weißt, daß ich das nicht meine«, versuchte er es noch einmal. »Es ist nicht so, wie du denkst. Es ist eher so etwas wie die Freude, die man empfindet, wenn man seinen Lieblingsbleistift in die Hand nimmt oder seinen Lieblingspullover anzieht, ohne den man nicht leben möchte«, fügte er rasch hinzu, doch noch bevor sie ihm den Teller mit dem restlichen Essen auf den Schoß kippte, wußte er, daß es ihm wieder einmal nicht gelungen war, das in Worte zu fassen, was er dachte.

Seine Pläne für die Brücke wurden als zu teuer abgelehnt, doch statt den Auftrag einfach einem anderen Architekturbüro zu geben, bat die Behörde Linus, seine Pläne abzuändern. Sein Chef, Lennart Karlsson, schüttelte seufzend den Kopf. »Das machen Sie jedesmal. Warum bloß? Warum reichen Sie Pläne ein, von denen Sie von vornherein wissen, daß sie nicht angenommen werden? Und wenn Sie dann müssen, setzen Sie sich dran und überarbeiten alles noch einmal und produzieren etwas, mit dem alle zufrieden sind.«

»Alle, außer mir«, sagte Linus müde. »Ich bin nie zufrieden mit diesen Kompromißplänen.« Er sah Lennart an. »Meine ersten Entwürfe, die kommen aus der Seele des Architekten, und die zweiten kommen aus dem Kopf des Ingenieurs.«

»Ich kann es wirklich verstehen, wenn man seinen Visionen treu bleiben will.« Lennart hob den Blick mit einem kleinen Lächeln. »Glauben Sie bitte nicht, daß ich es nicht verstehe. Wir haben das alle schon erlebt, öfter, als uns lieb ist. Aber die Welt hat sich verändert. Das wissen Sie so gut wie ich. Der Architekt ist in dem Maße in den Hintergrund getreten, wie Pragmatismus und Fleiß wichtiger geworden sind. Wir sind nur noch Koordinatoren und Techniker. Wir müssen lernen, den kreativen Aspekt unserer Arbeit den größten Teil unseres Lebens außer acht zu lassen. So ist das Leben nun mal, Linus.«

Linus hatte über seinen Schreibtisch gebeugt dagestanden, doch jetzt richtete er sich auf und schaute Lennart in die Augen. »Das sehe ich nicht so.«

Lennart legte Linus die Hand auf die Schulter. »Seien Sie zufrieden, Linus. Sie haben in der kurzen Zeit, die Sie als Architekt arbeiten, mehr erreicht als die meisten anderen im ganzen Leben. Nehmen Sie sich meinen Rat zu Herzen und hören Sie auf, sich selbst zu quälen.«

»Wie könnte ich das? Ich finde es entsetzlich, mit ansehen zu müssen, wie meine Entwürfe sich in eine grobe Karikatur ihrer selbst verwandeln. Glauben Sie nicht, daß es leichter wird, wenn man Preise für diese Karikaturen bekommt.«

Als die überarbeiteten Pläne für die Brücke zwischen dem Festland und der kleinen Insel vor der Westküste in die Tat umgesetzt wurden, war Lotten bereits hochschwanger.

»Es dauert nicht mehr lange«, sagte Bertil beim Mittagessen in einem kleinen Restaurant ungefähr in der Mitte zwischen ihren beiden Büros zu seinem Sohn. Dabei hob er das Glas alkoholfreies Bier und lächelte – nicht jenes dünne, unbeholfene Zucken, mit dem er Linus sonst immer bedachte, sondern ein breites Grinsen. »Olivia wird richtig gluckenhaft. Ich habe sie sogar schon dabei ertappt, wie sie sich die Nase am Schaufenster von Erik & Anna platt gedrückt hat und ihr das Wasser im Mund zusammengelaufen ist beim Anblick der ganzen Babysachen.«

»Lotten möchte nur Sachen, die man in den Trockner stecken kann«, sagte Linus müde. »Ich wollte neulich dieses hübsche kleine Hemdchen kaufen, aber sie hat sofort nein gesagt, weil man es bügeln mußte.«

»Und wie geht's Lotten?«

Linus mußte daran denken, wie seine Frau die Nächte aufrecht sitzend im Bett verbrachte, weil sie so schlimmes Sodbrennen hatte. Dann fielen ihm ihr praller Bauch ein, der aussah, als wolle er gleich platzen wie eine überreife Tomate, und ihre geschwollenen Beine, die von dicken blauen Adern überzogen waren. »Sie sagt, es geht ihr gut, aber ich kann mir das nicht vorstellen. Sie sieht überhaupt nicht so aus, als würd's ihr gutgehen. Doch sie sagt, die anderen schwangeren Frauen haben die gleichen Probleme. Mein Gott, Frauen sind schon erstaunlich, findest du nicht auch? Aber wenn sie es nicht wären, hätte Gott sie vermutlich auch nicht für diese Aufgabe vorgesehen.«

»Wenn sie sagt, daß es ihr gutgeht, entspricht das wahrscheinlich der Wahrheit.« Bertil sah seinen Sohn an. »Du siehst selber nicht sonderlich frisch aus.«

Linus dachte an die endlosen schlaflosen Stunden am frühen Morgen, wenn er sich neben Lotten hin und her wälzte. Normalerweise sagte sie ihm dann, er solle aufstehen und etwa Sinnvolles machen, wenn er schon nicht schlafen könne. »Das Kinderzimmer ist immer noch nicht fertig«, beklagte sie sich, aber er war zu erschöpft, um sich auch nur zu bewegen. In der Nacht zuvor war er um vier Uhr aufgewacht. Lotten hatte leise neben ihm geschnarcht, ausnahmsweise ganz ruhig und entspannt. Draußen hatte ein Mann den Motor seines Motorrads aufheulen lassen, wieder und wieder. Linus hatte mit zusammengebissenen Zähnen dagelegen und gelauscht, wenn das Geräusch aufhörte und dann wieder anfing ... aufhörte und wieder anfing. Er hätte aufstehen und das Fenster schließen können. Es war ein Doppelfenster, so daß kaum Geräusche hereindrangen, wenn es geschlossen war, aber er hatte nicht die Kraft, die Beine über die Bettkante zu schwingen und hinüberzugehen. Irgendwann hatte der Lärm dann aufgehört; es war schon gut zehn Minuten still gewesen. Linus hatte sich entspannt, war eins geworden mit dem Bett. Er war in den Schlaf hinübergedriftet.

Wrum, wrum, wrum! Das Motorrad hatte wieder aufgeheult, und bevor er sich's versah, hatte er dagelegen und in der Dunkelheit zu weinen angefangen, warum, wußte er selbst nicht so genau.

Zwei Tage später brachte Lotten einen Sohn namens Ivar zur Welt. Linus war bei der Geburt dabei. Er hatte Lotten ganz zu Beginn der Schwangerschaft gefragt, ob es ihr nicht lieber sei, die Geburt ohne ihn hinter sich zu bringen – er wußte, daß ihm das lieber gewesen wäre. Danach hatte sie fast eine Woche lang nicht mit ihm gesprochen. Als sie schließlich den Mund wieder aufgemacht hatte, hatte sie ihn gefragt, ob er die Geburt für etwas Widerliches hielt, dessen man sich schämen und das man verstecken mußte. Und Linus hatte gewußt, daß dies nicht der richtige Zeitpunkt war, um über all die widersprüchlichen Gefühle zu reden, die er diesbezüglich hegte. Statt dessen hatte er ihr versprochen, daß er dabeisein würde. Als es dann soweit war, fand gerade eine Besprechung mit dem Stadtrat über die Zukunft der großen Siedlung auf der westlichen Seite der Stadt statt. Man hatte ihn als Experten hinzugezogen, und er sollte seinen Vortrag unmittelbar nach der kurzen Kaffeepause halten. Er hatte zuerst die Sekretärin angesehen, die mit der Nachricht hereinkam, daß seine Frau ins Krankenhaus gefahren war, und dann die Akte vor sich. Seufzend hatte er sich erhoben und sich unter Entschuldigungen von den Anwesenden verabschiedet.

»Ich hab ihn zwingen müssen, bei der Geburt dabeizusein«, hatte Lotten der Hebamme zwischen den Wehen zugeächzt. Diese hatte Linus mit einem Blick bedacht, als hätte er gerade die Zähne in einen süßen kleinen Welpen geschlagen. Jedesmal, wenn er versucht hatte, sich neben Lottens Schulter zu stellen, hatte die Hebamme ihn wieder zu ihren Füßen zurückgescheucht. »Der glückliche Vater will doch nicht das Wichtigste verpassen, oder?« hatte sie dabei drohend gezischt.

O doch, das möchte der glückliche Vater allerdings, hatte Linus beim Anblick von Lottens vor Schmerz und Konzentration gerötetem Gesicht gedacht.

»Und jetzt, mein Lieber, nehmen Sie mal das Bein der glücklichen Mutter.«

Dann erblickte Ivar das Licht der Welt, und Linus verliebte sich hoffnungslos.

7

MANCHMAL SAGEN LEUTE in traurigem Tonfall über jemanden: »Er hat uns verlassen, bevor ich Gelegenheit hatte, mich von ihm zu verabschieden.« Mir kam es eher so vor, daß Madox mich verließ, bevor ich Gelegenheit hatte, ihn zu begrüßen. Ich stand im Wohnzimmer meines Elternhauses und las den Brief, den meine Mutter mir gerade gereicht hatte. Er war an *Meine liebe Audrey* gerichtet. *Vielleicht hätte ich es machen sollen wie der alte Herr in Florida, der, als ihn seine auch nicht mehr ganz junge Freundin fragte, wie er sich denn ihre Zukunft vorstelle, krächzte: »Wir werden warten müssen, bis die Kinder tot sind.« Das Problem ist nur, daß ich das wahrscheinlich nicht mehr erleben würde. Ich habe einen großzügigen Dauerauftrag an Dich bei der Bank eingerichtet und Dir das Haus überschrieben. Sag Esther, daß ich sie sehr liebe.*

Da wurde mir klar, daß ich ihn nie richtig gekannt hatte. Als ich noch ein Kind war, hatte er weder die Zeit noch die Lust gehabt, *mich* kennenzulernen, und als ich dann erwachsen und er älter wurde, war ich diejenige, die keine Zeit und auch kein Interesse mehr hatte, weil ich mich daran gewöhnt hatte, ohne ihn auszukommen.

Ich legte den Brief weg und suchte im Gesicht meiner Mutter nach Zeichen des Kummers. Meine Schultern verkrampften sich bei der Aussicht auf Schreie, Ohnmachtsanfälle, Drohungen oder Heulkrämpfe, aber nichts kam. Ihr Gesicht verriet keinerlei Gefühlsregung. Sie saß einfach in dem alten grünen Sessel, ganz ruhig; nur ihre Finger bewegten sich hektisch hin und her. Nach einer Weile erhob sie sich und strich ihren Rock glatt. »Wenigstens kann ich jetzt dieses verdammte Ding rausschmeißen.« Dann versetzte sie dem Sessel mit der Spitze ihres Ferragamo-Schuhs einen kleinen Tritt.

Ich sagte ihr, ich werde die Woche bei ihr verbringen, und sie antwortete: »Wenigstens kann ich jetzt, wo ich nicht mehr auf mein Gewicht achten muß, essen, was ich will.«

»Auf dein Gewicht hast du doch noch nie achten müssen«, sagte ich. Da ich wußte, daß es sich bei der Gewichtsfrage um ein feministisches Thema handelte, fügte ich hinzu: »Wenn du das tatsächlich getan hättest, dann deinetwegen, nicht, um Madox zu gefallen, oder?«

Audrey wandte sich mir mit erstauntem Blick zu. »Warum sollte *ich* mir darüber Gedanken machen? Aber unsere Generation ist in dem Glauben erzogen worden, daß es unsere Pflicht ist, gut auszusehen für unsere Ehemänner, sauber und adrett, immer hübsch angezogen. Das war Teil der Abmachung, aus, fertig.«

Erst jetzt stellte sich heraus, wieviel sie tatsächlich essen konnte. Sie erklärte mir, sie sei dreißig Jahre lang hungrig vom Eßtisch aufgestanden. Jetzt holte sie alles nach, was sie in dieser Zeit versäumt hatte. Ihr Magen war wie ein Faß ohne Boden. Ich sah ihr beim Frühstück zu: zwei weichgekochte Eier mit hellem Toast, dann zwei Scheiben Vollkorntoast mit Honig und Fruchtjoghurt, alles hinuntergespült mit literweise Orange-Pekoe-Tee. Und das Mittagessen: Baguette-Sandwiches mit Thunfisch und saurer Sahne und Avocado und Tomaten und Beaufort-Käse, hinterher Äpfel und Pekannüsse. Aus dem Nachmittagstee machte sie eine Freßorgie: Sie arbeitete sich durch ganze Teller voll Marmeladenkrapfen, Scones mit Sahne und Zimtbagels, und zum Abschluß gab es Milchschokolade. An den meisten Abenden aß sie Pasta mit Sahne-Knoblauch-Gorgonzolasauce, und ins Bett nahm sie eine große Tasse heiße Schokolade und einen Teller Kekse mit.

»Bleib doch noch eine Woche«, bettelte sie mich mit einem Blick aus ihren langwimprigen, babyblauen Augen an, die eher in das Gesicht eines Kindes oder einer Puppe gepaßt hätten als in das einer älteren Frau mit faltiger, schlaffer Haut.

Wie konnte ich da nein sagen? Am Montag nach der Arbeit

ging ich rasch bei meiner Wohnung vorbei, um die Post zu holen und die Pflanzen zu gießen. Auf dem Anrufbeantworter war eine Nachricht von Holden. Holden? Ach ja, Holden: *Erinnerst du dich noch? Damals, vor drei Jahren, das Abendessen bei Arabella. Mein Gott, wie die Zeit vergeht.*

Man hätte sagen können, daß der Anruf aus heiterem Himmel kam, wenn ich nicht gerade eine journalistische Auszeichnung erhalten hätte und in der Zeitschrift *Watch Out* mein Name in einem schauerlichen Artikel mit der Überschrift »Kluge Töchter toller Väter« aufgetaucht wäre, in dem es um Frauen ging, die in die Fußstapfen ihrer Väter getreten waren.

»Nun, du hast ihm nicht in jeder Hinsicht nachgeeifert«, hatte Audrey traurig bemerkt, als sie den furchtbaren Artikel las. Dies war einer der seltenen Kommentare über ihre immerhin vierzig Jahre währende Ehe.

Jedenfalls wollte Holden mich zum Abendessen einladen, erklärte er mir in seiner Nachricht auf dem Anrufbeantworter. Ich schüttelte den Kopf. Ich hatte zuviel zu tun, und außerdem wollte ich mich eine Weile von den Männern erholen. Nach meiner Trennung von Donald hatte ich eine ganze Reihe kurzer und ziemlich unbefriedigender Beziehungen gehabt: Ein Jazzmusiker namens Mike war darunter gewesen, der bemuttert werden wollte; ein Journalistenkollege namens Chris, dem es nichts ausmachte, wenn ich arbeitete, solange ich nicht soviel Erfolg hatte wie er selbst; und schließlich David, der, wie sich nach einiger Zeit herausstellte, etwas gegen Brüste hatte, was zu Problemen führte, weil ich gleich zwei davon besaß.

Holden sprach mit seinem leichten amerikanischen Akzent und seiner warmen, tiefen und – das war deutlich zu hören – optimistischen Stimme immer noch vom Band: *Ich wollte mich schon seit Ewigkeiten bei dir melden, aber du weißt ja, wie das ist ... die Tage und Wochen vergehen wie im Flug ...*

»Und die Monate und Jahre«, fügte ich hinzu.

... tja, und plötzlich stellt man fest ... Egal – es wäre schön, wenn du mich unter der Nummer 326 4247 anrufen könntest, damit wir einen Termin ausmachen. Piep!

Als ich schließlich zu meiner Mutter zurückkam, lag sie bereits im Bett, obwohl es erst acht war. »Was soll das heißen: Er ist opportunistisch?« wollte sie wissen.

»Ich will damit sagen, daß er mich nach unserem ersten Treffen nicht angerufen hat. Er meldet sich erst jetzt, gerade als ich so etwas wie einen beruflichen Erfolg errungen habe.«

»Sei doch nicht paranoid«, sagte Audrey. »Außerdem macht Erfolg sexy.«

Ich sah sie mit gerunzelter Stirn an. Meiner Ansicht nach sollten Eltern nicht über Sexualität reden. Die meisten Leute sind offenbar derselben Meinung, jedenfalls, bis sie selbst Kinder bekommen. Warum Kinder den Akt, der ihr Dasein erst ermöglicht hat, so widerlich finden und warum sie alles, was sie daran erinnert, als so peinlich erachten, weiß ich nicht. Es gibt keinen logischen Grund dafür, bis auf den, daß es einem einfach lieber ist, wenn die Eltern asexuelle Wesen bleiben. Ich hatte mir folgende Theorie zurechtgelegt: Wenn Gott gewollt hätte, daß wir keine Probleme mit der Sexualität unserer Eltern haben, hätte er dafür gesorgt, daß wir den Zeugungsakt bewußt erleben. Aber zum Glück wollte er das nicht.

Auf dem Schoß meiner Mutter stand ein Tablett mit ihrem Abendessen, das aus kaltem Geflügelsalat, Käse und Feigen sowie einer ganzen Packung Erdbeer-Bananen-Eis von Häagen-Dazs bestand. »Keine Sorge«, beruhigte sie mich. »Es dauert Ewigkeiten, bis das Eis so weit aufgetaut ist, daß man es essen kann. Unten ist noch genug Geflügelsalat für dich. Bring ihn doch rauf und leiste mir Gesellschaft.«

Ich erklärte ihr, daß ich lieber unten essen wolle, wenn es ihr nichts ausmache.

»Wie ist er denn, dieser Holden? Sieht er gut aus?« fragte sie, während ich mich erhob.

Ich zuckte mit den Achseln. »Ja, doch. Ein bißchen wie ein Vietnam-Veteran.«

»Warum lädst du ihn nicht mal zum Abendessen ein?« sagte Audrey mit ihrer süßesten Stimme, und ich fragte mich, wie sie immer noch so versessen auf die Liebe sein konnte.

Am nächsten Tag ließ sie einen Fernseher in ihr Zimmer stellen, und sie erklärte mir, daß sie auch schon einen Kabelanschluß beantragt habe. »Willst du denn gar nicht mehr raus aus deinem Bett?« fragte ich.

»Warum sollte ich?« antwortete Audrey. »Janet kommt doch jeden Morgen, und außerdem habe ich hier alles, was ich brauche.« Dabei deutete sie mit ihrem seidenbekleideten Arm auf die Bücher und Zeitschriften und Papiere, die auf der taubenblauen Tagesdecke verstreut lagen. Dann griff sie nach der TV-Fernsehbedienung. »Wenn du mich entschuldigen würdest – jetzt kommt *Barry Jones Today*.«

An jenem Tag arbeitete ich in meinem alten Zimmer im Haus meiner Mutter an einem Interview-Feature mit der früheren Stasi-Agentin Hanna Holst, die als Tierärztin ein neues Leben auf den Orkneyinseln begonnen hatte. Irgendwann am Nachmittag klingelte es an der Tür, und ich nahm den Hörer von der Gegensprechanlage im Flur. Es war Holden. »Arabella hat mir die Adresse hier gegeben. Ich habe versucht, dich zu erreichen«, erklärte mir seine körperlose Stimme.

»Ich weiß. Ich habe deine Nachricht auf dem Anrufbeantworter gehört.«

»Ach.« Er klang überrascht. »Warum hast du mich dann nicht zurückgerufen?«

Ich drückte auf den Knopf, um ihn hereinzulassen, und ging hinunter. »Ich habe ziemlich viel zu tun«, antwortete ich dann. Er wirkte immer noch überrascht, eine dunkle, schwere Augenbraue hochgezogen, einen fragenden Blick in seinen braunen Augen. »Ich bin gerade dabei, einen Artikel fertig zu schreiben.« Dabei trat ich einen Schritt zur Seite, um ihn hereinzulassen. »Aber möchtest du einen Tee oder einen Kaffee?«

»Genau das mag ich so an dir: deine Liebenswürdigkeit.« Wahrscheinlich meinte er das ironisch. »Ich war grad auf dem Weg zu einem Mandanten, der sein Büro hier in der Nähe hat. Ein Täßchen Kaffee wäre nicht schlecht.« Er folgte mir in die Küche. Ich stellte den Wasserkessel auf den Herd und fragte mich dabei, ob meine Mutter ihr Bett verlassen würde, wenn ich ihr sagte, daß

Holden wirklich sehr attraktiv war. Ihr hatten dunkle, kantige Typen wie er immer schon gefallen.

»Hier bist du also aufgewachsen?« Holden nahm mir die Tasse aus der Hand. Dabei berührten sich unsere Finger kurz. Ich nickte und setzte mich ihm gegenüber an den Küchentisch. »Meine Mutter wohnt immer noch hier, aber mein Vater ist gerade weggegangen.«

»Was meinst du mit ›weggegangen‹? Ist er verreist? Oder holt er gerade die Zeitung?«

»Er ist zu seiner Geliebten auf eine kleine schottische Insel gezogen.«

Holdens wache braune Augen nahmen einen mitfühlenden Ausdruck an. »Das tut mir leid. Wirklich. Ich hätte einen ganz schönen Haß auf meinen Dad, wenn er meiner Ma so etwas antun würde.« Er schüttelte seufzend den Kopf. »Wie kommt deine Mutter damit zurecht?«

»Sie ißt ziemliche Mengen.«

Holden nickte ernst. »Frustfraß.«

»Nein, das glaube ich nicht. Soweit ich das beurteilen kann, ißt sie einfach nur gern, und jetzt, wo mein Vater weg ist, braucht sie sich keine Gedanken mehr über ihr Gewicht zu machen.«

»Ich kann mir nicht vorstellen, daß du deiner Mutter gegenüber gerecht bist. Es steckt sicher noch mehr dahinter.«

»Du kennst meine Mutter nicht.« Holden mußte zugeben, daß das stimmte. »Ich will gar nicht sagen, daß sie aus der Fassung ist, nur, daß sie gern ißt und gern fernsieht und gern im Bett liegt, und all das kann sie jetzt tun. Vielleicht macht sie einfach nur das Beste aus der Situation.«

»Ein sonderlich interessantes Leben ist das aber nicht.«

»Das kann ich nicht beurteilen«, sagte ich. »Zumindest weiß sie so, woran sie ist.«

»Muß man im Bett bleiben, um das zu wissen?« fragte Holden.

»Natürlich nicht«, erklärte ich ihm. »Aber so ist es leichter, sich selbst zu finden.«

»Du willst mich wohl auf den Arm nehmen, oder?« Ich bejahte seine Frage, aber insgeheim war ich mir da gar nicht so sicher.

Ich hatte immer geglaubt, daß der Geist nur in einem gut organisierten Körper, der seinerseits in einer gut organisierten Umgebung lebte, wirklich frei sein konnte. Sobald man diese Umgebung unter Kontrolle hatte, konnte der Geist sich völlig frei bewegen. Und das Bett war eine ausgesprochen kontrollierte Umgebung, vorausgesetzt natürlich, man befand sich allein darin.

»Wie wär's, wenn wir heute abend zusammen zum Essen gehen?« riß Holden mich aus meinen Gedanken. Ich nahm seine Einladung an.

Dann fragte ich Audrey, ob sie etwas dagegen hätte, wenn ich ausginge. Sie antwortete, ich solle sie nicht stören. »Angela Andrews«, sagte sie und deutete dabei auf den Fernseher.

Gleich begann die Talkshow mit der Briefkastentante Angela Andrews. Es war erst sechs Uhr, und ich hatte meinen Artikel fertig, also setzte ich mich auf die Bettkante und griff nach einer Himbeer-Brioche auf dem Tablett. Das Thema der heutigen Show lautete »Unbegreifliche Tragödien«. Eine kleine, pummelige Frau unergründlichen Alters nahm auf dem Sofa gegenüber von Angela Andrews Platz. Sie hieß Karen Dempster und war vierunddreißig Jahre alt. Mein Gott, so jung! Sie mußte ein hartes Leben gehabt haben. Als sie anfing, ihre Geschichte zu erzählen, schwenkte die Kamera auf Angela Andrews' tränenschwere Augen, und ich wußte, daß dies traurig, sehr traurig, werden würde. Noch vor gar nicht so langer Zeit, erklärte Karen den Zuschauern, war sie eine glückliche Ehefrau und Mutter dreier strammer Söhne gewesen. Dann war es zur Tragödie gekommen, und plötzlich war sie allein.

Was war passiert?

»Als erstes passierte die Sache mit Gareth.« Karen sah unter ihrem ausgefransten, gebleichten Pony hervor. Es stellte sich heraus, daß der arme kleine Gareth von einem Lastwagen überfahren worden war. Es war schrecklich gewesen, erzählte sie, doch ganz allmählich hatten sie und der Rest der Familie sich wieder gefangen.

»Es war wirklich erstaunlich, wie sehr uns die Leute geholfen haben«, sagte Karen. »Wir haben Blumen und Karten bekommen, und in unserer Gemeinde wurde Geld gesammelt, damit wir alle ein bißchen Urlaub machen konnten. Wir haben uns EuroDisney angeschaut.« Die Erinnerung daran schien ihr Kraft zu geben, doch gleich wurden ihre Augen wieder feucht. »Dann kam die Geschichte mit dem kleinen Andrew und dem Gewehr von seinem Vater.«

Ich wandte den Blick vom Bildschirm ab, weil ich es kaum noch ertragen konnte, der Frau zuzuhören. Wie sich herausstellte, passierte dem kleinen Andrew – erst einmal – nichts. Statt dessen hatte sein Bruder Shaun die Folgen eines Kopfschusses zu beklagen. Natürlich hatte Andrew nicht vorgehabt, Shaun zu erschießen. Er hatte ja nicht einmal gewußt, daß das Gewehr seines Vaters geladen war. Wieder halfen Freunde und Fremde gleichermaßen der Familie über die schwere Zeit hinweg. »Alle Zeitungen haben über uns geschrieben«, sagte Karen. Ich nickte. Jetzt erinnerte ich mich wieder an die Geschichte.

Der kleine Andrew mußte die Last der Schuld nicht allzu lange tragen. Er wollte gerade sein Skateboard unter dem Montego seines Vaters hervorholen, als dieser einstieg und losfuhr. Als er merkte, was er getan hatte, brachte er sich mit einer Überdosis Paracetamol um.

Arme, arme Karen. Ich starrte das verkniffene kleine Gesicht an. Wieviel konnte ein einzelner Mensch ertragen?

Im Augenblick schrieb Karen gerade an einem Buch mit dem Titel *Überleben*. Es sei »Teil ihres Heilungsprozesses«, erklärte sie den Zuschauern, solle jedoch auch dazu dienen, anderen zu helfen. »Es zeigt«, sagte sie mit tränenerstickter Stimme, »daß man, egal, wie schrecklich die Dinge sind, die einem passieren, überleben und zu einem neuen Verständnis gelangen kann.« Die Zuschauer weinten. Ich dachte über den offenbar unbezwingbaren Lebenswillen des Menschen nach. Audrey griff mit der einen Hand nach der Fernbedienung und mit der anderen nach einem Krapfen. Ich hätte gern geweint, konnte es aber nicht.

»Diese Dauerwelle«, sagte Audrey mit angewidert verzogenem Mund. Ich hätte gern geglaubt, daß nicht Karens schlechter Geschmack in puncto Frisur mich daran hinderte, Mitleid mit ihr zu empfinden. Was also war es dann?

Ein paar Monate später sah ich ein Prüfexemplar von Karens Buch bei mir in der Redaktion liegen. Ich las es zweimal und mußte dabei die ganze Zeit an die kleine Karen denken, die unter ihrem schweren Pony hervor in die Kamera geblinzelt hatte. »Ich würde gern ein Porträt von ihr machen«, erklärte ich Chloe. »Es würde mich wirklich interessieren, was diese Frau denkt.«

Danach rief ich Karens Verlag an, der sich später am Tag wieder bei mir meldete, um mir mitzuteilen, daß Karen sich zu einem Interview mit mir bereit erklärt hatte, allerdings nur, weil ich für eine angesehene Zeitschrift schrieb. Ach ja, und Karens Presseagentin wäre ebenfalls mit von der Partie.

Karen saß kerzengerade auf dem rostrot-grünen Sofa in ihrem blitzblanken Haus auf einem bewaldeten Grundstück am Rand von Farnborough. »Ich habe das hier gewählt«, – dabei strich sie über den Sofastoff – »weil man darauf den Schmutz nicht so sieht. Mit drei Jungs ...« Das Lachen, das sie mir schenkte, erstarb fast sofort wieder in ihrer Kehle. Ich kam mir vor wie eine Schaulustige am Unfallort, eine von denen, die ganz langsam an einem Autowrack vorbeifahren, um die Verletzten darin genau sehen zu können. Aber ich war Journalistin und daran gewöhnt, mich so zu fühlen.

»Haben Sie je daran gedacht umzuziehen, irgendwo anders neu anzufangen?« fragte ich. Ihre Agentin Debbie war gerade hinaus in die Küche gegangen, um uns allen einen Kaffee zu machen, aber ich hatte das Gefühl, daß sie lauschte.

Karen schüttelte den Kopf. »Nie«, sagte sie. »Ich habe nur noch meine Erinnerungen, und die sind mit diesem Haus verbunden. Was würde ich außerdem ohne meine Freunde und Nachbarn tun? Hier kennen mich alle. Sie kümmern sich um mich.« Plötzlich lächelte sie verschämt. »Man könnte sagen, daß ich so etwas wie eine Berühmtheit bin.«

Debbie, die mittlerweile den Raum betreten hatte, gab von der Tür aus ein warnendes Geräusch von sich. Debbie, der Wachhund, dachte ich. »Warum unterhalten wir uns nicht über das Buch?« fragte sie, während sie das Tablett mit dem Kaffee vor uns auf den Tisch stellte. »Wenn Sie Karens Buch gelesen haben, erledigen sich die meisten Ihrer Fragen von selbst. Aber wenn Karen noch irgend etwas klären kann ...« Ihr Mund verzog sich zu einem forschenden Lächeln, wie ein Gummiband, das gleich darauf wieder in seine ursprüngliche Position zurückschnellt.

»Die Fotografin kommt in ungefähr einer halben Stunde«, sagte ich nach einem Blick auf meine Uhr. »Also haben wir genug Zeit.«

»Ich zeige Ihnen die Briefe«, sagte Karen mit einem Seufzen. »Kaum zu fassen, wie viele Briefe ich bekommen habe, Tausende. Es kommen immer noch welche. Besonders seit dem Interview in der Fernsehsendung. Der Briefträger muß manchmal eine Sonderauslieferung für mich machen.« Sie zuckte mit den Achseln und unterdrückte ein Geräusch, das sich ein bißchen nach einem Kichern anhörte. »Und das, nachdem ich wochenlang nichts anderes als Werbesendungen gekriegt habe – nicht mal Rechnungen.«

Als nächstes zeigte sie mir das Zimmer der Kinder. »Es ist alles unverändert.«

Ich sah von der Schwelle aus in das Zimmer und versuchte, ein Gefühl für die drei kleinen Jungen zu bekommen, die einmal hier gelebt hatten und die jetzt tot waren, in einem Alter, in dem die meisten von uns noch nicht einmal richtig mit dem Leben begonnen haben. An der einen Wand stand ein Etagenbett, auf dem bunte Oberbetten lagen. Das obere war rot-schwarz mit Flugzeugen und das untere gelb-grün mit Fußballern. An der gegenüberliegenden Wand befand sich ein Einzelbett. Das Oberbett darauf hatte ein Muster aus blauen Ballons und war zurückgeschlagen, als wäre derjenige, dem es gehörte, gerade eben erst aufgestanden. Auf dem braunen Teppich lagen überall Spielzeugautos, Legosteine und Plastikfiguren aus *Star Wars*. Über dem Schreibtisch hing ein Poster von Oasis.

»Völlig unverändert«, widerholte Karen mit leiser Stimme. »Das obere Bett hat Gareth gehört und das untere Shaun. Andrew hat hier geschlafen.« Sie deutete auf das einzelne Bett.

»Hat Andrew nach dem Tod seiner Brüder weiter hier geschlafen?«

Karen schloß die Tür sanft hinter sich. »Ja«, sagte sie. »Ihm und Shaun war das ein Trost, bevor auch er …« Ihr brach die Stimme. Debbie, die uns nach oben gefolgt war, legte tröstend den Arm um sie und bedachte mich mit einem vorwurfsvollen Blick.

»Tut mir leid«, sagte ich.

»Irgend etwas ist komisch an der Sache«, sagte ich Chloe am folgenden Tag. »Ich würde gern noch mal hinfahren und mich mit ihr unterhalten, wenn ihr Wachhund nicht dabei ist.«

Karens Buch wurde ein Bestseller. Ich rief sie an.

»Debbie mag's nicht, wenn ich ohne sie mit Leuten von der Presse rede«, vertraute Karen mir am Telefon an. »Aber im Moment ist sie mit einer anderen Klientin unterwegs. Ich habe sie gefragt: ›Was ist, wenn ich dich brauche?‹ Schließlich muß ich meine Geschichte erzählen und anderen Leuten helfen, die leiden.«

»Genau«, murmelte ich, »da haben Sie recht.«

Diesmal öffnete Karen selbst die Tür. Ich erkannte sie kaum wieder. Die ausgefranste, blonde Dauerwelle war verschwunden; jetzt hatte sie rotglänzendes Haar. Auch die Leggins und die weiße Strickjacke waren verschwunden. Nun trug sie ein schickes Kostüm mit wattierten Schultern und einen kurzen Rock, unter dem erstaunlich wohlgeformte Beine zum Vorschein kamen. Als sie meinen überraschten Blick sah, schenkte sie mir wieder ihr verschämtes Lächeln. »Das war der Verlag. Die haben mir gesagt, was ich tragen soll, jetzt, wo ich eine Bestsellerautorin bin. Ich muß zugeben, daß ich vorher eine ziemliche Vogelscheuche war.«

Wieder setzten wir uns in das ordentlich aufgeräumte kleine Wohnzimmer mit dem Bücherregal, den Aquarellen, die alle ein bißchen zu hoch hingen, und dem kleinen Eßtisch aus Teakholz drüben beim Westfenster. »Vielleicht fahre ich nach Amerika«, sagte Karen, während sie uns einen Tee eingoß. »Sozusagen auf Tournee.« Sie reichte mir die Kekse. »Wer hätte das gedacht? Ich war ja noch nirgends, außer in EuroDisney. Als junges Mädchen wollte ich immer reisen, aber dann habe ich geheiratet und die

Kinder bekommen.« Sie zuckte mit den Achseln. »Tja, die Dinge ändern sich.«

»Woher nehmen Sie nur die Kraft? Die Tragödie, die Sie erlebt haben, hätte die meisten anderen Menschen gebrochen, aber Sie scheinen Ihr Leben wieder erstaunlich gut im Griff zu haben.«

»Wissen Sie, ich bin stark.« Karen nickte. Ihre Haare rührten sich dabei nicht von der Stelle, weil sie mit allem, was die moderne Haarpflege zu bieten hatte, an ihrem Platz gehalten wurden. »Aber der größte Teil meiner Stärke kommt von anderen.« Ihre Stimme nahm einen fast schon missionarischen Ton an. »Von den Tausenden von Händen, die nach meiner gegriffen haben, von den zahllosen Stimmen, die mir Trost zusprechen.« Sie wurde wieder ein bißchen leiser. »Die Menschen erkennen mich auf der Straße und kommen auf mich zu, um meine Hand zu berühren. Mir ist schon gesagt worden, daß ich mich der Geistheilerei zuwenden soll.«

»Das ist gut«, sagte ich. »Ich meine, daß die Leute keine Angst vor Ihnen haben. Man hört so oft, daß Menschen, die einen ähnlichen Verlust erlitten haben wie Sie, sich darüber beklagen, ihre Freunde gingen ihnen aus dem Weg, um sich nicht mit ihrem Schicksal auseinandersetzen zu müssen. Ihr Verlust, sagen sie, ist für die anderen wie eine ansteckende Krankheit.«

Wieder nickte Karen. »Aber bei mir ist das anders. Mich kennen sie vom Fernsehen und aus den Zeitungen. Sie sind nicht die erste, die über mich schreibt.«

»Oh, das weiß ich«, sagte ich und lächelte sie an.

»Ich verteile am Samstag die Preise für den Darts-Wettbewerb in unserer Kneipe gleich um die Ecke. Letztes Jahr hatten sie den alten Herrn aus *Coronation Street*, wie heißt er doch gleich ...?«

»Du kannst sagen, daß ich ein hartherziges Monster bin«, wandte ich mich an Audrey, als ich mich am Abend zu ihr auf die Bettkante setzte, »aber die Frau genießt die Aufmerksamkeit, die sie von allen kriegt. Nächste Woche tritt sie in der *Good-Morning*-Show auf.«

»Ich würde dich nie ›Monster‹ nennen, mein Schatz«, sagte

Audrey und schaltete den Fernseher leiser. »Was für ein häßliches Wort. Außerdem sind daran bloß die Amerikaner schuld. Ich meine, die reden doch die ganze Zeit vom Berühmtwerden. Man stelle sich nur die ganzen Menschen vor, die bereit sind, sich selbst und ihre Familien demütigen zu lassen, wenn sie nur ins Fernsehen kommen. In meiner Jugend hat man noch zwischen Ruhm und Schande unterschieden, aber das ist ja heute alles nicht mehr wichtig. Heute zählt nur noch, wer im Fernsehen ist. Offenbar ist man dann jemand. Und dein Berufsstand, Esther, ist daran nicht ganz unschuldig. Was diese Karen Dempster anbelangt: Ich habe fast den Eindruck, daß es etwas mit Achtlosigkeit zu tun hat, wenn man seinen Mann und seine Kinder einen nach dem anderen unter den unterschiedlichsten Umständen verliert. Achtlosigkeit kann etwas Schreckliches sein.« Sie reichte mir ihren Teller mit Krapfen. Ich nahm einen mit Zimt und biß hinein. Er war weich und noch ein bißchen warm. Ich sah mich im Zimmer um. »Sag bloß, du hast einen Herd hier drin.«

»Genau, eine Mikrowelle.« Sie deutete auf ein Regal neben ihrem Kleiderschrank. »Die Dinger sind wirklich toll. Jedenfalls werde ich das Gefühl nicht los, daß irgendwas faul ist an der Sache.«

»Wenn etwas faul wäre an diesen ganzen Todesfällen, hätte doch die Polizei inzwischen sicher etwas unternommen, oder?«

Audrey zuckte mit den Achseln. »Tja, wahrscheinlich hast du recht.«

»Sie wird uns verklagen«, sagte meine Chefin Chloe, nachdem sie mein Feature über Karen gelesen hatte. »Ich bin mir nicht so sicher, was Sie mit dem Artikel sagen wollen, aber irgendwas wollen Sie damit andeuten. Etwas Verleumderisches, soweit ich das beurteilen kann. Sie kennen mich, ich bin nicht zimperlich, wenn's um die Arbeit geht, aber finden Sie nicht auch, daß die Frau genug gelitten hat?«

»Tja, da bin ich mir eben nicht so sicher«, sagte ich.

Ein paar von den Zeitungen, die zuvor Tränendrüsendrücker-Storys über Karen veröffentlicht hatten, begannen, einen anderen

Ton anzuschlagen. WARUM DIE TRAUER PRIVATSACHE BLEIBEN SOLLTE lautete die Überschrift eines Artikels von einer bekannten Kolumnistin. Es ging darin hauptsächlich um die gute alte Tugend des stummen Leidens, darum, zu lächeln, wenn einem überhaupt nicht danach zumute war, darum, daß man ein tapferes Gesicht machte und die Ärmel hochkrempelte. Es kam klar heraus, daß Karen Dempster diese Tugend nicht besaß. Dann tauchten plötzlich Nachbarn auf, die von Karens Vorliebe für lange Kneipenabende mit Freundinnen erzählten und von Familienkrächen und Ohrfeigen. Der kleine Gareth war immer wieder von zu Hause weggelaufen. Es war der bescheidenen Ansicht der Nachbarn nach nur eine Frage der Zeit gewesen, daß er von einem Lastwagen überfahren wurde. Und den kleinen Shaun hatten seine Eltern einmal die ganze Nacht lang ausgesperrt, weil er erst nach Hause gekommen war, als die beiden schon im Bett lagen. Der kleine Andrew schließlich hatte den Großteil seiner Zeit damit verbracht, mit Steinen auf Kühe zu werfen und Vogelbabys zu zertrampeln. Oje!

Als nächstes nahm die Polizei die Ermittlungen im Fall Dempster wieder auf. Karen erzählte im Fernsehen von den Haßbriefen, die sie erhielt, und enthüllte, daß sie im zweiten Monat schwanger war, von einem Freund der Familie. »Die Leute sagen, das ist zu früh«, schluchzte sie. »Aber was wissen sie schon? Ich habe genug durchgemacht. Jetzt muß ich endlich wieder an mich und mein eigenes Leben denken. Ich meine, wenn man nicht für sich selbst sorgt, wer kümmert sich dann schon um einen? Was geht das die anderen überhaupt an? Was bin ich denn? Öffentliches Eigentum oder was?«

Einige Tage später erfuhren wir, daß Karen die Nacht in polizeilichem Gewahrsam verbracht hatte. In ihrer Abwesenheit zündete jemand ihr Haus an, und dieselben Nachbarn, die sie als moderne tragische Heldin hingestellt hatten, riefen erst dann die Feuerwehr, als es zu spät war, noch irgend etwas aus den rauchenden Trümmern zu retten.

Zwei Wochen später wurde Karen Dempster wegen Mordes an ihrem Ehemann und zweien ihrer drei Kinder festgenommen.

Aufmerksamkeit, sagte ihre Schwester Mandy. *Ich behaupte nicht, daß Karen irgend etwas von dem getan hat, was man ihr vorwirft, aber sie hat nie genug Aufmerksamkeit bekommen, und als der kleine Gareth gestorben ist, hat sie sie plötzlich gekriegt, und zwar nicht zu knapp. Ich war immer die hübschere von uns beiden, und Mum und Dad haben meine beiden kleinen Mädchen vergöttert, aber als Gareth von dem Lastwagen überfahren worden ist, standen Karen und ihre beiden Jungen im Mittelpunkt. Ich glaube, das ist ihr abgegangen, als das Leben sich dann wieder normalisiert hat. Karen wollte immer schon berühmt werden, und durch den Tod von ihrem Mann und den Jungen ist sie's geworden.*

Danach gab es lange Diskussionen über die Rolle, die die Medien bei den Dempster-Morden gespielt hatten, indem sie eine private Tragödie und ein Verbrechen hochstilisierten, Leute wie Karen Dempster zu Berühmtheiten machten und Tod und Katastrophen in eine Art Zuschauersport verwandelten.

»Sie haben keinerlei Grund, sich zu schämen«, sagte Chloe zu mir. »Schließlich haben Sie dazu beigetragen, den Schwindel aufzudecken.«

»Tja, dann habe ich also etwas Richtiges getan auf meinem Weg in die Medienhölle«, sagte ich.

»Seien Sie nicht so schrecklich melodramatisch«, sagte Chloe.

CHRONICLE GIBT HINWEIS, DER ZUR FESTNAHME FÜHRT, brüstete sich meine Zeitung, und mir klopften die Kollegen auf die Schulter und spendierten jede Menge Gratisdrinks in der Kneipe.

Am Tag vor Bertils achtundsechzigstem Geburtstag ging Linus einkaufen. Er wollte kein Geschenk für seinen Vater – das hatte er schon lange zuvor besorgt –, sondern für Ivar. Dies würde das erste Familienfest werden, das Ivar erlebte, und Linus hatte ihm neue Festtagskleidung versprochen. Es war Mittag. Linus verbrachte die Pause oft in den Galerien und Geschäften. Er kaufte selten etwas, sah sich aber gern um und kannte deshalb praktisch alle Läden der Stadt. Seiner Frau war es peinlich, daß er sich an jedem Gespräch über Damenmode begeistert und genauso kompetent beteiligen konnte wie an Unterhaltungen über Kunst und Bücher. Lottens Lippen wurden noch schmaler als gewöhnlich, wenn er über das beste Geschäft für den Kauf von Strickwaren oder den wunderbaren neuen Laden in den Kungspassagen redete, wo man tolle Tücher kaufen konnte. »Ich will ja nicht sexistisch sein«, sagte sie dann. »Aber es ist mir schon ein bißchen peinlich, wenn mein Mann mit solcher Leichtigkeit an Frauengesprächen teilnehmen kann.« Ihrer Meinung nach seien alle Theorien vom sogenannten neuen Mann Schnee von gestern, und Mann und Frau sollten sich lieber an ihren angestammten Geschlechterrollen orientieren. Daraufhin wirkte Linus verwirrt und erklärte, er tue nur das, was ganz natürlich für ihn sei.

Diese Mittagspause schlenderte er bester Laune den Bürgersteig entlang, der zu Erik & Anna führte, nach dreißig Jahren immer noch das beste Kinderbekleidungsgeschäft der Stadt. Er wollte Ivar etwas Besonderes kaufen. Onkel Gerald und Cousine Kerstin hatten ihn seit Jahren nicht mehr gesehen. Er und Lotten waren mit dem Kleinen kurz nach dessen Geburt in dem weitläufigen alten Haus auf der Insel gewesen. Lotten hatte sich widerstrebend bereit erklärt, die Sommerferien zusammen mit der restlichen Stendal-Familie zu verbringen, aber der Besuch war kein großer Erfolg gewesen. Sie hatten ihn vorzeitig abbrechen müssen, als Lotten zur Fähre gestürmt war, das Baby in einer Trageschlinge vor dem Bauch.

»Was ist denn los?« hatte Linus gefragt, als er sie eingeholt hatte.

»Soll ich dir das wirklich alles aufzählen?« hatte sie ihn mit wütendem Blick gefragt. Eigentlich wollte Linus das nicht, aber er wußte, daß sie ihn nicht verschonen würde. »Erstens halte ich es nicht aus, daß ihr immer gleich in Massen auftretet«, hatte Lotten gesagt. »Und die ganze Zeit macht ihr einen solchen Lärm, streitet euch und hackt aufeinander rum …«

»Wir diskutieren«, fiel Linus ihr ins Wort.

»Ach. Nun, für mein ungeschultes Ohr klingt das aber eher nach Streiten. Das ist noch nicht alles … diese schreckliche Ulla.«

»Ich kann Ulla gut leiden. Auf ihre Art ist sie sehr tapfer. Ich weiß, daß sie einem manchmal auf die Nerven gehen kann ...«

»Sie ist schrecklich, und das weißt du auch. Und dann noch diese verdammte Möwe, die sie sich als Haustier hält, die ist genauso hinterhältig und übelriechend wie sie.«

»Mir ist noch gar nicht aufgefallen, daß sie riecht.«

»O doch, und zwar nach Fisch und Pfefferminzbonbons. Igitt! Tja, und diese ach so perfekte, herablassende Olivia.«

»Nun hör aber auf. Olivia hat uns mit offenen Armen empfangen, und sie liebt Ivar.«

»Olivia ist herablassend und mischt sich in alles ein. Mir wäre es lieber, sie würde Ivar in Ruhe lassen. Die ganze Zeit quasselt sie auf englisch auf ihn ein.«

Linus hatte versucht, geduldig zu bleiben. »Ich dachte, wir hatten uns darauf geeinigt, daß er zweisprachig aufwachsen soll und daß das hier eine wunderbare Gelegenheit ist.«

»Ja, schön«, hatte Lotten widerwillig zugegeben. »Aber sie mischt sich überall ein. Und dieser Gerald. Er furzt die ganze Zeit. Sag bloß nicht, daß dir das noch nicht aufgefallen ist! Ich halte das einfach nicht mehr aus!«

Das Resultat war gewesen, dachte Linus traurig, während er das Geschäft betrat, daß Ivar die Insel seitdem nicht mehr besucht hatte und auch Linus nur ganz kurz dort gewesen war. Lotten wollte so wenig wie möglich mit seiner Familie zu tun haben und hielt auch Ivar auf Distanz. Natürlich trafen sie sich mit Bertil und Olivia, aber auch das versuchte Lotten, so oft es ging, zu verhindern.

Linus sah sich zwischen den Kleiderständern mit kleinen Anzügen und kurzen Hosen und Hemden um. Es war warm für April, also wären kurze Hosen schon in Ordnung. Die längeren, wie französische und italienische Jungs sie trugen. Vielleicht aus marineblauem Samt? Und dazu ein weißes Hemd. Er erklärte der Verkäuferin seine Wünsche. Sie hätten keine Hosen aus Samt, sagte sie ihm, aber sie könne ihm ein hübsches Stück aus marineblauem Cord zeigen. »Und dieses kleine Hemd?« Sie hielt ihm ein weißes Hemd mit blauer Borte an Kragen und Ärmeln hin.

»Perfekt«, sagte Linus lächelnd. »Er ist vier, aber nicht sehr groß für sein Alter.« In der letzten Minute entdeckte er noch einen ärmellosen Fair-Isle-Pullover und erwarb auch diesen. Dann verließ er den Laden mit seiner leuchtend gelborangefarbenen Tüte, ganz und gar zufrieden mit sich und seinen Einkäufen. Er konnte sich Ivar schon in seinen neuen Kleidern vorstellen.

»Nein, Linus«, sagte Lotten. »Tut mir leid, wenn ich dir den Spaß verderbe, aber du hättest mich wirklich fragen sollen, bevor du soviel Geld ausgibst. Mama hat einen tollen kleinen Jeansanzug für Ivar geschneidert. Nein, ich fürchte, du mußt die Sachen wieder zurückbringen.« Sie reichte ihm die Tüte mit Ivars Hose, Hemd und Pullover.

Linus sah sie mit niedergeschlagenem Blick an. »Ich glaube nicht, daß Jeansstoff das Richtige für den Anlaß ist«, sagte er.

»Ach, sei nicht so altmodisch. In welchem Jahrhundert leben wir denn?«

»Schau, was Oma für mich gemacht hat.« Ivar, der seinen neuen Jeansanzug, das Hemd falsch zugeknöpft, trug, zupfte an Linus' Ärmel. Linus wachte vor Schreck auf und setzte sich mit einem Ruck auf. Dann stützte er sich auf einen Ellbogen ab, schaltete die Leselampe neben seinem Bett ein und blinzelte in Richtung Wecker. »Ivar, mein kleiner Freund.« Er seufzte. »Es ist halb sechs.« Dann hob er den Jungen grinsend zu sich ins Bett. Neben ihm drehte sich Lotten schnarchend auf die andere Seite.

Ivar wand sich in seinen Armen. »Wann ist denn das Fest?«

Linus schlug gähnend das Oberbett zurück und schwang die Beine über die Bettkante. »Gib mir doch bitte mal meinen Morgenmantel. Ja, danke.« Dann stand er auf und schlang den weichen, karierten Baumwollstoff um seinen Körper. »Das Fest ist erst heute abend. Du mußt dich noch ein bißchen gedulden.«

In der Küche gähnte er noch einmal. Nachdem er einen Blick auf die Schränke geworfen hatte, fragte er Ivar: »Was sollen wir uns machen?«

»Festessen«, kreischte Ivar und sprang auf und ab, bis er auf die zu langen Beine seiner Hose trat und auf dem Hosenboden landete. »Festessen«, quäkte er wieder, völlig unbeeindruckt.

»Meinst du nicht, wir sollten uns lieber ein paar Frühstücksflocken machen?«

»Nein.« Ivar hatte sich mittlerweile wieder hochgerappelt und schüttelte den Kopf so vehement, daß Linus Angst hatte, er könne sich verletzen. »Festessen, weil heute Festtag ist.«

»Nicht so wild.« Doch zur Antwort schüttelte Ivar den Kopf nur noch heftiger. Linus seufzte und lächelte dann. »Vielleicht hast du recht. Vielleicht sollten wir uns wirklich ein Festessen machen.« Er warf einen Blick in den Schrank. »Was haben wir denn da? Wow, Kakaopulver ... und ... Marshmallows!« Er holte die halbleere, mit einer grünen Plastikklammer verschlossene Tüte heraus. Lotten hatte einen ganzen Vorrat solcher Klammern, mit denen sie Frühstücksflocken, Reis-, Mehl- und Bonbontüten verschloß. »Und was haben wir da?« Triumphierend hielt Linus ein Glas mit Popcornmais hoch. »Komm, hol mir eine Schüssel«, sagte er zu Ivar. Ivar durchwühlte den Schrank neben dem Herd. »So eine?« fragte er und hielt eine große Schüssel hoch, damit sein Vater sie sehen konnte.

»Perfekt«, sagte Linus und goß ein wenig Öl in eine Pfanne. Dann bedeckte er den Boden der Pfanne mit Maiskörnern, bevor er sie, den Deckel darauf, auf den heißen Herd stellte. Nach einer Weile winkte er Ivar zu sich heran und hob ihn hoch. »Hörst du, wie die Körner platzen?«

Ivar lauschte konzentriert. Dann wandte er sich mit großen Augen Ivar zu. »Darf ich reinschauen?« Er streckte die Hand nach dem Deckel der Pfanne aus, doch Linus hielt ihn zurück.

»Den Deckel darfst du nicht runternehmen.«

»Warum?«

»Weil sie sonst alle aus der Pfanne springen«, antwortete Linus. »Da drinnen ist es heiß, und sie wollen raus.«

Ivar starrte ihn mit offenem Mund an und begann zu weinen. »Du mußt sie rauslassen«, jammerte er. »Papi, du mußt sie rauslassen.«

Linus stellte ihn wieder auf den Boden und nahm die Pfanne

von der Platte. Dann kniete er vor Ivar nieder und erklärte ihm so gut wie möglich, daß er nur gescherzt hatte; Popcorn hatte keine Gefühle.

»Warum?«

»Weil es nicht lebt.«

Wieder begann Ivar zu weinen. »Das heißt also, daß wir die Körner umgebracht haben«, jammerte er.

»Hast du denn noch nie zugeschaut, wenn Mami Popcorn gemacht hat?«

»Nein.«

»Aber ich weiß, daß du's schon mal gegessen hast.«

»Mami hat die Körner nie umgebracht.«

Linus brauchte mindestens zehn Minuten, um Ivar zu erklären, daß der Mais auf dem Feld wuchs und die Körner keinen Schmerz empfinden konnten. Schließlich beruhigte sich sein Sohn wieder, und er stellte die Pfanne zurück auf die Herdplatte. »Gib mir die Schüssel«, sagte er zu Ivar. »Und dann den Sirup.« Dabei nickte er in Richtung Vorratsschrank. Ivar mußte den Küchenhocker benutzen, um heranzukommen. Vor Anstrengung außer Atem und mit hochrotem Gesicht reichte er Linus die Flasche mit dem Sirup, der etwas davon über das Popcorn gab und das Ganze mit einem großen Holzlöffel gut durchmischte. Dann bückte er sich zu Ivar und hielt ihm die Schüssel hin. »Jetzt darfst du mischen.« Ivar packte den Griff des Löffels mit beiden Händen und rührte angestrengt. Linus holte das Kakaopulver und gab eine gute Handvoll davon in die Schüssel. Ivar mischte weiter.

»Frühstück.« Linus nahm zwei Teller vom Trockenbrett und stellte sie auf den Tisch. Dann klopfte er auf den Stuhl. »Komm und setz dich.« Er gab Ivar einen großen Löffel voll Popcorn auf den Teller und sich selbst einen kleineren. »Mmm.«

Linus spürte Lottens eisigen Blick im Rücken. Als er sich langsam umdrehte, stand seine Frau wie ein Racheengel in der Tür. Ivar, der gerade einen weiteren Löffel in seinen schokoladenverschmierten Mund stopfte, grinste sie beide an. »Schau, Mami, wir haben Frühstück gemacht.«

Lotten schenkte ihm keine Beachtung. »Mein Gott, Linus, was machst du denn da?«

»Wir haben Frühstück gemacht, das habe ich doch gerade gesagt, wir haben …«

»Halt den Mund, Ivar«, herrschte sie ihn an. »Schaut euch bloß mal an, wie die Küche aussieht.« Dann nahm sie die Schüssel vom Tisch und kippte den klebrigen Inhalt in den Abfall. Die letzten klumpigen Reste kratzte sie mit dem Holzlöffel heraus. Ivar glitt protestierend von seinem Stuhl und zeigte sich zum erstenmal in voller schokoladenverschmierter Größe. »Das ist doch nicht zu fassen«, zischte Lotten Linus an. »Das hast du absichtlich gemacht, stimmt's?«

Linus starrte sie an. »Was denn?«

»Der Anzug. Du hast es nicht ertragen, daß meine Mutter ihm was Hübsches genäht hat und du die Sachen umsonst gekauft hast, also hast du den Hosenanzug ruiniert.«

Ivar verschwand unauffällig aus der Küche. »Das glaubst du doch nicht wirklich, oder?« fragte Linus. Lotten musterte ihn mit einem langen, durchdringenden Blick, bevor sie sich von ihm abwandte. »Ich habe genug. Ich gehe wieder ins Bett.« Beim Gehen trat sie auf ein sirupverschmiertes Maiskorn. Fluchend zog sie ihren Schuh aus und entfernte die klebrige Masse von der Sohle. Dann warf sie noch einen Blick auf Linus, als wolle sie den Schuh nach ihm werfen. Aber schließlich schüttelte sie nur seufzend den Kopf und kehrte ins Schlafzimmer zurück. Linus sank mit einem Seufzer der Erleichterung auf seinen Stuhl; Lotten war in der Schule eine gute Kugelstoßerin gewesen, und sie traf immer noch ziemlich genau und hatte erstaunlich viel Kraft.

Linus machte sich eine Tasse Kaffee und begab sich auf die Suche nach Ivar. Er fand ihn im Bad, wo er damit beschäftigt war, die Vorderseite seines Jeanshemds einzuweichen, um die Flecken herauszubekommen. »Laß mal, kleiner Mann«, sagte Linus lächelnd. »Zieh das Hemd aus und gib's mir. Ich bekomme das in Null Komma nichts wieder sauber.«

Lotten war immer noch wütend, als sie bei Bertil und Olivia ankamen. »Ho, ho, ho«, sagte Linus, um ihre Laune ein bißchen zu heben, doch sie wandte ihm weiter den Rücken zu. »Tja, Ivar«, sagte Linus, »wahrscheinlich kannst du dich kaum noch an Tante Ulla erinnern, und sie ist ja auch nicht wirklich deine Tante und auch nicht meine, und dann wären da noch Cousine Kerstin und Onkel Gerald, der ist eigentlich der Onkel von meinem Vater, das heißt also mein Großonkel und dein Ur…«

»Müssen wir uns wirklich die ganzen Einzelheiten deines Stammbaums anhören?« herrschte Lotten ihn an. Die Tür wurde von Olivia geöffnet, die sofort vor Ivar niederkniete, um ihm einen Kuß zu geben, und englisch mit ihm redete. Sie folgten ihr ins Haus, und Ivar antwortete ihr in einer Mischung aus beiden Sprachen.

»Meine Göttin der Morgenröte schmollt«, flüsterte Linus Lotten ins Ohr. »Ich liebe dich.«

»Werd bloß nicht frech«, zischte Lotten ihn an.

Sobald sie im Wohnzimmer waren, lief Ivar sofort auf das Klavier zu, kletterte auf den Hocker, rutschte darauf herum, die zu kurzen Beine in der Luft, und klimperte ein paar unmelodische Töne. Olivia führte das Gespräch mit kaum erhobener Stimme fort.

Ulla kam mit einem Tablett voller Kanapees aus der Küche. »Das ist also Ivar.« Sie sah den Jungen an, der mit dem Klimpern aufhörte, um sie seinerseits anzusehen.

Dann lächelte er. »Ich spiele Klavier.«

»Das habe ich gehört.« Ulla wandte sich Linus zu. »Heutzutage dürfen Kinder offensichtlich bei allen Anlässen Jeans tragen.« Sie stellte das Tablett auf dem Rosenholztisch neben dem Sofa ab.

»Noch ein Wort von dieser giftigen alten Hexe, und ich gehe«, murmelte Lotten. »Das ist mein Ernst.«

»Das sind Cowboysachen«, sagte Ivar.

»Und ausgesprochen schick«, ergänzte Linus.

»Natürlich fallen die Kinder immer noch auf den Mythos vom sauberen Cowboy mit den Jeans herein, aber die Realität hat damals ganz anders ausgesehen. Wirklich ganz anders«, sagte Ulla.

»Das ist wirklich sehr interessant.« Olivia lächelte höflich. Auch Linus lächelte. Ulla hatte immer schon einen fast missionarischen Eifer entwickelt, wenn es darum ging, Wissen zu vermitteln. Am fanatischsten war sie in Gegenwart von Kindern. Wie ein Vogel zog sie Wissenswürmer aus der allerunfruchtbarsten Erde und verfütterte sie an die Jungen. Leider waren ihre Würmer meistens trockene, unappetitliche Dinger, die sich weder angenehm verdauten noch irgendeinen Nährwert hatten. Linus jedoch hatte ihr immer zugehört, wie zum Beispiel an jenem Weihnachtsfest, als er gerade vierzehn war und sie ihm erklärte, daß das attraktivste an einem Mann sein Wissen sei. Linus war sich daraufhin ausgesprochen unattraktiv vorgekommen und hatte sich ihre Worte zu Herzen genommen. Er hatte sich einen Plan zum autodidaktischen Wissenserwerb erarbeitet, den er ungefähr sechs Monate lang befolgte. Er hatte Musik gehört, Galerien besucht, naturwissenschaftliche Programme im Fernsehen angeschaut, historische Daten gepaukt, politischen Diskussionen gelauscht und Shakespeares Stücke gelesen, jedes einzelne davon. Wegen seines Lerneifers war er von ein paar Jungs aus seiner Klasse verprügelt worden, die ihn für einen Angeber hielten, und die Mädchen hatten ihn verspottet, weil sie in ihm einen fahlgesichtigen Streber sahen. Dieser Erfahrung hatte er eine kleine Narbe über der rechten Augenbraue und eine dauerhafte Liebe zu Shakespeares Werken zu verdanken. Für letztere war er Ulla immer noch dankbar.

»Wo steckt denn das Geburtstagskind?« fragte er Olivia.

»Dein Vater mußte weg, um Gerald und Kerstin zu holen; Kerstins kleiner Wagen ist wieder mal nicht angesprungen. Sie müßten jede Minute hiersein.«

Und es dauerte wirklich nicht lange, bis es an der Tür klingelte. »Alles Gute zum Geburtstag, Papa.« Linus nahm seinen Vater in die Arme, der kurz zurückzuckte, bevor er die Umarmung seines Sohnes erwiderte. Das war immer so, und Linus fiel es kaum noch auf.

»Und Onkel Gerald. Ivar, komm und sag hallo zu allen.« Er gab Gerald die Hand und küßte seine Cousine Kerstin auf beide Wangen. Kerstin trug mit ihren fünfunddreißig Jahren immer noch Kleider, die bewiesen, daß sie im tiefsten Innern nach wie vor ein Kind war. An jenem Abend hatte sie einen kurzen, marineblauen Faltenrock und ein Sweatshirt mit schlittenfahrenden Igeln an. Die kurzen, geraden Haare hatte sie auf der einen Seite mit einer Minnie-Maus-Spange zurückgesteckt. Als Onkel Gerald Ivar sah, ging er ächzend in die Knie und furzte dabei laut und vernehmlich. Olivia, die mittlerweile aus der Küche gekommen war, und Linus wechselten einen Blick und begannen, aus voller Kehle »Happy Birthday« und gleich hinterher die schwedische Version »Ja Må Han Leva« zu singen, während Gerald sich erhob und wiederum dreimal kurz hintereinander furzte. Linus war froh, daß Lotten in sicherer Entfernung in der Küche die Sauce anrührte; sie hätte kein Verständnis für Gerald gehabt.

Als letzter Gast traf Gerda Holmberg ein. Gerda hatte bis zu ihrer Pensionierung vor fünf Jahren fünfunddreißig Jahre lang die Buchhaltung und andere Bürogeschäfte für Stendal & Berglund erledigt. »Ich dachte, das ist ein Familientreffen«, zischte Ulla Olivia zu.

Olivia tat so, als habe sie sie nicht gehört. »Gerda kennt ihr ja«, sagte sie statt dessen und scheuchte alle ins Wohnzimmer zurück. Ulla gab sich Gerda gegenüber weiterhin herablassend und zeigte ihr den Raum, als wäre sie noch nie zuvor in der Wohnung gewesen. Linus wollte Gerda gerade zu Hilfe kommen, als Ulla sich daran erinnerte, daß sie sich ums Essen kümmern mußte. Sie hatte darauf bestanden, den Hauptgang zuzubereiten, Seezunge karibischer Art, eine ihrer Spezialitäten. Sie hatte dieses Gericht schon einmal für die Familie gekocht, draußen auf der Insel im vergangenen Sommer, und niemand war sonderlich begeistert darüber gewesen, also versuchte sie es noch einmal. Sie fühlte sich verpflichtet, es der Familie schmackhaft zu machen. Ivar durfte den Fisch ohne Sauce essen; schließlich war er erst vier. Er saß gleich neben seiner Mutter. In Linus' Familie wurde jedes Kind, das sich nicht so glücklich schätzen durfte, von einem Kindermädchen begleitet zu werden, neben seine Mutter gesetzt.

»Jetzt hat er's schon wieder gemacht«, sagte Ivar und deutete auf Onkel Gerald. »Weißt du, das ist unhöflich«, fügte er im Plauderton hinzu. »Hat deine Mama dir das nicht gesagt?« Der letzte Teil des Satzes ging in einem lauten »For He's a Jolly Good Fellow!« unter.

Lotten hob Ivars Serviette auf, die zu Boden gefallen war, und als sie wieder auftauchte, sah sie Linus an und verdrehte dabei die Augen, doch der grinste sie nur dümmlich an.

»Was ich dich fragen wollte«, sagte Gerda zu Olivia. »Wie geht's denn eigentlich deiner armen englischen Freundin? Hast du nicht erzählt, daß ihr Mann sie verlassen hat? Ich kann mich noch gut an sie erinnern. Sie war damals bei der Hochzeit dabei. Nette Frau. Ein bißchen zerstreut vielleicht, aber ansonsten sehr charmant.«

»Tja, ihr geht's viel besser, als ich erwartet hätte«, sagte Olivia. »Als ich gehört habe, daß Madox sie verlassen hat, habe ich gedacht, sie bekommt einen Nervenzusammenbruch – sie war so abhängig von ihm. Aber sie fühlt sich ganz wohl. Verbringt die meiste Zeit im Bett, schaut fern, liest, solche Sachen. Aber sie scheint ganz glücklich zu sein. Sie besitzt die beneidenswerte Fähigkeit, alles zu ignorieren, was ihr nicht gefällt.«

»Heißt das, daß sie sich weigert, der Wahrheit ins Auge zu sehen?« fragte Ulla.

»Tja, so könnte man das wohl ausdrücken.«

»Laßt alle Hoffnung fahren, die ihr euch der Wahrheit stellt«, sagte Linus. »Wenn wir uns alle der Wahrheit stellen würden, müßten wir das Handtuch werfen, bevor wir richtig mit dem Leben angefangen haben.«

»Du würdest also ein Leben empfehlen, das auf Illusionen basiert?« fragte Bertil.

Linus wollte gerade den Mund aufmachen, um ihm eine Antwort zu geben, als Lotten plötzlich einen Schrei ausstieß und furchtbar zu husten begann. Er sprang von seinem Stuhl auf, hastete zu seiner Frau und klopfte ihr auf den Rücken. Ivar fing an zu weinen.

»Um Gottes willen, Mädchen, was ist denn los?« Auch Olivia war aufgesprungen.

Lotten preßte ein ersticktes »das da« hervor. Dabei deutete sie vorwurfsvoll auf ihren Teller. Man reichte ihr ein Glas Wasser, das sie in einem Zug leerte. Linus kniete immer noch neben ihr und klopfte ihr auf den Rücken. Sie schüttelte seine Hand ab. »Chili«, keuchte sie, als sie sich einigermaßen gefangen hatte. »Eine riesige Chilischote. Das ist ganz schön gefährlich«, sagte sie, an Ulla gewandt. »Wenn ich auf Gewürze allergisch wäre, hätte ich ersticken können.« Ulla sah sie an, als würde die eine oder andere Allergie Lotten ihrer Meinung nach nicht schaden.

Mit einem besorgten Blick auf seine Frau sagte Linus besänftigend: »Aber du bist ja nicht allergisch, also ist auch nichts Schlimmes passiert. Zum Glück«, fügte er hastig hinzu. Ivar hatte mittlerweile zu weinen aufgehört und lauschte Onkel Gerald, der ihm gerade erklärte, daß eine regelmäßige Darmtätigkeit der Schlüssel zu einem zufriedenen Leben sei. Ivar wollte wissen, was ein Darm sei.

»Tut mir leid, aber ich sage eben gern, was ich denke«, meinte Lotten. »Und ...«

»Warum?« Linus hatte sie nicht weiter provozieren wollen, war aber aufrichtig an einer Antwort interessiert. Sie sagte oft, daß man ihrer Meinung nach immer offen und direkt sein sollte, und er hatte schon lange vorgehabt, sie danach zu fragen.

»Was meinst du mit ›Warum‹?« fragte Lotten.

»Ich meine, daß Leute oft sagen, man solle offen sein, aber ich bin mir nicht so sicher, ob das immer gut ist. Man verletzt damit auch Menschen, und außerdem ist die Meinung anderer Leute häufig wohlwollender und auch interessanter.« Lotten bedachte ihn mit einem wütenden Blick. Linus schien ihn nicht zu bemerken und fuhr mit ruhiger Stimme fort: »Natürlich beziehe ich das nicht nur auf dich. Nein, das gilt für die meisten von uns.«

Auf der anderen Seite des Tisches unterhielten Bertil und Kerstin sich gerade über das letzte Sibelius-Konzert, aber Lottens scharfer Tonfall veranlaßte sie dazu, ihr Gespräch zu unterbrechen und ihr zuzuhören. »Sei nicht albern, Linus. Man sagt seine Meinung, weil man das, was im Kopf anderer vorgeht, nicht wissen kann, oder?«

»Man kann sich natürlich nicht sicher sein, aber man kann versuchen, es sich vorzustellen, sich in den anderen hineinzuversetzen und herauszufinden, was er zu dem Thema zu sagen haben könnte. Ich frage mich, was Strindberg oder Meryl Streep in dieser Situation sagen würden, oder Churchill oder Mick Jagger oder Mutter Teresa ...«

»Aber du würdest ja doch nur raten, worin läge also der Sinn der Übung?« fragte Kerstin.

»Nun, es wäre eine sehr gute Übung, weil man dann gezwungen wäre, eine Situation aus der Perspektive eines anderen zu sehen. Zumindest würde man sich dann Gedanken machen.«

»Tut mir leid, daß ich so langweilig bin«, sagte Lotten.

»Warum mußt du denn immer alles auf dich beziehen?« seufzte Linus. »Ich spreche ganz allgemein. Du hast nur zufällig diese Gedanken in Gang gesetzt. Mußt du denn alles persönlich nehmen?«

»Ich finde deine Ausführungen sehr interessant«, sagte Gerda. »Man könnte daraus ein wunderbares Spiel machen. Bertil, Olivia, findet ihr nicht auch, daß das eine gute Idee ist? Wir könnten alle die Rolle eines anderen übernehmen, uns ein Thema aussuchen und dann in der Diskussion darüber den Standpunkt desjenigen vertreten, dessen Rolle wir übernommen haben.« Sie strahlte alle von ihrem Platz am Kopfende des Tisches aus an.

»Darm, Darm, Darm«, sang Ivar vor sich hin und wippte dabei auf seinem Stuhl auf und ab.

»Nein, Ulla, du kannst nicht Jesus Christus sein.« Bertil prostete ihr zu.

»Ich habe mir oft vorgestellt, Karl der Zwölfte zu sein«, meinte Gerald.

»Tja, welches Thema wollen wir wählen?« fragte Olivia. »Ich möchte übrigens Picasso sein.«

»Der bist du doch schon immer gewesen.« Bertil schenkte ihr ein kleines Lächeln.

»Darm, Darm, Darm«, sang Ivar weiter.

»Lieber nicht«, sagte Gerda. »Wir können ja über den Gemeinsamen Markt sprechen oder über diesen wunderbaren Film ... wie hieß er doch gleich ..., den sie zensieren wollten.«

Lotten erhob sich. »Die kleinen Leute müssen jetzt ins Bett.« Sie packte Ivar an der Hand.

»Aber wir sind noch nicht mal mit dem Essen fertig«, protestierte Linus. »Es ist doch sicher nicht so schlimm, wenn er einmal ein bißchen länger aufbleibt.« Doch er wußte, daß es keinen Sinn hatte. Lotten beherrschte meisterhaft die Kunst, ihre ganz persönliche Rache unter dem Deckmäntelchen mütterlicher Fürsorge zu üben.

»Ja, Lotten«, pflichtete Bertil Linus bei und lächelte Ivar an. »Schließlich sehe ich meinen kleinen Enkel nicht so oft.«

»Und es gibt noch Baiser«, sagte Olivia. »Mit Schokoladensauce.«

»Tut mir leid, meiner Ansicht nach sollten Kinder immer zur gleichen Zeit ins Bett«, sagte Lotten. »Aber bleib du ruhig hier bei deiner Familie, Linus. Wir sehen uns dann später.«

»Ich will nicht ins Bett.« Ivar wand sich aus ihrem Griff und klammerte sich mit beiden Händen am Stuhl fest. Doch er hatte keine Chance. Lotten ließ sich nicht mehr umstimmen und zog ihn schluchzend aus dem Zimmer. Eine Weile herrschte Stille, dann kehrte Lotten noch einmal zurück, um allen eine gute Nacht zu wünschen. Die paar Minuten, die sie draußen gewesen war, schienen ihre Laune gehoben zu haben, dachte Linus. Oder sie lächelte, weil sie sich darüber freute, ihren Willen durchgesetzt zu haben.

»Bleib nicht zu lange, Schatz«, sagte sie mit honigsüßer Stimme, beugte sich zu Linus hinunter und gab ihm einen Kuß auf die Wange. »Es macht dir doch nichts aus, wenn du zu Fuß zurückmußt, oder?«

»Komisches Mädchen«, sagte Onkel Gerald und nahm sich noch ein Baiser mit Schokoladensauce von der Pyramide, die vor ihm aufgestapelt war.

8

HOLDEN MELDETE MICH am Morgen, nachdem wir zum erstenmal miteinander geschlafen hatten, in seinem Fitneßstudio an. Ich hatte mir einen Muskel an der Hüfte gezerrt.

»Sehr sportlich bist du nicht, stimmt's, Liebes?« hatte er mich beim Frühstück in meiner Küche mit einem Blinzeln aufgezogen. »Aber mach dir mal keine Sorgen. Ein paar Übungsstunden, dann bist du eine ganz neue Frau.«

»Versprochen?« fragte ich mit säuerlicher Stimme.

Holden nickte ernst. »Versprochen, Schätzchen. Wenn du erst mal damit angefangen hast, fragst du dich, wie du je ohne ausgekommen bist«, sagte er, und seine Augen glänzten vor Missionarseifer. Außerdem erklärte er mir, daß das alles etwas mit Selbstdisziplin zu tun hatte. Tja, da hatte er mich am Haken, denn mit Selbstdisziplin konnte ich etwas anfangen (obwohl ich manchmal den Eindruck hatte, daß ich überhaupt nichts damit anfangen konnte und deshalb so großen Wert darauf legte). Jedenfalls stand ich jetzt schon um Viertel vor sechs auf, und zwar viermal die Woche. Ich hatte immer darüber geklagt, daß ich ein Morgenmuffel sei, doch jetzt änderte sich das dank Holden ganz allmählich. Ich ging durch die stillen Straßen und freute mich über den Anblick der Kirschblüten, das Zwitschern der Vögel und das Gefühl der Überlegenheit, das sich einstellt, wenn man schon auf den Beinen ist, während alle anderen noch selig schlafen. An der Bushaltestelle stand eine Bank, wie aufmerksam, und darauf lag ein riesiger Haufen Scheiße. Vielleicht, so dachte ich, war sein Erzeuger ein großer und ungewöhnlich gelenkiger Hund, aber so wahrscheinlich erschien mir das nicht. Ich beschloß, nie wieder auf einer öffentlichen Bank Platz zu nehmen. Kirschblüte, Vogelgesang, großer Haufen Scheiße; als Künstlerin hätte ich diese Szene möglicherweise zum Thema gewählt. Das Bild hätte den Titel »Leben« bekommen. Derjenige, der diese Welt erschaffen hat, muß ein Schild mit der Aufschrift *Vergiß nie die andere Seite der Medaille* über seinem Schreibtisch gehabt haben. Sex – Scham. Baby – Schmerz. Liebe – Kummer. Kirschblüte – Scheiße. Leben – Tod. Die Theorie, daß die Erde eine Scheibe ist, erschien mir sehr logisch: Auf der einen Seite hat man die schönen Dinge, die man den Embryos verkauft, die daran denken, Babys zu werden, den Sonnenschein und die hübschen kuscheligen Häschen und das leckere Essen und die Liebe. Die Schattenseite behält man für sich, bis sie nicht mehr zurückkönnen. Kein Wunder, daß Babys schreiend zur Welt kommen.

Ich war ganz in Gedanken versunken, als ich um ein Haar einen Mann umrannte, der aus einem Wohnblock heraustrat, die marineblaue Baseballmütze tief in die Stirn gezogen. Ich entschuldigte mich, und einen kurzen Moment lang trafen sich unsere Blicke. Wir gingen in entgegengesetzte Richtungen weiter, aber ich war mir sicher, ihn schon irgendwo einmal gesehen zu haben. Erst als ich die Langeweile auf dem Laufband durch Nachdenken zu vertreiben versuchte, wurde mir klar, daß der Mann mit der Baseballmütze Barry Jones gewesen war, ein ausgesprochen populärer Quiz-Show-Master, der Liebling aller Familien. Und wenn er's nicht selbst gewesen war, gab es jemanden, der ihm glich wie ein Ei dem anderen.

In der folgenden Woche sah ich ihn wieder, als er fast genau zur gleichen Zeit aus dem Wohnblock kam. Er schaute unter seiner blauen Mütze nach links und rechts, bevor er auf den Gehweg trat. Ein Blick genügte, und ich wußte, daß er vielleicht der Liebling aller Familien war, aber nicht der beste Ehemann der Nation.

»Wohnt Barry Jones nicht in St. John's Wood?« fragte ich eine Kollegin.

»Ja, warum?«

»Ach, nur so.« Ich zuckte mit den Achseln.

Ich hätte die Uhr nach ihm stellen können. Er kam jeden Mittwoch und Freitag um Punkt sechs aus der schweren Eichentür, wie ein Kuckuck aus der Uhr – allerdings ein ziemlich leiser und geheimnistuerischer Kuckuck –, die Mütze tief in die Stirn gezogen.

»Er betrügt seine Frau«, sagte Arabella, als ich es ihr erzählte. »Da gibt's gar keinen Zweifel.«

»Aber wir reden von Barry Jones«, widersprach ich ihr. Von einem Mann, der genauso bekannt war für seine perfekte Ehe mit Tammy und ihr idyllisches Leben mit den drei ebenso perfekten Kindern wie für seine Fernseharbeit. Von einem Mann, der so oft mit dem Arm um die Schultern seiner Frau gesehen worden war, daß Neider spotteten, er habe ihn von einem Chirurgen annähen lassen. Von einem Mann, dem kleine alte Damen schon mehr Sachen gestrickt hatten als dem königlichen Nachwuchs. Barry Jones? Das war unmöglich!

»Sei doch nicht so naiv!« Arabella seufzte.

»Aber er ist der Mann, der den Glauben der Nation an die Ehe wiederhergestellt hat.«

»Meiner Meinung nach«, sagte Arabella, »ist das wichtigste Wort in deinem Satz ›Mann‹. Willst du einen Artikel über ihn schreiben?«

»Ich weiß nicht so recht. Wahrscheinlich nicht. Es ist nicht mein Beruf, in anderer Leute Privatleben herumzuschnüffeln und ihr Leben zu zerstören.«

»Merkwürdig.« Arabella zuckte mit den Achseln. »Ich hätte schwören mögen, daß du Journalistin bist.«

Solche Kommentare bekommt man immer wieder zu hören, wenn man für eine Zeitung arbeitet. Ich versuchte für gewöhnlich, sie gar nicht zu beachten. »Ich schreibe Features«, sagte ich. »Ich bin keine Reporterin.« Dann warf ich mit einem Kissen nach ihr. »Ich habe meine eigenen Regeln und Maßstäbe. Trotzdem«, dabei fing ich das Kissen, das sie mittlerweile wieder zurückgeworfen hatte, »sollte ich wahrscheinlich der Nachrichtenredaktion einen Tip geben. Das ist meine Pflicht. Schließlich ist der Mann ein Heuchler. Bei einem anderen könnte man sagen, gut, geht mich nichts an, aber dieser Mann ist nur berühmt geworden, weil er den perfekten Ehemann mimt.«

»Tja, dann gib der Nachrichtenredaktion einen Tip.«

»Meinst du, Barry Jones könnte seine Frau betrügen?« fragte ich Audrey während meines allsamstäglichen Nachmittagsbesuches. (Meine Mutter liebte Besuche am Samstagnachmittag, weil da nur Sportsendungen im Fernsehen kamen.)

»Aber sicher.« Sie nahm sich noch ein Gebäckstück.

»Barry Jones. Er hat letztes Jahr für die Vereinigung englischer Wollhersteller gesprochen.«

»Ein bißchen Sahne, Schatz? Die ist köstlich.«

»Hast du was von Dad gehört?«

»Ja, heute morgen hat er angerufen. Er sagt, er ist glücklich. Und jetzt nimm dir was von der Erdbeermarmelade. Die ist himmlisch.«

Holden verdrehte die Augen. Wir aßen gerade in dem neuen indischen Restaurant zu Abend, und einen Moment lang glaubte ich, es wären die scharfen Gewürze, aber dann sagte er: »Willst du denn eine Art Hexenjagd auf diesen Barry Jones einläuten? Du kennst ja meine Meinung über diesen Aspekt deines Berufes.«

»Ich habe dir schon hundertmal gesagt«, erklärte ich ihm, »daß ich Features schreibe und keinen Enthüllungsjournalismus betreibe. Ich schnüffle nicht oder selten im Leben anderer Leute herum und habe auch keinerlei Interesse daran, das Liebesleben eines Barry Jones ins Licht der Öffentlichkeit zu zerren, aber ich finde, ich sollte der Nachrichtenredaktion einen Tip geben. Das bin ich meinen Kollegen schuldig. Es ist meine Pflicht als Journalistin.« Holden murmelte etwas von Sensationspresse, doch ich schenkte ihm keine Beachtung. »Wenn er nicht fremdgeht«, sagte ich, »richte ich nicht viel an, aber wenn er's tut, dann ist er der größte Heuchler in diesem Zeitalter der Lügen und sollte nicht ungestraft davonkommen. Schließlich ist er nicht irgendwer. Er ist nur durch sein blütenweißes Image berühmt geworden. Und er hat immer fleißig den Mund aufgemacht, wenn es um die

Schwächen anderer gegangen ist. Mein Gott, der Mann hat seine eigene Weihnachtssendung.«

»Tja, das mußt du wissen, Esther.« Holden nahm sich noch ein bißchen Basmati-Reis. »Ich fürchte nur, daß mich die schmutzigeren Geheimnisse im Leben anderer nicht ganz so faszinieren wie dich.«

Warum liebte er mich überhaupt, wenn ich so viele Fehler hatte? Wenn ich darüber nachdachte, ob er mich liebte und wenn ja, warum, hörte ich für gewöhnlich auf, darüber nachzudenken, ob *ich* ihn eigentlich liebte. Holden legte seine Hand auf die meine und sah mir lächelnd in die Augen. »Du siehst hübsch aus, wenn du verwirrt bist.«

Das freute mich, denn den größten Teil meines Lebens verbrachte ich damit, mir über die unterschiedlichsten Dinge klarzuwerden. Vielleicht fühlte ich mich deshalb von Männern wie Donald und Holden so angezogen, von Männern, für die Zweifel ungefähr so wichtig waren wie die Quiche, die sie aßen. »Magst du Quiche?« fragte ich ihn.

Holden wirkte überrascht über die Frage, beantwortete sie aber mit einem Lächeln. »Echte Männer essen keine Quiche, sagt man doch immer, oder?«

Ich hatte ihn also richtig eingeschätzt, folglich wandte ich mich wieder dem Thema Barry Jones zu. »Es ist mir wirklich wichtig, das richtig zu machen«, sagte ich. »Nicht nur wegen Barry Jones und seiner Familie, nein, ich habe auch für mich selber ziemlich strikte Regeln. Die muß man haben, sonst öffnet man dem Chaos Tür und Tor.«

»Vielleicht ist das bei dir schon ein bißchen zwanghaft. Ich meine, diese ganzen Listen. Heute zum Beispiel: Ich mag indisches Essen wirklich, keine Frage, aber heute hierherzukommen, bloß weil auf einer deiner Listen steht, daß du erst dann wieder italienisch essen gehen kannst, wenn du zwischendurch mal indisch warst, tja, das ist schon irgendwie merkwürdig.«

»Kennst du eigentlich die Herkunft des Wortes ›zwanghaft‹ beziehungsweise ›obsessiv‹?« fragte ich ihn. Holden schüttelte den Kopf. »Eigentlich bedeutete es ›Zinne‹, ›Sperre‹. Im Mittelalter war es ein echtes Problem, *besessen* zu sein, denn dann war man ein Fall für den Scheiterhaufen. Aber als *obsessiver* Mensch war man bei allen angesehen, weil man es dem Teufel nicht erlaubt hatte, Besitz von einem zu ergreifen, sondern Sperren und Hindernisse gegen ihn errichtete, Obsessionen. Wenn ich also manchmal ein bißchen zwanghaft wirke, liegt das einfach daran, daß ich Sperren gegen den Teufel namens ›Chaos‹ errichte.« Ich lehnte mich zufrieden zurück, weil ich das Gefühl hatte, eine ausgesprochen gute Erklärung gegeben zu haben.

»Wenn dir das noch nicht aufgefallen ist: Seit dem Mittelalter haben wir uns weiterentwickelt. Was hat das außerdem damit zu tun, ob du in einem italienischen oder einem indischen Restaurant ißt? Weißt du, ich hab dich immer für eine Frau gehalten, die ihr Leben im Griff hat.«

»Das habe ich auch. Und zwar gerade wegen meiner Listen. Viele Leute sagen Sachen wie: ›Ich sollte wirklich nicht immer nur in italienischen oder thailändischen Restaurants essen, aber dann landen sie doch wieder im selben Lokal, weil das nun mal so bequem ist. Wenn ich so etwas sage, dann integriere ich es in mein System. Ich überlasse die Dinge nicht dem Zufall oder irgendwelchen Launen.«

Der nächste Tag war ein Mittwoch. Ich war ein paar Minuten zu spät dran, als ich Barry Jones entdeckte, der bereits auf halber Höhe der Straße war. Ein kräftiger Mann Mitte Zwanzig folgte ihm. War das ein Fotograf? Oder ein Privatdetektiv? Da holte der kräftige Mann Barry Jones ein und ... mein Gott! Ein Überfall! Sekunden später lag Barry Jones ohne seine Umhängetasche, die der Räuber ihm entrissen hatte, auf dem Gehsteig, und der Angreifer holte fast schon nonchalant mit dem Fuß aus, um seinem Opfer einen Tritt zu versetzen. »Halt!« brüllte ich und rannte auf sie zu. »Halt!« Der Mann drehte sich um und starrte mich an, dann verschwand er. Er machte sich nicht einmal die Mühe zu rennen.

Ich kniete neben Barry Jones nieder. Autos fuhren vorbei, aber falls den Leuten darin irgend etwas auffiel, machten sie keinerlei

Anstalten anzuhalten. Es waren keine anderen Fußgänger in Sicht. »So ruf doch jemand die Polizei!« brüllte ich zu den Fenstern der Wohnungen hinauf. »Und den Notarzt.« Barry Jones schlug ächzend die Augen auf. »Alles in Ordnung«, versuchte ich, ihn zu beruhigen. »Ich bleibe bei Ihnen.« Er wollte etwas sagen. »Was?« Ich beugte den Kopf zu ihm hinunter, bis mein Ohr fast seine Lippen berührte. Ich schob mir hastig die Haare hinters Ohr, damit sie ihm nicht ins Gesicht fielen. »Könnten Sie noch mal versuchen zu sprechen?«

»Verschwinden Sie. Ich will meine Ruhe haben.«

Ich richtete mich wieder auf. »Aber Sie brauchen einen Arzt«, sagte ich.

Im ersten Stock ging ein Fenster auf, und eine Frau mit pinkfarbenen Lockenwicklern schaute heraus. »Sie wollen, daß ich die Polizei rufe?« rief sie herunter.

»Bitte, ja! Und den Notarzt!« Der Kopf der Frau verschwand wieder im Innern. Hatte ich mir das bloß eingebildet, oder war da tatsächlich eine schattenhafte Gestalt hinter dem Spitzenvorhang in dem Fenster neben dem ihren?

»Sie begreifen nicht.« Obwohl Barry Jones Mühe hatte mit dem Sprechen, hob er die Stimme. »Ich brauche niemanden. Helfen Sie mir bloß auf die Beine, das reicht.«

Doch schon Minuten später waren Notarzt und Polizei zur Stelle. Ich beschrieb den Angreifer, so gut ich konnte, nachdem ich erklärt hatte, daß ich ein ganzes Stück vom Tatort entfernt gewesen sei.

»Sie haben die Sache aber ziemlich genau beobachtet, Miss«, sagte der Beamte.

Ich lächelte verlegen. »Ach, das ist mein Beruf. Ich bin Journalistin.« Ein gequälter Aufschrei von Barry Jones, der gerade auf einer Tragbahre an mir vorbeigeschoben wurde, veranlaßte mich dazu, mich umzudrehen. Ich sah zu, wie die Sanitäter ihn in den Krankenwagen manövrierten. »Können die ihm denn kein Schmerzmittel geben?« fragte ich den Beamten. »Offenbar hat der Mann ziemliche Schmerzen.«

Dann wurde ich gebeten, in den Polizeiwagen zu steigen. »Das ist das übliche Vorgehen, Miss. Wir führen sofort eine Fahndung hier in der Gegend durch und wären Ihnen sehr dankbar, wenn Sie uns begleiten würden, um den Täter gegebenenfalls zu identifizieren.«

Ich setzte mich auf den Rücksitz des Streifenwagens, und los ging die Fahrt durchs Viertel.

Es waren immer noch ziemlich wenige Fußgänger unterwegs, aber der Verkehr auf der Straße nahm allmählich zu. »Da«, rief ich, als ich eine einsame Gestalt vor dem Fenster eines Computerladens sah. Der Streifenwagen hielt mit quietschenden Reifen, und ein Hund, der ganz allein unterwegs war und gerade das Bein an einem Abfallkorb gehoben hatte, machte vor Schreck einen Sprung und lief pinkelnd davon, eine Urinspur auf dem Gehsteig hinterlassend. Der Mann vor dem Schaufenster drehte sich um. »Nein. Nein, tut mir leid, ich hab mich getäuscht«, sagte ich, als die beiden Polizisten gerade aus dem Wagen springen wollten.

Wir fuhren weiter. Ein halbe Stunde später gaben wir die Suche auf. »Manchmal erwischen wir sie noch; es ist wirklich erstaunlich, wie viele von ihnen sich hinterher noch in der Nähe des Tatorts herumtreiben«, sagte der Beamte, als sie mich nach einer kurzen Aussage im Polizeirevier zu Hause ablieferten. »Wir melden uns bei Ihnen, wenn wir ihn erwischen.«

Die Nachricht, daß »Barry Jones auf ruhiger Londoner Straße brutal überfallen« worden war, würde sich schnell herumsprechen, und dann wäre es nur noch eine Frage der Zeit, bis auch die Geschichte mit seiner ehelichen Untreue bekannt wurde. Jetzt hatte ich keinerlei Grund mehr, meiner Zeitung nicht Bescheid zu sagen.

Am nächsten Morgen lautete die Schlagzeile des *Chronicle*: SCHÄFERSTÜNDCHEN VON VORZEIGEEHEMANN DER NATION ENDET IN BRUTALEM ÜBERFALL IM WEST END. Darunter war ein Foto von Barry Jones, wie er, das Gesicht voller blauer Flecken und den Arm in der Schlinge, das Krankenhaus verließ.

Ich blieb lange im Büro und arbeitete mich durch meine Notizen zu einer Artikelserie, die ich unter der Überschrift »Leben aus Leidenschaft« starten wollte. Der Grundgedanke dahinter war, herauszufinden, worin die Antriebskraft im Leben unterschiedlicher Leute bestand, und was passierte, wenn eine solche Antriebskraft nicht vorhanden war. Ich wollte gerade gehen, als unser Assistent Lennie mit der druckfrischen Zeitung des nächsten Tages hereinkam. LERNEN SIE DIE ANDERE FRAU IN BARRY JONES' DREIECKSBEZIEHUNG KENNEN! *(Lesen Sie mehr auf Seite 5.)*

Ich schlug sofort Seite fünf auf. Unsere Reporter hatten herausgefunden, daß die Frau, mit der Barry Jones die Nacht vor dem Überfall verbracht hatte, eine Ms. Virginia Kitchener war, eine geschiedene Frau mit drei Kindern. In einem der Boulevardblätter war ein Foto von ihr abgedruckt, das sie mit großen Augen und überrascht aufgerissenem Mund zeigte, wie sie vergebens versuchte, ihr Gesicht vor der Kamera zu verdecken. Daneben war ein Foto von Barry Jones' Frau, die schön und makellos und ein wenig zerbrechlich wirkte. *Ich habe dazu nichts zu sagen*, hatte Mrs. Jones mit würdevoller Stimme erklärt. *Aber ich habe Ihnen allen einen Tee gemacht. Ihnen muß schrecklich kalt sein da draußen.*

Was für eine Frau!

»Den Typen hast du aber ganz schön reingeritten«, sagte Holden an jenem Abend beim Essen. Wir saßen in meiner kleinen Küche und kratzten gerade die letzten Löffel Gulasch, das ich gekocht hatte, aus dem Topf. Holden hatte erklärt, es sei viel zu warm für Gulasch, aber trotzdem hatte er alles aufgegessen.

»Was soll das heißen: *Ich* habe ihn ganz schön reingeritten?« Ich wußte genau, was er meinte, da ich das auch schon gedacht hatte, aber das bedeutete nicht, daß ich es mir von einem anderen anhören wollte. »Das hat er sich selber zuzuschreiben, der Heuchler. Wenn ich nichts gesagt hätte, wäre die Geschichte eben in einer anderen Zeitung erschienen. Ich habe nur meinen Job erledigt.«

Holden lehnte sich auf seinem Stuhl zurück und streckte die Beine aus. Dabei schüttelte er lächelnd den Kopf. Am liebsten hätte ich ihm eine Ohrfeige gegeben.

»Was interessiert dich das überhaupt?« fragte ich. »Der Kerl ist widerlich.«

»Tja, dann hör auf, ein solches Gesicht zu machen, und gib mir einen Kuß.«

Ich war hin und her gerissen zwischen meinem Bedürfnis nach Anerkennung und dem Drang, ihm zu sagen, er solle sich verpissen.

Ich sagte: »Verpiß dich.«

Holden stand auf. »Nun werd nicht ordinär. Bis morgen dann.« Er marschierte aus der Küche, und ein paar Sekunden später hörte ich, wie er die Tür zuschlug.

Fünf Minuten später war er wieder da. »Ich verzeihe dir«, sagte er grinsend, setzte sich an den Tisch und nahm Messer und Gabel erneut in die Hand.

»Liebst du mich?« fragte ich ihn. »Ich meine wirklich, leidenschaftlich?« Wenn er mich tatsächlich liebte, wollte ich gern wissen, wie das war. Ich selbst konnte so tun, als liebte ich jemanden, und damit die meisten Männer und auch mich selbst eine Weile täuschen. Mit der Lust hatte ich keine Probleme, aber tief drin, unter all den Lügen, die den eigenen Charakter ausmachen, wußte ich, daß ich mit zweiunddreißig Jahren noch niemals jemanden richtig geliebt hatte (Pigotty ausgenommen).

»Fang nicht wieder damit an.« Holdens Kehle entrang sich ein Seufzer männlichen Martyriums. Meiner Erfahrung nach waren die meisten Männer so: Sie behandelten jedes Gespräch, das drohte, emotional zu werden, wie einen räudigen Hund, der sich unbedingt zu ihren Füßen niederlassen wollte. Sie versuchten, das Gespräch mit einem verlegenen Lachen oder einem Stirnrunzeln abzutun oder ihm keine Beachtung zu schenken in der Hoffnung, daß der Kelch irgendwie an ihnen vorübergehen würde. Holden war da keine Ausnahme. Aber warum auch, dachte ich. Das war eins der Probleme bei modernen Beziehungen: Wir erwarten von unserem Partner, daß er eine Ausnahme darstellt. Ich meine, wenn eine Frau ihren Mann als »typischen Mann« bezeichnet, ist das normalerweise nicht als Kompliment gedacht. Und wie oft hört man die Worte »typisch Frau« als Ausdruck der Hochachtung?

»Wenn du eine Liste mit all den Dingen aufstellen müßtest, die dich an mir am meisten nerven«, sagte ich, »würde sie wahrscheinlich folgendermaßen aussehen: Sie redet beim Frühstück. Liest laut aus der Zeitung vor. Zupft an meinen Haaren herum, wenn ich eine Sportsendung sehen will. Sagt: ›Das gefällt dir nicht, stimmt's?‹, wenn sie neue Klamotten hat. Redet über Probleme, auch wenn man nichts dagegen tun kann. Redet über Gefühle. Verwendet das Wort ›Beziehung‹ als Angriffswaffe. – Soll ich weitermachen?«

Holden sah mich lange an. »Warum machst du das alles, wenn du genau weißt, daß es mir auf den Wecker geht?«

Das war eine berechtigte Frage, aber ich mußte einen Augenblick darüber nachdenken. »Weil«, sagte ich schließlich, »es meiner Ansicht nach ganz und gar vernünftig ist, alle diese Dinge zu tun. Wahrscheinlich sehe ich deshalb keine Zukunft für die heterosexuelle Beziehung.«

Linus verließ Katyas Wohnung und bemerkte kaum den Regen, der ihm in den Hemdkragen lief, als er auf die Straße trat. »Was habe ich bloß getan?« murmelte er, während er in Richtung Büro ging, aber die Worte klangen eher triumphierend als zerknirscht. Er versuchte es noch einmal: »Mein Gott, was habe ich bloß getan?« Diesmal klang es eher nach einem genußvollen Stöhnen. Er konnte nicht aufhören, daran zu denken, wie es sich angefühlt hatte, Katyas Oberschenkel um sich zu spüren, und wie überrascht und gleichzeitig entzückt sie ihn bei der Liebe angeschaut hatte. Sie hatte ausgesehen, als hätte sie soeben ein Geschenk erhalten, nach dem sie sich jahrelang gesehnt hatte. Ganz anders als Lotten, die immer aussah, als täte sie ihm – mal mehr, mal weniger – widerwillig einen Gefallen. »Ach Lotten«, stöhnte er. »Was habe ich dir nur angetan?« Doch dabei empfand er nur das angenehme Gefühl, begehrt zu werden. Im Lauf des Nachmittags wurde seine Reue realer, unterstützt durch die Bilder, die er von seiner Frau und Partnerin, der Mutter seines Sohnes, heraufbeschwor. »Was habe ich bloß getan?« Und diesmal schwang echter Schmerz in den Worten mit. Es war später Nachmittag, bevor er sich wieder an die Arbeit machte, aber sobald er daran saß, konzentrierte er sich wie immer völlig darauf. Nur ganz kurz rief er sich zwischendurch ins Gedächtnis, daß er ein Ungeheuer war, ein kaltherziges, unmoralisches Schwein, dann beugte er sich wieder über die Entwürfe, die vor ihm lagen.

Das Wohnzimmerfenster war erleuchtet, und Lotten hatte die Rollos noch nicht heruntergelassen. Linus sah die vertrauten Umrisse der Leselampe mit ihrem grünen Schirm beim Sessel und undeutlich das Bücherregal am hinteren Ende des Zimmers. Die Wohnung befand sich im ersten Stock eines hellen Backsteinhauses aus den vierziger Jahren, über einer unauffälligen Eingangshalle mit einem immer funktionierenden Lift und einer ebenmäßig gebauten Treppe. Lotten und er wohnten seit dem Jahr vor Ivars Geburt dort, und obwohl Lotten immer wieder den Wunsch äußerte, aus der Stadt zu ziehen, blieben sie dort. Lotten beschuldigte ihn, passiv, ja fast schon träge zu sein, wenn es um praktische Dinge und häusliche Fragen ging. Vermutlich hatte sie recht. Während er die Treppe zu Wohnung fünf hinaufstieg, beschloß er, sich zu ändern. Wenn Lotten aus der Stadt ziehen wollte, nun, dann würden sie das tun. Er würde das Haus selbst entwerfen, genau so, wie sie es seit jeher wollte. Als er den Schlüssel im Schloß drehte, war er fast schon der Meinung, daß sein Seitensprung sich für ihn und Lotten gleichermaßen als Geschenk des Himmels erweisen würde.

»Du kommst zu spät«, sagte Lotten vom Wohnzimmersofa aus. Sie sah fern, die Füße auf der Couch, und holte in regelmäßigen Abständen getrocknete Aprikosen aus einer Tüte. Mit einemmal wurde ihm klar, daß es sie letztlich nicht interessierte, ob er zu spät kam oder nicht, schon eine ganze Weile nicht mehr. Er hingegen war die ganze Zeit so erleichtert darüber gewesen, nicht mit einem Schmollmund oder einer Szene empfangen zu werden, daß er sich keine Gedanken darüber gemacht hatte, was zu diesem Sinneswandel geführt hatte.

»Ivar ist schon seit Stunden im Bett«, sagte Lotten, ohne den Blick vom Fernseher zu wenden. »Im Kühlschrank ist Hühnchen mit Kartoffelsalat.« Linus betrachtete sie einen Moment lang. Sie schien überhaupt nicht zu merken, daß er noch im Zimmer war. Das war genau das, was er sich gewünscht hatte: einen ruhigen ereignislosen Abend, der ihn nicht an seine Schuldgefühle erinnern würde. Doch jetzt war er enttäuscht. Er wollte verdammt noch mal wahrgenommen werden.

»Komm, leiste mir beim Essen Gesellschaft.« Er lächelte sie an. »Laß uns zusammen essen.«

Lotten hob kurz mit leicht gerunzelter Stirn den Blick, als sei sie überrascht und nicht gerade erfreut, ihn immer noch im Zimmer zu sehen. »Wie gesagt, ich habe schon gegessen.«

Linus ging zu seiner Frau, nahm ihre Hände und zog sie zu sich hoch. »Dann laß uns ein Glas Wein trinken.«

Lotten sah ihn an. »Was ist denn los mit dir? Ich versuche, mir diese Sendung anzuschauen.«

»Warum sollte etwas mit mir los sein?« Er gab sich Mühe, ganz normal zu sprechen, traf aber den völlig falschen Ton. Er versuchte es noch einmal. »Muß denn irgendwas nicht in Ordnung sein, wenn ein Mann Zeit mit seiner Frau verbringen möchte?«

»Ja, meiner Erfahrung nach schon.«

Er schwieg eine Weile, um über ihre Antwort nachzudenken. »Ach, komm schon«, sagte er schließlich und zog sie näher zu sich heran. »Laß uns reden.«

Lotten wand sich aus seinen Armen. »Worüber denn?«

»Ach, über irgendwas. Laß uns einfach so reden wie früher. Laß uns trinken und reden und so sein wie früher.«

Lotten suchte nach der Fernbedienung. »Früher waren wir jünger. Früher hatten wir kein Kind. Früher hast du Zeit zum Zuhören gehabt. Früher hast du nicht jede Minute zum Arbeiten genutzt.«

Seine Schuldgefühle ließen ihn verletzt reagieren. »*Du* hast *mir* gesagt, daß du Verständnis für meine Arbeit hast. Du hast mir gesagt, du könntest nicht mit jemandem zusammensein, der keine Leidenschaft für seine Arbeit empfindet, und daß es wesentlich für eine Beziehung ist, dem anderen Freiheit zu lassen.« Er lachte resigniert. »Aber das war natürlich vor unserer Hochzeit.«

»Ich weiß, was du sagen willst, du Schwein.« Plötzlich brüllte Lotten ihn an. »Und du täuschst dich. Ich habe genau das gemeint, was ich gesagt habe.« Sie beruhigte sich wieder ein bißchen. »Damals, vor unserer Hochzeit, konnte ich das sagen, weil du mir das Gefühl gegeben hast, daß dir nichts, nicht einmal deine Arbeit, wichtiger sein könnte als ich. Deshalb konnte ich so etwas sagen und es auch so meinen.«

Er vergaß seinen Zorn. Schließlich hatte er von Anfang an kein Recht gehabt, wütend zu sein, denn er hatte sie hintergangen. Außerdem verstand er genau, was sie sagen wollte. Vielleicht war es unlogisch, aber er verstand es genau. Er streckte ihr die Hand hin. Als sie sie nicht ergriff, ließ er sie wieder sinken.

»Tut mir leid«, sagte er. »Alles.« Dann setzte er sich aufs Sofa, streckte die Beine aus und ließ den Kopf auf der Rückenlehne ruhen. Er war hundemüde.

»Warum wohnen wir hier?« fragte er. »Was machen wir bloß in so einem Loch?«

Auch Lotten hatte sich hingesetzt, allerdings in den Sessel. Sie hatte zu schreien aufgehört und sagte nun mit ruhiger Stimme: »Wir wohnen in diesem Loch, wie du unsere Wohnung nennst, weil du dich weigerst oder besser gesagt nie Zeit hast, ein richtiges Zuhause für uns zu entwerfen. Das ist wie bei Ärztefamilien«, fügte sie hinzu, als Linus den Mund aufmachte, um ihr zu widersprechen. »Die Angehörigen eines Arztes müssen schon sterbenskrank sein, damit der große Meister sich ihnen widmet. Wenn Ivar und ich darauf warten, daß du uns ein Haus entwirfst, warten wir noch in fünfzig Jahren, weil deine Arbeit dir immer wichtiger ist. Nun, vielleicht ist es uns jetzt egal. Vielleicht wirst du eines Tages den Schock deines Lebens kriegen.«

Als er später zu Bett ging, warf er noch einen kurzen Blick auf den schlafenden Ivar. Dieses ganze Gefasel von wegen Erbsünde, dachte er, aber gab es auch nur ein Kind, das im Schlaf nicht wie ein Engel aussah?

Später, in der Badewanne, bekam er beim Gedanken an Katya eine Erektion. »Scheiße!« Er schlug mit der Faust ins Wasser. »Scheiße, Scheiße, Scheiße«, schluchzte er leise vor sich hin.

Am nächsten Morgen schaute er bei Katya vorbei und sagte ihr, er könne sie nicht mehr wiedersehen. Als er zum Büro weiterging, fühlte er sich wie ein Gefangener, den man ein paar Augenblicke lang aus seiner Zelle und hinaus in die Sonne gelassen hatte, nur, um dann sofort wieder in die Dunkelheit zurückgeführt zu werden, wo er das Licht nie mehr sehen durfte.

9

»WAS IST LIEBE?« fragte ich, wie schon Jahre zuvor.

»Liebe.« Audrey zuckte mit den Achseln. »Liebe ist eine Illusion. Und dauerhafte Liebe ist eine dauerhafte Illusion.« Dann biß sie in ihr *pain au chocolat*, und eine ganze Kaskade von Bröseln ergoß sich über die Vorderseite ihrer lavendelblauen Bettjacke.

»Liebe ist, wenn man die Finger nicht vom anderen lassen kann«, sagte meine Chefin Chloe. »Oder ist das Sex?« Vielleicht hätte ich sie nicht fragen sollen, denn sie hatte gerade eine Scheidung hinter sich.

»Mach dir darüber keine Gedanken«, sagte Holden. »Entspann dich.«

DIE LIEBE HAT IHREN PREIS FÜR FERNSEHSTAR BARRY JONES, lautete die Schlagzeile einer Boulevardzeitung.

EHEBRECHER BARRY KRIEGT SEIN FETT WEG – UNEHELICHES KIND IN FRANKREICH ENTDECKT, hieß es in einer noch skandalträchtigeren.

Offenbar hatte seine Frau ihn verlassen, oder besser gesagt, sie hatte ihn aus ihrem Haus im nördlichen London geworfen. Seine Geliebte hingegen hatte das Angebot bekommen, als Briefkastentante im Kabelfernsehen aufzutreten.

Ich hatte noch ein paar Urlaubstage, also nahm ich mir frei, um die Wohnung zu streichen. Den Plan hatte ich mir schon genau zurechtgelegt: *Montag morgen, Wohnzimmer ausräumen und*

Wände freimachen. Am Nachmittag Erstanstrich. Holden anrufen und ihn und Arabella und ihren neuen Freund Peter zum Abendessen einladen, solange ich die Küche noch benutzen kann. Mutter anrufen und fragen, wie's ihr geht. Mutter zum Abendessen einladen; es besteht ohnehin keine Gefahr, daß sie zusagt, aber dann hat sie wenigstens das Gefühl, noch gebraucht zu werden.

Am Mittwoch war das Wohnzimmer fertig. Ich freute mich, wie schön es geworden war. Ich hatte die Wände in sanftem, hellem Braun gestrichen, einer Farbe, die vielleicht nicht jedermanns Geschmack ist, aber ausgesprochen gut zu dem neuen rosa-weißen Sofa und dem Spiegel mit dem Goldrahmen paßte, den ich von Oma Billings geerbt hatte und der jetzt über dem Kamin hing.

»Rosa?« hatte Audrey gesagt, als ich ihr den Raum beschrieb. »Ich hätte dich nicht für jemanden gehalten, dem Rosa gefällt.«

»Tja, das macht die Liebe«, hatte ich gesagt.

»Ach, Schatz, du und Holden, wie schön. Er ist genauso gut wie jeder andere.«

»Es geht nicht um mich und Holden und den süßen Traum der jungen Liebe«, hatte ich sie berichtigt, »sondern um die Abwesenheit von Liebe. Das kann einen auf Rosa bringen, genau wie die Liebe selbst, vielleicht sogar noch mehr. Außerdem hat mir das Sofa einfach gefallen.«

Die Einladung zum Abendessen lief insofern gut, als daß Arabella und Peter sich wunderbar amüsierten. Das Problem war nur, daß sie sich wahrscheinlich auch in einem feuchten Kohlenkeller amüsiert hätten. Ich wußte in dem Augenblick, daß es ernst war, als Arabella mir sagte, sie habe ihren Plan, das ganze Alphabet durchzuprobieren, aufgegeben, und sei von »I« für »Ian« sofort zu »P« für »Peter« gesprungen. Verstohlen verglich ich immer wieder ihre Blicke mit Holdens und meinen.

»Was ist denn los?« fragte Holden mich beim Abwasch. Eigentlich meinte er: Ich weiß, daß irgendwas im Busch ist, aber könntest du das bitte abstreiten, damit wir uns keine Gedanken darüber zu machen brauchen und ins Bett gehen können?

»Peter schaut Arabella die ganze Zeit an. Du hast mich den

ganzen Abend kaum angesehen. Damit meine ich übrigens keine Blickkontakte, mit denen du mir zu verstehen geben wolltest, daß wir noch mehr Knoblauchbrot brauchen.«

»Was meinst du damit?« Holden inspizierte ein Glas, ob es sauber war, nachdem ich es abgetrocknet hatte. Ich riß es ihm aus der Hand und stellte es in den Schrank.

Dann wandte ich mich zu ihm um und sah in seine fragenden Augen. Sein Gesicht wirkte wie das eines Menschen, der zwar keine Ahnung hat, was los ist, aber beschließt, geduldig zu bleiben. Mit anderen Worten: Es war das Gesicht eines Mannes, der sich einer Frau mit gefährlichen Worten wie »Gefühle« und »Beziehung« gegenübersieht. Ich schüttelte seufzend den Kopf. »Ach, nichts.«

Holden zog mich lächelnd zu sich heran. »Dann ist ja alles in Ordnung. Außerdem hatte ich dich sowieso nicht für den romantischen Typ gehalten. Das ist ja das Erfrischende an dir.«

Ich entwand mich seiner Umarmung. »Nein, nichts ist in Ordnung«, brüllte ich ihn an. »Wieso will mich eigentlich jeder in eine Schublade stecken? Esther ist nicht der Typ für Rosa. Esther ist nicht der romantische Typ. Was weißt du schon? Was wißt ihr alle von mir?« Inzwischen schluchzte ich.

Holden wirkte verletzt. »Was ist denn los mit dir, Esther? Kriegst du deine Tage oder was?«

»Red dich nicht wieder auf meine Tage raus«, brüllte ich zwischen Weinkrämpfen.

»Das sieht dir überhaupt nicht ähnlich.« Holden versuchte, meine Hand zu nehmen, aber ich zog sie ihm weg. »Du bist einfach keine von diesen hysterischen, überemotionalen Frauen. Sag mal, wieviel Wein hast du eigentlich getrunken?«

Plötzlich wurde ich ganz ruhig. »Siehst du, jetzt machst du's schon wieder: Du sagst mir, was ich deiner Ansicht nach bin. Nein, ich kriege nicht meine Tage, und ich bin nicht betrunken; ich möchte bloß wissen, wie es ist, jemanden zu lieben. Ich bin zweiunddreißig Jahre alt und habe noch nie jemanden richtig geliebt.«

Holden warf das Geschirrtuch über seine Schulter und ergriff meine Hand. Diesmal zog ich sie ihm nicht weg. »Komm und setz dich.« Er dirigierte mich ins Wohnzimmer. »Laß uns reden.«

»Aber du redest nicht gern.«

»Was soll das denn heißen: Ich rede nicht gern?«

»Ich meine, daß du nicht gern redest. Dir ist kameradschaftliches Schweigen lieber, und das bedeutet für dich folgendes: Ich sitze schweigend, aber aufmerksam da, denn es könnte ja sein, daß du doch etwas sagst, und in dem Fall müßte ich kurz und friedlich antworten, bevor ich wieder den Mund halte.«

Er lachte leise. »Und wer steckt jetzt wen in eine Schublade?« Er streichelte meinen Nacken. »Du und ich, wir kommen deshalb so gut miteinander zurecht, weil wir beide nicht an dieses Geturtel glauben. Wir wissen, daß es letztlich darauf hinausläuft, Spaß miteinander zu haben und sich gegenseitig zu achten.«

Da begann ich wieder zu weinen, zuerst leise, dann lauter und mit wachsender Überzeugung.

»Ich weiß wirklich nicht, was in dich gefahren ist.« Holden wich zurück.

»Nichts, nichts ist in mich gefahren, das ist genau das Problem.«

Holdens verwirrter Gesichtsausdruck klarte auf. »Du meinst, daß wir schon eine ganze Weile nicht mehr miteinander geschlafen haben. Warum hast du denn nichts gesagt? Es hat nichts mit dir zu tun, wirklich, ich hab nur in letzter Zeit ziemlich viel Arbeit gehabt und …«

»Es geht nicht um Sex!« brüllte ich.

Meine Nachbarn, die Potters, klopften gegen die Wand. »Ich rede nicht von Sex«, herrschte ich Holden an, diesmal ein wenig leiser. »Bitte geh jetzt. Ich will ins Bett, und zwar allein.«

»Ich dachte, du willst reden«, hörte ich seine klagende, verständnislose Stimme, als ich das Zimmer verließ.

Ich strich weiter die Wohnung und versuchte dabei, nicht an Holden zu denken. Ich hatte Sehnsucht nach ihm, aber gleichzeitig wußte ich auch, daß ich nicht ewig darauf warten konnte, ihn so zu lieben, wie ich das meiner Meinung nach sollte. Am Samstag abend war die Küche fertig. Ich hatte sie ganz in Blau gehalten: eine zartblaue Tapete mit weißen Streifen, dunklere, graublaue Schranktüren und kornblaue Holzstühle. Am Sonntag hatte ich vor, wie der Herr zu ruhen. Holden rief an, als ich mich gerade mit einem Stapel Zeitungen hinsetzen wollte. »Ich glaube, wir sollten uns eine Weile trennen«, sagte ich.

Langes Schweigen. »Das ist nicht dein Ernst.«

»Doch.«

»Nein.« Seine Stimme klang jetzt fast ein bißchen neckisch.

»Doch.«

»Das glaube ich dir nicht.« Wieder dieser neckische Tonfall.

»Verdammt noch mal, doch!«

»Nun fang nicht zu fluchen an.« Wieder Schweigen. »Wenn's darum geht, daß ich nie mit dir in diese französischen Kunstfilme will ...«

Ich legte auf. Dann setzte ich mich an den Tisch und schrieb ihm einen Brief: *Lieber Holden, es ist aus.*

Als ich nach meinem Urlaub wieder ins Büro kam, waren die Zeitungen erneut voll mit Geschichten über Barry Jones. *»›Ehebrecher Jones hat mir eine Ohrfeige gegeben.‹ Fotoreporter berichtet über einen Augenblick der Angst vor einem In-Lokal in Knightsbridge.«*

Ich betrachtete das Bild von Barry Jones' Gesicht mit den weitaufgerissenen Augen und dem unrasierten Kinn, das aufgenommen worden war, während zwei Männer im dunklen Anzug versuchten, ihn daran zu hindern, noch einmal auf den Reporter loszugehen. Es fiel mir wieder ein, wie er an jenem Morgen auf dem Boden gelegen und mich angefleht hatte, niemanden zu Hilfe zu rufen.

»Ich habe das Gefühl, verantwortlich zu sein für das Ganze«, erklärte ich Chloe im Büro.

»Tja, das sind Sie auch«, sagte sie. Doch als ich entsetzt nach Luft schnappte, lachte sie nur. »Seien Sie nicht albern. Er hat sich das selber zuzuschreiben, und das wissen Sie auch. Sie haben nur Ihren Job gemacht. Wenn er auch weiter seinen Job gemacht hätte, statt sich mit seiner Geliebten zu vergnügen, wäre er immer noch der Liebling der Nation. Also hören Sie auf, sich Vorwürfe zu machen.« Die kleine, stämmige Chloe, an jenem Morgen noch ein wenig stämmiger in ihrer modischen Strickstrumpfhose, wirkte beruhigend und selbstsicher. Sie hatte an ihrem freien Vormittag zwei Stunden lang Schlange vor Harvey Nichols gestanden, um diese Strumpfhose zu ergattern. »Jedenfalls«, sagte sie, »möchte ich, daß Sie ein Interview mit seiner Frau Tammy Jones machen. Offenbar hat sie sich wieder mit ihm versöhnt.«

»Lieber nicht. Ich hab den Mann und seine Familie schon tief genug in die Scheiße geritten.«

»Sie haben das damals getan, weil Sie es für richtig hielten. Reißen Sie sich zusammen und machen Sie weiter.«

»Aber ich kann nicht einfach so weitermachen: Wenn man so viel Schaden anrichten kann, indem man tut, was man für richtig hält … Wer weiß, wieviel man dann anrichtet, wenn man ganz normal sein alltägliches Leben lebt.«

»Wenn Sie so denken, werden Sie irgendwann verrückt«, sagte Chloe. »Und jetzt besinnen Sie sich auf Ihren gesunden Menschenverstand und hören Sie auf zu grübeln. Wo kämen wir denn hin, wenn alle Journalisten so denken würden wie Sie?«

»Tja, dann wäre Karen Dempsters Familie vielleicht noch am Leben.«

»Deswegen machen Sie sich doch hoffentlich keine Vorwürfe? Sie haben mitgeholfen, sie ihrer gerechten Strafe zuzuführen, aber Sie hatten nichts mit dem zu tun, was zuvor passiert ist.«

»Nicht persönlich, das stimmt, doch ich bin Teil der Welt, die die Entstehung solcher Medienmonster erst ermöglicht.«

»Na schön, na schön. Aber denken Sie mal über folgenden Satz nach: Ohne uns wäre Cecil Parkinson möglicherweise Premierminister.«

»Gut. ich will ja gar nicht sagen, daß wir alle schlecht sind. Allerdings gab's da doch auch diesen Parlamentarier, der sich umgebracht hat …«

Chloe zuckte mit den Achseln. »Nun, wo gehobelt wird, da fallen eben auch Späne. Denken Sie an Ruanda, Bosnien, Algerien. Wer würde auch nur einen Gedanken daran verschwenden, wenn wir nicht wären?«

»Schön. Und was ist mit der königlichen Familie? Oder mit den ganzen anderen berühmten Leuten, die bloß deswegen von der Presse gejagt werden, weil der Mensch so gern die Nase in anderer Leute Angelegenheiten steckt?«

Chloe zuckte noch einmal mit den Achseln. »Ich überlege.«

»Und da wären auch noch die gar nicht so berühmten Leute und ihre Familien, denen die Presse auf die Pelle rückt.«

»Ich überlege immer noch. Denken Sie mal an Watergate.«

Ich nickte. »Gut.«

»Oder an BSE«, sagte Chloe triumphierend. »Wer sorgt dafür, daß die Öffentlichkeit davon erfährt? In solchen Fällen versucht man, uns den Mund zu stopfen, aber wir geben nicht auf.«

»Okay, okay«, seufzte ich. »Ich mache das Interview.«

Ich rief Tammy Jones, die Frau von Barry Jones, an. Natürlich stand die Nummer der Familie nicht im Telefonbuch, aber eine Freundin vom Fernsehen hatte sie mir gegeben. Tammy erklärte sich bereit, sich am folgenden Tag mit mir zu treffen. »Sind Sie sich sicher, daß Sie das wollen?« fragte ich. Es rutschte mir einfach so heraus.

»Natürlich bin ich mir sicher.« Die zarte Kleinmädchenstimme klang scharf. »Was für eine seltsame Frage für eine Journalistin.« Allerdings. Ich machte die Uhrzeit mit ihr aus, halb vier am folgenden Nachmittag. Und wo? Bei ihr zu Hause. Wunderbar!

Als ich an jenem Abend heimging, glaubte ich, aus dem Haus der Hamiltons, das nicht weit von meinem entfernt war, Gas zu riechen. Ich blieb stehen und schnupperte. Ja, das war eindeutig Gas. Ich ging zur Tür und klingelte. Dann wartete ich ein paar Minuten, bevor ich noch einmal klingelte. Drinnen hörte ich den Fernseher laufen. »Ja?« Mr. Hamilton musterte mich mit verärgertem Blick von der Tür aus, die Füße in karierten Filzpantoffeln, das Unterhemd in die graue Hose gestopft.

»Tut mir leid, wenn ich Sie störe, Mr. Hamilton, aber aus Ihrem Keller riecht's nach Gas. Ich zeige es Ihnen.« Ich trat einen Schritt zurück.

»Ich kümmere mich drum.«

»Vielleicht sollten Sie die Gaswerke anrufen«, sagte ich. »Es könnte gefährlich sein.«

»Tony, *EastEnders* fängt grade an«, hörte ich Mrs. Hamiltons Stimme aus dem Wohnzimmer.

»Ich habe gesagt, ich kümmere mich drum. Gute Nacht.«

»Ich könnte für Sie anrufen, wenn Sie gerade beschäftigt sind.«

»Ich habe gesagt, ich kümmere mich drum.« Dann schlug Mr. Hamilton mir die Tür vor der Nase zu.

Als ich am nächsten Morgen auf die Straße trat, roch ich das Gas immer noch. Vor der Tür der Hamiltons blieb ich stehen, um noch einmal zu klingeln, überlegte es mir dann aber anders. Ich mußte aufhören, mich ständig in alles einzumischen, dachte ich. Die Hamiltons waren vielleicht unfreundlich, aber keine Trottel. Sie hatten mit Sicherheit inzwischen die Gaswerke angerufen. Außerdem hatte ich keine Lust, mir schon so früh am Morgen eine Abfuhr einzuhandeln.

Ich fuhr zu meiner Mutter zum Mittagessen, bevor ich mich zu dem Gespräch mit Tammy Jones auf den Weg nach Nordlondon machte. Audrey drückte ihr Bedauern aus, als sie hörte, daß ich mit Holden Schluß gemacht hatte.

»Ich weiß, du möchtest Enkel«, sagte ich voller Mitgefühl.

»Nein, nein, eigentlich nicht«, sagte Audrey. »Ich habe ihn nur nett gefunden. Er hat zwar nicht sonderlich viel Phantasie, aber die hast du ja auch nicht.«

»Nun, ich liebe ihn nicht.«

»Wer hat irgendwann mal gesagt, daß man den Mann, mit dem man sein Leben verbringt, sowieso nie lieben wird?«

Ich zuckte mit den Achseln. »Ich?«

Meine Mutter nickte. »Da.« Dabei hielt sie mir einen Teller mit Spargelquiche hin. »Iß was davon. Die Quiche ist köstlich. Janet hat sie heute morgen gemacht.«

Ich nahm den Teller. »Ich würde lediglich selber gern rausfinden, was mir entgeht, statt immer nur die Erzählungen anderer Leute mitzubekommen. Ich will keine Desillusionierung aus zweiter Hand, ich will selber die Erfahrung machen. Ist das denn so unvernünftig?«

Audrey seufzte. Dann schüttelte sie lächelnd den Kopf. »Nein, wahrscheinlich nicht. Aber weißt du, selbst wenn du die Liebe findest, gefällt sie dir wahrscheinlich nicht. Die Liebe ist genau das, was du nicht willst. Sie ist der Feind der Regeln und der Logik und der Ordnung und der Vernunft. Nein, ich glaube nicht, daß sie etwas für dich wäre.«

Ich setzte mich auf den Boudoirstuhl am Fußende des Bettes, den Teller auf dem Schoß. Dabei kam ich mir vor wie eine Fünfjährige, die genau wußte, daß die weißen, spitzen Schuhe mit den hohen Absätzen ihre Füße ruinieren würden, die sie aber trotzdem unbedingt haben wollte.

Audrey saß wie üblich mit einem Berg weißer Spitzenkissen im Rücken im Bett. Sie wurde von Tag zu Tag runder, aber sie sah gut aus. An jenem Morgen trug sie eine austernfarbene Seidenbettjacke und hatte sich die Fingernägel passend dazu lackiert. Wären da nicht die Ausbuchtungen in der Bettdecke gewesen, hätte man meinen können, daß sie überhaupt keine Beine mehr hatte, doch dann plötzlich bewegte sie sie. »Zehn perfekte kleine Finger«, murmelte ich, »und zehn rosige kleine Zehen.« Dann fragte ich: »Du stehst doch noch auf, wenn du aufs Klo mußt, oder?«

Audrey bedachte mich mit einem entrüsteten Stirnrunzeln. »Wie kommst du nur auf einen so widerlichen Gedanken? Natürlich stehe ich dazu auf. Wie geht's dem armen Holden überhaupt?«

»Keine Ahnung. Ich hab seitdem nicht mehr mit ihm gesprochen. Weißt du, Männer scheinen Gespräche, ich meine richtige Gespräche, für Krisenzeiten aufzusparen. Wenn sie sich angewöhnen könnten, immer mal wieder was zu sagen, gäbe es solche Krisen wahrscheinlich überhaupt nicht. Das ist, als hätte man ein Haus und würde sich weigern, es instand zu halten. Und hinterher wundert man sich, wenn das Dach undicht wird und die Reparaturen ein Vermögen kosten. Ich frage dich: Wo ist der Mann, dem nichts lieber ist, als sich zusammen mit einer Flasche

Wein zu einem richtig guten Gespräch vor den Kamin zu setzen?«

»Den Mann gibt's nicht. Es sei denn, er ist schwul. Der liebe Robbie … du erinnerst dich doch noch an Robbie Spink, oder?« Ich schüttelte den Kopf. »Aber natürlich erinnerst du dich noch an ihn. Jedenfalls war er ein wunderbarer Unterhalter. Er hat immer angerufen und gesagt: ›Audrey, Liebes, laß uns ein Schwätzchen halten.‹ Tja, und was haben wir für Schwätzchen gehalten …«

»Warum?« fragte Lotten wieder. Sie klang müde. Nicht wütend, nur müde und ziemlich traurig. »Ich möchte wissen, warum.«

Linus saß da, den Kopf in die Hände gestützt. Jetzt hob er den Blick, seine Augen brannten. Es war vier Uhr morgens, und sie redeten bereits seit vor Mitternacht. Inzwischen wußte er nicht mehr, was er sagen sollte. Oder besser ausgedrückt: Es gab viel zuviel zu sagen, Worte, die das wenige, was noch von seiner Ehe übrig war, zerstören würden. Er zuckte matt mit den Schultern und haßte sich selbst dafür, daß er ihr nicht einmal einen tröstenden Grund nennen konnte.

»Hast du dir auch nur eine Sekunde Gedanken darüber gemacht, welche Wirkung das, was du getan hast, auf uns hat?« Lottens Stimme klang wieder scharf. Linus sah sie aus seinen schmerzenden Augen an. »Mein Gott, was bist du für ein Jammerlappen!« Lotten ließ die Faust auf den Küchentisch sausen.

»Es tut mir leid.«

»Es tut mir leid«, äffte sie ihn nach. »Tja, dir tut's wahrscheinlich bloß halb so leid wie mir, und es wird dir noch mehr leid tun.«

Den Punkt hatten sie schon einmal gehabt. Sogar mehrmals. Tränen, Drohungen, Resignation, Wut, immer wieder. Linus wußte, daß er ihr zuhören mußte; zumindest das war er ihr schuldig. Eine Freundin von Lotten, die auch Katya kannte, hatte seiner Frau von der Affäre erzählt.

»Wie konntest du nur?« fragte Lotten wieder. Was sollte er antworten? Sollte er ihr die Wahrheit sagen? Die Wahrheit würde ihre Ehe nicht überstehen.

»Was hast du dir bloß dabei gedacht? Mit Sicherheit hast du keinen Gedanken an deine Familie verschwendet, soviel steht fest.«

»Es war bloß ein einziges Mal«, sagte er schon zum zehnten Mal.

»Du Schwein! Glaubst du, das macht's besser?« Aber ihre Stimme klang resigniert. Sie erhob sich. »Willst du einen Kaffee?«

Er nickte. »Ja, bitte«, sagte er. Dann sah er ihr dabei zu, wie sie den Wasserkessel füllte und die Tassen holte: Die eine mit der Aufschrift »Genie bei der Arbeit« hatte Lotten ihm kurz nach ihrer Hochzeit geschenkt, die andere mit der Aufschrift »Wild Thing« hatte sie auf einer Versteigerung zugunsten wilder Tiere erworben. Selbst im Kriegszustand hielten sie sich noch an die kleinen Alltagsrituale.

»Vielleicht könnte ich dir verzeihen«, sagte Lotten ganz ruhig, während sie sich setzte und ihm seine Tasse über den Tisch zuschob. »Aber Voraussetzung sind etliche Veränderungen und ein paar Versprechen.«

Linus hörte sich die Aufzählung der geforderten Veränderungen und Anklagepunkte gegen ihn an. Er war besessen von seiner Arbeit. Sein Sohn sah ihn nur an den Wochenenden. Er machte sich keinerlei Gedanken über Lottens Bedürfnisse. Er hielt sie für selbstverständlich. Er überließ ihr den gesamten Haushalt. Er war ausschließlich mit sich selbst beschäftigt, und – wenn sie schon einmal dabei war, reinen Tisch zu machen: Konnte er etwas gegen diese lächerliche Lache tun, die er hatte?

Eine ganz schöne Liste, dachte Linus. »Du mußt dich mit all diesen Dingen auseinandersetzen«, fuhr Lotten fort, und Linus stellte sich vor, wie er die Liste Punkt für Punkt abhakte. Der erste wäre in einem braunen Umschlag: Linus Stendal, Das Büro, Fluchtweg eins. Der nächste wäre in einem kleinen weißen mit Kinderschrift: An Dad, Wochenendstraße …

»Linus, hörst du mir überhaupt zu?«

Aus seinen Gedanken gerissen, sagte Linus: »Ja, ja, natürlich.«

»Und ich werde lernen müssen, dir wieder zu vertrauen, aber das wird gar nicht so leicht werden. Vielleicht schaffe ich es nie.«

Zwei Dinge waren Linus aufgefallen. Erstens, daß Lotten offenbar keinen Augenblick an seiner Absicht gezweifelt hatte, weiter verheiratet zu bleiben, und zweitens, daß sie anscheinend nur auf einen Anlaß gewartet hatte, ihre ganze Unzufriedenheit über ihn auszuschütten. Es klang, als hätte sie sich ihre Klagen schon vor langem zurechtgelegt.

Lotten ging ins Bad. Linus lehnte sich zurück und schloß die Augen. Erst jetzt kam ihm in den Sinn, daß er vielleicht selbst ein paar Dinge zu beanstanden hatte. Interessiere dich ein bißchen mehr für meine Arbeit, würde auf seiner Liste stehen, nicht nur für das, was sie bringt. Gib mir die Chance, der Vater zu sein, der ich sein *kann*, nicht der, der ich deiner Meinung nach sein *sollte. Begehre mich*, laß mich nicht bloß *gewähren*. Zerrede nicht immer alles. Gib mir ein bißchen Freiraum. Schließ mich nicht von allem aus, was zu Hause läuft. Hab selber ein paar Träume. Liebe mich so, wie ich bin, nicht so, wie du mich gern hättest.

Aber schließlich war er der Schuldige; welches Recht hatte er, Forderungen zu stellen?

»Also, wie sieht's aus?« Lotten war aus dem Bad zurück und stand jetzt, die Beine ein wenig gespreizt, die Hände in die Hüften gestemmt, vor ihm.

»Ich werd's versuchen«, sagte er.

10

»SIE UND IHR Mann sind also wieder zusammen?« fragte ich Tammy Jones. Die Frau in dem apricotfarbenen Sessel mir gegenüber, eine Frau, die sich so gut gehalten hatte, daß sie wahrscheinlich sogar zweihundert Jahre auf dem Meeresgrund unbeschadet überstehen würde, zögerte einen Augenblick. Mit einem manikürten Finger strich sie sich eine unsichtbare Haarsträhne aus dem Gesicht. Ich hätte ihr sagen können, daß es für einen Gefangenen leichter gewesen wäre, aus Alcatraz zu entkommen, als für ein Haar aus ihrer mit Haarspray behandelten Frisur, aber statt dessen sah ich sie nur erwartungsvoll an. Das ist übrigens ein guter Tip für jeden Interviewer: Sehen Sie Ihr Gegenüber erwartungsvoll an. Nur wenige Menschen halten Schweigen aus, ohne etwas zu sagen, und noch weniger schaffen es, nichts von sich selbst zu erzählen.

»Ja, das könnte man sagen«, meinte Tammy Jones schließlich. Ich sah sie weiter erwartungsvoll an.

»Nun, für Sie klingt das alles wahrscheinlich jämmerlich. Sie sind jung, Sie haben einen interessanten Beruf und das ganze Leben noch vor sich.« Tammy Jones beugte sich ein wenig zu mir vor. »Aber was habe ich schon?« Sie musterte mich eindringlich. »Sagen Sie mir das. Ich habe meinen Beruf aufgegeben, um mich um ihn und unsere Kinder zu kümmern – wissen Sie, ich war früher mal ein ziemlich erfolgreiches Fotomodell.« Ich nickte mitfühlend, und sie fuhr fort: »Ich habe mein ganzes Leben darauf ausgerichtet, die Ehefrau von Barry Jones zu sein. Was bleibt mir also anderes übrig? Natürlich habe ich ihm verziehen. Wenn ich das nicht getan hätte, hätte ich der Welt und mir gegenüber zugeben müssen, daß ich meine Zeit für jemanden vergeudet habe, der es nicht verdient hat. Dann wäre ich wie die Russen, die alles für die Revolution geopfert haben und dann irgendwann zu hören kriegen, daß das ein furchtbarer Fehler war.« Sie schwieg noch einmal kurz und sah mir dann in die Augen. »Und außerdem ist Barry kein schlechter Mensch.«

»Sicher nicht«, sagte ich. »Und ich bin froh, daß Sie wieder zusammen sind.« Das war nicht nur so dahingesagt. Schließlich hatte der griechische Chor, der mich schon mein ganzes Leben lang begleitete und auch den Niedergang des Barry Jones verkündet hatte, mich ständig an meine eigene Rolle in der Sache erinnert. Nun wünschte ich mir, daß er und seine Familie wieder etwas Positives erlebten.

»Schön, daß Sie das sagen«, meinte Tammy Jones. »Ich fürchte, ich halte Journalisten, besonders die weiblichen, sonst immer für absolut rücksichtslos und kalt.«

War dies der richtige Zeitpunkt, ihr zu gestehen, daß ich die ganze Sache überhaupt erst ins Rollen gebracht hatte? Nein, ich fragte statt dessen lieber: »Also machen Sie dem *Chronicle* keine Vorwürfe, daß er die Angelegenheit ans Licht gebracht hat?«

Sie zuckte mit den Achseln. »Es wäre sowieso früher oder später rausgekommen.«

»Tja«, sagte ich, die Gunst der Stunde nutzend, »und wer möchte schon ständig mit einer solchen Lüge leben?«

»Ach, viele Menschen leben mit einer solchen Lüge.« Sie lächelte matt. »Aber je aufmerksamer die Journalisten werden, desto schwieriger wird das.«

»Sie haben beschlossen, ihm zu verzeihen.«

Sie nickte traurig. »Verzeihen ja, aber nicht vergessen. Vergessen werde ich das nie.« Ihr Gesichtsausdruck wurde verächtlich. Sie griff nach einer Zigarette in der silbernen Dose auf dem Beistelltisch aus Glas. »Können Sie sich vorstellen, wie wenig attraktiv diese verdammte Frau ist? Als unsere Freunde die Fotos von ihr gesehen haben, konnten sie's nicht fassen. Sie haben gedacht, mein Mann hat den Verstand verloren.« Sie zündete sich die Zigarette an und sog ihren Rauch ein, während ihr Gesicht wieder einen traurigen, aber würdevollen Ausdruck annahm. »Bei einem Mann seines Alters würde ich normalerweise sagen, dem geht's um Sex, so was kennt man ja, oder?« Ich nickte, natürlich tat ich das. »Ein Mann mittleren Alters will sich selbst beweisen, daß er immer noch attraktiv ist. Aber diese Frau ... Der hätte er doch zuerst einen Sack über den Kopf stülpen müssen.« Sie lachte schrill und drückte die Zigarette mit solcher Wucht im Aschenbecher aus, daß man meinen konnte, sie sähe darin das Gesicht ihrer Rivalin. »Und was ist mit Barrys Fernsehkarriere?« fragte ich. »Viele Leute meinen, daß er nie wieder solchen Erfolg haben wird wie früher.«

»Die Zuschauer lieben ihn«, sagte sie mit flacher Stimme und zuckte dann lächelnd mit den Achseln. »Aber wer weiß? Vorbei ist vorbei.«

Ich fragte mich, ob sie darüber vielleicht gar nicht so unglücklich wäre. »Aber Sie haben ihm verziehen?«

Tammy Jones riß die Augen noch weiter auf als zuvor. »O ja«, sagte sie.

Während ich im Berufsverkehr Richtung Süden fuhr, dachte ich, daß Barry Jones' eigentliche Strafe wahrscheinlich erst begann. Ich kam völlig erschöpft zu Hause an, ging sofort zum Kühlschrank und holte eine Flasche Weißwein heraus. Der Knall, mit dem ich die Kühlschranktür schloß, schleuderte mich rückwärts gegen den Küchentisch. Kurz darauf sah ich draußen vor dem Fenster alle möglichen Sachen durch die Luft fliegen. Ich hastete hinaus auf die Straße, die Flasche immer noch in der Hand. Da war so viel Staub, daß ich kaum einen halben Meter weit sehen konnte. Hustend stieß ich gegen Elsa. Ich packte sie an der Schulter, als sich die zweite Explosion ereignete. Wir ließen uns hinter eine schützende Hecke fallen, und eine Fernsehantenne flog durch die Luft und landete mit einem Höllenspektakel nicht weit von uns entfernt auf dem Boden. Sekunden später folgte ein Arm.

»Ein Arm!« kreischte ich. »Elsa, mein Gott, ein Arm!« Ich drückte mein Gesicht gegen ihre Schulter, und als ich den Blick wieder hob, hatte der Staub sich so weit gelegt, daß ich besser sehen konnte. Der Arm, der auf einer niedrigen Hecke lag und unheimliche Ähnlichkeit mit Elsas Kunstwerken hatte, war haarig und mit der Tätowierung einer anzüglich grinsenden Nixe verziert. Als ich diesen Arm das letzte Mal gesehen hatte, war er noch an Mr. Hamiltons Schulter gewesen. »Elsa«, flüsterte ich in die schreckliche Stille hinein. »Wo ist bloß der Rest von ihm?«

Wieder füllte sich die Straße mit Lärm: jemand, der schluchzte – ich. Leute, die Fragen riefen; bellende Hunde und, gerade als ich aufstehen wollte, Sirenen. Der Polizeiwagen war zuerst da, dann folgten zwei Feuerwehrwagen und eine Ambulanz. Elsa und ich wurden zusammen mit allen anderen Anwesenden in einen nahe gelegenen Kirchensaal gebracht, während man unsere Straße absperrte.

Es war tatsächlich Gas gewesen. Elsa nickte weise, bevor sie einen Schluck Tee nahm. Man hatte uns wieder in unsere Wohnungen zurückgelassen, und wir saßen in ihrer Küche. »Wie Jim immer gesagt hatte: ›Gas ist eine zweischneidige Angelegenheit.‹ Deshalb haben wir immer einen Elektroherd gehabt. Darauf hat er bestanden.«

Ich warf einen Blick auf das Plüschohr über dem Küchentisch und bekam eine Gänsehaut. Elsa folgte meinem Blick. »Meine Sachen machen Ihnen angst?«

Ich nickte. »Ein bißchen schon.«

»Dann schauen Sie sie einfach nicht an«, riet Elsa mir. Daraufhin brach ich in Tränen aus. Elsa beugte sich über den Tisch zu mir herüber und tätschelte meine Hand. »Ist ganz natürlich, daß Sie jetzt weinen«, sagte sie. »Ich hab damals im Krieg den Blitzangriff der Deutschen erlebt, da kann mich nicht mehr viel aus der Ruhe bringen. Aber bei euch jungen Leuten ist das eine andere Sache.«

»Sie konnten damals nichts gegen den Angriff machen«, sagte ich und wischte mir die Tränen mit dem Handrücken ab. »Für den waren nicht Sie verantwortlich.«

Elsa richtete sich wieder auf. »Natürlich nicht. Nein, für den war einzig und allein der gute alte Herr Hitler verantwortlich.«

»Ich habe das Gas gestern gerochen«, murmelte ich. »Vor dem

Haus der Hamiltons. Ich hab's ihnen gesagt. Ich hab geklingelt und ihnen gesagt, sie sollen die Gaswerke anrufen. Ich hab ihnen sogar angeboten, daß ich das mache. Aber er hat mir die Tür vor der Nase zugeschlagen; *EastEnders* fing nämlich grade an. Ich hab gedacht, sie werden schon was unternehmen. Sogar als ich heute morgen das Gas immer noch gerochen habe, habe ich mir gedacht, nun, sie werden schon angerufen haben, und die Gaswerke werden sich drum kümmern. Ich hätte nicht soviel denken sollen.«

Elsa sah mich an. Ihre Augen waren blau und erstaunlich wach. »Tja, vielleicht, aber hinterher ist man immer schlauer.«

Ich sagte den Leuten von den Gaswerken alles, was ich wußte. Sie erklärten mir, die Hamiltons hätten sie nicht angerufen. »Sie haben also beschlossen, nicht selbst bei uns anzurufen?« fragte mich Mr. Fenton, der zuständige Beamte der Gaswerke.

»Eigentlich war das keine bewußte Entscheidung.« Ich schwieg eine Weile in der Hoffnung, daß er mich verstand. »Sie haben mir gesagt, daß sie sich drum kümmern, also habe ich ihnen geglaubt.«

Mr. Fenton hob den Blick von seinen Unterlagen. »Tja, Miss Fisher, wir sagen immer: ›Bei Gas soll man nicht glauben, sondern sichergehen.‹ Wir haben keinen Anruf von den Hamiltons bekommen, und jetzt haben die beiden ihr Haus verloren und Mr. Hamilton den Arm. Mrs. Hamilton hat einen Schock erlitten, von dem sie sich nach Aussage der Ärzte vielleicht nie wieder erholt. Und ihr Bein ...« Mr. Fenton schüttelte den Kopf.

Von da an träumte ich Zerstörungsszenarien, jede Nacht ein anderes: eine Explosion, ein brennendes Haus, ein sinkendes Schiff, eine tödliche Epidemie, die unterschiedlichsten Katastrophen, die alle eins gemeinsam hatten – mich. Ich war immer dabei, mittendrin, eindeutig die Verursacherin, die Katastrophenkönigin.

»Audrey macht sich große Sorgen wegen Esther«, sagte Olivia. »Sie hat mich heute morgen angerufen. Offenbar hat sie ihre ganze Energie und Antriebskraft verloren. Sie zögert bei den kleinsten Entscheidungen und stellt ständig Fragen über das Leben ... alles seit der Gasexplosion in ihrer Straße.«

»Klingt, als sollte sie sich der ›Merry Group‹, der Frohen Gruppe, anschließen«, sagte Lotten.

»Was für einer Gruppe?« wollte Olivia wissen.

»Der Frohen Gruppe. Von der habe ich dir sicher schon erzählt. Da geht's darum, zu sich ...«

»... zu sich selbst zu finden«, sagte Olivia.

Lotten runzelte die Stirn. Dabei trafen ihre dichten blonden Augenbrauen an der Nasenwurzel zusammmen. »Ich bin nicht ganz so dumm, wie du vielleicht meinst, Olivia«, sagte sie. »Das, was wir in der Frohen Gruppe lernen, ist realistisch. Da geht es darum, das eigene Ruhezentrum zu finden, sozusagen das Auge des Sturms. Darum, daß man sich nicht ständig von den Meinungen und Handlungen anderer beeinflussen läßt. Statt dessen lernen wir, auf uns selbst und unsere Instinkte zu vertrauen. Seit damals ... seit der kleinen Sache mit Linus ist die Gruppe für mich von unschätzbarem Wert.«

Linus rutschte unruhig auf seinem Stuhl herum. In letzter Zeit waren alle Einladungen früher oder später zu einer peinlichen Angelegenheit für ihn geworden. »Ich glaube, das brauchen wir nicht alles wieder aufzurollen, oder?« murmelte er, räusperte sich und spürte, wie er rot wurde. Wie er es haßte, immer rot zu werden, wie er seinen ganzen Körper haßte, von den Haaren, die sich immer noch lächerlich ringelten, wenn sie feucht oder naß wurden, bis zu seinen langen Fingern, die darauf bestanden, Dinge zu zeichnen, die offenbar niemand wollte oder verstand. Wie sehr er doch seine unbeständigen Gefühle und seinen Seitensprung haßte. Er spürte, wie dieser Selbsthaß in all seine Zellen drang. Jetzt war er bei seinen Zehen angelangt, kroch die Knöchel hoch bis zu den Oberschenkeln. Und nun war er im Magen – na, ist dir schon schlecht? Deine Finger werden ganz kribbelig und dann deine Arme ... dieser Selbsthaß bohrte sich in alle Poren, in jede Zelle. Seine Glieder wurden schwer davon.

»Nein, lassen wir das ausnahmsweise, ja?« sagte er. Lotten wandte sich ihm mit leicht überraschtem Gesichtsausdruck zu, als hätte sie gar nicht damit gerechnet, ihn hier, in der Wohnung seiner Eltern, beim Nachmittagskaffee vorzufinden.

»Ich glaube nicht, daß du das Recht hast, etwas dagegen zu haben, oder?« sagte sie.

Nein, natürlich nicht. Als Sünder hatte er alle Rechte verwirkt, das hatte Linus in letzter Zeit gelernt. »Jedenfalls ...« Lotten wandte sich wieder Olivia zu. »... ist die Gruppe für mich so etwas wie ein Rettungsanker geworden. Habe ich dir schon gesagt, warum sie die ›Merry Group‹, die Frohe Gruppe, heißt?«

»Weil ihr alle so schrecklich fröhlich seid?« schlug Bertil von seinem Sessel in der Ecke des Raumes aus vor.

Lotten schenkte ihm keine Beachtung. »Es ist wirklich eine nette Geschichte. Der Gründer der Bewegung ...«

»Ein Amerikaner?« mischte Bertil sich wieder ein.

»Nein, er ist Holländer und hat eine amerikanische Mutter. Sie heißt Merry van Heuysen, aber früher war ihr Name Joy van Heuysen.« Es herrschte Schweigen, während sich alle darüber klarzuwerden versuchten, wo der Witz lag.

»Ach«, sagte Olivia, immer noch ein wenig verwirrt. »Sie hat beschlossen, ihren Namen von Joy in Merry umzuändern, weil ...«

»Augenblick«, sagte Lotten. »Ihre Mutter war ausgesprochen streng und religiös und sehr, sehr kalt. Als Joy noch ein Kind war, hat sie ihr immer gesagt: ›Wir haben dir den Namen Joy gegeben, und der beginnt mit »J« wie »Jesus«. Dein Name soll dich daran erinnern, daß der Herr und deine Mitmenschen zuerst kommen; als letzte kommst du.‹ Könnt ihr euch vorstellen, was so etwas in einem Kind anrichtet? Jedenfalls hat sie irgendwann einen jungen Mann kennengelernt und sich in ihn verliebt und ihm die Geschichte von ihrem Namen erzählt, daß er der Grund für ihr mangelndes Selbstbewußtsein und Selbstwertgefühl ist. Und wißt ihr, was er gesagt hat? Er hat gesagt: ›Ich nenne dich Merry. Das »M« steht für »mich«. Jetzt kannst du immer dich selbst an die erste Stelle setzen.‹ Ist das nicht eine wunderbare Geschichte?«

Linus rieb sich den Nasenrücken mit dem Zeigefinger, während Bertil sich räusperte. Dann sahen beide Olivia an, die aufstand und fragte, ob noch jemand einen Kaffee wolle. Lotten lächelte völlig ungerührt. Sie wirkte in letzter Zeit tatsächlich zufriedener, dachte Linus. Und sie schien sich ihrer Meinung noch sicherer zu sein als früher. Er hatte sie immer schon um diese Sicherheit beneidet. Wenn man jeden Morgen mit dem Wissen aufwachte, daß einem größeres Unrecht widerfuhr, als man selbst beging, trug das wahrscheinlich genauso zur Stärkung des Selbstbewußtseins bei wie der Besuch der Frohen Gruppe. Außerdem sagte Lotten in letzter Zeit immer häufiger »Männer« und schüttelte dabei den Kopf. Anfangs war das nicht so schlimm gewesen, doch seit Ivar eines Morgens im Nachthemd seiner Mutter zum Frühstück gekommen war, machte Linus sich deswegen Sorgen.

»Ich habe beschlossen, eine Frau zu werden, wenn ich erwachsen bin«, hatte er verkündet, während er auf seinen Stuhl kletterte.

Linus hatte seine Kaffeetasse weggestellt und seinen kleinen Sohn fragend angesehen. »Das könnte schwierig werden«, hatte er mit sanfter Stimme gesagt.

»Aber ich will.« Ivar hatte hörbar erregt geklungen.

»Aber warum denn, mein Schatz?«

»Weil meine Frau mich dann, wenn ich verheiratet bin, besser leiden kann«, hatte Ivar verkündet, sich auf seinen Stuhl gekniet und die Hand nach den Frühstücksflocken ausgestreckt.

Lotten war jetzt gerade dabei, noch mehr Einzelheiten aus ihrem Privatleben auszuplaudern – eine Gewohnheit, die Linus haßte. »Und weißt du was, Olivia? Linus und ich, wir waren uns nie näher.« Sie sah sich im Zimmer um. Als ihr Blick auf Linus fiel, senkte sie die Stimme, als wäre er der einzige im Raum, der das, was sie sagte, nicht hören sollte. »Sogar unser Ihr-wißt-schon-was ist erstaunlich viel besser geworden.«

Olivia warf Linus einen hilflosen Blick zu und erhob sich mit erleichtertem Gesichtsausdruck. »Mir ist gerade eingefallen, daß ich Gerald versprochen habe anzurufen. Wegen eines Buchs«, fügte sie hinzu. »Nehmt euch ruhig noch Kaffee, wenn ihr wollt.« Und schon war sie verschwunden. Linus wünschte sich nichts sehnlicher, als ihr folgen zu können. Ach, dachte er, warum eigentlich nicht? »Ich lauf nur mal schnell nach unten und hol mir eine Packung Zigaretten«, sagte er und sprang auf, ohne Lottens Seufzer und ihrem mißbilligenden Kopfschütteln Beachtung zu schenken.

Draußen war die Luft frisch und klar, und der Wind wirbelte das Herbstlaub über den Gehsteig, doch Linus sah die Sommersonne und bunte Sommerkleidung und Lotten mit wehendem, flachsblondem Haar. Lotten vor ungefähr zehn Jahren; Lotten, die nach Zitronen roch und ihn mit ihrem geraden Blick ansah. »Grapefruit, Linus, nicht Zitrone.« Er wurde durch eine ungeduldige Stimme, die ihn fragte, ob er Marlboro oder Marlboro Light wolle, in die Gegenwart zurückgeholt. Er murmelte »Light« und marschierte, nachdem er Zigaretten und Wechselgeld eingesteckt hatte, zur Wohnung seiner Eltern zurück. »Ich liebe sie«, murmelte er, während er mit hochgestelltem Kragen gegen den kalten Wind ankämpfte. »Ich liebe sie. Sie ist meine Frau, die Mutter meines Kindes, natürlich liebe ich sie. Und wer kann schon behaupten, daß die Ehe einfach ist? Wer sagt, daß sie lohnend und angenehm und schön und anregend ist? Jemand sollte das sagen.«

Ja, jemand sollte das sagen.

11

ICH TRAF MICH mit Chloe zum Mittagessen. Ich war wie immer pünktlich, und Chloe kam wie immer zu spät. Als sie schließlich eintraf, mußte ich mir all jene Ausreden anhören – Stau, Straßenbauarbeiten an der Cromwell Road, Anruf –, die die notorisch Unpünktlichen stets zur Hand haben.

Sobald sie sich gesetzt hatte, bestellten wir beide einen Salat Niçoise. Chloe trank ein Mineralwasser ohne Eis, mit Zitronenscheiben. Ich hätte eigentlich gern einen Wein gehabt, aber da war diese Regel, daß ich mittags nicht allein Wein trinke. »Keinen Wein?« fragte ich.

»Nein, der macht mich müde.«

»Ach, trink doch ein Glas«, sagte ich. »Das tut dir gut.«

»Esther, wenn du einen Wein trinken willst, dann trink einen.«

»Nein, nein, ich bin ganz zufrieden mit einem Mineralwasser.« Ich bestellte mir ein wenig verstimmt ein Wasser.

»Bei diesem Treffen geht's nicht bloß ums Vergnügen«, sagte Chloe, als der Salat kam. »Tja, ich will nicht lang um den heißen Brei herumreden ...« Doch, bitte, bitte tu's, hätte ich am liebsten gerufen, aber sag nichts, was ich nicht hören will.

»Nun, deine Porträts sind in letzter Zeit so ohne jeden Pep. Tut mir leid, aber es ist so. Der Witz ist weg, der Biß und die Ironie. Die Artikel, die du schreibst, sind langweilig und lahm. Das Interview mit Tallulah Pinkerton Taylor zum Beispiel, das war ungefähr so aufregend wie ein Kuß vom eigenen Bruder.«

Ich seufzte. Chloe hatte recht. Ich hatte versucht, der jungen Frau ein paar tiefgründige Fragen zu stellen, aber als ich in ihren großen, leeren Augen etwas Interessantes suchte und mir aus ihrem Mund Platitüden anhörte, war ich erstarrt. »Das ist wirklich ein sehr hübsches Kleid, das Sie da tragen, Tallulah«, hatte ich eine idiotische Stimme sagen hören. »Wo kaufen Sie denn Ihre Sachen?« Die idiotische Stimme hatte natürlich mir gehört.

»Das kommt drauf an, Esther«, hatte Tallulah gesagt und ihre langen Beine in den hohen Gucci-Stiefeln ausgestreckt. »Es hängt von der Jahreszeit ab. Herbstsachen kauft man am besten in Mailand; meine Kaschmirkleidung für den Winter besorge ich mir natürlich wie alle anderen in Schottland. Und im Frühling, tja, da geht's nach Paris.« Dabei hatten ihre Augen geleuchtet, als hätte ihr gerade jemand einen Schokoladenfondant in den sorgfältig geschminkten Mund gesteckt. »Und für den Sommer? Keine Frage! Da muß man nach New York. Keiner weiß besser, was für Sommerreisen das richtige ist, als die New Yorker Modeschöpfer. Wenn Sie jemals mit anderen Sachen gereist sind, werden Sie verstehen, was ich meine.«

Und so war das Interview weitergegangen. Ich hatte zahllose praktische Tips von ihr bekommen: Wo man zum Beispiel die alte Perlenkette von der Mutter auf Vordermann bringen lassen konnte. Wo man diese kleinen, irrsinnig schicken Handtaschen fand. Wie man zu den ersten gehörte, die eine Hermès-Tasche für dreitausend Pfund ihr eigen nennen durften, und welches Restaurant in den Schweizer Alpen man in diesem Skiurlaub unbedingt besuchen mußte.

Chloe sah mich mit einem Stirnrunzeln an. »Du hast das Mädel den größten Scheiß erzählen lassen. So was liest man sonst bloß in diesen Mädchenzeitschriften. Was ist los mit dir, Esther?«

Ich schüttelte den Kopf. »Vielleicht bin ich bloß ausgelaugt. Mein Kopf spielt mir manchmal Streiche, wenn ich müde bin.« Allerdings hätte ich hinzufügen können, daß er mir in letzter Zeit auch Streiche spielte, wenn ich nicht müde war. Ich seufzte. »Ja, gut, wahrscheinlich habe ich tatsächlich den Biß verloren. Seit einiger Zeit sehe ich, daß jede Handlung, auch ganz vernünftige oder gerechtfertigte, die verheerendsten und weitreichendsten Folgen haben kann. Man kann das Leben eines Menschen buchstäblich mit einem Federstrich zerstören.«

»Ich habe dir schon einmal gesagt, daß du so nicht denken darfst«, meinte Chloe. »Sonst brauchst du gar nichts mehr zu machen. Wenn wir uns immer mit allen Konsequenzen auseinandersetzen würden, die unser Handeln möglicherweise hat, gäbe es keine Zeitungen und auch kein Fernsehen, und wo wären wir dann alle?«

Den Punkt hatten wir schon durchgekaut. »Mit ist das jetzt schon das zweite Mal passiert«, sagte ich. »Zuerst die Sache mit Barry Jones: Ich habe mich eingemischt und sein Leben und das seiner Familie fast ruiniert, obwohl seine Frau und die Kinder nichts dafürkonnten. Und dann kam die Gasexplosion. Kannst du dir vorstellen, wie es ist, zu wissen, daß die Hamiltons ihr Haus und alle ihre Gliedmaßen noch hätten, wenn ich mich um die Angelegenheit gekümmert hätte? Du kennst mich, ich bin ein Vernunftmensch, aber so was kann den rationalsten Menschen aus der Bahn werfen. Man tut, was man für richtig hält, und die Folgen sind furchtbar. Was kann dann erst passieren, wenn man das Falsche macht? Gott allein weiß, welchen Schaden ich durch meine bloße Existenz schon angerichtet habe.«

»So darfst du nicht denken«, wiederholte Chloe.

»Ich glaube doch. Als Kind habe ich meine eigenen Regeln aufgestellt: Räum dein Zimmer ordentlich auf, denn dann findest du deine Lieblingssachen sofort, wenn ein Feuer ausbrechen sollte. Lies ein Buch, das du angefangen hast, immer zu Ende, sonst könnten die Charaktere als Spukgestalten auftauchen. Sag jeden Abend deine Gebete und schließ dabei alle ein, an die du an diesem Tag gedacht hast, denn der Betreffende könnte am nächsten Morgen tot sein, und all solche Dinge. Meine Eltern haben mich bestraft, wenn meine Vergehen ihr Wohlbefinden minderten. So etwas ist ziemlich verwirrend für ein Kind. Man hat selbst eine Vorstellung davon, was richtig und falsch ist, und dann verändern die Erwachsenen plötzlich die Regeln. Man selber denkt, daß man ganz schön Probleme kriegen wird, weil man den Porzellankrug von Großtante Doris kaputtgemacht und die Scherben zu einem Mosaik gelegt hat. Ja, man erachtet die zu erwartende Strafe sogar als einigermaßen gerecht, aber dann tun die Erwachsenen das

Ganze mit einem Lachen ab und sagen, es sei kreativ. Und im nächsten Augenblick ist der Teufel los, weil man Saft über einen Stuhl geschüttet hat. Wie gesagt: Es ist alles ziemlich verwirrend, und irgendwann verliert man das Gefühl für Recht und Unrecht.«

»Tja, ich kann da nicht mehr so ganz folgen«, sagte Chloe. »Aber egal, Esther, wir haben ein Problem.«

»Dasselbe gilt für Gut und Böse«, fuhr ich fort, ohne ihr Beachtung zu schenken. »Schwarz und Weiß. Ganz allmählich findet man heraus, daß das, was man eigentlich für Schwarz und Weiß gehalten hat, eigentlich Grau und Beige ist, und daß die Guten bloß ihre eigenen Interessen verfolgt haben und die Bösen gar nicht so schlecht sind, sondern nur den Launen ihrer Hormone unterliegen. Das verunsichert einen, findest du nicht? Es bleibt einem doch gar nichts anderes übrig, als sich an alle absolut sicheren Dinge zu klammern wie an eine Rettungsboje.«

»Nein, das finde ich nicht«, sagte Chloe. »Kaffee?«

»Ich kann mit dem Gedanken leben, daß eine schlechte Handlung vermutlich schlechte Folgen haben wird. Das ergibt Sinn, es ist logisch und gerecht. Aber wenn man glaubt, nach hinreichender Abwägung das Richtige getan zu haben, oder wenn nach einer augenscheinlich kleinen Nachlässigkeit plötzlich eine Katastrophe hereinbricht, dann ist man verwirrt. Ich habe immer versucht, das Richtige zu tun und zu sehen, wohin es führt. Und die Verantwortung – wie weit reicht die? Ein Beispiel: Du überquerst eine Straße, weshalb ein Wagen verlangsamen muß und so Sekunden später an einem Ort ist, den er ohne dein Handeln nicht zum selben Zeitpunkt erreicht hätte. Möglicherweise wird gerade dieses Auto dort in einen schweren Unfall verwickelt. Und du gehst frohen Mutes, deine Einkaufstüten in der Hand, weiter …«

»Hast du denn keins von diesen Einkaufswägelchen?«

»Doch, sicher. Schließlich will ich mir mit den schweren Taschen keinen Bruch heben. Egal: Du gehst also mit oder ohne Einkaufstüten weiter, und der arme Teufel, der dich kurz zuvor über die Straße gelassen hat, liegt mittlerweile schon in der Leichenhalle.«

»Tja, so ist das Leben eben – Schicksal. Dafür kannst du dir nicht die Schuld geben.« Chloe legte ihre Hand auf die meine. »Hör zu, Esther, wir sind nicht nur Kolleginnen, sondern auch befreundet, und ich wünsche mir nichts sehnlicher, als daß du wieder die alte wirst. Aber im Augenblick klingst du offen gestanden ziemlich durcheinander.«

Normalerweise mochte ich es, wenn die Leute offen zu mir waren, denn dann wußte ich, woran ich war, aber in diesem Moment wäre es mir lieber gewesen, wenn ich nicht so genau Bescheid gewußt hätte. »Heißt das, daß du mir kündigst?«

Chloe zog seufzend ihre Hand weg. »Ich hab mir gedacht, vielleicht ist es das beste, wenn du eine Weile freiberuflich arbeitest. Mach mal Pause, sieh zu, daß du professionelle Hilfe in Anspruch nimmst …«

»Soll ich in die Klapsmühle?« fragte ich.

»Ich hatte da eher eine Wellness-Farm oder so was im Sinn. Und hinterher könntest du deine Kontakte nutzen, um dir eine neue Basis aufzubauen. Es gibt einen riesigen Markt für Porträts, wie du sie schreibst, und natürlich kaufe ich dir möglichst viele von deinen Arbeiten ab, wenn du erst wieder in Form bist.«

»Was soll das heißen: Sie hat dich sozusagen vor die Tür gesetzt?« fragte Audrey. Warum mußte sie ausgerechnet vor der Maniküre über so persönliche Dinge sprechen? Lisa kam jeden Freitagmorgen zu meiner Mutter, um ihre Hände und Füße zu pflegen. Ihre Freundin Abigail war bereits ein paar Minuten zuvor gegangen. Ich konnte Lisa gut leiden, sie war wirklich ein nettes Mädchen, aber das hier war privat.

»Möchte irgend jemand einen Kaffee?« fragte ich mit fröhlicher Stimme.

»Tee wäre wunderbar, Schätzchen.« Meine Mutter gab mir mit ihrer fertig manikürten linken Hand ein Zeichen.

Als Lisa weg war, fragte Audrey noch einmal: »Wie kann man ›sozusagen vor die Tür gesetzt‹ werden?«

»Sie hat mir als Redakteurin gekündigt, möchte aber, daß ich freiberuflich weiter für sie schreibe.«

Ich wohnte jetzt wieder bei Audrey, in meinem von Audrey

gestalteten Kinderzimmer. Es war eine Übergangslösung, bis ich eine neue Wohnung gefunden hatte. Ich ertrug es nicht mehr, in meiner alten Straße in Fulham zu leben, wo sich nur ein paar Meter weiter das gähnende Loch befand, das früher einmal das Haus der Hamiltons gewesen war. Einen Käufer für die Wohnung hatte ich bereits gefunden, aber einen Ort, an dem ich selbst leben wollte, mußte ich erst noch aufspüren.

»Du warst als Kind immer so streng mit dir selbst«, seufzte Audrey. »Ich hab schon damals geahnt, daß du irgendwann die Nerven verlieren würdest.«

Ich starrte sie wütend über die blaßblaue Tagesdecke auf ihrem Bett an. »Ich weiß nicht, was du mit ›die Nerven verlieren‹ meinst. Im Augenblick arbeite ich gerade an einem Artikel über Lydia Garland. Offenbar hat sie sich nur zu dem Interview mit mir bereit erklärt, weil ich den Ruf habe, ›nett‹ zu sein. ›Nett‹ soll in diesem Fall wohl ›harmlos‹ und ›ineffektiv‹ heißen. Aber ich führe das Gespräch morgen. Schließlich ist es Arbeit.«

Lydia Garland schrieb herzerfrischende, ausgesprochen populäre Romane über »Menschen wie du und ich«. Sie hielt uns, sagten viele Kritiker, den Spiegel vor und zeigte unser täglich Freud und Leid. Es war interessant, wie viele Leute sich als »Menschen wie du und ich« verstanden. Ihren Verkaufszahlen nach zu urteilen, der größte Teil der Bevölkerung. Ihr neuester Roman, der im folgenden Monat erscheinen sollte, trug den Titel *Charlotte allein*. Auf dem Schutzumschlag hieß es, die Autorin lebe zusammen mit ihren beiden Hunden Heidi und Gretel sowie ihrem Ehemann in einer umgebauten Windmühle an der Küste von Sussex. Den Namen ihres Ehemannes erwähnte der Schutzumschlag nicht.

»Ich mag ihre Bücher ganz gern«, sagte Audrey, die nun zwischen den Seifenopern und Filmen im Fernsehen viel und ziemlich Unterschiedliches las – Romane, Reiseberichte, Biographien, für eine breite Leserschaft aufbereitete Geschichtsbücher –, mit dem Ergebnis, daß sie, seit sie ihre Zeit im Bett verbrachte, mehr über die Welt wußte als jemals zuvor.

Aber sie wußte nicht alles. »Was meinst du mit ›die Nerven verlieren‹?« fragte ich noch einmal. »Und was meinst du mit ›streng‹? Ich bin nach wie vor der Meinung, daß ein geordnetes Leben die beste Grundlage für einen freien Geist und damit für größere Dinge ist.«

»Und wie sehen diese größeren Dinge deiner Ansicht nach aus?« fragte Audrey. Sie konnte ganz schön grausam sein.

»Ich weiß es nicht«, sagte ich. »Wahrscheinlich bilden wir uns alle ein, zu Höherem berufen zu sein; nur der Zeitpunkt, wann wir akzeptieren, daß wir es nicht sind, variiert.« Ich griff nach einem von Audreys Krapfen und biß hinein, ohne es richtig zu merken. »Im Augenblick wäre ich schon für ein bißchen Gerechtigkeit und Ordnung und Struktur und Sinn dankbar.«

»Sei nicht albern, Esther«, rügte meine Mutter mich. »Wenn Gott gewollt hätte, daß wir irgendeinen Sinn im Leben sehen, hätte er uns ein größeres Gehirn gegeben.«

»Du meinst also, daß es alle diese Dinge gibt, wir sie aber nicht sehen können?«

»Ja«, sagte Audrey. »Aber jetzt fängt gleich das Telekolleg an.«

»Das Telekolleg?«

»Das habe ich dir sicher erzählt. Im Moment beschäftige ich mich mit der Kunst der Renaissance. Wirklich faszinierend«, sagte sie, den Blick bereits auf den Bildschirm geheftet.

»Aber was für einen Sinn haben Ordnung und Struktur und Regeln und Gerechtigkeit, wenn wir sie nie erkennen können?«

»Keine Ahnung«, herrschte Audrey mich an. »Warum fragst du mich das?«

»Weil du meine Mutter bist. Es ist gar nicht so leicht, die Hoffnung aufzugeben, daß die Mutter es am besten weiß. Diese Hoffnung ist zweifelsohne angeboren.«

»Tja, ich kann dir da leider nicht weiterhelfen. Aber jetzt verschwinde und schau jemand anders finster an.«

Am folgenden Morgen rief mich die Immobilienmaklerin an, um mir ein Angebot zu machen. »Es ist wirklich ein Schatzkästchen«, sagte sie. »Allerdings muß man ein bißchen Arbeit reinstecken.« Alle lachten über die Sprache der Immobilienmakler, aber wenigstens wußte man bei ihnen, woran man war. Jedes Kind weiß, daß es sich bei einem »Schatzkästchen« in der Sprache der Makler um ein winziges Häuschen handelt, das, wenn »man ein bißchen Arbeit reinstecken« muß, kurz vor dem Zusammenfallen ist. »Aber es liegt in Chelsea, nicht weit von der King's Road.«

»Kann ich es mir leisten?« fragte ich.

»Wie gesagt: Es ist ein Schatzkästchen, und Sie müssen ein bißchen Arbeit reinstecken.«

Mein Haus – ich wußte sofort, daß es für mich bestimmt war – sah aus, als hätte es sich mit Gewalt zwischen seine höheren, eleganteren Nachbarn gedrängt. Es war schmal und gedrungen und hatte dringend einen Anstrich nötig. Als ich es betrat, wurde mir schon bald klar, daß die Liste der Dinge, die es nicht dringend nötig hatte, sehr kurz werden würde.

»Es ist wirklich eine seltene Gelegenheit«, sagte die Maklerin, die mit fast schon telepathischen Fähigkeiten den nahenden Abschluß witterte, »ein nichtrenoviertes Haus in dieser beliebten Gegend zu erwerben.« Man konnte über Makler sagen, was man wollte; sie hatten die Fähigkeit, in wirklich allem das Beste zu sehen.

Das Haus bestand aus einer Küche, einem Wohnzimmer und einer Toilette im Erdgeschoß sowie zweieinhalb Zimmern – zwei großen und einem kleinen – im ersten Stock. »Und wo ist das Bad?« fragte ich.

Die Maklerin wirkte überrascht, wie ich auf eine solche Idee kommen konnte. »Nun, Sie könnten das kleine Zimmer in ein Bad umbauen, oder zumindest in eine Dusche.« Dann ging sie plötzlich in die Defensive. »Ich habe Ihnen doch gesagt, daß Sie ein bißchen Arbeit reinstecken müssen.«

»Es gefällt mir«, sagte ich.

»Ach? Ich meine, toll. Wunderbar!«

Zu Hause rechnete ich alles durch. Der Kaufpreis für das Haus lag nicht viel höher als der Erlös für meine Wohnung, aber dazu kamen die Renovierungskosten. Meine Ersparnisse reichten dafür kaum aus. Die meisten Dinge konnte ich selbst erledigen, aber Gas und Strom flößten mir – besonders seit Sie-wissenschon-wann – Respekt ein. Sobald die Renovierung abgeschlossen wäre, würde mich das Häuschen allerdings kaum noch etwas kosten. Wie gut, fragte ich mich, waren die Aussichten für eine Freiberuflerin, eine Hypothek aufzunehmen?

Ich plante gedanklich gerade die Farbe der Wohnzimmerwände, als ich den Wagen vor Lydia Garlands reizender Windmühle abstellte. Lydia erwartete mich bereits mit ausgestreckten Armen an der Tür. Ich kannte ihr schönes, klares Gesicht von zahllosen PR-Fotos, doch sie war viel größer, als ich erwartet hatte, und auch ihre Hände waren groß und kräftig. Meines Wissens hatte sie nie über ihr Alter gesprochen, war aber nach allgemeiner Ansicht Ende Vierzig. Sie plauderte freundlich mit mir, während sie mich durchs Haus in die große Farmküche im hinteren Teil führte. Als wir uns an den riesigen Eichentisch setzten, fragte ich sie, was mit ihrem Zeh passiert war, denn der große Zeh ihres rechten Fußes war bandagiert, und sie humpelte leicht. »Ein dummer Unfall«, sagte sie leichthin. »Ist bei der Gartenarbeit passiert.«

Ich holte meinen Block und meine Stifte sowie meine Liste mit vorbereiteten Fragen und Lydia-Garland-Zitaten aus früheren Interviews und Artikeln heraus.

»Sie sind aber beachtlich organisiert«, sagte Lydia.

Ich nickte geschmeichelt. »Tja, ich versuche es zumindest.«

Dann unterhielten wir uns ein bißchen über *Charlotte allein*.

»Ich bin eine einfache englische Frau vom Land, die zufällig die Begabung hat, Geschichten zu erzählen«, erklärte mir Lydia charmant, während sie uns Tee aus einer braunen Keramikkanne eingoß. »Milch? Zucker?« Es stand Milch auf dem bunten Tablett vor uns, aber keine Zuckerdose. Ähnlich wie Aschenbecher schienen Zuckerdosen in unserer Zeit zum Aussterben verurteilt zu sein.

»Beides. Tut mir leid«, fügte ich hinzu, als Lydia Garland Anstalten machte, sich zu erheben. Vielleicht, so dachte ich, stolperte sie mit ihrem verbundenen Zeh und fiel hin. Und brach sich dann möglicherweise noch etwas anderes, am Ende gar den Hals? Ursache und Wirkung, Ursache und Wirkung. Ich sprang von meinem Stuhl auf. »Ich hole den Zucker schon, wenn Sie mir sagen, wo er ist«, sagte ich.

»Danke, meine Liebe«, meinte Lydia Garland ein wenig überrascht. »Er ist in dem oberen linken Schrank über der Spüle.«

Nachdem ich wieder Platz genommen hatte, fragte ich sie: »Ihr Erfolg als Schriftstellerin gründet sich nach allgemeiner Meinung auf Ihre außerordentliche Fähigkeit, sich in das Leben und die Probleme ganz normaler Menschen hineinzuversetzen. Das ist eine Gabe, um die viele weniger gute Autoren Sie beneiden.«

»Ja, Sie haben recht, es ist wirklich eine Begabung. Ich führe sie auf Mitleid, Offenheit und den unerschütterlichen Glauben an den menschlichen Willen zurück.«

Ich wollte sie gerade fragen, wie man es anstellte, all diese Dinge zu erwerben, als das Telefon klingelte. Mühevoll erhob sie sich von ihrem Stuhl und hinkte hinüber. Sie murmelte etwas in den Hörer, hielt ihn dann vom Ohr weg und sagte zu mir: »Wenn es Ihnen nichts ausmacht, führe ich das Gespräch im Wohnzimmer.« Dann humpelte sie weg.

Chloe hatte Vermutungen über die Form der Windmühle angestellt. »Wahrscheinlich rund«, hatte sie gesagt. Aber die Küche war rechteckig. Sie lag wie die meisten Räume in einem Anbau auf der westlichen Seite der Mühle. Es gab ausreichend gerade Wände für die alten Eichenschränke und die große Anrichte mit dem blau-weißen Geschirr und den Staffordshire-Figuren. Während ich auf Lydia Garland wartete, ging die hintere Tür auf, und ein Mann mittleren Alters mit dichten dunklen, schon ein wenig grau werdenden Haaren kam mit einem Korb Zwiebeln herein. Er schien über meine Anwesenheit erstaunt. »Wer sind Sie?« fragte er, als er sich bückte, um seine Gummistiefel auszuziehen.

Ich stand auf. »Ich bin Esther Fisher, die Journalistin, die das Interview mit Mrs. Garland machen möchte.«

»Ach«, sagte er und stellte die Stiefel sorgfältig auf eine Zeitung, die neben dem Fußabstreifer ausgebreitet lag, bevor er den Korb mit den Zwiebeln zur Spüle trug.

»Sie ist am Telefon«, sagte ich. Der Mann – vermutlich war er der Gärtner – ging, ohne mir eine Antwort zu geben, zu dem Tisch mit der Teekanne, holte sich eine Tasse von der Anrichte und goß sich einen Tee ein. »Ihr Zeh«, sagte ich, um das Gespräch in Gang zu bringen. Ich wußte immer noch nicht, wen ich vor mir hatte. »Sieht aus, als hätte sie Schmerzen.«

Der Mann schaute in seine Teetasse. »Hat einen Tritt wie ein Maultier, die Frau«, murmelte er.

»Einen Tritt?«

»Wie ein Maultier.« Er leerte seine Tasse und erhob sich gerade in dem Augenblick, als Lydia Garland, zwei Irish Setter um sie herumtänzelnd, wieder hereinkam. »Sie haben meine beiden hübschen Mädchen noch nicht kennengelernt.« Dabei sank sie auf ihren Stuhl und lockte die Hunde zu sich heran. »Das ist Gretel.« Sie deutete auf den kleineren der beiden Hunde. »Und das ist Heidi.«

Ich beugte mich vor, um Gretel zu streicheln, die ein wenig näher bei mir stand, und ihr glänzendes Fell zu bewundern. »Aber ich habe ...« Ich schwieg. Tja, wen hatte ich eigentlich kennengelernt? Ich sah mich nach dem Mann um, aber der schien verschwunden zu sein. Auch seine Gummistiefel standen nicht mehr auf der Zeitung neben der Tür. »... den Mann kennengelernt, der die Zwiebeln reingebracht hat.«

»Das war mein Mann.« Sie wirkte überrascht.

»Dunkle Haare«, sagte ich. »Mittelgroß ...«

»Natürlich war das Bob. Ich war nur überrascht, daß er reingekommen ist. Er hat sein Büro in der alten Getreidekammer an der Rückseite des Hauses und kommt sonst nie vor fünf hier herein. Er ist mein Fels in der Brandung«, fügte sie rasch hinzu, während sie sich wieder setzte.

»Würden Sie sich selbst für einen disziplinierten Menschen halten?« fragte ich. »Ihre Produktivität ist ja legendär.«

»Natürlich glaube ich an Disziplin und Fleiß. George Bernard Shaw hat gern gesagt: ›Genie ist die Fähigkeit, den Hosenboden dauerhaft in Kontakt mit dem Stuhlsitz zu bringen.‹« Lydia Garlands kluge graublaue Augen blitzten, dann wurde ihr Blick hart. »Ich schreibe täglich von acht Uhr morgens bis ein Uhr mittags, auch am Wochenende. Dann mache ich eine Pause und esse einen Teller Suppe, ein bißchen Brot und Käse. Hinterher geht's wieder an den Schreibtisch, wo ich noch mal drei Stunden verbringe. An diesen Plan halte ich mich immer, egal, was kommt.«

»Und Sie haben nie Schreibhemmungen? Ihnen kommen immer Einfälle?«

»Inspiration ist nur ein anderer Ausdruck für harte Arbeit. Wenn man hart arbeitet, funktioniert's auch mit der Inspiration.« Sie machte eine unbestimmte Geste über ihrem Kopf. »Ideen sind überall. Wenn Sie darauf warten, daß sie Ihnen zufliegen, kommen Sie nie zu was. Die Erfahrung habe zumindest ich gemacht, und die meisten professionellen Schriftsteller, die ich kenne, würden mir da zustimmen.«

»Ich habe irgendwo gelesen, daß Sie keinen Computer benutzen, sondern alle Ihre Bücher mit einem Füller schreiben. Trift das immer noch zu?«

»Ich finde, man ist näher an der Materie dran …« In dem Moment war von irgendwoher im Haus ein Krachen zu hören, gefolgt vom Fluchen eines Mannes. Nach kurzem Schweigen fuhr Lydia Garland mit ihrer ruhigen Stimme fort, mir von ihren Arbeitsgewohnheiten und kleinen Eigenheiten zu erzählen. »Ich kann meinen Frühstückskaffee zum Beispiel nur aus einer weißen Tasse trinken.«

Ich fragte sie, woher sie die Einfälle für ihre Geschichten nahm. Mit einer ausholenden Handbewegung umfaßte sie die warme, duftgeschwängerte Luft in der Küche. »Ach, die kommen von überall und nirgends.«

Ich bat sie, ein bißchen deutlicher zu werden. »Ich lasse mich vom Alltag inspirieren, und die kleinen Leute sind meine Helden«, sagte sie. »Hat nicht Tschechow gesagt, die Kunst des Schriftstellers besteht darin, in einem Grashalm ein Wunder zu sehen? Tja, der Meinung bin ich auch. Man muß das Außergewöhnliche in den ganz gewöhnlichen Dingen rund um uns herum finden. Der Arktisforscher ist gut und schön, aber mir ist der Rentner, der sich im Winter abmühen muß, Geld für die Heizung zusammenzukratzen, lieber.«

Die Küchentür öffnete sich, und die beiden Hunde machten Anstalten, sich von ihrem Platz zu den Füßen ihrer Herrin zu erheben, doch als sie sahen, daß es ihr Mann war, blieben sie sitzen. Nun humpelte auch er. Warum, war deutlich zu sehen, denn sein linker Fuß steckte in einem großen irdenen Topf. Hatten die Garlands grundsätzlich Probleme mit den Füßen? Bob schlurfte schweigend an uns vorbei zur hinteren Tür, nicht ohne seiner Frau einen vorwurfsvollen Blick zugeworfen zu haben.

»Viele Schriftsteller oder Möchtegernschriftsteller bleiben auf der Strecke, und das liegt oft nicht an mangelndem Talent, sondern an mangelndem Fleiß. Man braucht einfach Durchhaltevermögen.«

Eine Stunde später verließ ich das Haus mit einem Notizblock voll harmloser Antworten auf meine harmlosen Fragen; ich hatte meine Chance bekommen und sie nicht genutzt. Auf dem Weg zu meinem Wagen kam ich an Bob Garland vorbei, der auf einem Gartenstuhl saß, den Fuß immer noch in dem Keramiktopf, und hinaus auf die Felder schaute. »Fallen«, hörte ich ihn sagen, als ich an ihm vorbeiging. »Sie stellt Fallen auf.«

Ich blieb stehen und fragte ihn: »Wer stellt Fallen auf? Ihre Frau? Sprechen Sie über Ihre Frau?«

Ein verschlagener Ausdruck trat auf sein rundes Gesicht. »Tja, ich weiß es, und Sie müssen's noch herausfinden.« Dabei zwinkerte er mir zu.

Ich versuchte es noch einmal. »Sie haben gesagt, sie hat einen Tritt wie ein Maultier. Traktiert Ihre Frau Sie mit Tritten?«

»Ich bin müde. Sie haben doch mit ihr gesprochen, also haben Sie Ihr Interview. Lassen Sie mich in Ruhe, ja?«

Oben ging ein Fenster auf. »Bob!« Es war Lydia. »Bob, könntest du mir bitte hier drinnen helfen?«

Bob Garland erhob sich von seinem Stuhl und humpelte in Richtung Haus. Dann blieb er einen Augenblick stehen und wandte sich noch einmal mir zu. »Normalerweise haben wir da drin Begonien.«

Ging ich der Sache nach? Versuchte ich herauszufinden, ob Bob Garlands Worte das Geschwätz eines Neiders waren oder die Wahrheit? Denkste! War Bob Garland tatsächlich ein mißhandelter Ehemann? Tja, wenn dem so war, würde ich es jedenfalls niemandem sagen. Ich traute mich nicht, weil jede meiner Handlungen in meiner Vorstellung nun ein ganzes Rudel unheilbringender Hunde anlockte. Mir fehlte einfach der Mut, die Meute loszulassen. Statt dessen schrieb ich ein »Porträt«, mit dem ich keiner Fliege etwas zuleide tat. Chloe erklärte mir am Telefon, sie würde es nehmen, weil es darin um Lydia Garland ging, aber ansonsten sei das Ding hirnverbrannter, kitschiger Unsinn. Ich pflichtete ihr bei. »Mach ein bißchen Urlaub«, riet sie mir. »Versuch, dich zu sammeln, bevor du deinem Ruf weiter schadest.«

»Ich habe vor, ein Haus zu kaufen. Ich brauche das Geld.«

»Tja«, herrschte Chloe mich an. »Das hättest du dir überlegen sollen, als du dir dieses verdammte Gewissen zugelegt hast.«

»Letztlich geht's gar nicht ums Gewissen«, sagte ich.

»Egal, was es ist, du kannst es dir nicht leisten.« Dann legte Chloe auf.

Lotten hatte Linus etwas zu sagen. »Deshalb wäre ich sehr froh, Linus, wenn du ausnahmsweise mal zu einer vernünftigen Zeit nach Hause kommst.« Sie stellte die Frühstücksflocken weg. »Ach, und Ivar übernachtet heute bei Nils.«

Er kam kurz nach sechs nach Hause, wo Lotten schon an der Tür stand. Es war ihr anzusehen, daß sie es kaum noch erwarten konnte, ihm alle möglichen Dinge mitzuteilen, also suchte er sofort nach einem Fluchtweg. »Ich geh nur kurz hoch, mich waschen und umziehen«, sagte er hastig und eilte an ihr vorbei.

»Das Essen steht auf dem Herd«, rief sie ihm nach. »Ich wollte mir nicht die Mühe machen, selber zu kochen, und hab Pasta aus dem Feinkostladen kommen lassen.«

»Gut«, rief er zurück. »Ich mag Pasta.« Er ließ sich Zeit beim Waschen von Gesicht und Händen und beim Umziehen. Lotten rief aus der Küche: »Komm endlich. Du weißt doch, daß die Nudeln sonst nicht mehr schmecken.«

»Du hast also viel erledigt heute?« fragte Linus, während er sich an den Küchentisch setzte.

»Nicht mehr als sonst.«

»Ach, ich dachte nur, weil du keine Zeit zum Kochen gehabt hast.«

Lotten knallte die Gabel auf den Teller. »Es ist immer das gleiche mit dir, Linus. Immer mußt du eine abfällige Bemerkung machen. Irgendeinen Anlaß zum Nörgeln findest du schon.«

Linus blinzelte. Wie üblich schien er etwas nicht mitbekommen zu haben, dieses wesentliche Etwas, das ihm dabei helfen würde zu begreifen, was seine Frau sagte, den Zauberschlüssel zu ihrem Denken.

»Ich habe heute abend nicht gekocht, weil mir nicht danach war – genügt dir das?« Lotten nahm die Gabel wieder in die Hand und spießte damit eine Ravioli mit solcher Wucht auf, daß Linus zusammenzuckte. Er wußte genau, daß sie am liebsten ihn aufgespießt hätte.

»Ich wollte dich gar nicht kritisieren«, versuchte er zu erklären. »Ich wollte nur ein Gespräch mit dir anfangen. Du hast gesagt, du hast keine Zeit zum Kochen gehabt, also bin ich davon ausgegangen, daß du noch beschäftigter als sonst warst.«

»Das ist wieder so etwas, was ich nicht ausstehen kann. Du hast mir absolut nichts zu sagen, deshalb fängst du immer mit solchen nichtssagenden Bemerkungen an. Wahrscheinlich hast du bei dem kleinen Flittchen mehr Gesprächsstoff gefunden.« Lottens Stimme wurde einen Ton höher. »Du hast mich betrogen, weißt du das? Du hast mich und Ivar hintergangen. Kein Wunder, daß ich so lange gebraucht habe dahinterzukommen, was du mit diesem Flittchen getrieben hast … du hast mich schon die ganze Zeit betrogen, und zwar mit deiner Arbeit. Hast du dir eigentlich je überlegt, was ich mir vom Leben erwarte?«

Erschüttert durch Lottens Attacke, war Linus nicht imstande, ihr zu sagen, sie solle Katya nicht als Flittchen bezeichnen. Außerdem schimpfte sie schon weiter: »Du bist ein Fremder für uns, ist dir das eigentlich klar? Man glaubt, Linus zu sehen, ja. Du scheinst hier bei uns zu sein, aber in Wirklichkeit bist du mit deinen Gedanken weiß Gott wo!«

»Willst du nichts essen?« fragte sie plötzlich und fuchtelte ihm mit der Gabel vor der Nase herum.

»Tut mir leid«, sagte Linus. »Ich hatte keine Ahnung, daß ich dich so unglücklich mache. Natürlich weiß ich, daß die Sache mit Katya schlimm für dich war, aber alles andere? Es ist längst nicht alles ideal zwischen uns, aber ich dachte ...«

»Du hast zur Abwechslung mal gedacht? Tja, dazu ist es jetzt zu spät. Offen gestanden: Ich will nicht mehr. Ich habe das Gefühl, daß ich die Energie, die ich in diese einseitige Beziehung stecke, lieber dazu verwenden sollte, etwas aus meinem Leben zu machen. Ich möchte, daß wir uns trennen. Linus, Linus, hörst du mich?«

Ganz allmählich dämmerte es Linus, daß dies das Ende seiner Ehe war, und einen Augenblick lang, als er Lotten ansah, die wie in den acht vorhergehenden Jahren auf ihrem Platz am Küchentisch saß, erfüllte ihn ein Hochgefühl. Plötzlich schien die Welt wieder voller Möglichkeiten zu sein. Dann erinnerte er sich an Ivar, und er bekam Panik. »Ich möchte, daß Ivar bei mir bleibt«, platzte er heraus.

Lotten sah ihn mit schmalen Augen an. Plötzlich lachte sie. »Ist das alles, was du zu sagen hast? Na, dann träum mal weiter.«

Als er in jener Nacht unbequem zusammengerollt auf dem Sofa im Arbeitszimmer lag, hallte dieses Lachen in seinen Ohren nach, und jeder einzelne Ton kündete von seiner Ohnmacht.

Bertil hatte Linus zum Mittagessen eingeladen. »Sprich mit dem Jungen«, hatte Olivia zu ihrem Mann gesagt. »Sag ihm, daß wir für ihn da sind.« Also erhob Bertil sich um Punkt Viertel vor eins von seinem Ecktisch auf der linken Seite des Raumes, um seinen Sohn zu begrüßen. »Streng dich an, Bertil«, klang ihm noch die Ermahnung seiner Frau in den Ohren.

»Linus, schön, dich zu sehen. Und so pünktlich.« Er gab sich wirklich Mühe.

Linus wirkte ein wenig überrascht. »Ich bin doch meistens pünktlich, oder?« Er setzte sich auf den Stuhl seinem Vater gegenüber.

»Ich hab gehört, daß du im Büro schläfst«, sagte Bertil, sobald sie Räucherhering mit Püree und dazu Bier und Schnaps bestellt hatten. »Ich dachte, Lotten hat *dich* verlassen?«

»Offensichtlich« – Linus seufzte – »war der Satz ›Lotten geht‹ ein Euphemismus für ›Linus wird rausgeschmissen‹.«

»Mein Gott, Linus, was bist du bloß für ein Waschlappen. Ist dir eigentlich schon mal in den Sinn gekommen, daß du dich weigern könntest zu gehen?« Bertil zuckte beim verärgerten und ungeduldigen Klang seiner eigenen Stimme zusammen, denn genau so hatte er nicht klingen wollen, so wie immer, wenn er mit seinem einzigen Kind sprach.

Linus sah seinen Vater an. Er wirkte nicht beleidigt, sondern eher verwirrt. »Nein«, murmelte er. »Ich glaube nicht. Ich will nicht an einem Ort bleiben, an dem ich unerwünscht bin«, erklärte er.

»Was hat das damit zu tun? Manchmal begreife ich dich wirklich nicht, Linus. Schließlich ist es deine Wohnung, und dein Sohn lebt dort. Du willst dich nicht von deiner Frau trennen. Warum solltest du ausziehen?«

»Weil Lotten mich darum gebeten hat«, erklärte Linus und bedankte sich mit einem Nicken bei dem Kellner, der gerade das Essen vor ihnen auf der rot-weiß karierten Tischdecke abgestellt hatte. Für ihn war das ganz selbstverständlich gewesen: Wenn man unerwünscht ist, geht man.

»Natürlich kannst du bei uns bleiben, bis du wieder Boden unter den Füßen hast.« Auch Bertil bedankte sich mit einem Nicken bei dem hochgewachsenen jungen Kellner.

»Ist schon in Ordnung«, sagte Linus. »Sten hat gesagt, daß ich den Rest der Woche bei ihm schlafen kann, und ich glaube, ich habe gute Chancen, das Zimmer gleich hier um die Ecke zu kriegen. Es ist gar nicht so schlecht, in der Nähe vom Büro zu sein.«

An jenem Nachmittag blieb Linus an seinem Tisch sitzen, den Kopf in die Hände gestützt, in Gedanken versunken. Er neigte nicht zur Selbstanalyse oder überhaupt zur Analyse von Gefühlen. Lotten hingegen schon, weshalb sie aus Auseinandersetzungen stets siegreich hervorging. Im Augenblick jedoch hatte Linus eher Lust, Bertil die Schuld zu geben. Natürlich hätte er auch seine Mutter verantwortlich machen können, dafür, daß sie gestorben war und ihn mit diesem eiskalten Mistkerl allein gelassen hatte, aber dazu liebte er sie – beziehungsweise die Erinnerung an sie – zu sehr. Er konnte sich daran erinnern, daß er als Kind immer irgendwie im Weg, nur geduldet gewesen war. In seiner Vorstellung hatte er das Arbeitszimmer seines Vaters wie durch eine Drehtür betreten. »Ja, Linus« – Seufzen – »was willst du denn? Ich hab wirklich viel zu tun. Mußt du keine Hausaufgaben machen? Geh zum Spielen und laß mich in Frieden, so ist's recht, mein Junge.« Nachdem er Olivia geheiratet hatte, war es ein bißchen besser geworden, aber die Angst, unerwünscht zu sein, hatte Linus nie ganz verlassen.

Im Büro brummte die Klimaanlage. Jonas hatte Neuigkeiten für Linus. »Sieh dir das an«, sagte er und schob ihm ein Fax hin. »Stuart Lloyd aus England will eine Oper bauen und hat eine Handvoll europäischer Firmen gebeten, Entwürfe einzureichen.« Linus nahm das Fax und setzte sich damit an seinen Schreibtisch.

»Das ist ja ein Riesenbudget.« Er sah Jonas an, der nickte. »Innovation, modernes Design, neue Gedanken ... träumen wir, oder ist das der Kunde, den jeder Architekt sich nur wünschen kann?«

Jonas grinste ihn an. »Ich weiß, klingt fast zu schön, um wahr zu sein.«

»Ich muß mir das Baugelände ansehen«, sagte Linus. »Und am Nachmittag müssen wir uns zu einer Konferenz zusammensetzen und die Sache im Detail durchgehen. Ich sag dir ...«, dabei lächelte er geistesabwesend, »der Auftrag gehört uns.«

Ich kaufte das kleine Haus und ließ die Außenmauern hellblau streichen, doch am Ende mußte ich es mir mit Posy McKenzie teilen, weil ich die Hypothek nicht allein tragen konnte. Posy brauchte eine Freundin; sie hatte gerade die dritte Scheidung hinter sich. Wir kannten uns seit Ewigkeiten, waren aber nie sonderlich eng befreundet gewesen. Erst bei einer Einladung von Arabella im vorigen Jahr hatten wir festgestellt, daß gemeinsame Erinnerungen für eine Freundschaft eine genauso gute Grundlage bildeten wie gemeinsame Interessen. Ich glaube, in der Schule war mein Problem mit Posy gewesen, daß sie mich an meine Mutter erinnerte, und eine Audrey war einfach genug. Posy war der Typ flippige Künstlerin, ein bißchen eben wie Audrey, bevor diese beschloß, sich ins Bett zu legen und einigermaßen vernünftig zu werden. Als ich Posy vor vielen Jahren erzählt hatte, daß ich für die Zahnpastareklame dieses scheußlich duftige Kleid tragen mußte, hatte sie nur seufzend gesagt, sie hätte liebend gern ein rosa-weißes Kleid mit Rosenblüten darauf getragen. Posy war damals alles andere als eine Schönheit gewesen. Inzwischen allerdings hatte sie in dieser Hinsicht eine Menge wettgemacht. Sie war sogar so schön, daß sie eine Schnellstraße im Berufsverkehr überqueren konnte, weil die Autofahrer bei ihrem Anblick garantiert bremsten. Ihre Schönheit brachte es mit sich, daß Leute, die sie kennenlernten, nicht herauszufinden versuchten, ob sie clever oder witzig oder gescheit oder freundlich oder irgend etwas anderes war, denn schließlich hatte sie ja riesige dunkelgrüne mandelförmige Augen, langes, dichtes, dunkles Haar und taufrische Haut. Doch Posy war in der Tat klug und einer der freundlichsten Menschen, die ich kannte. Sie trug fließende Spitzenkleider, die sie in Marktbuden und Second-Hand-Läden entdeckte, und sagte Dinge wie: »Ich lebe in der falschen Zeit. Im Grunde meines Herzens gehöre ich ins edwardianische Zeitalter.« Damit sie sich eine bessere Vorstellung von der Ära machen konnte, wies ich sie darauf hin, daß es damals zum Ersten Weltkrieg gekommen war. »Und in dem«, sagte ich, »haben die meisten Leute ihr Leben gelassen. Tja, und dann war da noch die große Grippeepidemie. Hast du eine Ahnung, wie viele Menschen von dieser Grippewelle dahingerafft wurden?« Aber offenbar bildete Posy sich ein, daß sie all diesen Gefahren hätte entkommen können. Posy schlug sich mehr schlecht als recht mit der Herstellung von Schmuck durch. Als sie mir ein paar Wochen zuvor erzählt hatte, daß sie sich von Philip, ihrem dritten Mann, würde scheiden lassen, hatte ich sie gefragt, ob sie schon mal überlegt habe, mit jemandem zu schlafen, ohne ihn gleich zu heiraten. Das, so meinte ich, sei doch viel einfacher. Aber sie hatte mir geantwortet, sie gehöre eben im Grunde ihres Herzens ins edwardianische Zeitalter. Tja, das hatte ich bereits gewußt.

An dem Tag, an dem Posy einzog, eine Woche nach mir, traf sie eine ganze Weile später ein als der kleine Umzugswagen mit ihren Sachen. Sie trat mit jenem gelassenen Mona-Lisa-Lächeln in unser Haus ein, nicht im mindesten besorgt um ihre Habseligkeiten. Als erstes ging sie in die Küche, um sich eine Tasse Tee zu machen, und verhedderte sich dort sofort mit den Fransen ihres Tuchs im Müllschredder neben der Spüle. Es ging alles so schnell: Sie kam an, verschwand mit ihrer Reisetasche in der Küche, den langen Rock auf dem Steinfußboden nachschleifend, ging zur Spüle, um den Kessel mit Wasser zu füllen, und da hing sie auch schon mit den Fransen im Schredder. Ich konnte ihn gerade noch rechtzeitig abschalten; sie stand bereits gebückt über der Spüle, und ihr Tuch zog sich immer enger um ihren Hals.

»Mit solchen modernen Geräten kann ich nichts anfangen«, sagte sie, als sie sich wieder einigermaßen gefangen hatte. »Ich lebe wirklich in der falschen Zeit.« Mit immer noch heiserer Stimme fügte sie hinzu: »Zum Glück bist du noch rechtzeitig gekommen.«

Da fing ich zu zittern an, und es dauerte eine halbe Stunde, bis ich wieder eine Tasse halten konnte, ohne etwas zu verschütten. Fast wäre ich nicht mehr rechtzeitig gekommen. Einer von den Umzugsmännern hatte ein Gespräch mit mir begonnen, während er Posys letzte Kartons auf den Boden stellte. »Das hier ist eines der kleinsten Häuser, die ich je gesehen habe«, hatte er gesagt. »Es erinnert mich ein bißchen an die Puppenhäuser, die meiner Kleinsten so gut gefallen. Sie sagt, ich soll ihr unbedingt eins bauen.«

Normalerweise hätte ich ein wenig mit dem Mann geplaudert, aber an jenem wie an so vielen Tagen zuvor war ich angespannt gewesen und hatte mit mir und der Welt im Hader gelegen, also hatte ich nur kurz etwas gemurmelt und war zu Posy in die Küche gelaufen, um sie zu fragen, wo ihr Überseekoffer von der Jahrhundertwende hingestellt werden sollte. Tja, und da hatte ich gesehen, daß sie soeben im Begriff war, im Müllschredder zu verschwinden. Der Gedanke daran, wie schmal der Grat war zwischen Leben und Tod, war Grund genug zu zittern. Plaudern oder nicht plaudern war hier die für gewöhnlich so unbedeutende Frage gewesen.

»Du hast mich doch gerettet«, sagte Posy. »Also ist alles in Ordnung.«

»Ja, stimmt«, sagte ich mit düsterer Miene. »Aber ich hätte genausogut im Nebenraum über Puppenhäuser plaudern können, während du erstickt wärst.« Meine Stimme wurde schrill. »Ich ertrage es nicht, wie willkürlich das Schicksal mit uns umspringt. Wie sollen wir bloß weiterleben, wenn wir nicht die geringste Kontrolle über die Dinge haben, die wirklich wichtig sind?«

»Und was willst du dagegen tun?« fragte Posy.

»Verrückt werden«, antwortete ich. Natürlich war das ein Scherz. »Vielleicht macht's mir dann nicht mehr soviel aus.« Dann tranken wir unseren Kaffee aus, und ich half ihr, sich häuslich einzurichten. Nach dem Abendessen ging ich in mein Zimmer, um zu arbeiten. Dort gefiel es mir. Das Zimmer war winzig; es paßten gerade mein Schreibtisch, mein Stuhl, mein Bett und eine Kommode hinein. (Der Kleiderschrank war eingebaut.) Der Raum schmiegte sich eng an mich und ließ den Gedanken keinen Platz, außer Kontrolle zu geraten. Meine ehemalige Kollegin Mary Swanson hatte mir den Auftrag gegeben, für die von ihr herausgegebene Zeitschrift *Modern Romance* wöchentlich erscheinende Geschichten zu schreiben. Mary war eine gute Frau, eine wiedergeborene Christin, die lieber beim *Chronicle* gekündigt hatte als den Gerüchten über die Schwäche von Bischof X für seine Ministranten nachzugehen. »Gott, nicht der Mensch, soll solche Dinge enthüllen«, hatte sie damals gesagt. Und ich hatte seinerzeit noch erwidert: »Sag das mal dem Bischof.« Aber ich hatte ihre Entscheidung respektiert, auch wenn ich ihr nicht zustimmte.

Die Geschichten für Marys Zeitschrift zu schreiben, war harte Arbeit, weil es in allen um romantische Liebe gehen mußte und ich noch immer nichts darüber wußte. Zu allem Überfluß mußten drei von vier Geschichten ein glückliches Ende haben, und ich hatte kein sonderliches Talent für so etwas. Hin und wieder schummelte ich ein bißchen, ließ die Heldin sterben, aber den

Helden und seinen Hund glücklich bis in alle Ewigkeit leben. Oder ich schickte den Helden nach Alaska, wo er eine andere Art der Liebe kennenlernte: die Liebe zur Wildnis. Manchmal ließ Mary mir so etwas durchgehen, doch dann wieder schickte sie mir die Geschichte mit einem Zettel zurück, auf dem stand: »Man könnte fast meinen, daß du nicht an die Liebe glaubst«, oder: »Wie kannst du nur so herzlos sein?«

Aber ich brauchte die Arbeit, und so schrieb ich weiter von der Liebe auf den ersten Blick, von zitternden Knien und himmlischen Gefühlen, von Höllenqualen und Herzschmerz und der Liebe, die alle Hindernisse überwindet. Von Dingen also, über die ich so gut wie nichts wußte, nur das, was ich in Büchern gelesen oder in Filmen gesehen hatte. »Deine Leserinnen merken es sofort, wenn du nicht aufrichtig bist«, hatte Mary mich gewarnt. »Ironie kannst du dir abschminken.« Also gab ich mir Mühe, meine Hirngespinste selbst zu glauben, und zu meiner eigenen Überraschung gelang mir das manchmal sogar, jedenfalls solange ich daran arbeitete. Es war vier Uhr früh, als ich die neueste Geschichte fertig hatte und zu Bett ging. Sie spielte in Italien und handelte von einem Mann, der seinen Weinkeller liebte, seine arme Frau vernachlässigte und seine ganze Aufmerksamkeit den Weinflaschen widmete. Zwölf davon, die alle vom selben Gut stammten, waren seine erklärten Lieblinge. Er hegte und pflegte sie, drehte sie zu genau bestimmten Zeiten, überprüfte die Temperatur und öffnete viele Jahre später die erste von ihnen, um den Wein zu kosten. Er hob das Glas, leckte sich die Lippen, trank. In dem Augenblick trat seine Frau auf die Terrasse, und als er ihr Lächeln sah, wurde ihm bewußt, daß all die Jahre ihrer Schönheit nichts hatten anhaben können, weil sie von innen kam. Der Wein jedoch hatte seine besten Tage bereits hinter sich und schmeckte sauer.

Am nächsten Morgen stand ich um acht Uhr auf, leicht benommen und mit dem Gefühl, zu wenig Schlaf gehabt zu haben. Posy saß bereits beim Frühstück und machte mir einen Kaffee, während ich in der Zeitung blätterte. In letzter Zeit wurde nicht mehr so viel über Barry Jones geschrieben, aber an jenem Morgen berichtete ein Boulevardblatt darüber, daß er in einer walisischen Klinik eine Entziehungskur machte. Ich las den Artikel, während ich meine Frühstücksflocken aß. »Wir arbeiten hart hier«, wurde er zitiert. »Wir hüten die Schafe und machen unsere Betten selber. Jeden Tag fühle ich mich besser, und ich freue mich schon, bald wieder im Fernsehen aufzutreten.«

Mir wäre es lieber gewesen, er wäre einfach von der Bildfläche verschwunden. »Das schlechte Gewissen kehrt seinen Dreck immer unter den Teppich«, hatte Audrey einmal gesagt. Damals hatte ich noch nicht verstanden, was sie meinte, aber jetzt begriff ich es. Ich hatte genug von meinen Schuldgefühlen wegen Barry Jones.

Als ich an jenem Morgen vor meiner Schale mit Frühstücksflocken saß, wurde ich den Eindruck nicht los, daß Gott, der Gott, der die Gesetze des Universums festgelegt hatte, eine nahezu unheimliche Ähnlichkeit mit Audrey aufwies. Je mehr ich darüber nachdachte, desto deutlicher wurde es: die Widersprüchlichkeiten, die despotischen Launen – Audrey verwöhnte einen am einen Tag und ließ einen am nächsten darben – Gott machte genau das gleiche. Am einen Tag hatte man einfach alles, wie Barry Jones, und am nächsten – puff! – war alles verschwunden. Oder der gute alte Hiob; die Geschichte hatte mich schon immer ausgesprochen verunsichert. Und es gab noch mehr Parallelen. »Du kannst mir alles sagen, Schatz«, erklärte mir Audrey. »Ich bin immer für dich da.« Tja, und dann kam man in einem falschen Gefühl der Sicherheit mit seinen Problemen zu ihr, und sie erklärte einem: »Schatz, nicht jetzt. Du siehst doch, daß ich zu tun habe. Du mußt lernen, selber mit deinen Problemen fertig zu werden.«

Mit Gott war es genau das gleiche. »Kommt zu mir mit euren Gebeten.«

»Bitte, lieber Gott, hilf den Hungernden und den vom Krieg Vertriebenen. Und wenn du schon dabei bist: Könntest du mich bitte von dieser üblen Krankheit heilen?«

»Tut mir leid, aber da kann ich mich nicht einmischen. Kindermorde? Bosnien? Auschwitz? Ich dachte, das hätte ich alles schon mal erklärt. Meine Regel Nummer eins lautet: Misch dich nicht ein. Und deine Krankheit … Hast du denn noch nicht gehört, daß Gott denen hilft, die sich selber helfen?«

Das war's also: Gott hatte Audrey nach seinem Bild geschaffen, und ich mußte mir meine Regeln wieder einmal selbst ausdenken.

12

»ANGUS FINDET DICH toll«, sagte Posy. Angus war ihr Bruder, und er hatte uns am Vorabend zum Essen ausgeführt.

»Das freut mich«, sagte ich. Ich war gerade aus meinem Zimmer gekommen, wo ich den ersten Entwurf einer in Schweden spielenden Geschichte aufgeschrieben hatte.

»Warum denn Schweden?« fragte Posy. »Du bist doch noch nie in dem Land gewesen.«

»Genau deshalb«, erwiderte ich. »Das macht das Schreiben interessanter. Außerdem ist meine Mutter schon mal dort gewesen. Ihre älteste Freundin Olivia Stendal – von der habe ich dir sicher schon erzählt – lebt da. Sie hat mich sogar gezwungen, die Sprache zu lernen. Das ist lange her. Damals war sie gerade in der Phase, wo sie fest davon überzeugt war, daß Kindergehirne wie Schwämme sind, die nur darauf warten, Informationen aufzusaugen. Eine schwedische Freundin von Olivia war hier in England und brauchte Arbeit, also ist sie einmal die Woche zu uns gekommen und hat mir Strindberg vorgelesen. Audrey hat seinerzeit gesagt, Schwedisch sei besonders nützlich, weil kaum jemand die Sprache spricht; es gibt ja nicht mal so viele Schweden. Aber irgendwie werde ich das Gefühl nicht los, daß in ihrer Argumentation ein Fehler war.«

»Dann kannst du also Schwedisch? Das habe ich ja noch gar nicht gewußt.«

»Nicht besonders gut. Ich kann's besser lesen als sprechen. Ich habe nicht viele Stunden gekriegt. Einmal hat Audrey sich so eine Stunde angehört, und sie ist zu dem Schluß gekommen, daß das Geldverschwendung ist. Ich hab aber auf eigene Faust noch eine

Weile weitergemacht, die Bücher gelesen, die Olivia Stendal mir geschickt hat, und Kassetten gehört. Hauptsächlich, weil ich Audrey etwas beweisen wollte.«

»Sag doch mal was auf schwedisch«, sagte Posy wie fast alle Leute, die ich kannte.

Und wie fast alle Leute, die unvermittelt etwas in einer fremden Sprache sagen sollen, kam ich mir dumm vor. »Was denn?«

»Irgendwas.«

»*Det ar synd om manniskan*«, sagte ich.

»Und was bedeutet das?«

»Der Mensch ist ein zu bemitleidendes Wesen.«

Posy wirkte alles andere als überzeugt und wandte sich wieder ihrem Bericht über ihren Bruder zu. »Angus findet dich wirklich toll.«

»Er kennt mich doch gar nicht. Gestern abend haben wir uns seit zwanzig Jahren das erste Mal gesehen.«

»Das erklärt alles.« Posy lächelte mich an.

»Und ich bin beim Kaffee eingeschlafen.«

»Er findet dich süß. ›Wie ein kleiner Hund‹, hat er gesagt.«

Ich runzelte die Stirn. »Vielleicht bin ich da ja ein bißchen eigen, aber mir wäre es lieber, wenn er mich meiner geistreichen Konversation oder meiner schillernden Persönlichkeit wegen bewundern würde, nicht weil ich wie ein Hündchen in der Öffentlichkeit einschlafen kann.« Aber meine Neugierde war geweckt. Offen gestanden hatte Posys Bruder keinen allzu großen Eindruck auf mich gemacht. Ich erinnerte mich noch, daß er in der Werbebranche arbeitete, aber wenn er schon so nett über mich sprach, konnte ich mich wenigstens bemühen und versuchen, mich an sein Aussehen zu erinnern. Er war groß gewesen, hatte dunkle Haare gehabt, einen sinnlichen Mund und hübsche, aber nicht weiter bemerkenswerte Augen undefinierbarer Farbe.

»Egal«, sagte Posy und zuckte dabei mit den Achseln. »Er wird dich jedenfalls anrufen.«

Zwei Tage später war ich wieder mit Angus beim Abendessen, diesmal mit ihm allein. »Du bist gar nicht so energisch, wie ich dich in Erinnerung hatte«, sagte Angus. »Du wirkst jetzt viel weicher.«

»Zaudernd, meinst du?« fragte ich. »Ich bin in letzter Zeit nur nicht so gut drauf, das ist alles.«

Angus streckte die Hand aus und legte sie auf meine, die neben meinem Teller ruhte. »Mach dich nicht selber runter. Du hast dich verändert, und das steht dir gut.«

Ich seufzte. Was sollte ich auch sagen? Die Leute glaubten mir immer dann am wenigsten, wenn es mir am ernstesten war. Ich sah Angus über den Tisch hinweg an und rutschte ein wenig mit der Hand hin und her, um herauszufinden, ob ich seine abschütteln konnte. Als Kinder hätte man Angus und Posy für Zwillinge halten können. Sie ähnelten einander auch als Erwachsene noch, aber er hatte von allem ein bißchen weniger abbekommen als seine Schwester. Posy hatte welliges Haar, Angus die eine oder andere Locke. Posy hatte zwei Grübchen, Angus nur eines, auf der linken Wange, und es war nur zu sehen, wenn er lächelte. Posys Augen waren groß und dunkelgrün, die von Angus haselnußbraun. Posy besaß so etwas wie verträumte Energie. Die Bewegungen von Angus hingegen waren langsam, und er schien alles so zu nehmen, wie es war.

»Wenn man denkt, daß wir uns schon als Kinder gekannt haben«, sagte er, seine Hand immer noch auf meiner. Sie war trocken, warm und trocken. Ich beschloß, meine Versuche, ihm meine Hand zu entziehen, einzustellen. »Aber ich bin nicht mehr bloß der nervige kleine Bruder von Posy, oder?« Sein Lächeln war nett, wenn auch ein bißchen schief. Wir hatten fast zwei Flaschen Wein getrunken.

Ich sah in sein wenig bemerkenswertes, aber ganz attraktives Gesicht und auf die warme, trockene Hand, die auf meiner lag. Dann erwiderte ich seinen Blick. »Nein, das bist du nicht.«

»Angus findet dich wirklich toll«, sagte Posy ein paar Tage später, als wir es uns mit jeweils einer großen Schüssel Pasta in Walnußsauce vor dem Fernseher gemütlich machten.

»Das freut mich«, sagte ich und fügte hastig hinzu: »Ich finde ihn auch toll. Aber ich bin mir nicht so sicher, ob ich schon wieder eine Beziehung beginnen möchte.«

»Vermißt du Holden immer noch?«

Ich seufzte. »Ich vermisse etwas, aber ob dieses Etwas Holden ist, weiß ich nicht.«

»Aber du magst Angus?« fragte Posy.

»Sicher.« Und er war wirklich sehr nett. Nichts machte Menschen für mich attraktiver als die Tatsache, daß sie eine hohe Meinung von mir hatten. Natürlich hielt ich sie dann für verrückt, doch das war eine andere Angelegenheit. Außerdem schien ich Angus glücklich zu machen, und dabei hatte ich noch nicht mal mit ihm geschlafen. Ich hatte in letzter Zeit viel darüber nachgedacht, wie ich Menschen glücklich machen konnte, und war zu dem Schluß gekommen, daß das zu den wenigen nützlichen Dingen gehörte, die mir noch geblieben waren. Bis jetzt hatte ich in puncto Glück jämmerlich versagt – man denke nur an Barry Jones und Mr. und Mrs. Hamilton (gut, sie hatten nun beide die modernsten Prothesen, die es derzeit gab, einen Arm für ihn und ein Bein für sie, beides im Roehampton Hospital angepaßt, aber ich glaube nicht, daß sie mir dafür sonderlich dankbar sind). Ich hatte Chloe nach all den Jahren ihrer Unterstützung im Stich gelassen. Ich hatte sogar meine Mutter enttäuscht. Die arme Frau hatte sich ein kleines, blondes musikalisches Mädchen mit einer Vorliebe für flippige Kleider gewünscht, und was hatte sie bekommen? Nein, es war wirklich ein gutes Gefühl, mit Angus zusammenzusein, mich in seinem bewundernden Blick zu sonnen. Wenn ich ihn ansah, entdeckte ich in seinen Augen ein durchaus akzeptables Ich. Vielleicht war das die wahre Liebe? Jemand, in dem man ein angenehmes Bild von sich selbst sah. Außerdem war ich in letzter Zeit ein bißchen einsam gewesen. Da ich zu Hause arbeitete, hatte ich den Kontakt zu vielen alten Kollegen verloren. Und wenn dann tatsächlich einmal jemand anrief, mußte dieser Jemand ganz schön viel Geduld mit mir haben. Alles, was ich tat, dauerte jetzt unendlich lange. Sogar die kleinsten Entscheidungen schienen genauso intensives Abwägen zu erfordern wie Fragen der nationalen Sicherheit oder für Audrey die Überlegung, ob roter Lippenstift ein signifikantes Modestatement sei oder lediglich ein Zeichen für fortschreitendes Alter.

Ich malte den Spruch *Engel können fliegen, weil sie alles leichter nehmen* auf ein Stück Karton und pinnte es an die Wand über meinem Bett. Im Augenblick sah ich es von unten an, denn ich lag auf dem Rücken, Angus neben mir. Wir hatten gerade miteinander geschlafen, oder besser gesagt: Wir hatten den Sex in unsere Freundschaft integriert. Soweit ich das beurteilen konnte, hatte ich nie im wahrsten Sinne des Wortes »Liebe« mit jemandem gemacht. Ich hätte mehr Spaß am Sex mit Angus gehabt, wenn ich nicht die ganze Zeit über all die Dinge nachgedacht hätte, die das Kind, das aus unserem Geschlechtsakt nicht entstehen würde (natürlich benutzte Angus ein Kondom), möglicherweise für die Menschheit vollbracht hätte. Während Angus sich auf mich legte, sah ich vor meinem geistigen Auge ein Treffen der wichtigsten Weltpolitiker, die Beschlüsse über die Zukunft unseres überbevölkerten, unterernährten Planeten faßten. Ich sah den großen Konferenztisch mit den ernsten Delegierten. Und ich sah den leeren Stuhl, auf dem mein Kind gesessen hätte, wenn Angus kein Kondom benutzt hätte.

Während Angus in mich eindrang, seine warme, verschwitzte Brust auf der meinen, sah ich, wie unsere Tochter den Nobelpreis für Medizin bekam, weil sie das Heilmittel gegen Krebs gefunden hatte. Doch im Augenblick des größten Triumphs, als sie die Urkunde aus den Händen des schwedischen Königs erhalten sollte, wurde sie plötzlich transparent und verschwand dann ganz. Und mit ihr die Hoffnungen von Millionen von Menschen. Ich stöhnte vor Verzweiflung auf. Angus hielt dieses Stöhnen für ein Zeichen meines Vergnügens und wurde noch erregter. Na schön, dachte ich, möglicherweise wäre das Kind ja auch ein ganz durchschnittlicher Mensch geworden, ein Angestellter beim Wasserwerk zum Beispiel, aber wie die meisten Mütter oder in meinem Fall verhinderten Mütter hatte ich große Pläne für meinen Nachwuchs.

Inzwischen war ein Zittern durch Angus gegangen, und er hatte selbst aufgestöhnt. Dann hatte er mich ein wenig unbeholfen auf den Hals geküßt und war von mir heruntergerollt, und ich hatte den Rücken durchgedrückt und zu dem Spruch auf dem Karton hinaufgeschaut.

Engel können fliegen, weil sie alles leichter nehmen.

Ich mußte zugeben, daß ich diese Fähigkeit bei meiner Geburt nicht mitbekommen hatte. Aber vielleicht hatte ich auch nur nicht laut genug »hier« geschrien.

»Na, war's schön?« fragte mich Angus mit verschämter und ein wenig undeutlicher Stimme.

Ich murmelte etwas ebenso Undeutliches in der Hoffnung, ihn davon zu überzeugen, daß ich mich noch immer im postkoitalen Rausch befand.

»Na, wie geht's mit dir und Angus?« fragte Posy mich beim Frühstück mit erwartungsvollem Blick. Vermutlich hatte sie in der vergangenen Nacht an der Tür gelauscht.

»Nicht so gut«, sagte ich und schüttelte ein paar Frühstücksflocken in meine Schale.

Posy hörte nicht auf, mich verträumt anzusehen. Sie konnte es sich leisten, fröhlich zu sein, schließlich aß sie zum Frühstück knuspriges Weißbrot mit Butter und Aprikosenmarmelade. Posy legte den Kopf ein wenig schräg. »Das sagst du doch bloß so.«

»Was soll ich sonst machen? Es dir aufschreiben? Es im Morsekode steppen? Dir ein Telegramm schicken?«

Posy biß in eine dicke Scheibe Brot, und ihre regelmäßigen, weißen Zähne tauchten in die goldenorangefarbene Marmelade. »Du alter Miesepeter«, murmelte sie mit vollem Mund.

Was sollte man bloß mit einem solchen Menschen anfangen? Sollte ich sie umbringen? »Wenn du dich wieder mal im Müllschredder verheddern solltest«, sagte ich, »lasse ich dich ein bißchen länger zappeln.«

Posy kicherte. »Immer einen Scherz auf den Lippen.«

»Nicht immer«, sagte ich und senkte den Löffel in meine Frühstücksflocken.

An jenem Tag aß ich zusammen mit Mary Swanson, der Herausgeberin von *Modern Romance*, zu Mittag. Wir wollten uns um ein Uhr in ihrem Büro in Covent Garden treffen. Ich traf um Viertel vor zwei ein. Mary gab sich größte Mühe, ihren Zorn im Zaum zu halten, und sprach ganz, ganz langsam: »Ich hab dich schon vor einer Stunde erwartet.«

»Ich hatte Probleme herzukommen.«

»Stau?«

Ich seufzte und zuckte mit den Achseln. Ich wollte nicht lügen. Der Verkehr war gewesen wie immer, und außerdem hatte ich die U-Bahn genommen. Nein, ich brauchte nur zu allem so lange, denn ich mußte entscheiden, wo ich die Straße überquerte, welchen Weg ich wählte, welchem Bettler ich Geld gab ... jeder Schritt hing von einer Entscheidung ab, und das dauerte seine Zeit.

Ich versuchte, Mary all das zu erklären, aber es interessierte sie nicht. »Laß uns gehen, ja?« sagte sie und schob mich zur Tür. »Ich habe im Lokal angerufen; sie warten auf uns.«

Sobald wir dort waren (es war klein und italienisch, und ich vergaß den Namen, sobald wir es verlassen hatten), bestellten wir, und Mary wandte sich dem geschäftlichen Teil zu. »Du weißt, daß ich normalerweise beim Essen nicht übers Geschäft rede, aber weil so wenig Zeit ist« – dabei warf sie einen ostentativen Blick auf ihre Uhr – »sollten wir lieber gleich darüber sprechen. Ich mag deine Geschichten, doch das Verfassen von Liebesgeschichten orientiert sich an bestimmten Regeln, besonders in Zeitschriften wie der unseren.«

»Regeln«, unterbrach ich sie. »Ich liebe Regeln. Ich bin ständig auf der Suche nach ihnen. Aber sobald man eine findet, die man für solide und vernünftig hält, muß man feststellen, daß sie genauso weich und biegsam ist wie alle anderen.«

»Nun, die Regeln für unsere Geschichten sind ziemlich starr. Das wollen unsere Leserinnen so. Eine dieser Regeln besagt, daß Held und Heldin sich zumindest kennenlernen.« Sie spießte ein Salatblatt mit der Gabel auf und sah mich erwartungsvoll an.

Ich erwiderte ihren Blick, alles andere als sicher, was sie von mir erwartete. Dann fiel mir wieder ein, welche Geschichte sie meinte. »Ach, die. Ich hab das Kennenlernen immer wieder rausgezögert, weil mir die Figuren so ans Herz gewachsen sind. Ich wollte sie einfach nicht enttäuschen.«

»Esther, das ist genau das Problem. Es ist deine Aufgabe, dir Figuren auszudenken, die füreinander geschaffen sind. Figuren, die nicht enttäuscht voneinander sind, wenn sie sich kennenlernen, sondern glücklich zusammenleben. Das ist der Job von Leuten, die Liebesgeschichten schreiben. Dafür bekommst du dein Geld, und dafür bezahlen uns unsere Leserinnen. Und du kannst es. Ich würde mir gar nicht die Mühe machen, mit dir zu reden, wenn ich mir da nicht sicher wäre. Wenn deine Figuren sich kennenlernen, ist alles in Butter – bis zu einem gewissen Punkt.«

»Bis zu welchem Punkt?«

»Was hast du gesagt?« mußte Mary fragen, denn ich hatte den Mund voller Kürbis-Risotto.

Ich schluckte. »Bis zu welchem Punkt genau?«

»Bis zu dem Punkt, wo die Leidenschaft beginnt. Unsere Leserinnen lieben Leidenschaft.«

Wie? hätte ich am liebsten gefragt. Schwarz oder mit Milch und Zucker?

»Deine Geschichten bleiben irgendwie kalt und unbeteiligt. Hör zu, Esther.« Dabei beugte sich Mary über den Tisch zu mir herüber. »Ich mag dich, und du bist eine gute Journalistin, eine gute Autorin. Ich würde dir gern weiter Aufträge geben, aber dann mußt du was an deinem Stil ändern.« Sie lehnte sich wieder zurück. »Denk an deinen Freund. Schließ die Augen und denk an ihn, wenn du dir deine Helden und deine Liebesszenen ausdenkst.«

Ein paar Stunden später saß ich wieder am Schreibtisch und dachte an Angus. Ich machte die Augen zu und versuchte, leidenschaftliche Gedanken heraufzubeschwören. Angus, der sich auszog, während ich im Bett auf ihn wartete; Hemd, Socken, Hose … schließlich seine verknitterten Boxershorts mit dem Popeye-Motiv. Ich öffnete die Augen wieder. Nach ein paar Minuten versuchte ich es noch einmal. »Ich will dich«, sagte Angus und knöpfte seine Hose auf. Sie glitt auf den Boden und ... Nun, ich erwartete wirklich nicht von ihm oder irgend jemandem sonst, daß er seine Boxershorts bügelte, aber wenigstens zusammenlegen hätte er sie können, wenn er sie aus dem Trockner holte.

Kurz nach fünf schaltete ich den Computer aus und trat hinaus, um ein wenig Luft zu schnappen. Früher war ich zügig gegangen und hatte den Dingen, die um mich herum passierten, die ihnen angemessene Aufmerksamkeit geschenkt: Auf der King's Road wich ich Regenschirmen aus und Einkaufswagen, die die Leute aus einem Waitrose-Supermarkt herausschoben. Ich sah in die Schaufenster, und wenn ich Geld aus dem Geldautomaten holte, schaute ich mich um, damit ich nicht von einem Räuber überrascht wurde. Wenn ich abends nach Hause kam, hatte ich den Schlüssel bereits in der Hand und vergewisserte mich, daß weder in der ruhigen kleinen Nebenstraße noch unten auf den Stufen zum Kellergeschoß finstere Gestalten lauerten. In den Straßen in der Nähe des Büros hielt ich meine große Handtasche fest, um potentielle Diebe zu entmutigen. Eine ganz normale Londonerin, nichts weiter. Tja, und die restliche Zeit schaute ich hinauf zum Himmel und lauschte den Vögeln. Ich betrachtete das Gesicht eines gutaussehenden Mannes oder die Beine einer dicken jungen Frau im Minirock. Ich warf einen Blick in die Schaufenster und musterte im Sommer die Leute in den Straßencafés. Immer wieder suchte ich an den Gebäuden, an denen ich vorbeikam, eine mir neue Erinnerungstafel oder hielt Ausschau nach einem Wasserspeier, der mir bis dahin noch nicht aufgefallen war. Wie jede Großstadt bot London jede Menge billige Vergnügungen, und ich schenkte ihnen vielleicht sogar noch mehr Aufmerksamkeit als die meisten anderen Leute.

Doch seit kurzem war alles anders. Jetzt brachte fast jeder Schritt, den ich tat, ein neues Problem mit sich. Wenn ich einen Bettler nicht beachtete, hatte er das Geld vielleicht wirklich nötig. Es war ziemlich kalt für März. Der vergammelte rothaarige Junge, der auf einem Berg Decken in einem Ladeneingang saß, konnte noch in derselben Nacht an Unterernährung und Kälte sterben. Man würde ihn am nächsten Morgen vor dem Schaufenster des Body Shop finden, die blinden Augen auf ein unerreichbares Paradies von Aprikosenduschbädern, Erdbeerseifen und Ziegenmilchhautreinigern gerichtet, alles ohne Tierversuche. Dabei war er so jung. Armer, armer Junge. Andererseits konnte er genausogut mit dem Geld, das man ihm gegeben hatte, zum nächsten Drogendealer laufen und sich den Goldenen Schuß setzen. Das Resultat wäre das gleiche.

Ich ging mehr als zehn Minuten lang immer wieder auf und ab und rund um den Block, um zu einer Entscheidung zu gelangen, ob ich ihm nun Geld geben sollte oder nicht, bevor ich ihm schließlich fünf Pfund in sein Glas warf.

Und solchen Problemen begegnete man ständig. Zum Beispiel war da eine Frau vor dem Boots-Drogeriemarkt. Sie war jung, vielleicht Anfang Zwanzig, und hatte strähniges, fettiges, schulterlanges Haar und ein verkniffenes, blasses Gesicht. Ein kleiner Junge mit Bürstenschnitt zerrte jammernd an ihrer Hand. Anfangs schien der Frau das gar nicht aufzufallen, doch dann drehte sie sich plötzlich um und gab ihm eine schallende Ohrfeige. Der Junge machte den Mund auf und begann herzzerreißend zu weinen. War die Frau seine Mutter? Vielleicht war sie ja auch ein brutales Kindermädchen oder wollte ihn gar entführen. Schlug sie ihr Kind immer? War dies ein Fall von Kindesmißhandlung? Sollte ich die Polizei verständigen? Ich blieb einen Augenblick stehen und beobachtete die beiden. Die Frau kniete neben dem Jungen nieder und schüttelte ihn. »Hör auf mit der Heulerei. Hast du mich verstanden? Sei endlich ruhig!«

Ich trat einen Schritt auf die beiden zu; ich hatte das Gefühl, daß ich das tun mußte. »Sind Sie seine Mutter?«

Die Frau sah mich an und wischte sich den schlaffen Pony aus den Augen. »Was geht Sie das an?«

Der Junge hörte zu weinen auf. »Mami, wer ist denn die Frau?«

»Ist nicht wichtig, Kleiner.« Sie richtete sich auf und nahm die Hand des Jungen. »Komm jetzt. Dad wird sich schon Sorgen um uns machen.« Nach einem verächtlichen Blick in meine Richtung verschwanden die beiden. Das Herz schlug mir bis zum Hals, und ich spürte, wie ich rot wurde. Ich fühlte mich schrecklich: Mein ganzer Körper kribbelte, und ich war völlig außer Atem. Je mehr man über die Dinge nachdenkt, desto deutlicher werden die Verbindungen. Wie konnte da jemand Entscheidungen von einem erwarten? Die ausgeklügeltsten Pläne ... Tja, was wurde aus ihnen? Ich wußte nur, daß alle unsere Pläne sich letztlich als großer Scherz entpuppten. Wie hieß der Spruch gleich wieder? Der Mensch denkt, und Gott lenkt? Tja, vom sicheren Himmel aus könnte ich mir auch ins Fäustchen lachen und lenken.

Planen? Was hatte das für einen Sinn, wenn jeder scheinbar willkürliche Akt sich als richtungweisend für das weitere Leben eines Menschen erweisen konnte? Du läufst noch mal zurück, weil das Telefon klingelt, und wegen dieser kurzen Verzögerung landest du mitten in einer Massenkarambolage auf der Autobahn. Geh die Straße links runter, und du läufst einem Mörder über den Weg. Ernte, was du gesät hast, heißt es in der Bibel. Glaube ich zumindest. Das Konzept war für sich genommen gar nicht so schlecht, nur funktionierte es einfach nicht. Mir paßte es zum Beispiel überhaupt nicht, daß ich fröhlich Weizen säte und auf dem Feld dann nur Brennesseln wuchsen.

Ganz in Gedanken vertieft, kam ich an einem Café vorbei, und plötzlich fühlte ich mich erschöpft. Ich zwang mich, ohne langes Hinundherüberlegen direkt hineinzugehen, und setzte mich an einen leeren Tisch in einer dunklen Ecke ganz hinten. Ein Mann mittleren Alters, der nicht weit von mir entfernt saß, zündete sich eine Zigarette an, und sofort wandten sich drei Leute zu ihm um und deuteten auf das Schild mit der Aufschrift »Bitte nicht rauchen«, das hinter ihm an der Wand hing. Prügle einen Rentner auf der Straße zu Tode, dachte ich, und dir passiert wahrscheinlich nichts, aber zünde dir in einem Nichtraucherbereich eine Zigarette an, und schon stürzen sich die Menschen auf dich.

Ich wurde durch ein Räuspern aus meinen Gedanken gerissen. »Was darf ich Ihnen bringen?«

Als ich den Blick hob, sah ich eine Kellnerin mit bodenlanger Schürze und Häubchen auf den aschblonden Haaren vor mir stehen. Mir war gar nicht aufgefallen, daß die Kellnerinnen hier alle so angezogen waren.

»Einen Tee bitte. Ein Kännchen Tee.« Am schwierigsten, dachte ich, war es, daß man genau das Richtige tun und immer noch dafür verantwortlich sein konnte, daß alles schiefging. Daran änderte sich nie etwas. Wenn wir klein sind und die Kinder unserer Eltern, geraten wir oft in Schwierigkeiten, weil wir das Richtige tun. Ich weiß noch, als ich sechs war und Madox von Ruth schwärmen hörte, der Teenagertochter eines Freundes meiner Eltern. Diese verdammte Ruth konnte singen und Klavier spielen. Sie segelte und fuhr Schi, und sie las Romane. Sie war so voller Energie, daß sie jeden Morgen um fünf aufstand, damit sie genug Zeit hatte, alle ihr Pläne in die Tat umzusetzen. Wahrscheinlich erledigte sie das Segeln und das Schifahren zu unterschiedlichen Zeiten des Jahres, aber egal. Jedenfalls schwärmte Madox nur so von Ruth. Ein paar Stunden zuvor hatte er sich ziemlich über mich geärgert – es war, glaube ich, darum gegangen, daß ich meinen Stundenplan nicht auswendig kannte. In jener Nacht stellte ich den Wecker auf halb fünf. Als ich aufwachte, war es noch dunkel, und ich kletterte aus dem Bett. Im Haus war es still, jene Stille, in die man hineinlauscht, bei der man wartet, daß sie endlich aufhört. Aber sie hörte nicht auf. Ich ging die Treppe auf und ab, blieb aufgeregt vor dem Zimmer meiner Eltern stehen, sah auf meine Uhr. Irgendwann war ich erschöpft, und bald wäre es ganz normal Morgen, und mein Vater würde nie erfahren, wie früh ich aufgestanden war. Am Ende hielt ich es nicht mehr aus. Also sang ich »Onward, Christian Soldiers«, zuerst noch ziemlich leise, dann immer lauter. Das war das Lied, das Janet immer sang, wenn sie besonders gut gelaunt war. Schließlich ging die Tür zum Schlafzimmer meiner Eltern auf, und ich bemühte mich, aufgeweckt und energiegeladen auszusehen.

Madox hätte sich vor Zorn fast auf mich gestürzt. »Halt den Mund«, zischte er. »Was machst du denn da? Es ist halb sechs in der Früh.«

Irgend etwas war ziemlich schiefgelaufen, aber ich gab nicht auf. »Ich bin schon seit halb fünf auf«, sagte ich.

»Tja, selber schuld. Und jetzt geh wieder ins Bett, bevor ich die Geduld verliere.«

Egal, wie alt wir wurden, wir blieben doch alle Gottes Kinder – hieß es zumindest –, und solche Dinge passierten immer wieder.

»Indischen oder chinesischen, Madam? Ich sagte: Indischen oder chinesischen, Madam«, meinte die Kellnerin in gelangweiltem Ton. Ich kam mir vor wie auf einem anderen Planeten, in einer anderen Welt, als müßte jedes gesprochene Wort Millionen von Lichtjahren durch den Äther reisen, um zu mir zu gelangen. Ich blinzelte sie an. Die junge Frau trat seufzend von einem Fuß auf den anderen.

»Indischen oder …«

»Ich weiß es nicht«, herrschte ich sie an. »Aber es würde mich freuen, wenn endlich alle aufhören würden, mir solche Fragen zu stellen. Indischen oder chinesischen? Mit oder ohne Kondom? Zug oder Flugzeug? Schwarz oder Weiß? Was tun oder nichts tun? Das Richtige tun und sich eine Abreibung einhandeln. Das Falsche tun und sich eine Abreibung einhandeln. Was weiß ich schon? Würden Sie freundlicherweise kapieren, daß ich es *nicht weiß*?«

»Es tut mir leid, wenn ich Sie aus der Fassung gebracht habe, Madam, aber es besteht wirklich keinerlei Notwendigkeit zu schreien.«

Hatte ich geschrien? Offenbar. So konnte es nicht weitergehen. Aber was sollte ich dagegen unternehmen? Ich senkte die Stimme und sagte: »Würden Sie sich jetzt bitte verpissen und mich in Ruhe lassen?«

»Mir wäre es lieber, wenn Madam keine solchen Ausdrücke verwenden würde.« Die junge Kellnerin hatte sich in einen dienstbeflissenen jungen Mann mit Schnurrbart verwandelt. Das war wirklich eine Begabung, die diese Gastronomie-Geschäftsführer besaßen: Sie erschienen und verschwanden immer genau zum richtigen Zeitpunkt, waren nie da, wenn man sie brauchte, aber immer zur Stelle, wenn man sie nicht brauchte. »Die anderen Gäste stört das.«

Wie ging der alte Witz noch mal? *Mutter stört das. Keine Sorge, Mutter erfährt schon nichts davon.*

»Ich finde das nicht zum Lachen.«

Wer lachte denn? Hoppla, ich.

»Ihnen geht's offensichtlich nicht gut. Kommen Sie, ich bringe Sie zur Tür. Ein bißchen Ruhe in den eigenen vier Wänden, und schon ist wieder alles in Ordnung. Soll ich Ihnen ein Taxi rufen?«

Kurze Zeit später war ich draußen auf der Straße – wo blieb das versprochene Taxi? –, und ich begann langsam, ganz langsam nach Hause zu gehen. Dort erwarteten mich Angus und Posy. Angus war wütend, und Posy wirkte gequält, ein bißchen wie eine welke Blume.

»Wo zum Teufel hast du dich herumgetrieben?« fragte Angus, packte mich am Ellbogen und zerrte mich ins Haus, bevor ich Zeit hatte, mir die Füße abzutreten. »Weißt du eigentlich, wie spät es ist?« Er klang wie ein wütender Vater, sah aber aus, als hätte er wirklich Angst um mich gehabt.

»Wir haben uns Sorgen um dich gemacht«, sagte Posy.

»Wie spät ist es denn?« fragte ich und zog meinen Mantel aus. Nach einem Blick auf die Uhr wußte ich es: halb acht.

»Wir sollten schon längst im Theater sein«, sagte Angus. »Wir hatten doch ausgemacht, daß ich dich um halb sieben hier abhole. Wo hast du gesteckt?«

Ich zuckte mit den Achseln wie ein Kind. »Ach, nirgends.«

»Na, das ist ja wunderbar. Du läßt die Karten für die tollste Show in der Stadt verfallen, und wir machen uns die schlimmsten Sorgen um dich, und das ist das einzige, was dir dazu einfällt.«

Ich ging in die Küche und füllte ein Glas mit Leitungswasser. Angus und Posy folgten mir, und Posy stellte den Kessel auf den Herd. Sie sah wunderschön aus mit ihrem langen braunen, mit weißer Spitze besetzten Kleid und ihren großen grünen Augen, aus denen sie mich besorgt ansah. Ich schwitzte und strich mir die feuchten Haare aus der Stirn. »Entschuldigung«, sagte ich und schaute die beiden Geschwister an, meinen Liebhaber und meine Freundin. »Ich habe das Gefühl, daß ich den Verstand verliere.«

Ausnahmsweise einmal schienen die anderen meine Ansicht zu teilen. Jedenfalls widersprach mir niemand.

Chloe: »Ich hab mir schon gedacht, daß da was Seltsames im Gange ist.«

Mary: »Jemand, der so wenig Gefühl für die Romantik hat, muß ja ernsthafte Probleme mit sich selbst haben.«

Posy: »Sie ist eine gequälte Seele.«

Angus: »In letzter Zeit ist sie wirklich ein bißchen merkwürdig gewesen.«

Audrey: »Ich finde, Esther ist völlig normal.«

Das war der schlimmste Kommentar überhaupt.

Mein Arzt schrieb mir ein Attest und riet mir, einen Psychotherapeuten aufzusuchen.

»Ich wollte selber mal Psychiaterin werden«, sagte ich im Plauderton. Der Therapeut, ein Mann namens Anthony Peel, saß mir gegenüber und sah mir in die Augen. Er sagte ziemlich lange nichts. Zuerst starrte ich zurück, doch irgendwann fühlte ich mich unbehaglich und schaute über seine linke Schulter. Als mich dieser Ausblick langweilte, und das passierte ziemlich schnell, weil es dort nichts zu sehen gab außer einem faden Aquarell von einem Strand, blickte ich über seine rechte Schulter. Ich gehörte nicht zu den Leuten, die Schweigen nicht ertrugen. Ich fühlte mich sogar wohl dabei, denn Schweigen war entweder erholsam oder peinlich, und mir war beides recht. Aber das hier war anders. Schließlich gab ich diesem Mann Geld – und gar nicht so wenig: fünfzig Pfund die Stunde –, damit er mir sagte, was mit mir los war. Dieses Schweigen langweilte mich und war teuer obendrein.

»Die Aussicht, eine Entscheidung treffen zu müssen, lähmt Sie also«, sagte er schließlich. »Sie zweifeln an allem. Das hat neulich abend zu einem Nervenzusammenbruch in einem Café geführt.« Nun, wunderbar, daß er den Brief von meinem Arzt so gut verstanden hatte.

Ein Lächeln spielte um seinen Mund. »Es ist ganz normal, daß Sie mich anfangs als Feind sehen.« Wie aufmerksam. »Aber dieses Gefühl der Feindseligkeit wird verschwinden, wenn Sie erst Vertrauen zu Ihrem Therapeuten gefaßt haben.«

Darauf würde ich nicht wetten. Dann lächelte ich ihn an. Das Lächeln war nett gemeint, denn mir war plötzlich aufgegangen, daß jeder bei seinem Therapeuten versuchte, besonders clever zu sein, daß das aber nicht witzig, sondern nur banal war. Wieder sagte er eine ganze Weile nichts. Offenbar verließ er sich darauf, daß niemand in Anwesenheit eines anderen Lebewesens, sei es Mensch, Katze oder Therapeut, lange den Mund halten konnte.

Schließlich ertrug ich das Schweigen nicht mehr und sagte: »Ich weiß, daß das nicht originell ist, aber ich glaube, daß mein Zusammenbruch ... obwohl, ich denke, so schlimm war's auch wieder nicht, oder? Doch? Na schön. Jedenfalls glaube ich, daß er passiert ist, weil ich die Welt und meinen Platz darin ganz realistisch sehe, nicht, weil ich krank bin. Aber wie gesagt: Das hören Sie wahrscheinlich von allen Bekloppten. Die Verrückten sind die einzigen Normalen und so ...«

Anthony Peel lehnte sich auf seinem Stuhl zurück und antwortete: »Wir verwenden keine Ausdrücke wie ›bekloppt‹ oder ›verrückt‹.«

»Gut«, sagte ich. »Tja, vielleicht hab ich einfach nur zu viel übers Leben rausgefunden. Vielleicht bringt Gott einen so zum Schweigen, wenn man das Licht oder besser gesagt die Dunkelheit gesehen hat. Dann macht er ein vor sich hin brabbelndes Häufchen Elend aus einem, und niemand hört einem mehr zu. Ist wahrscheinlich ein ziemlich alter Trick.«

»Glauben Sie an Gott?«

Ich schüttelte den Kopf. »Nein, nicht wirklich.«

»Warum haben Sie dann eben gesagt, daß Gott Sie zum Schweigen gebracht hat?«

»Wenn Sie das sagen, klingt's ganz schön prätentiös. Ich meine, warum sollte Gott sich die Mühe machen, ausgerechnet mich zum Schweigen zu bringen? So wichtig bin ich auch wieder nicht.«

»Aber Sie haben mir doch gerade erklärt, daß Sie nicht an Gott glauben.«

Ich sah Anthony Peel an. »Sie haben doch sicher schon von den Agnostikern gehört, oder?« sagte ich. »Was halten Sie von denen?«

»Es ist nicht meine Aufgabe, Ihnen zu sagen, was ich denke. Wir sitzen hier, um herauszufinden, was *Sie* denken.«

»Aber ich weiß schon, was ich denke.«

»Tatsächlich?«

Als Antwort darauf fiel mir nur ein: »Das dachte ich zumindest.«

Anthony Peel faltete die Hände vor dem Bauch und hob das Kinn ein wenig, als er sagte: »Sie sind nicht ›verrückt‹, um Ihre Ausdrucksweise zu verwenden. Sie hatten aufgrund bestimmter Ereignisse einen Nervenzusammenbruch.« Dabei nahm er den Brief meines Arztes sowie das Formular, das ich hatte ausfüllen müssen, in die Hand und fuchtelte mir damit vor der Nase herum. »Ereignisse, die Sie aufgrund Ihrer Persönlichkeit und Ihrer Vorgeschichte, durch die Sie bereits dazu neigen, sich übertrieben verantwortlich für Menschen und Vorfälle zu fühlen, überbewertet haben. Sie müssen lernen loszulassen. Auch anderen Menschen und Dingen zu vertrauen als nur sich selbst.«

»Aber einzig und allein ich bin verantwortlich für das, was ich tue oder sage. Welchen Sinn hätte es, wenn dem nicht so wäre? Und«, fügte ich hinzu und fühlte mich dabei wieder wie eine Zehnjährige, »wen gibt es denn außer mir? So lange ich mich erinnern kann, bin ich davon überzeugt, daß ich letztlich nur mir selbst vertrauen kann. Tja, und dann habe ich irgendwann herausgefunden, daß ich nicht mal das kann. Ich treffe eine falsche Entscheidung nach der anderen und verursache damit nur Katastrophen. Und jetzt habe ich nichts mehr, woran ich mich festhalten könnte, nicht mal mich selbst. Können Sie sich vorstellen, wie schrecklich das ist?«

»Sagen Sie es mir.«

Ich war überhaupt nicht einverstanden mit der Art und Weise, wie diese Sitzung ablief: *Er* bekam das Geld, aber *ich* mußte ihm alles erklären. Eigentlich hätte es doch umgekehrt sein müssen, oder? »Nein, nein, sagen Sie es mir«, meinte ich.

»Ich bin nicht hier, um Ihnen Antworten zu geben.«

»Genau deshalb ...«

Er schenkte mir keine Beachtung. »Ich bin hier, um Ihnen dabei zu helfen, daß Sie diese Antworten in sich selbst finden.« Dann sah er auf seine Uhr und stand auf. »Bis nächsten Donnerstag dann, um dieselbe Zeit.«

Es war ein sonniger, kalter Tag mit einer leichten Westbrise. Die Bäume im Park von Linus' Mietwohnung begannen zu knospen. Endlich ging der lange skandinavische Winter seinem Ende zu. Linus wartete am Fenster, und als er Lottens Wagen sah, hastete er zur Wohnungstür hinaus und die beiden Treppen hinunter. Er hatte seinen Sohn drei Wochen nicht mehr gesehen und sehnte sich sehr nach ihm.

Ivar trug eine Jeans und dazu einen flauschigen pinkfarbenen Pullover. Offenbar hatte er immer noch Probleme mit seiner »geschlechtlichen Identität«, wie seine Mutter es nannte.

»Du magst Pink, was, mein Schatz?« fragte Linus beiläufig.

»Eigentlich nicht«, gab Ivar zu und gab seinem Vater die Hand. »Aber die Farbe ist gut für kleine Mädchen.« Er klang ganz sachlich. Linus spielte mit dem Gedanken, seinem Sohn zu erklären, daß er ein Junge war, aber Lotten hatte ihm verboten, das Thema anzuschneiden. »Das würde ihn nur noch mehr verwirren. Vielleicht kommt er sich dann sogar wie ein Versager vor«, hatte sie gesagt. (Lotten hatte mittlerweile einen Kurs in Kinderpsychologie belegt und schlug sich dort nach allgemeiner Aussage gut.) Also sagte Linus nichts und nahm nur die Tasche seines Sohnes. Dann gingen sie Hand in Hand zur Wohnung hinauf. Es war Gründonnerstag, und Linus hatte sich eine Woche freigenommen. Er und Ivar würden auf die Insel fahren. Er wandte sich grinsend seinem Sohn zu. »Wir werden eine Menge Spaß haben.«

»Fahren wir gleich?«

»Ja«, sagte Linus. »Ich warte nur noch auf einen Anruf, einen sehr, sehr wichtigen Anruf.«

»Worum geht's?«

»Nun, Papa hat dieses wunderschöne Gebäude für einen Mann in England entworfen. Der Mann in England sieht sich gerade unterschiedliche Pläne von verschiedenen Architekten aus der ganzen Welt an, weil er entscheiden muß, welcher ihm am besten gefällt. Tja, und jetzt warte ich, um zu erfahren, ob sein Geschmack so gut ist, daß er meinen Plan gewählt hat.«

Ivar sah seinen lächelnden Vater mit einem nachsichtigen Erwachsenenausdruck auf dem winterblassen Gesichtchen an. Er liebte es, wenn sein Vater so lächelte. In letzter Zeit beugten sich seine Eltern ziemlich oft zu ihm herunter, sahen ihm in die Augen, bis er verlegen wurde, und sagten dann: »Mama und Papa wollen nur, daß du glücklich bist.« Sie schienen nicht zu begreifen, daß er *sie* glücklich sehen wollte, denn das waren sie nur noch selten. Seine Mutter weinte manchmal ohne jeden Grund – oder jedenfalls sagte sie Ivar den Grund nicht –, und Papa schien weit, weit weg zu sein, auch wenn er neben Ivar saß, und in seinen Augen lag ein trauriger Ausdruck, auch wenn er lächelte. Aber jetzt war es ganz anders. Linus' Augen lachten, und das stimmte Ivar fröhlich. »Ist es wirklich ein wunderschönes Haus, das du für ihn entworfen hast?«

»Das schönste Haus der Welt.«

»Und wie schön ist das?«

»So schön wie ... wie der Sonnenuntergang über dem Meer.«

»So schön wie die Peter-Pan-Grotte auf dem Jahrmarkt?«

»Ja, sicher.«

»So schön wie das Mädchen in *Holiday on Ice*?«

Linus mußte einen Augenblick überlegen. »Es waren ziemlich viele Mädchen in *Holiday on Ice.*«

Ivar begann auf- und abzuhüpfen. »Du weißt schon, das hübsche Mädchen mit dem blauen Paillettenkleid und dem Pelzhut.«

»Ja, genauso schön«, sagte Linus, der keine Ahnung hatte, welches Mädchen Ivar meinte.

»So schön wie Eiskrem?« Ivar kicherte.

Linus legte den Kopf ein wenig schräg und kratzte sich an der Schläfe. »Nein«, sagte er schließlich. »Nicht *so* schön.« Dann lachte er, und Ivar stimmte ein.

Plötzlich wirkte Linus ernst. »Weißt du, Ivar, ich möchte diesen Auftrag wirklich. Ich habe dieses Gebäude geträumt, gesungen, geschlafen und gegessen, und ich kann's einfach nicht glauben, daß sie sich nicht dafür entscheiden werden. Natürlich hatte ich Probleme, meine Pläne durchzusetzen, bevor ... entschuldige, Ivar, was hast du gerade gesagt?«

»Ich habe dich gefragt, warum du deine Pläne gegessen hast.«

»Das habe ich doch nicht.«

»Aber du hast gesagt, daß du's getan hast.«

»Das habe ich im übertragenen Sinn gemeint. Und bevor du weiterfragst: ›Im übertragenen Sinn‹ bedeutet grob, daß ich das, was ich gesagt habe, nicht genau so gemeint habe.«

»Warum hast du's dann gesagt?«

»Ist nicht so wichtig.« Er nahm Ivar auf den Arm und gab ihm einen lauten Kuß auf die babyweiche Wange. »Wichtig ist nur, mein Junge, daß der Entwurf deines Vaters – hier muß ich mich wirklich selbst loben – einfach himmlisch ist. Es ist eine Oper, und in die Oper gehen die Menschen, um anderen Menschen zuzuhören, die Geschichten singen. Es gibt ein Foyer, das ist der Ort, wo man die Zeit vor der Aufführung und während der Pause verbringt, und es ist in Form eines Halbkreises um den See geplant. Die äußere Wand besteht ganz aus Glas, so daß man das Gefühl hat, auf dem Wasser zu gehen. Der Teil des Opernhauses geht nach Westen, damit man im Sommer noch die letzten Sonnenstrahlen genießen kann. Außerdem ist da eine überdachte Brücke, die das Foyer mit der Bar und dem Restaurant auf einer kleinen Insel mitten im See verbindet. Wenn es keine Musik gibt, wenn man darauf wartet, daß die Oper beginnt, hört man überall das Wasser, aber nie zu laut. Und genau wie die Musik fließt, werden auch die Räume in meinem Opernhaus ineinanderfließen, über die Brücke, durchs Foyer und schließlich in den Zuschauerraum, wo die schönste Musik, die der Mensch je ersonnen hat, aufgeführt wird.« Linus hörte auf zu sprechen, als ihm plötzlich wieder einfiel, daß er mit einem sechsjährigen Jungen redete.

Doch Ivars große blaue Augen waren auf das Gesicht seines Vaters gerichtet, und er wirkte, als lausche er konzentriert. »Bist du ein Architekt?« fragte er.

»Ja, genau, Ivar, das bin ich.«

»Das habe ich mir schon gedacht«, sagte der Junge. »Aber neulich, als sie sich im Fernsehen über Berufe unterhalten haben, hat Mama gesagt, du bist ein berufsmäßiges Schwein.«

»Ach, wahrscheinlich war das ein Scherz.«

Ivar schüttelte seinen Blondschopf. »Nein, das war es nicht.«

»Egal. Jedenfalls gibt's einen Zuschauerraum in der Oper. In dem Raum muß man ganz besondere Formen und Materialien verwenden, damit die Musik am besten klingt. Und jede Menge bequeme Sitzplätze für die Leute, und Balkone …« Das Telefon klingelte. Linus zwang sich, ganz langsam zum Hörer zu greifen. »Hallo?«

Es war Lotten. Sie wollte, daß er bei Domus vorbeischaute und Ivar ein Paar Gummistiefel kaufte. Linus spürte, wie sein Herzschlag sich normalisierte, während er mit Lotten sprach.

Ivar zeichnete unterdessen ein Opernhaus und darüber eine Sonne. Das Telefon klingelte erneut.

»Du hast den Auftrag!« Es war sein Kollege Sten. »Wir haben gerade die Ergebnisse der Ausschreibung bekommen. Du hast gewonnen. Du kriegst den Auftrag für die Stuart-Lloyd-Oper. Sie wollen so bald wie möglich mit dir reden. Ich weiß, du bist auf dem Weg zur Insel, aber …«

»Kein Problem. Ich rufe sie sofort an. Gib mir doch bitte noch mal die Nummer, ja?« Er notierte die Nummer auf die Rückseite eines braunen Umschlags, den er vom Boden aufgehoben hatte. »Ist das die direkte Durchwahl zu Stuart Lloyd?«

»Ich habe gefragt, ob ich noch was zu trinken haben kann.« Ivar klang ungeduldig.

»Was zu trinken?« Linus hatte mittlerweile aufgelegt. »Klar, was zu trinken. Was möchtest du denn? Champagner? Fruchtsaft?«

»O'Boy-Kakao, bitte.«

»Kommt sofort.« Das Herz hämmerte ihm vor Aufregung so heftig gegen die Rippen, daß er fast keine Luft mehr bekam. Er versuchte, sich auf Ivar zu konzentrieren, und holte den Kakao aus dem Schrank. Jetzt brauchte er nur noch Milch. Also machte er den Kühlschrank auf und starrte in der idiotischen Hoffnung hinein, daß darin wunderbarerweise eine Flasche Milch auftauchen würde. Doch seine Hoffnung wurde enttäuscht. »Tut mir leid, mein Junge, aber leider ist keine Milch im Haus.«

»Mami hat schon gesagt, daß du nichts dahaben würdest«, meinte Ivar. »Sie hat gesagt: ›Iß dein Frühstück auf, denn dein

Vater hat sicher bloß Bier im Kühlschrank.‹ Und Bier kann ich nicht trinken«, fügte er hinzu.

Linus schloß die Kühlschranktür. »Weißt du was?« sagte er. »Fahren wir einfach los. Dann können wir an dem Kiosk in Ytterby halten, und da kaufe ich dir dann ein Eis. Zuerst muß ich noch einen Anruf erledigen, und dann geht's los, das verspreche ich dir. Weißt du, ich habe gewonnen. Sie haben meinen Entwurf genommen.«

»Ist Opa da, wenn wir ankommen?« fragte Ivar vom Rücksitz des Wagens aus. Linus nickte. »Und Oma Olivia auch?«

»Ja, sie ist auch da.« Im Geiste ging er noch einmal das Gespräch durch, das er soeben mit Stuart Lloyd geführt hatte. Dieser hatte den Inhalt des Fax bestätigt und ihm zu seinem Entwurf gratuliert. Er wollte, daß Linus gleich nach dem Ende der Osterferien zu ihm nach London kam. »Sie werden vollkommen freie Hand haben, keine Sorge. Natürlich wollen wir informiert werden, aber das letzte Wort haben immer Sie.« Stuart Lloyd kam Linus fast wie eine gute Fee vor. Mein Gott, dachte er, es konnte einem direkt angst machen, wenn man alles bekam, was man wollte.

»Ich mag Oma Olivia. Ich finde nicht, daß sie eine überhebliche alte Hexe ist«, sagte Ivar.

»Natürlich ist sie keine überhebliche alte Hexe. Wer hat dir denn den Floh ins Ohr ...« Linus führte den Satz nicht zu Ende, denn er wußte nur zu gut, wessen Worte Ivar da wiedergab.

»Mami sagt, alle Männer sind schwach«, meldete Ivar sich wieder zu Wort. »Aber ich habe diesen Muskelmann im Fernsehen gesehen, und der konnte ein richtiges Auto hochstemmen. Es war zwar kein großes Auto, aber ich glaube, es war trotzdem ganz schön schwer.«

»Da hast du sicher recht, Ivar.« Schweigen.

Dann meinte Ivar: »Mami sagt, Frauen sind stark wie ein Seidenfaden, aber ...«

»Schau mal, die Ballons da drüben«, sagte Linus und deutete auf den Ballonverkäufer am Eingang zum Park. »Hast du schon mal so viele Ballons gesehen?«

»Ja.«

»Ach. Wo denn?«

»Bei Torvalds Fest. Da waren Häschenballons und Hündchenballons und Kätzchenballons ... Ich hätte nicht so dazu gesagt, sondern Hasenballons und Hundeballons und Katzenballons, aber der Verkäufer ...«

Ich habe eine Chance, die nur wenigen Menschen vergönnt ist, dachte Linus. *Die Chance, meinen Traum in die Wirklichkeit umzusetzen. – Wahnsinn!*

»Natürlich sind Ballons dick, aber sie sind nicht so stark«, erklärte Ivar ihm. »Sie platzen – peng! – fast schon, wenn man sie anrührt.«

»Das stimmt«, sagte Linus und lenkte den Wagen auf die Überholspur, sobald sie die Autobahn erreicht hatten.

Ivar lutschte an einem Bonbon, das er in der Tasche seiner Jeans gefunden hatte. »Manchmal frage ich mich, warum man Süßigkeiten so schnell essen kann, und warum's bei Rosenkohl so lang dauert – Ewigkeiten.«

»Weil du Süßigkeiten magst und Rosenkohl nicht.«

»Aber ich mag Rosenkohl.«

»Ach.« Linus wurde langsamer und lenkte den Wagen zuerst auf die rechte Spur und dann auf eine kleinere Straße, die zur Insel führte.

»Meinst du, daß Opa einen Wagen hochstemmen kann?«

»Nein.«

»Hat er's schon mal probiert?«

»Nicht, daß ich wüßte.«

»Woher weiß er dann, daß er's nicht kann?«

»Manche Dinge weiß man einfach, Ivar. Daß ein Feuer brennt, weiß man zum Beispiel, ohne daß man die Hand reinsteckt. Und wenn du im Winter aufwachst und draußen Schnee liegen siehst, weißt du, daß es kalt ist, bevor du rausgehst.«

»Aber bloß, weil ich letztes Jahr schon mal draußen im Schnee war. Und Torvalds kleine Schwester hat den Finger in die Flamme einer Kerze gesteckt und hinterher Ewigkeiten gebrüllt, also hat's ihr wahrscheinlich weh getan.«

»Ivar.«

»Hm.«

»Würdest du es verstehen, wenn ich dir sage, daß ich im Moment glücklich bin und eine Weile nicht reden möchte?«

»Papa?« Ivars Stimme klang vorsichtig, als nähere sie sich ihm auf Zehenspitzen. »Papa?«

»Ja, Ivar.«

»Wer ist sonst noch dort?«

»Auf der Insel? Ach, alle.«

»Sind die alle nett?«

»Erinnerst du dich denn nicht mehr an Onkel Gerald und Cousine Kerstin und Tante Ulla?«

Ivar dachte einen Augenblick nach. Dann schüttelte er heftig den Kopf. »Nicht so gut.«

»Nun, du wirst sie bald sehen. Dann erinnerst du dich auch wieder an sie.«

13

»ICH HABE DAS Gefühl«, sagte Audrey, »daß man jung sein muß, um die Vorstellung vom würdevollen Altern wirklich würdigen zu können. Ich muß zugeben, daß ich den Gedanken heute überhaupt nicht mehr reizvoll finde.« Meine Mutter thronte mit einem Berg spitzenbesetzter Kissen im Rücken im Bett, einen Spiegel mit Silberfassung in der Hand, in den sie einen Schmollmund machte, lächelte, die Stirn runzelte und das Kinn hob und wieder senkte. Seufzend legt sie ihn auf die Kommode neben dem Bett und griff nach einem Apfelkrapfen mit Puderzucker. Auf der blauen Decke lagen golden glänzende Karamelpapierchen, die aussahen wie geschmolzene Sterne, und auf dem Boden stand ein silberner Kühler, aus dem eine Champagnerflasche ragte. Audrey warf einen Blick auf ihre Uhr. »Zeit für ein Gläschen. Du trinkst doch auch was mit, oder, Schätzchen?« Meine Mutter war der einzige Mensch in meinem Freundes- und Bekanntenkreis, der noch Entscheidungen von mir erwartete. Ich belohnte sie mit einem Nicken, dem sofort ein Kopfschütteln folgte. »Lieber nicht, ich muß noch fahren.«

»Aber du hast doch den Wagen verkauft, als du umgezogen bist. Du hast mir gesagt, du kannst ihn dir nicht mehr leisten.«

Tja, ertappt. »Na schön, dann kann ich eben nichts trinken, weil Alkohol sich nicht mit den Medikamenten verträgt, die ich nehme.«

»Ach, Esther, dann nimmst du also endlich was! Mein Gott, bin ich froh! Ich weiß ja, daß du eigentlich nichts von Medikamenten hältst, aber ich hab mir immer schon gedacht, daß sie dir helfen würden, nicht mehr so furchtbar ernst zu sein.« Sie biß zufrieden lächelnd in den Krapfen, die freie Hand unter dem Kinn, damit der Puderzucker nicht auf die Decke fiel. »Mutter weiß es immer am besten.« Sie beugte sich über die Bettkante und holte die tropfende Flasche aus dem Kühler. »Das Leben ist so viel einfacher geworden seit der Erfindung dieser Champagnerkorken. Jetzt kann man ihn tagelang aufheben, ohne daß er ausraucht.« Dann schenkte sie sich ein Glas ein. »Ich finde dieses ganze Theater um Covent Garden schrecklich«, sagte sie plötzlich. »Es steht nicht gut um die Künste, das kannst du mir glauben.«

»Wieso machst du dir darüber Gedanken? Du gehst doch sowieso nie aus.«

»Stimmt, aber mich freut's, wenn andere Leute ihren Spaß haben. Außerdem schaue ich mir die Aufführungen im Fernsehen an. Und ich habe meine Bücher.« Sie deutete auf das neue Bücherregal in ihrem Zimmer, das bis auf eine kleine Ecke unten links, in der vielleicht noch vier gebundene Bücher Platz hatten, voll war. »Musik ist der Schlüssel zu allem, da bin ich mir ganz sicher. Noch der ungehobeltste Rüpel würde sich von Mozart bezaubern lassen, und auch der kaltherzigste Mensch würde beim Klang von Beethovens Frühlingssonate auftauen. Ach, Esther, warum hast du nur aufgehört, Flöte zu lernen?«

Ich lehnte mich in dem blau-weiß karierten Sessel am Fußende ihres Bettes zurück und schloß die Augen. Dann stellte ich mir vor, wie ein kräftiger Räuber mir das Messer an die Kehle hielt und ich die Flöte herausholte und zu spielen begann. Möglicherweise würde er vor Schreck einen Herzschlag bekommen, aber verlassen würde ich mich im Ernstfall nicht darauf. Doch ich war zu müde, um mich über dieses Thema mit meiner Mutter zu streiten.

»Wie geht's dir überhaupt?« fragte Audrey.

Ich dachte einen Augenblick nach. »Gut«, sagte ich. »Dafür, daß ich keinen Job habe und zum Psychiater muß, während Angus mir beisteht, indem er sechs Monate nach Chicago verschwindet.«

Meine Mutter wirkte erfreut, das zu hören. »Hast du in letzter Zeit von deinem Vater gehört?« fragte sie.

Ich nickte. »Er möchte, daß ich ihn besuche. Er sagt, inzwischen ist er stark genug, dem Sirenengesang der Familie zu widerstehen. Offenbar liegt der Wahnsinn in der Familie.«

»Nicht auf meiner Seite, Esther. Wenn's dir nichts ausmacht, würde ich jetzt gern den Brief von Olivia zu Ende lesen.« Audrey nahm das Schreiben, das zusammengefaltet auf ihrem Schoß lag, in die Hand und begann zu lesen. »Offensichtlich sind sie alle auf der Insel. Bertil kommt genauso schlecht mit dem Ruhestand zurecht, wie sie befürchtet hat, und weigert sich, all die Dinge zu tun, die er immer machen wollte, wenn er erst einmal die Zeit dazu hätte.« Sie sah mich an. »Typisch. Im allgemeinen ist es für die Frauen leichter, denn wir haben anders als die Männer nie nur ein Ziel im Auge, und so eröffnen sich uns später mehr Möglichkeiten.« Sie las weiter. »Ach, und die Scheidung von Linus ist durch. Das ist zwar sehr traurig, aber auch eine große Erleichterung. Trotzdem ruft Lotten ziemlich oft an, um mit Ivar zu sprechen, und macht dann meistens Olivia und Bertil Vorwürfe für die Entwicklung der Dinge.« Die Stimme meiner Mutter und die Sonne, die durch die hohen Fenster hereinschien, machten mich schläfrig, und ich schloß die Augen. Ich schlug sie wieder auf, als Audrey kreischte: »Schatz, wie aufregend! Linus hat einen Riesenauftrag. Was unheimlich Prestigeträchtiges, von dem niemand etwas erfahren darf.«

Ich versuchte, interessiert und aufmerksam zu wirken. »Was für einen Auftrag denn?«

Audrey wandte sich der nächsten Seite des Briefes zu. »Das schreibt Olivia nicht.«

»Ach.«

Audrey las weiter. »Diese Ulla ist wie üblich auch da. Warum Olivia sich das alles antut, werde ich nie begreifen.« Dann fuhr sie fort: »Bertils Cousine Kerstin bereitet sich auf den Wasa-Lauf vor. Sie joggt jeden Morgen vor dem Frühstück um die Insel und ...«

»Was ist der Masa-Lauf?« unterbrach ich sie, um mir selbst zu beweisen, daß ich noch nicht jedes Interesse am Leben verloren hatte. Aber so ganz funktionierte das nicht, denn während Audrey erklärte – die Sache hatte offenbar etwas mit Schifahren zu tun –, bewegten sich meine Gedanken auf den mittlerweile nur allzu bekannten Pfaden: Man steht am Morgen in der Absicht auf, etwas zu schaffen, zu arbeiten, das Richtige zu tun. Dann niest irgendein Mann auf der M40, und plötzlich kracht das eigene Leben in sich zusammen, ohne daß man weiß, warum. Was hat das alles für einen Sinn?

»Gerald scheint's immer noch nicht besserzugehen«, murmelte Audrey beim Lesen. Ich gab ihr einen Kuß auf die Wange, die rund und runzlig war wie eine Backpflaume, die man über Nacht eingeweicht hatte, und ging.

»Meine Mutter schwört Stein und Bein, daß in ihrem Zweig der Familie niemand verrückt war, aber ich weiß nicht, ob das zwangsläufig bedeutet, daß auf der Seite meines Vaters irgend jemand geisteskrank war«, sagte ich zu meinem Therapeuten.

»Ich habe Ihnen doch schon gesagt, daß Sie nicht verrückt sind.«

»Was mache ich dann hier? Ich weiß, die Frage ist nicht sonderlich originell, aber trotzdem meiner Ansicht nach relevant.«

»Was tun Sie *Ihrer* Meinung nach hier?«

Jetzt fing das schon wieder an. Ich seufzte. »Haben Sie denn überhaupt keine Antworten? Nicht mal eine winzig kleine? Ich meine, schließlich bin ich zu Ihnen gekommen, um Antworten zu erhalten.«

Anthony Peel erklärte mir, daß ich in dem Fall an den Falschen geraten war. »Die einzigen relevanten Antworten werden Sie in sich selbst finden.«

Ich versuchte, geduldig zu bleiben. »Aber darum geht's doch: Ich will *meine* Antworten nicht, weil die nicht funktionieren. Ich will die von jemand anders. Und wenn wir schon mal dabei sind: Mir wären ein paar von diesen unumstößlichen Aussagen sehr hilfreich, wie zum Beispiel: ›Bloß weil Mami Papi eine Schüssel an den Kopf geworfen und Papi Mami eine blöde Kuh genannt hat, heißt das noch lange nicht, daß wir uns nicht verstehen und uns nicht lieben‹, oder: ›Tugend zahlt sich immer aus‹, oder: ›Gott liebt dich‹.«

»Das hört sich ja fast ein bißchen ironisch an.« Er klang plötzlich schelmisch, als er sich auf seinem Stuhl vorbeugte und mir tief in die Augen sah.

Was sollte diese In-die-Augen-Seherei bloß immer? Ich hatte das als Kind auch gemacht, um meine Freundinnen einzuschüchtern, war aber irgendwann davon abgekommen, weil ich viel zu fasziniert davon war, wie sie sich die Augen schminkten, sobald wir anfingen, Make-up zu benutzen. »Bloß, daß es mir ernst ist«, sagte ich. »Ich muß wirklich ein paar von diesen alten, absoluten Wahrheiten wiederfinden. Aber wie stelle ich das an?«

»Gerade das will ich Ihnen doch klarmachen: Ebendieses zwanghafte Bedürfnis nach solchen absoluten Wahrheiten hat zu Ihrem Nervenzusammenbruch geführt. Natürlich macht es angst, wenn man der Welt so ganz ohne Schutz, praktisch nackt, gegenübertreten muß.«

»Es macht mir keine angst«, sagte ich. »Es verwirrt mich nur. Wären Sie nicht verwirrt, wenn Sie plötzlich feststellen müßten, daß Sie den größten Teil Ihres Lebens die Gebrauchsanleitungen verkehrt herum gelesen haben?«

Er pflichtete mir bei. Ich war froh, daß wir uns auf irgend etwas einigen konnten. Er erklärte mir, ich müsse hinaus in die Welt und wieder beginnen, Entscheidungen zu treffen.

»Ich hatte eigentlich gehofft, daß ich einen ausgesprochen herrischen Menschen finden würde, der mir alle Entscheidungen abnimmt.«

»Das ist also Ihrer Meinung nach die Lösung für Ihr Problem? Sie wollen wieder in eine kindliche Abhängigkeit zurückverfallen?«

»So würde ich das nicht ausdrücken«, sagte ich. »Denn ich war ein ausgesprochen eigensinniges Kind. Irgend jemand mußte ja die Entscheidungen treffen, und ich habe wie die meisten Kinder schon früh gemerkt, daß meine Eltern dazu nicht imstande waren.«

Der Therapeut beugte sich wieder vor und sah mich streng an. »Tja, entweder Sie wollen, daß es Ihnen wieder bessergeht, oder Sie wollen es nicht.« Er wartete nicht, bis ich mich für eins von beiden entschieden hatte, sondern fuhr fort: »Ich möchte, daß Sie von heute an pro Tag mindestens zwei Entscheidungen treffen. Sie müssen nicht groß sein, aber wenn Sie sie erst mal getroffen haben, müssen Sie sich auch daran halten.« Er warf einen Blick auf seine Uhr. Ich verstand die Anspielung und stand auf.

Anthony Peel lächelte und schüttelte mir die Hand. »Bis nächste Woche, Esther.«

»Nun«, sagte ich, »so Gott will.« Als ich die Praxis verließ, hatte ich das Gefühl, daß wir uns trotz meiner Bemühungen immer noch nicht richtig verstanden.

Ich sollte Anthony Peel nicht mehr wiedersehen. Als ich an jenem Tag nach Hause kam, mixte ich mir einen Whisky Mac, das ist ein Teil Whisky und ein Teil Ingwerwein. Ich trank noch ein paar, und hinterher schrieb ich einen Artikel über Psychotherapeuten und faxte ihn Chloe ins Büro. Er kam sofort mit der Bemerkung *Zur Veröffentlichung ungeeignet und wahrscheinlich verleumderisch* zurück, doch am Ende standen die Worte *Trotzdem danke.* Irgendwie, dachte ich, war das ein neuer Anfang; ich hatte einen bitterbösen, deutlich Position beziehenden Artikel geschrieben – nun, vielleicht war er sogar ein bißchen zu böse, aber egal, jedenfalls war das die richtige Richtung, und dafür konnte ich mich bei dem Whisky Mac bedanken und nicht bei Anthony Peel.

In den folgenden Tagen trank ich eine ziemliche Menge und schrieb eine Geschichte für *Modern Romance.* Auch sie bekam ich zurück. *Zu explizit,* lautete der Kommentar, *um nicht zu sagen pornographisch. Und offen gestanden: Ich kann mir nicht vorstellen, daß irgendeine unserer Leserinnen eine Rasierklinge* DA *hineinstecken würde!?* Nun, dachte ich, Rom wurde auch nicht an einem Tag erbaut.

»Du säufst.« Posy rümpfte ihre perfekte kleine Nase über mich, oder besser gesagt – denn den Eindruck hatte ich damals – ihre beiden perfekten kleinen Nasen. Dann wurden ihre großen Augen traurig und füllten sich mit Tränen. »Ich kann's nicht fassen, daß Angus dich ausgerechnet jetzt im Stich läßt, wo du ihn am dringendsten brauchst. Ich habe ihm schon einen Brief geschrieben und ihm gesagt, was ich von ihm halte.«

Das hätte ich auch gern getan, aber ich wußte einfach nicht, was ich von ihm hielt. Denn letztlich dachte ich sehr wenig an ihn. Ich hatte versucht, Anthony Peel darüber zu befragen, wie es sein konnte, daß ein Mann, mit dem ich etliche Male geschlafen, ein Mann, mit dem ich Ingmar-Bergman-Filme angesehen hatte, bis er um Gnade bat, ein Mann, mit dem ich nicht nur ein Wochenende, sondern auch noch einen Feiertag in einem gemieteten Cottage auf dem Land verbracht hatte, aus meinem Leben verschwinden und kaum eine Spur in meinem Herzen hinterlassen konnte.

»Fühlen Sie sich verraten, weil er Sie verlassen hat?« hatte Anthony Peel gefragt.

Und ich hatte ihm geantwortet: »Ja.«

»Sie sind also verletzt?«

»Wütend«, hatte ich erklärt.

»Sie sind wütend, weil Sie verletzt sind«, hatte Anthony Peel mir erklärt.

Ich hatte ihm widersprochen: »Nein. Ich bin wütend, weil er sich als feiges kleines Arschloch entpuppt hat und ich es nicht glauben kann, daß ich meine Zeit mit ihm vergeudet habe.«

»Also sind Sie verletzt?«

»Nein«, hatte ich geduldig noch einmal gesagt. »Ich bin wütend.« Dann war meine Stunde umgewesen.

»Aber du säufst«, wiederholte Posy. »Ja«, sagte ich und fragte sie, ob sie einen Whisky M wolle. Sie lehnte ab. »Was ist das überhaupt, ein Whisky M?« Sie setzte sich mir gegenüber an den Küchentisch.

»Das ist ein Whisky Mac mit immer weniger Ingwerwein«, erklärte ich ihr und schenkte mir einen ein, sechs Teile Whisky und ein Teil Ingwerwein.

»Widerlich.« Posy sah das Glas in meiner Hand mit gerunzelter Stirn an. Ich wollte ihr gerade sagen, sie dürfe nicht dem Drink Vorwürfe machen, daß er betrunken war, denn das war einfach nicht fair, aber da reichte sie mir einen Brief. »Lies den mal. Daddy hat ihn mir gezeigt, er ist von einem seiner Wähler.« (Posys Vater war in den letzten Nachwahlen für die Liberalen im

Wahlkreis Sunning and Tyne ins Parlament gewählt worden.) Der Brief war handgeschrieben. Als ich ihn blinzelnd zu entziffern versuchte, riß Posy ihn mir aus der Hand.

»Lies ihn lieber, wenn du nicht besoffen bist. Ich dachte nur, die Geschichte interessiert dich vielleicht. Du hast wahrscheinlich von Stuart Lloyds Plänen gehört, ein, wie er es nennt, ›Glyndebourne für das Volk‹ auf seinem Anwesen in Kent zu erbauen, oder?« Ich nickte, hörte aber gleich wieder damit auf, weil mir der Kopf zu weh tat.

»Nun, George Wilson und seine Schwester Dora, sie sind beide über siebzig, sind die Opfer dieser wunderbaren Idee. Ihnen gehört das Cottage, das abgerissen werden soll, um Raum für eine Zufahrtsstraße zu schaffen. Das steht alles in diesem Brief hier.« Sie fuchtelte mir damit vor der Nase herum. »Du möchtest doch immer was über Richtig und Falsch hören. Diese Geschichte hier ist ein Musterbeispiel dafür. Ich habe Daddy gesagt, ich setze dich darauf an – schließlich hast du die Macht der Presse im Rücken und so.«

»Du haßt doch die Presse.«

Posy nickte. »Ja. Wer täte das nicht?« Nun, da hatte sie auch wieder recht. »Aber manchmal hat sie auch ihr Gutes.«

»So ähnlich wie ein Abführmittel«, sagte ich. »Niemand mag's, aber alle sind froh drum, wenn sonst nichts mehr geht.«

»Ja, so könnte man das ausdrücken.« Posy reichte mir den Brief erneut.

Ich sah ihn mir ein paar Stunden später genauer an, nachdem ich nichts als Kaffee und Wasser getrunken hatte. Dann ging ich ins Büro und las alles, was ich über das Stuart-Lloyd-Projekt und die Wilsons finden konnte. Außerdem suchte ich mir den Namen des beauftragten Architekturbüros heraus. Es war eine europäische Firma mit Namen Keppel & Rooth. Als ich wieder zu Hause war, rief ich Posys Vater an und ließ mir weitere Einzelheiten über das Elend der beiden alten Leute erzählen.

»Drei Generationen von Wilsons sind in diesem Cottage zur Welt gekommen«, sagte Posys Vater. »Vielleicht findet ein Außenstehender nichts Besonderes daran, aber für George und

Dora ist es der ganze Lebensinhalt. George hat es erst vor ein paar Jahren geschafft, das Cottage zu kaufen; bis dahin hatte die Familie es gepachtet. Sie sind völlig aus der Fassung, Esther. Neulich ist der alte George zu mir in die Praxis gekommen und hat gesagt: ›Aber das Cottage gehört jetzt uns. Wie können sie es uns einfach wegnehmen?‹ Es ist zum Weinen.«

Dann rief ich Chloe zu Hause an. Ich erzählte ihr die Geschichte in groben Zügen und fragte sie, ob der *Chronicle* Interesse an einer Story hätte. Sie sagte ja, vorausgesetzt, sie hätte Biß. Das versprach ich ihr. Und so kam es, daß ich am folgenden Morgen in Stuart Lloyds Büro saß.

TEIL DREI

14

ES WAR EIN Dienstag Ende April, einer jener Tage, die diesem Monat einen so schlechten Ruf verschaffen: stürmisch, naß, und dazwischen immer wieder mal ein bißchen Sonne, so daß man wider besseres Wissen versucht ist, den Schirm wegzupacken. Im Moment bemühte ich mich, zu Stuart Lloyd in seinem Büro bei Terra Nova Enterprises vorzustoßen. Seine Sekretärin war bestimmt, was mich nicht überraschte, aber höflich, was mich allerdings überraschte, weil ich mir immer vorstellte, wie Mütter im ganzen Land ihre Kinder ermahnten, niemals unhöflich zu sein, es sei denn, sie hatten es mit einem Journalisten zu tun.

»Wie ich bereits gesagt habe, Ms. ...?«

»Fisher. Esther Fisher.«

»Wie gesagt, Ms. Fisher, Mr. Lloyd ist heute den ganzen Vormittag in einer Sitzung Ich fürchte, Sie müssen einen Termin mit ihm vereinbaren. Lassen Sie mich sehen ...« Dabei ließ sie den gepflegten Zeigefinger über die Seiten eines großen Bürokalenders gleiten. »... der nächstmögliche wäre am übernächsten Montag. Um zehn Uhr.« Sie hob den Blick und sah mich mit dem zufriedenen Ausdruck eines Menschen an, der gerade einem anderen einen Knüppel zwischen die Beine geworfen hat, blieb aber höflich. »Tut mir leid.«

»Nun kommen Sie schon« – ich schaute rasch auf das Namensschild auf ihrem Schreibtisch – »Ms. Morgan. Schließlich will ich mir ja keine neue Hüfte von ihm machen lassen. Ich möchte mich wirklich nur zwei, na ja, sagen wir lieber fünf Minuten mit ihm unterhalten. Ich schreibe den Artikel über das Glyndebourne für das Volk sowieso, aber natürlich würde ich der Ausgewogenheit halber lieber zuerst beide Seiten hören.«

»Das ist ausgesprochen löblich, Ms. Fisher, aber wie gesagt: Mr. Lloyd hat zu tun.«

In dem Augenblick öffnete sich die Tür zu dem Büro hinter dem Empfangsraum, und ein großgewachsener, blonder Mann kam heraus, gefolgt von einem kleineren mit dunklem Haar und ordentlich geschnittenem Bart – Stuart Lloyd.

»Ich bin Esther Fisher vom *Chronicle*«, ich verstellte den beiden den Weg, »und würde Ihnen gern ein paar Fragen über Ihren Plan stellen, ein Opernhaus auf dem an den Ihren angrenzenden Grund zu bauen, dem Grund von Dora und George Wilson.«

Helen Morgan stand auf. »Es tut mir leid, Stuart. Ich weiß auch nicht, wie sie an der Rezeption vorbeigekommen ist.«

Stuart schenkte mir ein Lächeln, bevor er sich seiner Sekretärin zuwandte. »Ist schon in Ordnung, Helen. Ich habe gerade eine Minute Zeit.« Dann drehte er sich zu dem blonden Mann um, der mich, das fiel mir jetzt auf, mit offenem Mund anstarrte. »Ihnen macht's doch nichts aus, wenn ich mich kurz mit Ms. Fisher unterhalte, oder?« Der Mann, der gar nicht schlecht ausgesehen hätte, wenn er endlich den Mund zugemacht hätte, schüttelte den Kopf. Dann begann er zu lachen. Nun, eigentlich war das kein richtiges Lachen, sondern eher ein schrilles, völlig selbstvergessenes Kichern. Oje, oje, dachte ich, der Mann ist nicht ganz richtig im Kopf. Er sah wirklich nicht schlecht aus, aber er schien nicht alle Tassen im Schrank zu haben. Stuart Lloyd jedoch kümmerte sich gar nicht um dieses seltsame Geräusch – wahrscheinlich hatte er es nicht zum erstenmal gehört –, doch Helen Morgan zuckte zusammen. Ein kleines, kaum wahrnehmbares Zucken, aber immerhin ein Zucken.

»Esther Fisher, das ist doch nicht zu fassen.« Der Schwachsinnige hatte aufgehört zu lachen. »Doch nicht etwa Audrey Fishers Tochter, oder?«

Ich nickte schweigend.

»Also bist du das englische Mädchen, das immer so mürrisch ist?«

Nun, so konnte man das auch ausdrücken. »Woher wissen Sie das?« Dann korrigierte ich mich. »Ich meine, woher kennen Sie mich? Und meine Mutter? Sind Sie ein Freund von ihr?« Ausgeschlossen war das nicht. Schließlich führte meine Mutter in jüngster Zeit einen richtigen kleinen Salon in ihrem Schlafzimmer.

»Was geht denn hier vor sich?« fragte der bärtige Stuart Lloyd mit einem leichten Stirnrunzeln. Er gehörte zu den Männern, dachte ich, die gern immer alles unter Kontrolle haben. Wahrscheinlich war er sogar auf dem Fahrersitz geblieben, als er in seinem ersten Auto mit seiner Freundin schlief.

»Das ist doch nicht zu fassen«, wiederholte der blonde Mann, ohne Stuart Lloyd und seine Frage zu beachten.

»Sie beide kennen sich offensichtlich«, sagte Stuart Lloyd.

Ich schüttelte den Kopf. »Nein.«

Stuart Lloyd wirkte verwirrt, hatte aber sofort alles wieder im Griff. »Gehen wir in mein Büro.« Er dirigierte uns zu seiner Tür. »Und Helen – könnten Sie uns einen Kaffee bringen?« Helen nickte, war aber nicht sonderlich begeistert. Sie wußte, daß da eine Schlange in das Allerheiligste eingelassen wurde, und jetzt mußte sie dieser Schlange auch noch Kaffee bringen. Ich entschuldigte mich mit einem Lächeln bei ihr, während ich in dem anderen Raum verschwand.

Der merkwürdige Freund meiner Mutter wandte sich zu mir um und schenkte mir ein Lächeln, das mein Herz dazu brachte, einen Schlag auszusetzen; dann streckte er mir die Hand hin. »Ich bin Linus Stendal. Olivias Stiefsohn. Du hast doch sicher schon von mir gehört, oder? Ich habe jedenfalls eine ganze Menge von dir gehört.«

»Du meine Güte!« Mehr brachte ich nicht heraus. Und wem stand jetzt der Mund offen? Ich machte ihn wieder zu. Dann sagte ich: »Das kann doch nicht sein! Heißt das, daß *du* der Architekt bist?«

»Ja, genau.«

Ich holte tief Luft. »Tja, dann muß ich Ihnen beiden sofort sagen, daß meine Zeitung gegen die Errichtung des Opernhauses auf diesem Grundstück ist. Wir wollen alles in unserer Macht Stehende tun, um die Probleme, die George und Dora Wilson deswegen bereitet werden, an die Öffentlichkeit zu bringen.«

Stuart Lloyd ließ sich auf einen der beiden großen cremefarbenen Ledersessel fallen, die links und rechts von einem Glastisch standen. Er sah mich mit einem kleinen, verkniffenen Lächeln an. »Tja.« Dabei klopfte er mit der Spitze seines Stifts auf seinen Oberschenkel. »Dann wissen wir zumindest alle, woran wir sind.«

Ich schaute zu Linus Stendal hinüber, der aussah, als hätte er weder eine Ahnung, wo er war, noch woran. »Aber wenn Sie ohnehin schon entschlossen sind, warum machen Sie sich dann noch die Mühe, mit Ihren Fragen zu mir zu kommen?«

»Weil ich immer gerne beide Seiten der Geschichte darstelle, egal, welche Meinung ich persönlich dazu habe. Ich muß unseren Lesern soviel Material wie möglich an die Hand geben, damit sie sich selbst ein Urteil bilden können.«

»Heißt das, daß Sie tatsächlich an die Dinge glauben, die Sie schreiben?« Stuart Lloyd schüttelte den Kopf.

Ich bedachte ihn mit einem strengen Blick. »Ja, allerdings. Ich glaube an alle möglichen Dinge, unter anderem an das Recht zweier alter Leute, in ihren vier Wänden zu bleiben, egal, wie unangenehm das für Sie und Ihr Unternehmen ist.« Stuart Lloyd schüttelte nur weiter lächelnd den Kopf.

»Ich bin mir bewußt, daß ich Journalistin bin, Mr. Lloyd«, sagte ich. »Aber ich bleibe meinen Prinzipien treu.« Zumindest würde ich das, wenn ich nur wüßte, wie diese aussahen, dachte ich.

Linus Stendal bewegte sich ein wenig, und plötzlich spürte ich seinen Blick auf mir. »Und ich bin meiner Arbeit treu«, sagte er in ausgezeichnetem Englisch. »Das wird ein wunderschönes Gebäude.«

Stuart Lloyd sah mich mit schräg gelegtem Kopf und wachsamem Blick an. »Ich werde Ihnen etwas sagen. Sie beide kennen sich ja sozusagen, da könnten wir doch alle zusammen zum Mittagessen gehen. Vielleicht finden wir dabei einen gemeinsamen

Nenner, Ms. Fisher. Außerdem würde ich Ihnen wirklich gern erklären, was wir vorhaben.«

Ich würde mich nicht durch diesen uralten Trick, daß man seinen Gegner ins Vertrauen zog, hinters Licht führen lassen. Aber ich lächelte und sagte: »Gern.« An Linus gewandt, fügte ich ein »*Hej, hej*« hinzu. Das war Schwedisch und hieß »hallo«. Mehr Gemeinsamkeiten konnte ich im Augenblick nicht finden.

Auf dem Weg nach draußen bedankte ich mich bei Helen Morgan für ihre Hilfe. Sie hatte absolut recht gehabt, mich für eine Nervensäge zu halten.

Wir gingen in ein italienisches Restaurant nicht weit von Terra Nova Enterprises entfernt. Sobald wir saßen, machte Stuart Lloyd klar, daß er nicht viel Zeit hatte, also erklärte ich ihm, ich würde das gleiche wie er nehmen – auf diese Weise traf ich eine Entscheidung und überließ gleichzeitig einem anderen die Verantwortung. Stuart Lloyd bestellte gebratenes Gemüse als Vorspeise und hinterher Kabeljau in Kräuterkruste. Linus betrachtete die Speisekarte, als verberge sich darin eine Tiefe, die noch niemandem sonst aufgefallen war, und orderte schließlich Pasta mit einer Sauce aus vier Käsesorten und danach Kalbfleisch im Teigmantel.

»Du ißt Rindfleisch?« fragte ich.

Linus sah mich mit seinen großen, grauen Augen an. »Warum denn nicht?«

»Na ja, unter den gegebenen Umständen ist das vielleicht gar nicht so schlecht.«

»Ich kann dir nicht ganz folgen«, sagte er in seinem fast schon zu perfekten Englisch.

Zum Glück kam inzwischen mein Glas Wein. Einen kurzen Moment spielte ich mit dem Gedanken, kokett zu kichern und etwas Ähnliches zu sagen wie »Ha, offenbar bin ich die einzige, die hier trinkt«, aber das hatte ich noch nie gut gekonnt, und außerdem wollte ich auch keine Zeit verlieren. Also nahm ich einen großen Schluck von meinem roten Hauswein und sagte: »Du trägst dazu bei, daß hilflose alte Leute aus ihren vier Wänden vertrieben werden, damit ihr ihren Grund und Boden in ein

Denkmal für die elitäre Kultur verwandeln könnt – da ist es doch nur logisch, daß du Rindfleisch ißt.«

»Nun mal langsam«, sagte Stuart Lloyd. »Jetzt sind Sie aber ein bißchen ungerecht. Linus ist der Architekt, den ich mir für die Bebauung des Grundes ausgesucht habe. Er hat nichts mit dem Grunderwerb zu tun. Und Ihrem Ausdruck ›elitäre Kultur‹ kann ich auch nicht zustimmen. Der Sinn und Zweck dieses Projekts besteht darin, genau jenen Menschen Kultur näherzubringen, die sonst vielleicht keinen Zugang dazu haben. Und das Gebäude selbst, der Entwurf von Linus, ist eine spektakuläre Mischung aus Kunst und Funktion. Denken Sie einmal darüber nach: An dem Gebäude werden zahllose Generationen von Menschen ihre Freude haben. Außerdem sollten Sie nicht vergessen, daß nicht Terra Nova Enterprises die Wilsons von ihrem Land vertreibt, sondern der Stadtrat.«

»Das ist ja wohl der Gipfel der Heuchelei. Wenn Sie dem Ort nicht versprechen würden, daß der Opernneubau Arbeitsplätze schafft und Touristen anzieht – ganz zu schweigen von der Riesensumme, die Sie zweifelsohne für das der Stadt gehörige Land neben dem der Wilsons bieten –, käme der Stadtrat mit Sicherheit nicht auf die Idee, die Wilsons zum Verkauf zu zwingen.«

»Es hat alles seine Richtigkeit, Ms. Fisher, Esther. Unsere Anwälte haben sich sehr intensiv mit den Dokumenten auseinandergesetzt, das können Sie mir glauben.« Er griff nach seinem Glas Wasser und leerte es. Dann lehnte er sich auf seinem Stuhl zurück und sah mich mit leicht schräg gelegtem Kopf an, die Augen ein wenig verengt. »Meinen Sie wirklich, der ganze Landstrich sollte darunter leiden, weil zwei halsstarrige alte Leute nicht wissen, was gut für sie ist?« fragte er.

»Darf ich das zitieren?« erkundigte ich mich.

»Sie können zitieren, was Sie wollen, denn schließlich sitze ich hier mit Ihnen zusammen, um alle Fragen zu beantworten, die Sie oder Ihre Leser hinsichtlich dieser Angelegenheit haben könnten. Aber da wir hier beim Mittagessen sind, wäre es mir lieber, wenn Sie keinen Kassettenrecorder verwenden.«

Ich hatte gerade mein Gerät aus meiner Umhängetasche holen

wollen, legte jetzt aber statt dessen Notizblock und Stift auf den Tisch. »Das heißt also, daß das Recht des einzelnen nichts wert ist?«

»Das sage ich nicht. Aber ich begreife wirklich nicht, was das ganze Theater soll. Der Stadtrat hat den beiden alten Leuten den aktuellen Marktpreis geboten und ist sogar bereit, zusätzlich die Umzugskosten zu übernehmen. Ich habe das Cottage gesehen. Meiner Ansicht nach ist alles besser als dieses Rattenloch.«

Ich notierte mir den Ausdruck »Rattenloch«. Stuart warf einen Blick auf mein Glas. »Noch Wein?«

Ich nickte. Hatte mir der Therapeut nicht geraten, bewußt Entscheidungen zu treffen?

Stuart Lloyd wandte sich Linus zu, der die ganze Zeit über Kringel auf die Serviette gemalt hatte, wie ein zu groß geratenes, zurückgebliebenes Kind. »Was haben Sie mir heute morgen über die Aufgabe des Architekten gesagt?«

Als Linus den Mund aufmachte, um Lloyd zu antworten, nickte ich in Richtung seiner Serviette und sagte: »Weißt du, das ist kein Papier.«

Linus wurde puterrot, murmelte »Entschuldigung«, schob die Serviette weg, überlegte es sich anders und breitete sie schließlich über seinen Schoß. »Alvar Alto, der finnische Architekt und Designer, hat gesagt: ›Die Aufgabe des Architekten besteht darin, eine korrekte Werteordnung wiederherzustellen … es ist immer noch die Pflicht des Architekten, sich um die Humanisierung des Maschinenzeitalters zu bemühen.‹«

»Das hätte ich nun nicht aus deinem Mund erwartet«, sagte ich.

»Es sind gute und richtige Worte«, erklärte Linus.

»Du sagst also, daß die korrekte Ordnung der Dinge darin besteht, zwei alte Leute aus ihren vier Wänden zu vertreiben, damit du deinen Entwurf verwirklichen kannst? So willst du zur Humanisierung unserer Zeit beitragen?«

»Nein.« Linus sah mich an. »Nein.« Die Verletzlichkeit, die ich plötzlich in seinen dunkelgrauen Augen entdeckte, versetzte mir einen Stich. »Stuart hat mich gebeten, das Zitat zu wiederholen, das ist alles.« Er wandte den Blick ab.

Ich rief mir ins Gedächtnis, daß ich kämpfte, nicht nur für meine Karriere, sondern auch für Gut und Böse; folglich durfte ich nicht nachgeben. »Trotzdem.« Ich lehnte mich auf meinem Stuhl zurück, das neue Glas Wein, das inzwischen gekommen war, in der Hand. »Du solltest es dir gründlich überlegen, bevor du diesen Auftrag annimmst. Die alte Ausrede ›Ich habe nur getan, was man mir gesagt hat‹ zieht heute nicht mehr.«

Da verengten sich Linus' Augen, und ich merkte, daß ich mich getäuscht hatte: Linus war genausowenig verletzlich wie alle anderen Umweltschänder ohne Moral. Er erhob sich. »Wenn ihr mich entschuldigen würdet«, sagte er. »Mir ist gerade eingefallen, daß ich noch einen Termin habe. Bis heute nachmittag, Stuart.«

Ich sah ihm nach, wie er sich zwischen den Tischen hindurch Richtung Ausgang bewegte, und wandte mich dann wieder Stuart Lloyd zu, der gerade sagte: »Bevor Sie gehen, müssen Sie mir noch verraten, wo Sie diesen umwerfenden Charme gelernt haben.«

Ich schenkte ihm mein gewinnendstes Lächeln. »Es wäre wirklich nett, wenn Sie mir die Geschichte aus Ihrer Sicht schildern würden, denn darum geht's ja hier.«

Stuart Lloyd schob seinen leeren Teller weg, lehnte sich jedoch nicht entspannt auf seinem Stuhl zurück, sondern beugte sich ein wenig nach vorn, einen Ellbogen auf dem Tisch. Er formulierte das, was er zu sagen hatte, sehr gut. Es schwang Leidenschaft mit in der Schilderung seines Wunsches, den Menschen, ganz normalen Menschen wie ihm selbst, etwas zu hinterlassen, an dem sie Freude haben könnten. »Die Oper war für meinen Vater die einzige Quelle des Trostes und der Inspiration im Leben. Er hat sich in einem schmuddeligen Büro abgerackert und nachts noch in einem Lagerhaus gearbeitet, nur um die Rechnungen bezahlen zu können. Aber wenn er sich daheim ins Wohnzimmer gesetzt und sich seine Musik angehört hat, ist er sich vorgekommen wie ein König. Er ist selbst nie in der Oper gewesen – der Gedanke wäre ihm gar nicht gekommen. Als ich schließlich das Geld hatte, ihm die Karten zu allen Aufführungen zu kaufen, die er hätte sehen wollen, war er schon tot. Sie sehen also, daß ich der Oper genau das Elitäre nehmen will, von dem Sie vorhin gesprochen haben. Und der Entwurf von Linus Stendal ist einfach atemberaubend schön. Er kann sich mit den besten Gebäuden in New York und Chicago messen und harmoniert perfekt mit der Lage am See und dem bereits bestehenden Haus dort.«

»Aber was ist mit Dora und George Wilson?« fragte ich. »Tut mir leid, doch nichts von dem, was Sie bisher gesagt haben, kann mich davon überzeugen, daß Sie ein Recht haben, sie aus ihrem Zuhause zu vertreiben. Außerdem dachte ich, daß die Gegend dort sowieso ein Grüngürtel ist.«

Stuart Lloyd schüttelte den Kopf. »Nein. Zwar gibt es dort in geringem Umfang Viehzucht, aber der Grund ist nicht als Farmland ausgewiesen und auch kein Grüngürtel. Vor Jahren war schon einmal die Rede von einer Umgehungsstraße, die mitten durch das Gebiet führen sollte, doch dann ist dem Stadtrat das Geld ausgegangen, bevor die Straße fertig war.«

»Und die Zufahrtsstraße und der Parkplatz müssen unbedingt auf dem Land der Wilsons entstehen? Das ginge nicht ein bißchen weiter links oder rechts?«

Stuart Lloyd unterdrückte ein ungeduldiges Seufzen. »Wenn Sie sich das Gelände selbst einmal angesehen hätten, bräuchten Sie keine solche Fragen zu stellen.« Er warf einen Blick auf seine Uhr. »Tja, so ist das. Ich habe Ihnen meine Sicht der Dinge erklärt; mehr kann ich nicht tun. Ich kann weder Sie noch Ihre Zeitung dazu zwingen, mir beizupflichten. Trotzdem würde ich Sie bitten, sich ein paar Gedanken zu machen, bevor Sie Ihren Artikel schreiben. Es gibt auf dieser Welt nicht nur das Schwarz und Weiß, das man für gewöhnlich in der Zeitung sieht, sondern noch jede Menge anderer Nuancen.« Er verlangte die Rechnung. »Aber jetzt muß ich ins Büro zurück. Es war mir ein Vergnügen, mich mit Ihnen zu unterhalten, Ms. Fisher.«

Sobald ich zu Hause war, schickte ich Chloe ein Fax mit dem Grobentwurf meines Artikels. Kurze Zeit später erhielt ich ein Fax von ihr, in dem sie fragte: *Bist Du nüchtern?*

Ich faxte zurück: *Wenn Du jemanden suchst, der nüchtern ist, mußt Du Dich anderswo umschauen.*

Auf dem Blatt, das aus dem Gerät surrte, stand: *Mir auch recht!*

Längst nicht mehr so angriffslustig, schrieb ich zurück: *Natürlich wollte ich damit sagen, wenn Du mich nüchtern willst, dann kriegst Du mich nüchtern.*

Und Du reißt Dich zusammen?

Was willst Du eigentlich noch? Blut?

Hör auf mit dem Scheiß und mach Dich an die Arbeit!

Okay.

Ich hatte herausgefunden, daß Linus im Metropolitan wohnte, also schickte ich ihm ein Fax dorthin, in dem ich ihn fragte, ob ich die Entwürfe für das Opernhaus sehen könne. Als nächstes rief ich bei der Auskunft an, um die Nummer der Wilsons zu bekommen. Es stellte sich heraus, daß sie nicht im Telefonbuch eingetragen waren, also blieb mir nichts anderes übrig, als selbst nach Kent zu fahren und sie zu besuchen. Es war keine Zeit, sie vorher zu informieren. Ich verließ mich auf mein Glück und setzte mich in meinen Wagen. Nun, eigentlich war es eher Audreys Wagen, aber sie lag mir ohnehin die ganze Zeit in den Ohren, daß ich ihn benutzen sollte. Ich hatte eine ordentliche Straßenkarte, und darauf sah die Route nicht besonders kompliziert aus. Außerdem konnte ich gut Karten lesen. Meine Eltern hatten mir seinerzeit beigebracht, daß Frauen von Geburt an unfähig sind, Karten zu lesen, mein Vater, indem er es mir immer wieder einhämmerte, und Audrey durch ihr eigenes Beispiel, also hatte ich mich vor Jahren daran gemacht, es zu lernen. Nach wochenlangem Studium hatte ich festgestellt, daß ich ihnen insgeheim zustimmen mußte, aber nicht aufgegeben. Nur, weil ein Vorurteil sich bestätigte, mußte man sich ihm noch nicht beugen. Sobald ich von der Autobahn herunter war, wurden die Straßen immer kleiner, bis ich schließlich auf einem schmalen Weg dahinfuhr, der sich kurvig durch die Landschaft wand. Irgendwann machten die kleinen Gewerbegebiete und schmucken Wohnsiedlungen Farmhäusern und Scheunen Platz. Zwar schien die Sonne, aber für Ende April war es ziemlich frisch. Der Weg führte einen Hügel hinauf und über eine kleine Eisenbahnbrücke, und ein paar Meter dahinter entdeckte ich einen verwitterten Wegweiser aus Holz mit der

Aufschrift »Rookery Cottage«. Dort bog ich nach links auf einen Feldweg, an dessen Ende sich ein verrostetes Eisentor befand. Ich stellte den Wagen ab und stieg aus.

Rookery Cottage, das in einer kleinen Senke zwischen zwei niedrigen Hügeln stand, in die sich die Strahlen der Sonne nicht einmal zur Mittagszeit verirrten, sah aus wie das Haus einer ziemlich armen Hexe. Als ich das Tor öffnete, wäre ich fast auf eine große Henne getreten, die inmitten von Schrott nach Körnern pickte. Freilaufende Hühner, dachte ich zufrieden, während ich dem Feldweg weiter folgte und in den kleinen Hof vor dem Cottage trat. Zwei verrostete alte Traktoren standen in einem offenen Wellblechschuppen, und die Überreste eines Motors lagen davor. Als ich mich dem Cottage näherte, sah ich, wie sich ein Vorhang im ersten Stock bewegte. Gut, es war also jemand zu Hause. Es heißt zwar immer, auf dem Land ist es gar nicht so ruhig, wie die Leute behaupten, aber ich fand es ziemlich ruhig hier, jedenfalls so lange, bis plötzlich ein großer Hund aus dem Nichts auftauchte und laut bellend auf mich zurannte. Ich hatte keinerlei Fluchtmöglichkeit.

»Hierher, Boy«, hörte ich eine Stimme rufen, eine Männerstimme mit ländlichem Einschlag. In meinen Ohren klang sie wunderschön. Ein kleiner älterer Mann trat aus einem heruntergekommenen Gewächshaus an der hinteren Seite des Hauptgebäudes. Der Hund japste noch einmal schrill, als wolle er sagen: »Dich nehme ich mir später vor«, und trollte sich dann wieder in seine Hütte.

»Mr. Wilson?« rief ich dem Mann zu.

»Und wer sind Sie?« Der Mann war in etwa zehn Meter Entfernung von mir stehengeblieben und musterte mich.

»Ich heiße Esther Fisher und arbeite für den *Chronicle.* Könnte ich Ihnen und Ihrer Schwester ein paar Fragen über den Bau des neuen Opernhauses stellen?«

Es herrschte eine ganze Weile Schweigen, während George Wilson, denn mit dem hatte ich es zu tun, da war ich mir ziemlich sicher, über meine Frage nachdachte. Dann rief er, ohne sich einen Schritt weiterbewegt zu haben: »Tja, dann kommen Sie mal rein.«

»Geht's dem Hund gut da drüben?« fragte ich, während ich mich dem Cottage näherte.

»Dem Hund hat's nicht gutzugehen.« George Wilson klang verwirrt. »Der Hund hat seine Arbeit zu machen.«

»Ich wollte sagen: Er wird nicht auf mich losgehen, oder?«

Wieder wirkte George Wilson erstaunt über meine Frage. »Nicht, wenn ich es ihm nicht sage, nein«, meinte er.

In dem engen Flur war es dunkel und roch modrig. An der hinteren Wand stand eine vor Möbelpolitur und Schmutz schwarze Eichenkommode mit Schnitzereien, und darüber hing ein Foto von dem Cottage in besseren Tagen. Darauf blühten rund um die Tür Rosen, und die Hühner im Hof erinnerten mich eher an feine Damen, die sich genüßlich in ihrem Lieblingsgeschäft umsahen, als an gestreßte Mütter, die auf dem örtlichen Flohmarkt nach besonders günstigen Angeboten suchten, wie die Henne, die ich gerade gesehen hatte.

»Dann wollen Sie vermutlich auch mit Dora sprechen«, sagte George Wilson.

»Ja, ich würde Ihre Schwester gern kennenlernen.« Ich folgte ihm in eine mittelgroße, viereckige Küche. Auch dort war es düster, und das Licht, das durch das eine kleine Nordfenster drang, wurde durch ziemlich graue Vorhänge gefiltert. Dora Wilson stand an einem alten Rayburn-Herd und rührte in einem Topf. Im Gegensatz zu ihrem schmalen Bruder war sie kugelrund, und sie lächelte. Dabei kamen ziemlich wenige Zähne zum Vorschein. Nachdem George ihr erklärt hatte, wer ich war und warum ich sie aufgesucht hatte, wurde ihr Lächeln noch breiter. »Hat Mr. McKenzie Sie geschickt?« Mr. McKenzie war Posys Vater, der Abgeordnete für den Wahlkreis der Wilsons.

»Nein, eigentlich nicht.« Ich lächelte zurück. »Aber ich habe Ihren Brief gesehen. Ich bin eine Freundin von Mr. McKenzies Tochter. Ich habe mich bereits mit Mr. Lloyd und seinem Architekten unterhalten, und jetzt würde ich gern Ihre Sicht der Dinge hören.«

Dora Wilson nahm den Topf vom Herd und stellte einen riesigen Wasserkessel darauf. »Ich mache uns einen Tee«, sagte sie.

Wir setzten uns an den fleckigen Resopaltisch, und Dora deutete auf die Anrichte, die genauso schwarz und mit Schnitzereien verziert war wie die Kommode, die ich im Flur gesehen hatte. »Die hat unser Vater gemacht.« Ihre Stimme mit dem weichen ländlichen Einschlag klang stolz. »Die und das Bett, in dem wir alle zur Welt gekommen sind. Es ist oben; ich zeig's Ihnen nachher. Er hat sein ganzes Leben lang oben auf der Farm für den alten Mr. Merrick gearbeitet. Aber das Cottage hier hat ihm nie gehört. Unserer Familie hat nie viel gehört. Wir haben dem Sohn von dem alten Mr. Merrick das Cottage erst vor fünf Jahren mit allem Drum und Dran abgekauft, ganz ohne Unterstützung. In Rookery Cottage wohnen schon seit über hundert Jahren Wilsons, aber erst wir, George und ich, haben's kaufen können. Es war schon mal die Rede davon, daß wir hier rausmüssen. Das hat unsere alte Mutter fast umgebracht. Aber dann hat George das Cottage gekauft und gesagt: ›Jetzt gehört's uns. Nun sollen sie mal versuchen, uns hier zu vertreiben.‹« Sie nickte ihrem Bruder zu. »Das hast du gesagt, George, daran erinnere ich mich noch ganz genau. Tja, aber jetzt ist's wieder soweit. Jetzt kommen sie her und sagen uns, daß sie uns einfach rausschmeißen wollen. Wie kann das sein?« Sie rang die roten, geschwollenen Hände im Schoß. »Das hier ist unser Zuhause.«

Ich hatte mir das kaum selbst eingestehen wollen, aber bis zu diesem Augenblick hatte ich Zweifel gehabt: War der Zwangsverkauf vielleicht doch gerechtfertigt? Sollte ich mich einmischen? Und wenn ich es tat, wie sahen die Konsequenzen aus? Ich beschäftigte mich also wieder mal mit all jenen ethischen Fragen, mit denen ein Journalist sich nie auseinandersetzen sollte. Das Treffen mit Stuart Lloyd und die Tatsache, daß Olivias Stiefsohn Linus den Entwurf gemacht hatte, erhöhten mein Unbehagen nur noch. Aber als ich die Verzweiflung der armen Dora Wilson sah und ihre Worte hörte, spürte ich, wie meine alte Entschlossenheit wiederkehrte.

»Nun, vielleicht könnten wir sie daran hindern. Manchmal kann die öffentliche Meinung Berge versetzen, ja, sogar Opernhäuser.« Ich lächelte sie an. »Ich möchte meinen Lesern als erstes einen Eindruck von Ihrem Leben hier vermitteln. Erzählen Sie mir doch, wie sich die Dinge im Lauf der Jahre verändert haben.«

George kratzte sich am Kopf. »Es kommen jede Menge Leute, die uns irgendwelche Sachen verkaufen wollen. Das war früher nicht so.«

Dora griff nach der Teekanne und schob dabei ein Kätzchen vom Tisch. Das Tier landete mit einem leise protestierenden Miauen auf dem Boden.

»Da ist zum Beispiel der Glaser, der schaut zweimal im Jahr bei uns vorbei, pünktlich wie die Uhr. Letztes Jahr haben wir uns einen Fernseher gekauft. Den zahlen wir in Monatsraten ab. Tja, und dann wollen wir uns vielleicht noch so ein CD-Gerät anschaffen.« George hielt Dora die Tasse hin.

»Wir sind bekannt für unsere Eier«, sagte Dora und lachte gackernd. »Heutzutage sind den Leuten die dreckigen die liebsten. Früher hab ich sie saubergemacht, damit sie appetitlich aussehen, aber die Mühe spare ich mir jetzt. Tja, so sind sie, die Leute, die jetzt hierherziehen. Wenn man denen eine Schachtel mit schönen sauberen, gleichmäßig geformten Eiern hinhält, rümpfen sie die Nase, stimmt doch, George, oder?« Dabei wandte sie sich ihrem Bruder zu, der nickte und ebenfalls lachte.

Sonderlich abwechslungsreich schien das Leben der Wilsons nicht zu sein, das stellte sich schon bald heraus, denn sie schienen nicht einmal zu lesen. »Hab nie ’nen Anlaß dazu gehabt«, sagte George. Sie hatten auch keine anderen Hobbys außer Fernsehen. »Haben Sie Freunde?«

»Wir sind beide nicht so wild auf Gesellschaft.«

»Wer hart arbeitet, schläft gut.« Dora brach die Stimme. »Tja, das ist unser Motto.«

Als ich ging, kam ich mir ganz klein vor. Zu Hause machte ich mich sofort an die Arbeit. Die Überschrift meines Artikels lautete: DER LOHN FÜR LEBENSLANGE ARBEIT IST VERTREIBUNG. Sobald ich mit der Story fertig war, schickte ich Stuart Lloyd ein Fax.

Chloe veröffentlichte den Artikel, und zahlreiche Leser reagierten bestürzt.

»Komm doch zum Mittagessen vorbei, Schatz«, sagte meine Mutter am Telefon. »Du hast in den letzten Tagen so hart gearbeitet, da würde ich dich gern verwöhnen.«

Da war ich ja mal gespannt. Als ich den schmalen Flur zu ihrem Schlafzimmer entlangging, hörte ich Stimmen, die meiner Mutter und die tiefere eines Mannes. Der Mann, der auf dem Boudoirstuhl beim Bett meiner Mutter saß, hatte mir den Rücken zugewandt, aber ich erkannte Linus Stendal sofort an den Haaren: Sie waren strohblond und kräuselten sich leicht im Nacken. Als meine Mutter mich begrüßte, stand er auf und sah mich ebenso überrascht an wie ich ihn.

»Ich dachte, ihr zwei müßt euch einfach kennenlernen«, sagte Audrey.

»Wir kennen uns bereits, das weißt du doch.« Ich blieb stehen, und auch Linus setzte sich nicht wieder hin.

»Ich habe deinen Artikel gelesen«, sagte Linus im Plauderton, doch sein Blick wirkte forschend. Wonach suchte er? Nach einer Erklärung?

»Tut mir leid, wenn ich dich damit gekränkt habe«, sagte ich, als ich schließlich auf der anderen Seite von Audreys riesigem Bett (ich schwöre, daß es von Besuch zu Besuch größer wurde) Platz nahm. »Aber Recht muß Recht bleiben.«

»Sie hat schon immer große Reden geschwungen«, erklärte Audrey. »Ihren Vater und mich hat sie schon als kleines Mädchen zum Wahnsinn getrieben.«

»Danke, Mutter.« Ich bedachte Audrey mit einem wütenden Blick.

»Über das, was recht ist und was nicht, kann und will ich mich nicht streiten«, sagte Linus leise. »Also sollten wir vielleicht über etwas sprechen, über das wir uns einig sind.«

Wieder kam ich mir ziemlich klein vor. Ich zerbrach mir den Kopf über ein Thema, das seinen Anforderungen gerecht würde. »Es ist ziemlich kalt für Ende April.«

»Nicht, wenn man das Klima in Schweden gewöhnt ist«, erwiderte Linus mit einem Lächeln. Audrey mit ihrem smaragdgrünen Morgenmantel thronte auf ihrem Bett, die Kissen im Rücken, wie eine zufriedene Gastgeberin, deren Fest ausgesprochen gut läuft.

»Aber wir sprechen von England«, sagte ich. »Und Menschen, die in England leben, haben meist keinen Vergleich zu Schweden.«

Linus nahm das Glas Weißwein in die Hand, das auf dem kleinen Tisch neben ihm stand. »Nun, wahrscheinlich ist einfach alles relativ.« Er wirkte ein wenig gelangweilt.

»Da täuschst du dich«, sagte ich. »Alles ist eben nicht relativ. Weil wir denken, es wäre relativ, sind wir heute alle so verwirrt. Relative Religion, relative Moral, ja sogar relative Relativität. Aber manche Dinge sind nun mal einfach so, wie sie sind, ob uns das nun gefällt oder nicht.« Im Hintergrund hörte ich Audrey sagen, das Essen sei gleich fertig.

Linus hob nicht die Stimme, und auch sein Gesichtsausdruck änderte sich nicht, nur seine Haut wurde ein bißchen röter. »Und starre Prinzipienreiterei wie deine ist die Ursache für jahrhundertelanges Elend.«

»Wenn du damit dein Opernhaus meinst, das wahrscheinlich nicht gebaut wird, tja, dann kommen mir jetzt gleich die Tränen.«

In diesem Augenblick ging die Tür auf, und Janet kam mit einem Tablett herein.

Janet war der Grund, warum Audrey die Bibliothek meines Vaters im Erdgeschoß in ihr neues Schlafzimmer und Bad verwandelt hatte, denn Janet hatte sich verständlicherweise geweigert, weiterhin die ganzen schweren Tabletts die Treppe hinaufzutragen. »Schaut, da ist Janet mit dem Essen«, rief Audrey jetzt aus. »Was gibt's denn heute Schönes?«

»Genau das, was Sie verlangt haben.«

»Ach, schlaue Janet, wie haben Sie das nur erraten?« Audrey strahlte sie an. Meine Mutter gehörte der surrealistischen Schule der Konversation an, aber vielleicht war das bei allen Müttern so.

»Ich habe gehört, daß du ziemlich erfolgreich bist«, sagte ich zu Linus, während ich vom Fußende von Audreys Bett aufstand und zu einem Stuhl an dem runden Tisch beim Fenster hinüberging. »Du bist doch sicher nicht auf so vertrackte Aufträge wie diesen angewiesen, oder?«

Auch Linus setzte sich, und zwar so unsanft, daß ich das Gefühl hatte, er wolle mich unter sich zerquetschen, nicht ein völlig harmloses, wenn auch rüschenbesetztes Kissen. »Ich bin auf überhaupt nichts angewiesen. Und dieser Auftrag ist alles andere als vertrackt. Stuart Lloyd ist ein angesehener Geschäftsmann und tut eine Menge für wohltätige Zwecke. Er ist beliebt bei seinen Angestellten und auch in anderer Hinsicht über jeden Zweifel erhaben. Ich finde diesen Gedanken mit einem Glyndebourne für das Volk ausgezeichnet. Er läßt mir praktisch freie Hand bei der Gestaltung, und das ist seit jeher mein Traum gewesen.« Er wandte sich Janet zu, die ihm gerade Wein nachgeschenkt hatte. »Danke.«

Er wirkte so ruhig, wie er leicht über den niedrigen Tisch gebeugt dasaß und ein Stück von seiner gegrillten Seezunge abschnitt. Sehr schwedisch, dieser Linus, dachte ich. So groß, so blond, so kühl und so beherrscht.

»Esther hat als kleines Mädchen immer ihre Puppen guillotiniert«, sagte Audrey im Plauderton. Sie war natürlich im Bett geblieben, wo sie, die vielen Kissen im Rücken, ein buntes Pappmaché-Tablett auf den Knien balancierte.

Ich wollte sie gerade mit einem wütenden Blick bedenken, als Linus jenes schrille, selbstvergessene Lachen lachte, das ungefähr so fehl am Platz wirkte wie Audreys Gesprächsbeitrag. Vielleicht, dachte ich, war unter all seinen gutaussehenden, mürrischen schwedischen Vorfahren auch einmal ein ungewöhnlich großgewachsener Kobold gewesen.

»Und wie geht's der lieben Olivia?« frage Audrey. »Sie ist ja so stolz auf dich. Wer dich als Kind kannte, hätte wahrscheinlich nicht erwartet, daß du mal so attraktiv und erfolgreich wirst.«

Linus nahm die Bemerkung meiner Mutter erstaunlich gelassen, so daß ich beschloß, ihm wenigstens während des Essens eine Ruhepause zu gönnen. »Erzähl mir von deiner Arbeit«, sagte ich. Linus hob den Blick von seinem Teller und sah mich mit seinen grauen Augen an. Erst jetzt merkte ich, daß ich eigentlich nur hatte wissen wollen, ob er seine Wimpern färbte – dunkel genug wären sie gewesen.

»Als ich noch ziemlich jung war, vielleicht zehn oder elf, habe ich folgendes Zitat in einem Buch meines Vaters gelesen: ›*Architektur ist formgewordene Musik.*‹ Seitdem will ich formgewordene Musik schaffen.« Er senkte den Blick wieder auf seinen Teller.

»Deine Mutter, ich meine deine leibliche Mutter, war doch Sängerin, oder?« fragte ich ihn.

»Ja.« Linus' Antwort klang ungezwungen, aber ich sah die Anspannung in seinen Gesichtsmuskeln. Am liebsten hätte ich ihm noch weitere Fragen gestellt – schließlich war das mein Beruf –, doch Linus' Gesichtsausdruck hielt mich davon ab.

Dann kam Janet herein, um abzuräumen. »Als Nachspeise gibt's nur Obst und Käse«, sagte Audrey, als Janet frische Teller brachte. »Ganz einfach. Nicht wie ihr jungen Leute, die ihr immer endlos viele Gänge haben müßt, Vorspeise, Hauptspeise, drei Nachspeisen und wer weiß, was sonst noch alles.«

»Ich hab noch nie im Leben drei Nachspeisen gemacht«, protestierte ich.

»Ich habe auch von *Leuten* gesprochen«, korrigierte Audrey mich.

Linus sah aus, als würde er gleich lachen, doch ich warf ihm einen wütenden Blick zu, und es funktionierte. Er räusperte sich und lächelte seinen Teller an. Plötzlich ertappte ich mich bei dem Wunsch, daß er mich anlächelte. Ich wurde weich wie der Camembert auf seinem Teller, und das gefiel mir überhaupt nicht. »Also meinst du, ich sollte noch mal mit Stuart Lloyd reden?« fragte ich ihn.

»Ich kann dir nicht garantieren, daß er mit dir reden möchte, aber grundsätzlich bin ich der Meinung, daß es hilft, sich auch die andere Seite anzuhören.«

Nicht in meinem Beruf, dachte ich. Für einen Journalisten war die andere Seite so etwas wie die böse Fee bei einer Taufe – sie stiftete nur Verwirrung. »Ich vereinbare einen Termin mit ihm«, sagte ich so sanft, daß Audrey mich mit besorgtem Blick betrachtete. So hilf mir doch jemand, dachte ich, während ich mit all meinen Kräften gegen meine alten Zweifel ankämpfte. »Natürlich muß man sich beide Seiten anhören. Aber manchmal muß man auch seinem Instinkt vertrauen und die Nuancen außer acht lassen, wenn man etwas erreichen und der Gerechtigkeit zu ihrem Recht verhelfen möchte.«

»Irgendwann wirst du feststellen, daß das die Ursache für alle großen Ungerechtigkeiten dieser Welt gewesen ist: Menschen, die den Nuancen keine Beachtung geschenkt und ihr Augenmerk ausschließlich auf die größeren Zusammenhänge gerichtet haben«, sagte Linus.

»Aber wenn ich das richtig verstehe«, sagte Audrey, »sind Esthers alte Leutchen auf der Farm die Nuancen und dein Opernhaus der größere Zusammenhang, oder? Ihr widersprecht euch also beide selber.« Linus und ich sahen uns an, und ich zuckte mit den Achseln.

»Sag mir jetzt bloß nicht, daß du Kopfweh hast«, warnte mich Audrey und wandte sich Linus zu. »Das hat sie als Kind immer gesagt, wenn ihr jemand widersprochen hat: ›Mir tut der Kopf weh.‹«

Jetzt wurde mir der Sinn und Zweck der Mutterrolle klar. Sie gab einem die einzigartige Möglichkeit, unter dem Deckmäntelchen der Sentimentalität andere Menschen zu demütigen: *Und das ist der kleine Johnny, wie er drei war. Damals wußte er's noch nicht besser und hat im Sandkasten splitterfasernackt seinen kleinen Pimmel um den Finger gewickelt wie ein Gummiband. Ach, und schau: Da ist unsere Daisy an ihrem vierten Geburtstag; man möchte gar nicht meinen, daß man einen ganzen Finger in diese winzige Nase stecken kann, oder?*

»Ich bekam immer dieses merkwürdige Brummen im Kopf, wenn mein Vater mich angeschrien hat, als hätte sich in meinem Gehirn ein ganzer Bienenschwarm zu einer Party versammelt«, sagte Linus. Wir wechselten einen kurzen Blick wechselseitigen Verstehens.

»Möchte noch jemand Käse?« fragte Audrey.

Bald danach erhob sich Linus, um zu gehen. Als ich mich

wieder auf den Boudoir-Stuhl neben Audreys Bett setzte, spürte ich seine Abwesenheit noch stärker als zuvor seine Anwesenheit.

Audrey sank mit einem zufriedenen kleinen Seufzen in ihre Kissen zurück. »Das ist doch sehr gut gelaufen, findest du nicht auch?«

Ich sah sie entsetzt an. Genau diese Einstellung meiner Mutter – dieses »Ich sehe die Welt nicht nur durch eine rosarote Brille, sondern drehe ihr die Luft mit einem rosaroten Band ab« – war meiner Meinung nach verantwortlich für mein verzweifeltes Bedürfnis nach eindeutigen Antworten. »Und«, fuhr sie fort, »wer hätte gedacht, daß der runde kleine Linus mal ein so gutaussehender Mann werden würde?«

Ich holte eine Zigarette aus meiner Tasche und zündete sie an. »Wenn man diesen großen, blonden Typ mit feingeschnittenem Gesicht mag, dann könnte man ihn durchaus als gutaussehend bezeichnen. Mir ist allerdings der bodenständigere Typ lieber.«

»Du hast wieder mit dem Rauchen angefangen«, sagte Audrey. »Warum?«

Ich formte einen perfekten Rauchkringel (wieder eine alte Fähigkeit, auf die ich mich besann). »Ich bin ein Opfer der unablässigen Werbung durch die skrupellose Tabakindustrie. Außerdem beschäftige ich gern meine Hände, wenn ich das Gefühl habe, dich erwürgen zu müssen.«

Audrey sah mich mit liebevollem Blick an. »Hinter deiner zynischen Fassade hat sich schon immer ein ziemlich leichtgläubiger Mensch verborgen.« Nun, das war ja mal was Neues! »Jedenfalls«, fuhr sie fort, »überrascht es mich nicht, daß du sagst, Linus sei nicht dein Typ. Du scheinst eine Vorliebe für Männer mit einem Aussehen und einer Persönlichkeit zu haben, die deine Gefühle nicht allzusehr in Anspruch nehmen.«

Ich starrte sie an. Woher kam plötzlich dieses ganze mütterliche Wissen? »Ich muß mich auf morgen vorbereiten«, sagte ich und erhob mich. »Ich fahre noch mal zu den Wilsons.« Dann drückte ich meine Zigarette auf einem Unterteller aus.

»Heißt das, daß du diesen albernen Feldzug immer noch fortführen willst, nachdem ich euch beide zum Mittagessen zusammengebracht habe und wir eine so nette Zeit zusammen hatten?« Audrey war völlig außer sich; das sah ich daran, wie sie die Hände um die cremefarbene Seidentagesdecke krampfte und ihre Knöchel weiß hervortraten.

»Es war sehr nett von dir, daß du mich zum Mittagessen eingeladen hast«, sagte ich, »und ich will wirklich nicht undankbar sein, aber ich muß tun, was ich für richtig halte, obwohl ich gerade ein nettes Mittagessen hinter mir habe. Man nennt das Prinzipien ...« Meine Mutter seufzte voller Ungeduld bei dem bloßen Gedanken. »Weißt du, ich mache das nicht nur, damit wir möglichst viele Zeitungen verkaufen. Es liegt auf der Hand, daß ich beruflich wieder in die Gänge kommen muß, aber trotzdem glaube ich an Richtig und Falsch.« Ich schwieg einen Augenblick. »Woran kann man denn sonst noch glauben?«

Ich hatte keine Antwort erwartet, erhielt aber eine. »An alles«, sagte Audrey. »An alles, was es zwischen Himmel und Erde gibt. Linus hat Leidenschaft, siehst du das denn nicht? Er möchte etwas Bleibendes schaffen, etwas Schönes. Und was möchtest du?«

»Im Augenblick Gerechtigkeit. Egal, wie schön dieses Gebäude werden soll – es rechtfertigt nicht, daß man die beiden alten Leute aus ihren vier Wänden vertreibt. Stuart Lloyds Vision ist keine Rechtfertigung und Linus Stendals Leidenschaft auch nicht. Rookery Cottage ist Dora und George Wilsons Zuhause, und sie wollen es nicht verlassen.«

»Das ist alles, was du dazu zu sagen hast?«

»Ja.« Ich schlang meine Tasche über die Schulter. An der Tür blieb ich stehen und drehte mich noch einmal um. »Leidenschaft ohne Gerechtigkeit ist eine gefährliche Sache.«

»Genauso gefährlich wie blinde Gerechtigkeit.«

»Wie willst du das beurteilen? Du bist doch schon seit Jahren nicht mehr aus deinem Bett herausgekommen.«

»Wichtig ist nicht, wo man ist, sondern was man sieht«, sagte meine Mutter. Jetzt hatte ich genug. Was bildete Audrey sich eigentlich ein? Hielt sie sich vielleicht für das Orakel von Delphi?

»Soll ich Linus sagen, daß du dir die Sache mit dem nächsten Artikel noch überlegst?« rief sie mir nach.

»Nein«, herrschte ich sie an. Als ich mich umwandte, sah ich, daß sie nach dem Telefonhörer griff. »Das kannst du übrigens auch Olivia sagen.« Dann knallte ich die Tür hinter mir zu.

15

Der Eingang zur Stadthalle von Utterly roch nach Toilettenduftstein – diese weißen Dinger, die man innen an den Rand hängt. Während ich die fünfzig Pence Eintritt bezahlte, suchte ich die Standreihen mit den Augen nach Dora und George ab. Da waren sie, ganz am hinteren Ende der Halle, gleich unter dem Podium. Ich bahnte mir einen Weg durch die Menschenmenge und entschuldigte mich jedesmal, wenn ich mit meiner Tasche gegen jemanden stieß. Allzuviel schien nicht zu gehen bei den spanischen Fächern und den alten Patchwork-Quilts, den altmodischen Puppen, den Porzellantassen und den blauen Vasen von Wedgwood, aber trotzdem herrschte so etwas wie Goldgräberstimmung unter den Heerscharen von *Antiques-Roadshow*-Fans, die sich auf der Suche nach einem Schnäppchen hierher verirrt hatten. Die Verkäufer hinter ihren Ständen schienen diese Begeisterung nicht zu teilen. Einer von ihnen war in ein Science-fiction-Taschenbuch vertieft, während er sich durch eine Packung Kekse auf seinem Schoß arbeitete. Eine Frau auf einem niedrigen Hocker kaute an einem riesigen Sandwich, ohne der potentiellen Käuferin vor ihr Beachtung zu schenken, die sie gebeten hatte, eine Spieldose für sie aufzuziehen, für die sie sich interessierte. Erst als die Kundin, eine Frau mittleren Alters mit dauergewelltem, ingwerfarbenem Haar, aufgab und zum nächsten Stand schlenderte, hob sie seufzend den Blick, wandte sich erneut ihrem Sandwich zu und starrte ins Leere. Dora und George, bei denen ich mittlerweile angelangt war, hatten die Hände um Tassen mit dickem Milchtee gewölbt. George sah hoch und nickte kurz in meine Richtung. Dora schenkte mir ein breites, zahnloses Lächeln.

»Sie haben hier ein paar hübsche Sachen.« Ich berührte mit dem Finger den Fuß einer Paraffinlampe aus Messing mit dunkelrotem Glasschirm. »Meine Großmutter hat eine ganz ähnliche gehabt«, sagte ich, ebenfalls lächelnd. Plötzlich wurde mir bewußt, wie stolz ich auf meine eigenen weißen, ebenmäßigen Zähne war.

»Und die da sind auch putzig.« Ich deutete auf eine kleine Gruppe geschnitzter Holztiere: eine Ente, ein Igel, ein Fuchs mit Jungem. »Ich hab früher selber geschnitzt, aber so gute Sachen habe ich nie gemacht. Woher haben Sie sie?« Ich sah George an.

»Was wollen Sie?« fragte er zurück.

»George war ganz begeistert über Ihren Artikel in der Zeitung«, sagte Dora hastig. »Alle möglichen Leute haben uns angerufen und geschrieben und ihre Hilfe angeboten. Ich hab alle Briefe aufgehoben. Vielleicht können Sie etwas damit machen, sie abdrucken oder so.«

George hatte mir den Rücken halb zugewandt und schenkte weder mir noch seiner Schwester Beachtung. Als ein Mann an den Stand trat und ihn fragte, wieviel eine Teedose aus Holz koste, schien er auch ihn nicht zu hören. Ich stieß Dora an. »Kundschaft.«

Dora watschelte zu dem Mann hinüber, und dieser wiederholte seine Frage. Ich machte ein paar Fotos von dem Stand und von George, wie er in die Ferne blickte. Zwar hatte einer der Fotografen von der Zeitung schon Bilder von den Wilsons zu Hause gemacht, aber ein Foto wie dieses konnte man immer brauchen. »Ich würde gern einen Artikel in der Reihe ›Ein Tag im Leben von ...‹ in der Samstagsbeilage schreiben. Also habe ich vor, Ihnen beiden ein bißchen zuzusehen, was Sie hier und daheim machen.«

Als wir wieder in Rookery Cottage waren, sah ich mich in dem modrigen Flur um, in dem die Feuchtigkeit genau die Muster an den tabakgelben Wänden erzeugte, für deren Nachgestaltung die Leute heutzutage ein Vermögen ausgaben. »Ich glaube, Terra Nova Enterprises wären bereit, noch eine hübsche Summe auf den Betrag draufzuslegen, den der Stadtrat Ihnen bereits geboten hat«, sagte ich, während ich den beiden in die Küche folgte. »Sie könnten ...«

George setzte sich an den Tisch. »Wollen Sie damit sagen, daß wir Almosen annehmen sollen?« Seine Stimme klang rauh vor Entrüstung. »Es gibt jetzt seit mehr als hundert Jahren Wilsons in Rookery Cottage, und schenken haben wir uns noch nie was lassen. Wir haben uns alles, was wir haben, erarbeitet.« Seine Hände zitterten, und in seinen Augen standen die Tränen.

»Tut mir leid«, sagte ich mit hängenden Schultern. »Das war gedankenlos von mir.«

Dora walzte zum Herd hinüber und stellte den riesigen Wasserkessel darauf. »Unsere Wurzeln sind hier.« Sie deutete hinaus auf die Felder. »Abgesehen von der Kriegszeit, als ich in der Munitionsfabrik arbeiten mußte, hab ich das da draußen in der Früh immer als erstes und abends als letztes gesehen, wenn ich die Vorhänge zugezogen hab. Das hier ist unser Zuhause. Warum vertreibt man uns?«

Ich schüttelte seufzend den Kopf.

Ich hatte meinen Wagen vor der Stadthalle gelassen, ungefähr eineinhalb Kilometer entfernt. Der April hatte sich wieder auf seine sprichwörtliche Launenhaftigkeit besonnen und zeigte sich von seiner warmen Seite, so daß ich mich freute, ein bißchen zu Fuß gehen zu können. Ich atmete die saubere Landluft ein und lauschte den Vögeln, die vor sich hin zwitscherten und plapperten wie die Gäste einer Talk-Show im Fernsehen. Eigentlich hätte ich es bedauern müssen, daß ich wieder zurück in die Stadt mußte, aber ich konnte es offen gestanden gar nicht mehr erwarten. Ich zündete mir eine Zigarette an und sog ihren Rauch ein. In der Stadt konnte man die Früchte jahrhundertelangen menschlichen Bemühens ernten: Oper, Ballett, Theater, Kinos, Restaurants, Museen, Geschäfte und Essen zum Mitnehmen. Auf dem Land standen Traktoren und Mähdrescher und Satellitenschüsseln auf den Reetdächern für den Fortschritt. Diesen Fortschritt sah man auch an den Truthahnfarmen zu meiner Rechten, Hütten, die aussahen wie Gefängnisanlagen, und von denen nicht nur ein ranziger Geruch, sondern auch eine geisterhafte Stille ausging. Hat man schon von schweigenden Truthähnen gehört? Oder gar von zweihundert stummen Truthähnen? Tja, ich kannte jetzt welche. Ein Stück weiter kam ich an einem kleinen Farmhaus zu meiner Linken vorbei und warf einen Blick in den Garten. Auf der überwucherten Auffahrt stand ein verrosteter alter Rover. Ein junger Mann saß auf einem Stuhl im Garten. Er war beschäftigt, hatte den Kopf über seine Arbeit gesenkt. Bei genauerem Hinsehen stellte ich fest, daß er schnitzte. War er derjenige, der die kleinen Holztiere der Wilsons schuf? »Guten Tag«, rief ich. Der junge Mann hob den Blick, die Stirn gerunzelt vor Konzentration, doch dann breitete sich ein Grinsen auf seinem runden Gesicht aus. »Schöner Tag heute, was?« rief er zurück und beugte sich wieder über seine Schnitzerei. Ich wäre gern zu ihm gegangen, um mir seine Arbeit genauer anzuschauen, aber es wurde allmählich spät, und ich mußte noch einen Artikel schreiben.

Zwei Tage, nachdem der letzte meiner Artikel erschienen war, erklärte Stuart Lloyd, daß er den Bau des Opernhauses fürs erste auf Eis legen wolle. Chloe bot mir an, mich wieder fest beim *Chronicle* einzustellen. Daraufhin schlug ich den Begriff »Pyrrhussieg« im Wörterbuch nach. Dort fand ich: *Ein Sieg, bei dem die Verluste des Siegers genauso groß sind wie die des Besiegten.*

»Ach was, Pyrrhussieg«, sagte Posy. »Was hast *du* schon verloren?« Sie wollte gerade zu einem Einstellungsgespräch bei einer großen PR-Firma und sah aus wie eine Präraffaelitin, der ihre Mutter gesagt hatte, sie solle sich schick machen.

»Weißt du was«, sagte ich und nickte in Richtung ihres kurzen schwarzen Rockes, »ich glaube, heute sehe ich das erste Mal seit der Schulzeit wieder deine Beine.«

»Was hast du schon verloren?« wiederholte Posy. »Du kriegst deinen alten Job zurück, und es sieht ganz so aus, als könnten die Wilsons weiter in Rookery Cottage bleiben.« Sie setzte ein schwarzes Béret auf ihre dichten dunklen Haare.

Ich reichte ihr ihre Aktentasche. »Wo hast du denn die her?« fragte ich.

»Von Oxfam.«*

»Aha.« Ich wetzte die Spitze meines schweren schwarzen Schuhs auf dem Teppich. »Die Zweifel melden sich wieder zu Wort«, erklärte ich ihr. »Du weißt ja, wie es ist, wenn man mitten im Geschützfeuer steckt. Man denkt nur noch an den Kampf. Und wenn der dann vorbei ist, kommen die Zweifel wieder aus ihren Löchern. Außerdem konnte ich Linus irgendwie gut leiden. Er war voller Leidenschaft, als er über seinen Entwurf gesprochen hat. Das Opernhaus, dieses Glyndebourne für das Volk, ist eigentlich keine schlechte Idee, sie haben's nur falsch angepackt. Audrey ist stinksauer auf mich. Schließlich ist seine Stiefmutter ihre beste Freundin.«

»Seit wann zerbrichst du dir den Kopf darüber, was Audrey denkt?«

Ich zuckte seufzend mit den Achseln. Dann sah ich sie mit einem Lächeln an. »So ein Sieg macht immer angst. Ich weiß, daß ich das Richtige getan habe. Wir wissen alle, daß es Zeiten gibt, in denen der einzelne hinter der Gemeinschaft zurückstehen muß, aber sobald wir das als selbstverständlich hinnehmen, läuft die Gesellschaft Gefahr, unmenschlich zu werden.«

»Ganz schön großkotzig für eine Journalistin«, sagte Posy.

»Ja, stimmt«, pflichtete ich ihr bei.

Audrey erklärte, sie wolle verreisen.

»Dein Bett kannst du aber im Flieger nicht mitnehmen«, sagte ich. »Es sei denn, du gehst auch in den Frachtraum.«

Audrey bedachte mich mit einem Stirnrunzeln und streckte die Hand nach einem Schokoladenkrapfen aus. »Sei nicht albern.«

»Aha, du fährst also mit dem Zug.«

»Ich sagte, sei nicht albern. Natürlich stehe ich aus dem Bett auf.«

»Du stehst auf?«

* Britische Wohltätigkeitsorganisation, die mit den Erlösen aus neuer und gebrauchter Kleidung und anderen Dingen Menschen in Entwicklungsländern hilft. (Anm. d. Ü.)

»Genau das habe ich gesagt. Warum siehst du mich so überrascht an?«

»Ach, das hat keinen besonderen Grund. Na schön, ich würde es so ausdrücken: Es ist mir nicht entgangen, daß du dein Bett in den letzten paar Jahren kaum verlassen hast. Wo willst du überhaupt hin?«

»Nach Schweden. Ich möchte mir Olivias Insel ansehen. Ich bin Ewigkeiten nicht mehr dort gewesen. Und du kommst mit.« Sie biß in ihren Krapfen.

»Das ist nicht dein Ernst.«

»Du weißt, daß ich nie scherze.« Das stimmte allerdings.

Trotzdem sagte ich: »Was soll ich denn dort? Schließlich habe ich gerade erst Linus' Traum zerstört.«

»Genau deshalb fahren wir. Olivia ist meine älteste und beste Freundin. Sie ist die Schwester, die ich nie gehabt habe. Wir kommen beide nicht mit den Spannungen zurecht, die sich wegen dieser Operngeschichte zwischen unseren Familien aufgebaut haben. Du und ich, wir fahren nach Schweden, um die Sache wieder in Ordnung zu bringen. Außerdem könntest du einen Urlaub vertragen. Ich weiß, daß du erst im September wieder voll zu arbeiten anfängst.«

Ich schüttelte den Kopf. »Tut mir leid. Das ist wirklich keine gute Idee. Linus hat gemacht, was er für richtig hielt – genau wie ich. Wir haben beide unsere Arbeit getan, das ist alles. Das müssen sie nun mal so hinnehmen. Ich kann und will mich ihnen nicht zum jetzigen Zeitpunkt aufdrängen. Laß mich aus dem Spiel, aber fahr du ruhig, dir gefällt's dort.«

»Nun, vielleicht hast du recht«, sagte meine Mutter mit nachdenklicher Miene. »Vielleicht ist es wirklich keine so gute Idee, daß sie dich besser kennenlernen.«

16

Das Telefon klingelte, als ich gerade ins Bett gehen wollte. »Esther, ich bin's, Olivia.«

»Hallo, Olivia«, sagte ich.

»Ich muß dir leider mitteilen, daß deine Mutter einen Unfall hatte. Sie liegt im Krankenhaus.«

Audrey, die das Gehen nicht mehr gewöhnt war, war auf einer nassen Platte im Garten ausgerutscht und hatte sich nicht nur die Hüfte gebrochen, sondern auch noch eine schwere Gehirnerschütterung zugezogen. Es gehe ihr gut, aber, meinte Olivia, in ihrem Alter und bei ihrem Gewicht könne man nie wissen. »Ich denke, du solltest herkommen. Es könnte sein, daß sie eine ganze Weile im Krankenhaus bleiben muß. Sie darf sich nicht bewegen, und Fliegen kommt fürs erste nicht in Frage. Ich will dir keine unnötigen Sorgen machen, doch wie gesagt: In ihrem Alter kann man nie wissen.« Sie schwieg eine Weile, dann fügte sie hinzu: »Sie hat Angst.«

»Du glaubst nicht, daß Audrey das absichtlich getan hat, oder?« Ich wünschte mir sofort, das nicht gesagt zu haben, aber es war mir einfach so herausgerutscht.

»Das will ich nicht gehört haben, Esther.«

»Danke«, sagte ich beschämt. »Ich buche gleich morgen früh den Flug und rufe dich dann an. Ach, und Olivia …«

»Ja, Esther?«

»Sie kommt wieder auf die Beine, oder?«

»Ich weiß es nicht, aber die Ärzte sind zuversichtlich. Sie liegt in einem guten Krankenhaus und bekommt die beste Pflege.«

»Und was ist mit Linus?«

»Was soll mit ihm sein?«

»Macht es ihm nichts aus, wenn ich komme? Ich meine, zuerst verderbe ich sein Projekt, und dann tauche ich auch noch auf seiner Insel auf.«

»Linus wird verstehen, daß du zu deiner Mutter mußt. Er hat Audrey immer gut leiden können.« Es war jedesmal wieder eine Überraschung, zu hören, daß andere Leute meine Mutter mochten.

In jener Nacht konnte ich nicht schlafen. Wenn ich die Augen schloß, gingen mir Bilder von Audrey durch den Kopf, wie sie voller Angst in einem schmalen Krankenhausbett lag, bekleidet mit einem einfachen, am Rücken offenen weißen Nachthemd, nicht mit einem ihrer üppigen Seidennegligés, die alle ein bißchen wie die Ausgehgarderobe eines besonders eitlen Schmetterlings wirkten. Wie unzählige Frauen vor mir war ich so sehr damit beschäftigt gewesen, vor meiner Mutter davonzulaufen, daß es mir gar nicht aufgefallen war, wie ich mich ihr nun von selbst wieder annäherte.

Posy schenkte mir zum Abschied eines ihrer Tücher. »In Schweden kann's ziemlich kalt werden«, sagte sie.

»Hier wird's auch kalt«, sagte ich. »Aber du hast mir noch nie ein Tuch geschenkt.«

»Tja, du fährst ja auch Gott sei Dank weg.«

»Das ist aber nicht sehr nett.«

»Stimmt, ist aber so. Ich mag dich wirklich sehr, doch in letzter Zeit bist du mir ganz schön auf die Nerven gegangen. Mein Gott, wird das schön sein, wenn ich das Haus eine Weile für mich allein habe. Natürlich tut's mir leid, daß es unter diesen Umständen passiert, aber ich versuche, die positive Seite zu sehen.«

An Posy hatte mich bisher aufgeregt, daß sie immer so lange um den heißen Brei herumredete, aber im Augenblick hätte ich es ganz gut vertragen können, wenn sie nicht ganz so direkt gewesen wäre. »Du bist doch nicht wirklich froh, daß ich wegfahre, oder?« fragte ich, während ich den Koffer nach unten schleppte.

»Doch.« Sie nahm mich in den Arm. »Paß gut auf dich auf. Ich schließe deine Mutter in mein Abendgebet ein.« Sie öffnete die Haustür. »Bist du sicher, daß du's allein schaffst?« fragte sie.

Ich wollte zur nächsten U-Bahn-Station, um von dort aus nach Heathrow zu fahren. »Ja, das Ding hat Rollen.« Ich versetzte dem Koffer einen leichten Tritt.

»Tja, dann mal los.« Posy schob mich zur Tür hinaus.

Als ich die drei Stufen vor dem Haus hinuntergegangen war, drehte ich mich noch einmal um. »Man könnte fast meinen, du willst mich loshaben.«

»Nun geh schon.« Posy warf mir eine Kußhand zu.

Ich hatte meine alten Schwedisch-Lehrbücher auf die Reise mitgenommen. Im Flugzeug nach Göteborg saß ich zwischen zwei schweigsamen und ziemlich ernsten Schweden, von denen der eine immer wieder winzige Brandy-Flaschen verlangte und auch bekam, die er entweder trank oder in seinem Aktenkoffer verschwinden ließ. Alkohol war sehr teuer in Schweden, hatte ich gehört. Jedesmal, wenn die Stewardeß ihm wieder ein Fläschchen brachte, nickte er ernst und sagte »*tack*«; das ist das schwedische Wort für »danke«. Abgesehen davon verlief die Reise schweigend.

Jedes Kind weiß, daß die Schweden ernste, fleißige und ziemlich düstere Menschen sind – schließlich haben wir alle die Filme von Ingmar Bergman gesehen –, also war ich mir einigermaßen sicher gewesen, daß ich mich unter ihnen wie zu Hause fühlen würde. Deshalb war ich alles andere als vorbereitet, als es in der Ankunftshalle des Göteborger Flughafens von fröhlich plaudernden, lachenden Menschen wimmelte, die in ihrer bunten Sommerkleidung aussahen, als wären sie einer Kodak-Werbung entsprungen. Nicht einer von ihnen schien auch nur im entferntesten mit Selbstmordgedanken zu spielen. Egal, dachte ich, und versuchte, mich selbst ein wenig aufzumuntern. Nach allem, was ich über Olivias Familie gehört hatte, würden die Dinge schon noch düsterer werden.

»Deiner Mutter geht es den Umständen entsprechend gut«, versicherte Olivia mir, sobald wir uns begrüßt hatten. »Es hat sie sehr aufgebaut, daß du kommst.«

»Und sie hat tatsächlich eine Gehirnerschütterung und eine gebrochene Hüfte?« fragte ich, während ich meinen Gepäckwagen über den blankgebohnerten Boden der Ankunftshalle zum Ausgang schob.

»Wirklich, Esther, ich weiß gar nicht, was du meinst. Warum sollte die arme Audrey sich so etwas ausdenken? Und außerdem gibt es sogar hier bei uns im hohen Norden Röntgengeräte.«

»Tut mir leid«, murmelte ich. »*Tack, tack*«, fügte ich hinzu, um meinen guten Willen zu beweisen »Es ist nur, daß sie so versessen auf mein Herkommen war ... Du weißt schon, nach der Geschichte mit dem Opernhaus. Sie hatte diese fixe Idee, daß sie die Beziehungen zwischen unseren Familien kitten muß.«

»Ja, sie wollte unbedingt, daß du herkommst, aber so versessen darauf war sie auch wieder nicht, das kannst du mir glauben. Sie hat nämlich ganz schöne Schmerzen.«

Jetzt machte ich mir wirklich Sorgen. Manche Menschen ertrugen Schmerzen besser als andere. Audrey gehörte eindeutig zur zweiten Gruppe. »Fahren wir gleich zu ihr?«

Olivia nickte. »Das Krankenhaus liegt ungefähr auf halbem Weg zwischen dem Flughafen und der Insel.«

Während Olivia ihren dunkelgrauen Volvo-Kombi aus dem Parkplatz lenkte, fragte sie: »Und wie geht's dir? Audrey hat mir erzählt, daß du in letzter Zeit ein paar Probleme gehabt hast.«

»Mir geht's viel besser, danke der Nachfrage«, sagte ich und hielt die Hand über die Augen, um sie vor der grellen Sonne zu schützen, die durch die Wagenfenster hereinschien. »Man hat mir gesagt, daß ich sofort gegen jedes Anzeichen von Entscheidungsunfähigkeit angehen soll. Ich soll mich mit der Unsicherheit des Lebens arrangieren und lernen, daß nichts perfekt oder auch nur geordnet ist.«

»Das klingt aber ganz schön defätistisch.«

»Ich muß das tun, denn sonst werde ich verrückt. Oder, wie das in der Psychotherapie heißt: Sonst verstärken sich meine Ängste.«

»Nun, warum nicht«, sagte Olivia und lenkte den Wagen auf die Autobahn.

Während ich die Seen zählte – schon nach wenigen Kilometern

waren es drei –, dachte ich, daß Olivia nur selten widersprach; sie ließ einfach jedem seine eigene Meinung. Audrey hingegen stritt zwar, aber nie lange; sie zog es vor, die Ansichten ihres Gegenübers so lange zu ignorieren, bis sie sich in nichts auflösten. Keine der beiden hatte je einen Nervenzusammenbruch erlitten. Vielleicht konnte ich von ihnen etwas über mentale Hygiene lernen.

»Bekommt sie Schmerzmittel?« fragte ich, als wir am Stadtrand an See Nummer vier vorbeifuhren.

»Natürlich. Und jetzt hör auf, dir Sorgen zu machen. Man könnte ja fast meinen, daß du deine Mutter magst. Ich zähle dir mal auf, wer im Augenblick auf der Insel ist: Linus und sein kleiner Sohn Ivar. Bertils Onkel Gerald und Geralds Tochter Kerstin, und natürlich Tante Ulla. Ulla ist die Cousine von Astrid, das heißt von Bertils erster Frau. Irgendwann, keiner weiß mehr so genau wie, ist sie mal zu unserer kleinen Urlaubsgruppe gestoßen, und jetzt gehört sie eben dazu. Jemand sollte Ivar warnen; ich habe nämlich diese Theorie, daß Ulla uns alle überleben wird und sich auch bei den nächsten Generationen wieder einnistet wie ein verfluchter Papagei. Jedenfalls sprechen alle hervorragend Englisch, sogar Ivar. Bertil und ich reden englisch miteinander und auch mit Ivar, seit er auf der Welt ist.«

»Und du bist dir sicher, daß es Linus nichts ausmacht, wenn ich komme?«

»Ach, das ist schon in Ordnung. Natürlich war er anfangs schrecklich enttäuscht über das Scheitern des Projekts und ist es wahrscheinlich immer noch, aber er ist ein sehr gerechter Mensch. Er weiß, daß du nur das getan hast, was du für richtig gehalten hast. Und er weiß, wie eng deine Mutter und ich befreundet sind.«

»Ich werde ihm aus dem Weg gehen«, beschloß ich. In der Ferne erhob sich eine alte Festung auf einer Anhöhe, die den Zugang zu dem kleinen Ort Kungälv auf halber Höhe des breiten, trägen Flusses bewachte. Wir bogen links von der Autobahn ab und folgten den Hinweisschildern zum Krankenhaus.

Bis dahin war mir nicht klar gewesen, daß ein dicker Mensch wie Audrey so klein aussehen konnte, wenn er in einem Krankenhausbett lag. Es war merkwürdig, denn das Bett war im Vergleich zu ihrem eigenen zu Hause schmal; man hätte meinen mögen, daß ihre Fettmassen überhängen würden wie die eines Kuckucks in einem fremden Nest. Ihr Kopf war bandagiert, und ihre rechte Hüfte und ihr rechter Oberschenkel ruhten in einem Gipsbett. Wenigstens trug sie entgegen meiner Befürchtungen keines der besagten Krankenhausnachthemden, sondern ein gelb-weißes aus Baumwolle, das die Form eines langen T-Shirts hatte. Trotzdem war das nichts, verglichen mit ihren geliebten Negligés. Olivia sagte, sie habe ihr das Nachthemd geliehen: »Das paßt eher fürs Krankenhaus als ihre eigenen, hab ich mir gedacht.«

Meine Mutter hob ihre feiste Hand und lächelte matt. »Hallo, Esther, mein Schatz. Du bist also gekommen.«

Ich beugte mich über sie und gab ihr einen Kuß auf die trockene Wange. Wo war sie, dachte ich, als ich in ihre müden Augen sah. Wo war die alte Hexe, meine Lieblingsfeindin? Verschwunden. Und an ihrer Stelle lag diese zerbrechliche alte Dame in dem Bett. Ich blinzelte, weil ich fürchtete, sie könnte die Tränen in meinen Augen bemerken.

»Nun schau nicht so besorgt, Esther«, sagte meine Mutter. »Ich komme schon wieder auf die Beine. Jetzt bist du ja hier.« Sie klopfte leicht auf das Bett, um mir zu signalisieren, daß ich mich darauf setzen sollte. »Du kannst den Stuhl nehmen, Olivia«, sagte sie. »Die haben sich ganz schön aufgeführt, als sie gehört haben, daß ich praktisch seit zwei Jahren nicht mehr aus dem Bett aufgestanden bin. Offenbar bricht man sich dann leichter was.«

Die Schmerzmittel machten sie schläfrig, also blieben wir nicht lange. Beim Gehen versprach ich ihr, am nächsten Tag den Bus zu nehmen und sie zu besuchen. Dann stiegen wir wieder in den Wagen und fuhren hinaus auf die Insel. Wir öffneten beide Fenster, aber auch dann war es noch ziemlich warm, weil die Sonne auf der Beifahrerseite hereinschien. Ich zwang mich, wach zu bleiben, nichts von der Landschaft draußen zu verpassen. Jetzt ließen wir die kleine Stadt Kungälv hinter uns, und die Gewerbegebiete, die die Straße gesäumt hatten, machten Feldern und Wiesen Platz, in denen einzelne, meist tief kupferrote, manchmal aber auch pastellfarbene Holzhäuser standen. Dann bogen wir um eine scharfe Kurve, und Olivias Goldarmreifen klimperten, als sie den Gang wechselte. In den frühesten Erinnerungen, die ich an sie hatte, blitzte noch ein einzelner Reif an ihrem linken Handgelenk, aber im Lauf der Jahre vermehrte er sich, und jetzt waren es so viele, daß sie ihren halben Unterarm bedeckten. Ich hatte diese Armreifen immer bewundert, mir vorgestellt, daß ich selbst einmal eine Sammlung davon besitzen würde, doch seltsamerweise hatte ich mir nie einen gekauft. Mit Küchengeräten war es dasselbe. Mir war aufgefallen, wieviel leichter es die Menschen offenbar hatten, die Mixer und Rührer ihr eigen nannten, aber irgendwie war es mir nie in den Sinn gekommen, mir selbst so etwas zuzulegen. Manche Dinge, schien es, leistete man sich einfach nicht selbst: Goldarmreifen, Mixer und die wahre Liebe zum Beispiel.

»Jetzt ist es nicht mehr weit«, sagte Olivia. »Es ist gleich hinter der nächsten Kurve. Also sei auf den großen Augenblick gefaßt.«

Ich machte die Augen so weit auf, daß mir die Sonne weh tat. Und tatsächlich: Vor mir lag der Westküstenarchipel, eine Inselformation, die bei einer Explosion entstanden zu sein schien, bei der Landfragmente hinaus in die gewitterblaue See geschleudert worden waren. Und mittendrin lag die Insel Kilholmen.

Villa Rosengård: Sommerresidenz der Stendal-Familie seit der Jahrhundertwende; aus Schindelholz erbaut wie fast alle Häuser auf der Insel, blau bemalt wie der Sommerhimmel, voller Ecken und Winkel, mit einem Türmchen auf der östlichen Seite. »So, da wären wir.« Gerade als Olivia das Tor öffnete, kreuzte ein Igel unseren Pfad. »Hier auf der Insel haben nur die Notdienste und Lieferfirmen Autos«, sagte sie. »Das bedeutet, daß es ungewöhnlich viele Igel gibt.«

Ich trat durch das Tor auf den makellos gepflegten Kiesweg. Die Schulter tat mir weh, weil ich das größere meiner beiden Gepäckstücke vom Kai zum Haus hochgetragen hatte.

»Bertil wollte uns von der Fähre abholen«, sagte Olivia, als sie mein schmerzverzerrtes Gesicht sah, »aber ich habe ihm gesagt, er soll lieber zum Golfen gehen.«

Zum Golfen? Wo auf dieser kleinen, hügeligen Felsinsel wollte Bertil Golf spielen? Olivia schien meine Gedanken zu erraten. »Es gibt einen Golfplatz ungefähr eine halbe Stunde von hier entfernt, auf dem Festland.«

Der Kiesweg zum Haus wurde zu beiden Seiten von himbeerroten Rosen flankiert. Noch größere und üppigere cremeweiße rankten an den blauen Wänden des Hauses hoch. »Auf der Insel gedeihen sonst keine Rosen. Deshalb hat dieses Haus seinen Namen: Villa Rosengård. Das ist nicht sonderlich originell, aber die Familie war ja auch nie für ihre überbordende Phantasie bekannt, jedenfalls nicht vor Linus. Doch der hat genug Phantasie für uns alle. Ich habe dich im Cottage untergebracht. Tut mir leid, aber du wirst dir das Bad mit Ulla teilen müssen.«

Das Cottage, das genauso himmelblau mit weißen Dachvorsprüngen war wie das Haupthaus, lag halb hinter einer hohen Fliederhecke versteckt, und die Tür stand offen. Als wir knirschenden Schrittes den Kiesweg hinaufgingen, tauchte plötzlich eine kleine, grauhaarige Frau mit Topfschnitt stirnrunzelnd vor uns auf.

»Ich dachte mir, ich erwarte euch lieber hier, damit ich dir gleich erklären kann, wie alles funktioniert«, sagte sie auf englisch, allerdings mit starkem Akzent. »Zum Beispiel das Bad.« Die kleine Frau verschwand im Innern des Cottage, doch die Meeresbrise trug ihre gedämpfte Stimme zu mir herüber.

»Das war Ulla«, sagte Olivia und ging mir voraus in das Cottage. »Laß dir lieber gleich alles von ihr zeigen, dann hast du's hinter dir.«

Ulla wartete bereits auf mich. »Meine Sachen sind auf den beiden oberen Regalfächern und rechts von den Wasserhähnen an der Badewanne. Alle blauen Sachen gehören mir: der Waschlappen, der Schwamm, die Seifenschale, der Zahnbecher …«

»Der Zahnbürstenbehälter«, fügte ich hinzu.

»So was brauche ich nicht, weil meine Zahnbürste immer in diesem Glas bleibt. Dann muß ich sie beim nächsten Besuch nur herausnehmen.«

»Wir sind uns noch nicht richtig vorgestellt worden«, murmelte ich, während ich Ulla aus dem Bad folgte. »Ich bin Esther Fisher. Aber das haben Sie wahrscheinlich schon gewußt.«

Ulla sah mich ein wenig ungeduldig über die Schulter an. »Natürlich bist du Esther Fisher«, herrschte sie mich an. »Warum sollte ich dir sonst mein Bad zeigen? Du schläfst da drin«, fuhr Ulla fort und deutete auf die Tür auf der anderen Seite des schmalen Flurs.

Olivia war bereits in dem Zimmer. Es war groß und rechteckig und hatte ein Fenster auf der hinteren Seite. Es gab zwei Betten, eins auf jeder Seite, beide mit Kopfteilen aus Messing und weißen gehäkelten Tagesdecken. Das Zimmer strahlte etwas Altmodisches aus mit seiner verblichenen Rosentapete und den weißen Spitzenvorhängen. Die weißgestrichenen Bodendielen knarrten, als ich zu dem Bett ging, auf das Olivia meinen Koffer gelegt hatte. »Ich hoffe, es gefällt dir hier«, sagte sie.

»Ach, und außerdem sind zwei Dosen Raumspray im Bad«, verkündete Ulla, als sie aus dem Schlafzimmer verschwand. »Wiesenduft und Waldbrise. Ich mag bloß Waldbrise.«

»Tja, das waren also alle«, sagte Bertil Stendal, »bis auf Linus. Ihr habt euch ja schon kennengelernt. Nicht unter den günstigsten Umständen, soweit ich das mitbekommen habe, aber ihr habt beide das getan, was ihr für richtig gehalten habt. Linus ist in der Stadt. Er mußte etwas Dringendes erledigen.« Als er das sagte, wurde aus seiner kühlen höflichen Miene ein kühles Lächeln.

Er wollte gerade weitersprechen, als Ivar, ein strohblonder Junge mit runden blauen Augen, sagte: »Linus ist mein Papa.« Dann plapperte er in seiner eigenen merkwürdigen Mischung aus Englisch und Schwedisch weiter.

Wir saßen im Wintergarten des Haupthauses: Olivia, Bertil, Gerald, Kerstin, Ulla und Ivar. Sie waren alle sehr freundlich, mit Ausnahme von Ulla natürlich; sie erinnerte mich an den Wolf, dem man gerade gesagt hatte, daß er nett zu Rotkäppchen sein soll. Trotzdem wußte ich, was sie aller Wahrscheinlichkeit nach dachten.

»Tut mir wirklich leid, daß ich Linus den Auftrag verpatzt habe«, platzte ich heraus.

»Warum hast du's dann gemacht?« fragte Ulla.

Diese Reaktion hatte ich mir nicht erhofft. Ich wandte mich ihr zu und suchte nach einer Erklärung: »Erstens habe ich meine Arbeit als Journalistin gemacht. Aber abgesehen davon finde ich es auch privat falsch, wenn zwei alte Leute ihr Zuhause verlieren, nur weil die Interessen vieler anderer auf dem Spiel stehen. Ich war und bin der Ansicht, daß es hier ums Prinzip geht. Man kann ein Opernhaus an einem anderen Ort bauen, doch seine Prinzipien kann man nicht willkürlich hin und her schieben. Wenn man das tut, verlieren sie ihren Wert.«

»Warum sagst du dann, daß es dir leid tut?« Ulla sah mich aus ihren hellbraunen Augen an.

»So einfach ist es auch wieder nicht, die Oper an einem anderen Ort zu bauen«, sagte Bertil mit trockenem Lächeln.

»Papa hat eine Frau kennengelernt«, mischte Ivar sich ein. »Sie heißt Pernilla und hat lange blonde Haare wie eine Prinzessin. Wir haben sie am Kai getroffen, und Papa hat gesagt, ich soll heimlaufen.« Dann wandte Ivar sich mir zu und erklärte: »Er hat gemeint, heim zur Villa Rosengård, nicht heim zu meiner Mama oder heim in die Wohnung von Papa in Göteborg. Und dann hat Pernilla ...«

Ein böser Blick von Ulla brachte ihn zum Schweigen. »Du redest zuviel für ein Kind«, herrschte sie ihn an.

Bertil sagte etwas auf schwedisch zu ihr, und Gerald fügte hinzu: »Genau. Du bist eine böse alte Frau, Ulla Andersson.«

Bertils Cousine Kerstin lächelte Ivar an. Sie war ungefähr in meinem Alter und von durchschnittlicher Statur, sah aber irgendwie kindlich aus. Vielleicht lag das an ihren aschblonden Haaren, die zu einem strengen Bob geschnitten waren und deren Pony mit einer Spange zurückgehalten wurde – einer Minnie-Maus-Spange, das fiel mir auf. Möglicherweise hatte es aber auch mit ihrer Kleidung zu tun: Sie trug weite, himmelblaue Shorts und dazu ein Sweatshirt mit Schweinen auf Skateboards. »Ivar hat mir vorher geholfen, die ganzen Einkäufe den Hügel hochzutragen. Du bist ein guter Junge, stimmt's, Ivar?«

»Ja, ich bin ein guter Junge«, pflichtete er ihr auf englisch bei. »Und wenn ich groß bin, werde ich ein gutes Mädchen.«

Niemand schien ihn in diesem Punkt aufklären zu wollen. Ich beschloß, das zu übernehmen, überlegte es mir aber anders. Menschen über ihre Fehler aufzuklären, kann schreckliche Folgen haben. Connie Jenkins zum Beispiel, eine Freundin von Audrey, hatte immer geglaubt, daß ihr Mann sie auf Händen trug, bis ihre Schwester ihr eines Tages sagte, daß ihr Mann auch eine Schwäche für Prostituierte mit Gummiknüppeln hatte. Daraufhin hatte die arme Connie sich umgebracht. Nein, man sollte es sich immer gründlich überlegen, bevor man anderen Leuten reinen Wein einschenkte.

»Ich kenne Pernilla noch aus Linus' Schulzeit«, sagte Bertil. »Hübsches Mädchen, immer Unsinn im Kopf, immer ein Lachen auf den Lippen.«

Ich hatte in der Schule auch solche Mädchen gekannt. Die meisten von ihnen hätte ich gern verprügelt. Einmal tat ich das sogar. Sie hieß Melissa und hatte mir überall Smileys in mein neues Übungsheft gemalt. Ich liebte meine Übungshefte, besonders die neuen. Wenn ich die erste Seite aufschlug, war das, als begänne ein neuer Tag voll neuer Möglichkeiten. Und das hatte Melissa mir verdorben. Noch schlimmer: Ms. Sims, unsere Lehrerin, hatte gelacht und gesagt, Esther könne allerdings solche Smileys vertragen. Kurze Zeit später, auf dem Schulhof, hatte ich Melissa eins auf die Nase gegeben. Als sie dann rot geworden und angeschwollen war, hatte ich lachend erklärt, Melissa könne schon mal ein geschwollenes Gesicht vertragen. Daraufhin war ich zwei Wochen lang vom Unterricht ausgeschlossen worden. Damals hatte ich das ausgesprochen unfair gefunden; mein neues Übungsheft, das ich erst einmal wochenlang benutzen mußte, bevor es voll war und ich ein anderes bekam, war ruiniert, aber Melissas Nase schwoll schon nach wenigen Tagen wieder ab.

Das Gespräch, an dem vorher noch alle teilgenommen hatten, war mittlerweile versandet. Ivar war damit beschäftigt, die Fransen des Webteppichs, der den größten Teil des Holzfußbodens bedeckte, zu Zöpfen zu flechten. Eine Fliege summte an der sonnendurchfluteten Decke herum, bevor sie durch die offene Glastür wieder hinausflog, und auf dem Schaukelstuhl gab Gerald, der die meiste Zeit gedöst hatte, eine ganze Fanfare von Fürzen von sich. Daraufhin begann Kerstin aus voller Kehle ein schwedisches Lied zu singen, und Ivar hob den Blick von den Fransen und stimmte mit seiner quäkenden Sopranstimme ein.

Wir aßen im Garten zu Abend. In Schweden essen die Leute früh, so gegen sechs, doch wir blieben bis nach neun draußen und redeten und tranken Kaffee. Die Sonne stand immer noch hoch am Himmel, aber der Wind vom Meer war kühl, und einer nach dem anderen ging ins Haus, um sich einen Pullover oder ein Tuch zu holen. Ivar war mittlerweile enttäuscht und ein wenig beleidigt ins Bett gegangen, weil sein Vater angerufen hatte, um ihm zu sagen, daß er noch arbeiten müsse und erst nach Hause kommen würde, wenn Ivar bereits schlafe. »Blöde, alte Häuser«, hatte Ivar ausgerufen, einen Schmollmund gemacht und mit der Faust auf den niedrigsten Ast eines Apfelbaumes eingeschlagen.

»Laßt uns ein bißchen Krocket spielen«, sagte Gerald plötzlich und sprang erstaunlich behende von seinem Stuhl auf. Einen Augenblick lang herrschte atemloses Schweigen, weil alle auf den nächsten Furz warteten. Als er nicht kam, nahmen wir unser Gespräch wieder auf. Ein paar Minuten später kehrte Gerald mit einem Set Krocketschläger und Kugeln zurück. Die Tore waren bereits in dem Teil des Gartens im Boden befestigt, der früher der Küchengarten gewesen war. Offenbar waren die Regeln für das Spiel hier in Schweden ein bißchen anders als in England. Jedenfalls schwindelten sowohl Gerald als auch Ulla und schoben ihre Kugeln mit dem Fuß ein Stück näher an ein Tor oder an eine gegnerische Kugel heran, wenn sie sich unbeobachtet fühlten. Ich sah zwar keinen Sinn in dem Spiel, wenn man mogelte, aber den anderen schien das nichts auszumachen.

»Tja, das sind die Villa-Rosengård-Regeln«, sagte Olivia mit einem Lächeln zu mir. Um halb elf gaben wir schließlich unsere Versuche auf, in dem schwächer werdenden Licht die roten von den grünen Kugeln zu unterscheiden, und packten die Sachen zusammen. Bevor ich in mein Zimmer ging, rief ich im Krankenhaus an. Meiner Mutter gehe es gut; sie schlafe tief und fest, versicherte mir eine Schwester.

Ich wollte gerade ins Bett gehen, als es klopfte und die Tür mit Schwung aufging. Es war Ulla, die ein langes weißes Nachthemd trug und ihren Topfschnitt mit einer Spange gebändigt hatte. »Ich hänge die Toilettenpapierrolle immer mit dem Ende nach außen auf«, sagte sie und verschwand wieder.

Ich öffnete das Fenster und ließ das Rollo herunter. Ich war einsam. Die Dunkelheit schien alle Leichtigkeit aus meinen Gedanken vertrieben zu haben, und ich wurde unsicher und bekam Heimweh. Na und? dachte ich. Diese Leichtigkeit war sowieso nicht echt gewesen; ich hatte sie mir nur von Leuten wie Posy oder von der – den Erzählungen nach – immer lachenden Pernilla geborgt. Ich tat besser daran, mir die Leichtigkeit vom Leib zu halten, sie mit äußerster Vorsicht zu betrachten, damit ich mich ja nicht an sie gewöhnte und traurig sein mußte, wenn ich sie wieder verlor. Um mich ein bißchen aufzumuntern, sagte ich mir alle Regeln von Ulla vor: »Toilettenpapierrolle mit dem losen Ende nach außen; Waldbrise, nicht Wiesenduft. Blau für Ulla. Rechte Seite vom Wasserhahn …« Irgendwann schlief ich ein.

Am nächsten Morgen weckten mich das Geschrei der Möwen und die Sonnenstrahlen, die durch das weiße Rollo hereindrangen. Ich drehte mich auf die andere Seite und griff nach meiner Uhr, die auf dem Nachtkästchen lag. Es war halb sechs. Mit einem Stöhnen rollte ich auf den Bauch und versuchte, wieder einzuschlafen, aber die Sonne und die leichte Brise, die durchs offene Fenster hereinkamen, waren zu verlockend. Ich schlich ins Bad und wusch mich am Waschbecken. Das Wasser drehte ich nur ein bißchen auf, um Ulla nicht zu wecken. Dann zog ich ein langes, geblümtes Baumwollkleid an, ein Posy-Kleid. Sie hatte kurz vor meiner Abreise so lange auf mich eingeredet, bis ich es kaufte, und jetzt entpuppte es sich als erstaunlich bequem. Außerdem schlüpfte ich in eine braune Baumwolljacke, um mich gegen den Wind zu schützen, und damit man nicht sofort sah, wie hübsch das Kleid war.

Als ich die Straße zum Hafen hinunterschlenderte, trippelte ein Igel geschäftig und entschlossen an mir vorbei. Zum Glück wußte er nicht, daß ein derart forsches Verhalten für einen Igel an einem anderen Ort lebensgefährlich gewesen wäre. Ich erreichte den Hafen, als die Fähre gerade mit einer Handvoll Pendlern ablegen wollte. Zumindest ging ich davon aus, daß es sich um Pendler handelte, weil sie Anzüge trugen und blasse Gesichter hatten. Alle anderen Leute auf der Insel waren braun gebrannt und hatten jene bunten Baumwollsachen an, die die Schweden im Sommer offenbar so gern trugen. Ich sah auf meine Uhr: sechs. Dann wandte ich mich nach rechts und ging weiter zum östlichen Ende der Insel. Das Meer war ruhig, und die Sonne, die bereits hoch am Himmel stand, verwandelte es in eine glitzernde Folie. Es war schon ziemlich warm und ruhiger als an den meisten Orten, an denen ich je gewesen war. Pastellfarbene Holzhäuser säumten den Kai, und in den kleinen Gärten davor gab es nicht viel mehr als einen Rasen und ein paar Büsche. Aber fast alle Häuser hatten eine verglaste Veranda, deren Fenster aufs Meer gingen wie große Zyklopenaugen. Ein junges Paar kam Hand in Hand auf mich zu: ein Liebespaar. Sie sahen aus, als hätten sie die Nacht auf den Felsen verbracht. Ich lächelte ihnen zum Gruß zu, aber offensichtlich erkannten sie in mir jenes Schreckgespenst der Liebe, das ich tatsächlich war, und wandten sich von mir ab. Vielleicht hatte mein Lächeln auch nur nicht so freundlich gewirkt, wie ich dachte.

Bei der alten Festung, die laut Olivia die Hafeneinfahrt gegen marodierende Norweger schützte, bog ich um die Kurve. »Heute noch?« hatte ich gefragt.

Olivia hatte mich mit ernstem Blick angesehen. »Bei den Norwegern kann man nie wissen«, hatte sie gesagt. Wahrscheinlich war das ein Scherz gewesen.

Hier endete der Hafen, und die Granitklippen begannen. Ich hatte das Gefühl, ganz allein am Ende der Welt zu sein, als ich auf das offene Meer hinausschaute und die Wellen betrachtete, die sich an den Felsen brachen. Aber ich war nicht allein. In der Ferne entdeckte ich einen Mann, der vor mir auf dem Pfad zum Meer hinunterging und dabei aus seinem Hemd schlüpfte. Als er die Klippe erreichte, zog er sich ganz aus und stand schließlich nackt in der Morgensonne. Ich wollte umkehren, aber er sah so gut aus – den Rücken gekrümmt und die Arme hoch über den Kopf erhoben –, daß ich stehenblieb und ihn einfach nur anstarrte. Dann stieß er sich ab und sprang. Er glitt fast lautlos ins Wasser, nur ein paar Tropfen spritzten auf.

17

DAS KRANKENHAUS TEILTE mir telefonisch mit, daß meine Mutter die Nacht gut verbracht hatte. So drückte die Stationsschwester sich in ihrem sorgsamen Englisch aus. Ich bat sie, Audrey auszurichten, daß ich sie am Nachmittag besuchen würde.

Hinterher setzte ich mich draußen im Garten unter den Apfelbaum, eine Tasse Kaffee neben mir, meinen Laptop auf dem Schoß, und versuchte, eine Geschichte für *Modern Romance* zu schreiben.

Etwa eine halbe Stunde später hörte ich, wie jemand meinen Namen rief. Als ich den Blick hob, sah ich, daß Linus durch das hohe Gras auf mich zukam. »Die Sache mit deiner Mutter tut mir leid«, sagte er und setzte sich neben meinen Liegestuhl auf die Wiese. »Aber ich glaube, sie erholt sich wieder.«

»Sonderlich glücklich wirst du nicht sein, daß ich hier bin, nach allem, was im Zusammenhang mit dem Opernhaus passiert ist.«

Linus drückte seinen Zeigefinger auf eine kahle Stelle im Rasen. »Es ist schon in Ordnung«, sagte er und sah seinen schmutzigen Finger an. »Du hast nur deine Arbeit gemacht.« Dann betrachtete er mich blinzelnd, weil die Sonne ihn blendete. »Und vielleicht hast du ja recht. Möglicherweise war das Projekt moralisch gesehen falsch. Ich habe auch schon gegen solche Dinge gewettert. Die Rechte des kleinen Mannes und so.« Er klang nicht überzeugt, eher so, als habe er sich die Worte von jemand anders geborgt.

»Danke«, sagte ich. Er stand auf und wischte sich den Hosenboden ab. Dabei folgte seine Hand der Ausbuchtung seines Hinterteils.

»Warst du das heute morgen draußen bei den Felsen?« fragte ich.

»Ja«, sagte er.

»Ich hab dich gesehen. Da war ich mir aber noch nicht sicher, ob du es bist.«

Linus sah mich an und lachte – jenes schrille Kichern, das von seinen Lippen perlte wie ein geschmackloser Witz.

»Ich habe Ivar kennengelernt«, sagte ich.

Zum Glück hörte er auf zu lachen und lächelte statt dessen. »Ja, Ivar.«

»Er ist ein toller Junge.«

»Der beste Junge der Welt«, sagte Linus. »Arbeit?« Dabei deutete er auf meinen Laptop. Ohne meine Antwort abzuwarten, fügte er hinzu: »Ich will dich nicht weiter stören.« Ich sah ihm nach, wie er zum Haus ging. Sein federnder Gang war ästhetisch; er schritt weit aus und rollte leicht über den Fußballen ab. Ausnahmsweise, dachte ich, mußte ich Gott nicht böse sein. Es war ausgesprochen freundlich von ihm, daß er einem so schönen Mann eine so lächerliche Lache gegeben hatte, um ihn vor sich selbst zu schützen. Ich sah dankbar zum Himmel hinauf, bevor ich mich wieder meiner Arbeit zuwandte.

Ich hatte den ersten groben Entwurf meiner Geschichte fertig, in der eine ausgesprochen nette Frau von einem feigen, opportunistischen Schwein, das zufällig nicht Angus hieß, betrogen wurde, als Olivia mich von der Terrasse aus zu sich rief.

»Es soll den ganzen Tag schön bleiben«, sagte sie, als ich auf sie zukam. »Ich habe gerade die Wettervorhersage gehört. Heute ist der ideale Tag für einen Ausflug.«

Ein Ausflug, das fand ich schon bald heraus, bedeutete, daß man die Insel mit dem Boot verließ und auf eine noch kleinere Insel, eigentlich bloß einen Felsen, fuhr. Man nahm Sachen für ein Picknick mit (Linus wurde zu der Bäckerei am Hafen geschickt, um frisches Brot und Zimtbrötchen zu holen), den Badeanzug und ein Buch, und dann … tja, dann saß man einfach nur da.

Wir waren alle auf der kleinen Insel angekommen und erfolgreich aus dem kleinen Boot ausgestiegen. Die anderen waren damit beschäftigt, ihre Badesachen auszupacken, nach Sonnenmilch zu suchen und sich nach dem windgeschütztesten Winkel umzusehen.

»Es ist ein bißchen hart hier«, sagte ich und versuchte, irgendwo weichen Sand, einen kleinen Grasflecken oder eine Luftmatratze zu entdecken, irgend etwas, das mein Hinterteil vor dem harten Granit geschützt hätte.

»Natürlich ist es hart«, sagte Olivia. »Hast du von einem Felsen etwas anderes erwartet?«

Bertil war im Wasser und schwamm um den weißen Rumpf ihres alten Fischerbootes herum, um mit einem großen Mop den schwarzen Rand abzuwischen, den die Flut hinterlassen hatte. Linus war mit Ivar beim Krebsefangen. Ulla hatte sich den einzigen flachen Teil der kleinen Insel gesichert und breitete gerade ihr grün-braun gestreiftes Badetuch aus. Neben das Tuch stellte sie eine riesige Segeltuchtasche, aus der sie einen Roman von Selma Lagerlöf holte. Kerstin, die auf einem Felsvorsprung über ihr kauerte, las bereits – ein Buch übers Joggen, soweit ich das anhand des blau-gelben Umschlags beurteilen konnte.

»Schwimm doch eine Runde«, sagte Olivia, während sie sich auf dem Felsen direkt unter mir ausstreckte. »Das Wasser sieht verlockend aus.«

Ich wußte, daß es verlockend *aussah.* Ich hatte eher Bedenken, wie es sich *anfühlte* – schließlich waren wir hier an der Nordsee. Eine Nordsee, die sich mit den strahlenden Blau- und Türkistönen des Mittelmeers verkleidet hatte, aber so leicht ließ ich mich nicht hinters Licht führen. »Es ist sicher kalt.«

»Tja, was hast du erwartet?« sagte Olivia wieder. »Es ist das Meer.«

»Ich kann mir nicht helfen, aber ich glaube, daß mein Körper seine Temperatur – so um die siebenunddreißig Grad – nicht umsonst hat. Ihn zu sehr abzukühlen, kann einfach nicht gesund sein.«

»Es ist sogar sehr gesund«, rief Kerstin von ihrem Felsvorsprung. »Mediziner haben nachgewiesen, daß es die Gesundheit fördert und zu einem langen Leben verhilft, wenn man den Körper einmal täglich ganz in kaltes Wasser eintaucht.«

Was für Mediziner? hätte ich am liebsten gefragt. Mediziner in einer Klapsmühle oder in einer Klinik für chronische Masochisten vielleicht? »Ich glaube, heute werde ich ausnahmsweise mal darauf verzichten«, sagte ich. »Auch wenn das bedeutet, daß sich meine Lebensdauer drastisch verkürzt.« Das Brummen eines kleinen Motors veranlaßte mich dazu, wieder aufs Meer hinauszuschauen. Ein kleines Motorboot kam auf uns zugeschossen, eine blonde Frau am Steuer.

»Hier rüber, Pernilla.« Linus tauchte auf der westlichen Seite der Insel auf, Ivar im Schlepptau. »Mach längsseits an unserem Boot fest.« Die Frau winkte mit der freien Hand zurück, während sie selbstsicher auf das Boot der Stendals zusteuerte. Dann warf sie Linus ein Seil zu, der seinen Eimer mit Krebsen abstellte und den Felsen hinunterkletterte, um ihr zu helfen. Sie war ganz schön leichtfüßig, diese Pernilla, dachte ich. Das war deutlich zu sehen, als sie ans Ufer sprang und sich dabei kaum auf Linus stützte, der ihr die Hand hingehalten hatte. Dann hob sie triumphierend den Blick wie eine Quizshowkandidatin im Fernsehen, die gerade eine Frage richtig beantwortet hat, grinste uns alle an und warf ihre blonde Mähne zurück.

»Das ist Pernilla«, sagte Linus.

»Das haben wir uns fast schon gedacht«, murmelte Ulla. So übel war sie gar nicht, diese Ulla. Nachdem wir uns alle vorgestellt hatten, packten wir die Picknicksachen aus. Außer den Sandwiches – ich hatte schon mitbekommen, daß Sandwiches eine Leibspeise der Schweden waren – und den Zimtbrötchen gab es Thermosflaschen mit Kaffee, aber ohne Milch oder Zucker. »Niemand in unserer Familie nimmt Milch oder Zucker«, meinte Ulla, als ich danach fragte. Sie ließ sich das *»unsere* Familie« auf der Zunge zergehen wie Schokoladeneiskrem.

Pernilla ließ sich, ohne mit der Wimper zu zucken, auf den Felsen fallen und nahm das Sandwich, das Linus ihr reichte. Dann wandte sie sich mir zu. »Das ist also dein erster Besuch in Schweden?« fragte sie.

Auf diese Frage hatte ich schon gewartet. »Nein«, sagte ich.

Ich spürte, wie alle mich überrascht ansahen. »Du bist schon mal hiergewesen?« rief Olivia aus. »Das hast du ja gar nicht erzählt.«

Bertil war mittlerweile aus dem Wasser gekommen und rubbelte sich mit einem viel zu kleinen blauen Handtuch ab. »Du hättest uns sagen sollen, daß du kommst. Weißt du, wir mögen deine Mutter alle sehr.«

»Offensichtlich sind solche Dinge Esther nicht so wichtig wie uns«, sagte Ulla.

Linus war damit beschäftigt gewesen, Ivar abzutrocknen, der ins Wasser gefallen war. »Esther hat uns doch gesagt, daß sie kommt.«

»Nein, nein«, widersprach Kerstin. »Das hat sie uns *letztes* Mal eben nicht gesagt.«

»Welches letzte Mal?«

Irgend etwas lief da aus dem Ruder. »Ich bin noch nie in Schweden gewesen«, sagte ich ziemlich kleinlaut.

»Aber du hast doch gerade gesagt, daß du schon mal hier warst«, meinte Pernilla, sah Linus an und verdrehte die Augen. »Ich habe gefragt: ›Ist das dein erster Besuch in Schweden?‹, und du hast ›Nein‹ gesagt.«

Ich blinzelte in den Himmel. Eine Möwe zog ihre Kreise und hatte mit Sicherheit die Krebse in dem Eimer im Auge. »Das war ein Scherz«, sagte ich noch kleinlauter, als die Möwe plötzlich herunterstieß, ungefähr einen halben Meter von dem Eimer entfernt landete und sich unbeholfen in seine Richtung vorarbeitete. Ihre runden schwarzen Augen waren auf den Eimer gerichtet und Ivars große runde blaue Augen auf die Möwe. Ich zündete mir eine Zigarette an und hielt die Packung Linus hin.

»Nicht besonders witzig«, sagte Ulla und goß sich noch eine Tasse Kaffee ein. »Ist wahrscheinlich der berühmte britische Humor«, fügte sie hinzu. Da schlug die Möwe mit den Flügeln, und Ivar stieß einen Schrei aus. »Sie hat nach mir gehackt! Schau, sie hat in meinen Zeh gehackt!« Die Möwe machte sich aus dem Staub, als Linus heraneilte, flatterte aber schon bald wieder um den Eimer herum. Ivar hielt seinen Fuß hoch, und ein paar Blutstropfen fielen auf den grauen Felsen. Linus nahm ihn kurz in den

Arm, bevor er die Möwe zu verscheuchen versuchte. »Hau ab!« rief er. »Weg!« Die Möwe hüpfte ein paar Schritte zur Seite, bevor sie die Beobachtung des Eimers wiederaufnahm. »Hau ab!« Linus holte mit dem Fuß aus, und endlich erhob sich der Vogel mit einem verächtlichen Blick in die Luft. »Ich fliege aus freien Stücken weg«, schien er zu sagen.

Ivar rieb schluchzend seinen Zeh. »Steck ihn ins Wasser«, sagte Olivia, stand auf, nahm Ivars Hand und führte ihn hinunter ans Ufer.

»Was für eine Aufregung.« Pernilla lachte träge auf. Dann wandte sie sich mir zu. »Jedenfalls bist du jetzt hier, und es ist so ein schöner Tag, das ist alles, was zählt.« Sie legte sich auf den nackten Felsen, und die Sonne ließ die feinen Härchen auf ihren gebräunten Armen golden schimmern. Linus setzte sich neben sie und sah sie voller Bewunderung an. Sogar Ivar schien seine Verletzung vergessen zu haben.

»Willst du meine Krebse sehen?« Er stellte sich neben sie und hielt ihr den gelben Eimer hin. Pernilla öffnete die Augen und stützte sich auf einen Ellbogen. »Wunderbar«, sagte sie. »Das sind wirklich tolle Krebse.«

Eine Weile herrschte Frieden. Bertil, Olivia, Ulla und Kerstin lasen ihre Bücher. Ivar paßte auf seine Krebse auf, Linus wachte über die schlafende Pernilla. Ich saß da und wünschte mir, daß sie anfinge zu schnarchen.

»Du mit deiner scheußlichen Eifersucht«, hatte mein Vater einmal zu mir gesagt, nachdem ich seinem kleinen Patenkind die Wimpern gestutzt hatte.

»Ich hab sie einfach zu schwer gefunden«, hatte ich mich verteidigt. »Wahrscheinlich, hab ich mir gedacht, schläft sie deswegen die ganze Zeit ein.« Diese Erklärung hatte nicht alle überzeugt.

Die Brise vom Meer wurde stärker. Ich griff nach meinem Baumwollpullover und legte ihn mir über die Schultern. Dann blickte ich in die Runde. Sie wirkten alle so zufrieden. Ivar war unten beim Wasser und warf mit Steinen nach einer Qualle. Irgend jemand schnarchte, doch leider war dieser Jemand nicht

Pernilla, sondern Kerstin. Es gab sicher einen Trick bei dieser Inselsitzerei, aber den hatte ich noch nicht raus. Wenn ich versuchte, mich hinzulegen, drückte mir ein spitzer Stein in den Rücken. Also drehte ich mich auf die Seite und stützte mich auf den Ellbogen. Das war auch nicht besser. Ich setzte mich wieder auf und holte einen Notizblock heraus. Vielleicht sollte ich Tagebuch schreiben. Das hätte ich schon am Tag meines Nervenzusammenbruchs tun sollen, um meinen Weg der Besserung aufzuzeichnen.

Bertil legte sein Buch weg. »Linus«, sagte er. »Olivia und ich haben uns darüber unterhalten, alles hier zu verkaufen und uns etwas in Frankreich zu suchen. Was hältst du davon? Das ist immer schon ein Traum von uns gewesen.« Er wandte sich Olivia zu und lächelte. Ulla atmete deutlich hörbar ein. Auch sie hatte mittlerweile ihr Buch beiseite gelegt. »Wir würden natürlich eine kleine Wohnung in der Stadt behalten, aber mehr brauchen wir nicht.«

Linus schwieg einen Augenblick, dann sagte er: »Wenn ihr das beide wollt, solltet ihr das tun. Ich würde euch die Villa Rosengård gern abkaufen, aber sie ist zu groß für Ivar und mich allein, und ich hätte auch nie genug Zeit, damit sich das hier draußen lohnt. Ihr werdet sicher ganz leicht einen Käufer finden. Nein, nein, macht das nur. Ivar und mir würde die Villa natürlich sehr fehlen, doch wir kommen schon zurecht.«

Ein ersticktes Geräusch ließ mich den Kopf wenden. Ulla saß kerzengerade da und starrte Bertil an. Sie sah aus wie jemand, dem man gerade seinen Lieblingshund zum Essen vorgesetzt hat. »Das kann doch nicht dein Ernst sein«, stieß sie schließlich hervor. »Du kannst Rosengård nicht verkaufen. Das Haus ist seit Generationen im Besitz der Familie. Astrid hat es geliebt. Es gehört ihr. Du kannst es nicht verkaufen.«

»Ich weiß, wie du dich fühlen mußt«, sagte Olivia. Eigentlich hätte dem Satz noch ein zweiter Teil folgen müssen, nämlich *aber das ist mir egal,* doch den sprach sie nicht aus. Vielmehr wirkte Olivia besorgt. »Das ist kein leichter Schritt, aber man hat nur ein Leben. Und wie gesagt: Bertil und ich wollen das schon lange. Wir haben Freunde in Frankreich. Wir lieben das Essen und die Menschen dort, und das Klima wird Bertils Arthritis guttun.«

»Ich wußte gar nicht, daß du Arthritis hast«, sagte Kerstin.

Pernilla war aufgewacht. »Mein Vater hatte auch Arthritis, er ist nach Spanien gezogen, weg von der Kälte hier, und das war die beste Idee, die er je hatte.« Von nun an drehte sich das Gespräch um Krankheiten und ihre Heilungsmöglichkeiten. Als Ivar das zweite Mal ins Wasser fiel, beschloß man, die Sachen zusammenzupacken und nach Hause zu fahren. Ulla wirkte ganz normal, als wir durch die aufgewühlte See fuhren, doch als sie das Fernglas an die Augen hob, um einen Vogel zu beobachten, fiel mir auf, daß ihre Hände zitterten.

18

ES HATTE DEN ganzen Tag geregnet und regnete noch immer, als ich ins Krankenhaus fuhr. Meine Mutter erholte sich allmählich wieder, aber es ging langsam. Der Mangel an körperlicher Bewegung (ich hatte ihr ja gesagt, daß es nicht als richtige Bewegung zählte, wenn sie auf dem Rücken liegend im Schneckentempo das eine Bein hob und den Fuß ein paarmal kreisen ließ, bevor sie das Ganze mit dem zweiten Bein wiederholte) hatte den Heilungsprozeß komplizierter gemacht und ihre Knochen geschwächt.

»Ich bin eine alte Frau«, stellte Audrey fest, »und alte Frauen haben nun mal schwache Knochen.«

»Alte Frauen, die den ganzen Tag bloß im Bett herumsitzen, haben besonders schwache Knochen«, rügte ich sie. »Also versuch dich nicht herauszureden.« Manchmal fiel mir die harte Tour, die die Stationsschwester mir empfohlen hatte, erschreckend leicht. Aber immerhin glaubten die Ärzte im Krankenhaus, daß sie sich bis zum Wochenende so weit erholt haben würde, daß sie sie entlassen konnten.

»Tja, dann werde ich mich mal allmählich mit dem Gedanken beschäftigen, wieder nach London zurückzufliegen«, sagte ich. Doch Audrey bat mich, noch eine Weile zu bleiben, und ich versprach ihr, es mir zu überlegen. »Kommt drauf an, was Olivia davon hält«, fügte ich hinzu. Aber es stimmte: Es gab keine dringenden Angelegenheiten, die ich in London zu erledigen gehabt hätte. Mein Job begann erst Anfang September, und Posy kümmerte sich um unser Haus.

»Ich weiß, daß Olivia dich noch hierbehalten möchte«, sagte Audrey. Dabei setzte sie sich auf, obwohl ihr Oberschenkel immer noch bis zur Hüfte in Gips steckte. »Ich kann nicht von ihr erwarten, daß sie mich pflegt. Aber du bist schließlich meine Tochter.«

»Gut, daß du's endlich zugibst. Ich bleibe, aber nur, wenn Olivia das wirklich will.«

Als ich wieder in der Villa Rosengård war, traf ich Olivia in der Küche an. Sie stand auf der obersten Stufe einer Trittleiter, einen Pinsel in der Hand, und musterte den Küchenschrank mit kritischem Blick. Lächelnd wandte sie sich mir zu. »Alles in Ordnung mit Audrey? Ich muß sie morgen besuchen.«

»Die Ärzte denken daran, sie am Wochenende zu entlassen. Das Problem ist nur, daß sie in dem Zustand noch nicht nach England zurückreisen kann. Bist du dir sicher, daß sie hier bei dir bleiben kann?«

»Aber natürlich. Deine Mutter ist meine älteste und beste Freundin.«

»Möchtest du, daß ich hierbleibe und dir helfe, dich um sie zu kümmern, oder wäre das eher eine zusätzliche Belastung?«

»Ganz im Gegenteil: Wir zählen auf dich. Ich habe gesagt, daß Audrey meine beste Freundin ist, aber das bedeutet nicht, daß ich meine ganzen Ferien damit verbringen will, sie zu pflegen. Ich gehe jede Wette ein, daß sie eine schwierige Patientin ist.«

»Tja, da könntest du recht haben«, pflichtete ich ihr bei.

Olivia wandte ihre Aufmerksamkeit wieder der Tür des Küchenschranks zu. »Irgendwas fehlt da.«

Ich sah die weiße Oberfläche an. »Rosen.«

»Rosen?«

»Du solltest einen gelben Rosenbusch draufmalen.« Ich schwieg und legte den Kopf ein wenig schräg, um nachzudenken. »Und wenn du schon dabei bist: Das gleiche kannst du bei den Wänden der Veranda auch noch machen.«

Olivia musterte mich mit scharfem Blick. »Wieso sagst du das?«

»Wahrscheinlich, weil ich immer schon einen schlechten Geschmack hatte«, sagte ich. Dann merkte ich, daß die Frage ernst gemeint war. Ich zuckte mit den Achseln. »Keine Ahnung. Wahrscheinlich hat mich der Name des Hauses auf die Idee gebracht. Villa Rosengård. Oder nur so ein Gefühl.« Ich zuckte erneut mit den Achseln.

»Als Astrid, die Mutter von Linus, noch hier wohnte, hat sie die Veranda mit Rosenbildern aus Büchern und Katalogen beklebt, offenbar jeden Zentimeter. Bertil hat alles weggenommen nach ihren ... nach ihrem Tod.«

»Wie hat Astrid ausgesehen?« fragte ich. »Gibt es irgendwo ein Foto von ihr?«

»Linus hat ein paar. Er war noch ganz klein, als sie gestorben ist, der arme Junge.«

»Was ist denn passiert? Woran ist sie gestorben?«

Olivia kletterte von der Trittleiter herunter und ging zur Spüle, um sich ein Glas Wasser einzuschenken. Mit dem Rücken zu mir sagte sie: »Ich weiß es auch nicht so genau. Es war wohl ein Unfall. Das ist alles schon so lange her.«

»Ulla sagt, sie hat dieses Haus geliebt.«

»Tja, das stimmt wohl.« Olivia gab mir zu verstehen, daß sie das Thema für abgeschlossen hielt. Ich ging auf die Veranda und versuchte sie mir zu Astrids Zeit vorzustellen, als die Wände noch mit Papierrosen bedeckt gewesen waren.

Am folgenden Tag setzte ich mich beim Mittagessen in der Küche neben Linus. »Warum ist dir der Auftrag von Stuart Lloyd eigentlich so wichtig?« fragte ich ihn. »Nach allem, was ich gehört habe, bist du ausgesprochen erfolgreich. Du hast alle möglichen Preise gewonnen, und du verdienst jede Menge Geld. Da habe ich schon mehr Probleme: Ich habe gerade meinen alten Job wiederbekommen, allerdings mit weniger Gehalt, weniger Status und weniger Freiheit. Ich bin nie verheiratet gewesen und habe keine Kinder. Ich bin diejenige, die hier verzweifelt sein sollte. Ich bin vierunddreißig Jahre alt, und manchmal habe ich das Gefühl, als hätte ich mein ganzes Leben lang die Gebrauchsanweisung verkehrt herum gelesen.« Ich bereute meine Worte, sobald sie heraus waren, denn sie zeigten mir, wie deprimierend meine Lage war. Und Linus schien dem, was ich gesagt hatte, nicht widersprechen zu wollen, was mich noch mehr deprimierte. Welchen Sinn hat es schon, sich selbst herabzuwürdigen, wenn einem niemand widersprach?

Dann lächelte er. »Habe ich denn kein Recht, verzweifelt zu sein?« Er musterte mich mit seinen dunkelgrauen Augen. »Weißt du, bis jetzt gibt es noch kein Gebäude nach meinen Entwürfen, auf das ich wirklich stolz sein könnte. Ich verbringe mein Leben damit, meiner Meinung nach zweitklassige Dinge zu entwerfen, um irgendwann vielleicht den Auftrag zu bekommen, von dem du sprichst. Hast du eigentlich eine Ahnung, wie es ist, wenn man wieder und wieder gezwungen wird, zweitklassige Arbeit zu leisten, obwohl man weiß, daß man zu erstklassiger Arbeit fähig ist?« Er hatte die Stimme nicht erhoben, aber jedes Wort mit solchem Nachdruck ausgesprochen, daß es die gleiche Wirkung hatte, als hätte er mich angeschrien. »Manchmal habe ich das Gefühl, daß mich das noch umbringen wird.«

Dann lächelte er mich wieder an, und ich konnte nicht anders, als zurückzulächeln.

»Pernilla wird manchmal sehr ungeduldig mit mir«, fuhr er fort. »Sie jammert nie. Sie sagt, nur privilegierte Menschen haben die Zeit, sich über solche Dinge Gedanken zu machen. Einer alleinerziehenden Mutter, die von der Sozialhilfe lebt, oder einem Todkranken würde so etwas nie einfallen. Wenn es mir so ginge, sagt sie, würde ich bald aufhören, mir Gedanken darüber zu machen, ob ein Gebäude gut, schlecht oder großartig ist. Natürlich hat sie recht. Weißt du, ich glaube, das bewundere ich am meisten an ihr. Sie hat kein leichtes Leben gehabt, aber sie vergeudet keine Zeit mit Jammern. Sie hat die erstaunliche Fähigkeit, das Beste aus allem zu machen und völlig im Hier und Jetzt zu leben.«

Mein Lächeln verkrampfte sich und verschwand schließlich ganz. »Das ist doch wunderbar«, sagte ich. »Doch ich stimme ihr da nicht zu. Wenn du eine alleinerziehende Architektin am Rande des Existenzminimums wärst, hättest du vielleicht andere, dringendere Bedürfnisse, aber ich glaube, daß du dir immer noch Gedanken über ein paar von den Dingen machen würdest, die dir heute Kopfzerbrechen bereiten. Das ist meiner Meinung nach nicht nur ein Luxus, der ein paar wenigen Privilegierten vorbehalten ist, sondern etwas allgemein Menschliches. Ich finde sogar, daß uns das erst zu Menschen macht. Ich habe Leute interviewt, die die schrecklichsten Dinge erlebt haben und sich immer noch etwas aus einer Zeichnung oder einem Gedicht oder vielleicht auch nur aus ihrer Frisur machen. Das scheint sie am Leben und bei Verstand zu halten. Andere Tiere geben sich damit zufrieden zu überleben. Ein Löwe, der genug gefressen hat und geschützt ist vor der Sonne, legt sich zum Schlafen hin. Er rennt nicht herum und zerbricht sich den Kopf darüber, wie man rohes Impala-Fleisch verbessern oder wie er sich eine ästhetisch befriedigende Höhle bauen könnte. Der Mensch hingegen gibt sich nie mit dem bloßen Überleben oder dem Wohlbehagen zufrieden. Er strebt nach Höherem. Erst das macht ihn zum Menschen.«

Da sprach Ulla mich in ihrem präzisen, aber akzentschweren Englisch an: »Ich habe Olivia gerade gesagt, daß ihr das Haus hier mehr fehlen wird, als sie sich das jetzt vorstellen kann.« Dann zeigte sie mit dem Finger auf Linus. »Dieser Ort hier liegt in deinem Blut, Linus. Die Villa war das Zuhause deiner Mutter. Du müßtest doch verstehen, daß ein Verkauf keine gute Entscheidung ist. Astrid hat das Haus geliebt. Wie kannst du dir nur vorstellen, es Fremden zu überlassen?« Dann ließ sie sich über schmutzige französische Strände, Einwegspritzen im Sand und auf den Wellen dahintreibende Kondome aus. »Und was ist mit Ivar?« Aber Linus hörte ihr nicht mehr zu. Er starrte geradeaus, an Ullas rechter Schulter vorbei und hinaus in den Garten. Seine Wangen waren leuchtend rot geworden.

»Ich weiß, was ein Kondom ist«, sagte Ivar. An dem Tag trug er blaßblaue Shorts, ein blau-grün gestreiftes T-Shirt und einen mit Gänseblümchen und Vergißmeinnicht verzierten Strohhut. »Aber ich fürchte, ich kann's niemandem sagen, weil das unanständig ist.«

Beim Klang von Ivars Stimme hatte Linus sich umgewandt. »Das ist nicht unanständig, kleiner Mann. Manchmal ist es sogar sehr nützlich.«

»Aber Mami sagt ...« Ivar wirkte verwirrt.

Linus seufzte. »Tja, wenn Mami sagt ...«

»Sei kein solcher Waschlappen, Linus.« Ulla bedachte ihn mit einem bösen Blick.

»Nun, wir werden einfach Ivar besuchen müssen, wenn er uns nicht besuchen kommen kann«, sagte Olivia. »Bertil und ich freuen uns jedenfalls auf die Veränderung, besonders auf das bessere Wetter, Kondome hin oder her. Außerdem wollen wir ja auch nur ein ganz kleines Haus kaufen. Ihr seid natürlich alle herzlich eingeladen, aber am wichtigsten ist es uns, daß das Haus auf *unsere* Bedürfnisse zugeschnitten ist. Wir stellen uns etwas vor, das wir einfach bloß zusperren müssen, wenn wir wegfahren wollen. Etwas, in das wir nicht viel Arbeit hineinstecken müssen. Wir sind nicht mehr die Jüngsten, und die Villa wird allmählich eine Last, übrigens auch finanziell.«

»Das klingt alles logisch.« Linus lächelte sie an und wandte sich dann wieder mir zu. »Ich bewundere Pernilla«, fuhr er fort, offenbar nicht realisierend, daß er das Wohlwollen seiner Zuhörer verloren hatte. »Sie hat wirklich kein leichtes Leben gehabt.« Das tröstete mich ein bißchen. »Ihr erster Mann war ein notorischer Schürzenjäger. Alle wußten von seinen Seitensprüngen, aber sie hat immer zu ihm gehalten. Und der zweite – die Scheidung ist gerade durch – hat sie mißhandelt, nicht körperlich, sondern psychisch. Er ist auch fremdgegangen. Obendrein hat sie noch ihren Job und ihren Freund verloren, der gleichzeitig ihr Chef war. Trotzdem schafft sie's, ihre positive Lebenseinstellung zu bewahren und begeisterungsfähig zu bleiben. Sie ist wirklich ein Vorbild für uns alle.«

Ich nickte. Wahrscheinlich hatte er recht. Aber wofür stand dieses Vorbild? Für Mut? Haltung? Die Unfähigkeit, aus Fehlern zu lernen? Ich sagte lieber nichts. Audrey hatte mir mehr als einmal erklärt, daß Männer Neid und Gehässigkeit bei Frauen für äußerst unattraktiv hielten. Bis zu diesem Augenblick hatte ich mir nicht sonderlich viel aus ihren Ermahnungen gemacht, weil ich das Gefühl hatte, daß ich in puncto Neid und Gehässigkeit einigermaßen begabt war. Aber jetzt war es etwas anderes, denn ich wollte gefallen, und dieses Gefühl verwirrte mich.

»Außerdem«, sagte Olivia gerade, »ziehen wir vielleicht gar nicht so weit in den Süden. Die Normandie ist auch sehr hübsch.«

Linus neben mir hörte immer noch nicht auf, Pernilla zu loben: »Im Vergleich zu ihr komme ich mir, wie soll ich sagen, farblos vor«, erklärte er mir.

Ich sah ihn an und hörte mich selbst säuseln: »Aber du bist überhaupt nicht farblos. Du bist sehr schön braun gebrannt.« Sein Gesichtsausdruck wurde ungeduldig, und ich hätte mir am liebsten auf die Zunge gebissen. »Ich weiß schon, daß du das nicht gemeint hast«, fügte ich hastig hinzu. In meinem Innern war ein einziges Jammern und Wehklagen. *Ich* wollte anderen Menschen ein Vorbild sein. *Ich* wollte blonde Haare haben, die ich zurückwerfen konnte, und eine tapfere, positive Lebenseinstellung. Warum konnte ich verdammt noch mal nicht alles leichter nehmen? Tja, da saß ich nun mit meinen dunklen Haaren und meinen düsteren Gedanken inmitten meiner kleinen Neidwolke, in der mich keine schwedische Sommersonne erreichen konnte, und sehnte mich nach ... nach was? Nach seiner Anerkennung etwa?

»Du hast wieder diesen komischen Gesichtsausdruck, Esther«, sagte Olivia. »Was, um Himmels willen, denkst du bloß?«

»Ich denke an die Liebe«, platzte ich heraus, bevor ich es verhindern konnte.

»Oje«, sagte Olivia. »Oje, oje.«

»Habe ich dir eigentlich gesagt, daß meine Sachen rechts von den Wasserhähnen sind?« fragte Ulla mit sanfter Stimme, der deutlich der scharfe Unterton anzuhören war. Ich sah sie fragend an. »Ich glaube, ich habe deinen Waschlappen auf meiner Seite gesehen«, erklärte Ulla. Sie klang wild entschlossen, geduldig zu bleiben, egal, wie schwer es ihr auch fallen würde.

Scheiß auf deine Seite, hätte ich am liebsten gesagt, aber ich hatte ja Manieren. Plötzlich wurde mir bewußt, daß es mir wirklich wichtig war, was diese Leute von mir dachten, sogar Ulla. Ich wollte tatsächlich, daß sie mich mochten und mich gern bei sich hatten. »Ich nehm ihn weg«, sagte ich, erhob mich vom Tisch und trug meinen leeren Teller hinüber zur Spüle.

»Sei nicht so kleinlich, Ulla«, rügte Olivia.

»Du hast deinen Kaffee noch nicht getrunken.« Linus streckte die Hand nach mir aus.

Ich sah sie an, diese langgliedrige, starke Künstlerhand. »Ist schon gut«, sagte ich. »Ich muß sowieso noch was lesen.«

»Arbeit?«

Ich nickte. »Ja.«

»Warum?« Das klang nicht, als wollte er sich mit mir darüber streiten, sondern als interessierte es ihn wirklich.

»Weil ich muß. Schließlich haben wir nur dieses eine elende Leben ...«

»Da kann ich dir nicht zustimmen«, mischte sich Gerald ein. »Ich beschäftige mich schon seit Jahren mit dem Leben nach dem Tod und der Reinkarnation, und je mehr Zeit vergeht, desto überzeugter bin ich, daß es ein Leben nach dem Tod gibt.«

»Du meinst, je näher der Tod rückt, desto stärker glaubst du an ein Leben danach«, sagte Ulla. »Die Leute glauben doch immer, daß sie als etwas Interessantes wiedergeboren werden. Aber warum sollten sie das? Man könnte auch ein Mistkäfer oder eine Fliege werden. Ich persönlich würde lieber in meinem Grab bleiben, als das Risiko einzugehen, daß ich etwas Scheußliches werde.«

»Da brauchst du dir keine Sorgen zu machen«, sagte Gerald. »Man kommt nicht zweimal als dasselbe auf die Welt.«

»Hat dir eigentlich schon mal jemand gesagt, daß du ein ziemlich widerlicher alter Knacker bist?« fragte Ulla ihn mit bösem Blick. Dann führten die beiden ihren Streit auf schwedisch weiter.

»Ganz am Anfang, als ich in dieses Land gekommen bin«, sagte Olivia, »habe ich es witzig gefunden, daß das Schwedische immer so klingt, als würde man sich streiten. Dann ist mir irgendwann klargeworden, daß das in dieser Familie tatsächlich so ist.«

»Das ist aber ein bißchen ungerecht, findest du nicht auch?« widersprach Bertil.

Ivar teilte uns mit, daß es zu regnen aufgehört habe und es nun ein perfekter Tag sei. »Einen perfekten Tag sollte man nicht vergeuden«, sagte er, an niemand Bestimmten gewandt. Niemand reagierte.

»Wie auch immer – ich habe auf jeden Fall das Gefühl, daß meine Chancen, als ein des Lesens und Schreibens mächtiges Wesen wiedergeboren zu werden, ziemlich gering sind«, sagte ich. »Ich kann den Gedanken an die unzähligen Bücher, die ich nicht gelesen habe, an die Orte, die ich nie gesehen habe, die Musik, die ich nie gehört habe, das Wissen, das mir entgangen ist, einfach nicht ertragen. Ich weiß nicht, warum wir hier sind. Wer weiß das schon? Aber ich weiß, daß ich, wenn ich schon mal hier bin, soviel wie möglich lernen sollte. Wie sonst sollte man sich Hoffnungen machen, irgend etwas zu verstehen? Sobald ich mir ein bißchen Geld zusammengespart habe, werde ich anfangen, mir die Welt anzuschauen. Bis dahin werde ich mich damit begnügen müssen, zu lesen und mir Bilder anzusehen und in den Gehirnen anderer Leute herumzuschnüffeln.«

»Ich möchte einfach nur gute Häuser bauen«, sagte Linus. »Nein, großartige.«

»Und daran habe ich dich gehindert?«

Linus sah mich mit einem kleinen Lächeln an. »Das habe ich nicht gesagt.«

Begleitet vom Klappern der Kaffeetassen und Ivars Geplapper über den perfekten Tag, verließ ich die Küche durch die Hintertür.

Ich saß bei offenem Fenster in meinem Zimmer und las ein Buch über europäische Geschichte, als es an der Tür klopfte. Es war Linus. Ich legte das Buch weg und hoffte nur, daß er nicht gekommen war, um über die wunderbare Pernilla zu reden, denn schon die Erwähnung ihres Namens führte inzwischen dazu, daß sich etwas in mir zusammenkrampfte.

Linus hatte gerade auf dem kleinen, weißgestrichenen Stuhl bei der Frisierkommode Platz nehmen wollen, als er sich wieder aufrichtete und zurückging in Richtung Tür. »Ich störe dich, tut mir leid.«

»Nein, nein, überhaupt nicht. Bitte setz dich doch.« Er setzte sich, schlug die Beine übereinander, lehnte sich zurück, entspannte sich. »Ich hab nur ein bißchen schlechte Laune«, erklärte ich. »Das passiert mir öfter.«

Linus lächelte höflich. »Das hätte ich nie erraten.«

Einen Augenblick lang war ich fast ein bißchen stolz auf mich. Vielleicht würde ich doch noch irgendwann interessant und inspirierend werden. Dann lachte Linus. Typisch. Er hatte sich über mich lustig gemacht. Und wie üblich brachte dieses Lachen alle Anwesenden, sogar ihn selbst, zu verdutztem Schweigen.

»Olivia hat mich gebeten, dich morgen in die Stadt zu fahren, damit du Audrey abholen kannst«, sagte er schließlich. »Ich muß am Morgen nach Göteborg, weil ich dort einen potentiellen Auftraggeber aus Japan treffe, und außerdem möchte ich Pernilla eine Kleinigkeit zum Geburtstag kaufen. Fremde haben kein Verständnis für die schwedische Sitte, im Sommer fünf Wochen aus allen Büros und Fabriken zu fliehen. Wenn du dich gern in der Stadt umsehen würdest, könnten wir Audrey auf dem Rückweg abholen. Vier Uhr haben die Leute im Krankenhaus doch gesagt, oder?«

Ich nickte. »Danke, ich würde mich wirklich gern ein bißchen umsehen. Göteborg, die Stadt der Kanäle und Werften, der alten syphilitischen Familien, der himmelblauen Straßenbahnen und des schweren Klangs von Metall von den Werften.«

Linus sah mich mit hochgezogenen Augenbrauen an. »Woher hast du denn das?«

Ich lächelte. »Ich habe früher immer Olivia und Audrey bei ihren Gesprächen belauscht. Ich hab mich auf dem alten Sessel zusammengerollt, und in neun von zehn Fällen haben sie vergessen, daß ich im Zimmer war.« Er sah mich immer noch fragend an, also fügte ich hinzu: »Vielleicht habe ich mir manches auch nur ausgedacht. Du weißt ja, wie das ist als Kind, oder?«

Ich sah ihm nach, wie er das Zimmer verließ, und ich hatte das Gefühl, daß meine gute Laune mit ihm ging. An der Tür drehte sie sich noch einmal zu mir um und machte mir grinsend eine lange Nase.

19

IN DER NACHT hatte es wieder geregnet, aber als ich aufstand, hörte es auf, und die Sonne brach golden durch die grauen Wolken. Ich ging geradewegs hinaus auf den Rasen, nur mit meinem Nachthemd bekleidet, meinem blau-weiß bestickten, sehr hübschen und sehr teuren Nachthemd. Vielleicht sah ich während des Tages aus wie die kleine Schwester des Fürsten der Finsternis, aber in der Nacht gab ich mich lieber wie die Tochter, die sich meine Mutter immer gewünscht hatte. Der Himmel allein weiß, warum …

Das Gras war taunaß unter meinen Füßen. Vom Meer wehte eine leichte Brise herüber, die die gelb-weiße Flagge an dem hohen Fahnenmast ein wenig flattern ließ, und über mir zog eine Möwe mit hungrig aufgesperrtem Schnabel ihre Kreise und schrie. (Ein paar Tage zuvor hatte ich den Fehler gemacht, die Garnelen fürs Abendessen draußen im Garten zu pulen, und das hatten die Möwen nicht vergessen.) Ansonsten herrschte Stille; es war erst sieben Uhr. Ich wollte gerade wieder hineingehen, um zu duschen und mich anzuziehen, als ich ein knochiges Hinterteil in einer kornblumenblauen Baumwolljersey-Hose bei dem Beet mit den mondweißen Rosen entdeckte: Es gehörte Ulla. Ich schlenderte zu ihr hinüber und sagte guten Morgen. Sie erhob sich bedächtig. Nachdem sie sich den grauen Pony aus der Stirn gewischt hatte, lächelte sie mich an. Sie lächelte!

»Astrid hat die damals gesetzt«, sagte sie. Ihre Stimme war so sanft, wie ich sie noch nie gehört hatte. »Sie hat sie aus Deutschland herbringen lassen. Zuvor hat sie zwei Jahre lang nach der perfekten weißen Rose gesucht. Astrid war eine echte Künstlerin.

Olivia gibt sich Mühe, aber Astrid war eben durch und durch Ästhetin. Linus hat ein bißchen was von ihr.«

»Wie ist sie gestorben? Bei einem Autounfall?«

»Wieso denn das? Sie hat Selbstmord begangen. Hast du das nicht gewußt?«

»Du lieber Himmel? Warum denn?«

»Ich glaube nicht, daß dich das etwas angeht«, sagte Ulla und ging wieder vor dem Rosenbeet in die Hocke.

Olivia war in der Küche und machte Limonade. Ihr dichtes dunkles Haar hatte sich aus dem Knoten in ihrem Nacken gelöst und fiel ihr schwer ins Gesicht, als sie eine Zitrone ausdrückte. Neben ihr auf der weißen Arbeitsfläche lag bereits ein ganzer Haufen ausgepreßter Zitronenhälften. Ich nahm sie und warf sie in den Abfall. Sie wandte sich mir lächelnd zu. »Dir macht's doch nichts aus, wenn du dich selbst um dein Frühstück kümmerst, oder? Du weißt ja, wo alles ist.«

Ich holte das helle, weiche Brot aus dem hölzernen Brotkasten und schnitt mir zwei dicke Scheiben herunter. Dann bestrich ich sie mit Margarine und gab Käse auf die eine Scheibe und Räucherwurst auf die andere. Ich aß am Küchentisch, während ich die Lokalzeitung durchblätterte und die Schlagzeilen zu übersetzen versuchte. Aber ich mußte die ganze Zeit an das denken, was Ulla mir erzählt hatte. Irgendwann hielt ich es nicht mehr aus und fragte: »Hat Linus' Mutter wirklich Selbstmord begangen?«

»Wer hat dir denn das gesagt? Doch nicht Linus, oder? Er spricht nie darüber.«

»Nein, Ulla.«

»Ulla? Das wundert mich aber. Die ganze Familie behandelt das, was passiert ist, wie ein Geheimnis, für das man sich schämen muß. Ich war schon ein Jahr mit Bertil verheiratet, als ich es herausgefunden habe. Ich habe es tatsächlich selbst herausgefunden; niemand hat's mir erzählt. Als es passiert ist, hat ganz Göteborg davon gesprochen, aber ich habe damals in Stockholm gelebt.«

»Und was ist passiert?«

»Weißt du, Esther, ich glaube nicht, daß ich dir das sagen sollte. Wenn Linus oder Bertil beschließen, dir davon zu erzählen, ist das etwas anderes. Oder Ulla, obwohl die normalerweise die Verschwiegenste von allen ist. Tja.« Sie schenkte mir dieses Lächeln, das wohl sagen sollte: Es ist schon alles in Ordnung, wenn man nicht so genau hinschaut. »Viel Spaß in der Stadt. Geh doch ins Museum – es gibt ein paar sehr schöne Sachen da. Und schau dir auf jeden Fall das Stilleben von Erik Johnsson in Raum vierzehn an. Das hat früher den Stendals gehört, aber Bertils Vater hat es verkauft, damit er und Bertils Mutter eine Woche nach Paris fahren konnten. Heute ist es ein Vermögen wert. Ach, und sag Audrey, daß wir sie schon erwarten.«

Im Auto auf dem Weg in die Stadt sah ich Linus immer wieder verstohlen an und versuchte den Mut aufzubringen, ihn ganz direkt nach seiner Mutter zu fragen. *Esther ist eine ausgesprochen gute Schülerin, legt aber eine morbide Faszination im Hinblick auf Tod und Krankheiten an den Tag, die bei einem so jungen Menschen einigermaßen besorgniserregend ist,* hatte es in einem meiner ersten Zeugnisse geheißen. Nun, so jung war ich jetzt nicht mehr, aber ansonsten hatte ich mich nicht sonderlich verändert.

»Siehst du wie deine Mutter aus?« fragte ich vorsichtig. »Ich frage bloß, weil du deinem Vater nicht gerade ähnlich siehst, jedenfalls nicht in den Gesichtszügen.«

»Die Leute sagen, daß ich aussehe wie sie.« Ein Lastwagen rumpelte uns auf der anderen Seite der schmalen Küstenstraße entgegen. Ich duckte mich. Das tat ich immer. »Ist nur so ein Reflex«, murmelte ich und kam mir albern vor.

»Was?«

»Daß ich mich im Auto ducke, wenn etwas auf mich zukommt, zum Beispiel ein Vogel oder ein Stein oder ein anderes Auto.«

»Aha.«

»Bist du deiner Mutter auch im Wesen ähnlich?«

»Das kann ich nicht beurteilen. So gut erinnere ich mich nicht an sie.« Linus klang höflich, aber hinter dieser Höflichkeit war deutlich sein Widerwille zu spüren, über dieses Thema zu sprechen. Tja, ich kannte diesen Widerwillen selbst nur zu gut. In meinem Beruf lernt man, ihn zu erkennen und dem Gesprächspartner seine Ruhe zu lassen – jedenfalls fürs erste. Also fuhren wir schweigend weiter. Nach einer Weile sagte Linus: »Du mußt ins Museum gehen.«

»Das hat Olivia mir auch schon gesagt.«

»Ich setze dich dort ab, wenn du möchtest. Wenn ich vom Büro zurückkomme, hole ich dich wieder ab, und wir können zusammen was essen.«

»Weißt du, es ist wirklich sehr nett von dir, daß du nach allem, was passiert ist, so freundlich zu mir bist«, sagte ich. »Es wundert mich, daß du mich nicht haßt.«

»Nun, ich hasse dich nicht.« Die Antwort kam ein bißchen zu schnell, als habe er schon ziemlich lange über diese Frage nachgedacht.

Als wir später in die Stadt hineinfuhren, erzählte er mir, daß seine Mutter Opernsängerin gewesen war. »Sie war keine von den ganz Großen.« Er lächelte wehmütig. »Ihre Stimme war zu klein für die großen Partien, hat man mir gesagt, aber sehr schön, und meiner Mutter war die Musik sehr wichtig. Sie war ihre Leidenschaft. Das ist einer der Gründe, warum ich das Opernhaus bauen wollte. Es sollte so etwas wie eine Hommage an sie werden.«

»Jetzt bekomme ich ein noch schlechteres Gewissen.«

»Sei nicht albern. Wie gesagt: Du hast getan, was du tun mußtest. Es hat keinen Sinn, wenn du dir deshalb den Kopf zerbrichst. Entweder du glaubst, daß das Recht der beiden alten Leute, in ihren vier Wänden zu bleiben, wichtiger ist, oder du glaubst es nicht. Offenbar glaubst du es, denn sonst hättest du das, was du getan hast, nicht getan. Nichts von dem, was ich gerade gesagt habe, sollte etwas daran ändern.«

Ich betrachtete sein Profil, die langen Wimpern, die gerade, nicht zu große und nicht zu kleine Nase, das kräftige Kinn und seine erstaunlich weichen Lippen. Am liebsten hätte ich meinen Zeigefinger über seine Wange und seine Mundwinkel gleiten lassen, aber ich riß mich zusammen. Statt dessen dachte ich darüber nach, was er gesagt hatte: Es stimmte; man durfte sich nicht von anderen beeinflussen lassen. Genau diese Sicherheit wünschte ich mir so sehnlich in meinem Leben. Doch dies war nicht der richtige Zeitpunkt, Linus zu gestehen, daß ich sie noch nicht gefunden, daß ich den wichtigsten Auftrag seiner Karriere verpatzt hatte, weil ich *glaubte,* im Recht zu sein. Es gab Momente, in denen man seine Zweifel für sich behalten mußte.

Ich sah aus dem Fenster und summte dabei ein Liedchen vor mich hin. Als ich mit dem Flugzeug angekommen war, hatte Olivia das Stadtzentrum umfahren und den Wagen gleich auf die Autobahn gelenkt. So sah ich die Stadtmitte heute zum erstenmal.

»Besonders schön ist es hier nicht«, sagte ich. Dann überquerten wir eine breite Allee und fuhren links einen Hügel hinauf. »Na, das ist schon besser.« Ich deutete auf eine Reihe von Wohnhäusern, die um die Jahrhundertwende entstanden waren. »Irgendwie ist es schon komisch, daß ich alle alten Gebäude mag. Das sollte nicht so sein. Die Architektur muß sich wie alle anderen kreativen Disziplinen vorwärtsbewegen; sie kann nicht einfach wieder und wieder die Vergangenheit imitieren. Doch obwohl wir das wissen, rümpfen wir alle – damit meine ich alle, die keine Architekten sind – die Nase über das Neue. Da ist doch irgend etwas nicht in Ordnung.«

Linus parkte den Wagen ziemlich achtlos, als wäre es ihm egal, ob er ihn jemals wiedersehen würde. »Das ist gar nicht merkwürdig. Du hast einfach noch nicht genug gute moderne Architektur gesehen, das ist alles. Manchmal muß man auch in ein Gebäude hineingehen, um würdigen zu können, wie gut es gelungen ist. Manche Gebäude werden von innen nach außen geplant, wenn du das nachvollziehen kannst. Die Proportionen der Räume und das Licht sorgen für den Effekt.« Er deutete auf das oberste Stockwerk des großen viktorianischen Wohnblocks. »Da oben ist meine Wohnung.«

»Du hast einen Erkerturm.«

»Nur einen kleinen.« Nach einem Blick auf seine Uhr fügte er hinzu: »Ich treffe mich in zwanzig Minuten mit dem Japaner, also habe ich gerade noch Zeit, dich zum Museum zu bringen. Ich erwarte dich dann um halb eins dort, damit wir noch was essen können, bevor wir deine Mutter abholen.«

Wir gingen zurück zu der Allee, und Linus erzählte mir, daß die breite Straße, als seine Eltern noch jung waren, nicht von den klotzigen gelben Backsteinhäusern aus den dreißiger Jahren gesäumt worden war, sondern von weißen, stuckverzierten palladianischen Villen. »Man muß sich das mal vorstellen: Die Leute, die diese Häuser gebaut haben, leben längst nicht mehr, aber ihre häßlichen Gebäude werden die Gegend noch in Generationen verschandeln.« Er ging jetzt schneller. »Wie sollen die Menschen gute Einfälle haben und große Dinge tun, wenn sie in seelenlosen Bunkern wie diesen aufwachsen?«

»Die Menschen haben die Fähigkeit, Schönes aus dem Häßlichen zu erschaffen«, sagte ich.

»Natürlich und Gott sei Dank, aber irgendwann einmal wußten sie noch, was wirkliche Schönheit ist. Das Problem ist im Moment das Geld. Geld, das niemand investieren will, und ein Mangel an Phantasie. Manche der frühen modernisierten Entwürfe hatten diese Phantasie, allerdings hatte die Vision nichts mit der Vorstellung der meisten heutigen Menschen zu tun.«

»Aber du bist doch ein sogenannter Modernist.«

Linus lächelte mich an. »Modernismus, Funktionalismus, Klassizismus, diese ganzen Ismen. Mir geht es darum, etwas zu entwerfen, das seinen Zweck perfekt erfüllt, egal, ob es sich dabei um ein Krankenhaus, eine Bibliothek, eine Schule, ein Privathaus oder auch um eine Oper handelt. Die Schönheit ist wesentlicher Bestandteil dieser Funktion, und das Licht verbindet beides. Ich versuche nicht auf Teufel komm raus etwas Neues zu entwerfen. Ich bin überzeugt davon, daß man aus den Werken der Vergangenheit lernen kann, doch das, was man lernt, muß man verwenden, um die Architektur vorwärtszubringen. Die Proportionen eines Raumes aus der Zeit König Gustav I. sind unübertrefflich. Man wäre dumm, wenn man sich die Gebäude aus dieser Zeit nicht genau ansehen würde. Die Baumeister des Barock hingegen entwarfen nicht nur Türen, sondern perfekte Eingänge. Man lernt all das, aber wenn man am Ende doch nur wieder kopiert, bedeutet das Stagnation und eine Welt blasser Imitationen. So, hier wären wir.« Er deutete auf den riesigen Säuleneingang des Museums. »Viel Spaß. Ich hole dich um halb eins am Fuß der Treppe ab.«

»Vergiß Pernillas Geschenk nicht«, rief ich ihm nach.

»Keine Sorge.« Er winkte mir zum Abschied noch einmal zu.

Ich ging durch die großen, schweren Türen des Museums und die breite Marmortreppe hinauf zu den Räumen achtzehn bis einundzwanzig, die Olivia mir besonders empfohlen hatte. Dabei fragte ich mich die ganze Zeit über, was Linus Pernilla kaufen würde. Was konnte man einer Blondine schenken, die ihr Leben gestaltete, als wäre es ein fortwährendes Vorsprechen für die Verfilmung eines Romans von Scott Fitzgerald? Nichts, wenn man mich fragte, aber natürlich fragte mich niemand, und so ging ich mit meinen dunklen Haaren und meinen düsteren Gedanken weiter die Treppe hinauf und betrat Raum achtzehn. Dort sah ich mir die Bilder an: leuchtendblaue, in Sonnenlicht getauchte Räume; längst vergangene Feste an einem Tisch in einem Garten voll hoher grüner Bäume; Strände und Felsen wie die um die Insel. Eine Weile vergaß ich meine Schuldgefühle, meine Ressentiments und meine Eifersüchteleien, legte sie eins nach dem anderen ab wie schäbige, unvorteilhafte Kleidungsstücke. Im Moment schien das Leben nur die Erklärungen zu fordern, die ich hier vor mir sah. Das schaffte nur echte Kunst, daran bestand kein Zweifel. Dann schweiften meine Gedanken zu Linus' Opernhaus ab, und wieder wurde ich unsicher. Dieser Zustand der Gnade, den die Schönheit der Kunst herbeiführen konnte, dauerte nie lange an.

Ich hatte gerade noch Zeit, in Raum vierzehn zu schauen, wo das Bild hing, das einmal Bertils Eltern gehört hatte. Als ich mir das Stilleben mit den großäugigen Fischen ansah, die Mäuler wie zum Kuß gespitzt, die feuchten Schuppen so realistisch, daß ich sie fast riechen konnte, hatte ich das Gefühl, daß man Bertils Eltern keinen Vorwurf machen konnte, wenn ihnen eine Woche in Paris lieber gewesen war als der lebenslange Anblick toter Fische.

Nach einem Blick auf meine Uhr – es war fünf vor halb eins – machte ich mich auf den Weg zum Ausgang. Saß mein Haar richtig? Sah mein Lippenstift gut aus und krümelte nicht? Ich hauchte in meine gewölbte Hand und schnüffelte – roch ich aus dem Mund? Nein, wunderbar. Alles war in Ordnung, als ich meinem Geliebten entgegeneilte.

Natürlich war die Geschichte mit meinem Geliebten nur eine Phantasie. Jämmerlich, dachte ich, also straffte ich die Schultern, hob das Kinn und wappnete mich gegen alle romantischen Anwandlungen, während ich das Museum verließ. Du triffst dich mit Linus, sagte ich mir. Mit Linus, dem Verschandler der Umwelt, dem Vertreiber alter Leute, dem schrillen Kicherer ... dem Bewunderer der Mondgöttin Pernilla.

»Hallo, Linus«, sagte ich, als er mir auf der Treppe zum Museum entgegenkam.

»Sollen wir draußen essen?« fragte er und deutete auf ein Straßenlokal gleich nebenan. Ich nickte, obwohl mir kalt war. Die Sonne schien immer noch, doch vom Meer blies ein starker Wind. Trotzdem liefen die Menschen mit bunten Shorts und nackten, gebräunten Armen herum, als lebten sie in einem warmen Land. Sie hielten sich eben an die Sommerregeln. Am ersten Juni wechselten sie zu leichter, vorzugsweise pastellfarbener Kleidung, veranstalteten Grillfeste und verbrachten jeden freien Moment an der frischen Luft. Wenn es warm und sonnig war, freuten sie sich, und wenn es nicht warm und sonnig war, freuten sie sich auch. Das ging so bis Mitte August, wenn die Schule wieder begann und der Sommer offiziell zu Ende war. Im Augenblick hatten wir Glück, noch einen Tisch im Freien zu bekommen. Die meisten anderen Gäste unter den leuchtend blau-gelben Fahnen aßen schon.

»Hast du was für Pernilla gefunden?« fragte ich, als wir uns an einen Tisch für zwei in der hintersten Ecke des Lokals setzten.

Linus bejahte. »Ich habe es extra nicht einpacken lassen, damit du es dir noch anschauen kannst.« Er holte eine Schachtel aus seiner Segeltuchtasche, die mit Papieren vollgestopft war, und öffnete sie. Darin lag eine kleine Glasskulptur in Schwarz und Gold und Nachtblau, ein Kopf mit Hörnern, oder waren das Ohren? »Gefällt sie dir?«

Ich sah sie mir genauer an. »Darf ich sie mal in die Hand nehmen?«

Linus nickte. »Klar.«

Ich hielt die Skulptur in der Hand und drehte sie im Licht. Sie gefiel mir überhaupt nicht. Ich wollte gerade etwas Ehrliches, aber Taktvolles sagen, doch als ich in Linus' dunkelgraue Augen schaute, klangen meine Worte eher wie: »Sie ist schön, wirklich schön. Sie gefällt mir sehr!« Zum Glück ging Linus nicht weiter auf das Thema ein, sondern fragte mich statt dessen, ob mein Museumsbesuch Spaß gemacht habe.

Ich zeigte ihm die Broschüre über Ivar Arosenius, einen der Künstler, dessen Arbeiten mir besonders gefallen hatten. »Natürlich ist er jung gestorben«, sagte ich. »Wirklich schlau, wenn man das Leben in einem größeren Zusammenhang sieht.«

»Aber nur, wenn man das, was man erreichen wollte, tatsächlich erreicht hat. Es gibt nichts Schlimmeres, als zuvor zu sterben.«

»Hast du deinen Ivar nach ihm benannt?«

»Nein«, sagte Linus, überflog die Speisekarte, legte sie wieder auf den Tisch und gab dem Kellner ein Zeichen, unsere Bestellung aufzunehmen. »Aber ich bewundere genau wie du seine Werke.«

Wie selten, dachte ich, verwendeten Männer doch Worte wie »bewundern« oder »himmlisch«. Linus war da eine Ausnahme. Er legte auch oft die Hand in einer unbewußt weiblichen Geste auf seine Wange, wenn er verwirrt oder in Gedanken versunken war.

»Ich habe als Kind sehr gern gemalt«, erzählte ich ihm. »Handwerklich war ich gar nicht so schlecht, aber ich hatte keine Phantasie. Das hat meine Mutter fast zum Wahnsinn getrieben. ›Warum ist deine Sonne immer gelb und dein Himmel immer blau oder grau und dein Gras immer grün? Und warum sind deine Menschen immer sauber und lächeln?‹ hat sie mich oft gefragt. ›Was ist mit deiner Phantasie?‹ Da habe ich ihr gesagt, daß die Welt in meiner Vorstellung nun mal so aussah. Dort war sie ein Ort, an dem der Himmel immer blau war und die Sonne immer lachte, und wo die Menschen glücklich waren und immer lächelten (über das Gras machte ich mir nicht so viele Gedanken, aber daß ich es grün malte, bot sich an). Ich wußte ganz genau, daß der Himmel in Wirklichkeit schwarz war und die Sonne aggressiv orange, und daß die Menschen mit gesenktem Kopf herumliefen, so daß man nicht sehen konnte, ob sie lächelten oder weinten.«

»Du scheinst ja ein ausgesprochen fröhliches Kind gewesen zu sein. Aber ich weiß, was du meinst. Ich habe damals die ganze Zeit gezeichnet. Lächerliche Bildergeschichten, die ich in Notizbüchern gesammelt habe, und zwar mit dem Titel«, dabei schüttelte Linus lächelnd den Kopf, *»Mein Leben, wie es sein sollte: Die wunderbaren Abenteuer eines Jungen.* Ich habe die Bücher erst neulich bei meinen Eltern auf dem Speicher gefunden. Zum Davonlaufen. Die Zeichnungen waren gar nicht schlecht, aber die Geschichten dazu ... Du liebe Güte.« Wieder schüttelte er den Kopf. »Die Träume und Pläne eines pummeligen, unbeholfenen, ziemlich einsamen kleinen Jungen, ganz anders als die Realität.«

Als er das sagte, grub sich eine Sorgenfalte in seine Nasenwurzel, die ich am liebsten mit der Fingerspitze weggewischt hätte. Ich hatte das Gefühl, ihn wie ein Kind trösten zu müssen, ja, ich empfand so etwas wie Zärtlichkeit. Ich hob die Hand vom Tisch und streckte sie nach ihm aus.

Linus hatte gerade einen weiteren Blick in die Speisekarte geworfen, klappte sie jetzt zu und sagte: »Ich glaube, ich nehme das Pilzrisotto.«

Ich ließ die Hand sinken und blickte ebenfalls noch einmal in die Speisekarte. »Ich nehme die gegrillte Scholle«, sagte ich. Die Entscheidung traf ich nur so schnell, weil ich verwirrt war. Doch schon bald holten mich meine alten schlechten Gewohnheiten wieder ein. »Obwohl – Pilzrisotto klingt auch nicht schlecht. Vielleicht sollte ich das auch nehmen. Dann könnte ich Rotwein trinken, und der ist mir lieber als weißer.«

»Dir fällt's ziemlich schwer, Entscheidungen zu treffen, stimmt's?« sagte Linus.

Ich ließ den Blick über die Leute an den anderen Tischen schweifen und sah dann meinen rechten Fuß an, der unter dem Tisch hervorlugte. Irgendwann schaute ich hinauf zum Himmel und den Möwen. »Ja«, sagte ich schließlich, immer noch, ohne Linus in die Augen zu sehen. Erst jetzt merkte ich, daß ich schon lange niemandem mehr in die Augen gesehen hatte. In meinem Beruf hatte ich gelernt, daß Neurotiker nie Blickkontakt mit ihrem Gegenüber aufnahmen. Ernsthaft gestörte Menschen gingen auch irgendwie komisch: Sie senkten den Kopf und spreizten die Beine, als wollten sie den Boden zwischen ihren Füßen immer genau überprüfen. Aber zum Glück war ich ja keine Neurotikerin, sondern nur jemand, der sich immer ein wenig mißverstanden von der Welt fühlte.

Ich zwang mich dazu, Linus' Blick zu erwidern, bis ich bis zehn gezählt hatte. »Früher habe ich ständig Entscheidungen getroffen«, sagte ich. »Manche Leute behaupten sogar, ich sei herrisch gewesen. Ich habe mich streng an die Regeln gehalten, allerdings an meine eigenen, weil ich schon früh zu dem Schluß gekommen bin, daß man sich nur auf sich selbst verlassen kann. Und die meiste Zeit konnte ich mich ziemlich gut auf mich verlassen. Aber dann sind ein paar Dinge passiert; ich habe einige eindeutig falsche Entscheidungen getroffen. Da wurde mir plötzlich klar, daß es keine Regeln gibt beziehungsweise daß ich sie nicht erkannte. Es gibt keine Regeln und keine Sicherheiten; wir leben im Reich der Willkür, und ich scheine damit nicht sonderlich gut zurechtzukommen. Es ist, als hätte ich gerade erst gelernt, was alle schon immer gewußt und akzeptiert haben. Warum bin ich bloß so schwer von Begriff? Und warum bekomme ich die Situation nicht unter Kontrolle, jetzt, wo ich Bescheid weiß?«

»Du setzt dich doch gerade damit auseinander«, sagte Linus. »Du bist dabei, eine Lebensweise zu suchen, die offen ist für Veränderungen und Unsicherheiten. Du bist bereit, dich anzupassen und zu lernen. Mehr kannst du nicht tun.«

»Ist das alles?« fragte ich ihn mit einem Lächeln.

Er nickte ernst. »Ja, das ist alles.«

»Und du hast das schon hinter dir?«

Er zuckte mit den Achseln. »Nein, natürlich nicht. Aber du täuschst dich, wenn du meinst, daß alle anderen die Antworten schon kennen. Außerdem ist es meiner Ansicht nach nicht richtig zu sagen, daß es keine Sicherheiten gibt. Vielleicht gibt es keine äußeren Sicherheiten, aber man kann seine eigenen haben. Ich weiß zum Beispiel, daß ich meinen Sohn liebe. Ich weiß, daß sein Wohlergehen für mich das Wichtigste im Leben ist. Außerdem weiß ich, daß ich meine Arbeit liebe. Ich habe keine Ahnung, warum, und manchmal verzweifle ich daran, weil mir alles so sinnlos und unnütz erscheint. Aber die meiste Zeit ist meine Arbeit voller Leidenschaft. Das sind meine Sicherheiten im Leben, und ich denke, sie geben mir genug Kraft zum Weitermachen.«

»Das heißt, du sprichst von einem inneren Kern, stimmt's?« fragte ich argwöhnisch. »Den habe ich nicht mehr. Der ist bei mir zerbröselt. Du hast ja gesehen, daß ich die meiste Zeit nicht mal in der Lage bin, eine einfache Entscheidung zu treffen. Es ist, als hätte ich einen kleinen Meinungsforscher in mir, der tausend Leute befragen muß, bevor er weiß, welcher Ansicht er stattgeben soll. Das hat ganz langsam angefangen. Zum Beispiel habe ich mich geweigert, das Amt des Henkers im Tower von London zu übernehmen ...« Linus sah mich fragend an. »War nur ein Scherz«, sagte ich hastig. »Keine Sorge. Meine Scherze sind nie besonders witzig.« In dem Moment wurde mir bewußt, daß wir uns in dieser Hinsicht perfekt ergänzten: Ich machte Witze, die nicht lustig waren, und Linus war ein Mann, der die anderen Menschen mit seinem Lachen verwirrte.

Dann kam unser Essen. Während wir aßen, wurde es wärmer. Eine himmelblaue Straßenbahn ratterte klingelnd vorbei, um einen Radfahrer zu warnen, der aussah, als wollte er sich gleich davorstürzen.

»Man wird nicht Journalist, um besonders beliebt zu sein«, sagte ich, als wir wieder im Wagen saßen.

»Das habe ich mir schon gedacht.«

»Man muß für die Dinge, von denen man überzeugt ist, kämpfen.«

»Natürlich.«

»Es ist kein Platz für Kompromisse.«

»Offensichtlich nicht.«

»Wo würde es hinführen, wenn man nicht den Mund aufmacht?«

»Allerdings.«

»Die Menschen müssen über Ungerechtigkeiten informiert werden, wie sie den Wilsons widerfahren sind.«

»Genau.«

»Du bist nicht meiner Meinung.«

»Ich habe dir in allem zugestimmt.«

»Nicht wirklich, nein. Mein Gott, Linus, was denkst du eigentlich?«

»Ich denke, daß ich mein Opernhaus bauen möchte.«

»Ist das alles?«

»Ja.«

»Tja, dann bist du ein engstirniger Idiot.«

Audrey hatte Schmerzen. Die Gehirnerschütterung hatte sie gut überstanden, und der Kopfverband war ihr schon ein paar Tage zuvor abgenommen worden, aber die gebrochene Hüfte tat ihr immer noch weh. Sie trug ein pinkfarbenes Velourskleid, so ziemlich das einzige, was ihren geliebten Morgenmänteln einigermaßen ähnlich war und sich trotzdem auf der Straße tragen ließ, ohne daß man sie gleich verhaftet hätte. Die grauen Haare hatte sie unter ein breites weißes Stirnband gesteckt. »Sie haben mir gesagt, ich muß gehen«, erklärte sie mir entrüstet. »Ich muß üben. Zweimal die Woche kommt sogar ein Physiotherapeut.«

»Tja, das ist der Sozialstaat Schweden«, sagte ich. »Ganz schön beeindruckend.« Aber so leicht ließ Audrey sich nicht beeindrucken. Sie saß vielmehr wie eine übellaunige Puderquaste auf dem Rücksitz des Wagens und beklagte sich.

Zur Begrüßung von Audrey hatte man die Flagge der Villa Rosengård gehißt, aber ansonsten herrschte Chaos, denn Bertil war plötzlich von starken Magenkrämpfen heimgesucht worden. Man hatte den Arzt gerufen, der soeben wieder gegangen war, und Bertil lag im Bett. »Ich begreife das nicht«, sagte Kerstin, während Olivia sich mit fahlem Gesicht um meine Mutter kümmerte. »Bertil ist doch kerngesund. Er bewegt sich viel und ißt gesund. Er raucht nicht und trinkt nur in Maßen.«

»Vielleicht war das ein Selbstmordversuch«, meinte Audrey

von der anderen Seite des Flurs aus. Sie saß immer noch in dem extraleichten, zusammenklappbaren Chromrollstuhl mit den gepolsterten Armlehnen, den das Krankenhaus ihr mitgegeben hatte. Ich bedeutete ihr mit einem Blick, den Mund zu halten.

»Was hat denn Dr. Blomkvist dazu gesagt?« fragte Linus Olivia. Die kleine Sorgenfalte an seiner Nasenwurzel, die ein bißchen näher bei seinem linken als bei seinem rechten Auge lag, tauchte wieder auf. Er stützte Audrey auf der linken Seite, ich auf der rechten. Olivia zog den Rollstuhl weg und reichte Audrey die Krücken.

»Er weiß es nicht. Er meint, daß es eine Kolik war, und sagt, wir sollen ihn sofort holen, wenn es noch einmal passiert. Dein Vater hat schon lange keinen Blinddarm mehr, sonst hätte er vermutet, daß dort das Problem liegt.«

Ich half der nörgelnden Audrey in das kleine Zimmer hinter der Küche, das früher einmal dem Dienstmädchen gehört hatte. »Tut mir leid, daß es so winzig ist, aber man hat uns gesagt, du darfst noch keine Treppen steigen«, sagte Olivia, die uns folgte. »Toilette und Dusche sind gleich auf der anderen Seite des Flurs, aber das weißt du ja, und du bist nahe genug an der Küche, um dir einen Kaffee machen zu können, wenn du Lust darauf hast.«

Je näher wir dem Bett kamen, desto zufriedener wurde Audrey, wie ein Pferd, das nach einem langen Ausritt den Stall riecht. »Geh du zu Bertil«, sagte ich zu Olivia. »Ich kümmere mich schon um Audrey. Schließlich bin ich deshalb hier«, fügte ich hinzu und bedachte meine Mutter mit einem wütenden Blick. Ich war mir immer noch nicht sicher, ob ihr Sturz nicht bloß ein Trick gewesen war, mich herzulocken. Audrey erriet meine Gedanken. »Du glaubst doch nicht etwa, daß ich absichtlich stürze und mich fast umbringe, bloß, damit du mit mir in den Urlaub fährst, oder?«

»Natürlich nicht«, log ich. »Aber ich erinnere mich noch, daß du Madox mal dazu gebracht hast, mich anzurufen und mir zu sagen, daß du einen Gehirntumor hast, damit ich nicht in den Urlaub fahre.«

»Da habe ich mir Sorgen um dich gemacht, Esther. Du weißt

doch, daß ich diese junge Frau nie leiden konnte. Wie hieß sie doch gleich? Jemima?«

»Katherine.«

»Und dann ausgerechnet nach Indien ... Jedenfalls war das etwas völlig anderes.« Meine Mutter machte es sich auf dem schmalen Bett mit den frischen weißen Baumwollaken bequem. »Wärst du so nett und würdest mir noch ein paar Kissen bringen? Und vielleicht einen kleinen Teller mit Sandwiches, du weißt ja, welche ich mag, und dazu eins von diesen köstlichen Pistazien-Marmeladenbrötchen.« Sie lehnte sich mit einem zufriedenen Seufzen gegen das Kopfteil des Bettes. »Ich bin froh, daß du hier bist, Esther«, sagte sie, ohne mir direkt in die Augen zu sehen. Gefühle auszudrücken, fiel uns beiden schwer, da waren wir uns ähnlich.

»So viele Leute sterben, wenn man so alt ist wie ich. Die Verbindungen zur Vergangenheit lösen sich eine nach der anderen auf. Auch aus diesem Grund ist Olivia so wichtig für mich. Ich habe nie Geschwister gehabt, und viele meiner Jugendfreunde leben nicht mehr, natürlich auch meine Eltern nicht. Wenn niemand mehr übrig ist, der sich noch an den Menschen erinnert, der du mal gewesen bist, verschwindet dieser Mensch ganz allmählich. Am Ende sind nur noch die Leute übrig, die dich erst als faltige alte Frau kennengelernt haben. Aber für Olivia bin ich auch immer noch dieser andere Mensch, das kleine Mädchen. Kannst du das verstehen?«

Ich starrte sie an. Natürlich verstand ich sie. Ich war es nur nicht gewöhnt, daß das, was sie sagte, so viel Sinn ergab.

»Weißt du«, fuhr meine Mutter fort, »sie liebt Linus, und ich liebe dich. Es ist uns beiden wichtig, daß es zwischen euch kein böses Blut gibt.«

»Darüber brauchst du dir keine Sorgen mehr zu machen. Linus begreift, daß ich das, was ich getan habe, tun mußte. Wir kommen wunderbar miteinander zurecht.«

»Er sieht wirklich gut aus, findest du nicht?«

Ich spürte, wie mein Gesicht einen sanfteren Ausdruck annahm, und versuchte, mich dagegen zu wehren, aber das war ungefähr so, als wollte ich ein Stück Butter daran hindern, in der Sonne zu schmelzen. »Ja, das stimmt, aber nur, wenn er nicht lacht«, sagte ich und verließ ziemlich überstürzt das Zimmer.

Audrey weigerte sich, das Bett zu den Mahlzeiten zu verlassen. Weder Drohungen noch Überredungsversuche konnten sie dazu bewegen. Auch Bertil blieb in seinem Zimmer. Wir anderen aßen in der Küche. Olivia wollte in Hörweite ihrer »beiden Invaliden« sein, wie sie es ausdrückte. Gerald erzählte drei sexistische, dicken- und raucherfreundliche Witze, die allesamt seine Tochter kränkten. Er erzählte sie auf schwedisch, aber Kerstins Reaktion bedurfte keiner Übersetzung. Sie begab sich auf einen Spaziergang, einen einsamen Kreuzweg für alle Frauen. Linus machte sich auf den Weg, um Ivar abzuholen, der bei einem Freund gewesen war, und Ulla, Gerald, Olivia und ich spielten Karten. Ulla und Gerald verloren viermal hintereinander, dann verließ Ulla die Küche mit mürrischem Gesicht. Die anderen folgten bald darauf, und ich kam mir ein bißchen vor wie das letzte von den zehn kleinen Negerlein.

Auf dem Weg zu meinem Zimmer blieb ich eine Weile im Garten stehen und sog die kühle, frische Nachtluft tief ein. Ich sah hinauf zum Sternenhimmel. Irgendwie wirkte er hier auf der Insel höher, weiter entfernt. Vielleicht wurden die Schweden deshalb so leicht depressiv – *vemod,* wie sie es nannten: Sie wußten besser als alle anderen Völker, wie weit weg der Himmel war.

20

ICH HATTE DEN Morgen damit verbracht, im Garten zu lesen und den Bienen zu lauschen, die in den Forsythiensträuchern summten. Ich gähnte und streckte mich, stand auf und legte mein Buch auf den Stuhl. (Ich las gerade Sokrates, weil ich zu dem Schluß gekommen war, daß ich ohne eine klare Vorstellung von der Philosophie das Leben nie in den Griff bekommen würde.) Auf dem Weg zum Haus blieb ich stehen, um mich über die Rosen von Astrid, Linus' Mutter, zu beugen und ihren Duft einzuatmen.

»Schon merkwürdig, wenn man bedenkt, daß diese Rosen einst für ein paar Kronen gekauft wurden und heute immer noch blühen, während sie selbst tot ist.« Ulla war von hinten an mich herangetreten, ohne daß ich sie auf dem weichen Gras gehört hätte. »Und wessen Leben würde man für wichtiger halten? Nein, sie liegt schon seit Jahren in der Erde, und die Würmer kriechen durch die Löcher, in denen früher ihre wunderschönen Augen waren.«

Ich richtete mich auf. »Niemand will über sie reden.«

»Damals war das ein Riesenskandal, denn die Stendals sind eine alteingesessene Göteborger Familie.« Sie schwieg eine Weile und musterte mich mit ihren fahlbraunen Augen. »Weißt du, ich habe Astrid praktisch aufgezogen, ich und meine Eltern. Das arme Mädchen hat sich nichts sehnlicher gewünscht als ein Zuhause und eine eigene Familie. Deswegen habe ich auch gedacht, sie würde glücklich werden mit Bertil.« Ihre Stimme wurde rauher. »Aber es hat nicht sollen sein.« Dann drehte sie sich um und war verschwunden, bevor ich etwas sagen konnte.

Ich war in der Küche des »Lazaretts«, wie wir das Haus nun nannten, in dem alle auf Zehenspitzen gingen und nur selten die Fenster öffneten, so daß die Luft abgestanden war und die Atmosphäre irgendwie gedämpft wirkte. Ich war gerade damit beschäftigt, Audrey und mir einen Kaffee zu machen, nachdem ich das Kernhaus eines Apfels und zwei Bananenschalen von dem Tablett neben ihrem Bett entfernt hatte, als Olivia die Treppe herunterkam. Sie wollte mir einen hastigen Kuß auf die Wange drücken, konzentrierte sich aber nicht richtig, und der Kuß landete auf meiner Nase. »Hat Audrey die Nacht gut verbracht?«

Ich schüttelte den Kopf. »Nicht so gut. Und Bertil, wie geht's ihm?«

»Viel besser. Wir sind uns jetzt ziemlich sicher, daß das eine einmalige Sache war.« Sie wischte sich eine Haarsträhne aus dem Gesicht. »Aber ich möchte nie wieder jemanden erleben müssen, der solche Schmerzen hat, Esther.«

Ulla, die etwas gegen die Brust gepreßt hielt, wollte an uns vorbeischlüpfen, doch Olivia hielt sie auf. »Du willst Bertil doch nicht wieder was zu essen ins Zimmer schmuggeln, oder?«

Schweigen. *»Lite mjölk bara.«* (Nur ein bißchen Milch.) Dann fügte sie hinzu: »Liebes«. Ich haßte es, wenn Ulla solche Kosewörter verwendete, weil ich dann noch mehr das Gefühl bekam, daß die Welt kopfstand. Olivia verdrehte die Augen und streckte die Hand nach der Milch aus.

»Keine Milch. Dr. Blomkvist hat gesagt, er soll überhaupt keine Milchprodukte essen. Wasser, schwachen schwarzen Tee oder Cola, aber keine Milch.«

»Milch kleidet den Magen aus«, erklärte Ulla, als Olivia die Milch wieder in den Kühlschrank stellte.

»Die Bakterien ernähren sich von der Milch. Du mußt schon entschuldigen, wenn ich dem Arzt da mehr vertraue als dir.«

»Bakterien«, murmelte Ulla, während sie hinausmarschierte. »Wer hat denn was von Bakterien gesagt?«

Linus war oben gewesen und hatte seinem Vater die Zeitungen vorgelesen, doch mittags hörte ich, wie Gerald ihn herunterrief.

Ich war gerade mit einem alten Transistorradio, das ich im Cottage gefunden hatte, unterwegs zu Audreys Zimmer.

»Linus«, rief Gerald. *»Pernilla är här.«*

Und Pernilla war tatsächlich da; Pernilla, deren blonde Haare um ihre Schultern spielten, als sie den Kopf wandte und uns begrüßte wie eine Prinzessin, die einem etwas unterentwickelten Land einen Besuch abstattet. »Ich habe gehört, daß Bertil krank ist«, erklärte sie dem gespannten Publikum: Gerald, Kerstin, mir und Olivia, die soeben aus der Küche gekommen war. »Ich habe gerade ein paar Lebensmittel eingekauft, und im Laden haben sie mir gesagt, daß ihr Dr. Blomkvist holen mußtet.«

Der Prinz aus dem etwas unterentwickelten Land schritt die Treppe herunter, und die Prinzessin wurde lebhaft und begann, auf schwedisch mit ihm zu sprechen. Dabei runzelte sie ganz allerliebst die Stirn und legte ihm tröstend die Hand auf den Arm. Dann schenkte sie ihm ein Lächeln, und das hübsche Stirnrunzeln verschwand aus ihrem Gesicht. Ich war wirklich ein Miststück. Ich sah die beiden an, dann Olivias verhärmtes sowie Kerstins sauberes, immer hoffnungsvolles Gesicht, Geralds bleiche Wangen, und dachte, nun, ich gehöre doch eher zu ihnen, egal, wie sehr ich mir wünsche, eine Mondprinzessin zu sein.

»Entschuldigung«, murmelte ich und drückte mich mit dem alten Transistorradio in der Hand an ihnen vorbei.

»Ich wünschte, mein Schwedisch wäre besser«, beklagte ich mich bei Audrey, während ich das Radio neben dem Bett einsteckte. »Ich verstehe eine ganze Menge, aber nicht genug. Ich hasse es, wenn ich nicht weiß, was läuft.«

»Das hast du immer schon gehaßt«, sagte Audrey. »Aber was für einen Sinn hat's schon für dich, dein Schwedisch zu verbessern? Du hast doch gesagt, du bleibst keine Minute länger hier als unbedingt nötig.« Sie hatte schlechte Laune, weil es in ihrem Zimmer keinen Antennenanschluß für einen Fernseher gab. »Sie haben eine Schüssel, also könnte ich alle Programme reinkriegen, die ich sonst immer schaue«, beklagte sie sich. »Aber hier drin geht das nicht.«

»Du könntest ja aufstehen.«

Audrey sah mich entrüstet an, als hätte ich vorgeschlagen, daß sie nackt durchs Haus gehen solle.

»Lies ein Buch«, sagte ich.

»Ich habe schon alles gelesen.«

»Alles? Es gibt eine nette kleine Bibliothek hier auf der Insel, die hat sogar eine englischsprachige Abteilung.«

»Wenn du meinst«, sagte meine Mutter, schmollend wie ein Kind.

»Vielleicht haben sie einen Sprachkurs mit Kassetten«, sagte ich.

Die Bibliothekarin erklärte mir, sie könne mir einen bestellen, und den könne ich dann drei Wochen lang behalten. »Ich bringe ihn sicher schon vorher zurück«, sagte ich.

»Geht es Ihrer Mutter inzwischen besser?« fragte die Bibliothekarin mich in wohlgesetztem Englisch. Den Leuten hier auf der Insel entging einfach nichts.

»Ja, doch«, sagte ich. »Ich hoffe, daß sie in ungefähr zwei Wochen wieder gesund genug sein wird, um reisen zu können.«

Als die Kassetten zwei Tage später eintrafen, war Bertil wieder auf den Beinen, ruhelos wie eh und je. Er verbrachte den Morgen damit, den rot-weiß gestrichenen Gartenschuppen abzuschmirgeln, und später verkündete er, er wolle am Abend im Garten grillen. Olivia spielte Karten mit meiner Mutter, und Linus half seinem Vater beim Streichen. Ivar und ich buddelten im Sandkasten des kleinen Spielplatzes auf der Ostseite der Insel nach Menschenknochen, weil eine Freundin von Olivia uns erzählt hatte, daß dieses Stück Land zwischen dem kleinen Wald und den Mauern der alten Festung früher als Begräbnisstätte für die Gefangenen genutzt worden war, die in ihren Mauern das Zeitliche gesegnet hatten. Der Pfarrer und die Gemeinde von Kilholmen hatten, menschlich, wie sie waren, beschlossen, daß die sterblichen Überreste der Gefangenen und ihrer Angehörigen nichts in ihrem ruhigen, baumbestandenen Kirchhof zu suchen hatten. Folglich hatte man diese Unglücklichen sowie die ärmsten Soldaten und Offiziere der Festung auf einem Stück Ödland am Fuße der Nordmauer verscharrt. Jetzt befand sich hier der Spielplatz. Ivar, den die Schaukeln und Klettergerüste zu langweilen begannen, wollte sehen, ob er mit seiner Schaufel und seinem roten Plastikeimer Spuren der Vergangenheit ans Licht befördern konnte. Ich sah ihm zu, wie er leise, völlig konzentriert und zufrieden vor sich hin grub. Einmal hob er kurz den Blick und schenkte mir ein Lächeln, das mich sofort an seinen Vater erinnerte. Zum erstenmal im Leben fragte ich mich, ob es wirklich eine so gute Idee war, keine Kinder zu haben.

Nach einer Weile machten wir eine Pause und verzehrten die Sandwiches mit Weichkäse und die Zimtbrötchen, die wir mitgebracht hatten. Danach streckten wir uns auf dem hohen, stoppeligen Gras aus und leerten unsere Birnensafttüten mit unseren Strohhalmen. Ivar hatte mir gesagt, daß Birnensaft besonders gut zu Weichkäse paßte, und er hatte recht gehabt.

»Wenn man sich mal vorstellt, daß da jede Menge tote Menschen unter uns liegen«, sagte Ivar. Der Gedanke schien ihm zu gefallen. Wie schön es doch gewesen wäre, dachte ich, als Kind einen solchen Spielkameraden gehabt zu haben.

»Schau, da sind Papa und Pernilla.« Ivar stand auf und winkte den beiden Gestalten zu, die sich vom Hafen her näherten.

»Ich hab mich schon gefragt, wo ihr beiden geblieben seid«, sagte Linus, beugte sich zu seinem Sohn hinunter und küßte seinen Blondschopf.

»Wir wollen einen Spaziergang um die Insel machen«, sagte Pernilla. An der Art und Weise, wie sie immer wieder über die Schulter sah und von einem Fuß auf den anderen trat, merkte ich, wie eilig sie es hatte, uns zu verlassen.

»Bleibt doch und helft uns graben«, sagte Ivar. »Das ist wirklich spannend.« Dann wandte er sich mir zu. »Du findest das Graben doch auch spannend, oder?«

Ich nickte. »Aber natürlich, Ivar.« Und ich log nicht einmal. Einem Kind beim Spielen zuzusehen, war viel interessanter, als ich gedacht hatte.

Linus wollte gerade ja sagen, als Pernilla an seinem Ärmel zupfte. »Laß uns weitergehen. Für heute nachmittag ist Regen angesagt.«

Linus sah Ivar an, dann Pernilla. »Zeig mir, was du gefunden hast, wenn wir wieder daheim sind«, sagte er zu seinem Sohn. Und dann ging er mit ihr an der Festung vorbei in Richtung Klippen. Als sie sie erreichten, drehte Linus sich noch einmal um, als wüßte er, daß ich ihn beobachtete, blieb eine Weile stehen und lächelte. Nach einem kurzen Winken verschwanden die beiden.

Ivar wandte sich wieder seinen Ausgrabungen zu, und ich legte mich auf den Rücken und starrte in den blauen, mit Wolken übersäten Himmel. Dann fand Ivar plötzlich tatsächlich einen Knochen. Er ließ sich nicht davon abbringen, daß es sich dabei um ein menschliches Schlüsselbein handelte, aber ich hielt ihn eher für den Knochen einer großen Möwe.

»Es ist ein Menschenknochen«, sagte Ivar mit ernster Miene.

»Findest du nicht, daß er eher wie der einer Möwe aussieht?« fragte ich.

Ivar schüttelte den Kopf. »Nein«, sagte er. Damit war die Sache für ihn erledigt. Wir kehrten mit dem leise in dem Plastikeimer klappernden Knochen in die Villa Rosengård zurück.

Bertil war bereits draußen auf der Terrasse und bereitete alles fürs Grillen vor. Ivar lief zu ihm, um ihm den Knochen zu zeigen, und ich ging ins Haus, um mich zu waschen und umzuziehen.

Ich hatte einen Blähbauch vom Hering am Vorabend, also zog ich ein langärmeliges, locker geschnittenes marineblaues Kleid an. Es war tröstlich, daß ein Furz, der mir möglicherweise entschlüpfte, auf jeden Fall Gerald zugeschrieben werden würde. Mein Bauch rumorte, und ich überlegte für alle Fälle, welches Lied ich im entscheidenden Moment anstimmen würde: »Applejack« von Dolly Parton.

Pernilla war nach dem Spaziergang nach Hause zurückgekehrt, kam aber rechtzeitig zum Abendessen wieder zu uns. Wir saßen bereits draußen auf der Terrasse, als sie mit einem weißen Kleid heranflatterte, hübsch und zerbrechlich wie Blanche Dubois aus *Endstation Sehnsucht*. Da fiel mir ein, daß mir einmal jemand erzählt hatte, Marilyn Monroe habe eine so starke Ausstrahlung gehabt, daß man meinen konnte, jemand habe ihr eine Glühbirne in den Hintern gesteckt. Als Pernilla sich auf den Stuhl neben

Kerstin Linus gegenüber fallen ließ, erwartete ich fast, den Klang von berstendem Glas zu hören.

Die Makrele, die Bertil grillte, war köstlich. Hinterher saßen wir einfach noch ein bißchen da, während die Sonne allmählich im Meer versank. Nach und nach wurde es kühler, und wir holten unsere Jacken und Pullover. Ich sog die kühle, klare Luft tief in meine Lungen.

»Das tut gut«, sagte Kerstin und nickte so heftig mit dem Kopf, daß ich Angst hatte, ihre Teddybär-Ohrringe könnten in ihrer Tasse landen. »Tiefes Durchatmen gehört zu meinen wichtigsten Empfehlungen für ein rundum gesundes Leben.«

»Und wie sehen die anderen Empfehlungen aus?« fragte ich. »Daß man aufpassen muß, keinem Bus vor die Räder zu laufen?« Natürlich war das eine ungehobelte Bemerkung, aber ich hatte gerade beobachtet, wie Pernilla den Kopf an Linus' Schulter lehnte. Ich hatte keine Ahnung, warum mich das so aus der Fassung brachte, aber es war nun mal so.

»Oder daß einem keine Münze von der Spitze des Empire State Building auf den Kopf fällt«, mischte Ivar sich ein. »Dann wäre man nämlich mausetot.« Als sich unsere Blicke auf ihn richteten, fügte er hinzu: »Das Empire State Building ist in New York.« Offenbar hatte er unseren fragenden Gesichtsausdruck falsch interpretiert.

»Du weißt aber eine ganze Menge«, sagte ich zu ihm.

»Ja, ich bin schon ziemlich erwachsen für mein Alter«, bestätigte er, den Mund voller Eiskrem. »Das hat eine meiner Lehrerinnen gesagt.«

»Aber doch nicht zu dir, oder?« Ulla wirkte schockiert.

»Nein, zu einer anderen Lehrerin«, erklärte Ivar. »Miss Bjork hat zu Miss Nilsson gesagt, daß ich ziemlich neugierig bin, und da hat Miss Nilsson gemeint, ich bin einfach ziemlich weit für mein Alter.« Als er einen Igel durchs hohe Gras rascheln hörte, legte er seinen Löffel weg, glitt vom Stuhl unter den Tisch und zwischen unseren Füßen hindurch, um ihn zu verfolgen.

»Kinder sind ja so natürlich«, sagte Pernilla und streckte sich auf ihrem Stuhl aus. Sie hatte als einzige keinen Pullover angezogen. Ich hätte das sicher auch nicht getan, wenn ich ein kurzes Hemdkleid getragen hätte, das meine endlos langen gebräunten Beine so gut im Licht der Abendsonne zur Geltung brachte.

Linus trug den schon halb schlafenden Ivar hinauf in sein blau-weißes Zimmer. Wir tranken unterdessen unseren Kaffee aus. Kerstin lehnte sich auf ihrem Stuhl zurück und deutete hinauf zum Sternenhimmel und auf die weißen Rosen, die wie winzige Monde leuchteten. »Gibt es etwas Schöneres als das hier? Ich meine, wollt ihr die Villa wirklich verkaufen?«

»Tut mir leid, ja«, sagte Bertil. »Jeder Ort hat seine Zeit, und jetzt ist es Zeit für Olivia und mich weiterzuziehen.«

»Ich weiß, was du meinst«, pflichtete Gerald ihm bei. »Als Kerstin noch klein war, hat ihre Mutter sich geweigert, irgendwo anders als auf dem Land zu leben. Aber sobald Kerstin dann ein Teenager war und meine Marie wußte, daß sie nicht mehr soviel Zeit haben würde, konnte sie es gar nicht erwarten, wieder in die Stadt zu ziehen, je zentraler, desto besser. Plötzlich hatte sie das Bedürfnis, alles zu sehen und alles zu machen. Sie hat es als Zeitverschwendung erachtet, erst lange von einem Ort zum anderen fahren zu müssen.«

»Das ist eine völlig andere Situation«, herrschte Ulla ihn an. »Wenn man älter wird und nicht mehr so gesund ist wie früher, muß man unter Menschen sein. Ihr habt ja gesehen, wie schnell sich hier jemand um Bertil kümmern konnte. Dr. Blomkvist war die ganze Zeit für ihn da.«

»Eine Magenverstimmung macht noch keinen Invaliden«, sagte Bertil. »Und wer behauptet, daß wir fernab von jeglicher Zivilisation leben werden? Schließlich gibt es auch in Frankreich Ärzte.«

»Tja, aber es ist nicht das gleiche, wenn man im Ausland krank wird.«

»Hört doch endlich auf, von Krankheiten zu sprechen.« Bertil runzelte die Stirn. »Ich habe lediglich ein bißchen Probleme mit dem Magen gehabt, aber ihr scheint unbedingt was Schlimmeres herbeireden zu wollen.«

»Das ist ein bißchen unfair, Schatz«, sagte Olivia lächelnd. »Sie macht sich einfach Sorgen um dich, das ist alles. Vielleicht hast du nur Magenprobleme gehabt, aber trotzdem haben wir einen ganz schönen Schrecken gekriegt.«

»Wie wär's, schwimmt jemand mit mir hinaus?« richtete Pernilla die Frage an Linus, der gerade aus Ivars Zimmer zurückgekommen war. Ich hatte mittlerweile meine graue Jacke ausgezogen und schob jetzt auch noch die Ärmel meines Kleides in der Hoffnung zurück, daß das Mondlicht mir schmeichelte. Pernilla warf mir einen Blick über die Schulter zu. »Nicht«, sagte sie mit einem wohltönenden kleinen Lachen. »Mir wird ja ganz kalt, wenn ich dich ansehe, so eine Gänsehaut hast du.«

»Eine Gänsehaut? Mir ist nicht kalt.« Ich lachte ebenfalls, wenn auch vielleicht nicht ganz so wohltönend.

»Wenn du schwimmen möchtest, gehen wir schwimmen«, sagte Linus zu Pernilla. »Es ist so ein schöner Abend; wir sollten mit dem Boot hinausfahren.«

»Ich schließe mich an.« Kerstin stand auf und nahm Tasse und Untertasse mit. »Ich muß meinem Körper was Gutes tun. Kommst du auch mit, Esther?«

Ich zögerte. Wahrscheinlich wollten Linus und Pernilla allein sein. Ich schickte mich gerade an, nein zu sagen, als Pernilla sich mir mit einem kleinen Lächeln zuwandte. »Sehr entscheidungsfreudig bist du aber nicht, was, Esther?«

»Ich komme gern mit«, sagte ich.

Falls Pernilla enttäuscht war, zeigte sie das nicht. Sie legte lediglich ihre schmale Hand auf Linus' Arm und lächelte. »Ich treffe Entscheidungen immer so …«, sie schnippte mit den Fingern, »… ich vertraue einfach auf meinen Instinkt.«

»Früher war ich auch sehr entscheidungsfreudig«, sagte ich und versuchte, ebenfalls mit den Fingern zu schnippen, doch mir gelang nur ein feuchtes, dumpfes Geräusch. Pernilla sah aus, als erwarte sie weitere Ausführungen, also fügte ich hinzu: »Aber die Umstände haben dazu geführt, daß ich irgendwann jede Entscheidung als Zeitbombe betrachtet habe.«

»Tja, dann muß sie eben hochgehen«, sagte Pernilla und

klatschte in die Hände, gerade als Kerstin mit ein paar frischen Handtüchern erschien.

»Ich habe sie tatsächlich hochgehen lassen«, sagte ich. »Du kannst mir glauben, so ein echter Knall ist viel weniger lustig als die bloße Vorstellung davon. Ich meine, ist der Arm deines Nachbarn schon mal auf deiner Schulter gelandet?«

Linus hielt das Tor für uns auf, und ich folgte Kerstin und Pernilla hinaus auf die Straße. »Was ist denn so schlimm daran, wenn der Arm des Nachbarn auf deiner Schulter landet? Du darfst nicht so, so ...« Sie suchte nach dem passenden englischen Ausdruck. »So verklemmt sein.« Dann nahm sie die Hand von Linus und zog seinen Arm um ihre Schultern. Fasziniert starrte ich seinen Arm und seine starke, langfingrige Hand an.

»Eigentlich nichts«, sagte ich. »Bloß war dieser Arm in dem Moment nicht mehr am Körper meines Nachbarn.«

»Du lieber Himmel.« Pernilla hob die Hand zum Hals.

Drück zu, dachte ich. Warum drückst du nicht zu? Im betrunkenen Zustand war ich noch nie besonders wohlwollend gewesen, und an jenem Abend hatte ich mindestens fünf Gläser Wein getrunken.

Pernilla schien das Thema wechseln zu wollen. »Kerstin, wie waren noch mal die Regeln für ein gesundes und langes Leben, von denen du vorher gesprochen hast?« fragte sie.

»Man muß zum Beispiel mindestens fünfmal täglich Obst und Gemüse zu sich nehmen. Dazu sollte man sich regelmäßig körperlich betätigen und nicht rauchen.«

Ich holte eine Zigarette aus meiner marineblauen Umhängetasche und zündete sie an.

»Sehr witzig.« Kerstin schüttelte den Kopf. »Aber so witzig findest du das auch nicht mehr, wenn du im Krankenhaus liegst und künstlich beatmet werden mußt.«

»Hört ihr das, Esther und Linus?« Pernilla drohte uns spielerisch mit dem Finger. »Aber so viel rauchst du auch wieder nicht, Esther.« Sie klang fast ein bißchen bedauernd.

Ich sagte nichts darauf. Vielmehr freute ich mich darüber, Linus' und meinen Namen in einem Atemzug erwähnt gehört zu haben, auch wenn's dabei nur ums Rauchen ging: Esther und Linus. Linus und Esther.

»Die Geschichte mit der körperlichen Betätigung stimmt wahrscheinlich«, sagte Linus. »Denn hat schon mal jemand eine Leiche in einer Turnhalle gefunden?«

Kerstin antwortete beleidigt auf schwedisch. Ich verstand das Wort »Idiot«, das dem englischen entsprach, nur daß es auf der letzten Silbe betont wurde – Idi*oo*t. Irgendwie klang das traurig, als mißbilligten die Schweden diesen Zustand nicht nur, sondern bedauerten ihn auch.

Unten am Hafen sprang Linus ins Boot. Pernilla tat es ihm gleich und landete anmutig an Bord, ein Bein leicht nach hinten gestreckt, während sie sich auf Linus' ausgestreckten Arm stützte. Ich warf einen Blick auf den Spalt zwischen Kai und Boot und setzte mich seufzend hin. Dann rutschte ich vorsichtig auf dem Hinterteil vorwärts, bis Linus meinen Arm erreichen und mich hinüberziehen konnte. Kerstin schaffte es allein, aber auch ihr überzeugtester Bewunderer hätte das wohl kaum anmutig nennen können. Als wir alle an Bord waren, fuhren wir über das stille Meer und beobachteten, wie die Lichter auf der Insel allmählich hinter uns verschwanden. Es war still, abgesehen vom Geräusch des Motors. Linus stand am Heck, die Ruderpinne in der Hand. Kerstin saß mit einer Laterne ganz vorn. Das wenige Licht rund um uns herum war blau, die Farbe aller schwedischen Sommernächte: dunkelblau, und die See war vollkommen ruhig. Ich hatte schon oft festgestellt, daß sie sich selbst nach stürmischen Tagen nachts beruhigte, als müßte sie sich nach all dem Wellenschlagen erholen. Sie wirkte fast ein bißchen schläfrig.

Pernilla hob den Blick zum Sternenhimmel. Ich wünschte mir nichts sehnlicher, als daß ich meine Strickjacke mitgebracht hätte. Kerstin wandte sich lächelnd mir zu. »Du bist nicht sonderlich sportlich.«

Darauf konnte ich eigentlich nichts sagen. Natürlich hätte ich es mit einem »O doch« versuchen können, aber die Lüge wäre zu offensichtlich gewesen. Also erwiderte ich nichts und zwang mich zurückzulächeln.

»Du solltest mal ins Fitneßstudio gehen.«
»Das tue ich. Na ja, das habe ich getan.«
»Ach, tatsächlich?«
»Aber da gibt's keine Boote. Jedenfalls nicht in meinem Fitneßstudio.«

Linus steuerte uns auf eine kleine felsige Insel zu, die den Namen »Kräheninsel« trug. Er lenkte das Boot ans Ufer, und Kerstin nahm das Seil, das an der Vorderseite befestigt war, und sprang auf die Insel. Pernilla suchte nach dem Gummihammer und den Metallheringen, die in eine Felsspalte geschlagen werden mußten, damit Kerstin das Boot festmachen konnte.

»Hier.« Pernilla reichte mir Hammer und Heringe. »Nimm die mit ans Ufer, ja? Ich kümmere mich um den Anker.«

Ich stolperte zum Bootsbug.

»Kommst du, Esther?« rief Kerstin.

Ich sah hastig zu Pernilla hinüber und wagte dann, den Hammer und die Heringe in der linken Hand, den Sprung. Ich spürte die Freiheit des Fliegens und dann den harten Felsen an meinen Beinen, als ich ins Wasser fiel.

Als ich wieder auftauchte, hörte ich besorgte Stimmen. Hände griffen nach mir, und schon ein paar Sekunden später war ich wieder auf dem Boot. Pernilla legte mir ein Handtuch um die Schultern, und Linus fragte mich, ob alles in Ordnung sei. Ich nickte, in der kühlen Nachtluft zitternd. Dann versuchte ich zu lachen, doch zu meinem Schrecken kam ein Schluchzen heraus.

»Wir sollten Esther nach Hause bringen«, sagte Linus.

»Nein, nein, es ist alles in Ordnung. Schließlich sind wir ja zum Schwimmen hier rausgefahren.« Inzwischen war es mir gelungen, meine Stimme wieder unter Kontrolle zu bekommen.

»Nein.« Pernilla legte die Hand auf Linus' Arm. »Du hast recht. Wir sollten umkehren. Schwimmen können wir auch ein andermal.«

»Nun entscheidet euch endlich«, rief Kerstin vom Ufer.

Wir fuhren zurück. Ich saß zusammengesunken auf der Holzbank des Bootes und kam mir vor wie ein Kind, dem schlecht geworden ist und das den anderen die Party verdorben hat.

Natürlich waren alle ganz schrecklich nett zu mir. »Das kann jedem passieren«, sagte Pernilla.

»Ist es dir schon mal passiert?« fragte ich voller Hoffnung.

Sie verneinte.

Linus und Pernilla brachten mich zur Tür des Cottage. Als ich sie hinter mir schloß, hörte ich, wie Pernilla sagte: »Komm, laß uns von den Stufen aus schwimmen gehen. Es ist so ein schöner Abend, wäre doch schade, wenn wir ihn uns ganz verderben lassen.« Durch mein Schlafzimmerfenster sah ich sie in Richtung Tor gehen, Arm in Arm. Ich starrte noch lange, nachdem Linus verschwunden war, hinaus in die Nacht.

21

»WIE LANGE HAST du vor zu bleiben?« fragte Ulla, als wir uns vor dem Bad begegneten. Ich wollte gerade hineingehen – genau wie sie, die sich mir wie ein aufgemotzter alter Austin von hinten näherte, den riesigen Kulturbeutel vor sich herschiebend wie eine Stoßstange.

»Die Ärzte sagen, Audrey wird wahrscheinlich in ein paar Wochen transportfähig sein«, erklärte ich ihr und ließ ihr den Vortritt. Sie ging an mir vorbei und wandte sich mit einem triumphierenden Lächeln zu mir um.

»Ach, Ulla.«

»Ja?«

»Wie alt war Linus, als seine Mutter gestorben ist?«

Sie wirkte nicht überrascht über meine Frage. »Sieben«, sagte sie.

»Sieben? Ich dachte, er war viel jünger.«

»Nein, er war sieben.« Daraufhin schloß sie die Badezimmertür, und kurz darauf hörte ich, wie sie die Dusche aufdrehte.

Später saß ich mit Olivia und Ulla draußen auf der Terrasse beim Frühstück. Audrey lag mit Leidensmiene in ihrem Zimmer und hörte Radio, ein Frühstückstablett auf den Knien. Gerade als ich Olivia ein paar Fragen über Astrids Tod stellen wollte, trat Linus mit Ivar im Schlepptau auf die Terrasse.

»Hast du deinen Vater heute morgen schon gesehen?« fragte Olivia.

Linus schüttelte den Kopf. »Er war nicht da, als ich aufgewacht bin, also habe ich angenommen, daß er einen seiner Spaziergänge macht.«

Olivia schüttete für Ivar Rice Krispies und Milch in eine Schale und klopfte auf den leeren Stuhl neben sich. »Setz dich hierher zu mir, mein Schatz.« Ivar, der khakifarbene Shorts, ein dazu passendes T-Shirt sowie eine von Kerstins Haarspangen trug, ging um den Tisch herum, mit den Fingern den Rand des Tisches nachzeichnend, und schlüpfte auf den Stuhl.

»Wenn ich Bertil wäre«, sagte Ulla, »würde ich jede Gelegenheit nutzen, hier an diesem himmlischen Ort spazierenzugehen.« Dabei deutete sie auf das Tor und die Straße, die zum Hafen führte. Dann tauchte plötzlich Gerald auf und eilte steifbeinig auf uns zu. Er wirkte nervös und sprach auf schwedisch mit Linus. Linus stand auf und folgte Gerald in Richtung Schuppen.

»Was ist denn los?« fragte Olivia kopfschüttelnd.

Ivar sagte unterdessen mit lauter Stimme: »Ich brauche Papier, damit ich ein Haus zeichnen kann.« Niemand hörte ihn, und das war kein Einzelfall: Je lauter Kinder sprachen, desto weniger schien man sie zu hören. Er sprach englisch, weil seine Bitte auf schwedisch untergegangen war.

»Gleich, mein Schatz«, sagte Olivia.

»Aber ich brauch's jetzt.«

»Wenn ihr mich fragt ...«, fing Ulla an, doch Ivar unterbrach sie.

»Hast *du* ein bißchen Papier für mich?« fragte er, wurde jedoch umgehend durch einen finsteren Blick von Ulla zum Schweigen gebracht. Er zuckte theatralisch seufzend mit den schmalen Schultern. »Du hast gesagt, ich soll dich fragen ...«, beklagte er sich.

Ulla fuhr fort, als hätte Ivar nichts gesagt. »... ich glaube, Bertil wird's bitter bereuen, wenn er das Anwesen hier verkauft. Ihr werdet's beide bereuen, da bin ich mir sicher.«

Kerstin wandte sich ihr zu und sagte in mürrischem Tonfall etwas zu ihr auf schwedisch. Erst da merkte ich, daß sie sich irgendwann ebenfalls an den Tisch gesetzt hatte.

»Bitte redet englisch«, sagte Olivia. »Schließlich haben wir einen Gast.« Ich widersprach ihr nicht, denn ich haßte es, nichts von dem mitzubekommen, was lief.

»Ich verstehe einfach nicht«, fuhr Kerstin artig fort, »wie du von Olivia und Bertil verlangen kannst, das Anwesen zu behalten, bloß weil wir alle gern unsere Sommerferien hier verbringen. Es ist *ihr* Leben.«

Ulla wurde rot, und sie stellte mit zitternder Hand die Tasse auf den Tisch. »Was weißt du schon?« herrschte sie Kerstin an. Wir wandten uns ihr überrascht zu. »Was wißt ihr alle schon mit eurem erfüllten Leben, euren Familien und Freunden?« Dann schwieg sie und fuhr sich mit ihrer knochigen Hand über den Hals. Schließlich erhob sie sich und eilte von dannen.

Ivar wollte wissen, ob sie gegangen sei, um Papier für ihn zu holen. Ich sagte ihm, daß ich das für eher unwahrscheinlich hielt.

Wenig später kam Linus zurück. »Es geht um Vater.« Er sah Olivia an. »Bitte komm mit. Gerald ruft gerade Dr. Blomkvist.«

Bertil schlief im oberen Zimmer, und Olivia wachte auf einem Holzstuhl an seiner Seite. Er würde sich wieder erholen, hatte Dr. Blomkvist gesagt, aber er wolle trotzdem ein paar Proben ins Labor schicken und einen Spezialisten konsultieren. Ulla hatte sich in ihr Zimmer zurückgezogen und war schon seit ein paar Stunden von niemandem mehr gesehen worden. Kerstin hatte ihr ein Tablett mit Sandwiches und eine Thermoskanne mit Kaffee vor die Tür gestellt, nachdem sie sich geweigert hatte herauszukommen. »Ich will meine Ruhe haben«, hatte sie sie zickig wie eine Diva angeherrscht. Olivia kam an jenem Nachmittag nur ein einziges Mal nach unten. Als sie die Sache mit Ulla hörte, ging sie zusammen mit Gerald hinüber zum Cottage, um zu sehen, wie es ihr ging. So ist das also in Familien, dachte ich, während ich allein zwischen den Rosenbeeten herumschlenderte, man kümmert sich in kritischen Zeiten um den anderen, selbst wenn man ihn nicht sonderlich leiden kann. Kein Wunder, daß Ulla sich so sehr wünschte dazuzugehören. Ich kam mir mehr denn je wie eine Außenseiterin vor, denn in dieser Situation war ich nicht bloß die Frau, die Linus mit seinem Projekt einen Strich durch die Rechnung gemacht hatte, sondern obendrein nur eine besorgte Schaulustige.

»Haben mich denn alle vergessen?« fragte Audrey.

Ich bejahte ihre Frage. »Aber ich bin ja hier«, fügte ich hinzu, um den Schlag ein wenig abzumildern.

Audrey schien das nicht zu trösten. »Wann, hat dieser Arzt gesagt, kann ich wieder aufstehen?«

»Du stehst doch nie auf.« Ich war erstaunt über ihre Frage.

»Das Bett ist nicht der richtige Ort für einen kranken Menschen«, sagte Audrey. Ich fühlte mich nicht in der Lage, ihr zu widersprechen.

Es hatte schon ein paar Stunden nicht mehr geregnet, aber als ich mit dem Ärmel die unteren Äste des Apfelbaumes streifte, landeten ein paar Wassertropfen in meinem Nacken. Ich versuchte, mir eine Geschichte für das *Modern-Romance*-Magazin auszudenken, weil ich einen Brief von Mary erhalten hatte, in dem sie mir erklärte, sie würde sich gern alles ansehen, was ich ihr schickte. *Wenn Du ein bißchen Herz reinlegst, sind Deine Geschichten wunderbar,* hatte sie geschrieben. *Hoffentlich hast Du inzwischen eins gefunden.* Ihre letzte Bemerkung hatte mich ziemlich verletzt. Natürlich hatte ich ein Herz, das hatte ich immer schon gehabt. Allerdings war mein Kontakt zu diesem Organ erst vor kurzem ein bißchen intensiver geworden.

Nach dem Regen war es ein wenig kühler geworden, und der Garten wirkte frisch und zerzaust mit dem flachgedrückten Gras und den vom Regen schweren Blättern. Ich fragte mich, wann Linus wiederkommen würde. Er war einkaufen gegangen, um eine Reihe von Lebensmitteln zu holen, die Dr. Blomkvist empfohlen hatte – alles milchfreie Sachen, damit die Bakterien in Bertils entzündetem Magen keine weitere Nahrung bekamen.

Ich wollte gerade zum Haus zurückkehren, als Linus kam. Ich beobachtete, wie er das Tor mit dem Fuß aufstieß, weil er beide Hände voll hatte. Dann sah ich ihn den schmalen Kiesweg heraufgehen, die Wangen gerötet und das blonde Haar von der Feuchtigkeit geringelt. Ich merkte, wie ich grinste, und hob die Hand zum Gruß. Doch dann entdeckte ich Pernilla, die sich ihm von hinten näherte. Sie rief seinen Namen, holte ihn bei der Sonnenuhr ein. Er blieb stehen und drehte sich zu ihr um. Ich hörte auf zu grinsen und ließ die Hand sinken. Er hatte mich nicht einmal gesehen. Ich hatte das Gefühl, als hätte jemand das Licht ausgeschaltet, allerdings nur in meiner unmittelbaren Nähe. Pernilla und Linus hingegen blieben in ihrem Lichtkreis. Ich stand ganz allein in einem finsteren Loch. Und ich nahm sie mit mir, diese Finsternis, wohin ich auch ging.

Ich starrte ihn an, liebkoste ihn mit meinem Blick, der sein Gesicht herunterwanderte, seinen linken Arm entlang, zu seiner Hüfte, seinem langen Bein und schließlich zum Boden. Ich schmeckte seinen Namen, spürte jedem einzelnen Buchstaben mit der Zunge nach. Mein Herz klopfte wie wild. Am liebsten wäre ich gestorben. Nein, ich wollte ewig leben! Ich wollte weinen. Licht erhellte die Finsternis. Mein Gott! Ich war verliebt.

Mein erster Impuls war es, um Hilfe zu rufen: Posy, Chloe, Arabella, vielleicht sogar Audrey. Ich wollte sie fragen, wie ich dieses Gefühl abstellen konnte. »Mit einem feuchten Tuch und ein bißchen Wollwaschmittel«, würde Audrey sagen. Die alte Romantikerin Posy würde vielleicht Arsen vorschlagen. Arabella würde mir vermutlich ihren Vibrator schicken. Chloe würde lachen. Ich setzte mich auf den Boden, ohne auf das feuchte Gras zu achten. Ich hatte mich so lange gefragt, wie es sein würde, wenn man sich verliebte, und jetzt, wo es passiert war, haßte ich das Gefühl. Für Linus war ich ein Nichts im Vergleich zum strahlenden Glanz von Pernilla. Ihre Zähne schimmerten weiß, ihr Haar golden, und ihre Haut glühte von innen heraus. Ich war hübsch, das wußte ich, aber nicht einmal meine besten Freunde hätten behauptet, daß ich Glanz ausstrahlte. Pernilla schloß sich einer Gruppe von Menschen an, als wüßte sie genau, daß die anderen nur auf sie gewartet hatten. Ich hingegen fragte mich immer, wo zum Teufel ich eigentlich war und warum. Und obendrein war ich noch aller Leute Feind: die Journalistin! Audrey hätte mir sicher mitgeteilt, daß eine Frau ihrem Partner helfen mußte, seinen Traum zu verwirklichen, nicht, ihn zu vereiteln. Alles in allem waren meine Aussichten nicht gerade gut.

Ich setzte mich im Cottage auf mein Bett und starrte zum Fenster hinaus. »Was ist Liebe?« hatte ich an einem Morgen vor langer Zeit alle möglichen Leute gefragt, ein paar Tage vor einer Hochzeit, die nie stattfinden sollte. Die Tatsache, daß Olivia neben dem Bett ihres Mannes wachte, war Liebe. Ullas bleiches Gesicht, weil sie Angst hatte, nicht mehr dazuzugehören, war auch irgendwie Liebe. Und das Gefühl, daß Linus den Finger auf dem Lichtschalter der Welt hatte, mußte ebenfalls Liebe sein. Das gefiel mir gar nicht. Die Liebe verwandelte mich in einen Menschen, den ich nicht kannte. Sie verwandelte mich sogar in jemanden, den ich nicht kennen wollte. Und das tat weh.

22

ES REGNETE NUN schon seit drei Tagen, und vom Meer blies der Wind herein. Irgendwie freute mich das, denn dieses kalte Grau paßte genau zu den düsteren Ingmar-Bergman-Vorstellungen, die ich über Schweden mitgebracht hatte. Aber die Inselbewohner machten immer noch das Beste aus der Situation, riefen einander durch Wind und Regen einen fröhlichen Gruß zu und erklärten auf sehr britische Art, daß alles schließlich noch viel schlimmer sein könnte. Ich suchte vergeblich nach meinem Seelenverwandten, jenem fiktiven Schweden, der so ruhig und düster war wie ich.

Ich hatte die Geschichte für *Modern Romance* fertiggestellt und war gerade auf dem Postamt gewesen, um sie Mary zuzufaxen. Als ich wieder zu Hause war, schüttelte ich den Regen von Kerstins Ölhaut und hängte sie an den Haken an der hinteren Tür. Dann schaute ich in Audreys Zimmer. Sie schlief, und sogar im Schlaf wirkte ihr Gesicht mürrisch. Der Arzt hatte gesagt, es sei nur noch eine Frage von Tagen, bis sie wieder reisen könne, und ich wußte, daß sie es kaum noch erwarten konnte, nach Hause zu kommen. Und ich? Ich hatte mit dem Gedanken gespielt, mir ebenfalls ein Bein oder auch nur einen Zeh zu brechen, um Linus weiter nahe sein zu können, doch irgend etwas, vielleicht die Vernunft, hatte mich davon abgehalten. Leise schloß ich die Tür zu Audreys Zimmer, und als ich Linus' Stimme von der Veranda hörte, nahm ich schnell ein Buch vom Flurtischchen und ging zu ihm hinaus. Gerald war ebenfalls draußen. Ich setzte mich auf das kleine Korbsofa und schlug das Buch auf.

»... und dann macht man weiter, drückt runter, einen nach dem anderen, und nichts passiert, aber dann plötzlich …«, Gerald schwieg einen Augenblick, als er mich sah, »… kommt's raus, ein großer Fetzen halbverdautes Essen. Fleisch, oder, wie heute morgen, Spinat und dieser italienische Käse, du weißt schon, wie heißt er gleich? Ricco … Ricotta, ja, genau, so heißt er.«

»Gerald erklärt mir gerade, wie befriedigend der Gebrauch von Zahnseide ist«, sagte Linus und verdrehte die Augen. Dann lachte er wieder dieses Lachen. Ich wartete darauf, daß der Klang mich aufregte wie die Male zuvor, doch statt dessen erfüllte mich sein schrilles Kichern mit Glück, und ich stimmte ein, anfangs noch zögernd, dann ausgelassen. Gerald sah uns kopfschüttelnd an, und wir hielten abrupt inne. Doch ich konnte den Blick nicht von Linus abwenden.

»Esther?« sagte Linus.

»Ja?«

»Warum liest du denn ein Buch über die Heringsfischerei in Schweden?«

»Tue ich gar nicht«, sagte ich. Dann sah ich das Buch an. Vielleicht hatte er doch recht. »Hoppla«, sagte ich und schlug es wieder zu. »Da habe ich das verkehrte erwischt.« Ich ging ins Haus zurück, und sobald ich im Flur war, knallte ich das Buch auf den Tisch unter dem Spiegel, um es dafür zu bestrafen, daß es mich so blamiert hatte. Danach hastete ich zum Cottage, lief in mein Zimmer und legte mich aufs Bett. Ich fing an zu weinen; sobald ich damit angefangen hatte, konnte ich nicht mehr aufhören. Und so verbrachte ich den Rest des Nachmittages im Bett, weinend.

Als es Zeit zum Essen war, eilte ich nach einem hastigen Blick in den Spiegel hinaus, den Hügel hinunter, am Hafen entlang, rund um die Festung und auf die Klippen. Mittlerweile hatte es aufgehört zu regnen, aber Himmel und Meer waren grau, und der Wind kam von Norden. Außer mir war niemand an den Stufen, die ins Wasser führten. Nachdem ich mich vergewissert hatte, daß wirklich niemand in Sichtweite war, schlüpfte ich aus meinen Kleidern und stopfte sie in eine Felsspalte. Dann lief ich die Stufen hinunter und sprang ins kalte Wasser, das mir den Atem nahm. Ich holte tief Luft, tauchte kurz unter und schwamm ein paarmal hin und her. Kurz darauf kehrte ich zu den Stufen zurück und kletterte wieder hoch. Verdammt! Ich hatte kein Handtuch dabei.

Es macht keinen Spaß, sich anzuziehen, wenn man klatschnaß ist. Ich rannte den ganzen Weg zum Haus zurück. Die Kleider klebten mir am Leib, und das Wasser tropfte mir von den Haaren ins Gesicht.

Dann hastete ich direkt in die Küche, wo sich alle gerade an den Essenstisch setzen wollten, und sagte: »Tut mir leid, daß ich zu spät dran bin, aber ich mußte einfach kurz schwimmen gehen. Ich zieh mir bloß schnell trockene Sachen an. Bin gleich wieder da.« Sieben Augenpaare musterten mich erstaunt; sieben Münder standen schweigend offen. Als ich das Haus verließ, hörte ich Ullas laute, mißmutige Stimme, die etwas auf schwedisch sagte, bestimmt etwas Unfreundliches. Aber das war mir egal, denn ich hatte geschafft, was ich wollte: Jetzt würden alle meine roten Augen für die Folge eines Ausflugs ins kalte Wasser halten, nicht für das Resultat eines Nachmittags, den ich mit Weinen verbracht hatte.

Ich setzte mich ans Fußende von Audreys Bett, eine Tasse Kaffee in der Hand. »Das war wirklich ein bißchen übertrieben«, sagte sie. Olivia hatte ihr bereits von meinem abendlichen Schwimmausflug erzählt, und Audrey hatte mir den Grund dafür entlockt. Letztlich war ich sogar dankbar gewesen, jemanden zu haben, dem ich mich anvertrauen konnte – das heißt, bis mir wieder einfiel, wer dieser Jemand war.

»Wahrscheinlich wünschst du dir jetzt, daß du auf deine Mutter gehört hättest«, sagte Audrey. »Ich habe dir gleich gesagt, daß deine Sturheit in der Sache zu nichts Gutem führen würde.«

»Du meinst, weil ich mir Linus damit zum Gegner gemacht habe?«

Audrey sah mich mit unendlicher Geduld an. »Ja, Liebes.«

»Aber so kann man nicht leben. Entweder etwas ist richtig, oder es ist nicht richtig. Meine Gefühle für Linus spielen dabei keine Rolle.«

»Ich dachte, dieser Therapeut, wie heißt er doch gleich ...?«

»Peel.«

»Genau. Ich dachte, der hätte dich von diesem Unsinn kuriert.«

Ich wußte, daß es ein Fehler gewesen war, mit meiner Mutter zu sprechen, denn ihr Geist war eine pinkfarbene Höhle, in die das Licht der Vernunft niemals drang.

In jener Nacht konnte ich vor Liebe nicht schlafen. Meine Haut juckte, als vergnügten sich Tausende von Insekten darauf, Marienkäfer wahrscheinlich, süße rote Marienkäfer, die juckten wie Flöhe aus der Hölle. Ich drehte mich hin und her. Ich beschwor Bilder herauf, um mich weiter zu quälen, Bilder von Linus mit Pernilla, wie er sie anlächelte, sie in seine Arme nahm, sie aufs Bett drückte, sie streichelte ... »Nein!« rief ich aus. »Genug!« Dann drehte ich mich auf den Bauch und vergrub das Gesicht im Kissen. Es roch nach Shampoo, nach meinem billigen Shampoo aus der Drogerie. Ich versuchte, die Bilder von Linus und Pernilla zu vertreiben, und konzentrierte mich statt dessen auf die interessante Tatsache, daß man parfümfreies Shampoo trotzdem roch. Es funktionierte nicht. In meiner Vorstellung warf Pernilla den Kopf hin und her, und ihre Haare fielen über Linus' Kissen. Ich fing an zu schluchzen. Ich weiß nicht, wie lange ich so dalag, das Gesicht ins Kissen gepreßt, doch als ich schließlich aufstand, um mir einen Schluck Wasser zu holen, ging die Sonne, die sich im kurzen schwedischen Sommer nie lange zur Ruhe begab, bereits rosafarben am Horizont auf.

Ich trat hinaus und blieb eine Weile auf den Stufen zum Cottage stehen, wo ich die frische Morgenluft tief einsog. Ich spürte das taunasse Gras unter meinen nackten Füßen, als ich über den Rasen zum Haus hinüberschlenderte. Die hintere Tür war stets unverschlossen, also drückte ich sie auf.

Mein Herz klopfte wie wild, als ich die Stufen hinaufging, eine Hand auf dem Holzgeländer. Das Licht des frühen Morgens, das durch die vorhanglosen Fenster hereinschien, wies mir den Weg. Linus' Zimmer war das dritte auf der linken Seite; daneben lag das von Ivar. Seine Tür stand genau wie die zum Zimmer seines Vaters ein wenig offen, und das Licht, das aus beiden herausdrang, traf sich auf dem Flur.

Die Liebe, dachte ich, die Hand auf dem Türgriff, war ein verzweifelteres Gefühl, als ich je erwartet hätte. Ich drückte Linus' Zimmertür auf und schlüpfte hinein. Ich war nie in seinem Zimmer gewesen, wußte aber, daß es viele Jahre zuvor seiner Mutter gehört hatte. Hier waren die Vorhänge genau wie im restlichen Haus offen, und wieder wies mir das Licht von draußen den Weg. Linus schlief in einem breiten weißen Holzbett. Er hatte das Oberbett weggeschoben und lag nackt auf dem Bauch. Mein Blick glitt über seinen Rücken und seine Schultern, seinen Po und seine langen Beine, das linke angezogen, das rechte ausgestreckt. Ich mußte ihn berühren. Vielleicht würde ich ja schon am nächsten Tag sterben, und dann hätte ich nie das Gefühl seiner Haut auf meiner kennengelernt. Ich wollte mit meinen Lippen die seinen berühren. Ich wollte die Falte küssen, wo sein Nacken in seine Schultern überging, und mit dem Finger seine Wirbelsäule nachzeichnen. Ich wollte, daß er sich umdrehte, damit ich das Gesicht an seinem Bauch vergraben konnte. Ich trat einen Schritt vor, streckte die Hand aus, beugte mich über sein schlafendes Gesicht, sog seinen warmen Atem ein.

Linus schreckte hoch, drehte sich um und sprang aus dem Bett. »Was ist passiert? Was ist los?« Seine Augen waren nur halb offen, und er schien mich anfangs nicht zu erkennen. Als ihm klar wurde, wer ich war, packte er das Oberbett mit einer Hand und schlang es sich um die Taille. »Esther? Was um Himmels willen ist denn los? Ist was mit Bertil?«

»Nein.« Ich trat einen Schritt zurück. »Nein, alles ist in Ordnung. Ich wollte nur ... ich wollte nur fragen, ob du eine Briefmarke hast.«

23

ALS ICH ERSCHÖPFT aufwachte, schmerzten mein Rücken und meine Schultern, und mein Mund war trocken. Draußen regnete es wieder. Ich setzte mich auf. Meine Erinnerung, die bis dahin wie eine graue Masse gewesen war, zersplitterte unvermittelt in tausend spitze Scherben, die sich, eine qualvoller als die andere, in mein Bewußtsein bohrten. Ich war in den frühen Morgenstunden aufgestanden und nur mit meinem langen T-Shirt bekleidet durch den Garten hinüber zum Haus gegangen, hinauf zu dem Zimmer, in dem Linus schlief. Ich war an sein Bett getreten, auf dem er nackt lag, und er war aufgewacht und hatte mich ertappt. Ich hatte ihn um eine Briefmarke gebeten. »O Gott«, stöhnte ich und vergrub den Kopf im Kissen. »O Gott«, ächzte ich noch einmal.

Linus war sehr freundlich gewesen. Er hatte mir den Arm um die Schultern gelegt und mich leicht an sich gedrückt. Er hatte gesagt, ich solle mir keine Sorgen machen, es sei schließlich für uns alle eine turbulente Zeit gewesen. Dann hatte er seinen Morgenmantel von dem Haken an der Tür gezogen und war hineingeschlüpft. Er hatte darauf bestanden, mich zum Cottage zurückzubegleiten. Ich hatte mich von ihm aufs Bett setzen lassen, die Füße knapp über dem Boden baumelnd. Dann war er verschwunden und fünf Minuten später mit einer großen, dampfenden Tasse wiedergekommen. »Warme Milch, brauner Rum und Zucker«, hatte er mit einem kleinen Lächeln erklärt. »Das wird dir beim Einschlafen helfen.«

Er hatte recht gehabt. Ich hatte tatsächlich geschlafen. In meiner ganzen Zeit auf der Insel war ich kein einziges Mal so spät aufgewacht. Jetzt war es bereits zehn Uhr.

Ich war gerade mit dem Anziehen fertig, als es an meiner Tür klopfte. Es war Linus. Er lächelte. Als ich ihn ansah, wurde mir klar, daß man durchaus jemanden lieben und trotzdem den Wunsch haben konnte, ihm mit einer Rosenvase die Zähne einzuschlagen.

»Ich wollte nur fragen, wie's dir geht.«

»Mir geht's gut.« Ich zwang mich zurückzulächeln. Dabei wünschte ich mir einen kurzen Augenblick, daß ich mir die Zähne geschwärzt hätte wie damals als Kind, denn das hatte die Leute noch jedesmal von ihren Gedanken abgelenkt. Doch Linus sah mich nur weiter lächelnd an und schüttelte den Kopf.

»Warum bist du nur so nett zu mir, nach allem, was ich getan habe?« Die Worte rutschten mir heraus, bevor ich Gelegenheit hatte, sie zurückzuhalten. Ich wagte es nicht, ihm in die Augen zu sehen, weil ich Angst hatte, daß er meine Liebe darin entdecken könnte, also beobachtete ich eine Fliege, die knapp oberhalb seiner linken Schulter die Wand hinaufkrabbelte.

»Warum sollte ich nicht nett zu dir sein? Du bist geschlafwandelt. Das kann jedem passieren.«

Das hatte ich nicht gemeint, aber ich stürzte mich dankbar auf die Ausrede, die er mir lieferte. »Geschlafwandelt, ja«, nickte ich. *»Natürlich.* Ich meine, ja, das tue ich. Ich bin bekannt dafür.« Ich schwieg einen Augenblick. »Aber das habe ich eigentlich nicht gemeint. Ich dachte eher an das Opernhaus.«

Linus seufzte. »Ich habe dir doch schon gesagt, daß es da ums Geschäft ging. Ich habe getan, was ich tun mußte, und du hast getan, was du für nötig gehalten hast. Du bleibst dabei, du gibst nicht nach; das ist die Hauptsache.« Dann deutete er auf den weißbemalten Stuhl bei der Frisierkommode. »Darf ich mich setzen?«

Ich nickte und versuchte dabei, entspannt zu lächeln, aber insgeheim flehte ich ihn an, mir zu sagen, daß er mich nicht haßte. *Ich liebe dich, Linus. Liebe dich, liebe dich, liebe dich. Bitte hasse mich nicht, denn ich habe noch nie zuvor geliebt, und der Schmerz würde mich möglicherweise umbringen.* Ich zuckte mit den Achseln. »Tja.« Wie fröhlich und entspannt ich doch war!

»Bist du sicher, daß alles okay ist?« fragte er. »Diese Schlafwandlerei. Ich meine, ich weiß, daß du …«

»Ja, ich hatte einen Nervenzusammenbruch«, bestätigte ich. Es war wichtig, daß Liebende ehrlich miteinander waren, und im Augenblick tat ich so, als wären wir genau das: ein Liebespaar. Doch selbst bei Liebenden mußte Raum für kleine Lügen und Geheimnisse sein. Also verdrehte ich seufzend die Augen. »Schreckliche Angewohnheit, diese Schlafwandlerei. Tut mir wirklich leid, daß ich dir einen solchen Schreck eingejagt habe.«

»Keine Ursache«, sagte Linus und schenkte mir noch ein Lächeln, bevor er sich erhob. »Ich wollte nur sicher sein, daß wirklich alles in Ordnung ist.« Während er zur Tür ging, fragte ich mich, ob ich ihn irgendwie daran hindern könnte, mein Zimmer zu verlassen, vielleicht durch einen kleinen Anfall. Nichts zu Dramatisches, nur ein kurzes Zucken, ein Hinsinken auf den Boden, nein, aufs Bett, und ein bißchen Schaum vor dem Mund. Doch bevor ich mir das Szenario genauer zurechtlegen konnte, war er schon weg.

Das war also die Macht der Liebe, dachte ich, während ich seinen Schritten auf dem Kiesweg nachlauschte: Sie konnte den Menschen in jemanden verwandeln, dem man auf der Straße ausweichen würde.

Bertil war mittlerweile wieder auf den Beinen, und Olivia und er waren dabei, das für den Abend geplante Fest vorzubereiten. Als ich das Haus durch die hintere Tür betrat, hastete sie mit einer Vase voll regennasser Rosen, Astrids Rosen, an mir vorbei. Ihr Duft blieb mir noch eine ganze Weile in der Nase. »Wir werden drinnen bleiben müssen.« Sie schaute aus dem Küchenfenster hinaus auf den Himmel. Es gab keinen Anlaß zu der Hoffnung, daß das Wetter aufklarte. Olivia hatte mir ein paar Tage zuvor, als ihr die Idee zu dem Fest gekommen war, erklärt, auf der Insel gelte es als schlechter Stil, Einladungen zu zeitig auszusprechen. »Die Menschen kommen zum Entspannen hierher. Sie wollen sich nicht festlegen lassen und ständig in ihren Kalendern nachsehen. Das müssen wir in der Stadt sowieso die ganze Zeit. Nein, hier legen wir großen Wert auf Spontaneität.«

Ich spürte, wie Unsicherheit in mir aufkam. »Ich hasse es, wenn ich nicht weiß, wie es weitergeht.«

»Warum?« fragte Olivia mich auf dem Weg aus dem Zimmer.

Ich zuckte mit den Achseln. »Das ist einfach so. Außerdem dachte ich, Schweden führen ein organisiertes, geplantes Leben.«

»Nicht im Juli«, sagte Olivia von der Tür aus.

Ich folgte ihr hinaus auf die Veranda. Gerald schlief im Schaukelstuhl. Dabei murmelte er vor sich hin, und sein Mund machte kleine Kaubewegungen. Olivia ging an ihm vorbei und stellte die Vase mit den Rosen auf das Tischchen vor ihm. Dann eilte sie wieder ins Haus und rief nach Linus. Er kam von oben herunter, ein halbfertiges Rennauto aus Lego-Steinen in der Hand.

»Glaubst du, daß Pernilla kommt?« wollte Olivia wissen. Ich legte die Finger hinter meinem Rücken über Kreuz und schloß die Augen.

»Natürlich. Sie möchte sich das Fest auf keinen Fall entgehen lassen«, hörte ich Linus antworten. Ich hätte wissen müssen, daß auf Aberglauben einfach kein Verlaß war. Es wäre weitaus vernünftiger gewesen, Pernilla in ihrem Zimmer einzusperren oder ihr die Augen auszustechen.

»Woran denkst du gerade?« fragte Olivia.

Ich zuckte schuldbewußt zusammen. »Egal«, fuhr sie fort, ohne auf eine Antwort zu warten, »es sieht so aus, als wären wir heute abend ungefähr dreißig Leute.« Es donnerte, und Gerald wachte auf. Wieder prasselte der Regen vom finsteren Himmel herunter. Wieviel dramatischer, dachte ich, hätte der Donner doch geklungen, als Olivia Pernillas Namen aussprach.

»Schau.« Ivar kam hereingerannt und deutete aus dem Fenster auf einen Blitz.

»Deine Tante Ulla läßt sich gerade frisch aufladen«, sagte Gerald.

»Wie Frankensteins Monster?« fragte Ivar und sah Gerald mit großen Augen an.

»Ja, aber sie ist längst nicht so hübsch«, antwortete dieser. Olivia sah aus, als wollte sie ihn rügen, doch da trat Kerstin mit einem Tablett voller Kaffee und Gebäck ein. In der Villa

Rosengård wurde oft und viel gegessen: Kuchen und Gebäck und kleine gebutterte Sandwiches und Roggencracker mit würzigem Käse. Nach dem Abendessen gab es noch Schalen mit Süßigkeiten und Teller mit grünen, kernlosen Trauben. Wenigstens konnte Audrey sich nicht übers Essen beschweren. Ich jedenfalls wurde ziemlich rund hier, und meine Jeans begann allmählich zu spannen.

Wieder blitzte es, und Ivar rannte aufgeregt quiekend von einem der großen Fenster zum nächsten. Draußen auf dem Kiesweg sammelte sich das Wasser in Pfützen. In der größten davon nahmen die Spatzen ein Bad. Als Bertil und wenig später auch Ulla sich zu uns gesellten, war bereits der ganze Weg überflutet.

»Ihr solltet das Fest absagen«, meinte Ulla.

»Ganz bestimmt nicht«, sagte Olivia und zwinkerte mir zu. »Schließlich komme ich aus England.«

»Wenn du meinst«, murmelte Ulla. »Dann wirst du vermutlich auch bald Bérets tragen und zu allem Knoblauch servieren. Die gebildeten Franzosen verabscheuen übrigens Knoblauch in allen Formen.«

Bertil, der unter seiner sommerlichen Bräune aschfahl war und leicht gebeugt ging, als fürchte er, daß jeden Augenblick etwas auf seinen Kopf fallen könnte, lächelte sie kopfschüttelnd an. »Was redest du nur wieder?«

Sie hatten gesagt, er habe sich wieder ganz erholt, aber wenn ich ihn so ansah, hatte ich meine Zweifel. Ulla jedoch wirkte munterer und kecker denn je, als sie zu ihrem Lieblingsstuhl bei dem gefliesten Kamin hinübereilte und ihr Nähkästchen zur Hand nahm. »Ich denke, ich werde mit dem Lüftungsgriff anfangen«, sagte sie. Dabei deutete sie auf den Messinggriff hoch oben an der Seite des Kamins. »Ich habe da ein hübsches kleines Muster gefunden, Vergißmeinnicht.«

Bertil und Olivia sahen einander an. »Was soll denn das für einen Sinn haben, du Wahnsinnige?« spottete Gerald. »Es sei denn natürlich, du willst das Ding den neuen Eigentümern zum Einzug schenken.«

»Vielleicht bleiben wir doch«, begann Olivia. »Die letzten

Wochen haben mir gezeigt, wie wichtig es ist, im Alter Familie und Freunde um sich zu haben.«

Ulla hob den Blick mit einem selbstgefälligen und – für sie – merkwürdig sanften Lächeln. »Das habe ich ja immer schon gesagt: Es gibt nichts Wichtigeres als die Familie. Ihr wißt, was ich von dieser Umzugsgeschichte halte. Ich finde, allein der Gedanke daran ist Wahnsinn. Ihr würdet es bereuen, glaubt mir.«

»Unsinn«, mischte Bertil sich ein. »Du machst doch sonst kein solches Theater, Olivia. Es ist eine kleine Magengeschichte, das ist alles. Du hast doch gehört, was der Arzt gesagt hat: Ich habe einfach was gegessen, das ich nicht vertragen habe.«

»Du hast ein Stück von Tante Ulla gegessen«, kicherte Ivar. »Die verträgst du nämlich nicht.« Dann warf er sich auf den Teppich und lachte schallend.

Ulla bedachte ihn mit einem wütenden Blick, aber Bertil schenkte ihm keine Beachtung. Er setzte sich auf den Korbstuhl beim Fenster und sagte: »Wenn ihr's wirklich wissen wollt: Ich möchte diesen Umzug jetzt mehr als zuvor. Solange noch Zeit ist.« Dann holte er die Pfeife aus seiner Tasche und zündete sie an. Olivias besorgter Blick fiel ihm offenbar nicht auf.

Ulla sah beide an. Dann sprang sie plötzlich wie ein böser Schachtelteufel hoch. »Wird denn niemand diesen Jungen zurechtweisen? Soll er sich vielleicht weiter so aufführen?« Und schon stürmte sie aus dem Zimmer.

»Möchte jemand ein bißchen Gebäck?« Olivia ließ den Teller herumgehen.

Ich warf einen Blick auf meine Uhr; es war bereits nach elf. »Wie kann ich mich nützlich machen?« fragte ich Olivia. »Ich meine, bei den Vorbereitungen zum Fest?« Dabei nahm ich den Teller, holte mir einen Schokoladenkeks und reichte den Teller weiter an Ivar, der im Schneidersitz auf dem Boden neben mir saß.

Olivia antwortete, sie habe alles im Griff. »Frau Sparre kommt bald.« Sie sagte das in dem vertrauensvoll-ehrfürchtigen Tonfall, der normalerweise göttlichen Offenbarungen vorbehalten bleibt. Schon bald begriff ich, warum. Gertrude Sparre betrat die Villa Rosengård im gleichen Augenblick, als die Physiotherapeutin

Audrey verließ. Die beiden Frauen, die sich offensichtlich kannten, blieben stehen, sprachen schwedisch miteinander und nickten hin und wieder in die Richtung des Zimmers, in dem meine Mutter lag. Danach brauchte Frau Sparre nur ein paar Minuten, um die Kontrolle über alles zu übernehmen. Audrey, die sich gerade den Anweisungen der Physiotherapeutin widersetzen und sich wieder im Bett verkriechen wollte, wurde gezwungen, hinaus auf die Veranda zu humpeln und sich auf einen Holzstuhl beim Fenster zu setzen. Gerald wurde mit den Zeitungen weggeschickt, und Kerstin mußte helfen, Fleischklößchen zu machen. Bertil bekam zu hören, er sehe aus, als könne er ein bißchen Ruhe vertragen.

»Aber ich habe mich doch gerade erst ausgeruht«, protestierte er und klang dabei ein bißchen wie Ivar. Doch Frau Sparre ließ sich nicht beirren, und so folgte er Gerald artig nach oben. »Und Sie«, sagte Frau Sparre schließlich auf englisch zu mir, »Sie gehen mit dem Kind nach draußen, damit es uns nicht den ganzen Tag vor den Füßen herumläuft.«

»Aber es regnet«, widersprach ich und klang dabei genauso jämmerlich wie Bertil.

Frau Sparre jedoch hatte den wichtigsten Grundsatz eines jeden Herrschers verinnerlicht: Mache deine Untertanen zu Kindern. »Es gibt Regenkleidung«, sagte sie und verschwand in der Küche.

Ich sah ihr mit traurigem Blick nach. »Tja, dann gehen wir mal lieber, Ivar.«

Ich hatte gerade eine lange blaue Ölhaut und darüber eine leuchtendgelbe Regenjacke angezogen, als es an der Tür klopfte, Pernilla eintrat und die Kapuze ihres roten Regenmantels zurückschob. »Ich bin gekommen, um zu helfen«, erklärte sie, beugte sich ein wenig vor und schüttelte ihr Haar aus. Ich sah mich nach Frau Sparre um; sie würde schon wissen, wie sie sie anpacken mußte. Und da war sie auch schon. Sie scheuchte gerade Kerstin und Olivia vor sich her ins Eßzimmer. Als sie Pernilla entdeckte, blieb sie stehen, und ihre Gesichtszüge wurden weicher.

»Hallo, *Sparrhök.*« Pernilla grinste und warf ihre Haare wieder nach hinten.

Ich sah sie voller Bewunderung an. Sie wagte es, diese Gottheit mit einem Kosenamen anzusprechen, noch dazu mit einem so männlichen wie »Sperber«. Zu meiner Überraschung lächelte Frau Sparre. »Wie geht's deinen Eltern, meine Liebe? Hat Professor Lindholm immer noch Probleme mit dem Rücken?«

Ich schüttelte traurig den Kopf. Wie konnte ich mich nur mit einer Frau messen wollen, die sogar Frau Sparre zum Lächeln brachte? Ich nahm Ivars Hand und ging mit ihm hinaus in den Regen.

Draußen wischte ich mir das Wasser aus den Augen und dabei gleichzeitig die Schminke aus dem Gesicht, als ich Ivar ansah. »Tja, was machen wir jetzt?«

»Kanäle«, sagte Ivar. Von Kopf bis Fuß in karierte Regensachen gekleidet, war er bereits auf dem Weg zum Schuppen. Er holte zwei kleine Eimer und zwei Plastikspaten heraus, einen blauen und einen roten.

»Kanäle?« wiederholte ich.

»Ja, die gräbt man und läßt das Wasser durchlaufen, und dann baut man Dämme und solche Sachen. Das macht Spaß.« Er stapfte in Richtung Tor davon.

»Können wir nicht im Garten bleiben?« fragte ich ihn.

»Du bleibst gern im Garten, was? Du gehst nicht gern raus.« Dem Kind entgeht aber auch gar nichts, dachte ich. »Ulla hat gesagt, du leidest unter Agorogo ... Agorof ... Du bist jemand, der nicht gern rausgeht.«

»Unter Agoraphobie«, sagte ich. »Das stimmt nicht. Komm, laß uns gehen.«

»Weißt du, wenn ich im Garten Kanäle grabe, kriege ich vielleicht Schwierigkeiten und muß vor der *Familie Feuerstein* ins Bett.« Er öffnete das Tor. »Oder ich kriege am Sonntag keine Süßigkeiten ...« Er zuckte schicksalsergeben mit den Achseln. »Alles mögliche könnte passieren.« Dann reichte er mir einen der Eimer und den blauen Spaten. »Also leidest du nicht unter dieser Phobie-Sache?«

»Von einer Phobie spricht man, wenn jemand Angst vor etwas hat, vor dem er keine Angst zu haben braucht. Es ist eine irrationale Angst.« Ivar sah mich verständnislos an, also versuchte ich es noch einmal auf schwedisch. Das schien ihn weiter zu verwirren, folglich erklärte ich ihm: »Ich habe keine Angst rauszugehen, ich mag's nur manchmal nicht.«

»Das ist gut«, sagte Ivar. »Meine Mama sagt, Frauen, die Angst haben, sind ein schlechtes Beispiel. Deshalb muß ich ganz besonders mutig sein«, fügte er hinzu.

»Und was ist mit Männern, die Angst haben?«

Ivar dachte einen Augenblick nach. »Ach«, sagte er. »Die dürfen das wahrscheinlich.« Der Regen lief mir in den Nacken und ins Gesicht. Die Straße und der Hafen darunter waren bis auf ein einzelnes Snipa-Boot mit leuchtendblauer Plane leer – ein kleines Geisterschiff, das zum Fischen hinausfuhr. Ich trottete Ivar hinterher an der kleinen, gelbgestrichenen Schule, dem langen, niedrigen, roten Pfarrhaus vorbei, die Kirchenstraße und die Schmugglergasse entlang zum alten Friedhof und schließlich die kleine Straße hinauf, die auf der östlichen Seite der Insel an der Klippe entlangführte. »Darfst du denn so weit gehen?« fragte ich Ivar.

»Wenn du dabei bist, schon«, sagte er und gab mir seine kleine, nasse Hand. Diese einfache Geste des Vertrauens in meine Überlegenheit als Erwachsene ließ mich trotz des strömenden Regens die Schultern straffen. Ein paar Meter weiter zog Ivar mir die Hand wieder weg und blieb stehen. Dann sah er sich um, bevor er mitten auf der Straße in die Hocke ging. »Hier ist der richtige Ort«, sagte er und stieß seinen kleinen Plastikspaten in den Schlamm. Ich sah ihm zu, wie er grub und kratzte und vor Anstrengung schwer zu atmen begann.

»Aber Ivar, wenn du deine Kanäle mitten auf der Straße gräbst, stolpert vielleicht ein Fußgänger und verletzt sich.«

Ivar sah mich durch den Regen an. »Wenn er auf den Boden schaut, passiert schon nichts.«

»Aber manchmal schauen die Leute nicht. Was dann?«

»Tja, dann müssen sie sich eben zusammenreißen und wieder aufstehen. Außerdem sagt meine Mama, daß man immer schauen sollte, wo man hintritt.«

Ich ging neben ihm in die Hocke. »Und was ist mit deinem Vater, was sagt der?«

»Er sagt zum Beispiel Sachen wie: ›Wo die Menschen leben, beeinflußt sie mehr als alles andere, aber keiner ist bereit, Geld dafür auszugeben‹«, äffte Ivar seinen Vater wortgetreu nach, ohne den Blick von seinen Gräben zu heben. Ich kratzte mit meinem blauen Spaten in der sandigen Oberfläche der Straße herum. Ivar arbeitete sich den Hügel hinunter vor. Nach einer Weile sah er hoch. »Du strengst dich aber nicht sonderlich an beim Graben.«

Ich betrachtete die vielleicht eineinhalb Meter wassergefüllter Gräben, die sich die Straße entlangzogen. »Stimmt«, pflichtete ich ihm bei. »Vielleicht bin ich für diese Art von Arbeit einfach nicht geeignet.«

»Papa sagt außerdem, daß jede Arbeit manchmal hart und langweilig ist, aber wenn man die guten Sachen kriegen will, muß man eben die schlechten zuerst machen.«

»Und was sind die guten Sachen?« fragte ich und sah zum dunkelgrauen Himmel hinauf.

Ivar streckte seine kleinen Hände aus, die Handflächen nach oben. »Daß man die Dämme öffnen kann, natürlich, du Dummkopf.«

Die Haare klebten mir am Gesicht, und ich hätte schwören mögen, daß meine Gummistiefel undicht waren. Ich erhob mich mit knackenden Knien. »Mir ist egal, was Frau Sparre sagt, ich gehe jetzt heim. Kommst du mit?«

»Aber wir sind doch noch nicht fertig. Man sollte immer zu Ende führen, was man angefangen hat.«

Ich gesellte mich seufzend wieder zu ihm. »Wo willst du deinen Damm?«

»Da.« Ivar deutete auf ein Loch, das sich bereits mit Wasser füllte. »Und ich will ihn« – dabei sah er mich mit Augen an, die mich sehr an die seines Vaters erinnerten – »riesig machen!«

Dann gruben wir eine ganze Weile schweigend vor uns hin. »Wir arbeiten erst seit zehn Minuten dran«, versuchte Ivar mich zu trösten, als ich wieder einmal einen Blick auf meine Uhr warf.

»Frau Sparre würde es sicher nicht gefallen, wenn du mich schon wieder zurückbringst.«

»Ich dachte, die Insel hier ist so sicher, daß Kinder allein rumlaufen dürfen.«

Ivar straffte die Schultern und musterte mich streng. »Du darfst nicht vergessen, daß ich erst sieben bin«, sagte er. »Ich könnte ins Meer fallen.«

»Warum solltest du denn ins Meer fallen? Die Menschen fallen nicht so einfach ins Meer.«

»Hier schon«, sagte Ivar.

Es blieb mir nichts anderes übrig, als weiterzugraben. Schon bald hatten wir ein ziemlich großes Loch gebuddelt. Endlich schien er zufrieden zu sein. »Fertig?« Ich erhob mich, und wieder knackten meine Knie.

»Aber wir haben doch den Kanal, der vom Damm wegführt, noch nicht gebaut, du Dummkopf.« Ivar amüsierte sich königlich über meine Begriffsstutzigkeit. »Das ist doch das wichtigste.« Als ich erneut mit dem Spaten in die Hocke ging, kam ich zu dem Schluß, daß ich diesen kleinen Jungen offenbar wirklich gut leiden konnte. Wer sonst hätte mich wohl dazu gebracht, den Tag im Schlamm kauernd zu verbringen, den Regen in Gesicht und Nacken, einen kleinen blauen Plastikspaten in der Hand.

»Fertig!« rief Ivar ein paar Meter von mir entfernt. »Und jetzt öffnen wir die Schleusen.« Ich schob den Stein und den Schlamm aus der Seite des Damms. Das Wasser schoß heraus in den Graben, und Ivar sprang aufgeregt auf und ab und klatschte in die Hände.

Wir waren schon fast zu Hause, als wir Pernilla und Linus begegneten. »Was hast du denn gemacht?« fragte sie mich, ungeachtet des Regens immer noch makellos, die weiße Caprihose fleckenlos weiß, das Gesicht braungebrannt und trocken unter der Baseballmütze, die sie tief in die Stirn gezogen hatte. Linus nahm Ivar, der ihm begeistert von seinen Kanälen erzählte, auf den Arm und trug ihn das letzte Stück zum Haus hoch. »Ich verrate dir jetzt ein Geheimnis«, sagte sie in verschwörerischem Tonfall. »Die wasserfeste Wimperntusche von Chanel ist einfach unglaublich. Ich wüßte nicht, wie ich den Sommer ohne überstehen sollte.«

Ich kam mir ganz klein vor. Ein ungepflegtes Äußeres, hatte ich gelernt, verbarg ein ungepflegtes Inneres, und Chaos und Durcheinander ertrug ich nicht.

»Schön, daß du dich aus dem Haus und dem Garten hinausgewagt hast«, fuhr Pernilla fort, während wir gemeinsam zurückgingen. »Ich hatte schon Angst, daß du unter Agoraphobie leidest.« Sie sagte das in ihrem sorgfältigen Schwedisch-Amerikanisch. »Das ist die Angst vor offenen Räumen«, erklärte sie mir.

»Ach was, Agoraphobie.« Ich schniefte. »Natürlich leide ich nicht unter Platzangst. Ich weiß gar nicht, was ihr alle habt. Ich habe das Ivar schon erklärt. Da ist nichts Komisches dran, ich bleibe nur gern mal zu Hause, das ist alles.«

»Ich habe das Gefühl, daß du ein Problem hast«, beharrte Pernilla. »Ulla hat mir erzählt, daß deine Mutter die letzten Jahre im Bett verbracht hat, obwohl sie völlig gesund ist oder zumindest bis zu ihrem Sturz war. Glaubst du, ihr Verhalten hat etwas mit deiner Angst zu tun? Ich meine, solche Verhaltensmuster werden unter Umständen weitervererbt.« Pernilla sah mich an, als verberge sich hinter ihrem glanzvollen Äußeren eine Psychotherapeutin. Nun, vielleicht stimmte das sogar. Schließlich hatte sie mir erst ein paar Tage zuvor erzählt, sie habe vor, einen Kurs zu besuchen, der sich mit Therapiemethoden nach Jung beschäftigte.

Ich gab mir alle Mühe, nicht verärgert zu wirken. »Ach.« Mittlerweile waren wir an der hinteren Tür des Hauses angelangt und traten ein; Tropfen fielen auf das hellblaue Linoleum. »Jedenfalls ist meine Mutter geistig nie gesünder gewesen«, sagte ich in bestimmtem Tonfall, während ich die Ölhaut auszog. Natürlich bedeutete das nicht viel, aber das brauchte Pernilla schließlich nicht zu wissen.

Linus kam mit einem lachenden und kreischenden Ivar auf dem Arm herein. Er tat so, als wollte er Ivar auf den Kopf stellen, bevor er ihn umdrehte und sanft zu Boden gleiten ließ. Wenn er nun sagte: »Na, was tuschelt ihr Mädels denn da?«, würde ich alle zärtlichen Gefühle für ihn auf der Stelle vergessen, das nahm ich mir fest vor. Es war so etwas wie eine Prüfung.

»Na.« Er machte einen Schritt auf mich zu, die grauen Augen strahlend und die Haare vom Regen dunkel und lockig. »Was tuschelt ihr Mädels denn da?«

Mein Mund, der eigentlich verkniffen hätte bleiben sollen, begann zu zittern, und ganz langsam und gegen meinen Willen – ich war mir absolut sicher, daß es gegen meinen Willen geschah – verzog er sich zu einem breiten Lächeln. »Ach, nichts«, säuselte ich.

Ich war entsetzt. War das Liebe? War es das, nach all der Zeit des Suchens und des Fragens? Bedeutete Liebe, daß man sich wider besseres Wissen und wider die Natur verhielt? Bedeutete sie, daß man der Vernunft nicht mehr Gehör schenkte? War die Liebe etwas, das einen in eine Frau verwandelte, der man einen Eimer mit kaltem Wasser über den Kopf geschüttet hätte, wäre sie eine Fremde gewesen?

Da tauchte Frau Sparre auf, und mit einem vernichtenden Blick in meine Richtung nahm sie unsere nassen Sachen in die Hand. »Sie sind also schon wieder zurück«, sagte sie zu mir. »Mit Ivar.« Dann wandte sie sich Linus zu. »Haben Sie den Wein?«

»Ich hole ihn um vier.«

»Ms. Fisher, Sie könnten die Bücher im Eßzimmer abstauben. Sie sind sehr häßlich.«

»Häßlich?«

»Schmutz, Staub.«

»Ach so. Ja, ich kümmere mich darum.« Dann machte ich mich auf die Suche nach einem Staubwedel.

Dem Bücherregal merkte man deutlich an, daß es in einem Ferienhaus stand, denn darin befanden sich ganze Reihen alter Detektivromane von Agatha Christie und Dorothy Sayers, Ngaio Marsh und Carter Dickson, alle oft gelesen, abgegriffen, ein wenig nach Schimmel und Staub riechend, die Seiten voll dunkelgelber Flecken. Dazu kamen gebundene Ausgaben schwedischer Klassiker. »August Strindberg, Selma Lagerlöf, Vilhelm Moberg, Harry Martinson.« Ich las die Namen der Autoren laut, während ich die Bücher in die Hand nahm und sie mit dem braunen Staubwedel abstaubte, den ich im Küchenschrank gefunden hatte. Es gab einige Romane des Schriftstellers P. G. Wodehouse, alle in Englisch, sowie eine wegen ihres blau-goldenen Umschlags ziemlich prätentiös wirkende schwedische Ausgabe von *Schuld und Sühne.* Dann entdeckte ich noch einige Kinderbücher, hauptsächlich *Just-William*-Geschichten und eine alte Ausgabe von *The House at Pooh Corner.*

Die Zeit verging schnell, weil ich immer wieder hier und da eine Seite las und mich sogar auf das eine oder andere schwedische Buch einließ. Soweit ich das beurteilen konnte, hatte ich verstanden, daß in August Strindbergs *Hemsöborna* ein Mann eintraf wie ein Wirbelwind und daß in einem Roman von Selma Lagerlöf ein Junge namens Nils auf dem Rücken einer Gans ritt. Dann hörte ich Frau Sparres gebieterische Stimme näher kommen und beeilte mich ein wenig mit dem Abstauben.

Ich mußte den Staubwedel zweimal am offenen Fenster ausschütteln. Die feuchte Luft ließ den Staub schwer zu Boden fallen, anstatt ihn hochzuwirbeln wie Puder.

Dann wandte ich mich wieder den Regalen zu. Ich wollte mich gerade einer Reihe alter Ausgaben des *Reader's Digest* widmen, als ich dahinter ein kleines Paket fand. In Papier eingewickelt, befand sich darin ein in rotes Leder gebundenes Büchlein, Rücken und Umschlag waren unbeschriftet. Ich ließ den Staubwedel darübergleiten und schlug es auf. Die Seiten waren mit der Hand geschrieben. Offenbar handelte es sich um eine Art Tagebuch, denn auf jeder Seite stand oben das Datum. Die Schrift war groß und rund und die Tinte immer blau. Der erste Eintrag stammte vom dreißigsten Mai neunzehnhundertfünfundsechzig. Bertil wurde erwähnt, und als ich weiterblätterte, entdeckte ich auch die Namen von Linus, Ulla und Gerald, ja sogar von Frau Sparre. Ich nahm mir vor, mir das Tagebuch später noch einmal genauer anzusehen, bevor ich es wieder in das Papier wickelte und an seinen Platz zurückstellte. Als letztes staubte ich die Fotos ab – es waren vier, in verzierten Holzrahmen. Einige zeigten Leute, die ich noch nie gesehen hatte, aber auf einem war Olivia zu sehen, eine jüngere, leichtere Olivia, bei Bertil untergehakt, das Gesicht zu seinem hochgereckt. Sie lächelten beide. Auf einem anderen entdeckte ich Ivar als kleines, rundes Baby auf den Armen seines Vaters, daneben eine blonde junge Frau, die frisch und hübsch wirkte, wenn auch ein bißchen spitz. Wahrscheinlich, so dachte ich, war das Lotten. Linus mochte also Blondinen. Man hätte meinen können, daß er seine Lektion nach dem ersten Versuch gelernt hatte und sich nun einer hübschen dunkelhaarigen Hexe zuwenden würde, aber nein, er mußte ja dieser Pernilla nachrennen.

Es regnete immer noch. Offenbar war Linus hinausgegangen, denn als ich ihm im Flur begegnete, war er wieder klatschnaß. Das Wasser tropfte von den Ärmeln seines grau-grünen Wollpullovers. Ich wollte ihn gerade darauf hinweisen, daß er völlig durchnäßt war, ließ es aber dann, weil er das wahrscheinlich selbst wußte. Wieviel Zeit wir doch damit verbrachten, einander ganz offensichtliche Dinge mitzuteilen, dachte ich: »Du bist sicher müde«, sagen wir zu einem Freund, der gerade einen langen Flug aus Australien hinter sich hat. »Hast du dir weh getan?« fragen wir besorgt, wenn jemand sich irgendwo anstößt. Oder wir bedenken einen Mann, der, gebeugt von einer schweren Last, an uns vorbeigeht, mit einem Satz wie: »Das sieht aber schwer aus.«

»Ich bin ziemlich naß«, sagte Linus mit einem verlegenen Lächeln.

Allerdings, dachte ich, waren solche Offensichtlichkeiten gar keine so schlechte Methode, ein Gespräch anzufangen. Also lächelte ich zurück. »Stimmt, ganz schön naß, du Armer.« Meine Stimme klang, als gehöre sie nicht mir, sondern einer sanften, süßen Frau mit Grübchen. Wer war diese Frau? Die Liebe war eine Krankheit, und je weiter sie fortschritt, desto mehr veränderte sie mich. Bald schon würde ich aufwachen und ein völlig anderer Mensch sein. Die Geschwindigkeit, mit der die Liebe wirkte, die Art und Weise, wie sie in das Leben eingriff, überraschte mich. Früher hatte ich mich kaum verändert, doch jetzt plötzlich mußte ich mich mit den Schmerzen auseinandersetzen, die die Liebe bereitete. Wie war das passiert? Warum? Und das in meinem Alter.

»Ich zieh die nassen Sachen lieber aus«, sagte Linus, »bevor Frau Sparre mich so sieht.« Dann quatschte er davon.

Nachdem ich kurz bei Audrey vorbeigeschaut hatte, einer kleineren, zerbrechlicheren Audrey, deren Stimme nun einem leisen Jammern glich und deren Pausbacken jetzt schlaff herunterhingen, ging ich hinüber zu Ivar. Er lag auf dem Boden vor der Küche auf dem Bauch und kritzelte etwas in ein Notizbuch. »Ich werde mal Journalistin, wenn ich groß bin. Genau wie Lois Lane.«

»Ich bin Journalistin«, sagte ich. »Aber nicht so wie Lois Lane, jedenfalls nicht in letzter Zeit. Eher wie ...« Ich dachte einen Augenblick nach. »... wie Enid Blyton.«

»Ich hab gar nicht gewußt, daß Enid Blyton Journalistin war«, sagte Olivia von der Küchentür aus und wischte sich die großen Hände an ihrer roten Schürze ab.

»Wer war Journalistin?« Ulla hatte ein Nickerchen gehalten und war jetzt wieder einsatzbereit.

»Enid Blyton«, sagte Olivia.

»Enid Blyton hat Kinderbücher geschrieben.« Ulla rümpfte die Nase. »Aber das weißt du sicher.«

»Ich habe ja auch nicht gemeint, daß Enid Blyton ...«

»Ich kann's gar nicht fassen, daß irgend jemand die Kinderbücher von Enid Blyton nicht kennt«, nörgelte Ulla weiter. »*Fünf Freunde, Die schwarze Sieben* ...«

Ich flüchtete zurück ins Cottage. Es war ohnehin Zeit, mich für das Fest umzuziehen. Als ich die Schubladen und den weißgestrichenen Schrank durchging, wünschte ich mir, vielleicht zum erstenmal im Leben, daß ich meiner Mutter ähnlicher gewesen wäre. Denn Audrey konnte absolut nichts mit dem Ausdruck »mit leichtem Gepäck reisen« anfangen. Sie hätte genau die richtige Kleidung für einen Abend wie diesen mitgebracht, einen Abend in einem Holzhaus auf einer Insel, in Gesellschaft des Mannes, den man liebte, und der Frau, die er liebte. Ich hingegen hatte lediglich eine schwarze Baumwollhose sowie eine graue und eine schwarze Strickjacke eingepackt. Dazu kamen das Kleid, das

Posy gut gestanden hätte, und natürlich ein paar Jeans und Shorts. Ich suchte in den Schubladen und Fächern herum. Ich hatte doch sicher noch etwas anderes mitgenommen, oder? Ja, eine Tweedjacke. Warum bloß? Ich warf sie beiseite. Dann hob ich sie wieder auf und hängte sie zurück in den Schrank. Ich mochte diese Jacke. Und sie war ziemlich teuer gewesen, als ich sie fünf Jahre zuvor gekauft hatte. Ich sah auf meine Uhr. Es war fast sechs. Die Läden hatten bis mindestens sieben geöffnet. Das Fest sollte um halb sieben beginnen, wenn ich mich also beeilte, konnte ich es schaffen. Ich hastete hinaus in den Regen, den Hügel hinunter und auf die Promenade. Am Hafen gab es mehrere Kleidergeschäfte. Durch den Regen in meinem Sehvermögen eingeschränkt, stolperte ich gleich in das erste. Sommerkleidung in Pastelltönen. Ich ließ die Finger über den Ärmel einer tomatenroten Herrensportjacke gleiten. Wertvolle Minuten vergingen, während ich hilflos in dem Laden herumirrte. Hier gab es nichts für mich. Auch im nächsten Geschäft fand ich nur bunte Shorts und jene grellgemusterten Polohemden, die die Schweden so sehr zu lieben schienen. Im dritten Laden entdeckte ich schließlich das Kleid, das ich mir vorgestellt hatte. Es war weiß mit großen, kornblumenblauen Blumen darauf, tailliert und hatte einen weiten Rock. Ich suchte mir die richtige Größe heraus und hielt mir das Kleid vor dem Spiegel an den Körper; zum Probieren war keine Zeit mehr. Es sah aus, als würde es mir passen, und die Farben standen mir. Ich zahlte und hastete aus dem Laden, die Tüte in der Hand. Ich war zufrieden mit mir selbst, denn ich hatte ein Kleid gekauft, und zwar in Null Komma nichts. Ich hatte eine Entscheidung getroffen. Ich drückte die Einkaufstüte gegen meine Brust. Linus hatte mich noch nie in einem richtig hübschen Kleid gesehen.

24

DIE GÄSTE TRAFEN jeweils zu zweit ein. Sie kamen den Hügel herauf und traten im Regen durch das Tor. »Es ist wie die Sintflut«, sagte Ulla, die am Fenster stand. Sie klang zufrieden. »Wahrscheinlich hat Olivia sich den heutigen Abend als kleines Abschiedsfest vorgestellt.«

Nur wenige Minuten später wurde aus dem heftigen Regen ein leichtes Nieseln, und dann hörte auch das auf. Ulla wandte sich mit einem Gesicht vom Fenster ab, als hätte sie eine hübsche Exekution sehen wollen und wäre durch eine Generalamnestie um ihr Vergnügen gebracht worden.

Ich ging hinüber zum Cottage, um eine Strickjacke zu holen. Unterwegs blieb ich einen Augenblick stehen und sah zurück zum Haus. Der Garten wirkte frisch und neu mit seinen vom Regen sauberen Blättern und den sich entfaltenden Blüten. Ein Spatz lugte vorsichtig unter einem Fliederbusch hervor, bevor er zum Vogelbad hinüberhüpfte. Von außen sah die Villa Rosengård aus, als würde sie gleich platzen, so viele Gäste waren in ihrem Innern. Ein Rücken drückte sich gegen das Fenster im Flur, zwei oder drei weitere gegen das der Veranda. Dann gingen die Verandatüren auf, und Olivia kam mit einer Schar Gäste heraus. Blonde Frauen mit gebräunten Beinen und bunten, ärmellosen Kleidern rochen an den Rosen. Bertil und Linus gingen herum und füllten die Gläser nach. »Was für ein schöner Abend es doch noch geworden ist«, rief jemand aus, und aus den Augenwinkeln sah ich Ulla, die ein bißchen abseits stand und mit finsterem Blick zum Himmel hinaufschaute, als könnte sie ihm nicht verzeihen, daß er wider Erwarten aufgeklart war.

Linus unterhielt sich gerade mit einem Mann mittleren Alters, der mir vorgestellt worden war, an dessen Namen ich mich aber nicht mehr erinnerte. Wahrscheinlich war es irgend etwas mit »Blom«, »Lund« oder »Berg«. Die Schweden galten im allgemeinen als mürrisch und phlegmatisch, aber wie konnte das sein, wenn sie Namen wie Björn Blomkvist – Bär Blumenast – oder Ulf Bergström – Wolf Bergbach – trugen? Aus so einer Gruppe konnte man sich einen x-beliebigen Menschen aussuchen und stieß garantiert auf jemanden mit einem ausgesprochen poetischen Namen wie Wiesenwäldchen oder Lindenbaum. Linus hielt eine Flasche Wein und gestikulierte mit der freien Hand, während er sich gegen das Holzgeländer der Terrasse lehnte.

»Es war ein unglaublicher Anblick«, hörte ich ihn sagen, als ich näher herankam. »Der eine Moment, in dem die untergehende Sonne die Klippen golden färbte und das Meer ein paar Sekunden lang, nicht länger, mit gelben und türkisfarbenen Streifen überzogen war. Es war nur ganz kurz, aber himmlisch.« *»Himmelskt«*, sagte er. Ich trat noch dichter an ihn heran, angezogen von der Wärme und Begeisterung in seiner Stimme und seiner sanften, fast schon weiblichen Wortwahl. Ich hatte gerade ein Stück von einem schwedischen Autor des achtzehnten Jahrhunderts gelesen, das von einem Wesen handelte, welches weder männlich noch weiblich war, sondern jeweils dem Geschlecht angehörte, das sein Gegenüber ihm zudachte. Es war ein Geist, ein Kobold, der alle magisch anzog, die in seine Nähe kamen. Daß ich in Linus jenes Wesen sah, beweist nur, wie verliebt ich war. Doch das Eintreffen eines anderen Wesens mit blonden Haaren und goldenen Gliedern, gekleidet in Silber und Weiß, riß mich aus meinen Gedanken. Es trug ein ganz ähnliches Kleid wie das meine, doch an ihm sah es aus, als sei es ihm auf den schlanken Leib geschneidert worden.

»Linus, ich hab schon nach dir gesucht.« Pernillas Stimme klang belegt und ein wenig undeutlich. Die von Audrey hatte früher auch immer so geklungen, wenn sie drei Stunden Festgetümmel hinter sich hatte. Ich wartete nicht darauf, den freudigen Glanz in Linus' Augen zu sehen, wenn er sie anschaute, sondern drehte mich um und wäre fast mit einer Erscheinung zusammengestoßen. Diese Erscheinung war nicht mehr ganz jung und ziemlich üppig; sie trug grünen Chiffon und einen riesigen, pfauenblauen Hut mit weicher Krempe, die fast ihr ganzes Gesicht verdeckte. Die Frau betrachtete mich im Licht der Terrasse. Sie trat einen Schritt zurück, ohne den Blick von mir zu wenden, packte mich dann am Ellbogen und sagte auf schwedisch etwas über ein gutes Gesicht. Dann wechselte sie schnell zu Englisch über. »Sie sind Esther Fisher«, verkündete sie, als freue es sie, mir das mitteilen zu können. »Ich habe gesagt, Sie haben ein gutes Gesicht. Vielleicht werde ich Sie malen.« Dann schwieg sie und starrte mich weiter an. »Langweilt Sie dieses Fest?«

»Ob es mich langweilt? Nein, nein, überhaupt nicht.«

Die Frau wirkte ein bißchen überrascht, sagte aber eine ganze Weile nichts. Dann deutete sie auf Linus. »Hübsch«, sagte sie.

»Sie meinen Pernilla?«

»Wer? Nein, nein. Ich spreche von dem jungen Stendal, von Linus.«

»Du hast ja gar kein Glas, Esther.« Bertil hatte sich zu uns gesellt, eine Flasche in jeder Hand. Er reichte mir beide und verschwand. Als er wiederkehrte, hatte er ein sauberes Glas dabei und tauschte dieses gegen seine beiden Flaschen. »Rot oder weiß?« fragte er mich. »Du nimmst rot, das weiß ich, Asta.« Ich sagte »weiß«, überlegte es mir aber dann anders und meinte: »Nein, doch lieber rot. Aber nur, wenn genug da ist. Ich trinke genausogern weißen.« Der Abend war warm und die Luft feucht vom Regen. Ein perfekter Abend für Weißwein. »Eigentlich«, sagte ich, als Bertil gerade mein Glas füllen wollte, »wäre mir der weiße doch lieber.« Mit einem befremdeten Blick schenkte Bertil mir den Wein ein.

»Sie sollten entscheidungsfreudiger werden«, sagte Asta.

»Ach, ich bin eigentlich ziemlich entscheidungsfreudig«, versicherte ich ihr. »Ich mache nur gerade ein Jahr Pause, ein Jahr, in dem ich ziemlich entscheidungsunfreudig bin. Allerdings ist das Jahr fast vorbei.« Aus den Augenwinkeln beobachtete ich Linus und Pernilla. Hatte diese Frau denn niemanden sonst, mit dem sie sich unterhalten konnte? Wie um meine Frage zu beantworten, lachte Pernilla und zuckte mit ihren nackten gebräunten Schultern. Ich war so darauf konzentriert, die beiden zu beobachten, daß ich unwillkürlich ebenfalls die Schultern hochzog und den Kopf zu einem affektierten Lachen zurückwarf. Dann bemerkte ich Astas scharfen Blick, und ich grinste dümmlich.

»Er hat nichts davon erwähnt, aber möglicherweise stopfe ich ein paar Sachen in meinen Rucksack und verschwinde«, hörte ich Pernilla sagen. Wovon erwähnt? Das hätte ich gern gewußt.

»Tun Sie's einfach«, sagte Asta. »Schnipp.« Einen Augenblick lang glaubte ich, sie meine Pernilla. Aber die Liebe hatte meine Augen und meine Ohren geschärft. Ich hatte den Eindruck, kilometerweit zu hören und zu sehen, wenn es um Linus ging. Die Liebe hatte meine Haut so empfindlich gemacht, daß eine Berührung auf ewig Spuren darauf hinterlassen konnte. Nein, Asta hatte nichts von der Unterhaltung mitbekommen, die hinter ihr stattfand.

»Sie sollten Entscheidungen immer so treffen.« Dabei hob sie die freie Hand und schnippte mit den Fingern.

»Ich arbeite daran«, sagte ich.

Kerstin gesellte sich zu uns. An jenem Abend trug sie einen kurzen Rock mit Blumenmuster und ein Sweatshirt mit korbballspielenden Schildkröten. »Woran arbeitest du?« fragte sie.

Ich versicherte ihr, daß das nicht weiter wichtig war, und ließ sie und Asta stehen. Ich mochte Asta, aber sie hatte mir einfach einen zu scharfen Blick.

Linus hatte den Arm um Pernillas Schulter gelegt. »Das bewundere ich so an dieser Frau: Sie ist so locker; bei ihr ist nichts ein Problem.«

»Und was ist mit mir?« hätte ich am liebsten gerufen. »Schau mich an, ich bin auch locker …« Ich hielt inne. Mürrisch? Ja. Finster? Vielleicht. Pingelig und schwerfällig? Möglicherweise. Aber locker? Nie und nimmermehr. Nach einem letzten Blick auf das großgewachsene, blonde Paar, das mir nicht unähnlicher hätte sein können, drehte ich mich um und ging zum Haus hinüber.

»Da sind Sie ja.« Frau Sparre reichte mir einen Krug mit Eiswasser. »Das können Sie herumreichen.« Sonderlich viel Zeit vergeudete sie nicht mit unnötigen Höflichkeitsfloskeln, soviel stand fest. Sie schien sich nicht einmal mit den nötigsten aufzuhalten, aber wie alle anderen fraß auch ich der Frau aus der Hand und ging artig mit dem Krug herum.

Linus erzählte gerade eine Geschichte. Ich hörte nur, daß es um Plastikstuck ging. Dann lachte er, dieses schrille Lachen. Es gefiel mir. Ich fragte ihn, ob er Wasser wolle.

Er lächelte mich an, ein wenig spöttisch und benebelt vom Alkohol. »Wasser«, sagte er mit gespielter Entrüstung. »Das ist doch das Zeug, wo die Fische reinpinkeln.« Dann begann er, einen schwedischen Limerick aufzusagen, in dem es um zwei Brüder namens Montgomery ging, die immer nur Pommery tranken. Ich stand dabei und wollte etwas Geistreiches, Witziges sagen … irgend etwas, aber das einzige, was mir einfiel, war, daß er am nächsten Morgen Kopfschmerzen haben würde. Pernilla, die kurz verschwunden war, kehrte zurück, und ich schmolz zusammen mit dem Eis in meinem Wasser dahin. Ziemlich sicher sagte sie etwas Geistreiches, als ich ging.

25

ABER WO STECKTE Ivar? Es war fast zehn, und die meisten Gäste waren bereits gegangen, als Linus aus dem Haus eilte und fragte: »Hat irgend jemand Ivar gesehen? Er ist nicht in seinem Zimmer und auch nirgends im Haus.«

Wir suchten gemeinsam den Garten ab. Wir sahen in den Schuppen und in den Keller unterm Haus, konnten ihn aber nirgends entdecken. Linus, Bertil und die Gäste, die noch da waren, machten sich in der ruhigen, hellen Nacht auf die Suche.

Gerald kroch unter der Terrasse hervor. »Wir suchen da unten manchmal nach Igeln«, erklärte er, während er aufstand und seinen hellblauen Anzug abklopfte.

»Wahrscheinlich kommt er gleich angelaufen«, sagte Olivia. Man sah ihrem Gesicht die Mühe an, die es sie kostete, ruhig zu bleiben. »Ich glaube, ich warte lieber hier auf ihn.«

Ich hatte eigentlich vorgehabt, die Suchmannschaft zu begleiten, aber jetzt überlegte ich, ob es nicht besser war, wenn ich Olivia Gesellschaft leistete. Ich wollte ihr gerade den Vorschlag machen, als Pernilla zu uns trat und ihr tröstend den Arm um die Schulter legte. »Ich mach uns eine Tasse Tee, Olivia. Du und ich, wir warten hier. Es hat absolut keinen Sinn, wenn alle losziehen.«

Plötzlich fielen mir die Kanäle wieder ein, die Ivar und ich gegraben hatten. »Ich glaube, ich weiß, wo er sein könnte«, sagte ich. »Wenn ihr Linus seht, dann sagt ihm bitte, er soll zu der kleinen Straße über dem alten Friedhof kommen.«

Dann rannte ich aus dem Garten, den Hügel hinunter, an der Schule vorbei, bog beim Pfarrhaus links ab und in die Kirchenstraße. Die Straßen waren alle gut beleuchtet, aber trotzdem erwischte ich zuerst eine falsche. Als ich schließlich völlig verschwitzt und außer Atem den Weg erreichte, wo Ivar und ich Kanäle gegraben hatten, konnte ich ihn nirgends entdecken. Ich war mir so sicher gewesen, daß er hierhergerannt war, um noch einen Blick auf sein Werk zu werfen, aber die Straße war menschenleer. Ich kauerte bei seinem Damm nieder. Da hörte ich ein Schluchzen.

Ich rappelte mich hoch und rief Ivars Namen. Zu meiner Erleichterung antwortete er: »Esther, Esther, ich stecke fest.« Seine Stimme klang schwach; sie kam von den Klippen, da war ich mir sicher. Ich eilte über die Straße und schaute hinunter zum Meer. Dann sah ich ihn, eine dunkle Gestalt auf einem kleinen Felsvorsprung. »Ivar, bist du das? Bist du verletzt?«

»Ich bin runtergefallen, und ich hab Angst, daß ich noch weiter falle.« Dann sagte er auf schwedisch etwas über sein Bein, und sein Schluchzen wurde schlimmer.

»Bleib ganz ruhig, Ivar«, rief ich hinunter. »Jetzt bin ich ja da.« Aber was sollte ich tun? Sollte ich versuchen, ihn zu erreichen? Die Klippen waren steil und glatt, und möglicherweise fiel ich selbst hinunter. Dann würde ich ihm nicht mehr helfen können. Vielleicht konnte ich mich abseilen? Ich sah mich um, doch ich konnte nirgends ein Seil entdecken. Sollte ich Hilfe holen? Genau, das war's. Doch egal, was ich machte, ich mußte dafür sorgen, daß Ivar ruhig blieb. Wenn er in Panik geriet, fiel er vielleicht noch tiefer, und diesen Sturz überlebte er möglicherweise nicht. Inzwischen kannte ich das Meer rund um die Insel gut genug, um zu wissen, daß da unten spitze, von oben nicht zu sehende Felsen lauerten, an denen Boote aufliefen und Taucher ums Leben kamen.

»Bitte, Esther, kannst du kommen und mich holen?«

»Bleib, wo du bist, Ivar. Ich muß noch ein bißchen darüber nachdenken, wie ich dich am besten von da unten hochbekomme.« Was sollte ich bloß machen? Ich wagte es nicht, ihn allein zu lassen und Hilfe zu holen. »Bleib, wo du bist«, sagte ich noch einmal. »Ich hole dich da raus.« Jetzt weinte Ivar wieder. Wie schaffte ich es, zu ihm hinunterzukommen? Und wie kamen wir beide wieder hoch, wenn ich erst mal unten war? Ich mußte meine Gedanken ordnen, ganz logisch bleiben. Doch statt dessen wirbelten sie in meinem Kopf herum und erteilten mir widersprüchliche Anweisungen.

Ich drückte die Handflächen gegen meine Schläfen. *Ganz ruhig*, dachte ich. *Ganz ruhig*. Aber offenbar wirkte das nicht, denn ich hatte immer noch Panik.

Entscheidung, Unentschlossenheit, schlechte Entscheidung, wo waren jetzt die ganzen Regeln? Ivar schluchzte. Ich setzte mich auf die Kante der Klippen und versuchte, mich mit den Beinen zu dem Vorsprung vorzutasten. »Alles in Ordnung, ich komme runter zu dir. Es dauert nicht mehr lang, bis du wieder oben bist.« Ich suchte vergebens nach Halt. Wenn ich sprang, landete ich direkt auf Ivar. Ich schaute hinunter aufs Meer. Konnte ich vielleicht von unten heraufklettern? Aber der Felsen war beim Wasser ganz glatt, und ich würde ihn genausowenig erklimmen können wie eine nackte Wand.

»Esther, mir wird schlecht.«

Auch mir wurde übel. »Ich glaube, ich muß Hilfe holen.«

»Geh nicht«, schrie Ivar. »Geh nicht, Esther.«

»Was soll ich denn machen?« schrie ich zurück. »Ich schaffe es nicht zu dir hinunter.«

Bitte, lieber Gott, sag mir, was ich tun soll.

Eine Möwe zog ihre Kreise über uns wie ein Aasgeier. Ivar weinte. Ich holte tief Luft, kletterte über die Kante der Klippen und schob mich zu ihm vor. »Ich komme«, sagte ich mit zusammengebissenen Zähnen. »Ich bin schon unterwegs zu dir.«

Es wurde ziemlich schnell dunkel, und ich hatte Mühe zu sehen, wohin ich meine nur mit Sandalen bekleideten Füße setzen sollte. Da rutschte ich auch schon die Klippe hinunter; die Dornen einer wilden Rose rissen an meinen Händen und Handgelenken. Ich tastete verzweifelt nach etwas, an dem ich mich festhalten konnte, und erwischte den dünnen Ast eines winzigen Bäumchens. Mit dem Fuß trat ich einen Stein los, und wenig später hörte ich einen gellenden Schrei von Ivar.

»Was ist passiert?«

»Er tut weh«, hörte ich Ivars Stimme von unten. »Mein Kopf tut weh.«

Ich blieb, wo ich war, da ich nicht mehr weiter nach unten konnte. Noch ein falscher Schritt, und ich brachte ihn vielleicht um. O Gott, was sollte ich bloß tun?

»Mir wird schwindlig.«

»Es kommt alles wieder in Ordnung, Ivar. Bleib einfach da, wo du bist, ganz ruhig. Rühr dich nicht von der Stelle. Wenn du ganz ruhig bleibst, kann dir nichts passieren. Ich lasse dich nicht allein, und du fällst nicht hinunter. Irgendwie schaffe ich es, zu dir zu kommen.«

»Ivar, Ivar, alles in Ordnung?« schallte Linus' Stimme von dem Weg über uns.

»Papa, Papa, ich bin hier!«

Linus war bereits den Weg zum Badebereich zurückgelaufen und ins Wasser gesprungen. »Spring, Ivar«, rief er, als er wieder auftauchte. »Spring ins Wasser. Ich fange dich auf.«

»Ich hab Angst.«

»Du brauchst keine Angst zu haben. Spring, dann fange ich dich auf.«

»Ich hab mich am Bein verletzt, und mein Kopf tut mir auch weh.«

»Laß dich einfach ins Wasser fallen. Dein Papa ist hier.«

Stille, dann ein lautes Platschen, als Ivar wie eine große Raupe ins Meer rollte. Die Hände um ein winziges Bäumchen gekrallt, die Füße auf einen schmalen Vorsprung gestemmt, sah ich, daß Linus, Ivar fest im Griff, zu den Stufen hinüberschwamm. Dann kletterte er die Stufen hoch, Ivar sicher in seinen Armen, und endlich wagte ich es, den Mund aufzumachen und um Hilfe zu rufen. Doch nichts passierte. Ich versuchte es noch einmal, brachte aber nur ein schwaches Krächzen hervor. Als ich endlich ein lautes »Hallo!« schaffte, waren die beiden bereits verschwunden. Ich blieb, wo ich war, und klammerte mich weiter fest. Sehr viele andere Möglichkeiten hatte ich nicht.

»Ivar! Juhu, Ivar!« Das war Ullas Stimme in der Dunkelheit.

»Ich bin hier«, rief ich.

»Wer ist denn das?« Das war Gerald.

»Ich, Esther. Ivar ist in Sicherheit. Er ist bei Linus.«

»Was machst du dann noch hier?« wollte Ulla wissen.

»Ich stecke fest.«

»Wo?«

»Zwischen den Klippen.«

Zwei im fahlen Mondlicht bleiche Gesichter spähten über die Kante der Klippen, nur ein paar Meter entfernt. »Hier drüben«, rief ich. Die beiden Gesichter verschwanden und tauchten wieder auf, heftig atmend und auf schwedisch miteinander redend.

»Esther, was machst du denn da unten?« fragte Ulla noch einmal.

Bevor ich Gelegenheit hatte, irgend etwas Geistreiches zu sagen wie: »Ach, ich hänge hier nur so rum«, meinte Gerald bereits: »Mein Gott, stell keine so dummen Fragen. Ich hole ein Seil.«

»Und was willst du mit dem Seil anfangen?« fragte Ulla. »Du hast nicht genügend Kraft, sie hochzuziehen.«

»Tja, dann hole ich eben Hilfe.«

»Wahrscheinlich hat Ivar Linus inzwischen gesagt, daß ich hier bin«, sagte ich. »Wißt ihr, Ivar ist runtergefallen, und ich habe ihn hier unten gefunden und ...« Ich schwieg. Ich spürte, wie gespannt sie darauf warteten, daß ich weitererzählte. Was machte eine kluge Frau wie ich in so einem Fall?

»Und ich, ich ... Linus ist ins Wasser gesprungen und unter die Stelle geschwommen, wo Ivar war. Dann hat er ihm gesagt, er solle auch ins Wasser springen. Er hat ihn aufgefangen und ist mit ihm zu den Stufen geschwommen, und das war's. Sie müßten inzwischen eigentlich daheim sein.«

»Und Ivar geht's gut?« fragte Ulla.

»Ich glaube, er hat sich am Bein verletzt, und dann ist ihm noch ein Stein auf den Kopf gefallen. Ich fürchte, das war meine Schuld. Natürlich steht er unter Schock, aber ansonsten, denke ich, geht's ihm gut.«

»Tja, dann könntest du auch einfach springen«, sagte Ulla. »Und zu den Stufen schwimmen.«

Warum war mir diese Idee noch nicht gekommen? Weil ich einfach nicht für Krisen taugte. Deshalb. »Gut«, sagte ich und bereitete mich darauf vor, ins Wasser zu springen. Von der Stelle aus, an der ich mich befand, sah es ziemlich weit weg aus. Dann rief Gerald mir zu, ich solle nicht springen.

»Nicht! Da, wo du bist, ist das Wasser ziemlich seicht. Du könntest dich umbringen. Nein, bleib, wo du bist. Ich hole Hilfe.«

Ich klammerte mich weiter an dem Ast fest und versuchte, mich an den Gedanken zu gewöhnen, daß ich nur durch Geralds Warnung dem Tod entgangen war. »Linus ist wahrscheinlich schon auf dem Weg hierher«, sagte ich schließlich. »Ivar hat ihm bestimmt gesagt, daß ich hier bin.« Ich schwieg eine Weile. »Aber vielleicht hat Ivar das auch vergessen. Vermutlich hat er einen Schock erlitten, der arme Kleine.«

»Ich geh los«, sagte Gerald. Ich hörte, wie er wegmarschierte und mich in Gesellschaft der übellaunigen Ulla zurückließ.

Eine ganze Weile sprachen wir nicht. Mir war kalt, und die Arme taten mir weh.

Dann tauchte Ullas Gesicht über der Kante der Klippen auf. »Sonderlich nützlich warst du nicht, was?« Ausnahmsweise klang sie nicht mißbilligend, sondern eher, als wolle sie ein bißchen mit mir plaudern, um die Zeit totzuschlagen.

»Tja, stimmt wohl«, pflichtete ich ihr bei. Wieder Schweigen.

»Aber wahrscheinlich hast du dein Bestes versucht.«

»Ja. Hoffentlich hat meine Anwesenheit wenigstens verhindert, daß er Panik bekommen hat und weiter gefallen ist. Und außerdem habe ich Olivia gesagt, wo ihr nach Ivar suchen sollt.«

»Astrid war auch kein sonderlich praktischer Mensch«, fuhr Ulla fort. »Aber von ihr konnte man das auch nicht erwarten. Schließlich war sie Künstlerin.«

Es lag auf der Hand, daß ich keine solche Entschuldigung hatte, doch ich versuchte es trotzdem. »Ich schreibe hin und wieder Kurzgeschichten. Und manche Leute würden den Journalismus sogar als Kunstform bezeichnen.«

»Tatsächlich?«

Ich rutschte ein wenig zur Seite, um eine etwas weniger verkrampfte Position zu finden. »Warum hat sie sich nun umgebracht?«

Schweigen, dann Seufzen. Schließlich sagte Ulla: »Ich glaube nicht, daß jetzt der richtige Zeitpunkt ist, darüber zu reden. Immerhin hängst du gerade an einer Klippe.«

»Eigentlich hänge ich gar nicht, ich hocke eher. Es würde mich ein bißchen ablenken.«

Wieder folgte Schweigen, dann fragte Ulla, für ihre Verhältnisse ziemlich höflich: »Bist du verrückt?«

Ich verneinte. Nicht wirklich. Ein bißchen gestört vielleicht, aber wer war das heutzutage nicht? »Ich bin nur neugierig. Ich möchte es wissen. Ich hasse es, etwas nicht zu wissen. Das ist zwanghaft bei mir. Aber ich bin unhöflich. Ich muß deinen Wunsch respektieren, nicht darüber zu sprechen.« Ich hob den Blick. Die Wolken hatten sich verzogen, und am Himmel waren überall Sterne, kleine Lichtlöcher, als hätten sich Tausende von Motten ins Himmelsgewebe gefressen. Ich roch das Meer. Kein Wunder, daß Astrid diese Insel und ihr Haus darauf geliebt hatte. Was hatte sie dazu gebracht, das alles zu verlassen? Und was war mit ihrem Kind? Wie hatte sie Linus allein lassen können?

Wieder tauchte Ullas Kopf auf; im Licht des Mondes sah er aus wie ein Wasserspeier. »Wir haben sie alle im Stich gelassen. Keiner von uns hat sie verstanden.«

In der Stille, die nun folgte, versuchte ich, mir eine Vorstellung von ihr zu machen: Astrid vor den aufgeblühten, schwer duftenden Rosen. Bertils junge Frau, Linus' Mutter.

»Sie war Sängerin, das weißt du ja. Es hieß, ihre Stimme sei nicht groß genug gewesen, als daß sie es bis ganz nach oben hätte schaffen können, aber was wissen die Leute schon? Eine Stimme braucht Zeit zum Reifen, und sie hatte so wenig Zeit.« Ullas Stimme war spröde und voller Ressentiments gewesen, doch jetzt klang sie sanft und fast ein bißchen verträumt. »Ihre Eltern sind bei einem Flugzeugunglück gestorben, als sie noch ein Baby war. Das arme kleine Ding wurde von einem Verwandten zum nächsten weitergereicht wie ein unerwünschtes Paket. Dann haben meine Eltern sie bei sich aufgenommen und ihr ein Zuhause gegeben. Mein Vater und ihre Mutter waren Geschwister. Ich war damals natürlich schon fast erwachsen. Sie war glücklich bei uns, aber ihre frühe Kindheit hatte Narben hinterlassen. Sie hatte immer das Gefühl, im Weg und unerwünscht zu sein. Sie hat den Tod ihrer Eltern so interpretiert, als hätten sie sie verlassen. Das hatte nichts mit Logik zu tun. ›Warum war ich nicht bei ihnen?‹ hat sie oft gesagt. ›Warum sind sie ohne mich geflogen?‹ Und was die Liebe anbelangte, war sie wie ein Faß ohne Boden: Sie konnte gar nicht genug davon kriegen. Wahrscheinlich dachte sie, wenn sie erst einmal ein eigenes Zuhause und eine eigene Familie hätte, würden sich alle Probleme von selbst lösen. Bertil hat ihr all die Dinge geboten, nach denen sie sich so sehr sehnte. Er war älter als sie, solide und erfolgreich. Er wollte Kinder und hatte das Geld für eine Familie. Und anfangs war auch alles gut. Aber dann hat sie *ihn* kennengelernt.«

»Ihn?«

»Wir sind da.« Ich hörte Bertils Stimme. »Jetzt bist du gleich wieder oben bei uns.«

»Und was ist dann passiert?« fragte ich Ulla, als wir ein paar Minuten später hinter Bertil und Gerald nach Hause gingen.

»Ich bin müde«, sagte Ulla unwirsch. Der Zauber war verflogen; sie hatte sich wieder in eine häßliche Kröte verwandelt.

»Es war ein Autounfall«, sagte ich. »Das habe ich gehört. Du hast mir schon so viel erzählt, da kannst du doch nicht mitten in der Geschichte aufhören.«

»O doch«, murmelte Ulla in die Nacht, »das kann ich.«

Ich lag bereits im Bett, immer noch zitternd unter dem dünnen Oberbett, als es an der Tür klopfte. »Ich bin's, Linus. Kann ich reinkommen?«

Ich setzte mich auf. »Ja, natürlich.«

Da war er also. »Du bist schon im Bett, entschuldige.«

Ich hätte sagen können, daß um ein Uhr morgens kaum etwas anderes zu erwarten war, besonders nach einem Abend wie dem, den ich erlebt hatte, aber ich sagte es nicht. Statt dessen zog ich das Oberbett bis zum Kinn hoch. »Ist Ivar eingeschlafen?«

»Ja, er schläft tief und fest.«

»Tut mir leid, ich fürchte, eine große Hilfe war ich nicht.«

»Das stimmt doch gar nicht«, widersprach Linus. Es klang wie eine der höflichen Floskeln, die man benutzte, um nicht in Peinlichkeiten zu geraten (es sei denn natürlich, man hieß Ulla), aber da sie von Linus kam, klammerte ich mich daran fest und lächelte vor Glück. »Meinst du wirklich? Du glaubst also nicht, daß ich völlig überflüssig war?«

»Nach allem, was Ivar erzählt hat, hast du dafür gesorgt, daß nicht mehr passiert ist. Ich muß mich entschuldigen, daß ich dich im wörtlichen Sinne habe hängenlassen. Ivar war so durcheinander, daß er mir erst von dir erzählt hat, als er schon im Bett lag. Ich kann's gar nicht glauben, daß ich dich nicht habe rufen hören.«

Ich zuckte mit den Achseln und grinste weiter dümmlich vor mich hin. »Ich war selber auch ziemlich durcheinander. Zuerst wollte ich dich nicht von Ivar ablenken, und dann, tja, dann habe ich vorübergehend die Stimme verloren. Ich tauge einfach nicht mehr für Krisensituationen. Irgendwie habe ich das Gefühl, daß ich jede Entscheidung erst einem Gericht in meinem Kopf vorlegen muß, das sie dann diskutiert, bis alle Zweifel ausgeräumt sind.«

»Kannst du denn nicht einfach akzeptieren, daß das Leben manchmal ziemlich chaotisch ist?«

»Nein.« Ich schlug mit der Faust aufs Bett und vergaß einen Augenblick lang völlig, daß ich Linus liebte.

Linus, der noch immer im Türrahmen lehnte, blickte auf mich herab wie eine wohlwollende Gottheit. »Versuch's doch mal so zu sehen ...«

»Wie?« unterbrach ich ihn in meinem Eifer, ja kein Wort von dem, was er sagte, zu verpassen.

»Stell dir das Leben wie ein riesiges Wandgemälde mit so vielen Schmutzschichten vor, daß du das eigentliche Bild darunter nicht erkennen kannst. Aber du weißt trotzdem, daß es da ist, und zwar vollständig. Das ist das wichtige daran. Du kannst eigentlich nur an deinem eigenen kleinen Winkel herumrubbeln und das, was darunterliegt, freilegen. Aufgrund der wenigen Blicke, die du bisher auf das Bild hast werfen dürfen, weißt du, daß die Arbeit sich lohnt. Obwohl deine Chance, je das Ganze zu sehen, winzig ist, weißt du, daß du bis zum letzten Atemzug weitermachen mußt.«

Ich stellte mir das verschmutzte Wandgemälde vor – Geschichten hatten mir schon immer Spaß gemacht –, aber jetzt mußte ich eine Frage loswerden: »Warum muß man's denn immer wieder versuchen, wenn man genau weiß, daß man es nie schaffen wird?«

»Das habe ich dir gerade gesagt: Weil es sonst nur die Dunkelheit gibt.«

»Du drückst dich um eine wirkliche Begründung«, beklagte ich mich. »Das ist wie mit diesem ›und der Held und die Heldin lebten glücklich und zufrieden bis in alle Ewigkeit‹.«

»Tja, was soll ich deiner Ansicht nach dann tun? Lügen?«

Ich spielte mit dem Gedanken, seine Frage zu bejahen und ihn gleich hinterher zu fragen, ob er mich liebe.

Doch bevor ich dazu Gelegenheit hatte, sagte er: »Aber das einzige, was im Augenblick zählt, ist, daß es euch beiden gutgeht.« Plötzlich wirkte sein Blick so zärtlich, daß ich wegsehen mußte, denn sonst hätte ich das Oberbett wegschieben und mich in seine Arme stürzen müssen. Das wäre schon in besten Zeiten ein Risiko gewesen, doch an jenem Abend hatte ich mit Sicherheit noch weniger Erfolgsaussichten, weil Kerstin mir ihren wärmsten Pyjama geliehen hatte, und der war babyblau und hatte die Aufschrift »Hübsch und Süß« auf der Brust. Ich persönlich hätte wahrscheinlich einen schwarzweiß gestreiften Schlafanzug mit dem Aufdruck »Alcatraz« betörender gefunden.

»Aber du bist müde. Ich lasse dich jetzt lieber schlafen.«

»Nein! Ich meine, ich glaube nicht, daß ich schlafen kann. Ich würde mich über deine Gesellschaft freuen.«

Linus lächelte mich an und nahm dann auf dem leeren Bett an der Wand gegenüber Platz. Er sah merkwürdig aus, inmitten all der Spitze. »Was grinst du denn so?« fragte er.

»Du siehst komisch aus, und ich … ich bin einfach nur glücklich«, sagte ich.

»Warum?«

»Ich bin glücklich, daß es Ivar gutgeht. Ich bin glücklich, daß du mich doch nicht für so nutzlos hältst, und ...« Ich zuckte mit den Achseln.

»Und?«

»Daß du bei mir bist, das macht mich auch glücklich, okay?«

»Sehr okay.«

Dann war es so still, daß ich fürchtete, Linus könnte meinen Herzschlag hören. Er stand auf. »Ich glaube, ich sollte wieder in mein eigenes Bett gehen.« Doch er blieb noch einen Moment stehen und sah mich an. Jetzt mischte sich in die Zärtlichkeit in seinem Blick noch etwas anderes, vielleicht Belustigung? Was war so lustig? Ich lächelte zurück und streckte die Hand nach ihm aus. Er trat einen Schritt vor, nahm sie und drehte sie zwischen den seinen. Dann beugte er sich zu ihr herunter und küßte sie leicht. »Gute Nacht.«

Sekunden später war er verschwunden, doch ich blieb weiter aufrecht im Bett sitzen, die rechte Hand, die, die er geküßt hatte, voller Ehrfurcht in der linken ruhend. Wenn ich die Augen zumachte, konnte ich immer noch die Wärme seiner Lippen auf meiner Haut spüren.

26

»SIND SIE NICHT schön?« Ich deutete auf Astrids Rosen. Audrey, die wegen der Morgensonne blinzelte, beugte sich, ein wenig behindert durch ihre Krücken, nach vorn, um sie zu betrachten, aber es bestand kein Zweifel daran, daß ihr ihr Anblick im Fernsehen oder in einem hübsch illustrierten Buch lieber gewesen wäre.

»Du mußt zumindest einen Teil des Tages aufstehen«, sagte ich und berührte ihren Ellbogen, um sie zum Gehen zu animieren. »Du weißt doch, was die Ärzte sagen: Wenn du weiter im Bett bleibst, kriegst du wahrscheinlich eine Thrombose.«

Ich führte eine widerwillige, humpelnde Audrey den Kiesweg entlang zum Rasen, eine ältere, dünnere Audrey, obwohl sie in Schweden jede Menge Sirupbrot und Gebäck und ganze Platten voll Fisch und Räucherwurst gegessen hatte. Dann half ich ihr, sich auf die kleine Holzbank unter dem Apfelbaum zu setzen, an dem jetzt winzige grüne Früchte hingen. Ich setzte mich neben sie ins Gras und lehnte mich mit dem Rücken gegen die Bank. Schon bald schlief Audrey den Schlaf des Gerechten oder – in ihrem Fall zutreffender – den Schlaf derer, die sich nicht allzu viele Gedanken machen. Ich lauschte auf ihr leises Schnarchen und stützte mich auf die Ellbogen, das Gesicht der Sonne entgegengestreckt.

Mittlerweile hatte ich die Ereignisse der vergangenen Nacht so oft in Gedanken durchgespielt, daß sie eine tiefe Spur in mein Gehirn gegraben hatten: dieser zärtliche Ausdruck in seinen Augen, seine Lippen auf meiner Hand. Er war am Morgen in die Stadt gefahren, hatte mir Olivia beim Frühstück erzählt. Ich war nicht allzu unglücklich darüber, ihn nicht zu sehen, denn das

Tageslicht hatte vielleicht den Ausdruck in seinen Augen verändert, und fürs erste war ich ganz zufrieden mit meinen Träumen. Ich schloß die Augen, hob die Hand zu den Lippen und küßte sie sanft.

Offenbar war ich wie Audrey eingedöst, denn ich schreckte hoch, als die düstere Ulla vor mir stand. »Wie geht's dir heute?« fragte sie.

»Ganz gut«, sagte ich. Ich sah, daß sie ein kleines Buch in der Hand hielt. Es erinnerte mich an das Tagebuch, das ich tags zuvor im Regal gefunden hatte. »Führst du Tagebuch?« fragte ich sie.

»Ja.« Sie fügte nicht hinzu: »Was geht dich das an«, aber es war klar, daß sie das dachte.

»Ich habe überlegt, ob es vielleicht ein altes von dir sein könnte, das ich beim Abstauben im Regal gefunden habe.«

»Das glaube ich nicht. Ich habe immer nur das aktuelle dabei, alle andern sind in meiner kleinen Wohnung in Göteborg.« Sie marschierte in Richtung Cottage.

Ein paar Minuten später stand ich auf; Audrey schnarchte immer noch leise vor sich hin. Ich wischte ihr einen dünnen Speichelfaden vom Mund – schließlich wußte ich, daß sie gern in allen Situationen gut aussah – und ging hinüber zum Haus. Von der Veranda hörte ich Geralds Stimme, doch ich konnte niemanden sonst entdecken, als ich ins Wohnzimmer schlenderte und hinter den Ausgaben des *Reader's Digest* herumsuchte, bis ich das Tagebuch fand.

Später am Morgen, nachdem ich Audrey wieder ins Bett gebracht hatte, ging ich in mein Zimmer und sah mir das Tagebuch genauer an. Als ich an einer Stelle den Namen »Jonas« in Verbindung mit Bertil und Linus entdeckte, war ich sicher, daß es sich um Astrids Tagebuch handelte. In anderer Leute Tagebücher herumzuschnüffeln, war nicht gerade nett, aber ich verstand ohnehin nicht viel von dem, was ich las. Ich konnte es entweder wieder an seinen Platz zurückstellen oder es jemandem von der Familie zeigen: Linus oder Olivia? Vielleicht wußten sie gar nichts von seiner Existenz, denn sie schienen sich beide nicht so ganz im klaren darüber zu sein, was Astrid zum Selbstmord getrieben hatte. Der letzte Eintrag stammte aus dem Jahr, in dem Linus sieben gewesen war, also kurz vor ihrem Tod. Ich machte mich auf die Suche nach Olivia, überlegte es mir dann jedoch anders. Ich hatte nicht die geringste Ahnung, was in dem Buch stand, aber mit Sicherheit hatte es mit Bertil zu tun. Und das Bild, das die erste Frau von einem Mann zeichnete, sollte nicht unbedingt der zweiten vorgestellt werden, insbesondere wenn man bedachte, was passiert war. Sollte ich das Tagebuch also Linus, Astrids Sohn, geben? Doch welche Gründe nannte sie darin möglicherweise dafür, daß sie ihren Sohn im Stich gelassen hatte, und würde Linus mit diesen Gründen leben können? Er und Olivia würden die Wahrheit erfahren, aber die Wahrheit war nicht immer angenehm, und ich hatte Angst vor dem, was ich mit meiner Aktion unter Umständen in Gang setzte. Wäre es Astrid recht gewesen, daß ihr Sohn und die zweite Frau ihres Mannes über die innersten Regungen ihres Herzens lasen? Was sollte ich bloß machen? Was war das beste?

Ich sollte das Tagebuch Bertil geben. Wahrscheinlich wußte er sowieso von seiner Existenz. Aber was war, wenn er nichts davon wußte? Bertil ging es nicht gut. Wenn er nun die Gedanken seiner verstorbenen Frau über ihn, über ihr gemeinsames Leben und den Mann las, dessentwegen sie ihn verlassen hatte, war das seinem Seelenfrieden mit Sicherheit nicht zuträglich.

Es klopfte vorsichtig an meiner Tür, und Ivar kam mit der Nachricht herein, daß meine Mutter mich brauche. Ich stand auf, nicht, ohne ihm wegen seines blaßgrün-türkisfarbenen Chiffontuchs ein Kompliment gemacht zu haben, und legte das Tagebuch ganz unten in die Schublade mit meiner Unterwäsche.

»Warum hast du das Buch versteckt?« wollte Ivar wissen.

»Was für ein Buch?«

»Das Buch, das du versteckt hast.«

Ich versuchte, Zeit zu schinden, während wir gemeinsam über den Rasen gingen. Zum Glück wurde Ivar abgelenkt, als er Linus und Pernilla mit einer ganzen Ladung Taschen und Kartons am Tor entdeckte. Auch ich starrte die beiden an. Die kleine Seifenblase der Freude, die mich seit dem Abend zuvor umgeben hatte, zerplatzte, und wieder einmal blieb mir nur eine klebrige Schicht der Enttäuschung. Wie gut die beiden zusammen aussahen, wie locker sie miteinander umgingen. Sie winkten mir mit der jeweils freien Hand zu, und Ivar lief ihnen entgegen, um sie zu begrüßen. Ich ging voll düsterer Eifersucht weiter und versuchte mich ganz und gar auf das Tagebuch zu konzentrieren.

Die nächsten beiden Stunden verbrachte ich damit, Audrey mit allen möglichen Tricks zu ihren Übungen zu überreden. »Warum?« wollte meine Mutter wissen.

»Weil du stirbst, wenn du dich nicht bewegst«, sagte ich.

»Gerade weil ich mich bewegt habe, wäre ich fast gestorben. Das wäre alles nicht passiert, wenn ich daheim in meinem Bett geblieben wäre.«

»Aber da bist du nun mal nicht geblieben und ...«

»... und wer ist daran schuld?«

»Gib mir nicht die Schuld dafür. Roll den Knöchel, nun roll ihn endlich, verdammt noch mal.«

Hinterher brauchte ich einen langen Spaziergang. Die Sonne schien und verwandelte die See wieder in eine leuchtendblaue Verführerin. »Komm in meine Arme«, rief sie mir zu, als ich am Ufer entlangging, um die Westspitze der Insel herum und auf den Wald zu. Aber ich wußte, daß ich diesem aufrichtigen Blau nicht vertrauen konnte, diesem beinahe quallenfreien, klaren, sprühenden Meer. »Ich kenne dich«, murmelte ich. »Du bist kalt.«

Das Schiff, das Besucher aus Göteborg hinaus auf die Inseln brachte, fuhr um die Südspitze herum auf den Hafen zu. An Deck tummelten sich Urlauber, und die riesige, himmelblau-gelbe Flagge am Bug des Schiffes flatterte in der sanften Brise. Es war ein Tag für Optimisten – was machte ich also hier draußen? Ich ging wieder zurück zur Villa Rosengård, diesmal den Hafenweg entlang, zwischen den Ausflüglern und den behelmten Kindern auf ihren Fahrrädern und den Einkaufenden mit ihren Körben hindurch. Die Kauflustigen auf dieser Insel waren so ganz anders als anderswo, das war mir schon vorher aufgefallen. Sie lächelten und plauderten, ganz ohne Eile und Streß, und Ende Juli verschwanden sie wieder, ohne eine Spur zu hinterlassen.

Beim Kiosk legte ich eine kurze Pause ein und kaufte die amerikanische Ausgabe der *Vogue* für Audrey. Als ich mich umdrehte, stieß ich mit Linus zusammen. Er war allein, ohne Pernilla, aber wahrscheinlich, dachte ich verbittert, trug er sie in seinem Herzen, wie ein kleines Bild … oder eine bösartige Geschwulst …

»Hallo, Esther.«

»Hallo, Linus.« Während wir gemeinsam zum Haus zurückgingen, fragte ich ihn, was in all den Kartons gewesen war, die er und Pernilla durch das Tor getragen hatten.

»Mein Büro«, sagte er. »Ich weiß nicht, wie du auf diese Nachricht reagieren wirst, aber ich habe gerade ein Fax von Stuart Lloyd bekommen. Er möchte die Pläne für das Glyndebourne des Volkes wiederbeleben. Eigentlich hätte ich in der Stadt bleiben sollen, aber ich will Ivar nicht allein lassen. Er muß sowieso nächste Woche zu seiner Mutter zurück. Also mußte die Arbeit zu mir kommen.«

Als ich nichts sagte, fragte er mich noch einmal, ob mir die Nachricht etwas ausmache. Ich dachte darüber nach, und je mehr ich nachdachte, desto verwirrter wurde ich – das passierte ziemlich oft. Aber ich wußte, daß ich Linus liebte, und ich wußte ebenfalls, daß man zwei alte Leute nicht aus ihrem Zuhause vertreiben durfte, weil sie jemandem im Weg waren. Also antwortete ich wahrheitsgetreu: »Ich weiß es nicht so genau.«

»Menschen, die für eine Sache kämpfen, sind die gefährlichsten«, hatte Audrey ein paar Tage zuvor zu mir gesagt und mich mit einem strengen Blick bedacht. »Denn sie haben das Gefühl, einer höheren Autorität als wir Normalsterblichen verpflichtet zu sein. Du hast ziemlichen Schaden angerichtet mit deinen Artikeln über Linus' Pläne.« Dann hatte sie die Augen zugemacht und sich seufzend in die Kissen zurückgelehnt. Mit einem kurzen Blinzeln hatte sie hinzugefügt: »Aber das ist ja nichts Neues.«

Linus blieb stehen. »Du weißt es nicht so genau! Das sagst du jetzt?« Sein Lächeln war verschwunden, und seine Wangen röteten sich langsam. »Du weißt es nicht so genau. Und das nach allem, was du getan hast! Ich dachte, du glaubst fest und voller Leidenschaft an das, was du machst. Ich kann es verstehen, wenn jemand seiner Leidenschaft gehorcht, aber wie kann man fast den Traum eines anderen zerstören, wenn man sich nicht sicher ist?«

Verschwand die Sonne hinter einer Wolke? Und ob. Hörten die Wellen auf, gegen die Felsen zu schlagen? Nein, definitiv nicht. Aber ich spürte, wie sich eine eisige Hand um mein Herz schloß und zudrückte. Als sie drückte, traten mir die Tränen in die Augen. Sie fühlten sich an, als wären sie aus Blut.

Beweist das nicht, wie sehr die Liebe meine Phantasie angeregt hatte?

Ich ging ein paar Schritte hinter Linus her wie ein Kind hinter einem wütenden Erwachsenen. Ich liebte ihn, aber nicht einmal der entschlossenste, pastellfarben gekleidete schwedische Optimist hätte noch eine Zukunft in Linus' und meiner Beziehung entdeckt, in meiner Beziehung zu dem Mann, den ich liebte. »O pastellfarben gekleideter schwedischer Optimist«, würde ich fragen. »Sage mir doch, wie groß meine Chancen sind, glücklich bis in alle Ewigkeit mit dem Mann meiner Träume zusammenzuleben.«

»Null, o dunkelhaarige, düstere Fremde«, würde die Antwort lauten.

Ich seufzte. Linus, der in seine eigenen düsteren Gedanken vertieft zu sein schien, nahm keine Notiz davon. Ich seufzte wieder, diesmal lauter. Ich wollte unbedingt zu ihm vordringen, mit ihm kommunizieren, und wenn's nur mit einem Seufzen war, auf das er fragte, was zum Teufel denn los, ob alles in Ordnung sei. Doch Linus sagte gar nichts, und wir kamen schweigend am Haus an. Er öffnete das Tor und trat einen Schritt beiseite, um mich vorzulassen, dann folgte er mir. Ich mußte ihm die Sache erklären. Bevor der Ärger sich zu tief in ihn hineinfraß, mußte ich ihm erklären, daß es nicht so war, wie er dachte, nicht so grob, nicht so einfach – aber wo sollte ich anfangen? Hinter allen Handlungen steckten so viele Gedanken, daß der Versuch, einen davon herauszuziehen, sich ungefähr so gestaltete, als steckte man die Hand in eine Tüte voller Maden und wollte die fetteste herausfischen.

Ich machte den Mund auf, um etwas zu sagen, aber es war zu

spät. Gerald hatte offenbar schon nach uns Ausschau gehalten, denn er hastete mit steifen, spindeligen Beinen auf uns zu und rief: »Geh gleich zu deinen Eltern, Linus!« Sein Gesicht wirkte faltiger denn je, als hätten sich alle Sorgen des Hauses in den Tränensäcken unter seinen Augen und seinen hängenden Wangen gesammelt. »Mach schnell.«

Linus wurde schneeweiß, ließ den Korb mit den Einkäufen fallen und eilte zum Haus.

Gerald erzählte mir, daß Bertil wieder krank geworden und dieser Anfall schlimmer, viel schlimmer als der vorhergehende gewesen sei. Sie warteten auf den Notarzt, und Dr. Blomkvist war unterwegs.

Ein fröhliches Hallo ließ uns herumwirbeln – zwei Schauspieler in einer Tragödie, die sich plötzlich mit einer Komodiantin konfrontiert sahen.

»Ach, hallo, Pernilla«, sagte Gerald geistesabwesend.

Verschwinde, Prinzeßchen, hätte ich am liebsten gerufen, *das hier ist eine Familienangelegenheit.* Aber wenn dem so war, was hatte ich dann darin verloren? Es war schon merkwürdig, besonders jetzt, da alles schiefzugehen schien, daß ich zu ihnen, zu dieser Familie gehören, und nicht mehr die englische Unruhestifterin, die Außenseiterin, sein wollte.

Gerald erzählte Pernilla mit knappen Worten, was passiert war. »Ich sehe mal lieber nach, was ich tun kann«, sagte sie und marschierte los, als zöge sie in den Krieg. Wäre sie doch in den Krieg gezogen! In einen richtig brutalen, ein oder zwei Tage lang, damit ich auch endlich eine Chance bekommen hätte. Doch dann fiel mir Bertil wieder ein, und ich schämte mich.

»Nicht.« Geralds erstaunlich kräftige Stimme hielt Pernilla zurück. »Es flattern schon genug Leute da drin herum. Aber wenn du dich nützlich machen willst, könntest du Ivar holen. Er hat nach Igeln Ausschau gehalten, aber ich habe ihn schon eine Weile nicht mehr gesehen.«

Ich begleitete sie. Wir fanden Ivar auf Händen und Knien zwischen den Fliederbüschen. »Ich hab einen gesehen, einen ganz kleinen, ein Baby.«

Ich kitzelte ihn an den winzigen Fußsohlen, und er wand sich kichernd unter meinen Händen. Erst jetzt wurde mir klar, wie tröstend die Gegenwart eines Kindes in Krisenzeiten sein konnte.

»Glaubst du, ich kann wirklich nichts tun?« wandte sich Pernilla an mich. »Weißt du, ich habe nämlich den Tennisplatz reserviert.«

Ich zwang mich, über die Frage nachzudenken. Konnte sie helfen? Gerald hatte nein gesagt. Vielleicht konnte sie Linus trösten? »Geh ruhig zum Tennisspielen.«

»Aber laß es mich wissen, wenn ich irgend etwas tun kann, ja?« sagte Pernilla, bevor sie den Kiesweg hinunterging. Als sie die Kurve erreichte, drehte sie sich noch einmal um und rief: »Und sag Linus bitte, daß ich da war.«

Ich hob zum Abschied die Hand, dann wandte ich mich Ivar zu, der sich inzwischen hochgerappelt hatte. »Was hältst du davon, wenn ich dir ein Eis rufe?« fragte ich. Ivar wollte wissen, wie man ein Eis rief, und ich machte gerade Anstalten, es ihm zu erklären, als der Notarztwagen mit quietschenden Reifen vor dem Tor stehenblieb. Die Sirene war nicht eingeschaltet, das war auf der Insel nicht nötig. Der Klang des Motors und der Reifen auf den schmalen Straßen genügte, um die Menschen aus ihren Häusern zu locken. Die alte Mrs. Palme von nebenan hastete ans offene Fenster, den Kopf voll pinkfarbener Lockenwickler. Ich hielt Ivars Hand, als sie die Tragbahre aus dem Notarztwagen holten.

Linus kam mit verkniffenem Mund aus dem Haus. »Du wartest hier bei mir, mein Schatz«, sagte ich zu Ivar, als dieser auf seinen Vater zulaufen wollte. »Das ist im Augenblick das beste.«

Ich saß auf meinem Bett im Cottage und ließ die Finger über Astrids Tagebuch gleiten. Bis jetzt hatte ich nichts von Bertil gehört. Audrey lag mit einem Stapel englischer Zeitschriften im Bett, die ich bestellt hatte und die endlich eingetroffen waren. Olivia und Linus waren bei Bertil im Krankenhaus. Kerstin war mit dem aschfahlen, zitternden Gerald auf eine Nachbarinsel gefahren, um dort Freunde zu besuchen. Ivar verbrachte die Nacht bei der Familie in dem gelben Haus ein paar Meter weiter. Es war neun Uhr, und der Himmel wurde allmählich dunkler, während die Sonne hinter der Westspitze der Festung versank. Ein paar Stunden zuvor hatte ich im Krankenhaus angerufen, aber da ich nicht zur Familie gehörte, hatten sie mir nichts gesagt. Was war mit Ulla? Wo steckte sie? Plötzlich tauchte sie in meiner Tür auf wie ein übellauniger Geist.

»Was liest du da?«

»Ach, nichts«, antwortete ich, was sogar der Wahrheit entsprach. Ulla trat auf mich zu, und bevor ich mich's versah, hatte sie mir das Tagebuch aus der Hand gerissen.

»Hast du schon was von Bertil gehört?« fragte ich in der Hoffnung, sie abzulenken, bis mir einfiele, was ich als nächstes tun könnte.

Sie schüttelte den Kopf. »Nein. Niemand hat es für nötig gehalten, mir mitzuteilen, was los ist. Aber das ist ja nichts Neues.«

Bevor ich Gelegenheit hatte, mir das Tagebuch zurückzuholen, hatte sie es bereits aufgeschlagen. Sie überflog die erste Seite und sah mich an. Es war schwierig, ihren Gesichtsausdruck zu deuten: Erstaunen, Zorn, Trauer? »Wo hast du das her?«

»Das habe ich dir doch neulich erzählt, weißt du nicht mehr? Es war im Regal. Ich hab's beim Abstauben hinter den anderen Büchern gefunden. Es gehört Astrid, stimmt's?«

Ulla nickte schweigend. Sie sah sich nach einem Platz um, auf den sie sich setzen konnte, und sank auf den Korbstuhl beim Fenster. »Du hast es nicht gelesen?« Sie schüttelte den Kopf. »Nein, natürlich hast du's nicht gelesen. Das kannst du ja nicht. Für jemanden, der behauptet, Unterricht in der Sprache gehabt zu haben, ist dein Schwedisch grauenhaft.«

»Danke«, sagte ich. »Aber selbst, wenn ich es gekonnt hätte, hätte ich's nicht ganz gelesen, denn mir war ziemlich klar, daß noch niemand sonst einen Blick hineingeworfen hat. Zuerst habe ich daran gedacht, es Linus zu geben, doch dann bin ich ins Grübeln gekommen. Ich meine, soll ein Sohn wirklich das Tagebuch seiner Mutter lesen, besonders wenn diese Mutter Selbstmord begangen hat? Und Bertil und Olivia? Hätte Astrid gewollt, daß sie es sehen? Das gleiche galt für dich. Keiner von euch hat mit Astrids Tod innerlich abgeschlossen. Du hast gesagt, sie habe keine Nachricht, keinen Brief und, bis jetzt, auch kein Tagebuch hinterlassen. Es ist ziemlich schwer, nichts zu wissen. Jedenfalls tut's mir leid, daß ich es für mich behalten habe, aber ich war in einer Zwickmühle.«

»Das kann ich verstehen.«

»Tatsächlich?«

»Das habe ich doch gerade gesagt, oder? Ich habe gemerkt, daß diese Familie dir etwas bedeutet. Darüber bin ich froh.«

Zu meinem Schrecken begann ich zu weinen, ausgerechnet vor Ulla. Glücklicherweise unternahm sie keinen Versuch, mich zu trösten. Sie sagte nur: »Liebst du Linus?«

Ich hörte zu weinen auf und starrte sie an. Ulla nickte, ein selbstgefälliges kleines Lächeln auf den schmalen Lippen. »Hab ich mir's doch gedacht. Das wundert mich nicht; schließlich ist er Astrids Sohn. Aber er macht sich nichts aus dir. Nicht nur wegen der Sache mit dem Opernhaus. Das soll nicht heißen, daß ich dich nicht hübsch finde; du bist nur einfach zu anstrengend. Zu ernst. Läufst die ganze Zeit mit finsterem Gesicht herum. Männer mögen so was nicht. Männer lieben Frauen, die locker, fröhlich und unkompliziert sind. Dann können sie sich ihre Energien für die wirklich wichtigen Dinge des Lebens aufsparen.« Ihr Lächeln wurde breiter. »Weißt du, ich bin auch einmal fröhlich gewesen.«

Meine Gefühle überschlugen sich; ich war erstaunt über diesen plötzlichen Beweis ihrer Menschlichkeit. Das war fast, als hätte ich für einen winzigen Moment die Seidenunterwäsche unter der Uniform eines Wachmannes hervorlugen sehen. Ich war überrascht, daß sie meine Liebe zu Linus erraten hatte. Und entsetzt, als mir klar wurde, daß sie einen Teil von sich selbst in mir wiederfand. Wochenlang hatte ich mich abgemüht, ein bißchen wie Pernilla zu werden, mit dem Ergebnis, daß ich Eigenschaften von Ulla angenommen hatte. Ausgerechnet von Ulla!

Sie klopfte auf das Tagebuch. »Das nehme ich mit in mein Zimmer.«

»Bist du sicher, daß das die richtige Entscheidung ist? Vielleicht wollte sie ja, daß es überhaupt niemand liest. Schließlich hat sie's versteckt.«

»So gut auch wieder nicht. Ich bin ihre engste noch lebende Verwandte, abgesehen von Linus natürlich, und wie du schon ganz richtig gesagt hast, ist es wahrscheinlich nicht das beste, wenn ein Sohn das Tagebuch seiner Mutter liest.«

Sie hatte recht oder doch zumindest ein bißchen recht, und mehr, das begann ich allmählich zu erkennen, konnte man vom Leben nicht erwarten.

Als sie weg war, blieb ich mit geschlossenen Augen auf meinem Bett liegen. Sie war jetzt drüben in ihrem Zimmer und las das Tagebuch der armen Astrid. Wenigstens hatte sie sie geliebt. Mir war aufgefallen, daß ihre fahlbraunen Augen immer, wenn jemand Astrids Namen erwähnte, einen sanften Ausdruck annahmen, den sie sonst nie hatten, nicht einmal, wenn sie Ivar in seinem allerkuriosesten Aufzug sah oder ein Igelbaby, das über den Kiesweg trippelte.

Ich würde gerne erzählen, daß ich in jener Nacht aufwachte, weil meine Tür sich leise öffnete und ich ebenso leise Schritte auf den Bodendielen vernahm. (Dann säße ich zumindest nicht mit vor Schreck weit aufgerissenen Augen und mit pochendem Herzen kerzengerade im Bett.) Doch nein, Ulla kam in mein Zimmer gestürzt wie ein Racheengel und rief: »Du willst alles über Astrid wissen? Tja, dann werde ich es dir sagen. Ich werde es allen sagen.«

Ich schaltete das Licht ein. »Ulla, ist alles in Ordnung?«

»Natürlich nicht.« Und zu meinem Entsetzen begann sie zu weinen; ihre knochigen Schultern hoben und senkten sich bei jedem Schluchzen. Ich stand auf, ging zu ihr und legte den Arm um sie, doch sie schüttelte ihn natürlich ab. Statt dessen holte sie ein großes weißes Taschentuch aus ihrem Ärmel und schneuzte sich lautstark, bevor sie sich auf einen Stuhl beim Fenster fallen ließ. Ich setzte mich aufs Bett und sah zu ihr hinüber.

»Wir haben sie dazu getrieben«, sagte sie mit rauher Stimme. »Bertil und Gerald und ich. Und natürlich dieser Mann.« Sie sah mich an. *»Er* ist ein großer Musiker geworden. Vielleicht ist *er* sogar noch am Leben. Aber meine kleine Astrid liegt in ihrem Grab, nur noch ein Häufchen Knochen.« Sie ballte die Hände zu Fäusten. »Wenn ich das gewußt hätte … und Bertil. Er hatte kein Erbarmen. Und kein Mitleid. Dieser Mann verdient alles, was er jetzt durchmachen muß. Und noch Schlimmeres.«

»Das meinst du doch nicht wirklich, oder?« sagte ich.

Ulla fing sich gerade lange genug, um mich anzuherrschen: »Warum würde ich es sonst sagen?« Doch dann fügte sie so leise hinzu, daß ich mich anstrengen mußte, sie zu verstehen: »Aber ich bin auch schuld. Mir war nur bis jetzt nicht klar, wie sehr.« Als sie den Blick hob, war ihr Gesicht schmerzverzerrt. »Ich habe sie geliebt, doch als sie mich brauchte, habe ich sie im Stich gelassen. Sie ist in dem Glauben gestorben, daß ich mir nichts aus ihr mache. Ich, Bertil, dieser Mann, wir alle.«

Ich streckte die Hand nach der ihren aus, doch sie gab vor, sie nicht zu sehen. »Was steht in dem Tagebuch? Was hat dich so aus der Fassung gebracht?«

»Was mich so aus der Fassung gebracht hat? Das werde ich dir gleich sagen. Ich lese es dir vor.« Und das tat sie.

27

ASTRIDS GESCHICHTE

Ich frage mich, was mit mir nicht stimmt. Vielleicht werde ich klarer sehen, wenn ich alles aufschreibe. Möglicherweise liebe ich die Menschen zu sehr und vertreibe sie so. Früher habe ich mich immer gefragt, ob meine Eltern wirklich tot oder ihrer kleinen Tochter mit den klammernden Armen einfach müde geworden sind. Ich stellte mir vor, wie sie sich über die Grenze in ein anderes Land stahlen, auf Zehenspitzen wie Einbrecher, die Koffer in der Hand. Oder ich sah sie an einem tropischen Strand, unter Palmen, lachend, Drinks aus Kokosnußschalen schlürfend, im klaren, warmen Meer schwimmend – alles ohne mich. Das tue ich heute immer noch manchmal.

Bertil könnte gut und gern in einem anderen Land sein, so wenig Aufmerksamkeit schenkt er mir, obwohl ich ihn mir schlecht vorstellen kann, wie er lachend Drinks aus einer Kokosnußschale schlürft. Ich bin nicht die einzige Frau in meinem Bekanntenkreis, die sich darüber beklagt, daß ihr Mann keine Notiz von ihr nimmt. Natürlich bemerkt er mich manchmal. Normalerweise, weil ich zu spät oder zu früh dran bin oder zuviel rede oder zuwenig oder weil ich nicht organisiert genug bin oder zu pedantisch, und dann runzelt er die Stirn. Aber in der Nacht macht es mir am meisten aus. Gunilla, die hausbackene Gunilla, hat mir heute beim Mittagessen erzählt, daß ihr Mann sie manchmal mit einem fast schon ehrfurchtsvollen Blick betrachtet. Dabei hat sie gekichert. Ein bißchen machte sie das verlegen, aber es freute sie auch, das konnte ich an ihren roten Wangen und ihren glänzenden Augen sehen.

»Du bist so schön«, sagte er immer zu ihr. »Mit deinen breiten, weiblichen Hüften und deinen weichen Brüsten.« Als sie das erzählte, hat sie noch mehr gekichert, aber ich glaube ihr, denn ich habe auch schon beobachtet, wie ihr Mann sie ansieht, und das, wenn sie vollständig bekleidet ist und in der Öffentlichkeit.

Es freut mich für Gunilla, aber mich selbst stimmt es traurig. Was ist nur los mit mir? Ich bin jung. Und ich bin schön, das sagen mir alle, bis auf meinen Mann. »Heute siehst du sehr gut aus«, sagt er mir manchmal, wenn wir abends ausgehen. Er schaut mich nicht an, wenn ich mich ausziehe, aber er wendet den Blick auch nicht ab. Bald schon werde ich alt und unansehnlich sein.

Mein Geburtstag. Bertil ist früher vom Büro nach Hause gekommen, und Frau Sparre war den ganzen Tag damit beschäftigt, ein Familienessen vorzubereiten. Ulla ist natürlich gekommen, die liebe, seltsame Ulla mit ihren Salz-und-Pfeffer-Haaren, in die sie sich wegen Pastor Bergström eine Dauerwelle hat machen lassen. Ich glaube fast, Ulla träumt davon, den Pastor zu heiraten. Gerda ist gerade rechtzeitig zu der Feier aus Südamerika zurückgekehrt, und Gerald und Marie haben die kleine Kerstin mitgebracht, damit Linus Gesellschaft hat. Ich hätte nie gedacht, daß ich einen Menschen so sehr lieben könnte wie diesen kleinen Jungen. Und er liebt mich und ist völlig von mir abhängig. Von mir ist noch nie zuvor jemand abhängig gewesen.

Bertil hat mir eine große Freude mit einer geflochtenen Platinkette gemacht. Linus hat mir einen Aschenbecher aus blau-grünem Kosta-Glas geschenkt. Bertil schwört, daß er ihn selbst ausgesucht hat. Er ist erst fünf, aber er hat schon einen Blick für schöne Dinge. Später, im Bett, hat Bertil dann mit mir geschlafen, aber dabei wurde ich das Gefühl nicht los, daß er mich als Haus sah, das den Eingang leider an einer ziemlich unpraktischen Stelle hat.

Heute habe ich einen Liederabend im Stenhammer Salon gegeben. Mit mir zusammen traten drei weitere Sänger auf: ein Tenor, ein Bariton und eine Mezzosopranistin. Der Abend lief gut. Als ich mit meinem letzten Lied fertig war, haben mir Jonas Aminoff, der Dirigent, und das Orchester applaudiert. Das passiert nicht immer. Bertil hat mir gesagt, er findet, daß ich gut gesungen habe.

»Ich möchte, daß du stolz auf mich bist«, habe ich gesagt und ihm die Arme um den Hals geschlungen.

»Ich bin stolz auf dich«, hat er gesagt und mich weggeschoben. »Sogar sehr stolz, mein Schatz.«

Morgen fahren wir hinaus auf die Insel, wo wir die Sommermonate verbringen werden. Das heißt, Linus und ich fahren. Bertil und die anderen werden wie immer an Johanni kommen. Ich habe Linus vom Kindergarten abgeholt, und dann sind wir zusammen zu Paleys Café gegangen, wo wir uns eine heiße Schokolade und süße Brötchen gönnten. Linus sah so ernst aus auf seinem Stuhl mir gegenüber, so vorsichtig, um nur ja keine Schokolade zu verschütten oder Krümel auf den Boden zu werfen. »Laß uns ein Gespräch beginnen«, hat er gesagt.

»Worüber willst du denn sprechen?« fragte ich ihn.

Er dachte einen Augenblick nach. »Über Feuerwehrwagen«, sagte er. »Laß uns über Feuerwehrwagen reden.«

Linus war ganz aus dem Häuschen, als sein Papa schließlich in die Villa Rosengård kam, und bestand darauf, seine Lackschuhe mit der Silberspange zu tragen. Sie trafen alle gemeinsam ein: Bertil, Gerald, Marie und die kleine Kerstin. Ich wünschte, Bertil würde Linus mehr Aufmerksamkeit schenken. Er hat kaum mit dem Kleinen geredet, und als er endlich etwas zu ihm gesagt hat, war es eine Rüge, weil Linus zu aufgeregt war. Die neuen Schuhe sind ihm überhaupt nicht aufgefallen.

Den größten Teil des Nachmittags hat es zum Glück geregnet, so daß er sich den Garten nicht angesehen hat. Ich weiß nicht, wie er auf meine Rosenbeete reagieren wird.

Heute ist Ulla angekommen, dürr wie eine Krähe, die Haare trocken und kraus, und sie hat alles kritisiert: Linus lacht zu laut. Warum läuft Kerstin ständig die Nase? Ist Bertil die abblätternde Farbe an der Westwand noch nicht aufgefallen?

Pastor Bergström geht als Missionar nach Madagaskar, und das bricht ihr das Herz. Meine arme Cousine – so voller Liebe, die niemand zu brauchen scheint. Verglichen mit ihr kann ich mich glücklich schätzen, denn ich habe Linus und Bertil. Manchmal sieht er mich an, als mache er sich tatsächlich etwas aus mir.

Gerald ist zum Angeln gegangen und hat fünf Makrelen fürs Abendessen mitgebracht. Bertil hat sie draußen im Garten gegrillt. Sie waren köstlich.

Ich kann's gar nicht glauben, daß der Sommer schon vorbei ist. Linus ist einen ganzen Zentimeter gewachsen. Er ist dunkelbraun gebrannt und voller Energie. Bertil ist schon letzte Woche zurück in die Stadt gefahren. Er hat erleichtert darüber gewirkt, daß er wieder an die Arbeit kann, zurück zu den, wie er sie nennt, »vernünftigen Leuten«. Ein paar meiner Freundinnen haben mir bei meiner Hochzeit gesagt, es sei klug von mir, einen Mann zu heiraten, der zehn Jahre älter ist als ich. »Der wird dich auf Händen tragen«, haben sie gesagt. »Und weißt du, was noch besser ist? Es dürfte ihm schwerfallen, mit einer Jüngeren durchzubrennen.«

Ich habe nicht den Eindruck, daß Bertil sich für andere Frauen interessiert, aber für mich interessiert er sich auch nicht sonderlich. Linus und ich scheinen ihm eher auf die Nerven zu gehen. »Du immer mit deinen Gefühlen«, hat er an dem Abend, bevor er zurück in die Stadt fuhr, zu mir gesagt. Da habe ich ihn gefragt, was es denn sonst noch gebe im Leben. Ich hasse diesen Blick, mit dem er mich angesehen hat, als er mir mit dieser kühlen, leisen Stimme, die er ausschließlich Linus und mir vorzubehalten scheint, antwortete: »Versuch's mal mit gesundem Menschenverstand, Ausgeglichenheit und Vernunft.«

Aber Bertil ist kein schlechter Mensch. Als er meinen Gesichtsausdruck gesehen hat, ist er zu mir gekommen und hat mir die Hände auf die Schultern gelegt. »Ich liebe dich sehr.« Und dann hat er mir einen Klaps auf den Po gegeben. »Ab mit dir ins Bett.«

Dort schliefen wir miteinander. Ich behielt wie immer das Nachthemd an. Ich warte immer darauf, daß er mich entkleidet, aber das tut er nie.

Heute war der erste Strauss-Abend. Die Zuschauer waren begeistert, und hinterher kam Jonas Aminoff in unsere Garderobe, um uns zu gratulieren.

Ich habe Jonas auf dem Fest für die Musiker und die Sänger getroffen. Uns war beiden heiß, also sind wir auf einen der Balkone hinausgegangen und haben uns dort Ewigkeiten unterhalten. Er hört mir zu, wenn ich etwas sage, als interessiere er sich wirklich dafür und tue mir nicht nur einen Gefallen.

Bertils Geburtstag. Wohin sind die Wochen verschwunden? Gerda hat ihm zu Ehren an der Universität ein Essen gegeben. Natürlich war die ganze Familie da. Und die Leute aus dem Büro. Auch Linus durfte kommen. Wir waren zuvor beim Einkaufen, und er hat sich in eine leuchtendrote Cordhose verguckt. Er war Stunden zu früh für das Fest fertig, aber als wir dann gehen wollten, war die Aufregung einfach zuviel für ihn, und er hat seine neue Hose von oben bis unten vollgespuckt. Er war so aus der Fassung, daß wir ihn ins Bett bringen mußten. Linda von nebenan ist gekommen, um auf ihn aufzupassen. Später hat sie mir erzählt, daß Linus, sobald wir aus dem Haus waren, aufgestanden und in den Flur gelaufen ist. Dort ist er dann geblieben, gegen die Tür gedrückt, und hat geschluchzt. Irgendwann ist er vor Erschöpfung in sich zusammengesunken und hinter der Tür eingeschlafen. Ich werde die Erinnerung an sein Gesicht, als wir uns verabschiedeten, einfach nicht los. Manchmal kann ich Bertils Distanziertheit verstehen. Es muß angenehm sein, jemanden nur ein bißchen zu lieben, aber nie so viel, daß es weh tut.

Bertil und ich waren auf dem Fest des Bürgermeisters. Jonas war auch dort. Ich hatte mein schwarzes Spitzenkleid an. Hätte ich es doch nicht angezogen, denn in den Rathausräumen war es alles andere als warm. Bertil hat mir erklärt, ich solle in meiner Kleiderwahl ein bißchen praktischer werden. Jonas hat unsere Gastgeberin um eine Stola für mich gebeten. Wie nett von ihm. »Sie frieren ja«, hat er gesagt und mich voller Sorge angesehen. Ich weiß nicht, warum, aber am liebsten hätte ich geweint.

Als wir das letztemal zusammen mit dem ganzen Orchester probten, hat Jonas sich mit mir über meine Zukunft als Sängerin unterhalten. Er hat mir erklärt, er würde gern noch länger mit mir darüber sprechen, wenn ich den Eindruck hätte, daß mir das etwas nütze. Ich sagte, natürlich würde mir das etwas nützen. Also ist er letzte Woche vorbeigekommen, und wir haben uns zum Mittagessen im Park Hotel verabredet. Ich kann mich an keinen glücklicheren Nachmittag erinnern. Es war, als sei ich aus einem Schwarzweißfilm direkt in einen mit Technicolor hinübergewechselt. Als ich mir die Gäste rund um mich herum ansah, bekam ich Mitleid mit ihnen, weil sie nicht ich sein konnten. Er ist Witwer. Das hatte ich gar nicht gewußt. Er hat mir von seiner Frau erzählt und wie sehr er sie vermißt, und ich habe ihm Linus beschrieben. Jonas hat gesagt, die Schilderung klinge wunderbar, und er würde ihn gern eines Tages selbst kennenlernen.

Dritter Dezember, das Fest der heiligen Lucia. Linus und ich haben Bertil Kaffee und Lucia-Gebäck ans Bett gebracht. Ich habe mich als Lucia verkleidet, mit einer Lichterkette im Haar und einem weißen Kleid, und Linus war der süßeste kleine Sternenjunge, den man sich vorstellen kann. Bertil war ganz außer sich vor Freude und hat gesagt, er könne sich wirklich glücklich schätzen, uns zu haben.

Heute abend findet ein Sibelius-Konzert statt. Ich habe Karten, aber Bertil sagt, daß er länger im Büro bleiben muß.

Jonas ist in der Pause zu mir gekommen und hat mir gesagt, er habe die *Finlandia* ganz allein für mich dirigiert.

Weihnachten war wunderbar. Aber im Augenblick ist alles wunderbar. Linus glaubt immer noch, daß der Weihnachtsmann die Geschenke bringt, nicht Ulla in einem rot-grauen Kostüm und mit langem grauem Bart. »Der Junge ist einfach ein Dummkopf«, hat Bertil gesagt, aber dabei gelächelt.

Jedes Jahr wieder bin ich überrascht, wie nackt die Wohnung aussieht, sobald der Weihnachtsschmuck entfernt ist – fast wie ein Gesicht nach einem Fest, ganz ohne Make-up und die Haare nach hinten gekämmt. Doch dieses Jahr deprimiert mich der Anblick nicht. Nichts deprimiert mich. Ich schwebe dahin.

In letzter Zeit mache ich mir Sorgen darüber, daß ich sterben könnte, ohne zu wissen, wie es ist, Jonas zu lieben.

»Mit meinem Körper ehre ich dich.« Seltsam, daß ich die Bedeutung dieses Satzes erst jetzt richtig begreife. Es ist nicht nur seltsam, sondern auch eine Sünde, das weiß ich, weil ich mit einem Mann geschlafen habe, mit dem ich *nicht* verheiratet bin.

Ich hatte Bertil gesagt, ich werde die Nacht bei Ulla verbringen, die sich nicht wohl fühle. Linus gefiel es gar nicht, daß ich ging, aber ich versprach ihm, daß ich wieder zurück sein würde, bevor er am Morgen aufwachte, und wir dann in Paleys Café eine heiße Schokolade trinken würden.

Er hat mich ziemlich merkwürdig angesehen, als ich wieder zurückkam. Mit einem Blick, der nichts mit einem Sechsjährigen zu tun hatte. Er war schon auf, und ich habe mich entschuldigt, daß ich so spät dran war. Aber er hat mich nur mit seinen großen grauen Augen angeschaut, und dann hat er plötzlich gelächelt. »Du siehst heute sehr hübsch aus«, hat er gesagt. Als wir später von Paleys zurück nach Hause gingen, fing es an zu schneien. Linus ist hin und her gelaufen und hat versucht, die Schneeflocken zu fangen, die im Licht der Straßenlaterne herunterfielen, und als er davon genug hatte, ist er zu mir gekommen und hat das Gesicht im Ärmel meines Pelzmantels vergraben. Wie sehr ich mir wünsche, daß er und Jonas sich kennenlernen! Ich weiß, daß die beiden sich sofort verstehen würden, das weiß ich einfach.

Ich habe nur auf den heutigen Tag hingelebt. Jonas ist gestern abend spät von seiner Tournee zurückgekehrt, und heute früh haben wir uns bei Delsjön getroffen. Der See ist völlig zugefroren, so daß wir ganz darüber gehen konnten. Ich liebe diese Winterlandschaft, das Eis, das weiter draußen fast blau ist, und die

Äste der verschneiten Kiefern. Die Stille. Es war, als seien wir ganz allein am Ende der Welt. Wir hielten uns an der Hand und sprachen kaum ein Wort. Es erschien uns fast wie ein Sakrileg, dieses entrückte Schweigen zu brechen. Ich war so glücklich, daß ich Angst bekam. Manche Menschen haben keine Probleme mit dem Glück; sie gehen beinahe nachlässig damit um. Jonas zum Beispiel. Andere, wie ich zum Beispiel, behandeln es vorsichtig und ängstlich, als sei es eine mit wertvoller Flüssigkeit gefüllte Schale.

Ich hatte eine Thermoskanne mit Kaffee und ein paar Sandwiches mitgebracht, und wir aßen und tranken in seinem Wagen. Zum erstenmal seit Tagen hatte ich beim Essen nicht das Gefühl, Schmirgelpapier zu schlucken. Als ich wegfuhr und ihn dort im Schnee stehen sah, wußte ich, daß ich im tiefsten Innern mit ihm verbunden war. Je weiter ich mich von ihm entfernte, desto größer wurde der Schmerz. Als ich nach Hause kam, mußte ich sofort ins Bad und Lippenstift auflegen, weil meine Lippen so fleckig und geschwollen vom Küssen waren.

Ich halte das nicht mehr aus. Ich werde es Bertil sagen müssen.

Heute habe ich Linus seinem Vater zurückbringen müssen. Bertil ist vor Gericht gegangen, weil unser Sohn sich seiner Ansicht nach in moralischer Gefahr befindet, wenn er mit seiner Mutter und ihrem Geliebten zusammenlebt. Während diese Fremden über unser aller Schicksal entscheiden, haben sie Bertil fürs erste das Sorgerecht zugesprochen. Ich versuche, nicht darüber nachzudenken, was das möglicherweise heißt. Vor gar nicht langer Zeit habe ich an der Tür des Hauses geklingelt, das früher einmal mein Zuhause gewesen ist. Als Bertil die Tür öffnete, hat Linus das Gesicht in meinem Mantel vergraben und meine Taille umklammert. Und dann hat er, als wüßte er, daß ihm ohnehin nichts anderes übrigblieb, seine kleine Hand in die seines Vaters gelegt und ist reingegangen. Ich habe Bertil in die Augen gesehen – sie waren kühl und höflich – und ihn mit den meinen angefleht, doch ein wenig Mitleid zu zeigen. Dann schloß sich die Tür, und ich stand einen Moment lang da, einen Schrei in mir, der nie nach außen drang. Am liebsten hätte ich gegen die Tür gehämmert und Bertil angebettelt, daß er mir vergibt und mich wieder bei sich aufnimmt, damit ich mein Kind zurückbekomme. Ich schloß die Augen, die Hand zur Faust erhoben, aber ich schaffte es nicht. Ich konnte nicht in mein finsteres Gefängnis zurückkehren und wissen, daß ich das Licht der Sonne nie mehr wiedersehen würde.

Jonas ist wundervoll. Er versteht, wie sehr ich Linus vermisse, und behandelt mich voller Zärtlichkeit und Liebe. »Astrid, meine Liebe, mein Leben«, flüstert er mir ins Ohr, wenn wir miteinander schlafen. »Astrid, meine Liebe, mein Leben.« Er sagt, ich sei alles, was er sich je gewünscht habe, und jetzt brauche er sonst nichts mehr.

Mein Anwalt hat mich angerufen, um mir mitzuteilen, daß der Richter Bertil das alleinige Sorgerecht zugesprochen hat. Ich bin wie ein gefallener Engel zur Erde gestürzt und dann noch ein Stück weiter in die Hölle.

Jonas ist mir gegenüber verändert. Ich weiß nicht, ob ich etwas falsch gemacht habe, aber jedenfalls ist alles anders. Früher ist er nach einem Auftritt nach Hause geeilt, weil er so schnell wie möglich mit mir zusammensein wollte, doch jetzt kommt er oft erst in den frühen Morgenstunden heim. Wenn ich ihn darum bitte, bei mir zu bleiben, wird er wütend und brüllt mich an, daß er sein Orchester schon zu lange vernachlässigt habe. »Leg dir ein eigenes Leben zu«, hat er neulich abend geschrien. Ich hatte gedacht, daß ich ein eigenes Leben hätte, zusammen mit ihm. Ich wollte ihn fragen, warum er so ungerecht war. Schließlich war es noch gar nicht so lange her, daß er mir gesagt hatte, er wolle mich ganz für sich allein und brauche sonst nichts. Aber da war er schon weg und hatte die Tür hinter sich ins Schloß geworfen. Ich glaube, er hat Schuldgefühle, und das macht ihn besonders grausam.

Also sitze ich allein in dieser kleinen Wohnung, in der es nach den Kochdünsten anderer Leute riecht. Meine Freunde wollen nichts mehr mit mir zu tun haben. Nicht einmal Ulla redet mit mir. Vor zwei Tagen bin ich zum Nachmittagstee ins Metz gegangen, und Frau Granberg, die Geschäftsführerin, hat mich angeschaut, als hätte sie mich noch nie gesehen. Sie sagte, es seien keine Tische frei, obwohl direkt vor meiner Nase drei freie Tische standen. Und was am allerschlimmsten ist: Heute morgen ist in dieser gräßlichen Wochenzeitung ein Artikel mit der Überschrift »Sängerin und Ehefrau des Architekten Bertil Stendal brennt mit Dirigent durch« erschienen. Eigentlich hatte ich den Tag mit Linus verbringen wollen, aber jetzt hat Bertil mir das wegen des Artikels verboten. Ich habe ihn angefleht, doch er hat gesagt, er möchte nicht, daß sich die Leute in Göteborg das Maul über seinen Sohn zerreißen. Da habe ich die Fassung verloren. »Du bist ein Ungeheuer«, habe ich ihn am Telefon angeschrien. »Ich bin seine Mutter, und er braucht mich.«

Bertil erwiderte mit leiser, ruhiger Stimme: »Tja, das hättest du dir früher überlegen sollen.«

»Das weiß ich, aber das habe ich eben nicht«, schluchzte ich, und dann legte er auf.

Meine Rosen werden dieses Jahr zum zweitenmal blühen. Ich schließe die Augen und rufe mir ihren Duft ins Gedächtnis und das Gefühl der frischen Meeresbrise auf meinem Gesicht. Wir sind jetzt in Spanien. Drei Monate lang sind wir durch Europa gereist. Bis jetzt hatte ich nicht die Energie, mein Tagebuch weiterzuführen.

Die ersten fünf Wochen gehörten zur Orchestertournee, der Rest hat eher etwas mit Jonas' Traum, die Welt kennenzulernen, zu tun. Ich habe kein einziges Mal gesungen. Jonas sagt, es würde nicht gut aussehen, wenn wir zusammen auftreten, denn dann würde man ihn möglicherweise der Günstlingswirtschaft beschuldigen. Ich habe ihm zu erklären versucht, daß ich Aufträge bekommen habe, lange, bevor ich ihn kannte, aber er hat nicht die Geduld, mir zuzuhören. Am Anfang der Reise war er liebevoll und rücksichtsvoll, fast wie der alte Jonas, doch je länger die

Tournee dauerte, desto gereizter und ungeduldiger wurde er mit mir. Ich versuchte, fröhlich zu sein und mir nicht anmerken zu lassen, wie sehr ich mich nach meinem Sohn sehne, aber offenbar kann ich ihm nichts mehr recht machen. Ich denke mir Dinge über meinen Tag aus, die ihn vielleicht amüsieren, doch irgendwie läuft alles falsch, und fast immer endet es im Streit. Wie anders doch alles noch vor einem Jahr schien!

Gestern abend sind wir nach Hause zurückgekehrt. Ich habe Bertil angerufen, um ihn zu fragen, wann ich Linus sehen könne. Er hat gesagt, er würde darüber nachdenken und mich zurückrufen. Außerdem erklärte er mir, Linus wirke nun ruhiger und habe aufgehört, im Schlaf nach mir zu rufen. Da habe ich ihn angebrüllt, er habe mir nie gesagt, daß mein Sohn im Schlaf nach mir rufe. Daraufhin fragte er mich mit derselben kühlen, leisen Stimme, ob ich mich von Jonas getrennt hätte und nach Hause zurückgekommen wäre, wenn er es mir gesagt hätte. Ich fragte ihn, ob ich Linus zurückhaben könne, wenn ich mich von Jonas trennte. Bertil erklärte mir, wenn ich jemals versuchen sollte, Linus wiederzubekommen, würde er mich vernichten. »Du hast keine Arbeit und kein Geld und bist moralisch bankrott. Glaubst du denn, irgendein Gericht der Welt würde dir ein Kind zusprechen?«

Ich legte auf und konnte nicht mehr aufhören zu weinen.

Vielleicht hat Jonas gar nicht so unrecht, daß er mich langweilig findet. Ich muß mir mehr Mühe geben. Ich bin zum Friseur gegangen und habe mir die Haare kurz schneiden lassen, wie Audrey Hepburn in *Ein Herz und eine Krone*. Ich habe Blumen auf den Tisch gestellt und aufgeräumt und die ganze Wäsche gewaschen und gebügelt, damit er sich über nichts ärgern muß, wenn er von den Proben nach Hause kommt. Zum Abendessen werde ich Paella kochen, genau wie die in dem kleinen Restaurant in Toledo, das ihm so gut gefallen hat. Wenn ich mir mehr Mühe gebe, wird er mich wieder lieben. Er muß mich lieben. Schließlich habe ich nichts anderes.

Jonas ist zu spät nach Hause gekommen, um noch etwas zu essen. Er hat getrunken. Er ist auf dem Sofa im Wohnzimmer eingeschlafen, und ich habe die Paella weggeworfen. Ich habe mir nicht einmal die Mühe gemacht, sie zuerst aus der Pfanne zu nehmen. Ich habe mich dabei ertappt, wie ich auf Bertils Rüge wartete, was ich doch für eine Verschwenderin sei, und in dem Augenblick habe ich ihn vermißt. Aber am meisten fehlt mir natürlich mein Sohn. Es muß eine Möglichkeit geben, wie wir wieder zusammenkommen!

Ich habe Gerald angerufen und ihn gebeten, bei Bertil ein gutes Wort für mich einzulegen, damit ich meinen Sohn sehen kann. Gerald war höflich, aber kühl. Er hat mir gesagt, er werde sehen, was er machen könne. Dann bin ich mit der Straßenbahn nach Örgryte zu Ulla gefahren. Ich war fast ein Jahr nicht mehr bei ihr gewesen und kam mir merkwürdig vor, als ich die Holztreppe zum ersten Stock hinaufging. Ich wußte, daß sie zu Hause sein würde, denn Ulla war gegen sechs immer daheim. Sie öffnete die Tür sofort, nachdem ich geklingelt hatte. Fast, als hätte sie die ganze Zeit auf mich gewartet, dachte ich, und lächelte sie an.

Sie lächelte nicht zurück. »Ach, du bist's«, sagte sie.

Ich fragte sie, ob ich hereinkommen dürfe, und sie trat einen Schritt beiseite, aber so widerwillig, daß ich mich an ihr vorbeidrücken mußte, um in die Wohnung zu gelangen. Sie bat mich nicht, Platz zu nehmen. Ich stand in ihrem Wohnzimmer und erinnerte mich daran, wie ich früher ein gerngesehener Gast in diesem kleinen, karg eingerichteten Raum gewesen war.

»Was willst du?« fragte sie mich, immer noch, ohne zu lächeln.

Da hatte ich das Gefühl, daß mich von überallher Gesichter mit kalten, mißbilligenden, lieblosen Augen anstarrten. Ich machte einen Schritt auf sie zu, und sie trat einen zurück. »Es geht um Linus«, sagte ich. »Es bricht mir das Herz, daß ich ihn nicht sehen kann. Ich dachte mir, vielleicht könntest du mit Bertil reden.«

»Du hast uns allen das Herz gebrochen, als du mit diesem

Mann durchgebrannt bist. Und jetzt willst du, daß ich dir helfe.« Sie schüttelte den Kopf. »Ich werde dich nie verstehen. Bertil ist ein guter Mensch. Er hat dich geliebt und hätte sich dein Leben lang um dich gekümmert.« Dann sah sie mich an, und einen Moment lang trat ein sanfter Ausdruck in ihre Augen, aber vielleicht bildete ich mir das auch nur ein, denn sie sagte: »Als ich euch beide miteinander bekannt gemacht habe und er sich sofort für dich interessiert hat, wußte ich, daß es dir gutgehen würde. Das habe ich für dich getan, und du wirfst einfach alles weg. Für was, frage ich dich.«

»Für die Liebe«, flüsterte ich.

»Pah! Und was ist mit deinem Kind?«

»Ich weiß«, schrie ich. »Deswegen bin ich ja zu dir gekommen. Ich halte das nicht mehr aus. Begreifst du denn nicht: *So hätte das nie kommen dürfen!*«

Ulla sah mich an und sagte: »Du hast wahrscheinlich noch viel zu erledigen.«

Am nächsten Abend rief Bertil mich an. »Mach dir nicht die Mühe, weiter Fürsprecher in der Familie zu suchen. Ich möchte dir wirklich keine Steine in den Weg legen, aber ich muß an Linus denken. Er scheint sich jetzt endlich ein bißchen beruhigt zu haben«, sagte er.

»Du meinst, er hat mich vergessen?«

Schweigen, dann sagte er: »So könnte man es ausdrücken.«

Ich hatte gesündigt, und ich hatte keine Rechte.

Gestern abend hat Jonas mich zum Essen ausgeführt. Am Anfang war es herrlich, genau wie früher. Er hat mich angelächelt und zärtlich angesehen und seine Hand auf meine gelegt, und das war Balsam auf meine wunde Seele. Er hat mich gefragt, was ich wegen Linus unternommen hätte. Ich sagte ihm, wie verzweifelt ich mein Kind zurückwolle, und endlich schien er zu begreifen. »Vielleicht solltest du dir einen anderen Anwalt suchen«, sagte er. Möglicherweise kommt doch noch alles in Ordnung. Wenn Jonas mich immer noch liebt, dann heiratet er mich vielleicht, sobald meine Scheidung durch ist. Und wenn ich erst mit Jonas verheiratet wäre, könnte ich möglicherweise einen Richter davon überzeugen, daß man mir als Mutter vertrauen kann. Ganz allmählich schmolz der Eisklumpen in meinem Innern. Ich streckte lächelnd die Hand nach der von Jonas aus, denn er hatte meine schon vor einer Weile losgelassen. Und dann verschüttete ich Idiotin mein Glas Wein über den Tisch und seinen neuen Anzug. Er verschwand in der Toilette, bevor ich Gelegenheit hatte, mich zu entschuldigen, und als er zurückkam, hatte er den Mund mißbilligend verzogen. Danach war alles, was ich sagte oder tat, falsch. Warum lächelte ich die Kellner so nervös an? Warum aß ich so langsam? Warum kippte ich den Wein so schnell hinunter, ohne auf seinen Geschmack zu achten? Als wir schließlich gingen, weinte ich, und das machte ihn noch wütender. In der Nacht konnte ich nicht schlafen. Ich starrte sein schönes Profil an, das vom Licht der Straßenlaterne draußen vor dem Fenster erhellt wurde. Ich fragte mich, wie ich ihn noch immer lieben konnte, aber ich tat es.

Bertil hat angerufen und mir gesagt, daß ich den Nachmittag mit Linus verbringen darf. Nach sechs Monaten! So lange ist das letzte Mal schon her. Ich habe vergangene Nacht aus Angst davor, daß Bertil es sich doch noch anders überlegen könnte, kein Auge zugetan.

Den ganzen Vormittag bin ich voller Furcht in der Wohnung auf und ab gelaufen. Die Fahrt mit der Straßenbahn schien eine Ewigkeit zu dauern, und das Herz klopfte mir bis zum Hals. Endlich war ich dort. Vor meinem alten Zuhause. Ich wartete nicht auf den Aufzug, sondern rannte die fünf Treppen hinauf und klingelte (wie merkwürdig es immer noch war, an meiner alten Wohnungstür zu klingeln und darauf warten zu müssen, daß man mich einließ).

Zuerst dachte ich, Linus hätte mich nicht erkannt, denn er stand mit bewegungslosem Gesicht da. Dann fing er erstickt zu schluchzen an, stürzte in meine Arme, vergrub das Gesicht in meinem Mantel und ließ mich nicht mehr los. Erst nach einer ganzen Weile gelang es mir, seine kräftigen kleinen Hände von meiner Taille zu lösen. »Gehen wir zu Paleys Café und trinken eine heiße Schokolade«, sagte ich. Als wir dort waren, an unserem Tisch beim Fenster, gab ich ihm sein Weihnachtsgeschenk, ein Paar Schlittschuhe, schwarz wie die von den großen Jungs. Er bat mich, ihn zum Weiher zu begleiten, und ich sagte, ja, bald. Er ist wieder gewachsen und ziemlich groß für sein Alter. Bertil hat seine Haare ziemlich kurz geschnitten. Es dauerte nicht lange, da hatten wir beide das Gefühl, nie getrennt gewesen zu sein. Als ich schließlich sagte, es sei Zeit zu gehen, stand er artig auf und schob seinen Stuhl ordentlich unter den Tisch zurück. Draußen auf der Straße legte er seine Hand in meine und fragte: »Gehen wir jetzt heim?«

»Ach, mein Schatz«, sagte ich, kniete vor ihm nieder und knöpfte seinen kleinen Kamelhaarmantel zu. »Mami kann im Augenblick nicht bei dir wohnen, aber bald sind wir wieder richtig zusammen, und dann verlasse ich dich nie wieder. Das verspreche ich dir.«

Auf dem Nachhauseweg war er sehr schweigsam. Als wir an der Haustür anlangten, begann er zu weinen, klammerte sich an mir fest und weigerte sich, mich loszulassen. Bertil kam heraus und zog ihn weg. Ich schrie ihn an, er solle mich hineinlassen, doch er schlug mir die Tür vor der Nase zu. Ich konnte hören, wie Linus weinte und nach mir rief. Es dauerte ewig. Ich brachte es nicht übers Herz zu gehen, also blieb ich an die Tür gedrückt stehen und lauschte, wie er weinte. Ich weinte tonlos mit ihm, bis mir das Gesicht weh tat. Irgendwann hörte Linus dann auf zu weinen. Es war schon ziemlich spät, als ich endlich aufstand und nach Hause ging. Jonas hatte mir einen Zettel auf den Tisch gelegt, auf dem stand, da ich nicht daheim gewesen sei, sei er mit ein paar Freunden ausgegangen. »Du brauchst nicht auf mich zu warten«, hatte er hinzugefügt.

Ulla schloß das Tagebuch. »Das war der letzte Eintrag«, sagte sie.

Ich lag im Bett, die Augen geschlossen, wach. Zeitungsschlagzeilen gingen mir durch den Kopf wie Schafe, die ich zählen sollte, um endlich einzuschlafen. *Niedergang der Moral! Zurück zu den Anfängen! Rückkehr zu den alten Werten! Gibt es kein Schamgefühl mehr?* Schwarz auf Weiß, die Botschaften, die unser Bedürfnis nach Ordnung und Sicherheit und Regeln formulierten. Tja, und dann war da noch Astrids Geschichte.

28

»STELL DIR DAS Meer unter einer Eisschicht vor.« Ulla deutete über das Wasser. Wir standen nebeneinander auf dem höchsten Punkt der Insel.

»Die ganze Welt wirkt wie gefroren, das Meer, die Äste der Bäume, das Gras. Astrid ist in dem Jahr am Heiligabend ganz allein hier rausgekommen. Sie haben ihre Leiche zwei Wochen später unter dem Eis gefunden.«

Sie drehte sich zu mir um, den Mund vor Schmerz verzogen. »Als sie mich bei ihrem letzten Besuch verlassen hat, wäre ich am liebsten hinter ihr hergelaufen und hätte ihr gesagt, daß ich alles tun würde, um ihr zu helfen. Ich habe Bertil angerufen und ihn angefleht, daß sie den Jungen öfter sehen darf.« Ihre Stimme wurde zu einem Flüstern. »Sie hat's nie gemerkt.«

»Aber warum hast du so lange gebraucht? Du hast sie geliebt. Wenn man jemanden liebt, vergibt man ihm doch sicher alles.« Ich mußte an Linus denken. Gäbe es etwas, das ich ihm nicht verzeihen könnte?

»Du verstehst das nicht«, sagte Ulla. Jetzt sah sie nicht mehr mich an, sondern starrte wieder hinaus aufs Meer. »Gerade weil ich sie geliebt habe, habe ich so lange gebraucht, um ihr zu vergeben. Und dann war da noch Bertil. Er war mit *mir* befreundet gewesen, lange bevor er Astrid kannte. Ich habe die beiden erst miteinander bekannt gemacht. Man könnte sagen, ich habe ihn ihr geschenkt. Sie hat ihn genommen, und dann, als er sie langweilte, hat sie ihn weggeworfen. Zumindest ...« Dabei sah sie mich wieder an. »... ist es mir damals so erschienen. Ich habe nicht begriffen, wie ihre Ehe war. Vielleicht wollte ich es auch nicht begreifen. Ich war so stolz darauf gewesen, ihr einen Ehemann geschenkt zu haben, einen wohlhabenden, soliden, für sie passenden Ehemann, von dem ich dachte, daß er ihr alles geben würde, was sie brauchte. Ich wollte einfach nicht wahrhaben, daß er ihr genau das, was sie am dringendsten benötigt hätte, nicht geben konnte.«

Ich starrte sie an. Ulla und Bertil. Hatte Ulla ihn geliebt? Nun, unmöglich war das nicht. Die beiden waren ungefähr gleichaltrig. Ein paar unscharfen Familienschnappschüssen nach zu urteilen, war sie damals gar nicht unattraktiv gewesen, ein bißchen hatte sie ausgesehen wie ein frecher skandinavischer Troll. Ob Olivia davon wußte? Aber wie sollte sie? Schließlich war das alles lange vorbei.

»Hast du Olivia gegenüber jemals Ressentiments gehabt? Hat es dir etwas ausgemacht, daß sie hierhergekommen und die Nachfolgerin von Astrid geworden ist?«

Ulla schüttelte den Kopf. »Anfangs schon, aber sie hat Bertil und Linus geliebt. Damals wußte ich noch nicht, daß er Astrid so unglücklich gemacht hat. Natürlich habe ich Olivia zu der Zeit für einen ziemlich unzureichenden Ersatz für Astrid gehalten, denn verglichen mit ihr war sie so groß, ja sogar grob. Sie hat keine Veränderungen gefordert. Bertil hat ihr angeboten, sowohl die Wohnung als auch die Villa Rosengård zu verkaufen, aber Olivia sagte nein, warum denn? Linus und er liebten die Villa, und die Wohnung war genau richtig für ihre Bedürfnisse und lag obendrein im schönsten Viertel der Stadt. Also dachte ich, es hätte durchaus schlimmer kommen können.«

»Ich bin froh, daß du mir alles erzählt hast. Nicht nur, weil ich furchtbar neugierig bin, sondern auch wegen … nun, wegen meiner Gefühle für Linus.« Ich sah sie von der Seite an. »Ich dachte nicht, daß du mich überhaupt leiden kannst.«

Ulla schenkte mir ein kleines Lächeln. »Ich kann dich *nicht* überhaupt nicht leiden. Außerdem hast du mich nach ihr gefragt. Du hast dich für sie interessiert. Wahrscheinlich hast du ihre Gegenwart an diesem Ort gespürt, so wie ich seit eh und je. Ich habe beobachtet, wie du ihre Rosen ansiehst. Und du bist Journalistin. Es ist deine Aufgabe, Informationen zu verbreiten. Ich möchte, daß die Leute erfahren, wie dieser Mann, Jonas Aminoff, Astrid umgebracht hat. Diese ganzen Menschen, die sich damals zum Richter über sie aufgespielt haben. Alle haben ihr die Schuld gegeben. Sie war das Flittchen, die Aussätzige; die Männer sind ungeschoren davongekommen. Vielleicht ist das der Lauf der Welt, aber warum sollten wir uns damit abfinden? Nein, ich möchte, daß du das Bild wieder geraderückst.«

»Aber Ulla, ein Journalist beschäftigt sich mit Neuigkeiten. Diese Geschichte ist vor vielen Jahren passiert, und die meisten Leute, die sich damals dafür interessiert haben, kümmert sie heute wahrscheinlich nicht mehr – immer vorausgesetzt, sie sind überhaupt noch am Leben.«

Ulla stampfte mit dem Fuß auf wie ein kleines Kind. »Wieso soll er ungeschoren davonkommen? Und was ist mit Astrids Ruf? Diese ganzen Gemeinheiten, die sie über sie geschrieben haben.«

»Bertil ist ein kranker alter Mann. Jonas Aminoff scheint tatsächlich ein ziemliches Schwein gewesen zu sein, aber wir kennen nur Astrids Version der Geschichte. Vielleicht war doch nicht alles so eindeutig, wie sie es beschreibt?«

»Ich hätte nicht gedacht, daß du so schnell nach Kompromissen suchst.«

»Tja, ich fange an, es zu tun. Ich habe auf die schmerzhafte Weise lernen müssen, daß es nicht nur Schwarz und Weiß, sondern auch Beige und Grau gibt. Schwarz und Weiß ist leichter zu leben, aber das hat dann nichts mit der Wahrheit zu tun. Es fällt mir immer schwerer, Urteile zu fällen.«

»Mir nicht«, sagte Ulla.

»Gott sei Dank habe ich das Tagebuch nicht Linus gegeben. Wahrscheinlich sollte er es irgendwann mal zu sehen bekommen, aber nicht ohne sorgfältige Vorbereitung. Ich stelle mir lieber nicht vor, was es für Auswirkungen auf sein Verhältnis zu seinem Vater haben könnte ... Wieviel weiß Linus eigentlich?«

»Nicht allzuviel. Er hat ziemlich früh aufgehört, Fragen zu stellen, auf die er eine schmerzhafte Antwort bekommen hätte. Ich glaube, er hat Angst vor dem, was er herausfinden könnte. Er fragt eher, wie sie als Kind oder junges Mädchen war. Oder was sie gern gekocht hat. Ob sie irgendwelche Kosenamen für ihn hatte, an die er sich nicht mehr erinnert. Wie gesagt: Ich glaube, er hat Angst, zuviel zu fragen.«

Ich ertappte mich dabei, wie ich Ulla anstarrte. Wo hatte sie nur dieses enorme Einfühlungsvermögen verborgen? Vielleicht unter ihrer Topffrisur?

»Und jetzt will Bertil die Villa Rosengård, *ihr* Zuhause, verkaufen«, sagte sie. »Als ob er nicht schon genug angestellt hätte.« Der Wind trug ihre leisen Worte hinaus aufs Meer. »Sie hat die Villa geliebt, doch er ist bereit, sie Fremden zu überlassen. Sie ist *ihr* Haus, und wir – alle zusammen – sind ihre Familie oder besser gesagt, das, was noch davon übrig ist. Er und Olivia sind bereit, diese Einheit zu zerstören, die Reste von Astrid in alle Winde zu zerstreuen wie damals ihre Asche. Ich habe all die Jahre über diese Familie und über das Haus gewacht, und jetzt will er alles wegwerfen. Das scheinen die Menschen immer zu machen: Sie werfen die Geschenke des Lebens weg wie eine leere Zigarettenschachtel.« Sie hielt den Blick beim Gehen starr geradeaus gerichtet. »Tja, ich habe genug davon. Und du, du kannst machen, was du willst mit dem, was ich dir gesagt habe.«

Was konnte ich tun – außer Linus noch mehr zu lieben?

Er saß am Küchentisch und trank Kaffee, als wir von unserem Spaziergang zurückkehrten.

»Linus, du bist wieder da«, sagte ich völlig überflüssigerweise. Das Fernsehen, das wurde mir jetzt klar, war längst nicht in so hohem Maße für die Volksverdummung verantwortlich wie die Liebe. Linus hob den Blick und lächelte müde. Er hatte sich nicht rasiert.

Ich bekam einen Schreck. »Bertil ist doch in Ordnung, oder?«

»Er wird sich wieder erholen, ja.«

»Das haben die Leute im Krankenhaus Ulla auch gesagt. Aber ich mache mir Sorgen, wenn ich dich so niedergeschlagen hier sitzen sehe.« Ich trat einen Schritt auf ihn zu und legte ihm die Hand leicht auf die Schulter.

»Was ist los? Ist sonst noch was?«

Linus starrte in seine Kaffeetasse. »Mein Vater hat Gift im Körper. Die Leute im Labor haben ein paar Proben genommen und herausgefunden, daß es ein Pilzgift ist. Es war jedesmal dasselbe. Aber Bertil ißt nie Pilze. Er sagt, daß er davon Blähungen bekommt.« Linus lächelte matt.

Ich setzte mich neben ihn. »Was willst du damit sagen?«

»Nicht ich, sondern die Polizei. Die Beamten sagen, daß jemand versucht hat, meinen Vater zu vergiften, und daß dieser Jemand höchstwahrscheinlich seinem eigenen Haushalt angehört. Sie sind außerdem der Ansicht, daß dieser Jemand sich entweder dumm anstellt oder es ihm nicht so ernst ist mit den Anschlägen. Wahrscheinlich wollen sie mich damit trösten, aber ich habe nicht das Gefühl, daß das die Sache einfacher macht.« Die Stimme versagte ihm, und er sank auf den Tisch, den Kopf in der Armbeuge. Er weinte, und schon schluchzte ich auch. Ein weinender Mann war immer ein jämmerlicher Anblick, aber wenn man diesen Mann liebte, war es fast unerträglich.

»Linus, mein lieber Linus«, murmelte ich, ging vor ihm in die Hocke und drehte seinen Kopf sanft zu mir. Dann legte ich die Arme um seine Taille und drückte mein Gesicht auf seine Knie. »Es kommt alles wieder in Ordnung«, sagte ich. Aber wie sollte das gehen?

»Esther!« rief Audrey aus ihrem Zimmer. Ich gab vor, sie nicht zu hören. »Esther!« rief sie noch einmal. Vielleicht hatte Audrey den Körper einer schwachen, alten Frau, aber ihre Stimme besaß noch immer eine erstaunliche Kraft.

Linus richtete sich auf. »Deine Mutter ruft nach dir.«

Ich erhob mich. »Ja, das tut sie.«

Audrey saß aufrecht in ihrem schmalen Bett, ein babyblaues Tuch um die Schultern. Sie wirkte verstimmt. »Was ist los, Esther? Irgendwas ist los.«

Ich seufzte. *Natürlich*, dachte ich. *Du bist gerade dabei, mein Leben zu zerstören.* Aber das sagte ich nicht. Es wäre auch nicht fair gewesen. »Natürlich ist was los«, sagte ich statt dessen. »Bertil ist im Krankenhaus, das weißt du doch.«

»Was anderes. Da ist noch was anderes.«

Also erzählte ich es ihr. Als sie mir zuhörte, wurden ihre Wangen rosa, und ihre Augen begannen zu leuchten. Es gab keine bessere Methode, Kranken wieder auf die Beine zu helfen, dachte ich, als ihnen von anderer Leute Problemen zu erzählen.

»Wer ist es? Wer hat's getan?« fragte Audrey und begann vor Aufregung fast über dem Bett zu schweben.

»Ich dachte, Olivia ist deine beste Freundin«, erwiderte ich. »Solltest du nicht wenigstens so tun, als würdest du dir Sorgen machen?«

»Natürlich mache ich mir Sorgen. Aber du sagst, Bertil wird sich wieder erholen, und Olivia war's bestimmt nicht, also ...«

»Kann ich mich darauf verlassen, daß du den Mund hältst?« fragte ich.

Audrey bedachte mich mit einem entrüsteten Blick. »Mußt du das überhaupt fragen?«

»Ja«, sagte ich.

»Nun, du kannst dich voll und ganz auf mich verlassen.« Ich beschloß, ihr zu vertrauen, denn schließlich war sie meine Mutter, und ich mußte mit jemandem reden. »Wenn die Sache nur einmal passiert wäre, und zwar heute, hätte ich gesagt, es war Ulla.«

»Ulla?«

Ich erzählte Audrey alles über das Tagebuch. Sie wirkte aufrichtig schockiert. »Die arme Frau. Und der kleine Linus.« Manchmal überraschte meine Mutter mich mit ganz normalen menschlichen Regungen. Das gefiel mir jedesmal aufs neue.

»Aber«, fuhr ich fort, »Ulla hat das Tagebuch erst heute nacht gelesen, und da war Bertil schon im Krankenhaus. Auf jeden Fall geht man dort davon aus, daß er die anderen Male auf dieselbe Weise vergiftet wurde.«

»Wer war's also?«

Ich zuckte mit den Achseln. »Ich werde den Gedanken nicht los, daß das alles ein schrecklicher Irrtum ist. Daß Bertil heimlich doch giftige Pilze gegessen hat, ohne natürlich zu wissen, daß sie giftig sind – schließlich konnte er die Blähungen ja immer auf Gerald schieben.« Ich sah Audrey hoffnungsvoll an.

Sie schüttelte den Kopf. »Das glaube ich nicht, mein Schatz.«

Ich seufzte. »Ich auch nicht.«

Dann kam die Polizei, zwei Beamte, ein Mann und eine Frau. Sie baten, sich im Haus umsehen zu dürfen. Wer sollte ihnen diesen Wunsch schon abschlagen? Sie gingen in jedes Zimmer, räumten sämtliche Küchen- und Badezimmerschränke aus. Sie durchsuchten den Abfall und die Mülltonne vor dem Haus. Sie wollten ins Cottage. Ich sagte ihnen, ich würde Ulla vorwarnen, damit sie ihr keinen Schreck einjagten, aber Ulla war schon auf dem Weg zum Haus; ich traf sie auf halber Strecke. Wir überließen die Beamten ihrer Suche, doch schon kurze Zeit später waren sie wieder zurück. Sie fragten, wann Olivia, Gerald und Kerstin wiederkämen. Linus sagte ihnen, daß wir Kerstin und Gerald später am Tag zurückerwarteten, Olivia aber noch eine Nacht im Krankenhaus verbringen wollte. Die Beamten sagten, sie würden am folgenden Tag wiederkommen, um mit allen zu sprechen. Sie waren die ganze Zeit über höflich gewesen, aber ich hatte gemerkt, daß es nichts nützte, sie anzulächeln, denn sie lächelten nie zurück.

»Was haben sie dich gefragt?« Kerstin, die in ihrer Mädchenkleidung alt wirkte, packte mich am Arm, als ich nach dem Gespräch mit den Beamten ins Wohnzimmer zurückkehrte.

»Nicht viel«, sagte ich. Ich war müde, denn ich hatte nicht viel geschlafen in jener Nacht. Aber wer hatte das schon. »Sie wollten wissen, welche Mahlzeiten ich zubereitet habe und mit wem. Wie lange ich schon hier bin. Ob ich irgend etwas über Familienstreitigkeiten oder Spannungen weiß, solche Dinge.«

»Ach.« Kerstin nickte und ging zu den Beamten im Eßzimmer hinüber.

»Das ist ein einziger Alptraum«, flüsterte Olivia. Sie schien in den letzten Stunden geschrumpft zu sein, richtiggehend verwelkt, und der Glanz war aus ihren braunen Augen gewichen. »Es ist schlimm genug, daß Bertil so krank ist, aber dann auch noch das … ein bewußter Anschlag auf seine Gesundheit, und noch dazu von einem von uns. Ulla hat recht: Das Ganze ist wie eine dumme Detektivgeschichte. Bloß, daß es keine Geschichte ist, sondern Realität, und wir stecken mittendrin.« Sie vergrub das Gesicht in den Händen und begann zu weinen. Ich ging zu ihr und tätschelte ihr unbeholfen die Schulter, während mir alle möglichen belanglosen Worte des Trostes durch den Kopf gingen. *Vielleicht täuschen die Leute von der Polizei sich. Vielleicht täuschen sich auch die vom Krankenhaus. Vielleicht sind die Proben vertauscht worden.* Keine dieser Versionen erschien mir plausibel genug, also stand ich nur wortlos da und tätschelte weiter ihre Schulter.

Ich war allein im Garten. Die letzten Strahlen der Sonne tauchten ihn in ein goldenes Licht. Der Wind hatte sich gelegt. Die Nachbarn von gegenüber feierten ein Fest. Unter normalen Umständen, ohne das Gift, hätte ich gesagt, daß es ein schöner Abend war.

»Was ist denn los?« Pernilla marschierte mit wippender Blondmähne auf mich zu. Sie schien im Lauf des Tages sogar noch brauner geworden zu sein. »Wie geht's Bertil?«

Ich erzählte ihr, daß Bertil sich wieder einigermaßen erholt hatte, sagte ihr aber nichts vom Verdacht der Polizei. Ich hatte nicht den Eindruck, daß die Stendals zu diesem Zeitpunkt allzu glücklich gewesen wären, wenn alle Welt von den Giftattacken erfuhr. Pernilla gab ein mißbilligendes Geräusch von sich und fragte dann, wo Linus sei. Ich sagte ihr, er sei im Haus, und fügte hinzu, soweit ich wisse, wolle er gerade ins Krankenhaus. Am liebsten wäre ich hineingelaufen und hätte einen Wandschirm um ihn herum aufgestellt, damit sie ihn nicht fand.

»Pernilla! Ach, Pernilla, es ist alles so schrecklich.« Kerstin kam auf uns zugerannt. Sie zuckte ein wenig zusammen, als ihre nackten Füße den Kiesweg berührten. Sie sagte auf schwedisch etwas zu Pernilla; ich verstand das Wort »Polizei«.

Pernilla wandte sich mir mit feindseligem Blick zu. »Warum hast du mir das nicht gesagt? Das ist ja unglaublich. Es ist schrecklich.« Dabei musterte sie mich vorwurfsvoll. Auch Kerstin wandte sich mir mit hochgezogenen Augenbrauen zu.

Ich ließ den Kopf hängen. »Ich wußte nicht genau, wieviel ich erzählen darf.«

Kerstin lachte. »Pernilla ist doch nicht irgendwer, Esther.«

Da mußte ich ihr zustimmen. Pernilla war allerdings nicht irgendwer; sie war eine Märchenprinzessin mit blonden Haaren und grünen Augen, und im Augenblick hätte ich sie am liebsten zu Boden gestoßen und mich auf ihr Gesicht gesetzt.

Kerstin redete wieder auf schwedisch mit Pernilla, während die beiden zum Haus gingen. Ich verzog mich in Richtung Cottage.

Dort setzte ich mich aufs Bett und dachte darüber nach, wie schnell aus dem Traum ein Alptraum geworden war. Was für eine Überraschung! Man konnte wirklich der überzeugteste Pessimist sein und immer noch überrascht werden.

Bertil blieb im Krankenhaus. Sein Herz war nicht so stark, wie es hätte sein sollen, und durch den letzten Anschlag noch weiter angegriffen worden.

»Eigentlich bin ich ganz froh«, sagte Olivia zu mir. »Dort ist er wenigstens sicher.«

»Sobald die Polizei uns das Okay gibt, brechen Audrey und ich auf«, sagte ich. »Ich habe mit Dr. Blomkvist gesprochen, und er hat gesagt, sie kann reisen. Dann brauchst du dir wenigstens über uns nicht mehr den Kopf zu zerbrechen.«

»Ach, Esther, du weißt genau, daß wir uns gefreut haben, euch hierzuhaben. Aber ich muß zugeben, daß ich, wenn das alles vorbei ist, mit Bertil irgendwohin fahren möchte, nur wir zwei.« Sie sank auf den Stuhl neben dem Küchentisch. »Das schlimmste ist, nicht zu wissen, wer für diese schrecklichen Anschläge verantwortlich ist. Es ist egal, wie oft die Beamten mir sagen, daß es einer von uns gewesen sein muß – ich kann's einfach nicht glauben. Gerald? Oder Kerstin? Linus? Ulla? Du oder vielleicht sogar deine Mutter? Ich? Das ist doch verrückt.«

»Was ist verrückt?« Pernilla erschien in der Tür. Ich hatte sie gar nicht kommen hören. »Die Tür war offen«, sagte sie.

Olivia unternahm einen halbherzigen Versuch aufzustehen, schaffte es aber nicht. Sie sank auf den Stuhl zurück und begann zu weinen. Nach den vielen Tränen in der Villa Rosengård hätte man meinen mögen, daß ich mich allmählich daran gewöhnte, aber ich wußte immer noch nicht, wie ich damit umgehen sollte. Wieder einmal stand ich da und fühlte mich ohnmächtig.

Als mir endlich einfiel, sie zu fragen, ob ich ihr einen Tee machen solle, war schon Pernilla bei ihr. »Du hast einen Schock erlitten«, sagte sie. »Ich bringe dich in dein Zimmer. *Du borde vila.*« Sie wechselte zu Schwedisch über, als sie hinaufgingen. Olivia ließ sich von Pernilla, ihrer Schwiegertochter in spe, führen.

Ich war entsetzt über mich selbst. Wie tief konnte der Mensch sinken? In solchen Zeiten so etwas zu denken. Das war noch so ein Problem mit der Liebe: Sie hatte keinerlei Respekt vor den allgemein akzeptierten Verhaltensmaßregeln. Liebe kannte keine Etikette, sie tauchte immer gerade da auf, wo man sie am wenigsten brauchen konnte, und ziemlich häufig wurde sie von ihren ausgesprochen unattraktiven Bundesgenossen Eifersucht und Egoismus begleitet. Ich muß leider zugeben, daß diese in meiner Phantasie beide blond waren.

Ich sah nach Audrey. »Wie hat Bertil die Neuigkeit aufgenommen?« fragte sie, sobald ich im Zimmer war. Mir fiel auf, daß sie so munter wirkte wie schon lange nicht mehr. Katastrophen taten ihr offenbar gut.

»Welche Neuigkeit genau?«

»Daß die Leute von der Polizei glauben, jemand will ihn vergiften.«

Ich zuckte mit den Achseln. »Ich weiß es nicht.«

»Was soll das heißen: Du weißt es nicht?«

»Daß ich es nicht weiß.« Ich fragte mich, wie viele Mütter und Töchter auf der Welt wohl gerade einen ganz ähnlichen Dialog führten.

»Wieso weißt du's nicht?«

Ich hatte das Gefühl, daß das Gespräch uns nicht weiterbrachte, also fragte ich sie, ob ich ihr ein paar Bücher aus der Bibliothek bringen solle. Sie erklärte mir, wie immer schmollend, sie habe schon alles gelesen, was es dort gebe. Ich sah auf meine Uhr. »Die Physiotherapeutin wird gleich kommen.«

Audrey lehnte sich in die Kissen zurück. »Ich fühle mich ziemlich schwach«, sagte sie. Mir war aufgefallen, daß sie sich in letzter Zeit eines undefinierbaren mitteleuropäischen Akzents befleißigte, wenn sie Mitleid schinden wollte. »Sei ein Schatz und hol mir ein paar von diesen himmlischen weißen Rosen aus dem Garten. Ich brauche etwas Schönes zum Anschauen.«

»Da verschlägt's mir aber die Sprache«, sagte ich, und das war nicht einmal als Scherz gemeint. Denn welche Hoffnungen konnte ich mir machen, Linus Pernilla auszuspannen, wenn nicht einmal meine eigene Mutter mich für schön hielt?

Audrey richtete sich wieder auf und sah mich mit ihren großen babyblauen Augen an. Dann sank sie seufzend in die Kissen zurück. Ich erhob mich von ihrem Bett. »Ich hole dir ein paar Rosen.«

»Esther.« Audrey rief mich zurück. »Wenn du aufhören würdest, so finster dreinzuschauen, könntest du ganz hübsch sein.« Mein Herz machte einen kleinen Sprung. »Aber was weiß ich schon? Ich bin ja bloß deine Mutter.« Mein Herz beruhigte sich sofort wieder.

Ich dachte, es sei niemand in der Küche, bis ich Linus ganz hinten in der Ecke bei der Spülküchentür entdeckte, wo das Licht nie ganz hinreichte. Er stand vollkommen bewegungslos da, an den Schrank gelehnt. Ich wußte nicht, ob er mein Eintreten bemerkt hatte.

»Wie geht's Audrey?« drang seine Stimme aus den Schatten.

Ich ging lächelnd zu ihm hinüber. Egal, wie schlimm alles war – seine bloße Anwesenheit brachte mich zum Lächeln. Ich konnte seine Augen nicht sehen, aber als ich näher kam, spürte ich seinen Schmerz.

»Audrey geht's gut«, sagte ich. »Ihr solltet uns wirklich rausschmeißen, sobald die Polizei das Okay für unsere Abreise gibt. Dr. Blomkvist sagt, sie ist reisefähig; wir können jederzeit fahren.«

»Ich kann's einfach nicht glauben, daß so etwas passiert«, sagte er. »Ganz schön abgedroschen, der Satz, was?« Dann sah er mich plötzlich an, und der Schmerz in seinen Augen hätte mich fast zu ihm stürzen und ihn in meine Arme nehmen lassen. »Im einen Augenblick ist man noch im Licht, und zack«, dabei schnippte er mit den Fingern, »schon steht man in der Dunkelheit. Binnen einer Sekunde verändert sich alles. Jemand in diesem Haus hat versucht, meinen Vater zu vergiften. Wie sollen wir mit diesem Wissen weiterleben?«

»Ich war's nicht«, sagte ich hastig.

Er lächelte. »Natürlich nicht. Ihr Engländer könnt doch einen Giftpilz nicht von einem Speisepilz unterscheiden.« Er hob die Hand, und einen Moment verharrte sie zwischen uns. Dann berührten seine Finger ganz leicht meine Wange. Ich schloß die Augen, und seine Berührung fühlte sich an wie ein Brandzeichen. Als ich hinaus in den Garten ging, war ich sicher, daß alle dieses Zeichen, sein Zeichen, sehen konnten.

Ich holte eine Gartenschere aus dem kleinen rotbemalten Schuppen und ging hinüber, um ein paar Rosen abzuschneiden, Astrids Rosen. Ich sollte nie erfahren, ob Bertil in jenem Sommer vor all den Jahren einverstanden gewesen war, daß Astrid sie gepflanzt hatte.

29

ULLA HATTE DEN Tag in ihrem Zimmer verbracht und sich geweigert herauszukommen. Ich hatte ihr einen Teller mit Sandwiches und eine Tasse Kaffee vor die Tür gestellt, und als ich eine Stunde später wiederkam, waren Teller und Tasse verschwunden. Linus und Olivia waren im Krankenhaus, und Gerald, Kerstin und ich aßen in der Küche. Audrey war wie üblich nicht aus ihrem Bett aufgestanden. Ich sah die leeren Stühle an. Die Geister glücklicher Familien erwiderten meinen Blick.

Auf dem Weg zu meinem Zimmer klopfte ich an Ullas Tür. »Alles in Ordnung? Soll ich dir noch was zu essen bringen?«

Als ich keine Antwort erhielt, klopfte ich noch einmal. Da ich es plötzlich mit der Angst zu tun bekam, öffnete ich die Tür und trat ein. Ulla schlief tief und fest in ihrem Sessel. Ich starrte sie an. Ulla mit der Topffrisur war in einen rosaroten Morgenmantel gehüllt, und ihre Füße steckten in weißen Pantöffelchen. Ihre Topffrisur war keine Topffrisur mehr, sondern ein flauschiges Vogelnest aus Locken. Astrids Tagebuch lag auf dem kleinen Schreibtisch beim Fenster und daneben ein Schwarzweißfoto. Ich beugte mich darüber und entdeckte eine weibliche Version von Linus: das gleiche blonde Haar und die gleichen großen dunklen Augen – wahrscheinlich waren die ihren auch grau gewesen –, die gleiche geschwungene Oberlippe und der gleiche, leicht erstaunte Ausdruck, mit dem die Augen in die Welt blickten. Das also war Astrid, die unter dem vereisten Meer vor der Insel gestorben war, weil niemand sie geliebt hatte.

Ulla murmelte etwas im Schlaf und wurde unruhig, und ich schlich mich auf Zehenspitzen aus dem Zimmer.

In jener Nacht schlief ich vor Erschöpfung sofort ein. Türenknallen riß mich aus dem Schlaf, und eine Katze schrie, als hätte ihr jemand einen Tritt versetzt. Danach hörte ich Ullas Stimme, also stimmte meine Vermutung mit der Katze wahrscheinlich. Ulla sprach schwedisch, und eine mir unbekannte Männerstimme antwortete ihr. Ich stand auf. Auf dem Weg zur Dusche begegnete ich Ulla und einem Polizeibeamten. Sie schien mich nicht zu bemerken. Der Polizist nickte kurz in meine Richtung, bevor er in Ullas Zimmer verschwand.

Was war da los?

Ich widerstand der Versuchung zu lauschen. Oder besser gesagt: Mir war klar, daß ich ohnehin nicht viel verstehen würde, weil das Gespräch auf schwedisch geführt wurde. Die Sonne schien vom klaren blauen Himmel, und es war schon fast drückend warm. Ich aß mein Frühstück draußen auf der Terrasse. Kerstin gesellte sich mit einer Tasse Kaffee und den Zeitungen zu mir. Wir hatten beide keine Lust zu sprechen.

Olivia kam durch die Verandatür heraus, das Gesicht grau in dem grellen Licht. Sie blinzelte in die Sonne, als überrasche es sie, daß sie immer noch da war, und setzte sich neben mich. Nach einer Weile sagte sie: »Ulla kennt sich ziemlich gut aus mit Pilzen. Sie hat uns einmal zum Pilzesammeln mitgenommen und wußte genau, welche eßbar sind und welche nicht. Das habe ich der Polizei gesagt.«

Wie aufs Stichwort trat Ulla aus dem Cottage, den Polizeibeamten im Schlepptau. Sie kamen nicht auf uns zu, sondern verschwanden durchs Tor. Dann plötzlich sprang Olivia auf und eilte ihnen nach. Nach kurzem Zögern folgten Kerstin und ich ihr. Wahrscheinlich sahen wir ziemlich albern aus, wie wir den Weg hinunterhasteten. Ungefähr auf halber Höhe des Hügels holten wir sie ein. Ulla blieb stehen und sah uns an. Ihre fahlbraunen Augen hatten einen leeren Ausdruck, als schaue sie nur noch nach innen. Ein Spatz hüpfte vor ihren Füßen herum, und unten im Hafen verkündete die Glocke der Fähre die Abfahrt. Es schlug halb zwölf.

Olivia sagte etwas auf schwedisch; ich glaube, sie fragte, wohin sie gingen. Sie keuchte, war außer Atem vom Laufen. Manchmal vergaß ich völlig, daß sie keine junge Frau mehr war.

Ich verstand die Worte »Frau Andersson«, also Ulla, und »Polizeirevier«. Ulla sagte immer noch nichts. Plötzlich streckte Kerstin die Hand aus, um ihre Schulter zu berühren, aber Ulla schüttelte sie ab. Wir standen da und sahen ihnen nach. Ulla wirkte wie ein Kind mit einem Stahlhelm, das versuchte, mit dem großgewachsenen Polizisten Schritt zu halten.

Ulla! Wer konnte das glauben? Nun, tatsächlich jeder. Sie wurde offiziell des versuchten Mordes an Bertil Stendal angeklagt, doch am nächsten Tag erfuhren wir, daß diese Anklage in schwere Körperverletzung umgewandelt worden war. Das gefiel allen besser, nicht nur Ulla. Eine Frau in der Familie zu haben, die einen Mordversuch auf dem Gewissen hatte, war viel schlimmer als eine leicht verrückte alte Tante (sie war ja nicht einmal eine richtige Tante), die sich in ihrer Freizeit mit Giftversuchen vergnügte – denn mehr, zu dem Schluß kam die Familie, war's nicht gewesen. Bertil war mittlerweile wieder zu Hause und schlug sich bis auf sein geschwächtes Herz und seine angegriffene Leber gut. Olivia besuchte Ulla in der Untersuchungshaft in Ytterby auf dem Festland. Als sie wiederkam, erzählte sie uns, Ulla habe nie vorgehabt, Bertil umzubringen oder ihm ernsthaften Schaden zuzufügen, sie habe ihm nur einen Schrecken einjagen wollen, damit er Angst vor dem Umzug in ein anderes Land bekam. Das glaubten wir ihr alle. Ich war insgeheim dankbar, daß Bertil schwer genug angeschlagen gewesen war, um außer Reichweite von Ulla zu sein, jetzt, wo sie das Tagebuch gelesen hatte, denn sonst hätte sie ihm vielleicht mit den Frühstücksflocken noch eine Extraportion Fliegenpilz verabreicht.

Ich ging ein letztes Mal um die Insel. Als ich die Stelle erreichte, an der ich an jenem ersten Morgen Linus nackt ins Meer hatte springen sehen, setzte ich mich hin und weinte, den Kopf in den Händen. Jetzt wußte ich nur zu gut, was Liebe war, und hätte es doch am liebsten nicht gewußt. Ich kam mir vor wie eine Blinde, der man gerade lange genug das Augenlicht geschenkt hatte, daß sie die Wunder der Welt sehen konnte, und die man anschließend in die Finsternis zurückgestoßen hatte. Doch jetzt war diese Finsternis anders, grausamer, die Finsternis der Abwesenheit: von Licht, von Farbe, von Sonnenuntergängen und Meer, von Bäumen und Bergen, von Gemälden und der Vielfalt menschlicher Gesichter. So würde sich mein Leben ohne Linus anfühlen.

Ich holte ein Taschentuch aus meiner Tasche, doch statt mir damit die Nase zu putzen, nahm ich einen Stift und schrieb seinen Namen auf das blaßrosafarbene Papier. *Linus. Linus, ich liebe Dich*. Die Tinte drang in das Papier ein, und die Konturen der Worte verschwammen. Doch endlich waren sie heraus, jene Worte, die wie ein schweres Gewicht auf dem Grund meines Herzens gelegen hatten.

Was für einen Narren die Liebe doch aus mir gemacht hatte! Als ich über eine leere Birnensaftflasche stolperte, hob ich sie auf, löste den Schraubverschluß, rollte das Papiertaschentuch zusammen, steckte es in die Flasche und schraubte diese wieder zu. Dann wandte ich mich dem Meer zu. Während ich weit mit dem Arm ausholte, rief ich seinen Namen dem Wind und den Möwen zu, und dann schleuderte ich meine Botschaft ins Wasser.

»Auf Wiedersehen, Gerald und Kerstin, auf Wiedersehen, Bertil.« Ich stand mit Olivia auf der Fähre; Audrey saß in dem zusammenklappbaren Rollstuhl, den das Krankenhaus uns geliehen hatte. Am Flughafen würde sie in einen Rollstuhl der Fluglinie umsteigen, und Olivia würde den anderen ins Krankenhaus zurückbringen. Ich versuchte, mich auf praktische Dinge zu konzentrieren, zum Beispiel auf Rollstühle, um mich von meinem Abschiedsschmerz abzulenken. Nachdem die letzten Passagiere an Bord der Fähre gegangen waren, wurden die Schranken heruntergelassen. Die Glocke erklang, und wir legten ab. Die Sonne glitzerte auf den Wellen, über uns zog eine Möwe schreiend ihre Kreise. Drüben auf der Insel sah ich noch den blauen Giebel der Villa Rosengård. Ich streckte mein Gesicht der Sonne entgegen.

»Vorsicht«, sagte Olivia. »Schau nicht direkt in die Sonne,

sonst wirst du blind. Siehst du, deine Augen fangen schon zu tränen an.«

Vom Ufer aus winkten mir Bertil, Gerald und Kerstin noch ein letztes Mal zu, bevor sie sich umwandten und den Hügel hinaufgingen.

Wieder streckte ich mein Gesicht der Sonne entgegen – so hatte ich wenigstens eine Ausrede für meine Tränen.

Ivar planschte in dem kleinen Felsenbecken bei den Stufen zum Meer herum. »Schau, Papa! Schau, ich schwimme unter Wasser.«

Linus sah zu, wie Ivars Kopf und Füße unter der Wasseroberfläche verschwanden und nur noch sein kleines Hinterteil in der blauen Badehose herausragte wie ein Entenschwanz. »Sehr gut, Ivar«, rief er zurück.

Als Ivar wieder auftauchte, verkündete er, er suche nach einem Schatz. Ein paar Minuten später kletterte er die Stufen hoch, eine Flasche in der Hand. »Schau. Da ist eine Botschaft drin. Eine Flaschenpost.« Er stellte sich mit tropfenden Haaren vor Linus. »Hier. Glaubst du, das ist eine Schatzkarte? Das ist ganz bestimmt eine Schatzkarte.« Dann reichte er die Flasche Linus, der sie in der Hand drehte.

»Ich finde, das sieht eher wie ein altes Papiertaschentuch aus. Komm, wirf das Ding in den Abfalleimer, Ivar.« Linus ließ sich auf den warmen Felsen zurücksinken und schloß die Augen zum Schutz vor der Sonne.

Doch Ivar war neugierig. Vielleicht sah das, was in der Flasche war, aus wie ein langweiliges, altes Papiertaschentuch, aber vielleicht wollten die Piraten ja, daß man genau das dachte. Ohne daß sein Vater etwas davon mitbekam, löste er den Schraubverschluß von der Flasche und holte das Papiertaschentuch heraus.

TEIL VIER

30

LEBEN WERDEN ZERSTÖRT, Herzen gebrochen, und trotzdem kann man in seinem eigenen Bett aufwachen, als wäre überhaupt nichts passiert. Posy klopfte an meine Schlafzimmertür. »Ich habe dir Frühstück gemacht.«

»Hast du mich vermißt, als ich weg war?« fragte ich sie am Frühstückstisch.

Posy dachte über meine Frage nach. »Schon irgendwie«, sagte sie schließlich.

»Und du bist froh, daß ich wieder da bin?« Ich entwickelte in letzter Zeit ein ausgeprägtes Bedürfnis, geliebt zu werden, irgendwohin zu gehören.

Posy musterte mich mit ein wenig schräg gelegtem Kopf. »Mm.«

Ich wirkte offenbar ziemlich niedergeschlagen, denn sie versuchte, mir zu erklären: »Natürlich bin ich froh, daß du wieder da bist. Natürlich habe ich dich vermißt. Es ist bloß einfach ein bißchen ruhiger gewesen ohne dich, das ist alles.« Vielleicht war das eine faire Antwort, aber nicht unbedingt die, die ich mir gewünscht hatte. »Hast du Angus sehr vermißt?«

Ich erklärte ihr so taktvoll wie möglich, daß ich das nicht getan hatte.

»Er macht sich immer noch sehr viel aus dir.«

»Posy«, sagte ich, »er ist wirklich ein netter Kerl, aber ich habe Vorurteile gegen Fahnenflüchtige.«

Posy sah mich schockiert an. »Das ist aber ein bißchen hart ausgedrückt, findest du nicht auch?«

Ich betrachtete seufzend meine Hände. Dann hob ich den

Blick, schaute aber nicht Posy direkt an, sondern eine Stelle seitlich von ihr. »Ich liebe einen anderen. Diesmal ist es wirklich Liebe. Liebe, bei der man weiche Knie bekommt und einen Kloß im Magen.« Jetzt sah ich ihr in die Augen.

Sie wollte losprusten, aber mein Gesichtsausdruck hielt sie davon ab. »Es ist also dein Ernst« sagte sie. »Wer ist es?«

»Linus.«

»Der Architekt. Du heiliges Kanonenrohr! Und was ist mit ihm? Liebt er dich auch?«

Es dauerte eine Weile, bis ich jenes Wort, jenes üble, verletzende Wort hervorgepreßt hatte: »Nein.«

»Ach«, sagte Posy. »Tja, das erklärt wohl, warum du Angus nicht vermißt hast.«

Nach dem Frühstück besuchte ich Audrey. Es waren immer noch ein paar Wochen, bis ich wieder mit dem Arbeiten anfangen würde. Das war gar nicht so schlecht, denn im Augenblick erforderte Audreys Leben ziemlich viel Organisation. Sie selbst sah das in ihrer üblichen Mißachtung jeglicher Anstandsregeln ein bißchen anders: »Wie gut, daß Janets Mutter gestorben ist, während wir weg waren. Jetzt kann Janet endlich ganz bei uns wohnen.«

»Weißt du was«, sagte sie nun, als ich auf dem Stuhl neben ihrem Bett Platz nahm, »du machst dir viel zu viele Gedanken darüber, was die Leute denken. Ich habe Janet gesagt, wir hätten gar nicht gewußt, was wir machen sollen, wenn ihre Mutter nicht diesen Sommer gestorben wäre, und sie hat mich sofort verstanden.«

»Tja, sie kennt dich eben«, sagte ich. »Deshalb hat deine Äußerung sie nicht überrascht.«

Meine Mutter wirkte zufrieden, als sei sie froh darüber, daß ich ihr ausnahmsweise zustimmte. »Bevor du mir weiter Vorträge hältst«, sagte sie, »ich weiß, daß ich meine Übungen machen soll.«

»Das heißt, du bleibst im Bett? Ich meine, du hast nicht beschlossen, dich nach allem, was passiert ist, wieder ins normale Leben einzugliedern?«

Audrey sah mich an, die babyblauen Augen groß vor Erstaunen. »Wieso sollte ich das, *gerade* nach allem, was passiert ist?« Ich mußte zugeben, daß sie irgendwo recht hatte.

»Setz dich zu mir, Esther.« Audrey klopfte auf die Bettkante. Ich erhob mich von meinem Stuhl und ging zu ihr. »Nun schau mich nicht so mißtrauisch an.« Meine Mutter lachte kurz auf. Ich lachte zurück, genauso unaufrichtig wie sie, als sie meine Hand in die ihre nahm. Ich war verlegen. Schließlich hatten Audrey und ich es vierunddreißig Jahre lang geschafft, uns kaum zu berühren. Warum sollte sich das jetzt ändern?

»Als ich ein kleines Mädchen war«, begann Audrey, »habe ich gern meine Tante Leonora besucht. Ich habe sie nie anders gesehen als auf ihrer Chaiselongue in ihrem Wohnzimmer. Sie hatte ein hübsches kleines Haus in Bloomsbury. Ich bin vor ein paar Jahren mal hingefahren, aber inzwischen war so ein Fast-food-Laden darin. An einem Spieß hat sich etwas Großes, Braunes, ziemlich Unsägliches gedreht, und der Gestank war schrecklich. Irgend jemand hat mir erklärt, daß das ein Dönerkebab ist. Schreckliches Wort, aber egal, ich schweife ab.

Ich sehe sie heute noch vor mir, ganz friedlich auf ihrer Chaiselongue, ein Tablett mit Kaffee und eine Schachtel mit Pralinen auf dem Tischchen neben ihr, einen Roman in der Hand. Du brauchst nicht zu glauben, daß Leonora eine langweilige Frau war oder daß sie kein aufregendes Leben führte. Sie ist nicht vor dem Leben geflohen, nein, sie hat es geliebt. Sie hat mehr gelesen als alle Menschen, die ich kenne. Sie hat vier Sprachen fließend gesprochen und konnte Latein genauso gut lesen wie jeder Geistliche. Sie hat gestickt. Sie hat sich alle neuen Stücke im Radio angehört. Das einzige, was sie vermißte, war ihre Musik. Ihre Gesangslehrerin hat ihr gesagt, wie würde nie Erfolg haben, wenn sie immer nur im Liegen singt. Abgesehen davon war ihr Leben erfüllter als das der meisten anderen Menschen. Sie hat keine Zeit mit Müßiggang oder Verkehrsstaus vergeudet – natürlich gab's damals noch nicht so viele Staus, aber du weißt schon, was ich sagen will. Deshalb habe ich, während andere Mädchen in meinem Alter davon schwärmten, flotte Männer zu heiraten, vielleicht Soldaten, die mit ihnen exotische Weltgegenden bereisen würden, oder davon, jede Menge Kinder zu kriegen, stets gesagt, ich will auf einer Chaiselongue liegen und lesen. Ich glaube nicht, daß meine Freundinnen mich ernst genommen haben.« Dann schwieg Audrey.

»Willst du damit sagen, daß du dir deinen Lebenstraum erfüllt hast?«

»Ja, wahrscheinlich«, sagte Audrey, nahm ihre Hand von meiner und griff nach einem Krapfen. Sie wirkte vollkommen in sich ruhend und zufrieden.

Schön, daß du wieder da bist.

Nun, Chloe sagte das nicht wirklich. Ich stellte mir das nur vor, als ich zwei Wochen später in ihr Büro kam. Tatsächlich sagte sie: »Nun?« Dann musterte sie mich eingehend. Wahrscheinlich war sie auf der Suche nach irgendwelchen Anzeichen für Wahnsinn. Sie sollte mal Ulla kennenlernen, dachte ich, aber das meinte ich gar nicht unfreundlich, denn ich vermißte sie alle, sogar Ulla. Linus natürlich immer und überall. Nein, das stimmte nicht. Manchmal träumte ich von ihm, und dann vermißte ich ihn nicht, weil wir zusammen waren. Aber das war immer nur eine kurze Pause, denn sobald ich aufwachte, mußte ich mich wieder von ihm verabschieden.

Da merkte ich, daß Chloe etwas zu mir sagte. Mir fiel auf, daß ihre Haut ganz straff wirkte; sie spannte sich schweinchenrosa über ihre Wangenknochen, ganz ohne Falten. »Das heißt, daß du wieder genauso bist wie früher?«

Ich nickte. Ich sagte ihr nicht, daß ich mich weiterentwickelt hatte, weil ich sie kurz vor der Unterzeichnung meines neuen Vertrages nicht unnötig verwirren wollte.

»Du weißt ja, daß du deinen alten Job nicht wiederhaben kannst. Den hat jetzt Charlie.«

»Charlie aus der Sportredaktion?«

Chloe nickte. Die Sonne lugte zwischen den Wolken hervor und schien durch das Fenster im fünften Stock, direkt auf ihr Gesicht. Sie stand auf und hielt die Hand schützend vor die

Augen, während sie das Rollo herunterließ. »Aber du sollst weiterhin an bestimmten Features arbeiten, genau wie als Freiberuflerin. Außerdem sollst du von Alice die Sparte ›*Chronicle* für die Frau‹ übernehmen.« Dann setzte sie sich wieder.

»Ich dachte, ich mache ausschließlich Features.«

»Tut mir leid.« Chloe zuckte mit den Achseln. »Ich würde mich an deiner Stelle nicht beklagen. Der ›*Chronicle* für die Frau‹ wird auf drei Seiten ausgedehnt, und wir haben vor, diesen Teil deutlich aggressiver zu machen. In Zukunft gibt's keine Sachen mehr wie ›Zehn Tips, wie man sich zu Weihnachten einen Mann angelt‹, sondern eher ›Zehn Tips zur Bekämpfung des Alterungsprozesses mit natürlichen Mitteln‹. Da muß man natürlich ein bißchen recherchieren. Oder ›Hormonbehandlung – aber wie?‹ Solche Sachen. Betrachte die Aufgabe einfach als Herausforderung.«

»Und du meinst, daß ich die richtige für den Job bin?«

»Tja, ich an deiner Stelle würde mich anstrengen. Und dann wäre da noch die Sache mit dem Glyndebourne für das Volk. Sieht fast so aus, als wäre die Geschichte wieder auf dem Tisch – Terra Nova hat seine Reiseagenturen sehr erfolgreich auf den Markt gebracht, also werden sie davon ausgehen, daß sie sich ein bißchen Kritik leisten können. Charlie ist wie ich der Meinung, daß du dich mit der Angelegenheit beschäftigen solltest, weil du es schließlich warst, die sie damals aus der Taufe gehoben hat.«

»Das heißt, Terra Nova möchte seine ursprünglichen Pläne in die Tat umsetzen? Wow. Darüber muß ich noch nachdenken.«

»Was gibt es da nachzudenken?«

Ich sah sie an. Wenn ich ihr erzählte, daß die Liebe etwas damit zu tun hatte, fing sie sicher schallend zu lachen an. »Laser«, sagte ich statt dessen. »Genau, das hast du gemacht. Du hast dein Gesicht mit Laser behandeln lassen. Deshalb ist deine Haut so glatt und rosig, und deshalb verträgst du die Sonne nicht.«

»Dann ist dir's also aufgefallen.« Chloe wirkte erfreut. »Ich hab's im Rahmen unserer Recherchen zu einer Serie über Schönheitschirurgie machen lassen, und ich bin ganz begeistert über das Ergebnis. Ich kann's nur empfehlen.« Sie erhob sich. »Ich begleite dich nach draußen; ich muß in die Stadt wegen unserer Artikelreihe ›Warum clevere Frauen Stadtfrauen sind‹.«

Als wir hinaus in die Sonne traten, zog die frischgebackene Vampirin an meiner Seite den Strohhut tiefer ins Gesicht und das Seidentuch enger um den Hals. Wir gingen in entgegengesetzter Richtung von dannen.

Ich saß auf dem winzigen Rasen hinter dem Haus und zupfte Blütenblätter von einem Gänseblümchen: Integrität, keine Integrität, Integrität, keine Integrität, Integrität, keine Integrität, Integrität ... Scheiße!

Als Chloe mir erzählte, daß Stuart Lloyd das Opernhausprojekt wiederbeleben wolle, hatte ich nur einen einzigen Gedanken gehabt: *Linus! Linus kommt nach England, und zwar oft.*

Nach dem Mittagessen hatte ich bei Charlie vorbeigeschaut, dem Charlie, der jetzt meinen alten Job in der Features-Redaktion hatte.

»Nun«, hatte Charlie gesagt. »Sieht ganz so aus, als würden wir die Sache mit den Wilsons wieder aufwärmen.«

»Ach.«

»›Gerade als die dunklen Wolken sich zu verziehen schienen, senkte sich das Damoklesschwert erneut über die tapferen Geschwister Wilson.‹ Oder so ähnlich.«

»Du meinst, wir sollten wieder versuchen, den Bau des neuen Opernhauses zu verhindern?«

Charlie hatte sich Mühe gegeben, geduldig zu bleiben. »Natürlich führen wir den Feldzug für die Wilsons weiter. Ach, und übrigens«, hatte er mir noch nachgerufen, als ich zur Tür gegangen war, »Barry Jones, du kennst den Vogel, war mal 'ne große Nummer im Fernsehen ...« Ich war zusammengezuckt bei diesem »war mal«. »Anscheinend wohnt er jetzt ganz in der Nähe der Wilsons. Er hat uns angerufen, um uns zu sagen, daß er unsere Kampagne auf jede nur erdenkliche Weise unterstützen will. Er ist gerade dabei, an einem Comeback zu basteln, und ich könnte mir vorstellen, daß es ihm gelingt. Er war in einer Klinik für Sexsüchtige – da lernt man, auf Sex zu verzichten, nicht, wie man's macht.« Ich hatte mich bei Charlie für die Erklärung bedankt. »Und«, war Charlie fortgefahren, »er hat die Sache wieder im Griff. Seine Familie unterstützt ihn, er und seine Frau wollen das Ehegelübde in einer bewegenden Feier in der Nähe ihres Landhauses erneuern lassen. Es scheint also alles wieder in Ordnung zu kommen für ihn. Sieh zu, daß du einen Artikel darüber kriegst, wie er mit seinen ›netten Nachbarn Dora und George in ihrer Küche Tee trinkt‹ oder so was in der Art. Mach dich gleich an die Arbeit.«

Ich riß ein weiteres Gänseblümchen aus dem ungemähten Rasen. »Integrität, keine Integrität, Integrität ...«

Als ich wieder im Haus war, las ich John Donne: *No man is an island, entire of itself; every man is a piece of the continent, a part of the main. If a clod be washed away by the sea, Europe is the less, as well as if a promontory were, as well as if a manor of thy friend's or of thine own were. Any man's death diminishes me, because I am involved in mankind. And therefore never send to know for whom the bell tolls: it tolls for thee.*

Ich las den Text noch einmal laut Posy vor. Ich war der Meinung, daß noch nie würdigere Gefühle in schöneren Worten ausgedrückt worden waren. »Was ist die unglückliche Liebe einer Frau zu einem Mann schon im Vergleich dazu?« fragte ich sie. »Niemand ist eine Insel, die völlig für sich allein stehen kann, jeder Mensch ist ein Teil des Ganzen. Und die Erdscholle oder besser gesagt Erdschollen, von denen Donne spricht, sind in diesem Fall die armen Wilsons. Soll ich untätig zusehen, wie sie von der Woge des Fortschritts weggespült werden wie die Erdschollen durch die Gewalt des Meeres vom Festland?« Bevor sie Gelegenheit hatte, etwas zu antworten, sagte ich: »Ja, das könnte ich, aber ich werde es nicht tun. Vielleicht muß man dem Fortschritt Opfer bringen, doch eins weiß ich: Ich möchte nicht Teil einer Gesellschaft sein, in der die Opfer keine Chance haben. Ich übernehme die Verteidigung.« Ich sah Posy an. »Das ist doch ein wichtiger Job, oder?«

Posy nickte. »Ja, sicher, aber was ist mit Linus?«

In jener Nacht schlief ich schlecht. Mein Gehirn war ein großes, schmerzendes Durcheinander. Ich vermißte ihn, seinen Anblick und seinen Geruch (nach Meeresluft und einem Hauch Vanilleseife, die Ivar ihm geschenkt hatte). Ich vermißte sogar sein Lachen. Als ich am Morgen in den Spiegel schaute, erwartete ich fast zu sehen, daß meine Wange immer noch rot war von seiner Berührung und meine Hand immer noch das Mal seiner Lippen trug. Doch das war nicht der Fall. Ich wußte eine ganze Menge über die Lust, aber über die Liebe? Daß sie tatsächlich mit Herzschmerz zu tun hatte, hatte ich nicht gewußt. Ich vermißte die Insel. Und während ich durch die Londoner Straßen ging, die Geschwindigkeit meiner Schritte an die des Verkehrs anpaßte, bemüht, die Luft nicht einzuatmen, die so voller Abgase war, daß man das Gefühl hatte, sie würde sich jeden Augenblick wie eine Metallfolie über den Boden legen, schloß ich die Augen und stellte mir eine kühle Brise vom Meer und das Schreien der Möwen vor. Abends ging ich ins Bett und überlegte, in wessen Armen Linus wohl gerade lag, während ich ganz allein war.

Dumme Frage: natürlich in denen von Pernilla.

And therefore never send to know for whom the bell tolls: it tolls for thee.

Ich stand mit schwerem Kopf und roten Augen auf, und diese Zeile klang mir noch in den Ohren. »Und verlange nie zu wissen, wem die Stunde schlägt: Sie schlägt für dich.« Ich duschte, kochte mir einen Kaffee und rauchte zwei Zigaretten, dann nahm ich meine Handtasche und machte mich auf den Weg nach Rookery Cottage.

Ivar brauchte zwei Tage, um seinem Vater zu gestehen, daß er ungehorsam gewesen war und das Papiertaschentuch aus der Birnensaftflasche geholt hatte, statt sie wegzuwerfen, wie Linus ihm aufgetragen hatte.

Am Morgen ihrer Abreise von der Insel drückte er sich in das Zimmer seines Vaters und streckte ihm die Hand entgegen, in der er das zerknüllte Papiertaschentuch hielt. »Ich glaube, das ist für dich. Es steht dein Name drauf.«

Linus war gerade mit Packen beschäftigt, griff aber nach dem Taschentuch, strich es glatt und las die Botschaft darauf.

»Es ist aus der Flasche gefallen«, sagte Ivar mit einem Achselzucken. »Einfach so, platsch.«

Sein Vater hörte nicht, was er sagte, sondern starrte das Taschentuch an, so daß Ivar unauffällig aus dem Zimmer verschwinden konnte.

Später fragte Linus Pernilla, ob sie den Text auf dem Taschentuch geschrieben habe. Pernilla lachte, bis sie glaubte, ersticken zu müssen. Dann hustete sie, und während sie hustete, sagte sie, wahrscheinlich sei es Esther gewesen.

»Esther?«

»Natürlich Esther. Nun sag bloß nicht, daß dir nicht aufgefallen ist, wie verliebt sie dich angeglotzt hat. Mein Gott, Männer sind einfach blind.«

»Vermutlich war das nur ein Scherz von ihr«, sagte er hastig, um seine Verlegenheit zu kaschieren.

Linus hatte wieder zu arbeiten angefangen, und Ivar war zu seiner Mutter zurückgekehrt. Der schwedische Sommer war fast vorüber, und der Herbst lag in der Luft.

Linus saß an seinem Schreibtisch und zeichnete. Er arbeitete ganz altmodisch mit Papier und Bleistift; der Computer würde erst später zum Einsatz kommen. Mit jedem Strich zerstörte er in Gedanken die Qualen seiner Mutter und ersetzte sie durch ein Monument seiner Liebe zu ihr.

Nachdem er Astrids Tagebuch gelesen hatte, war er wütend gewesen – auf Esther, fast eine Fremde, die so viel vor ihm erfahren hatte, und paradoxerweise auf Ulla, die ihm in einem Brief mitgeteilt hatte, wo er das Tagebuch finden würde. Doch den größten Zorn hegte er gegenüber Bertil und Jonas, die seine Mutter dazu getrieben hatten, sich das Leben zu nehmen. Als er bei der Lektüre des Tagebuchs die Qualen Astrids spürte, hätte er am liebsten beide ermordet, seinen Vater und Jonas Aminoff. Doch ganz allmählich hatte sich der Zorn wieder gelegt.

Esther hatte er als erster verziehen. Trotz allem mochte er sie.

Er mochte sie sogar sehr, und sobald sie die Insel verlassen hatte, fehlte sie ihm. Hatte sie das Papiertaschentuch beschrieben? Liebte sie ihn wirklich? Er mußte immer wieder an sie denken, und ganz allmählich erinnerte er sich wieder an Situationen, die ihm damals gar nicht wichtig erschienen waren. Zum Beispiel in jener Nacht, in der sie in sein Schlafzimmer gekommen war. Wie sie ihn am nächsten Morgen in ihrem eigenen Zimmer angesehen hatte. Wie er manchmal den Blick gehoben und ihre großen, ernsten Augen auf sich gerichtet gesehen hatte. Natürlich hatte er die Sehnsucht darin erkannt, aber er hätte nie gedacht, daß diese Sehnsucht ihm galt. Wenn Pernilla recht hatte, war er tatsächlich blind gewesen. Inmitten des Durcheinanders und des Schmerzes über Bertil und Ulla und Astrid und ihrer aller Verrat mußte er immer wieder an Esther denken. Der Gedanke an sie war wie ein Ohrwurm, den man einfach nicht mehr aus dem Kopf bekam.

Als er dann am wütendsten auf sie, auf Bertil, Ulla, seine Mutter, auf sie alle gewesen war, als er das Gefühl gehabt hatte, daß er sich nur noch auf die Steine verlassen konnte, aus denen er seine Häuser baute, war ihr Gesicht vor ihm aufgetaucht. Und plötzlich war er nicht mehr wütend gewesen, nein, am liebsten hätte er ihre blassen Wangen berührt und ihren schmollenden Mund geküßt. Sie gefiel ihm – dieser zierliche Körper, in dem sich ein so störrischer Geist verbarg. Eigentlich war sie ziemlich hübsch, trotz ihrer immer ein bißchen mürrisch blickenden blauen Augen. Ihm gefielen ihr Humor und ihre Art, sich zu bewegen, gleichzeitig behende und doch unbeholfen. Außerdem hatte er sie zusammen mit Ivar gesehen. Und sie war intelligent und machte sich Gedanken.

Oje! Hoffentlich fing sie nicht wieder mit diesen Artikeln an. Alte Leutchen hin oder her, Zeitungen hin oder her, diesmal würde er das Opernhaus bauen.

Architektur ist formgewordene Musik, zu Eis erstarrt. Ein weiteres Bild tauchte vor seinem inneren Auge auf: das seiner Mutter, die aufs Eis hinausging, bis es unter ihr nachgab und sie ins kalte Wasser fiel. Hatte sie Angst gehabt oder den Tod voller Erleichterung begrüßt? Und wo war er gewesen, ihr Sohn, der sie so sehr liebte? Er war zu klein gewesen, zu hilflos und ohnmächtig. Nun, das hatte sich mittlerweile geändert. Er, Linus, war ihr Vermächtnis an die Welt, und sie würde stolz auf ihn sein.

Er hatte länger gebraucht, seinen Zorn auf Bertil zu bekämpfen. Zum einen war ihm klargeworden, daß dieser Zorn nichts Neues war, sondern in ihm schwelte, solange er sich erinnern konnte. Wie konnte er ihm verzeihen? Seine Grausamkeit Astrid gegenüber; die Tatsache, daß er seinem Sohn die Wahrheit über ihren Tod verschwiegen hatte. Die ganzen kleinen Halbwahrheiten. Linus hatte Jahre gebraucht, um herauszufinden, daß sie Selbstmord begangen hatte. Anfangs hatte es geheißen: »Deine Mutter hatte einen Unfall. Sie ist schon lange krank gewesen.«

»Aber Bosse sagt, meine Mutter hat uns nicht mehr geliebt und ist weggelaufen«, hatte Linus eines Tages nach der Schule geweint.

Daraufhin hatte Bertil ihm erklärt, er dürfe nie auf das Gerede anderer Leute hören. »Deine Mutter hatte einen Unfall, sie ist gestorben. Mehr gibt's dazu nicht zu sagen.« Aber es hätte noch viel zu sagen gegeben, das hatte Linus immer gewußt. Dieses Wissen hatte ein Loch in sein Inneres gebohrt, genau an der Stelle, an der eigentlich Liebe und Sicherheit hätten sein sollen.

Hatte Bertil wirklich aus Sorge um Linus das Sorgerecht für ihn übernommen, oder hatten ihn eher Groll und Rachegelüste getrieben? Bertil schien die Antwort selbst nicht zu kennen. Wahrscheinlich lag die Wahrheit einfach irgendwo dazwischen. Als Linus ihn darauf angesprochen hatte, war dieser ausgewichen. »Das ist alles so lange her. Damals hat man noch ganz anders gedacht.« Seine Altmännerstimme hatte flehend geklungen, und seine Altmänneraugen waren feucht geworden. »Meiner Ansicht nach war sie krank. Es bestand keinerlei Anlaß für sie, mit diesem Mann durchzubrennen. Und daß sie Selbstmord begangen hat … nun, das war verrückt.«

In der Familie seiner Mutter schien es mehrere Verrückte zu geben. Da mußte er nur an Ulla denken. Und was war mit ihm, Linus? Er hatte in den vergangenen Tagen allerdings wie ein Wahnsinniger gearbeitet, hatte sich mit dem Ingenieur und den Gutachtern sowie den Fachleuten für Licht und Akustik getroffen, und er hatte Pläne gezeichnet, manchmal die ganze Nacht hindurch, so daß er immer noch mit roten Augen und stoppeligem Kinn im Büro war, wenn die anderen am Morgen zur Arbeit kamen.

Es hatte nicht lange gedauert, bis er Ulla dankbar dafür gewesen war, daß sie ihm geholfen hatte, die Wahrheit herauszufinden. In ihrem Brief hatte sie ihm alles mitgeteilt, was über den Tod seiner Mutter bekannt war, und dazu noch eine Menge Dinge aus der Zeit vor ihrem Selbstmord. Bertil hatte alle Anklagepunkte gegen Ulla fallenlassen. So konnte die Familie sich neu formieren, sich zusammenziehen wie eine Qualle, die einen kleinen, eher unwichtigen Teil ihres Körpers verloren hat. Schon bald würde alles wieder so sein wie früher, fast alles. Ulla war unter der Bedingung aus der Untersuchungshaft entlassen worden, daß sie sich freiwillig in eine Nervenklinik begab. Dort hatte Linus sie ein paar Tage zuvor besucht.

»Wolltest du Bertil eigentlich umbringen?« hatte er sie gefragt, obwohl ihn die Antwort merkwürdigerweise überhaupt nicht interessierte. Es war, als liege diese Episode weit zurück in der Vergangenheit. Der Tod seiner Mutter machte ihm dagegen viel unmittelbarer zu schaffen.

Ulla hatte ihn müde angeschaut. »Nein, natürlich nicht. Ich habe ihm einen Schrecken einjagen wollen, das ist alles. Er sollte ins Grübeln kommen und erkennen, daß es eine dumme Idee von ihm und Olivia ist, die Villa zu verkaufen und wegzuziehen.«

Dann hatte sie eine Weile geschwiegen. Als sie wieder den Mund aufgemacht hatte, war ihre Stimme leise und ruhig gewesen. »Keiner von euch hat eine Ahnung, wie es ist, zu niemandem zu gehören, für niemanden wichtig zu sein. Eher toleriert als geliebt zu werden. Woher solltet ihr das auch wissen?« Sie hatte gelächelt. »Egal, was passierte, du warst immer der Liebling deiner Mutter und deines Vaters. Und auch deiner Frau, bevor die Ehe den Bach runterging. Du hast all das gehabt, und du wirst es wieder haben. Und bis dahin hast du deinen Sohn. Für ihn seid ihr, du und seine Mutter, die Welt. Bertil und Olivia genügen sich selbst. Sogar Kerstin hat diesen alten Narren Gerald, der sie liebt.

Aber ich, ich weiß, daß ich immer nur von allen geduldet wurde. Und das schlimmste ist: Am Ende gibt man sich damit zufrieden. Man klammert sich an das einzige, was man hat. Und was ich hatte, waren diese wenigen Wochen jeden Sommer in der Villa Rosengård. In der kurzen Zeit konnte ich so tun, als sei ich ein Teil der Familie. Tja, und das wollte dein Vater mir wegnehmen.« Sie hatte sich ein wenig vorgebeugt und ihn mit den Augen fixiert. »Kannst du dir überhaupt vorstellen, wie es ist zu wissen, daß es niemanden, wirklich niemanden, gibt, dem es wirklich wichtig ist, ob man lebt oder nicht? Nun, ich weiß es, und zwar nur zu gut.« Als Linus aufgestanden war, um zu gehen, hatte sie unvermittelt hinzugefügt: »Hätte ich das Tagebuch früher gesehen, wäre vielleicht alles anders gekommen.«

Er hatte sich zu ihr umgewandt und sie fragend angesehen: »Ach?«

»Dann hätte ich ihn vielleicht umgebracht.« Sie hatte ihm ein freudloses Lächeln geschenkt. »Das war natürlich ein Scherz.«

Pernilla war nach Stockholm in ihre PR-Agentur zurückgefahren, und er war ganz froh darüber gewesen. Ihre gemeinsame Zeit hatte Spaß gemacht. Im Bett war es eher um Sex als um Liebe gegangen, aber das war in Ordnung gewesen. Wenn sie von ihm erwartete, daß er sich deutlicher über ihre Beziehung äußerte, hatte sie das nicht gesagt. Aber in den letzten Ferienwochen hatte sie begonnen, ihm auf die Nerven zu gehen. Anfangs waren es nur kleine Dinge, wie zum Beispiel ihre ständige Fröhlichkeit. Niemand hatte das Recht, die ganze Zeit so verdammt fröhlich zu sein, das war einfach nicht natürlich. Dann hatte er an Esther gedacht und lächeln müssen. Ihr konnte man den Vorwurf gewiß nicht machen.

Außerdem wollte Pernilla die ganze Zeit etwas unternehmen. Sie gab sich nie damit zufrieden, einfach nur zu leben, zuzuschauen und zuzuhören. Esther hingegen konnte schweigen. Sie begriff, daß es immer wieder ruhige Zeiten geben mußte, damit alle Aktivitäten einen höheren Wert erhielten. Sie war eine Frau, mit der man sich einfach ins Gras legen und den Wolken zuschauen konnte. Pernilla wollte lieber Tennis spielen. Ihm fiel auch ein, daß er, als er das letzte Mal mit Pernilla geschlafen hatte, verwirrenderweise an Esther hatte denken müssen. Da war sie gewesen, klein und mürrisch, obwohl seine Gedanken doch eigentlich bei Pernilla hätten sein müssen, die gerade in seinen Armen lag und mit ihren großen, ebenmäßigen Zähnen an seinem linken Ohrläppchen knabberte, die Beine um seine Hüften. Tja, und Esther war die ganze Zeit in ihn verliebt gewesen, wenn man Pernilla Glauben schenken durfte. Dieser Gedanke machte ihn seltsam glücklich.

Er arbeitete weiter, feilte die Pläne aus, übertrug sie auf den Computer, und schließlich bereitete er sich darauf vor, sie den Leuten zu übergeben, die die Modelle anfertigen sollten. Er mußte an das alte Geschwisterpaar, die Wilsons, denken. Jeder Schritt, der ihn der Erfüllung seines Traums näher brachte, bedeutete die unausweichliche Zerstörung des ihren. Aber dies war nicht der richtige Zeitpunkt für Zweifel, also wischte er sie mit einer ungeduldigen Handbewegung weg und widmete sich wieder seinen Entwürfen.

Am nächsten Vormittag rief er Esther in London an und fragte sie ohne lange Umschweife, ob sie die Botschaft auf das Papiertaschentuch geschrieben habe.

Sie schwieg eine ganze Weile, dann sagte sie: »Oje.«

»Also doch.« Linus mußte lächeln.

»Ich komme mir wie ein Idiot vor.« Sie klang ein bißchen verstimmt. »Ich hätte nie gedacht, daß die Flasche je bei dir ankommt.«

»Tja, sie ist angekommen. Ivar hat sie gefunden.«

»Ivar?« Wieder Schweigen. »Nun.«

»Vielleicht sollten wir uns darüber unterhalten«, sagte Linus. »Ich meine, über solche Dinge sollte man reden.«

»Das ist ganz schön peinlich.« Esther klang, als sei sie den Tränen nahe.

»Nun, wenn du lieber nicht darüber sprechen möchtest ... Wie geht's sonst? Du hast wahrscheinlich gehört, daß das Opernhaus nun doch gebaut werden soll, oder?«

»Ja.« Sie schluckte, bevor sie hinzufügte: »Ich arbeite gerade an einem Artikel darüber.«

»Du tust was? Das ist doch nicht zu fassen. Erst sagst du, du liebst mich, und dann machst du dich daran, mein Leben zu zerstören.«

»Ich versuche überhaupt nicht, dein Leben zu zerstören. Ich versuche lediglich, mich so zu verhalten, daß ich mir selbst noch in die Augen schauen kann.«

»Na, habe ich das schon mal irgendwo gehört? Mit der einen Hand schreibst du über die Liebe, und mit der anderen ziehst du mir den Boden unter den Füßen weg.« Er knallte den Hörer auf die Gabel. Verdammte Weiber! Man konnte ihnen nicht über den Weg trauen, keiner von ihnen. Es dauerte eine gute halbe Stunde, bis er sich so weit beruhigt hatte, daß er wieder arbeiten konnte.

Um zehn verließ er schließlich das Büro. Bauwerke, dachte er, als er das Licht ausschaltete, einzig und allein solide, dauerhafte Bauwerke zählten im Leben.

31

FRÜHER HÄTTE ICH mich nie für eine Selbstmordkandidatin gehalten, doch nach dem Anruf von Linus hatte ich manchmal das Gefühl, daß der Tod tatsächlich eine Alternative war. *Besser man hat geliebt und diese Liebe verloren, als überhaupt nie geliebt zu haben*, versuchte ich mir einzureden. Das Problem war nur, daß das in meinen Ohren wie absolute Scheiße klang.

Also stürzte ich mich in die Arbeit. Ich schrieb meine Artikel für den »*Chronicle* für die Frau«. Außerdem verfaßte ich ein ausgesprochen freundliches und einfühlsames Feature über Barry Jones und seine neu entdeckte Leidenschaft für Wohltätigkeitsarbeit. Ich verfolgte genauestens, wie die Geschichte mit den Wilsons sich weiterentwickelte, aber wohl war mir dabei nicht. »Linus, mein Lieber, das tut mir mehr weh als dir«, murmelte ich, während ich mich auf den Weg nach Kent machte. Als ob das einem von uns geholfen hätte!

Der Hund der Wilsons war gestorben. »Wie ist denn das passiert?« fragte ich.

»Er war im Weg«, sagte George.

»Wem war er im Weg?« wunderte ich mich.

»Dem Traktor«, antwortete George.

»Ach. Oje, wie schrecklich. Sicher fehlt er Ihnen.«

»War ein alter Hund, aber er fehlt mir, ja.«

Vielleicht waren es die frisch gepflanzten Rosen, die sich an der Mauer des Cottage emporrankten, vielleicht auch die warme Sonne des Altweibersommers – jedenfalls empfand ich Rookery Cottage diesmal ganz anders als bei meinem ersten Besuch zwei

Monate zuvor. Die Hühner pickten immer noch im Schlamm der Auffahrt, aber sie wirkten viel entspannter, und ihr Gefieder schien zu glänzen. Sogar Georges Schrott war in der frisch renovierten offenen Scheune verschwunden.

George war vor dem Haus gewesen, als ich eintraf. Als wir zur Tür gingen, näherte sich ein weißer Ford Fiesta, und eine Frau mittleren Alters, deren üppige Formen in einem dunkelblauen Trainingsanzug steckten, stieg aus und winkte George zu. Sobald sie uns eingeholt hatte, stellte sie sich mir ein wenig außer Atem als Penny Perkins, Vorsitzende des Vereins zur Erhaltung von George und Dora Wilsons Zuhause, vor. Ich sah George an.

»Das sind die Leute hier in der Gegend«, murmelte er. »Sie kümmern sich um unseren Fall.«

Penny Perkins lächelte mich freundlich an. »Neulich war das Nachrichtenteam vom lokalen Fernsehsender da. Es war toll. Wir haben uns alle in der Küche von George und Dora versammelt und zusammen gesungen. Irgend jemand hat gesagt, so ist's wahrscheinlich im Krieg gewesen, dieser Gemeinschaftsgeist, da hat sich noch jeder um jeden gekümmert, und die Menschen haben sich gegenseitig aufgeheitert.«

Als sie einen Augenblick schwieg, deutete Dora, die mittlerweile in die Tür getreten war, auf mich und sagte: »Das ist Ms. Fisher. Sie ist von der Zeitung.«

»Aha. Tja, dann haben wir Ihnen viel zu verdanken«, sagte Penny Perkins. »Ohne Sie hätten Dora und George ihr Zuhause vielleicht schon verloren.« Sie runzelte die Stirn und seufzte. »Aber fast hätte ich's vergessen: Ich wollte Ihnen ja sagen, daß sie das Opernhaus jetzt auf jeden Fall bauen wollen. Kaum zu glauben, nach allem, was passiert ist. Ted war zufällig beim Gemeinderat, und da hat er gehört, wie Mary Trilby Joan davon erzählte.«

Ich nickte. »Ich fürchte, es stimmt. Sie wissen vielleicht, daß Ihre Seite den Einspruch gegen den Zwangsverkauf nicht durchsetzen konnte und Terra Nova Enterprises beschlossen haben, das Opernprojekt durchzuziehen. Wenn es also der öffentlichen Meinung nicht gelingt, den Gemeinderat umzustimmen, werden

Sie Ihr Grundstück wohl in den nächsten Wochen verlassen müssen.«

Doras Mund verzog sich zu einem erschreckten »O«. »Was wollen Sie dagegen unternehmen?« Die drei sahen mich erwartungsvoll an.

Es war natürlich angenehm, als Quelle der Macht betrachtet zu werden, aber das war einfach lächerlich: Ich war Journalistin, nicht Gott. Doch vielleicht hatte ich die Grenze zwischen beiden in den vergangenen Jahren selbst überschritten. Ich schlug vor, ins Haus zu gehen. »Ich muß Ihnen sagen, daß ich die Aussichten für sehr schlecht halte.« Ich setzte mich an den Küchentisch und nahm die Tasse Tee, die Dora mir gab.

»Aber was ist mit den Medien?« Penny Perkins sprach das Wort mit jener Hochachtung aus, die normalerweise dem Allmächtigen vorbehalten ist, und sie erwartete ein Wunder, daran bestand keinerlei Zweifel.

Ich mußte ihnen sagen, daß auch unsere Macht Grenzen hatte. Penny war überrascht. Sie sah mich an wie eine Pilgerin, deren Wein sich gerade in Wasser verwandelt hat. »Das soll nicht heißen, daß wir es nicht weiterhin versuchen«, bemühte ich mich, den Schlag abzumildern. »Deswegen bin ich heute auch hierhergekommen. Wir wissen, daß die Öffentlichkeit hinter George und Dora steht.« Ich nickte ihnen über den Tisch hinweg zu. »Aber wie gesagt: Auch unsere Macht hat Grenzen. Tut mir leid«, fügte ich hinzu. Dann mußte ich an Linus denken, und leider muß ich zugeben, daß ich mir plötzlich gar nicht mehr so sicher war.

Wir tranken unseren Tee in düsterem Schweigen, das nur von Georges Schlürfen unterbrochen wurde. »Ich bin hier, um einen weiteren Artikel zu schreiben«, sagte ich schließlich. »Wer weiß, vielleicht hat eine erneute Kampagne sogar Erfolg.«

»Sie könnten mich mit meinen Marmeladen fotografieren«, sagte Dora.

»Mit Ihren Marmeladen?«

»Die habe ich den ganzen Sommer über gemacht. Sie sind in den vergangenen Wochen weggegangen wie die warmen Semmeln.« Wie zur Erklärung watschelte sie in die Speisekammer und holte drei verschiedene Marmeladensorten in Gläsern.

»Doras Echte Landaprikose«, las ich auf dem einen. »Doras Echte Landerdbeere« und »Doras Echte Landkiwi« auf den beiden anderen. »Kiwi? Sie bauen hier doch sicher keine Kiwi an, oder? Und die Aprikosen? Kaufen Sie die Früchte?«

Dora zwinkerte Penny zu. »Natürlich nicht. Wer kann sich das schon leisten? Nein, ich kaufe die Marmelade einfach im Supermarkt. Dann fülle ich sie in meine eigenen Gläser um und klebe mein Etikett drauf, und keiner merkt den Unterschied.«

»Das ist aber nicht sehr ehrlich.«

Dora sah mich vorwurfsvoll an. »Was schadet das schon? Die Leute lieben Souvenirs. Schließlich sind wir ja jetzt richtig berühmt.« Der Gedanke schien sie aufzuheitern. »Die Marmelade aus dem Supermarkt ist sowieso viel besser und süßer«, fügte sie hinzu.

Penny Perkins nickte. »Das stimmt. Die Leute kommen von überallher und fragen nach George und Dora.«

»Die Marmelade ist gut«, murmelte George. »Ist nichts dran auszusetzen.«

»Aber wenn Sie selber die Früchte aus der Gegend einkochen würden, wäre das doch sicher billiger, und Sie würden einen größeren Gewinn machen, oder?«

»Damit mag ich mich nicht abgeben.« Dora zuckte mit den Achseln. »Dafür hat man doch die Läden. Wo sollen wir uns für das Foto hinstellen?«

Ich setzte mich an den Computer, doch statt des leeren Bildschirms sah ich das neue Opernhaus vor dem See, das vielen nachfolgenden Generationen Trost bieten, sie bilden und anregen würde. Und dann war da noch Linus, sein Schöpfer. Sein Bild war so real, daß ich mich dabei ertappte, wie ich ihm kleine Zärtlichkeiten zuflüsterte, die sich nur ein liebeskrankes Gehirn ausdenken konnte.

Dann verschwand sein Bild, und an seine Stelle trat ein verfallenes Cottage mit Rosen, die sich um die Tür rankten, verrosteten Maschinenteilen in einem offenen Schuppen und einem erstaunlich fruchtbaren Gemüsebeet hinter dem Haus – Rookery Cottage. Nun sah ich Georges kantiges Gesicht und Doras wenig schönes, zahnloses Grinsen. Aber ich hatte beschlossen, mich für die Angeklagten einzusetzen, und meine Mandanten mußten weder liebenswert noch besonders gute Menschen sein, um meine Dienste zu verdienen. Ich hackte schweren Herzens auf die Tasten ein.

Als kleiner Junge hatte Linus oft geträumt, er sei groß und stark und rette seine Mutter. Er hatte nie gewußt, wovor er sie retten mußte, also variierten seine Träume. Manchmal rettete er sie vor einem Riesen mit Augen so groß wie Wagenräder und Zähnen wie Granitblöcke (damals war er noch sehr jung gewesen). Manchmal waren es auch Indianer gewesen, und einmal sogar ein Wolf. Er rettete sie vor Räubern und Entführern, und als er älter wurde, lernte er, das, was sie bedrückte, zu bekämpfen. Die Träume endeten immer gleich. Seine Mutter schlug die Augen auf und sagte: »Danke, Linus. Was hätte ich nur ohne dich getan.« Diesen kurzen Moment war er ein König voller Stolz und Glück. Doch wenn der Traum in die Realität wechselte, weinte er, ganz ohne Hoffnung, und jedesmal wurden die Tränen noch bitterer, denn in Wahrheit würde er seine Mutter nie retten. Sie war nicht mehr da; er konnte sie nicht mehr erreichen, und – da konnte er träumen, was er wollte – daran ließ sich nichts ändern. Als es wichtig gewesen wäre, als seine Mutter ihn gebraucht hätte, als er etwas hätte ausrichten können, war er noch zu jung gewesen, zu dumm, zu klein und zu machtlos. Er wurde erwachsen. Und er wurde stark, aber das Gefühl der Ohnmacht blieb.

Doch jetzt, als er vor dem fertigen Modell seines Opernhauses stand, hatte er das gleiche Hochgefühl wie in seinen Träumen, und seine Mutter lächelte ihn an, dankte ihm, ihrem Retter.

Er wußte aus Erfahrung, daß keine Zeichnung und keine Computerbilder einen Vergleich zum fertigen Modell aushielten. Manchmal entsprach es nicht den Erwartungen, manchmal schon, doch nur selten überstieg es sie. Dies war einer dieser seltenen Augenblicke. Sein Werk ragte vor ihm auf, perfekt und wirklichkeitsgetreu bis auf die Größe, und es war schön. Er ging um den Tisch herum. Dieses Opernhaus war nicht nur großartig, nein, die Tage und Nächte, die er mit seiner Planung verbracht hatte, hatten auch dafür gesorgt, daß es perfekt abgestimmt war auf seinen Zweck und seine Lage am See. Er beugte sich über das Modell und sah in den Zuschauerraum, den Kokon. Jedes Paneel, jeder Sitzplatz war an der richtigen Stelle, sogar die Lichter genaue Abbilder der Kronleuchter, die er von Olle Holm, dem Glaskünstler, hatte entwerfen lassen. Er richtete sich wieder auf und trat einen Schritt zurück, um sich das Modell in seiner Gesamtheit ansehen zu können, doch plötzlich legte sich das Bild zweier alter Leute darüber, die ihr Zuhause verloren hatten. »›My home is my castle‹, heißt es in England«, murmelte er. Aber das stimmte nicht mehr, und er, Linus, trug zur Zerstörung ihres Zuhauses bei. »Ach, Esther«, stöhnte er. »Was zum Teufel tue ich da bloß?« Und wieder war ihm zum Weinen zumute wie damals dem Kind Linus, wenn es merkte, wie ihm sein Traum entschlüpfte.

32

DIE ANWEISUNG ZUM Zwangsverkauf von Rookery Cottage war bestätigt worden, und der Räumungsbefehl würde bald schon überbracht werden. Ich hatte nicht gewußt, daß Räumungsbefehle auch am Wochenende ausgeliefert wurden. Jedenfalls erwarteten Penny Perkins und ihre Mitstreiter den Gemeindebeamten schon, als der seinen roten Vauxhall vor dem Tor abstellte. Paul, einer unserer Zeitungsfotografen, und ich waren ebenfalls mit von der Partie. Ich hatte bereits mit einigen der Demonstranten gesprochen. »Sie machen sich offenbar ziemlich viel aus George und Dora, wenn Sie bereit sind, das hier zu tun, nicht wahr?« fragte ich eine Frau.

Sie war Anfang Zwanzig, hatte strähniges aschblondes Haar und sah mich verständnislos an. Dann hellte sich ihr Gesicht auf. »Ach so, die. Klar. Ich hab sie in der Glotze gesehen. Teuflisch, die Sache.«

»Ich kenne die Wilsons nicht persönlich«, gab eine Frau mittleren Alters in ausgebeulter Jeans und bunter Strickjacke zu. »Nicht viele hier kennen sie, aber ich konnte nicht einfach daheim rumsitzen und untätig zusehen, wie so was passiert.«

Ein Mann um die Fünfzig mit einem leuchtendblauen Pullover, auf dessen Brust ein kleines Adlermotiv prangte, erklärte mir, er sei der Wirt der örtlichen Kneipe. »Wir sehen sie nicht oft im Lokal, und wenn sie kommen, bleiben sie lieber unter sich, aber schließlich muß man sich für die Gemeinschaft einsetzen, wenn Sie wissen, was ich meine.«

Ein Mann trat vor die Menge und Pauls Linse und deutete auf den roten Vauxhall. Es war Barry Jones. Dünner und mit einer weniger extravaganten Frisur, aber immer noch Barry Jones. »Also los, Leute, zeigen wir denen mal, aus welchem Holz wir Briten geschnitzt sind.« Seine Stimme erhob sich über den Lärm eines vorbeifahrenden Mähdreschers, während die Demonstranten einen Ring um das Cottage bildeten. Fäuste reckten sich siegessicher in die Luft. Der Gemeindebeamte stieg aus seinem Wagen, ging, kaum auf uns achtend, auf das Tor zu und nagelte den Räumungsbefehl an den Pfosten. Dann drehte er sich um und kehrte zu seinem Vauxhall zurück.

Die Demonstranten unter der Führung von Penny Perkins und Barry Jones waren zu sehr damit beschäftigt, ihre Slogans zu rufen – »Was wollen wir? Gerechtigkeit für George und Dora. Wann wollen wir sie? Jetzt!« –, um zu bemerken, daß der Gemeindebeamte seine Aufgabe bereits erledigt hatte. Als sie es schließlich mitbekamen, herrschte einen Augenblick lang Stille, bevor einer der Demonstranten, ein stämmiger Mann um die Sechzig mit rotem Gesicht und ziemlich wenigen Haaren auf dem Kopf, einen Sprechgesang anstimmte: »Wir geben nicht, wir geben nicht auf; wir geben nicht, wir geben nicht auf.« Das schien alle aufzumuntern, und sie faßten sich für die Kamera wieder an den Händen. Plötzlich war lautes Jubelgeschrei zu hören. Ich drehte mich um, um zu sehen, ob irgend jemand den Räumungsbefehl heruntergerissen hatte, aber er hing immer noch ordentlich an seinem Pfosten. Das Jubelgeschrei hatte dem Nachrichtenteam vom lokalen Fernsehsender gegolten. Penny hob die Faust. »Was wollen wir? Gerechtigkeit für George und Dora. Wann wollen wir sie? Jetzt!« Licht an, Ton an, Film ab! Barry Jones hakte sich bei der Demonstrantin unter, die ihm am nächsten stand, einer Frau mit langen grauen Haaren. »Hier geht's um eine Menschenrechtsfrage«, sagte er, und als er merkte, daß das Fernsehteam es das erstemal nicht mitbekommen hatte, wiederholte er es noch zweimal und fügte hinzu: »Ich mache mir überhaupt keine Sorgen um meine eigene Sicherheit«, als erwarte er, daß gleich ein Panzerwagen voller Geheimpolizisten durch das Tor brausen würde. Das Fernsehteam rückte näher heran. »Wie gesagt, das hier ist eine Menschenrechtsfrage ...« Die Demonstranten drängten nach vorne, und in ihren Protestgesängen ging das unter, was er anschließend noch erklärte.

»Glaubst du, Frankenstein hat sich damals auch so gefühlt?« fragte ich Paul, während ich mit ansah, wie mein häßliches Geschöpf vor unseren Augen Form annahm und immer größer wurde.

»Ungeheuer haben keine Gefühle«, antwortete er. »Das ist ja genau der Punkt.«

»Aber Frankenstein war nicht das Ungeheuer; Frankenstein hat das Ungeheuer erschaffen«, erklärte ich. »Das weißt du doch, oder?«

»Soll mir recht sein.« Paul zuckte mit den Achseln.

Ich hatte meinen letzten Artikel nicht mehr gelesen, als er vergangene Woche erschienen war, aber ich kannte ihn auswendig, jede einzelne manipulative Zeile davon. Und unsere Leser hatten den Köder dankbar geschluckt. Die Leserbriefe wurden in Säcken angekarrt. Doch es sah ganz so aus, als könnte ich nichts gegen die Vertreibung der Wilsons aus ihrem Haus unternehmen. Vielleicht wurde es – möglicherweise sogar ihnen zuliebe – allmählich Zeit, sich in das Unvermeidliche zu fügen und die Kampagne zu beenden. Aber würde Charlie mir da zustimmen?

Ich hatte Linus geschrieben und versucht, ihm mein Handeln zu erklären. Ich hatte ihn nicht angerufen, weil ich genau wußte, daß ich dahinschmelzen würde, sobald ich seine Stimme hörte. Der Brief sah folgendermaßen aus:

Lieber Linus,
ich weiß, daß Du sehr wütend auf mich bist. Ich weiß, daß Du Dich verraten fühlst. Ich weiß außerdem nur zu gut, was dieses Projekt Dir bedeutet, und auf einer Ebene hasse ich das, was ich tue. Mir ist klar, daß Dein Projekt durchaus seine Vorzüge hat.
Aber bist Du Dir sicher, daß Stuart Lloyds Beharren darauf, das Opernhaus auf dem an seinen angrenzenden Grund und Boden zu erbauen, nicht mehr mit persönlichem Ehrgeiz zu tun hat als damit, den Massen Kultur zu bringen?

Dora und George Wilson sind alles andere als das attraktivste Paar der Welt. Sie leisten keinen besonderen Beitrag zur menschlichen Größe oder zum menschlichen Glück. Sie sind weder besonders helle noch besonders gut. Aber Rookery Cottage ist ihr Zuhause, das einzige, das sie kennen. Wahrscheinlich ist es das einzig Wertvolle, das sie je besessen haben. Sie sind völlig hilflos und ohnmächtig. Ich habe das Gefühl, es gibt nichts Schlimmeres, als machtlos zu sein.
Es sind schon immer einzelne Menschen für große Sachen geopfert worden. Vielleicht muß das so sein? Aber an dem Tag, an dem das stillschweigend passiert, ohne daß sich irgend jemand die Klagen der Opfer anhört, dämmert eine neue Weltordnung herauf, und ich will nie Teil dieser Weltordnung sein. Ich muß tun, was ich für richtig halte, und glaube mir, Linus, es fällt mir schwerer, gegen Dich vorzugehen, als Du Dir vorstellen kannst. Bitte versuch zu verstehen, warum ich das, was ich tue, tue, und daß es kein Verrat an meinen Gefühlen für Dich ist. Aber was für eine Geliebte könnte ich Dir sein, wenn ich alles verriete, woran ich glaube, nur um Dich dazu zu bringen, daß auch Du mich liebst?

Ich hoffte immer noch auf eine Antwort.

Das Fernsehteam und die Demonstranten hatten Rookery Cottage verlassen. Sogar Barry Jones war verschwunden, und zwar zusammen mit dem Fernsehteam. Zurückgeblieben waren nur der Räumungsbefehl am Torpfosten und der Geruch von Selbstgerechtigkeit in der Luft.

»Das Nippesgeschäft läuft gut«, sagte George, als wir gemeinsam die Auffahrt hinaufgingen. »Besonders die Eichhörnchen. Die Leute sagen gern, daß sie die von uns haben.« Dann bückte er sich, hob ein zerquetschtes Ei mit einem Kükenfötus auf und warf es auf den Komposthaufen.

»Der junge Mann, der sie schnitzt, verdient also eine ganze Menge Geld«, sagte ich, als wir uns in die Küche setzten. Dora stand bereits am Herd und kochte Tee. Sie sah ihren Bruder an.

»So jung ist er auch nicht mehr. Schaut bloß so aus. Aber er macht's ordentlich für jemanden, der nicht ganz richtig im Kopf ist«, sagte George. »Dafür sorgen wir schon.«

»Wie heißt er denn?«

»Frank. Frank Wilson, genau wie sein Großvater, obwohl Vater sich im Grab umdrehen würde, wenn er wüßte, daß der Bastard seiner Tochter nach ihm benannt ist.«

»Er ist also Ihr Neffe?«

»Genau«, sagte George. Dora wirkte ein wenig besorgt.

»Und die Dame, die neulich da war, um Ihnen ein paar Antiquitäten zu zeigen, ist Ihre Schwester?«

Dora und George nickten widerwillig. Dora sank schwer auf den Stuhl gegenüber dem meinen. »Das Geschäft lief schlecht damals, und unser Vater war ein harter Mann. Aber jetzt geht's ihnen gut«, sagte George.

»Sie hat verschwinden müssen, wie wir erfahren haben, daß das Baby unterwegs ist«, sagte Dora mit gesenktem Kopf. Dann sah sie mich an. »Mir hat's leid getan. Ich mag kleine Babys.«

»Dann war Ihre Schwester also nicht mit Franks Vater verheiratet?«

Dora rümpfte die Nase. »Sie war mit niemandem verheiratet, das war ja genau das Problem. Hat nicht mal gesagt, wer der Vater ist, obwohl wir's uns natürlich gedacht haben, was, George?« George nickte. »Wie Jack Grant ihr dann das Eisenbahnerhäuschen mietfrei überlassen und ihr obendrein noch 'ne ganze Menge Möbel gegeben hat, haben wir's ganz sicher gewußt. Jedenfalls ist Aggie wieder ins Dorf zurückgekommen und der Junge mit ihr.«

»Manche Leute haben gesagt, man soll Frank wegsperren, weil er nicht richtig im Kopf ist«, sagte George. »Und Aggie hat sich Sorgen gemacht, was aus ihm wird, wenn sie mal nicht mehr ist – schließlich ist sie älter als wir beide –, denn das Häuschen ist für sie, nicht für Frank. Aber wir haben Aggie gesagt, da braucht sie sich keine Gedanken machen. Vater ist schon lange tot, und jetzt gehört uns das Cottage. ›Nein, Aggie‹, hab ich gesagt, ›man braucht niemanden wegsperren.‹«

»Und Frank tut keiner Fliege was zuleide«, sagte Dora.

»Außerdem kann er so schön schnitzen. Er ist bloß so seltsam, weil Aggie schon in den Wechseljahren war, wie er gekommen ist. Das hat jedenfalls der Arzt gesagt.«

»Sie wissen, daß der Gemeinderat Ihnen den aktuellen Marktwert für das Haus zahlen muß, wenn's zum Schlimmsten kommt und Sie Rookery Cottage verlassen müssen? Dann könnten Sie sich ein anderes Häuschen kaufen, ein Häuschen, in dem Frank auch leben könnte.«

»Tja, das sagen die«, schrie George fast. »Aber das ist unser Zuhause. Die Leute in der Gegend kommen mit uns zurecht. Und mit Frank auch. Wenn man hier in der Gegend ein Wilson ist, bedeutet das was. In unserem Dorf steht kein Haus zum Verkauf, und selbst wenn, könnten wir uns das für das Geld, das wir fürs Cottage kriegen, nicht leisten. Das hier ist unser Zuhause. Wir haben's gekauft. Wir haben uns unser halbes Leben abgeplackt, um das zu schaffen. Was hat das denn für einen Sinn gehabt, wenn sie jetzt einfach daherkommen und es uns wegnehmen können?« George hatte ein rotes Gesicht, und die Tränen standen ihm in den Augen, als er die Faust auf den Tisch sausen ließ. »Was hat es für einen Sinn gehabt?« Und dann ließ er den Kopf auf die Arme sinken und fing an zu weinen.

Mein Bericht über die Überbringung des Räumungsbefehls fand ein enormes Echo. Ich mußte aufhören, all die Leserbriefe zu lesen, weil sie drohten, meine Entschlossenheit zu untergraben. Zu viele ihrer Verfasser stimmten mir aus den falschen Gründen, aus Gehässigkeit und Neid, zu und belegten ihre Argumente mit höchst emotionalen und ziemlich wirren Punkten. An manchen dieser Briefe schien der Geruch des Lynchmobs zu haften. Sie trugen die Handschrift der ernsthaft schlecht Informierten. Aber, das rief ich mir immer wieder ins Gedächtnis, es hatte keinen Sinn, Dora und George Vorwürfe für die Schwächen der Leute zu machen, die sie unterstützten.

»Und?« Charlie setzte sich auf die Kante meines Schreibtischs. »Wie geht's uns denn mit den alten Leutchen? Schätze, da ist noch 'ne Schlagzeile für nächste Woche drin.«

»Ich weiß nicht so recht, Charlie. Vielleicht sollten wir die Sache lassen.«

»Was soll das heißen: ›lassen‹? Die Leser waren bis jetzt dabei, da wollen sie auch noch das Ende der Geschichte mitkriegen. ›Axt senkt sich auf den Nacken von George und Dora Wilson‹ oder so was Ähnliches.«

Ich sah in sein eifriges Gesicht und in seine kleinen, wachen Augen, die unruhig flackerten, während wir uns unterhielten, als habe er Angst, etwas noch Interessanteres in einem anderen Winkel des Raums zu verpassen. Ich sagte ihm, ich habe mit Simon Fuller von Terra Nova Enterprises gesprochen. »Er ist offenbar die neue rechte Hand von Stuart Lloyd. Die Arbeiten an der Zufahrtsstraße, die genau durch das Wohnzimmer der Wilsons führen wird, sollen am ersten Montag des nächsten Monats beginnen. Das sind noch ziemlich genau drei Wochen.« Ich schüttelte den Kopf. »Ich weiß nicht, Charlie. Wir würden George und Dora beim jetzigen Stand der Dinge nur falsche Hoffnungen machen. Nur noch ein Wunder kann Rookery Cottage retten.«

»Und wie wär's, wenn wir für dieses Wunder sorgen?« Charlie sah in die Ferne, wie immer, wenn ihm gerade eine Schlagzeile eingefallen war, und machte eine ausladende Armbewegung, als wolle er den Weg für seine Vision freimachen. »›Sieg für das Blatt des Volkes – *Chronicle*-Leser retten tapfere Wilsons‹.« Dann schüttelte auch er den Kopf. »Nein, das wird wahrscheinlich nicht passieren, da hast du recht. Aber ich möchte trotzdem bis zum Schluß dranbleiben. Das erwarten unsere Leser von uns.«

Ich schüttelte den Kopf und wollte ihm widersprechen, doch er fuhr fort: »Ach, übrigens hat Barry Jones noch mal angerufen und uns seine Hilfe angeboten. Offenbar stellt er gerade eine neue Fernsehshow auf die Beine: *Das kleinste Zimmer im Haus*.«

»Ich habe nicht den Eindruck, daß das das Wunder ist, das wir brauchen.« Mir war ein neuer Gedanke gekommen, so etwas wie ein Hoffnungsschimmer. »Weißt du was, Charlie? Dieser Barry-Jones-Skandal könnte sogar ein Segen gewesen sein. Schließlich hat die Sache seine Ehe gestärkt und seiner Karriere neuen

Schwung gegeben, oder?« Ich bemühte mich, locker und unbeteiligt zu klingen, aber mein Blick war hoffnungsvoll auf ihn gerichtet.

»Ne.« Charlie stand von meinem Schreibtisch auf und wischte sich die Hose ab, obwohl ich keinen einzigen Fussel darauf entdecken konnte. »Nein, er ist immer noch längst nicht wieder da, wo er früher mal war. Ich bezweifle, daß er's je wieder ganz bis nach oben schaffen wird. Die Wilson-Geschichte ist jedenfalls deine Angelegenheit, also sorg dafür, daß sie gut läuft. Ich will ein gigantisches Finale.«

»Typisch«, beklagte ich mich beim Abendessen bei Posy. Sie war an der Reihe mit Kochen, und sie hatte Couscous mit Frühlingszwiebeln und getrockneten Tomaten gemacht. »Da suche ich das ganze Leben lang nach absoluten Wahrheiten und sehne mich nach sicheren Aussagen. Ich versuche, mir selbst zu beweisen, daß irgend etwas in diesem Leben konsequent und solide ist – und wenn's nur ich selbst bin. Tja, und dann … als mir das endlich gelingt, macht mir genau dieser Beweis alles kaputt.«

Ich attackierte das Couscous mit der Gabel. »Natürlich wäre Linus mir sowieso nicht freiwillig in die Arme gesprungen. Aber jetzt will dieser verdammte Charlie auch noch von mir, daß ich für unsere geneigte Leserschaft den Augenzeugen beim Abservieren der Wilsons gebe. Die beiden Alten haben sich inzwischen an die Publicity gewöhnt. Es gefällt ihnen, im Rampenlicht zu stehen. Wenn die Sache erst vorbei ist, haben sie nicht mal mehr das. Ich sage dir …«

Posy nahm sich noch eine Portion Couscous. »Ich dachte, du hättest endlich kapiert, daß du mit deiner Prinzipienreiterei nicht weiterkommst. Schließlich bist du Journalistin.« Sie sah ziemlich selbstzufrieden aus, als sie das sagte. Die Leute sahen immer selbstzufrieden aus, wenn sie einem Journalisten eine verbale Ohrfeige verpassen konnten. Journalisten bildeten zusammen mit den Psychiatern und den Anwälten die unheilige Dreifaltigkeit unserer Gesellschaft, und ich hatte jeden dieser Berufsstände schon mal für mich in Erwägung gezogen.

»Aber im Ernst«, sagte Posy. »Entspann dich ein bißchen, sonst wirst du verrückt – wieder.«

Ich seufzte. »Ich weiß, ich weiß, Prinzipien sind genau wie Zahnspangen ein Teenagerproblem; irgendwann muß man da mal rauswachsen. Aber es gibt doch sicher eine Grenze dafür, wie weit wir bereit sind, uns zu verbiegen, um in das Leben zu passen, das uns unserer Meinung nach vorschwebt.« Eine Träne rollte aus meinem Auge und tropfte auf eine getrocknete Tomate auf meinem Teller. »Vielleicht aber auch nicht. Linus hat das Gefühl, daß ich ihn verraten habe. Er glaubt, daß ich wie seine Mutter bin. Und George und Dora werden sich auch verraten vorkommen, egal, was ich mache.« Ich wischte mir die Augen mit dem Handrücken ab. »Also kann ich wieder mal voller Zufriedenheit auf einen erfolgreichen Abschnitt meines Lebens zurückblicken.«

»Ich dachte, er hat seine Mutter geliebt«, sagte Posy. »Ich dachte, das Opernhaus baut er zum Teil ihretwegen. Es ist sein Tadsch Mahal, hast du mal gesagt.«

»Ja, er liebt sie, aber er haßt sie auch. Das geht bei Müttern.« Ich versuchte, mein Couscous zu essen, doch es schien in meinem Mund anzuschwellen, bis ich es nicht mehr schlucken konnte, und irgendwann schob ich den Teller weg. Dann plötzlich kam mir ein beängstigender Gedanke. »Glaubst du, daß Gott ein vierjähriges Kind ist? Könnte das der Grund für all die Unwägbarkeiten des Lebens sein?«

»Genügt es denn nicht, daß Er ein Er ist?«

Ich nickte. Da hatte sie auch wieder recht.

Ich wollte gerade ins Bett gehen, als das Telefon klingelte. Es war Linus. Mein Herz klopfte wie wild, als Posy mir den Hörer reichte. »Ja?« krächzte ich. »Ja«, versuchte ich es noch einmal, eine Oktave tiefer.

»Ich bin's, Linus. Ich fahre nächste Woche nach England, um mich mit Stuart Lloyd zu treffen. Vielleicht könnten wir dann mal abends zum Essen gehen.«

»Hast du meinen Brief bekommen?« Meine Stimme klang ganz klein, als wolle sie sich verstecken.

»Ja. Tut mir leid, daß ich dir nicht zurückgeschrieben habe, aber ich bin in der Arbeit an dem Projekt fast erstickt, und außerdem schreibe ich schrecklich ungern Briefe.«

»Wahrscheinlich freust du dich wahnsinnig, daß die Sache vorangeht?«

»Ich kann dir gar nicht sagen, wie sehr.« Er schwieg eine Weile. »Tut mir leid. Ich hätte das neulich nicht sagen sollen. Du schuldest mir nichts. Ich möchte, daß wir Freunde sind. Besonders jetzt, wo ich kriege, was ich will.« Wieder Schweigen. »Das sollte so eine Art Scherz sein.«

Wir verabredeten uns für den Montag zum Abendessen und legten auf, bevor ich Gelegenheit hatte, mich nach dem Rest der Familie zu erkundigen.

»Ich kann Ihnen gar nicht sagen, wie viel mir dieses Projekt bedeutet.« Linus stand zusammen mit Stuart Lloyd vor einem computeranimierten Bild des Glyndebourne für das Volk.

Stuart Lloyd nickte. »Ihnen und mir.« Dann wandte er sich mit breitem Grinsen Linus zu. »Das wird phantastisch. Schon als ich die ersten Entwürfe gesehen habe, habe ich gewußt, daß Sie genau der richtige Mann für diesen Auftrag sind. Sie sind der einzige, der meine Träume realisieren kann.« Er sah Linus von der Seite an, ein verlegenes Lächeln auf den Lippen. »Aber Schluß mit diesem sentimentalen Getue. Trotzdem hatte ich irgendwann das Gefühl, daß wir verlieren. So kurz vor dem Aufbau der Reisebürokette konnte ich mir einfach nicht so viel negative Publicity leisten. Doch die Leute denken schnell wieder an was anderes. Heutzutage hält der Volkszorn ungefähr so lange vor wie die Frühstücksflocken. In ein paar Wochen wird alles vergessen sein. Es gibt immer eine neue Geschichte, über die die Leute sich aufregen können. Im Augenblick scheinen sie ganz wild auf die Story von der Frau zu sein, die das Geschlecht ihres Kindes in einer Schweizer Privatklinik hat ändern lassen.« Als Linus ihn verständnislos ansah, erklärte er: »Ihr Mann hat schon vier Söhne aus einer früheren Ehe. Als sie dann noch mal einen Jungen bekommen hat, hat sie ihn operieren lassen. Sie können sich vorstellen, daß das ganz schön Staub aufgewirbelt hat.«

»Trotzdem ist es schade, daß wir unser Projekt nicht durchziehen können, ohne die Wilsons aus ihrem Zuhause zu vertreiben«, sagte Linus. »Das Opernhaus ist meine Lebensvision. Aber leider muß ich es – bildlich gesprochen – auf das Elend anderer Menschen bauen.«

»Sie kennen diese Journalistin, erinnere ich mich da richtig?«

»Ja.«

Stuart Lloyd schüttelte den Kopf. »Linus, Sie wollen doch, daß Ihr Opernhaus gebaut wird, oder?«

Linus seufzte. »Ja, ich wünsche mir nichts sehnlicher.«

»Tja, sehen Sie. Ich meine, wir würden doch alle gern kriegen, was wir wollen, und uns dabei nicht die Hände schmutzig machen. Aber das Leben ist nun mal nicht so. Die meisten Handlungen sind Kompromisse. Nichts ist völlig rein und klar, alles hat auch seinen Makel. Anders geht's nicht.«

Linus mußte an Astrid denken. »Schön, einverstanden«, sagte er.

»Gut. Und übrigens: Egal, ob mit Ihnen oder ohne Sie – ich würde auf jeden Fall bauen. Der einzige Unterschied ist, daß Ihr Entwurf großartig ist und die anderen nicht. Und das ist ein Grund, ihn zu verwirklichen. Wenn wir alle nicht mehr sind und sich keiner mehr an unsere lächerlichen Auseinandersetzungen erinnert, wird dieses Gebäude immer noch zum kulturellen Wohlbefinden der Nation beitragen. Also, Linus, hier ist kein Platz für Hasenfüße.«

»Stimmt«, sagte Linus. Plötzlich fühlte er sich leicht. Wie schön. Und friedlich. »Wo soll ich unterschreiben?«

Stuart Lloyd sah ihn fragend an. »Unterschreiben?«

»Seele, Teufel …«

»Ach, jetzt verstehe ich, was Sie meinen. Ein Fax reicht mir. Heutzutage gibt's sogar in der Hölle Faxgeräte.«

33

»TJA, DA WÄREN wir also«, sagte ich ein bißchen dümmlich, als der Kellner uns im Lincoln's an einen Zweiertisch gleich neben ein Servierwägelchen mit allerlei totem und lebendigem Meeresgetier setzte. Hummer, von denen einige durchaus noch am Leben waren, lagen zusammen mit Austern, von denen man es nicht so genau sagen konnte, in einem Bett aus Eis. Lincoln's war berühmt für seine Meeresfrüchte. Linus und ich waren gleichzeitig vor der Tür des Restaurants eingetroffen – zumindest die Pünktlichkeit hatten wir gemeinsam. Ich suchte nach weiteren Worten, aber mein Kopf war so leer wie mein Herz voll.

Linus schien wie viele seiner Landsleute das zu lieben, was die Schweden für den englischen Stil hielten. Und das Lincoln's hatte eine so lange Tradition, daß man fast erwartete, eine Rechnung zu erhalten, die in Pfund und Shilling ausgestellt war.

»Bertil hat mir von dem Restaurant erzählt«, sagte Linus. »Er hat immer, wenn er in London war, hier gegessen. Zum erstenmal neunzehnhundertneunundvierzig. Kaum zu fassen, was?«

Ich sah mir die anderen Gäste an; die meisten von ihnen waren stämmige ältere Männer. Ich nickte in die Richtung eines Herrn, der ganz allein an einem winzigen Ecktisch unter einem Stilleben mit Wild saß und schweigend einen großen Teller mit Austern aß, die Serviette bis unters Kinn hochgezogen. »Meinst du, der da drüben sitzt schon seit neunundvierzig dort?« fragte ich Linus.

Wir bestellten als Vorspeise zweimal Krabbensalat und hinterher Seezunge für Linus und Jakobsmuscheln für mich. Linus erzählte mir von seinem Gespräch mit Stuart Lloyd. »Ich bin mir ein bißchen wie Faust vorgekommen, der dem Teufel seine Seele verkauft.« Er grinste mich über den Tisch hinweg an.

Ich legte meine Hand auf seine, nur ganz kurz. »Es freut mich für dich, wirklich. Und ich bin ... mit dir befreundet, aber niemand kann Freunde mit tönernen Füßen brauchen. Du bist Architekt und weißt besser als jeder andere, was aus Gebäuden wird, die auf tönernen Füßen stehen.« Hoffentlich, dachte ich, während ich das sagte, krachen die tatsächlich ziemlich schnell zusammen.

»Nun«, meinte Linus, »manchmal halten die erstaunlich lange.«

Mußte er denn alles noch schwieriger machen? »Tja, wie gesagt, du bist der Architekt.« Dann kam der erste Gang.

»Wie geht's deiner Mutter?« wollte Linus wissen.

»Audrey?«

»Genau.«

»Gut. Und wie geht's deinen Leuten? Ich habe letzte Woche mit Olivia gesprochen. Sie hat ganz okay geklungen, nicht großartig, aber okay.«

»Genau so ist es: Sie sind beide in Ordnung, aber mehr auch nicht. Ich fürchte, ich habe es Bertil nach der Lektüre des Tagebuches ziemlich schwergemacht. Und mir war's auch nicht recht, daß die halbe Welt wußte, was drinstand, bevor ich selbst es erfahren habe.« Ich wurde rot und wandte den Blick ab. »Keine Sorge«, sagte er schnell. »Ich weiß, daß du in einer schwierigen Situation warst. Jedenfalls geht's Bertil körperlich jetzt wieder gut, aber wie's emotional aussieht, weiß ich nicht.« Linus schüttelte den Kopf. »Letztes Wochenende sind wir alle zusammen auf die Insel hinausgefahren, Olivia und Bertil, Kerstin und Gerald, Ivar und ich. Es war so wie immer, jedenfalls am Anfang. Wir haben die Wunde einfach vernarben lassen und so weitergemacht wie vorher, aber natürlich haben sich die Dinge unwiderruflich verändert, besonders für Bertil und Olivia. All die Jahre hatten sie gedacht, wir wären alle miteinander eine große glückliche Familie, und dabei haben wir diese Natter an unserem Busen genährt.«

Es fiel mir schwer, mir Ulla an irgendeinem Busen vorzustellen, doch das sagte ich lieber nicht. »Ich empfinde das alles noch immer als ziemlich unwirklich«, erklärte ich statt dessen. »Es ist modern, die dunkle Seite des Lebens nicht als tragischen, aber dennoch wesentlichen Bestandteil des Daseins zu erachten, sondern als einen Vertragsbruch, einen Verrat an unseren Rechten. Ich sehe schon all die Menschen, die am Himmelstor stehen werden, um eine Entschädigung zu fordern.«

Linus lächelte mich an und legte seine Hand auf meine, die ich ganz nonchalant auf dem weißen Tischtuch hatte ruhen lassen, weil ich auf genau diese Geste gewartet hatte. Als ich seine warme Haut spürte, wallte eine Woge der Erregung in mir auf. Wir saßen eine ganze Weile so da, sahen einander über den Tisch hinweg an, die Kerze und die vier Gläser, die Teller und die Krümel und den großen Rotweinfleck neben meinem Glas zwischen uns. Dieser Augenblick schien eine Ewigkeit zu dauern und war doch viel zu kurz. Dann ließ Linus meine Hand los, und meine trauerte. »Ich würde mir wirklich wünschen, daß ich es dir begreiflich machen kann.«

Ich sah ihn an. »Mmm«, sagte ich. Er wirkte verdutzt. Was hatte er gesagt? War meine Antwort passend gewesen? Verriet mein Gesicht meine Gefühle so deutlich?

Linus hob traurig das Glas an die Lippen. Auch ich war traurig. Offenbar hatten wir beide eine besondere Affinität zur düsteren Seite des Lebens. Aber egal, mir war jede Gemeinsamkeit mit ihm recht.

»Wie geht's Pernilla?« erkundigte ich mich in einem Tonfall, als fragte ich einen Arzt, ob ich noch sechs Tage oder sechs Monate zu leben hatte.

»Ihr geht's gut.« Was schwang da in seiner Stimme mit? Ein deutlicher Mangel an Interesse, wenn ich mich nicht irrte. Bitte lieber Gott, mach, daß ich mich nicht täusche, dachte ich. »Ich habe sie seit dem Sommer nicht gesehen. Du weißt ja, wie das ist. Wir haben beide viel zu tun. Sie ist in Stockholm. Und ich, na ja, ich bin die ganze Zeit unterwegs.« Er zuckte mit den Achseln.

Hatte ich gerade eben etwas von den düsteren Seiten des Lebens gesagt? Aber nein. Ich war die junge Frau, deren Herz sang und deren Magen vor Freude Luftsprünge machte. »Ach, das tut mir aber leid«, sagte ich, die Meisterin der Unaufrichtigkeit.

»Das braucht dir nicht leid zu tun.«

Meine Augen glänzten.

Der Kellner trat lautlos an unseren Tisch und schenkte uns Wein nach. Als er wieder ging, sagte Linus in angespanntem Tonfall: »Kannst du dir vorstellen, wie es ist, wenn man weiß, daß die eigene Mutter ihrem Leben in tiefster Verzweiflung und Einsamkeit ein Ende gesetzt hat und man selbst zu jung und zu dumm war, um ihr zu helfen?«

Ich kam sofort wieder auf den Boden der Tatsachen zurück. »Bitte, Linus, quäl dich nicht damit. So darfst du nicht denken. Kein sechsjähriges Kind würde in einer solchen Situation genug Weisheit und Reife besitzen, um helfen zu können, das weißt du genau. Denk bloß mal an Ivar. Er ist zwar ein cleveres Kerlchen, aber was könnte er schon in einer ähnlichen Situation tun?«

Er entspannte sich ein bißchen. »Ich weiß, es ist vollkommen wider die Vernunft, aber ich habe dieses Gefühl nun mal. Und dazu kommt noch dieser Zorn. Auch auf sie.« Er sah mich mit unglücklichen Augen an. Waren das die Augen seiner Mutter? Jedenfalls glichen sie überhaupt nicht den kühlen, wäßrigblauen von Bertil.

»Wie konnte sie sich nur für den Tod entscheiden und mich einfach allein lassen? Warum ist sie nicht meinetwegen geblieben? Schließlich war ich ihr Sohn. War ich ihr nicht genug? Habe ich ihr so wenig bedeutet? Was stimmt nicht mit mir, Esther, daß ich nie gut genug bin?«

»Das ist nicht so, das stimmt ganz und gar nicht.« Ich sah in seine Augen und wünschte mir, daß er all die Liebe in meinen wahrnehmen würde. Aber ich konnte ihm auch keine befriedigende Antwort geben. In meinem Herzen wirbelten alle zärtlichen Gefühle der Welt herum. Ich sehnte mich nach ihm und hatte Mitleid mit ihm, aber ich schwieg. »Du hast doch das Tagebuch gelesen«, sagte ich schließlich. »Sie hat dich so sehr geliebt, daß sie es nicht mehr ertragen hat, ohne dich zu leben.«

Linus schüttelte den Kopf. »Nein, sie hatte keinen Mut, sich zu wehren. Zwar hat sie die ganze Zeit geschrieben, daß sie mich liebt, als es aber dann hart auf hart ging, hat diese Liebe nicht gereicht, um sie zum Kämpfen zu bewegen. Obwohl sie sicher gewußt hat, daß alles anders werden würde, sobald ich älter wäre. Nein, ich muß der Wahrheit ins Auge sehen: Ich war einfach nicht genug. Warum auch?«

»Ich glaube, da täuschst du dich«, sagte ich und streckte die Hand nach ihm aus. Er lachte. Sein schrilles Kichern veranlaßte die anderen Gäste dazu, sich nach uns umzudrehen. Normalerweise wäre mir das schrecklich peinlich gewesen, und ich hätte dafür gesorgt, daß niemand es mit uns in Verbindung brachte. Aber nicht jetzt, in seiner Gegenwart. Nein, ich sah ihn sogar entzückt an wie eine Mutter, dessen Erstgeborenes gerade ein Bäuerchen gemacht hat. Mein Gott, wie sehr mußte ich diesen Mann lieben!

»Wie geht's Ulla?« fragte ich, als wieder Ruhe eingekehrt war.

»Ach, ihr geht's gut; sie strickt Zwangsjacken und läßt die Behandlung über sich ergehen. Sie wird nicht ins Gefängnis müssen. Aber sie ist ein bißchen verrückt, daran besteht kein Zweifel. Trotzdem kann ich sie verstehen. Sie hat so wenig gehabt in ihrem Leben. Keinen Geliebten, keinen Ehemann und keine Kinder. Sie hat sich wirklich etwas aus meiner Mutter gemacht, doch sie hat sie verloren. Mir war nicht klar, oder besser gesagt: Ich habe mich nicht bemüht, mir klarzumachen, wie schwer alles für sie war. Sie ist einfach immer dagewesen, meine komische alte Fast-Tante. Jede Familie hat eine solche Frau. Und diese Frauen haben ihren Sinn. Sie schweißen den Rest der Verwandten durch ihre Ekligkeit fester zusammen. Sie geben uns ein Gefühl der Überlegenheit. Und wir freuen uns, ›sie zu haben‹. Aber die wenigen Wochen im Sommer waren für sie das Leben, und jetzt sollte sie sogar die noch verlieren. Sie ist sich absolut ohnmächtig vorgekommen.«

»Genau wie die Wilsons. Verstehst du jetzt, was ich die ganze Zeit sagen will?« Die Worte waren mir so herausgerutscht. Am liebsten hätte ich sie wieder hinuntergeschluckt. Doch es war zu spät, sie hingen drohend zwischen uns.

Linus lehnte sich auf seinem Stuhl zurück. Als er mich ansah, waren alle Wärme und Vertrautheit aus seinen Augen gewichen. »Du gibst also nie auf, stimmt's?« Er signalisierte dem Kellner, daß er die Rechnung bringen sollte. Dann wandte er sich wieder mir zu. »Das kann ich jetzt nicht gebrauchen. Nicht jetzt und nicht von dir.« Dann unterzeichnete er den Kreditkartenbeleg, leerte sein Glas und erhob sich. »Wollen wir gehen?«

Mein Verstand sagte ja und gab den Befehl an meine Beine, doch die weigerten sich. *Nun macht schon*, flehte mein Kopf, *hier geht's um die Würde*. Meine Beine antworteten: *Scheiß auf die Würde* und blieben unter dem Tisch. Linus sah mich mit hochgezogenen Augenbrauen an.

»Ich will nicht gehen«, sagte ich ziemlich leise.

»Wie bitte?«

»Ich will nicht gehen«, sagte ich, diesmal ein bißchen lauter.

»Was soll das heißen: Du willst nicht gehen?« Die anderen Gäste unterbrachen ihre eigenen Gespräche in der Hoffnung auf einen kleinen Skandal.

»Was soll es deiner Meinung nach wohl heißen?« flüsterte ich.

»Könntest du bitte lauter reden? Ich verstehe kein Wort.«

»*Was zum Teufel soll es deiner Meinung nach heißen*?« brüllte ich.

»Hör auf zu schreien«, herrschte Linus mich an. »Ich warte draußen.«

»Die Mühe brauchst du dir nicht zu machen«, rief ich ihm nach. Dann wandte ich mich um und schaute so viele Leute wie möglich wütend an. Es war peinlich, in dieser Situation sitzen zu bleiben, aber noch peinlicher wäre es gewesen, ihm nachzulaufen. Wofür hielt er sich eigentlich? Männer! Schweine! Ich hätte es wissen sollen! Sie waren alle gleich: eitel, empfindlich, herrschsüchtig, kritikunfähig. Schweine!

Nach etwa fünf Minuten kam Linus zurück ins Restaurant. »Kommst du nun oder nicht? Ich habe morgen ziemlich früh einen Termin und möchte nicht die ganze Nacht da draußen auf dich warten.«

»Mir geht's hier sehr gut, danke. Geh du, damit du deinen

Schönheitsschlaf kriegst. Wahrscheinlich ist es harte Arbeit, das Leben anderer Menschen kaputtzumachen.«

Das hätte ich vermutlich nicht sagen sollen. Linus starrte mich an, ohne sich von der Stelle zu bewegen, und ich bekam es mit der Angst zu tun. Ich war zu weit gegangen. Das sah ich in seinen Augen. Aber ich hatte keine Gelegenheit, mich zu entschuldigen, weil er sich umdrehte und ging. Ich blieb sitzen und zwang mich, meine Nachspeise zu essen, als wollte ich bewußt allein sein. Dann nahm ich einen Schluck Wein und einen Schluck Wasser. Ich aß so viel *crème brûlée*, daß mir fast schlecht wurde. Schließlich stand ich auf und verließ ganz langsam das Restaurant.

»Hat es Ihnen bei uns gefallen, Madam?« fragte mich der Kellner, als ich an ihm vorbeiging.

»Sehr«, sagte ich.

Das Modell des Opernhauses war am Morgen in einem See-Container angekommen. Stuart Lloyd hatte nur »Wow!« gesagt. Und jetzt sagte er es wieder: »Wow!«

»Also gefällt's Ihnen«, sagte Linus. Er wurde immer noch rot, wenn ihn etwas freute oder aufregte, und er ärgerte sich darüber.

Stuart Lloyd trat einen Schritt auf ihn zu und schüttelte ihm die Hand. Dann sagte er: »Und Sie machen sich keine Gedanken mehr über die Wilsons, ja?«

Linus verzog das Gesicht und zuckte mit den Achseln. »Ich kann nicht behaupten, daß mich das nicht mehr berührt. Deswegen ist sogar der Abend gestern mit Esther Fisher, der wirklich schön hätte werden sollen, in einen Alptraum ausgeartet.«

»Ach, Ihre kleine Freundin im Feindeslager? Ich muß sagen, daß ich von ihr und ihresgleichen die Nase voll habe.«

Zu seiner eigenen Überraschung nahm Linus sie in Schutz. »So einfach ist das auch wieder nicht«, sagte er. »Sie glaubt wirklich, daß das, was mit den Wilsons passiert, falsch ist. Es ist ihr sogar wichtiger als die Beziehung zu mir. Dafür muß ich ihr Respekt zollen.«

Stuart Lloyd sah ihn mit hochgezogenen Augenbrauen an.

»Tatsächlich? Ich habe nicht den Eindruck, daß es sehr viel Spaß macht, mit ihr zusammenzusein.«

Linus lächelte. »Ach doch, es kann sogar erstaunlich schön sein. Und ich glaube nicht, daß ihr das alles leichtfällt. Sie hatte vor ein paar Monaten eine Art Nervenzusammenbruch. Das hatte mit ihrem Job zu tun. Sie hat ihren Instinkten vertraut und doch alles falsch gemacht. Am Ende war sie zutiefst verunsichert. Sie hat sich nicht mehr getraut, irgendeine klare Aussage zu machen. Sie hat deswegen sogar ihren Job verloren.«

»Was für ein Glück, daß sie sich gerade rechtzeitig wieder erholt hat, um uns Schwierigkeiten zu machen. Aber egal, wir haben gewonnen. Das Glyndebourne für das Volk wird gebaut, und das ist das einzige, was zählt.« Er nickte in Richtung Modell. »Das Gebäude wird Preise kriegen.«

Linus grinste ihn an. »Könnte schon sein. Und Sie haben bis jetzt keine Probleme damit? Sie finden's nicht zu teuer oder wollen andere Materialien oder ein paar Säulen mit Wasserspeiern dran?«

»Wasserspeier sind immer hübsch, aber nein, danke.« Stuart Lloyd schüttelte den Kopf. »Ich habe Ihnen ja schon gesagt, daß Sie freie Hand haben werden. Sind Sie übrigens mit Pelling & Son zufrieden?«

»Mit dem Bauunternehmen? Ja. Die scheinen wirklich was draufzuhaben.«

»Wann wollen Sie die Baustelle besichtigen?«

»Am Freitag. Ach, und übrigens habe ich einen tollen Künstler gefunden, der die Glasgravuren am nördlichen Fenster übernehmen soll.« Dann unterhielten sie sich über weitere Details, und Linus empfand genau jene Erregung, die andere Menschen in Drogen oder Sex fanden. Das war das Leben! Deswegen war er geboren worden: um Bauwerke zu schaffen.

34

ICH HATTE MIR also wieder einmal bewiesen, daß ich für die Liebe so wenig taugte wie der Hunnenkönig Attila für den Weltfrieden.

Ich besuchte gerade Audrey und versuchte, mir einzureden, daß ich bester Laune war. Sie war jedenfalls gut drauf. Der Gips war ihr inzwischen abgenommen worden, und sie hatte wieder ein bißchen Gewicht zugelegt. Wenn man sie so ansah, bequem gegen den riesigen Kissenberg in ihrem großen Bett gelehnt, war es schwer zu glauben, daß sie jene unglückselige Reise überhaupt unternommen hatte.

Ich gab ihr einen Kuß auf die Wange. Als ich mich wieder aufrichtete, sagte sie: »Du siehst schrecklich aus.« Ich bedankte mich für das Kompliment. Sie musterte mich. »Was ist los?«

»Nichts ist los«, herrschte ich sie an und dann, als ich mich auf den Stuhl neben ihrem Bett setzte, begann ich zu weinen. Ich weiß nicht, wer den größeren Schreck bekam, Audrey oder ich.

Nach einer Weile spürte ich eine Hand auf meiner Schulter. »Ruhig, ruhig.« Dann war die Hand wieder weg. »Hast du ... du weißt schon, hast du deine Tage?« Meine Mutter hatte sich bei Gesprächen über Körperflüssigkeiten nie sonderlich wohl gefühlt.

»Meine Tage? Nein. Und selbst wenn: Meinst du, ich würde dann hier sitzen und dir was vorheulen?«

»Nein, es ist bloß, daß ich dich nicht mehr hab weinen sehen, seit du damals dieses Schwein verloren hast. Ach ja, und noch einmal, in Schweden.«

»Pigotty.« Ich wischte mir schniefend die Nase mit dem Handrücken ab. »Sein Name war Pigotty.«

»Wie auch immer.« Die Stille wurde nur durch das rhythmische Eintauchen von Audreys Hand in eine Lakritztüte unterbrochen. Schließlich sagte sie: »Ich habe heute mit Olivia gesprochen. Sie können sich immer noch nicht entscheiden, ob sie verkaufen wollen oder nicht. Ulla hat mit Häkeln angefangen. Offenbar macht sie so eine Art Patchwork-Decke. Olivia sagt, daß es in der Klinik einen tollen Laden mit Handarbeiten gibt. Sie spielt mit dem Gedanken, ein paar von den Sachen in der Galerie auszustellen. Und natürlich freuen sie sich riesig darüber, daß das Opernhaus nun gebaut werden kann, genau wie ich. Der liebe Linus.«

Ich bedachte sie mit einem wütenden Blick. »Verrat, dein Name sei Audrey.«

Audrey schenkte mir keine Beachtung. Deswegen sah sie so gut aus, trotz ihres Unfalls, trotz ihres Alters: Sie ignorierte einfach alles, was sie belasten konnte, gab vor, daß es nicht existierte. »Ich kann Linus sehr gut leiden«, sagte sie.

»Du kennst ihn doch kaum. Ich hasse es, wenn du sagst, du kannst Menschen ›sehr gut leiden‹, ohne überhaupt darüber nachgedacht zu haben.«

»Ich habe das Gefühl, daß ich dich nicht sonderlich mag, wenn du solche Laune hast. Wenn du mich fragst, ist das ... du weißt schon was, deine ... Auch wenn du's selbst nicht merkst.«

»Von dir scheint der Streß einfach abzuperlen«, sagte ich. »Aber auf mich fällt er wie sanfter Regen, und er verwandelt mich in eine Wahnsinnige und Mörderin!« Erst jetzt merkte ich, daß ich den letzten Teil des Satzes geschrien hatte.

»Und wahrscheinlich ist es noch zu früh für ... du weißt schon ... für die Wechseljahre«, überlegte Audrey laut. Ich packte den Krapfen auf meinem Teller und quetschte die Marmelade bis auf den letzten Tropfen aus der runden Teigmasse. Dann stand ich auf. »Ich glaube, ich sollte jetzt gehen.« Auf dem Weg zur Tür nahm ich mir eine Papierserviette.

»Wenn du meinst«, sagte Audrey. »Tschüs dann, mein Schatz.«

Ich hatte kaum die Beine unter meinem Schreibtisch ausgestreckt, als schon das Telefon klingelte. Es war Dora Wilson. Sie kam sofort zur Sache. »Ich mache mir Sorgen wegen George. Große Sorgen.«

»Dora, was ist los?«

»Er hat wieder diese Show im Fernsehen angeschaut, Sie kennen doch diese amerikanische Sendung, sie heißt *So ist das Leben*?«

»Ja, ich glaube, die kenne ich.«

»Tja, diesmal ging's um Leute wie George und mich, nur daß die beiden in Amerika leben. Sie sollten auch ihr Haus verlieren, und der Mann – sie waren verheiratet, nicht wie George und ich ...«

Aus den Augenwinkeln sah ich, daß Chloe mein Büro betrat. Sie versuchte, meine Aufmerksamkeit auf sich zu ziehen. »Ja?« sagte ich in den Hörer.

»Und er hat den Mann, einen Anwalt, in ihr Cottage gelockt, aber die da drüben sagen Cabin dazu, und hat ihm das Gewehr an den Kopf gehalten. Da hab ich zu George gesagt: ›Siehst du, so machen die das da drüben mit ihren Western und Schießeisen‹, und er hat gesagt: ›Was die können, können wir schon lange ...‹«

»Dora, was soll das heißen?« Ich gab Chloe mit der freien Hand ein Zeichen zu warten.

Dora klang ungeduldig. »Ich hab Ihnen doch gesagt, daß George die Fernsehshow angeschaut hat ...«

»Ja, das habe ich verstanden. Aber was sollte der Rest?«

»George hat gesagt, ›was die können, können wir schon lange‹.« Sie sprach jetzt ganz langsam, als habe sie es mit einer Idiotin zu tun, was ja auch nicht so weit von der Realität entfernt war. »Und daß er sein Gewehr hat und auch weiß, wie man's benutzt, was stimmt, weil er beim Tontaubenschießen immer Preise gewonnen hat, früher, als sie noch ...«

»Moment, Moment, wollen Sie damit sagen, daß George gedroht hat, auf jemanden zu schießen?«

»Ich weiß es nicht«, sagte Dora. »Aber er hat sich so darüber aufgeregt, daß die am Montag kommen wollen und Sie gesagt haben, daß man nichts mehr machen kann ...«

»Ich fürchte aber, daß das stimmt. Wir haben alles in unserer Macht Stehende getan. So viele Leute sind Ihnen wohlgesonnen ...«

»George murmelt die ganze Zeit vor sich hin, und erst vor 'ner halben Stunde hat er das Gewehr aus dem Schrank geholt. Er hat ein ziemlich komisches Gesicht gemacht dabei.«

»Und was soll ich jetzt tun?«

»Vielleicht könnten Sie ja kommen und mit ihm reden. Und wenn Sie dann noch ein paar Fotos machen, hat er möglicherweise das Gefühl, daß er noch wichtig ist und die Leute noch was über ihn lesen wollen. Dann kriegt er vielleicht wieder Hoffnung.« Das war das andere Problem. Die Presse, also wir, holten Menschen aus der Menge heraus und rückten sie ins Licht der Öffentlichkeit, und wenn wir dann genug von ihnen hatten, wandten wir ihnen den Rücken zu, schalteten das Licht wieder aus und richteten unsere Aufmerksamkeit auf die nächste Attraktion. »Das wäre eine Lüge«, sagte ich.

Dora seufzte. Was für ein Wunder moderner Kommunikationstechnik, dachte ich, daß ein so schwerer Seufzer von Kent bis zu mir übertragen werden konnte. »Vielleicht würde es ihn beruhigen.«

»Doch was passiert dann? Der Räumungsbefehl wird am Montag ausgeführt, und das ist es dann. Es tut mir leid, wirklich, aber ich glaube einfach nicht, daß Lügen irgend etwas bezweckt.«

Chloe gestikulierte heftig von der Tür aus. »Dora, vielleicht sollten Sie Ihren Arzt rufen. Es klingt fast so, als wäre George ziemlich aufgeregt. Der Arzt könnte ihm ein Beruhigungsmittel geben. Und wenn er mit jemandem redet, den er kennt und dem er vertraut ...«

»Der vertraut keiner jungen Ärztin frisch von der Schule. Damals bei Dr. Crabshaw war das noch was anderes, der war noch ein richtiger Arzt ...«

»Dora, ich muß jetzt wirklich aufhören. Rufen Sie die Ärztin trotzdem an und sperren Sie zur Sicherheit das Gewehr weg. Ich rufe Sie in einer Weile wieder an, um zu hören, ob alles in Ordnung ist.« Dann legte ich auf.

»Ja?« sagte ich zu Chloe.

»Wird auch Zeit. Wir haben die absolute Krise bei ›*Chronicle* für die Frau‹, da solltest du dich mal drum kümmern.«

»Worum geht's?«

»Du hast letzte Woche behauptet, daß Cameron Diaz Rosewood-Lipgloss von Pascal benutzt, um einen so hübschen Schmollmund zu kriegen. Du hast leider vergessen zu erwähnen, daß man den Farbton bloß in den Staaten bekommt. Die Werbeabteilung von Pascal hat sich bei mir beschwert, daß sie von Kundinnen überrannt werden, die alle unbedingt Rosewood wollen, aber das haben sie nicht. Und die arme Roz hängt ununterbrochen an der Strippe; manche von den Anrufen sind alles andere als freundlich.«

»Und was soll ich dagegen machen?«

»Keine Ahnung. Aber mach was.«

Ich versuchte es, doch offen gestanden war ich nicht richtig bei der Sache, denn ich mußte die ganze Zeit an mein Gespräch mit Dora denken. George hatte auch früher schon solche Schnapsideen gehabt, die meisten davon vom Fernsehen inspiriert, aber das war alles nur heiße Luft gewesen. Doch da hatte er noch Hoffnung gehabt, dachte ich, während ich die Nummer der Sprecherin von Sugar Candy wählte, der neuen Girlie-Gruppe. (Ich wollte sie fragen, ob die Leadsängerin gewillt wäre, unseren Leserinnen das Geheimnis ihres vieldiskutierten Dekolletés zu verraten, um sie von Camerons Schmollmund abzulenken.) In dem Augenblick befiel mich eine schlimme Vorahnung. Nun, vielleicht war es nur ein ungutes Gefühl, aber es war definitiv ungut und hatte mit den Wilsons zu tun. Ich wählte die Nummer von Doras Handy. Keine Antwort, also versuchte ich die Nummer von Georges. Ohne Erfolg. Ich wurde immer unruhiger.

Fünf Minuten später klingelte mein Telefon. Es war Simon Fuller von Terra Nova Enterprises. »Wir haben soeben eine ziemlich beunruhigende Nachricht von Ihren Freunden, den Wilsons, bekommen. Ich hab nicht alles verstanden, aber der Alte hat was von wegen Gewehr gebrüllt und daß er's auch verwendet, wenn er nicht kriegt, was er will.« Simon Fullers Stimme klang ruhig und sachlich, und sein Tonfall veränderte sich auch dann nicht, als er hinzufügte: »Ich muß Ihnen leider sagen, daß wir Sie und Ihre Kollegen vom *Chronicle* voll und ganz für alle Probleme verantwortlich machen werden, die die Wilsons verursachen.«

»Augenblick mal. Das ist doch lächerlich.«

»Denken Sie, was Sie wollen. Übrigens haben wir heute nachmittag einen Baustellentermin mit dem Architekten, dem Gemeinderat und dem Bauunternehmen. Ich hoffe für Sie, daß Sie nicht mehr Staub aufgewirbelt haben, als Sie beseitigen können.«

Das hoffte ich auch, und wie ich das hoffte. Ich wählte noch einmal die Nummern der Wilsons. Immer noch keine Antwort von Dora. George hatte sein Handy ausgeschaltet. Ich sah auf meine Uhr – Punkt zwölf. »Hey, Roz«, rief ich meiner Kollegin vom »*Chronicle* für die Frau« zu. »Ich fahre nach Kent. Ach, und wenn Chloe wiederkommt, sag ihr doch bitte, daß ich das Dekolleté von Candy Floss für die Samstagsausgabe habe.«

Der Baustellentermin war zu Ende, und die anderen waren gegangen. Linus war noch da, völlig vertieft in die Vorstellung von seinem Opernhaus auf dem an das Gut angrenzenden Grund. Zu dieser Tageszeit – er warf einen Blick auf seine Uhr; es war kurz nach eins – und zu dieser Jahreszeit, im Frühherbst, würde die Sonne durch das halbmondförmige Glas hereinströmen, das Foyer mit Licht erfüllen und die Besucher im Innern begrüßen. Dieses Licht würde sich verbinden mit dem aus mehreren Oberlichten, so daß sich ein sich ständig veränderndes Muster auf dem schwarzweißen Boden ergäbe. In der Nacht würde an die Stelle des Sonnenlichts die künstliche Beleuchtung treten, die von oben und unten und von den Seiten käme. Und dahinter der Kokon des Zuschauerraums.

Er war so tief in seine Träume versunken, daß er den Mann, der ihn ansprach, zuerst gar nicht hörte.

»Tag«, sagte die Stimme noch einmal.

Als Linus den Blick hob, sah er einen kleinen Mann über Siebzig auf sich zukommen, eine flache Tweedmütze auf dem Kopf und ein Gewehr in der Armbeuge. »Tag.« Linus lächelte ihn an.

»Sie sind also wegen diesem Glyndebourne für das Volk hier?«

Linus nickte. »Genau. Ich bin der Architekt. Sind Sie aus der Gegend?« Der Mann nickte, die kleinen Augen auf Linus' Gesicht gerichtet. »Wie gefällt Ihnen das, was wir vorhaben?«

»Jeder hier hat so seine Meinung«, sagte der Mann. »Aber wenn Sie der Architekt sind, würden Sie sich wahrscheinlich auch gern das Cottage anschauen, das im Weg steht.«

Linus sah sich den Mann genauer an. »Sie sind nicht George Wilson, oder?«

»Doch.«

Linus spürte, wie er rot wurde, als er seine Pläne zusammenrollte und in ihren Pappbehälter zurückschob. Was zum Teufel sollte er jetzt sagen? Er bückte sich, um seine Aktentasche zu schließen, die neben seinen Füßen auf dem Boden stand. Nachdem er sich wieder aufgerichtet hatte, sagte er zu George: »Ich weiß, wie schwierig das alles für Sie und Ihre Schwester gewesen ist.«

»Wenn Sie mitkommen, zeige ich Ihnen das Cottage. Und Dora macht uns einen Tee. Sie trinken doch sicher eine Tasse Tee mit uns.«

»Das ist sehr nett von Ihnen.« Linus versuchte, nicht auf das Gewehr zu blicken. »Aber ich fürchte, ich muß wieder zurück nach London. Zu einem Treffen.«

»Ich glaube, das Treffen kann warten«, sagte George.

»Ich fürchte, es kann nicht ...« Linus führte den Satz nicht zu Ende, als er feststellte, daß er in die Mündung des Gewehrs blickte. »Nun, wenn Sie meinen.« Dann begann er, in Richtung des verfallenen kleinen Hauses in der Ferne zu gehen, dessen Namen – Rookery Cottage – und Lage er von seinen Plänen her kannte. »Eigentlich«, sagte er, ohne sich umzudrehen, »brauchen Sie das Ding nicht auf mich zu richten, denn ich begleite Sie ganz gern, um Ihr ... das Häuschen anzusehen. Und was machen Sie, wenn uns jemand begegnet? Das sieht doch ein bißchen komisch aus, finden Sie nicht auch?«

»Zu dieser Tageszeit kommt niemand hierher«, sagte George mit fester Stimme.

Als sie sich der Tür von Rookery Cottage näherten, trat eine ältere Frau heraus, die kräftiger als George war, aber die gleichen wachen Augen hatte wie er.

»Ich hab den Architekten mitgebracht. Hab mir gedacht, wir

könnten ’nen Tee zusammen trinken und uns ein bißchen unterhalten«, rief George ihr zu.

Linus sagte: »Hallo, Sie sind wahrscheinlich Ms. Wilson, stimmt’s?« Er versuchte dabei so auszusehen, als käme er oft mit einem Gewehr im Rücken zum Tee. Sie drehten sich alle um, als sie das Geräusch quietschender Reifen hörten. Der Wagen war klein und schwarz, und eine Frau stieg aus: Esther Fisher.

»Esther Fisher! Was macht die denn hier?« wollte Linus wissen.

»Ich hab sie angerufen«, sagte George. »Wir brauchen Publicity.«

»So haben die in dem Film auch gesagt«, pflichtete Dora ihm bei. »›Ohne Publicity steht man immer auf der Schattenseite des Lebens.‹« Ihre Stimme klang jetzt wie die einer Hohenpriesterin, die eine amerikanische Fernsehshow kommentiert.

»Genau«, sagte George, ohne den Blick von Linus zu wenden.

»Esther!« rief Linus. »Steig wieder in den Wagen …« Weiter kam er nicht, denn schon schob George ihn mit erstaunlicher Geschwindigkeit durch die Cottagetür und knallte diese hinter ihnen zu.

35

LINUS WAR IN dem Cottage, und George bedrohte ihn mit dem Gewehr. Ich war ganz allein draußen.

Etwa eine Minute zuvor hatte Dora den Kopf aus dem Fenster im ersten Stock gestreckt und gerufen: »Tut mir leid, Esther, aber George sagt, ich soll Ihnen sagen, wenn der Gemeinderat den Räumungsbefehl nicht rückgängig macht, erschießt er den Architekten.«

Ich betrachtete ihr Gesicht, das aussah wie immer, sogar ein bißchen besser, weil es von den spätblühenden Kletterrosen eingerahmt wurde.

»Bitte sagen Sie mir, daß das alles ein schlechter Scherz ist«, flehte ich sie an.

Dora schüttelte den Kopf, bedauernd, wie es schien. »Ich hab Ihnen ja von dieser amerikanischen Fernsehshow erzählt. George sagt, wenn es denen drüben in Amerika geholfen hat, wird's uns hier auch helfen. ›Nicht aufgeben, wenn alles verloren scheint, denn dann hebt Gott der Herr die Faust für dich. Und mit Seiner Hilfe und der Macht der Medien werdet ihr gewinnen!‹ Das haben sie in der Show gesagt, und George glaubt ihnen. Würden Sie also bitte die Leute vom Gemeinderat anrufen und es ihnen sagen?« Dann verschwand ihr Kopf, und sie knallte das Fenster zu. Fast sofort öffnete sie es wieder. »Ach, und George sagt, wenn Sie die Polizei rufen, schießt er auf jeden Fall.«

Meine Hände zitterten, als ich die Auskunft anrief, um die Nummer der Gemeinde zu erfragen. Schließlich meldete sich eine Frau namens Maureen. Sie entschuldigte sich, sie sei die einzige, die noch im Haus sei, abgesehen von Jason Shaw, und der sei ohnehin für Müll und Abwasser zuständig. Maureen fragte, was sie für mich tun könne.

Ich fragte sie, wo alle anderen waren. Maureen erklärte mir, sie seien nicht im Büro, aber vielleicht könne sie mir helfen?

Ich teilte ihr mit, daß es sich um einen Notfall handle und ich mit dem Leiter des Baureferats und dem Vorsitzenden des Gemeinderats sprechen müsse. Maureen erklärte mir, die Notnummer sei nur zwischen fünf Uhr nachmittags und neun Uhr morgens besetzt.

Ich überlegte, ob ich George vielleicht überreden konnte, Maureen statt Linus zu erschießen. »Gibt's irgendeine Möglichkeit, an irgend jemanden heranzukommen?« fragte ich mit Verzweiflung in der Stimme.

Maureen erklärte mir, ihrer Ansicht nach bestehe kein Anlaß zum Schreien. Dann fragte sie mich erneut, ob sie mir helfen könne.

Ich beendete das Gespräch und rief zu Dora hinauf. Ein paar Minuten später ging das Fenster auf, und sie streckte den Kopf heraus wie ein bösartiger Kuckuck.

»Dora, bitte sagen Sie George, daß zur Zeit keiner der Verantwortlichen in der Gemeinde ist.«

Sie verschwand und erschien kurz darauf wieder. »George sagt, dann sollen Sie diesen Stuart Lloyd anrufen. Er hat die Sache angefangen, da kann er sie auch beenden.«

»Geht's Linus gut?«

Doras Gesichtsausdruck wurde weicher. »Machen Sie sich wegen ihm mal keine Sorgen, Esther. Er trinkt gerade 'ne Tasse Tee mit George.«

»Bedroht George ihn immer noch mit dem Gewehr?«

Doras Kopf verschwand. Dann streckte sie ihn wieder heraus. »Ja. Aber Sie dürfen sich keine Sorgen machen. Rufen Sie einfach diesen Stuart Lloyd an, sagt George.« Sie reckte ihren dicken Hals noch ein bißchen weiter heraus. »Es ist bald vorbei, Sie werden schon sehen.« Ich glaube, das sollte tröstend klingen.

Hatte ich einen Termin vereinbart? fragte mich die Empfangsdame von Terra Nova. Ich erklärte ihr, ich müsse unbedingt mit

Mr. Lloyd sprechen, es werde nicht lange dauern, sei aber ungemein dringend.

Die Empfangsdame erwiderte, es tue ihr leid, aber ohne Termin könne sie mich nicht zu Mr. Lloyd durchstellen.

»Ach, hatte ich nicht erwähnt, daß ich einen Termin habe?« sagte ich schnell.

Die Empfangsdame erklärte mir, Mr. Lloyd sei im Augenblick leider nicht zu sprechen.

»Aber Sie haben doch gerade gesagt, daß ich ohne Termin nicht mit ihm sprechen kann«, brüllte ich.

Die Empfangsdame erklärte mir mit Engelsgeduld, das habe ich richtig verstanden. Ohne Termin könne ich nicht mit Mr. Lloyd sprechen.

»Aber ich habe einen Termin!«

»Es tut mir leid, aber Mr. Lloyd ist im Augenblick nicht zu sprechen«, sagte die Empfangsdame. Würde ich auch mit seiner Sekretärin sprechen?

Ich brüllte ja.

»Nein«, teilte mir die neue Stimme am anderen Ende der Leitung mit, sie sei nicht Stuart Lloyds Sekretärin, denn die sei im Augenblick nicht zu sprechen. Sie sei Lindsey, ihre Assistentin. Ich fing zu weinen an.

Lindsey fragte mich, ob sie mir helfen könne.

Ich hörte auf zu weinen und fragte ganz deutlich, ob sie mich zu Stuart Lloyd durchstellen könne, denn es ginge um Leben und Tod.

Es herrschte kurzes Schweigen, und mein Herz begann, schneller zu schlagen. »Nein.« Lindsey tat es schrecklich leid, aber Mr. Lloyd sei im Augenblick nicht zu sprechen.

»Dora!« brüllte ich. »Ich komme auch nicht zu Stuart Lloyd durch.« Dora wirkte verärgert. »Das ist wirklich kein Trick. Sie begreifen nicht – es ist unmöglich, irgend jemanden an die Strippe zu kriegen. Bitte, bitte lassen Sie Linus Stendal frei, dann können wir uns vernünftig über die Sache unterhalten.«

Dora verschwand und kehrte wieder zum Fenster zurück. »George sagt, das vernünftige Unterhalten hat uns nicht weitergebracht, also würde er's gern weiter so versuchen, wenn's Ihnen nichts ausmacht.«

»Mir macht's schon was aus«, rief ich. »Bitte, Dora, tun Sie das nicht. Ich will Ihnen doch helfen. Ich habe sie schon einmal dazu gebracht, den Bau zu stoppen, vielleicht schaffe ich's noch mal. Sie müssen mir bloß Zeit geben.«

Dora überlegte einen Augenblick. »Ich glaube nicht, daß es so sehr eilt.« Dann knallte sie das Fenster zu.

Was jetzt? Ich suchte in meiner modischen Tasche von J. P. Todd, für die ich in dem Glauben, daß sie mich glücklich machen würde, mehr als vierhundert Pfund bezahlt hatte, nach einem Taschentuch. Nun, was nützte sie mir jetzt (es stellte sich heraus, daß sich das Taschentuch ohnehin in meiner Jackentasche befand), wenn der Mann, den ich mehr liebte als mein eigenes Leben, von einem verrückten Alten mit einem Gewehr festgehalten wurde? Wie hatte aus den armen, alten Leutchen nur Bonnie and Clyde werden können? Das hier war viel schlimmer als Ullas Versuche als Giftmischerin, und die waren mir damals schon schlimm genug erschienen. Die Leute redeten immer wieder vom schlechten Einfluß des Fernsehens auf die Kinder. Aber was war mit dem auf die Rentner?

Ich hob den Blick zum blauen Himmel. Vielleicht war ja alles nur heiße Luft, ein letztes, dramatisches Aufbäumen. »Dora«, rief ich. »Dora, kann ich mit Linus sprechen?«

»Er ist auf dem Klo«, sagte sie. »Hat, scheint's, Probleme mit dem Magen.«

Sobald sie vom Fenster verschwunden war, rannte ich zu der Seite des Hauses, an der sich die Toilette befand. Direkt unter ihrem Fenster flüsterte ich »Linus«. Ich sah, wie sich im Innern ein Schatten bewegte. Zwei Hände tauchten hinter der Milchglasscheibe auf und drückten das Fenster einen Spalt auf. Ich erkannte Linus' Gesicht, das bleich wirkte in dem dunklen Raum, und streckte ihm die Hand entgegen. Da hörte ich Georges Stimme rufen: »Was machen Sie da drinnen?« Linus drehte sich um und rief: »Das übliche. Ich bin gleich wieder draußen.«

Dann wandte er sich mir zu und drückte das Fenster ganz auf.

Zum erstenmal seit langer Zeit stand ich ihm wieder von Angesicht zu Angesicht gegenüber. Sein Anblick vertrieb das Chaos um mich herum. Ich ertappte mich dabei, wie ich dümmlich grinste.

»Ich habe die Autoschlüssel«, flüsterte ich ihm zu, während er auf das Fensterbrett kletterte. Er war schon halb draußen, als die Tür aufflog und die Metallplatte, an der der Haken befestigt gewesen war, durch den Raum schoß. Ich duckte mich. Wenn George merkte, daß ich Linus bei der Flucht helfen wollte, nützte ich ihm noch weniger als zuvor. Ich hörte, wie Linus wieder auf den Boden sprang.

»Warum machen Sie bloß so was Dummes?« fragte George eher enttäuscht als verärgert.

Ich sank auf die Erde und verbarg das Gesicht in den Händen. Ein paar Minuten blieb ich so, dann ging ich wieder zur Vorderseite des Hauses und nahm das Handy. Wieder wählte ich die Nummer von Terra Nova Enterprises, und diesmal gelang es mir, zu Simon Fuller durchzudringen. Er klang einigermaßen bestürzt über das, was ich ihm erzählte, und versprach mir, Stuart Lloyd Bescheid zu sagen. »Geben Sie mir Ihre Nummer, dann rufe ich Sie an, sobald ich mit Stuart gesprochen habe.«

Zehn Minuten später klingelte das Telefon. »Esther, ich bin's, Audrey.« Es herrschte Schweigen, während ich mich bemühte, nicht loszuschreien. »Deine Mutter.«

»Nicht jetzt!« brüllte ich und drückte so fest auf den »Aus«-Knopf, daß ich fürchtete, ihn beschädigt zu haben.

Ein paar Sekunden später klingelte das Telefon erneut. »Ich bin's, deine Mutter, Esther. Du klingst ziemlich aus der Fassung.« Diesmal machte ich mir nicht einmal die Mühe, sie anzuschreien.

Während ich auf Simon Fullers Anruf wartete, lenkte ich mich mit dem Gedanken ab, daß ich die Beine von Audreys Bett absägen würde, wenn ich erst wieder in London wäre. Erneut klingelte das Telefon. »Ich bin's, Simon Fuller. Ich habe Stuart erwischt, doch ich fürchte, er findet genau wie ich, daß das Sache der Polizei ist. Es wäre alles andere als klug von Terra Nova, sich da einzumischen.«

»Aber der Mann droht, Ihren Architekten zu erschießen.«

»Deswegen halten wir es ja für eine Sache der Polizei. Außerdem ist es immer schlecht, den Forderungen von Geiselnehmern nachzugeben. Das wäre ein schlechtes und gefährliches Beispiel.«

»Die Tatsache, daß Ihr Architekt mit einem Gewehr bedroht wird, ist an sich schon ein gefährliches Beispiel«, erklärte ich ihm. »Lassen Sie mich bitte mit Stuart Lloyd sprechen, ja?«

»Ich fürchte, er ist im Augenblick nicht zu sprechen.«

Ich atmete tief durch, um mich zu beruhigen. »Aber Sie haben doch gerade gesagt, Sie hätten mit ihm gesprochen.«

»Das war vor ein paar Minuten. Jetzt ist er nicht mehr zu sprechen.«

»Also haben Sie vor, Ihre Hände in Unschuld zu waschen?«

»Aber nein. Wir haben bereits die Polizei gerufen.«

»Sie haben was getan? Nein, nein, Sie brauchen's nicht zu wiederholen, ich habe Sie schon beim erstenmal verstanden. Aber vergessen Sie nicht: Wenn alles schiefgeht, haben Sie das Blut von Linus an Ihren Händen.« Ich wartete nicht, bis er mir erklärte, ich solle nicht hysterisch werden.

»Dora«, rief ich. Das Fenster im ersten Stock ging auf, und sie erschien. »Es tut mir wirklich leid, aber diese Idioten von Terra Nova haben die Polizei gerufen. Ich habe ihnen gesagt, daß sie's nicht machen sollen, wirklich, das hab ich.« Doras Kopf verschwand, ohne daß sie mir eine Antwort gegeben hätte.

Ein paar Minuten später tauchte George am Fenster auf. »Ich habe gesagt, keine Polizei.«

»Ich weiß, George. Ich kann wirklich nichts dafür. Aber auf mich hört ja niemand.«

»Tja, dann wissen Sie jetzt, wie's Dora und mir geht«, sagte George. »Ich habe Ihnen gesagt ...« Da war ein Schuß zu hören. George brüllte: »Was zum Teufel ...?«

Ich schrie: »Du lieber Himmel!« Dann hastete ich zur Tür, hämmerte dagegen und brüllte, sie sollten mich hineinlassen.

»Keine Sorge, Esther«, hörte ich Doras Stimme von oben. »Ich hab uns grade einen Tee gemacht, und da ist das Gewehr losgegangen, aber es ist nichts passiert. Die Kugel ist in der Tür von der Speisekammer gelandet, und die kann George wieder richten.«

»Ist Linus in Ordnung?«

»Aber sicher. Warum denn nicht?«

»Verdammt noch mal, Dora, Sie halten ihn als Geisel und bedrohen ihn mit einem Gewehr.«

Dora wirkte ein wenig verstimmt. »Nun, wenn Sie meinen.« Und dann hörten wir die Sirenen. Zwei Polizeiwagen und eine Ambulanz kamen mit quietschenden Reifen den Schlammweg zum Tor entlang.

»Sagen Sie George, er soll keine Panik kriegen«, rief ich. »Und bitte, bitte schießen Sie nicht. Ich bin hier. Ich verhandle in Ihrem Namen, aber bitte schießen Sie nicht!«

36

JETZT WAR ICH nicht mehr allein. Rookery Cottage war von bewaffneten Polizisten umstellt. Eine Unterhändlerin mit einem langen geblümten Rock und einer weichen weißen Bluse – »Man muß ganz normal aussehen«, hatte sie mir erklärt, »auf keinen Fall bedrohlich« – stand unter dem geschlossenen Fenster im ersten Stock. Die Ambulanz und die Sanitäter warteten am offenen Tor. Dora war kurz zuvor aufgetaucht, um uns mitzuteilen, daß George alles andere als erfreut sei. Dabei hatte sie die Stimme gesenkt und sich ein bißchen weiter aus dem Fenster gebeugt. »So war das nicht in der Fernsehsendung.«

Ich erklärte der Unterhändlerin – sie hieß Wendy – die Sache mit George und seiner Fernsehsendung. Man hatte mir erlaubt, vor Ort zu bleiben, weil ich die Verdächtigen kannte, wie Wendy das ausdrückte.

»Und – werden Sie's dem Gemeinderat sagen?« fragte Dora. »Daß wir hierbleiben?«

»Ich fürchte, das können wir nicht machen«, sagte Wendy. »Aber wenn Sie Ihren Bruder überreden könnten, das Gewehr wegzulegen, könnten wir uns zusammensetzen und vernünftig miteinander reden.«

Dora verschwand. Sie ließ das Fenster offen und war nach wenigen Minuten wieder da. »George sagt, er schießt, wenn er nicht sieht, wie der Räumungsbefehl zerrissen wird. Er sagt, Sie sollen alle gehen und jemanden von der Gemeinde schicken.«

Wendy bat, mit Linus sprechen zu dürfen. Mein Herz schlug schneller, als er im Fenster erschien. Ich formte mit dem Mund die Worte »Ich liebe dich«. Ich glaube nicht, daß er es sah.

»Alles in Ordnung?« fragte Wendy ihn.

Er nickte. »Gehen Sie nicht auf seine Forderungen ein.«

»Linus, um Himmels willen!« rief ich, doch er schenkte mir keine Beachtung. »Mir geht's gut. Nicht vergessen: nicht auf seine Forderungen eingehen.« Dann verschwand er wieder.

Eine Stunde ging vorbei. »Und was jetzt?« fragte Wendy, als ein weißer Lieferwagen und ein dunkelblauer Jaguar vor dem Tor auftauchten.

Ein Beamter eilte auf uns zu. »Es sind diese verdammten Fernsehleute«, rief er. »Vom Lokalsender. Und dieser Barry Jones. Er behauptet, daß er ein Freund von den Wilsons ist.«

»Schicken Sie ihn her«, sagte Wendy. »Sorgen Sie dafür, daß die Fernsehleute in ihrem Wagen bleiben.« Dann wandte sie sich mir zu. »Glauben Sie, daß George positiv auf das Fernsehteam reagieren würde?«

Ich nickte. »Könnte gut sein.«

»Tja, dann lassen wir mal diesen Barry Jones ran – ist das *der* Barry Jones?« Ich nickte wieder. »Gut, er soll als erster versuchen, mit George zu reden.« Wendy gab einem der Beamten ein Zeichen, einem großgewachsenen, dunklen Mann, der die Mütze tief in die Stirn gezogen hatte. »Holen Sie Barry Jones, ja?«

»George, Dora«, rief Barry Jones zum offenen Fenster hinauf. »Ich bin's, Barry Jones. Hallo, Freunde!«

Dora erschien am Fenster. »Schön, Sie wiederzusehen, Mr. Jones«, begrüßte sie ihn. »George sagt, ich soll Ihnen sagen, er schießt, wenn sie den Räumungsbefehl nicht zerreißen.«

»Immer mit der Ruhe, Dora, sagen Sie ihm, er soll nichts übereilen. Ich bin mir sicher, daß wir die Sache ohne Gewalt regeln können. Gewalt hat Probleme noch nie gelöst.«

Dora schien über das, was er gesagt hatte, nachzudenken. »In dem Film, den George gesehen hat, aber schon.«

»Ich hab die Jungs vom Sender dabei. Sie erinnern sich doch noch an Tom, oder? Er hat das letzte Mal über euch berichtet. Warum sagen Sie George nicht, daß er herauskommen und mit Tom sprechen soll? Dann kommt er heute in die Abendnachrichten.« Barry Jones' Stimme klang einschmeichelnd, als wolle er einen Hund, der gerade einen Pantoffel geklaut hatte, unter dem Bett hervorlocken. »Machen Sie schon, Dora, sagen Sie's ihm.«

Dora verschwand und tauchte wieder auf. »George sagt, er will, daß die Leute vom Fernsehen ganz nach vorn kommen. Er sagt, wenn sie da sind, versucht ihr anderen keine Mätzchen.«

»Holt sie rüber«, sagte Wendy.

Schon Sekunden, nachdem die Leute vom Fernsehen Position bezogen hatten, öffnete sich die Tür des Cottage, und Linus kam, dicht von George gefolgt, heraus. George hatte das Gewehr auf Linus' Rücken gerichtet.

»Lassen Sie ihn gehen, George«, rief Wendy. »Legen Sie das Gewehr weg, damit wir uns unterhalten können.«

»Warum sollte ich Ihnen zuhören? Ihnen ist das hier doch egal«, zischte George. »Ihnen allen. Ich und Dora, wir sind allen bloß im Weg. Ich hab im Krieg als Soldat gekämpft, wußten Sie das schon? Und Dora hat ihren Verlobten beim Eisenbahnbau verloren, in Burma. Wir haben unser ganzes Leben lang hart gearbeitet und sind niemandem zur Last gefallen, aber jetzt sind wir im Weg. Wir sind niemandem wichtig.«

»Doch, Sie *sind* den Leuten wichtig«, sagte Wendy. »Aber manchmal ...«

Doch George hörte ihr nicht zu. »Ihr solltet euch aber was aus uns machen.« Dabei sah er direkt in die Kamera. »Für euch sind wir bloß zwei nutzlose alte Leute, aber wenn ihr uns genau anseht, stellt ihr fest, daß wir auch Augen haben, wie ihr. Und Hände, keine weichen, weißen wie dieser Architekt hier, aber trotzdem Hände, mit denen wir dieses Land fast siebzig Jahre beackert haben. Glaubt ihr denn, wir haben keine Gefühle, bloß weil wir alt sind und keine richtige Bildung haben? Tja, wir haben für solche Sachen keine Zeit gehabt, für die ganze Leserei und Lernerei, weil wir arbeiten mußten, um uns unseren Lebensunterhalt zu verdienen. Und das da haben wir uns erarbeitet.« Dabei deutete er mit der freien Hand auf das Cottage. »Hier haben wir unser ganzes Leben verbracht. Es ist ein gutes Haus, gemütlich im Winter und kühl im Sommer. Wir wissen Bescheid über eure Oper. Die Musik ist schön, wenn man die Zeit und das Geld hat, um sie sich anzuhören. Ist aber auch zum Lachen, das Trara.« Er schwieg einen Augenblick. »Dora und ich, wir sind nicht wichtig, doch wir leiden auch, genau wie ihr.«

Dann ging alles unglaublich schnell. George drehte das Gewehr blitzschnell um, steckte die Mündung in den Mund und drückte ab. Doras Schrei verstummte, als Blut, Gehirn und Knochensplitter auf ihrem Gesicht und ihrem Hals sowie auf ihrem gelben Pullover landeten. Linus fing George auf, als dieser nach hinten sank. Das Gewehr fiel zu Boden. Wendy rief nach den Sanitätern. Die Stufen zu Rookery Cottage färbten sich rot.

37

DIE WELT HÖRTE auf, sich zu drehen, als George Wilson sein Blut auf die Stufen seines Zuhauses vergoß.

Dann drehte sie sich weiter. Linus war voll mit Georges Blut. Ich wollte ihn in die Arme nehmen, konnte es aber nicht. Dora saß auf dem Boden und schaukelte vor und zurück, und ein Sanitäter versuchte, sie zum Aufstehen zu bewegen. Als sie sich schließlich hochrappelte, stolperte sie und fiel gegen ihn. Er stützte sie und half ihr zum Notarztwagen. Sie schaute nicht einmal zurück.

Wendy diskutierte das, was sie möglicherweise hätte tun sollen, mit zwei anderen Beamten. Barry Jones kotzte in einen Busch. Die Leute vom Fernsehen waren verschwunden.

Linus stand nicht weit von mir entfernt und sah mich an. Seine Augen waren riesig, und auf seinem bleichen Gesicht klebten rote Blutspritzer. Ich hatte noch nie ein Gesicht gesehen, das kalkweiß war. Ich streckte die Hand nach ihm aus. Er ergriff sie und fiel schluchzend in meine Arme. Ein Arzt, der gerade gekommen war, wollte ihm helfen, doch ich scheuchte ihn weg. Ich weiß nicht, wie lange wir so dastanden, Linus und ich, aber die Arme waren mir eingeschlafen, als wir uns schließlich bewegten und ganz langsam zu meinem Wagen gingen.

Linus verbrachte die Nacht bei mir. Er lag auf dem Bauch, einen Arm über dem Kopf, ein Bein angezogen, der Fuß des anderen ragte unter dem Oberbett hervor. Er war in meinen Armen eingeschlafen. Als ich sicher sein konnte, ihn nicht aufzuwecken, hatte ich mich von ihm gelöst und war aufgestanden. Jetzt stand ich vor dem Bett und betrachtete ihn, meine große Liebe, endlich bei mir. Und ich empfand nichts.

Ich verließ das Zimmer und ging in die Küche hinunter, zu meinem Laptop. Dann schrieb ich meinen Artikel. Um Mitternacht faxte ich ihn an die Zeitung, so daß er noch in der nächsten Ausgabe erscheinen konnte.

Charlie rief mich am nächsten Morgen um sieben an. Er wollte, daß ich ein Feature schrieb. »Faß die Ereignisse des vergangenen Jahres zusammen. Stell noch mal die Hauptfiguren in dem Drama vor und so.«

Ich weigerte mich.

»Was hast du gesagt?«

»Ich habe nein gesagt, das mache ich nicht. Und sobald die gerichtliche Untersuchung abgeschlossen ist, verschwinde ich ein paar Wochen.«

»Das kannst du nicht. Wir brauchen dich hier.«

»Das kann ich sehr wohl. Frag die Gewerkschaft.«

Eine Woche später waren Linus und ich am Flughafen und warteten auf unseren Flug nach Göteborg. Ich kaufte eine Zeitung am Kiosk. Auf Seite vier standen die Ergebnisse der gerichtlichen Untersuchung von George Wilsons Tod. Selbstmord im Zustand der eingeschränkten Zurechnungsfähigkeit.

Linus äußerte sich nicht dazu. Seit dem Tag, an dem George gestorben war, hatte er kaum ein Wort gesagt. Mir machte es nichts aus, daß er schwieg. Was gab es schon zu sagen? Ich spielte im Geist ein mögliches Gespräch durch:

LINUS: Ich hab den Mann in den Tod getrieben.

ESTHER: Mach dir mal keine Sorgen darüber, Linus, solche Dinge passieren eben. Was sollte *ich* da sagen? Ich habe sie mit meiner Unfähigkeit betrogen genau wie dich mit meinen falschen Idealen.

Nein, da war es schon besser, überhaupt nichts zu sagen.

Nach jener Nacht hatte er seine wenigen Sachen zu mir gebracht – Posy hatte nichts dagegen gehabt – und war bei mir geblieben. Wir waren jede Nacht fest umschlungen eingeschlafen, aber wir hatten uns nicht geliebt. Und am Morgen waren wir aufgestanden wie zwei Fremde, um einen weiteren Tag schweigend zu verbringen.

»Was läuft da mit dir und diesem Typ?« hatte Posy mich eines Nachmittags gefragt, als wir allein in der Küche waren. »Ich dachte, ihr seid ganz hin und weg vor Liebe.«

»Tja, das sind wir auch«, sagte ich müde.

In Göteborg holte Olivia uns vom Flughafen ab. Diesmal waren so gut wie keine Menschen da. Und die wenigen, die sich dorthin verirrt hatten, trugen Anoraks und lange Mäntel, denn in Schweden war es bereits Winter. Olivia nahm uns beide in den Arm. »Meine armen Kinder«, sagte sie. »Meine armen, armen Kinder.«

Sie fuhr uns zur Insel. Sie erkundigte sich nach Audrey, und ich antwortete, es gehe ihr gut, die Ereignisse hätten sie nicht übermäßig mitgenommen. Olivia erzählte uns ihrerseits, daß Ulla ausgezeichnete Fortschritte mache und bald entlassen werde. »Wir haben ihr was Ruhiges oben im Norden gesucht. Das Anwesen wird von einer tollen Frau, einer Nonne, geleitet. Wir bringen sie rauf. Wir hatten das Gefühl, daß es eine gute Idee ist, ihr zu zeigen, daß wir ihr nichts nachtragen. Das, was sie getan hat, war ziemlich übel und verantwortungslos, aber wir glauben ihr, wenn sie sagt, sie wollte Bertil nie wirklich Schaden zufügen. Solange sie ihre Medikamente nimmt, sollte eigentlich alles in Ordnung sein.«

Ich war froh, das zu hören. Oder wenigstens wußte ich, daß ich froh gewesen wäre, das zu hören, wenn ich überhaupt in der Lage gewesen wäre, etwas zu empfinden, irgend etwas.

Olivia kam mit uns auf die Insel; sie wollte die Nacht bei uns verbringen, bevor sie am nächsten Morgen wieder in die Stadt fuhr. Kaum zu glauben, daß seit meiner Abreise erst zwei Monate vergangen waren. Der Kai war bis auf ein altes, wartendes Paar menschenleer. Das Meer war schiefergrau und ruhig, und die wenigen Boote, die noch im Wasser lagen, schaukelten sanft im Kielwasser der Fähre.

In der Villa Rosengård waren Astrids Rosen verblüht. »Ich

dachte, ich bringe dich in Ivars Zimmer unter«, sagte Olivia, während sie die Haustür aufschloß. »Da ist es gemütlicher als ganz allein im Cottage.«

In jener Nacht schlüpfte Linus in mein Bett wie in jeder Nacht, seit George sich erschossen hatte. Und wie jedesmal, wenn ich seine warme Haut auf meiner spürte, schoß so etwas wie Erregung durch meinen Körper. Doch bevor irgend etwas passieren konnte, erstarb das Gefühl wieder, wie jede Nacht, und wir lagen eng umschlungen da, verbunden durch die gemeinsam durchlebten Schrecken und zärtliche Melancholie. In jener Nacht weinte er. Er hatte, seit es passiert war, nicht mehr geweint. Wahrscheinlich half ihm die Erleichterung darüber, wieder daheim zu sein. Ich drückte ihn an mich und flüsterte ihm wie einem Kind zu, er sei schön und tapfer und klug. Ich sagte ihm, daß ich ihn liebte. Endlich schlief er ein, immer noch schluchzend.

An den meisten Tagen standen wir früh auf, außer am ersten Morgen, an dem wir bis elf schliefen. Linus erledigte eine ganze Menge Gartenarbeit, und ich ließ mir Zeit fürs Einkaufen und Kochen. Wir aßen miteinander. An einem Tag war es so mild, daß wir draußen auf der Terrasse sitzen konnten. Ich sah, daß der Rasen sich allmählich gelb färbte. Am Nachmittag machten wir einen Spaziergang um die Insel. An manchen Tagen gingen wir von der östlichen Seite zur westlichen und an anderen Tagen in umgekehrter Richtung. Manchmal trafen wir andere Spaziergänger, ließen sie vorbei oder gingen selbst mit einem höflichen Nicken vorüber; an anderen Tagen waren wir allein. Linus wirkte glücklicher auf diesen Spaziergängen. Dann sprach er sogar ein bißchen, aber nie von George und Dora oder dem Opernhaus. Ein Beobachter hätte uns für ein zu früh gealtertes Paar halten können, das gern beisammen war, und doch merkwürdig allein. Wahrscheinlich, denke ich, passiert so etwas, wenn Menschen schon viele Jahre zusammen sind und der erste Funke erloschen ist. Vielleicht vergessen sie, was genau es war, das sie aneinander einst so sehr geliebt hatten. Aber so war das natürlich nicht bei uns. Es gab Zeiten, in denen unsere Liebe fast greifbar wurde. Man konnte die Hand ausstrecken und ihre Hitze spüren. Aber wir hielten Distanz, getrennt durch die Verachtung, die wir in den Augen des anderen zu sehen fürchteten, wenn wir zu genau hinsahen.

An jenem Tag gingen wir vom Westen in östliche Richtung und hatten ungefähr den halben Weg hinter uns, als Linus stehenblieb, seine Hände auf meine Schultern legte und mich zu sich herumdrehte.

»Esther, was stimmt nicht?« Bevor ich Gelegenheit hatte, etwas zu sagen, fuhr er fort: »Ich meine nicht nur mit dir, sondern mit uns?«

Ich sah hinaus auf das schiefergraue Wasser und dann in seine Augen, die die Farbe des Meeres im Winter hatten. »Ich weiß es nicht.« Ich schüttelte den Kopf. Dann lächelte ich müde. »So hatte ich mir meine erste große Liebe nicht vorgestellt.«

Er lächelte zurück, die Augen ernst, während er mein Gesicht musterte. »Tja, das kann ich mir denken.«

»Ich hatte immer gedacht, wenn man jemanden liebt, wirklich liebt wie ich dich, will man mit ihm zusammensein. Aber ich glaube nicht, daß wir zusammensein können.«

Er hob die Hand zu meiner Wange und berührte sie mit den Fingerspitzen. »Wahrscheinlich hast du recht.«

Ich verließ die Insel am nächsten Morgen mit der Sieben-Uhr-Fähre.

Epilog

GENAU ZWEI JAHRE sind nun vergangen seit dem Tag, an dem ich Linus schlafend in dem blauen Haus zurückgelassen habe. In diesen beiden Jahren bin ich viel gereist. Ich mußte die Zeitung überreden, vielleicht auch ein bißchen erpressen, damit ich die Features machen konnte, die ich jetzt schreiben wollte. Doch sobald die ersten Leserreaktionen kamen, wollte Chloe wissen, warum ich so lange gebraucht hatte, um meine »Nische« zu finden. Diese Nische waren detaillierte Auslandsberichte. Ich war so etwas wie ein wandernder Jonas, der den Globus nach dem Unmenschlichen, dem Schlimmsten, dem Traurigsten abfischte. Dort, wo ich es fand, war das Elend so groß, daß ich es nicht mehr schlimmer machen konnte, sondern vielleicht – und das war ein sehr großes Vielleicht – ein bißchen Gutes tun konnte. Das hielt mich aufrecht. Es gab sogar Zeiten, in denen ich so etwas wie Zufriedenheit in mir aufkeimen spürte, Zeiten in denen wegen der Artikel, die ich geschrieben hatte, Geld gesammelt wurde, das den leidenden Menschen half. Zeiten, in denen Druck auf Politiker ausgeübt wurde und ein in seinem Heimatland Gefolterter in unserem Land bleiben durfte.

Ich lernte außerdem, daß die Größe sich nicht nur in der Perfektion zeigte, sondern eher in den Unwägbarkeiten und der Willkürlichkeit des Lebens, die unsere Menschlichkeit herausforderten.

Ich war gerade aus Brasilien nach England zurückgekehrt. Diesmal war ich fast drei Monate weggewesen. Ich war zufrieden über die Artikel, die ich über die Kinder in der Gosse und den Priester geschrieben hatte, der versuchte, ihnen zu helfen.

Ich schrieb immer noch manchmal für die Frauenseiten, weil ich mir beweisen mußte, daß ich nicht nur ein Moralapostel war. Und außerdem hatte ich nie ganz den Glauben an die erhebende Kraft des richtigen Lippenstifts verloren.

Ich mußte oft an Linus denken, meistens, wenn ich morgens aufwachte oder abends ins Bett ging. Manchmal dachte ich an ihn, wenn mich das, was ich sah, traurig machte, und dann wieder, wenn ich glücklich war. Doch je mehr Wochen und Monate vergingen, desto seltener dachte ich an ihn, und ich hatte Schwierigkeiten, mich an sein Gesicht – nicht an sein Lachen – zu erinnern. Dieser verblüffende Makel, der mir das Ganze so reizvoll hatte erscheinen lassen, tauchte in meinen Gedanken auf, wenn ich es am wenigsten erwartete.

Ich hatte nur noch gehört, daß er die Beziehung mit Pernilla wieder aufgenommen hatte.

Ich sprach nie von ihm, denn es war alles gesagt. Seltsamerweise hatte ich mich zwei Jahre zuvor, bevor ich nach Hause zurückgekehrt war, ausgerechnet Audrey anvertraut.

»Aber, Schatz, ich verstehe nicht.« Audrey hatte auf die Bettkante geklopft, um mir zu signalisieren, daß ich mich setzen solle. »Du sagst, daß du ihn liebst und er dich. Was machst du dann hier, ohne ihn?«

»Wahrscheinlich ist die Liebe manchmal einfach nicht genug.«

»Du meinst, ihr liebt euch nicht genug?«

Ich hatte sie angesehen und den Kopf geschüttelt. »Nein. Ich meine, daß es manchmal nicht genügt, jemanden zu lieben, egal, wie stark diese Liebe ist. Das hätte ich nie gedacht. Es ist fast schon komisch, findest du nicht auch?« hatte ich hinzugefügt, obwohl mir überhaupt nicht zum Lachen zumute gewesen war. »Da wollte ich nun all die Jahre herausfinden, wie die Liebe ist, wie sie sich anfühlt. Es ist mir nie in den Sinn gekommen, daß ich sie finden und sofort wieder aufgeben müßte.«

»Aber Esther, warum mußt du sie aufgeben? Ich verstehe das nicht.«

Ich hatte mich seufzend auf das Bett zurückgelehnt und den Kopf auf Audreys Beine gestützt. »Wir sind nie allein. George ist immer bei uns; sogar am Abend macht er es sich in unserem Bett gemütlich. Ich schaue Linus an und sehe sein Blut in seinem Gesicht. Gott allein weiß, was er sieht, wenn er mich anschaut. Wenn wir zusammen sind, können wir uns wahrscheinlich nie davon befreien. Wir lieben uns, aber wir finden keinen Frieden in der Gesellschaft des anderen. Ich bin das Salz in seinen Wunden und er das in meinen. So kann man nicht leben.«

»Nein«, hatte sie gesagt. »Das kann ich verstehen.« Dann hatte ich ihre Hand auf meiner Stirn gespürt. Sie war kühl gewesen. Ich hatte die Augen geschlossen. »Ich bin für dich da, wenn dir das irgendwie hilft. Das werde ich immer sein.«

Ich weiß noch, daß ich die Augen aufgeschlagen und sie angesehen hatte. »Tja, du bist tatsächlich für mich da. Ich glaube, das habe ich bis jetzt nur noch nicht genug zu schätzen gewußt.«

»Du tust es jetzt, das reicht. Kinder brauchen Zeit, bis sie lernen, ihre Eltern zu schätzen.«

Ich hatte mich aufgesetzt. »Vielleicht könnten wir manchmal miteinander einkaufen gehen. Oder ins Theater oder bloß ins Restaurant.«

Schweigen, dann hatte Audrey gesagt: »Nun laß uns mal nicht übertreiben. Du weißt doch, daß ich das Haus nicht verlasse.«

Ich hatte sie angesehen und gelächelt. »Endlich bist du mal völlig logisch. Das habe ich mir immer gewünscht.«

Meine Mutter hatte zurückgelächelt. »Gut, mein Schatz. Schön, daß du zufrieden bist. Aber wenn du mich jetzt entschuldigen würdest.« Dann hatte sie die Fernbedienung in die Hand genommen. »Ich möchte jetzt meine Sendung anschauen.«

Das war also dieses Gespräch gewesen, alles wie immer und doch ganz anders. Ergibt das irgendeinen Sinn? Ich weiß es nicht.

Aber für ihn ergab es Sinn, wieder mit ihr, Pernilla, zusammenzusein. Das, was er in ihren Augen sah, war erträglicher als das, was er in den meinen gesehen hatte.

Er hatte mir ein paarmal geschrieben. Einige Monate nach unserer Trennung teilte er mir mit, daß er die Arbeit an der Oper fortführen wolle, die jetzt ganz offiziell die »Oper des Volkes« heißen sollte.

Das überzeugendste Argument für die Fortführung des Projekts [schrieb er] *kam von Stuart Lloyd. Dora hatte gesagt, sie wolle nach dem, was dort passiert sei, nie wieder in das Cottage zurückkehren. George hatte sich umgebracht, das war nicht wiedergutzumachen. Wir hatten das Opernhaus bauen wollen, weil wir es für richtig hielten. Wem außer vielleicht unserem eigenen Gewissen taten wir einen Gefallen, wenn wir das Projekt aufgaben? Was für einen Sinn hatte das? Da war es doch viel besser, die Oper zu bauen, und zwar so gut und schön, wie wir nur konnten. Alles andere wäre eine Geste ohne jede Bedeutung.*

Soweit die offizielle Begründung [hatte er weiter geschrieben], *die Wahrheit des Geistes, nicht des Herzens. Aber in Wirklichkeit habe ich das Projekt fortgeführt, weil diese Oper alle meine Träume erfüllen und mein Leben lebenswert machen würde. Ich versuche, Dir gegenüber so ehrlich zu sein, wie ich kann, obwohl ich weiß, daß das die Distanz zwischen uns möglicherweise vergrößert.*

Ich hatte ihm ein »Viel Glück!« zurückgeschrieben. Aber das war lange her. Und jetzt war die Oper fertig. Heute abend war die Eröffnung mit einer Aufführung von *Madame Butterfly* vor geladenem Publikum. Stuart Lloyd hatte nicht zuviel versprochen – es war wirklich eine Oper des Volkes. Natürlich hatte man die üblichen Würdenträger eingeladen, aber der größte Teil des Publikums bestand aus dem, was die Politiker so gern das »Gemeine Volk« nennen. Es kamen sogar Busse aus dem ganzen Land, so normal und durchschnittlich waren diese Leute.

Ich hatte mich geweigert, für meine Zeitung über das Ereignis zu berichten, wußte jedoch, daß ich mit meinem Presseausweis hineinkommen würde. Ich mußte hinein, denn natürlich wollte ich Linus' Gebäude sehen, aber wichtiger noch erschien es mir, daß wir dort waren, wenn schon nicht zusammen, so doch am selben Ort, zum Finale.

Ich wünschte ihm nur das Beste. Doch ich versuchte, mich davon zu überzeugen, daß die große Liebe zu einer Zuneigung geworden war, die keine große Wellen mehr schlagen würde. Das tröstete mich.

Ich hatte immer wieder Fotos von der Oper gesehen, während der Bau voranschritt. Die Zeitungen waren in letzter Zeit voll von Berichten darüber gewesen, guten wie schlechten. Das Gute waren die zahlreichen Auszeichnungen, die das Gebäude bereits erhalten hatte: *Für Schönheit und innovatives Design: Oper des Volkes, Kent.*

Für die außergewöhnliche Abstimmung von Entwurf und Standort: Oper des Volkes, Kent.

Für die Akustik: Oper des Volkes, Kent.

Aber da war auch noch die Schlagzeile DAS BLUTBESUDELTE OPERNHAUS.

Ich war früh dran. Da es ein schöner Abend war, stellte ich den Wagen auf dem unteren Parkplatz ab und ging zu Fuß zum See hinauf. Ich trug ein Pernilla-Kleid, ein kurzes, rosafarbenes Hemdkleid mit winzigen silbernen und rosa Perlen, und dazu hatte ich eine fließende weiße Stola um die Schultern gelegt.

Es war erst halb sieben, und Sonne und Mond standen gleichzeitig am Himmel. In meinen silbernen Sandalen ging ich die Straße hinauf und drehte mich hin und wieder um, wenn ein Wagen vorbeifuhr. Zwei blieben stehen und boten mir an, mich mitzunehmen. Ich sagte ihnen, ich gehe gern zu Fuß. Dann umrundete ich die Kurve, an der früher Rookery Cottage gewesen war hatte, und von dort aus sah ich das Opernhaus zum erstenmal. Es stand ein wenig erhöht auf dem kleinen Hügel über dem See; ein quadratisches Gebäude aus weißem Stein, dessen halbmondförmiges Glasfoyer hinaus ins Wasser ragte und das über eine Reihe von überdachten Brücken mit dem alten Gutshof verbunden war. Es war wunderschön, daran bestand kein Zweifel.

Linus Stendal stand ganz allein auf einer der drei kleinen Brücken, die das Restaurant auf der winzigen Insel im See mit dem Hauptteil seines Gebäudes verbanden.

Tags zuvor hatte er an derselben Stelle gestanden und von dort aus sein Gebäude endlich frei von Gerüsten und Planen gesehen. Und in jenem Augenblick hatte er sich zum erstenmal im Leben vollständig gefühlt. »Das ist es«, hatte er laut gesagt. »Ich habe es geschafft. Jetzt kann ich mich ausruhen.« Es war ein Moment des reinen Glücks gewesen. Er konnte sich glücklich schätzen. Viele Menschen mußten durchs Leben gehen, ohne diesen Augenblick je genießen zu können.

Und dann war es plötzlich vorüber gewesen, dieses Glücksgefühl. All seine Zweifel und Ängste und all jene Schuldgefühle, die er so lange unterdrückt hatte, waren wieder aufgetaucht und hatten das Glück aus ihm herausgepreßt, bis er schließlich völlig leer vor seinem Werk gestanden hatte.

Er war zu seinem Wagen zurückgekehrt und nach London gefahren, wo er seine düsteren Gedanken in Musik ertränkte und sich einzureden versuchte, er sei müde, das sei alles. Am nächsten Tag würde die Welt wieder ganz anders aussehen.

Aber das war nicht so, jedenfalls nicht ganz so. Er sah das Gebäude vor sich an. Es war ein Triumph, das wußte er. Aber sosehr er sich auch bemühte, es gelang ihm einfach nicht, das Gefühl vom Vortag wieder heraufzubeschwören, das Gefühl, auf das er sein ganzes Leben lang gewartet hatte. Er kramte in seinen Erinnerungen, holte jede einzelne davon hervor und untersuchte sie genau auf kleine Glückssplitter: der Tag, an dem er erfahren hatte, daß er den Auftrag bekommen würde; der Tag, an dem er das Modell zum ersten Mal gesehen hatte; das Lob dafür; die Auszeichnungen. Obwohl er große Erleichterung darüber verspürte, daß das Projekt verwirklicht worden war, und er sich seiner Leistung bewußt war, wollte sich kein Glücksgefühl einstellen. Aber warum beklagte er sich eigentlich? Schließlich hatte niemand behauptet, daß der Mensch auf die Welt kam, um glücklich zu sein.

Er sah auf seine Uhr. Es war zehn vor sieben, Zeit hineinzugehen. Und das Datum? Nun, das war das gleiche wie das vor zwei Jahren, als Esther ihn schlafend in seinem Zimmer in der Villa Rosengård zurückgelassen hatte. Als er aufgewacht war und gemerkt hatte, daß sie fort war, wäre er am liebsten gestorben.

Aber er war nicht wie seine Mutter. Das würde er Ivar oder den andern nie antun. Statt dessen hatte er die Scherben seines Daseins aufgesammelt und sie so gut wie möglich zu etwas Ähnlichem wie einem Leben zusammengefügt.

Und eines Tages war er aufgewacht und hatte festgestellt, daß ihm das seit einiger Zeit nicht mehr so schwergefallen war. Er ertappte sich beim Lachen, nicht, weil er wußte, daß es ein Augenblick zum Lachen war, sondern weil ihm tatsächlich danach zumute war. Und seine Arbeit an der Oper war nicht nur für sich faszinierend und lohnend gewesen, sondern hatte zu weiterer Arbeit, zu weiteren interessanten und anspruchsvollen Aufträgen, geführt. Zu nichts Vergleichbarem, aber das war in Ordnung, denn etwas Vergleichbares erwartete er nicht, noch nicht.

Pernilla war wieder nach Göteborg gezogen, und sie hatten die Beziehung von neuem aufgenommen. Anfangs war es gut gewesen. »Eine heilende Erfahrung«, hatte sie das genannt. Aber er schaffte es nicht, diese Erfahrung dauerhaft zu machen. Er konnte sie einfach nicht lieben. Jedenfalls nicht so wie Esther. Lieber hatte er nichts als dieses matte Abbild. Und so verzichtete er auf die Liebe. Aber auch das war in Ordnung. Schließlich hatte er ja so viele andere Dinge. Er hatte seinen Sohn. Ivar war mittlerweile neun Jahre alt, groß und schlank, nicht pummelig wie Linus in seinem Alter. Er hatte aufgehört, eine Frau werden zu wollen, und widmete den größten Teil seiner Freizeit dem Sport: Im Sommer spielte er Fußball und im Winter Eishockey. Und er war gar nicht schlecht. Also, dachte Linus, als er über die Brücke zurückschlenderte, war das meiste ganz in Ordnung.

Doch als er den Seiteneingang des halbmondförmigen Foyers erreichte und die ersten Gäste sah, die Tabletts mit Essen und Champagnergläsern, als er Stuart Lloyd am anderen Ende entdeckte, verschwand er durch einen der kleinen Notausgänge, die direkt ins Freie führten, wieder nach draußen. Er versuchte, sich einzureden, daß er nur ein bißchen frische Luft brauchte.

Links unter ihm, genau an der Stelle, an der die Straße eine Kurve machte, war der Ort, an dem einmal Rookery Cottage gestanden hatte. Er wandte den Blick ab wie immer, doch dann zwang er sich, wieder hinzusehen; er durfte einfach nicht wegschauen. Er setzte seinen Weg fort und rauchte dabei eine Zigarette. Der Himmel war jetzt dunkel, aber der Mond und die Sterne und die Scheinwerfer der Autos erhellten das Dunkel, so daß er alles gut erkennen konnte.

In der Ferne, ungefähr auf halber Höhe der Straße, sah er die einsame Gestalt einer Frau auf sich zukommen. Sie war ziemlich klein und trug ein Kleid, in dem sich das Licht spiegelte. Ihr Haar war dunkel. Er beschleunigte seine Schritte und wechselte auf ihre Straßenseite. Inzwischen rannte er fast. Dann blieb er stehen und wartete.

Jetzt hätte ich mir einen Mantel oder wenigstens eine Strickjacke gewünscht, weil es plötzlich kalt geworden war. Aber egal. Es war sowieso Zeit hineinzugehen, sich zu den anderen Leuten zu gesellen. Als ich meine Schritte beschleunigte, sah ich ihn, diesen Mann, der auf meine Seite wechselte. Ein Wagen fuhr an ihm vorbei, und als die Scheinwerfer sein Gesicht erfaßten, erkannte ich ihn. Ich blieb stehen und winkte.

»Linus«, rief ich. »Linus, ich bin's, Esther.« Dann begann ich wieder zu gehen, so schnell es sich irgend schickte. Als wir nur noch ein paar Zentimeter voneinander entfernt waren, blieben wir beide unvermittelt stehen, als seien wir mit Dornen bedeckt und könnten uns nicht weiter nähern.

»Hallo«, sagte ich. Ich hatte noch nie eine große Begabung für Small talk gehabt.

»Hallo«, sagte er. Er war auch schon mal besser gewesen.

»Hübsch hier.«

»Ach, das ist nur so ein kleiner Traum von mir. Schön, daß es dir gefällt.«

Schluß, dachte ich, mit dem Geplänkel. »Es ist toll, Linus. Es ist ein wunderbares Gebäude – dabei bin ich noch nicht mal drinnen gewesen, um mir das Lichtwunder anzusehen, von dem du mir vorgeschwärmt hast.«

»Tja, das Innere wird dich umhauen.«

»Wahrscheinlich bist du sehr glücklich über dein Werk. Bitte sag mir, daß du glücklich bist.« Ich betrachtete sein Gesicht im Licht der Scheinwerfer. Es fiel mir schwer, seinen Ausdruck zu interpretieren.

»Natürlich bin ich glücklich darüber. Es ist gut, und das weiß ich. Es ist nur ...« Er zuckte mit den Achseln. »Nun, du weißt, wie es ist.«

»Du hast getan, was du tun wolltest«, sagte ich. »Du hast dein Opernhaus gebaut, und es ist wunderschön. Du hast wirklich etwas Großartiges geschaffen. Aber jetzt möchtest du es ganz rein und makellos. Das geht nicht. So ist das Leben nicht.«

Er mußte lachen. Nicht dieses schrille Kichern, an das ich mich noch erinnerte, sondern ein leises, ganz normales Lachen. »Das hat mir Stuart Lloyd auch mal fast wörtlich gesagt.« Er blieb stehen, wo er war, nicht mal einen halben Meter von mir entfernt, streckte die Hände aus und legte sie auf meine Schultern. Ich spürte ihre Wärme durch meine dünne Stola.

»Ich habe meinen Augenblick des Glücks gestern abend gehabt«, sagte er. »Ich stand da und habe das Gebäude betrachtet, und da wußte ich, daß ich etwas Wunderschönes geschaffen habe. Manchmal gelingt es uns, ein Ganzes zu ersinnen, das von höherem Wert ist als die Summe seiner jämmerlichen Einzelteile. Und gestern hatte ich das Gefühl, daß ich genau das geschafft habe.« Ein Lächeln schwang in seiner Stimme mit. »Du siehst also, daß ich nicht unter übertriebener Bescheidenheit leide.«

Auch ich lächelte. »Weißt du, Dora geht's ganz gut«, sagte ich.

»Das habe ich gehört.«

»Ich habe sie ein paarmal besucht. Offenbar hat sie eine ganze Weile gebraucht, bis sie sich an das neue Häuschen gewöhnt hatte, aber jetzt gefällt's ihr. Anscheinend behandeln ihre Nachbarn sie fast wie einen kleinen Star. Auch das gefällt ihr. Natürlich vermißt sie ihren Bruder sehr, doch alles in allem könnte es auch schlimmer sein.«

»Du meinst, sie könnte tot sein wie George?« fragte Linus.

Ich lächelte. »Nein, ein bißchen besser ist es, glaube ich, schon.« Dann senkte ich die Stimme, weil ich selbst eigentlich nicht hören wollte, was ich da sagte. »Auf merkwürdige Weise –

natürlich bin ich froh, daß es ihr gutgeht – macht es das, was mit George passiert ist, noch schlimmer. Aber egal«, sagte ich fröstelnd, »wollen wir reingehen? Mir ist ein bißchen kalt.«

Obwohl mir das nicht bewußt gewesen war, hätte ich kaum etwas Besseres sagen können, denn plötzlich erwachte Linus für mich zu neuem Leben. Ich spürte seine Finger auf meinen Schultern, wie sie mich zu ihm zogen und er mich in die Arme nahm. Dann hörte ich, wie er meinen Namen murmelte, sein Atem heiß an meinem Haar.

Ich wich ein wenig zurück, um ihn zu betrachten. Sein Gesicht war bleich im Mondlicht; ich sah nur noch seine geliebten Augen und Lippen – George war verschwunden.

»Ich liebe dich«, sagte ich. »Das ist so ziemlich das einzige, was mir wichtig ist. Und ich möchte, daß du mir vertraust. Kannst du mir vertrauen?«

»Wirst du diesmal bei mir bleiben?«

Ich hob die Hand, um seine Wange mit meinen Fingerspitzen zu liebkosen, sie bis zu seinem Mund gleiten zu lassen. Ich lächelte ihn an und spürte, wie er zurücklächelte. »Ich werde dich nie wieder verlassen, das verspreche ich dir.«

Ich hörte ihn seufzen, ein zufriedenes kleines Seufzen. »Ich glaube dir. Du läufst nicht gleich davon, wenn's schwierig wird.«

Wir gingen gerade den Weg zum Opernhaus hinauf, als das Flutlicht auf dem See eingeschaltet wurde. Es strahlte in den gläsernen Halbmond hinein und ließ die Menschen darin verschwimmen, sie mit dem Licht verschmelzen.

Dank

ICH MÖCHTE MICH an dieser Stelle bei meiner Agentin Jo Frank und allen bei A. P. Watt sowie bei meiner Lektorin Rosie Cheetham und allen bei Orion für die wunderbare Zusammenarbeit bedanken.

Herzlichen Dank auch an Tina und Bjorn Sahlqvist für ihre unschätzbare Hilfe und ihren Rat in puncto Architektur. Die Gespräche mit ihnen haben mich immer wieder aufs neue inspiriert.

Danke außerdem an Jeremy Cobbold und Harriet Cobbold, an Anne Hjörne, Elizabeth Buchan und Tony Mott für ihren Rat und ihre Unterstützung. Ein besonderes Dankeschön schließlich noch an Lars Hjörne für seine unendliche Geduld und sein Wissen sowie an Lena Hjörne dafür, daß sie die ständigen Störungen durch mich klaglos hingenommen hat.

Marika Cobbold

Tee mit Selma

Roman. Aus dem Englischen von Sonja Hauser. 349 Seiten. Serie Piper

Als Amelia ihren Freund Gerald mit seiner jungen Kollegin Clarissa in flagranti erwischt, bricht für sie eine Welt zusammen. Da ihre neurotische Mutter in dieser Situation leider keine echte Hilfe ist, könnte Amelia die Unterstützung ihrer geliebten Großmutter Selma gebrauchen. Doch die ist nach dem Tod ihres Mannes gegen ihren Willen ins Altersheim gebracht worden. Amelia beschließt, ihrer Großmutter zu helfen, und nimmt den Kampf gegen die Bürokratie und die Vorurteile ihrer eigenen Familie auf … Ein unterhaltsames und zugleich nachdenkliches Buch über eine junge Frau, die ihren Weg findet.

»Ich war wirklich beeindruckt – scharf, witzig und voller kluger Einsichten.«
Joanna Trollope

05/1438/01/L

Franziska Stalmann

Champagner und Kamillentee

Roman. 230 Seiten. Serie Piper

Nach dreizehnjähriger Ehe wird die 39jährige Ines von ihrem Mann in Rekordzeit »ausgemustert«. Er wird anderweitig Vater und will eine schnelle Scheidung. Ines steht fassungslos und allein da, ohne Beruf, ohne Ausbildung, ohne Freunde.
Wie sie sich langsam fängt und sich mit neuem Outfit und neuen Aufgaben zum Schwan mausert, schildert die Autorin mit Charme, Sprachwitz und viel Situationskomik.
Eine Emanzipations-Komödie der allerfeinsten Art. Franziska Stalmanns spritziger Roman, erzählt in wunderbar leichtem Ton, ist längst zu einem Bestseller geworden, der sich bei Frauen wie ein Lauffeuer herumgesprochen hat.

Ein »Frauen-Power-Buch, süffig wie ein Glas Champagner.«
Brigitte

»Spaß vom Allerfeinsten.«
Die Welt

05/1041/01/R